The publication in the fall of 1979 of 'World Cultures, Arts and Crafts' commemorates the 100th anniversary of Birkhäuser, Printers and Publishers, Basel. The establishment of Birkhäuser Boston, Inc. coincides with the 100th anniversary, thus expanding the services of the already well-established publishing house to a truly international scale, offering optimum distribution and production facilities. This edition has been produced exclusively for friends of the company; a special edition will be made available to the general public.

Museum für Völkerkunde und Schweizerisches Museum für Volkskunde, Basel

Musée d'Ethnographie et Musée Suisse des Arts et Traditions populaires, Bâle

Museum of Ethnography and Swiss Museum for European Folklife, Basel

# Kulturen Handwerk Kunst

Art, Artisanat et Société

World Cultures, Arts and Crafts

Birkhäuser Verlag · Basel, Boston, Stuttgart

Die Farbtafeln wurden im Kupfertiefdruck auf ein spezielles, von der Papierfabrik Biberist für dieses Werk hergestelltes Tiefdruckpapier gedruckt. Für die Wiedergabe des Textes ist die 13 Punkt Baskerville Antiqua und das Offsetdruckverfahren gewählt worden. Das rötlichgraue Textpapier wurde von den Papiermachern der Firma Jagenberg & Cie. (gegründet 1536) in traditioneller Weise handgefärbt hergestellt.



Farbaufnahmen: Peter Horner,
Museum für Völkerkunde und Schweizerisches Museum für Volkskunde, Basel

Gestaltung, Schutzumschlag und Einbandentwurf:
Albert Gomm swb/asg, Basel
Französische Übersetzung: Nicole Ramseyer-Gygi
Englische Übersetzung: Eileen Walliser-Schwarzbart
Titelvignetten und Zeichnungen:
Christina Schäublin

Gesamtherstellung und Konzeption:
Birkhäuser AG, Graphisches Unternehmen, Basel
Printed in Switzerland

Inhaltsverzeichnis
Table des matières
Contents

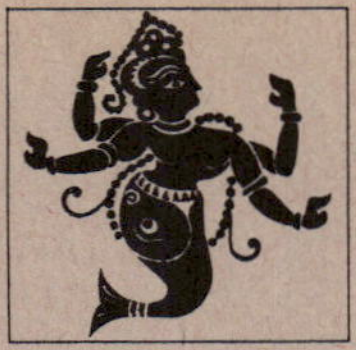

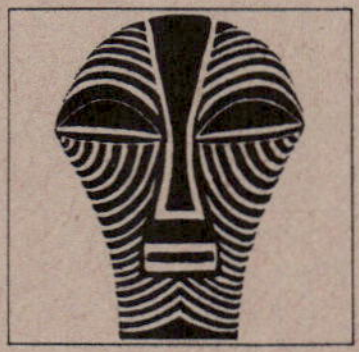

# Einleitung

Dank

Der vorliegende Band, der dank den langjährigen guten Beziehungen zwischen dem Birkhäuser Verlag und dem Museum, vor allem aber dank dessen grosszügiger Einladung zu einem solchen Buch, zustande kam, vereint eine grosse Anzahl von Kulturdokumenten. Das Spektrum reicht von Europa über Afrika, Indien, Indonesien, Australien, Melanesien und Polynesien bis Amerika. Damit wird nicht nur eine grosse kulturelle Vielfalt dokumentiert, sondern zugleich auch die Vielzahl der im Museum für Völkerkunde und Schweizerischen Museum für Volkskunde vertretenen Sammlungs- und Forschungsrichtungen der Ethnologie und der Volkskunde. In diesem prächtig ausgestatteten Werk stellen nun Wissenschafter verschiedener Interessengebiete unter dem gemeinsamen Thema ‹Kulturen – Handwerk – Kunst› wichtige Objekte aus ihrem Bereich der Öffentlichkeit vor.

Die Vielseitigkeit, die das Museum heute aufweist, war ursprünglich noch umfassender: Das von Melchior Berri entworfene, 1849 eröffnete klassizistische Museumsgebäude an der Augustinergasse, das ausser den völkerkundlichen und volkskundlichen Sammlungen auch die des Naturhistorischen Museums beherbergt, war als ein Gesamtmuseum bzw. als ein Haus der Künste und Wissenschaften gedacht. Es enthielt damals die historisch-antiquarische und die Kunstsammlung der Stadt Basel, ausserdem die naturhistorische Sammlung, die Universitätsbibliothek sowie die chemischen und die physikalischen Institute der Universität. Die frühen ethnographischen (d.h. völkerkundlichen) Gegenstände, darunter die berühmten, von Lukas Vischer zwischen 1828 und 1837 gesammelten präkolumbischen Stücke, waren damals Bestandteil der historisch-antiquarischen Sammlung; sie wurden erst 1893 ausgesondert und einer besonderen Kommission, der der Anatom J. Kollmann, der Arzt L. Rütimeyer und der Geograph R. Hotz angehörten, anvertraut. Mit der Annahme des Gesetzes über das Universitätsgut durch den Grossen Rat im Jahre 1903 erhielt die ethnographische Sammlung offiziell die Bezeichnung ‹Sammlung für Völkerkunde›. Heute zählt das Museum für Völkerkunde etwa 160000 bis 170000 Gegenstände und ist so mit Abstand das grösste völkerkundliche Museum der Schweiz.

Haus der Künste und Wissenschaften

Schweizerisches Museum für Volkskunde

1904 wurde die ‹Abteilung Europa› des Museums von E. Hoffmann-Krayer gegründet und geleitet; er nannte sie später ‹Museum für Ergologie›, d.h. Museum für Sach- und Werkkunde. Der Gründer schrieb 1905 dazu folgendes: ‹Es sollen diejenigen Gegenstände gesammelt werden, die vom Landvolk entweder erzeugt oder verwendet werden und gegenüber der modernen städtischen Kultur eine wesentlich primitivere Kulturstufe repräsentieren, ferner solche städtische Erzeugnisse, die mit dem Volksleben durch längere Tradition enge verknüpft sind.› Dieses Sammlungsvorhaben konnte seither den gewandelten Forschungszielen der Volkskunde angeglichen werden.

Seit 1944 führt die grosse, über 50 000 Gegenstände zählende Abteilung Volkskunde den von der Eidgenossenschaft anerkannten Namen ‹Schweizerisches Museum für Volkskunde›.

Völkerkundliche Sammlungen

Den Grundstein zu manchen ethnographischen Sammlungen legten vor Jahrzehnten vor allem Fritz und Paul Sarasin, Felix Speiser, Paul Wirz und Alfred Bühler. Sie sammelten Gegenstände bei Bevölkerungsgruppen, die man oft als schriftlose Völker bezeichnet, weil sie ihre Überlieferungen und ihr Wissen in mündlicher Form weitergeben. Ihr Erinnerungsvermögen an Mitgeteiltes ist bei ihnen entsprechend entwickelt, so dass sie eine schriftliche Fixierung nicht benötigen oder zumindest nicht als notwendig empfinden. Bei Fehlen schriftlicher Nachrichten gewinnt natürlich der Gegenstand, der bei diesen Gemeinschaften angefertigt wurde, ein ganz besonderes

Der Gegenstand als Dokument

Gewicht als Beleg, als Dokument. Leider sind ja in manchem Fall die Gemeinschaften, die die vom Museum gehüteten Objekte herstellten, inzwischen ausgestorben. (Das beruhte nicht auf Zufall: Zu oft haben Angehörige der westlichen Zivilisation direkt oder indirekt den Niedergang und die Ausrottung schriftloser Völker veranlasst oder betrieben. Dass dabei den Angehörigen schriftloser Kulturen die Qualifikation ‹Mensch› oft abgesprochen wurde, weil man angeblichen ‹Wilden› oder ‹Tieren› das Land und andere Lebensgrundlagen besser entreissen kann, zeigt, wie materielle Gier, intellektuelle Voreingenommenheit und ethische Verantwortungslosigkeit den Untergang vieler Kulturen verursacht haben. Dieser Prozess dauert auch heute an.)

So stehen wir vor der Tatsache, dass materielle Erzeugnisse vielfach schon die letzten Zeugen verschwundener Gemeinschaften und Kulturen sind. Auch dann aber sprechen die Gegenstände zu uns. Sie verraten uns vieles über die einstige Lebensweise ihrer Hersteller; sie berichten vom geselligen Leben der Gruppe, von ihrer Arbeit, ihren Werkzeugen, den von ihnen benützten Rohstoffen, von den Organisationsformen ihrer Gemeinschaft; sie sprechen von der Natur, der Umgebung, in der die Gruppe lebte, vom handwerklichen Geschick, den Fertigkeiten, dem Wissen und dem Können, das diese Menschen besassen, von kultischen Handlungen, religiösen Vorstellungen, von

Stimmungen und Leidenschaften auch, die sie beseelten. Gegenstände erzählen und berichten. Sie sprechen eine Formensprache, die unverwechselbar ist. Afrikanische, amerikanische und asiatische Gegenstände heben sich beim Vergleichen durch ihre unterschiedlichen Formen voneinander ab. Innerhalb des gleichen Kontinents aber hat die materielle Ausstattung einer am Meer siedelnden Fischergemeinschaft einen anderen Charakter als die Ausrüstung einer Bergbevölkerung, die Knollenpflanzen anbaut und Schweine züchtet.

Formensprache

Es gibt in allen Sammlungen des Museums zahlreiche Gegenstände, die durch ihre formale und handwerkliche Qualität bestechen. Solche Objekte werden in vielen Museen und Galerien als ‹Kunst› ausgestellt: als ‹Primitive Kunst›, als ‹Kunst der Naturvölker› oder als ‹Kunst der schriftlosen Völker›. Auch im vorliegenden Band findet der Betrachter Gegenstände abgebildet, deren Form besticht. Haben wir es also mit ‹Kunst› zu tun?

Die Frage ist tatsächlich schwierig zu beantworten. Zunächst sei darauf hingewiesen, dass schriftlose Völker in der Regel keine sprachliche Bezeichnung kennen, die unserem Begriff ‹Kunst› entspricht. Kunst kommt von Können. Die ‹Artes› der Antike und des Mittelalters beruhten durchaus auf Geschicklichkeit, Fertigkeit, Handwerk und Überlieferung, damit auch auf entsprechender Unterweisung und Schulung in diesen Künsten. Auch die Geschicklichkeit, das Wissen und Können eines Arztes waren eine ‹Ars›.

Handwerkliche Meisterschaft

So verstanden, ist vieles, was unser Museum bewahrt und ausstellt, tatsächlich ‹Kunst›. Eine Kunst freilich, die ohne den Ballast westlicher Ästhetikideologien auskommt.

Eine zusätzliche Überlegung führt weiter. Eine Maske oder ein Fetisch aus Afrika, eine Malanggan-Schnitzerei aus Neu-Irland, eine aztekische Steinplastik, sie alle können unter dem Aspekt der Kunst, der handwerklichen Meisterschaft, der handwerklichen und technischen Beherrschung der Werkstoffe erlebt und gewürdigt werden.

Für die Schöpfer dieser Gegenstände war der Formkanon ihrer Gemeinschaft und damit ihrer Kultur verbindlich, zwingend. Hielten sie sich an den Formkanon, wurde der von ihnen hervorgebrachte Gegenstand ‹richtig›. War er ‹richtig›, erzielte er eine Wirkung, die durch religiöse Akte noch gesteigert werden konnte: Der Gegenstand konnte dann zum Geistersitz, zur Stimme der Ahnen, zum Abbild der Gottheit oder direkt zu dieser selbst werden. Eine ‹richtige› Form, die oft auch die Verwendung richtiger, d.h. wirksamer Farben mit einschloss, war ja eigentlich nur zu erzielen, wenn der Erschaffer aus der richtigen Gruppe (Familie, Linie, Klan, Sippe,

Den kulturellen Normen entsprechend

Kaste) kam, die im Besitz des notwendigen ‹richtigen Wissens› war, und wenn er die alten, mündlich überlieferten Regeln, die Handwerkliches und Nichthandwerkliches zugleich enthielten, befolgte. Es gab also keineswegs freie, vom engeren sozialen Zusammenhang losgelöste Kunstwerke, sondern nur Werke, die aus einer engen, zuweilen ausserordentlich engen Bindung an die Gemeinschaft und deren Überlieferung, insbesondere deren Religion, entstand. So hat einst ein Afrikaner auf die Frage, welche von zwei Masken nach seinem Urteil schöner sei, geantwortet: ‹Der Afrikaner beurteilt eine Maske nicht nach ihrer Schönheit; er beurteilt sie nach ihrer Wirkung und danach, ob sie richtig gemacht ist. Ist sie richtig gemacht, hat sie auch Wirkung.›

Form und Wirkung

Nun wird schon deutlich, dass es beim Präsentieren von Museumsgegenständen zu einem inneren Konflikt kommen kann: Sollen Objekte, die unserer Auffassung nach so formvollendet und handwerklich durchgestaltet sind, dass wir sie ohne Bedenken dem Bereich der Kunst zuweisen, dann auch nach formalen Kriterien als Kunst gezeigt werden? Oder soll man versuchen, diese Gegenstände primär als Dokumente eines kulturellen Zusammenhanges darzustellen und primär von der Wertung ihrer Hersteller auszugehen? – Falls das zweite zutrifft, müsste man eben den Kunstcharakter der Gegenstände deutlich und explizit an zweite Stelle setzen. Diese Fragen haben natürlich mit der Einschätzung der zu lösenden Aufgaben zu tun, die dem Ethnologen obliegen. – Wie diese Fragen gelöst werden können, verdeutlichen die folgenden Kapitel.

Funktion

Gerhard Baer
Brigitta Hauser-Schäublin

# Avant-propos

Remerciements

Issu des bonnes relations qu'entretiennent depuis de longues années les Editions Birkhäuser et le Musée d'Ethnographie de Bâle, le présent ouvrage dont la réalisation n'eût pas été possible sans la générosité de l'éditeur, réunit un grand nombre de documents culturels. Abordant tout d'abord l'Europe, puis l'Afrique, l'Inde, l'Indonésie, l'Australie, la Mélanésie, la Polynésie et l'Amérique, cet ouvrage présentant une grande variété de cultures, illustre également la multitude des tendances caractérisant la recherche et la conception des collections du Musée d'Ethnographie et Musée Suisse des Arts et Traditions populaires de Bâle. Sur le thème de ‹Art, Artisanat et Société›, les spécialistes des différentes régions se sont réunis pour présenter dans ce livre richement illustré, les objets importants les plus représentatifs de leur domaine.

L'actuelle diversité du Musée était jadis plus grande encore: Dû à Melchior Berri et inauguré en 1849, le bâtiment de l'époque classique situé à l'Augustinergasse, abritant aujourd'hui outre les collections ethnographiques et d'art populaire, celles du Musée d'Histoire Naturelle, avait été conçu pour être un musée total, en quelque sorte un haut lieu de la science et des arts. A l'époque, le bâtiment abritait outre la collection d'histoire naturelle ainsi que la Bibliothèque universitaire et les divers Instituts de chimie et de physique de l'Université, la collection historique et d'antiquités ainsi que la collection d'art de la ville de Bâle. Les premiers documents ethnographiques, dont les célèbres pièces précolombiennes collectionnées par Lukas Vischer entre 1828 et 1837, faisaient alors partie de la collection historique et d'antiquités; ce n'est qu'en 1893 qu'elles en furent retirées et confiées aux bons soins d'une commission composée de l'anatomiste J. Kollmann, du médecin L. Rütimeyer et du géographe R. Hotz. En 1903, le Grand Conseil ratifia la loi sur les biens universitaires. Dès lors la collection ethnographique porta le nom officiel de ‹Sammlung für Völkerkunde›. Aujourd'hui le Musée compte environ de 160000 à 170000 objets, constituant ainsi le plus grand musée ethnographique de Suisse.

Haut lieu de la science et des arts

Le Musée Suisse des Arts et Traditions populaires

En 1904, E. Hoffmann-Krayer fonda et dirigea le ‹Département Europe› qu'il nomma par la suite ‹Museum für Ergologie›, c'est-à-dire Musée des matériaux, produits et techniques. En 1905, le fondateur écrivait à ce propos: ‹Nous entendons collectionner les objets confectionnés ou utilisés par la population rurale et témoignant d'un niveau culturel beaucoup plus primitif que celui des cultures citadines modernes, et, en outre, des produits de fabrication citadine étroitement liés à une longue tradition populaire.› Avec le temps

cette conception fut adaptée aux nouvelles tendances de la recherche folklorique européenne.
Depuis 1944, la collection européenne, comptant actuellement plus de 50000 pièces, porte le nom officiellement reconnu par la Confédération de ‹Musée Suisse des Arts et Traditions populaires›.

**Les collections ethnographiques**

Quant aux collections ethnographiques, les bases de bon nombre d'entre elles ont été posées, pour l'essentiel, par MM. Fritz et Paul Sarasin, Felix Speiser, Paul Wirz et Alfred Bühler, il y a plusieurs décennies déjà. Ils se concentrèrent alors sur les peuples dits sans écriture qui transmettent leur savoir et leurs traditions par voie orale. Parmi ces peuplades, la mémoire de la parole est en effet telle qu'elles peuvent se passer d'écriture, n'en voyant du moins pas la nécessité. Ainsi l'objet issu d'une communauté de ce genre prendra évidemment une signification particulière, celle de document témoin.

**L'objet témoin**

Parmi les communautés dont le Musée conserve les objets, plus d'une a malheureusement disparu aujourd'hui. (Celà n'est pas le fait du hasard: trop souvent les représentants de notre civilisation occidentale on provoqué ou déclenché de manière directe ou indirecte, un processus de dégradation, voire même l'extermination pure et simple des peuples sans écriture. La pratique qui consistait à dénier aux membres de telles communautés leur nature humaine, en les qualifiant de ‹sauvages› et d'‹animaux› pour mieux pouvoir s'emparer de leurs territoires et les démunir de leurs moyens d'existence, spirituels et matériels, montre bien à quel point l'avidité au gain, les préjugés et le manque de respect des valeurs éthiques d'autrui sont responsables de l'anéantissement de beaucoup de cultures. Ce processus est d'ailleurs loin d'être révolu.)
Ainsi nous sommes confrontés à des objets étant parfois les derniers témoins d'ethnies et de cultures disparues. Mais ces objets continuent à parler, révélant bien des choses sur le mode de vie de ceux qui les ont jadis confectionnés; ils nous renseignent sur la vie commune du groupe, ses tâches et travaux quotidiens, les outils et matières premières utilisées; puis sur ses formes d'organisation sociale et l'environnement dans lequel il vivait, la maîtrise artisanale, l'habileté, le savoir-faire de ses membres, sans oublier les rites, les conceptions religieuses et les passions qui les animèrent.

**Le langage de la forme**

Les objets en disent long. Ils parlent un langage de la forme sans équivoque. Lors d'une comparaison, on distinguera sans peine l'objet d'origine africaine, américaine ou asiatique à sa forme spécifique. Sur le même continent cependant, l'inventaire domestique d'une communauté côtière de pêcheurs diffèrera de celui d'une communauté montagnarde, cultivant des tubercules et pratiquant l'élevage du cochon.

Nous trouvons dans toutes les collections du Musée de nombreux objets qui séduisent par leur forme et leur qualité artisanale. Les pièces de ce genre sont souvent exposées par les musées et galeries en tant qu'objets d'art: ‹Art Primitif›, ‹Art Tribal› ou encore ‹Art des peuples sans écriture›. Dans le présent ouvrage, le lecteur trouvera également des objets de cette catégorie dont l'aspect séduit. S'agit-il pour autant ‹d'œuvres d'art›?

**La maîtrise artisanale**

Il est difficile de répondre à cette question. Rappelons que les peuples sans écriture ne connaissent en général aucun terme correspondant à notre notion d'‹art›. L'art découle du savoir-faire. Les ‹artes› de l'Antiquité et du Moyen Age reposaient essentiellement sur la connaissance du métier, soit l'habileté, la maîtrise, la norme traditionnelle, puis l'enseignement et l'instruction respectifs. Ainsi, l'habileté et les capacités d'un médecin constituaient également un art.

**Conformité à la norme culturelle**

Vu sous cet angle, beaucoup de pièces préservées et exposées dans notre Musée relèvent du domaine artistique. Il s'agit cependant d'un art qui se passe de toute idéologie esthétique de type occidental. Certes, il est sans doute légitime de considérer et d'apprécier le masque ou le fétiche africain, la sculpture Malanggan en provenance de Nouvelle-Irlande ou la sculpture aztèque en pierre sous l'unique aspect de leur valeur artistique déterminée par la qualité artisanale, le choix et le façonnement de la matière première. Cependant les auteurs de pièces de ce genre, eux, étaient tenus de respecter scrupuleusement les canons de la conception formelle de leur communauté et par là, de leur culture. Seul le respect des canons de la forme garantissait la ‹justesse› de la pièce produite. Lorsque l'objet était ‹juste›, il produisait un effet dont on décuplait l'intensité par des actes religieux: l'objet devenait alors le réceptacle, la voix ancestrale, le portrait ou l'incarnation d'une divinité. La ‹justesse› de la pièce, impliquant parfois également l'utilisation de couleurs ‹justes› c'est-à-dire ‹efficaces›, ne pouvait être atteinte que si son auteur appartenait au bon groupe (famille, lignage, clan, caste) possédant les connaissances ‹exactes›. Par ailleurs il était tenu de suivre les prescriptions traditionnelles transmises oralement, comprenant des données artisanales et autres. Il n'y avait donc jamais de créations artistiques détachées de leur contexte social, mais uniquement des œuvres nées d'une interaction parfois très intense avec la communauté et ses coutumes traditionnelles, en particulier la religion. C'est ainsi qu'un Africain auquel on avait présenté deux masques en lui demandant

Forme et effet

Fonction

de désigner celui qui, selon lui, était le plus beau, répondit: ‹L'Africain n'évaluera pas un masque selon sa beauté, mais selon l'effet qu'il dégage, sa confection correcte. Si le masque est fait correctement, il aura forcément de l'effet.›

Dès lors, on devine sans peine le dilemme du Conservateur chargé d'exposer des pièces de musée. Faut-il en effet présenter, selon des critères purement artistiques, des objets qui, à nos yeux, atteignent une telle perfection technique et artisanale que nous les rangeons automatiquement parmi les œuvres d'art? Ou faut-il au contraire essayer de les montrer en tant que témoins d'un contexte culturel, en reprenant les valeurs de ceux qui les ont créés? – Dans le second cas on serait alors obligé de repousser délibérément au second plan l'aspect artistique des objets. La réponse à ces questions dépendra évidemment de l'évaluation des tâches et fonctions de l'ethnologue. – Les chapitres suivants montreront divers possibilités d'aborder le problème.

Gerhard Baer
Brigitta Hauser-Schäublin

# Preface

Acknowledgments

The present volume has come about as a result of long years of co-operation between the Birkhäuser Press and the Museum, but above all thanks to Birkhäuser's generous offer to publish this kind of book. It contains a large number of cultural documents, the spectrum ranging from Europe through Africa, India, Indonesia, Australia, Melanesia and Polynesia to America. The book documents not only great cultural diversity but also the many fields of collection and research the Museum of Ethnography and Swiss Museum for European Folklife are active in. In this beautifully illustrated volume scholars from various domains present to the public important objects from their fields under the common heading 'World Cultures, Arts and Crafts'.

House of Arts and Sciences

Though the Museum is certainly many-sided today, it was originally even more all-inclusive. The classicistic museum in Augustinergasse, designed by Melchior Berri and opened in 1849, which today houses not only the ethnographic and folklife collections but also the Museum of Natural History, was intended to be a total museum, a house of arts and sciences. At the time, it contained the historical-antiquarian and art collections of the town of Basle as well as the natural history collection, the university library and the university institutes of chemistry and physics. The early ethnographic objects, among them the famous pre-Colombian pieces collected by Lukas Vischer between 1828 and 1837, were at that time part of the historical-antiquarian collection; it was only in 1893 that they were sorted out and entrusted to a committee composed of anatomist J. Kollmann, physician L. Rütimeyer and geographer R. Hotz. With the passage of the law concerning university property by the Town Council in 1903, the ethnographic collection officially received the name 'Ethnographic Collection'. Today the Museum of Ethnography possesses approximately 160,000 to 170,000 objects, making it by far the largest museum of ethnography in Switzerland.

Swiss Museum for European Folklife

In 1904, the 'European Department' of the museum was founded by E. Hoffmann-Krayer, who became its supervisor; he later called it 'Museum für Ergologie', i.e. Museum for the Study of Artifacts and Processes. The founder wrote the following in 1905: 'Those objects are to be collected which the rural population either produces or uses and which represent a significantly more primitive stage of culture than can be found in modern urban culture, as well as such urban products as have been closely linked with folklife through a comparatively long tradition.' Ever since, these aims have steadily been adapted to the changing goals of folklife research. Since 1944 the large Folklife Department, with over 50,000 pieces, has carried the federally recognized name 'Swiss Museum for European Folklife'.

### Ethnographic Collections

The cornerstone of several ethnographic collections was laid several decades ago, above all by Fritz and Paul Sarasin, Felix Speiser, Paul Wirz and Alfred Bühler. These men collected objects from population groups that are often termed the 'nonliterate' peoples because their knowledge and traditions are passed on orally. Their memories are correspondingly well-developed, so that a written record is unnecessary or at least considered to be so. Where there are no written

### The Artifact as Document

records, objects made by these groups acquire particular documentary significance. Many of the societies that produced the objects preserved by the Museum have, unfortunately, died out. (This is not a coincidence: often members of western civilization have directly or indirectly caused or contributed to the decline and destruction of the nonliterate peoples. The fact that in the process members of nonliterate cultures are frequently considered not to qualify as 'human beings' because alleged 'savages' or 'animals' can better be stripped of their land and other basic necessities shows how greed, intellectual prejudices and moral irresponsibility have caused the fall of many cultures. This process is still going on today.)

We are thus faced with the fact that many tangible products are often the last pieces of evidence of societies and cultures that have disappeared. But even then the objects speak to us. They disclose a great deal about the way of life their producers once had; they tell us of a group's convivial life, of their work, their tools, the raw materials they used, the organizational structures of their society; they speak of nature, the environment in which the group lived, of the manual skill, abilities and knowledge these people possessed, of the rituals, religious beliefs, moods and passions that animated them. Artifacts

### The Language of Forms

speak an unmistakable language of forms. African, American and Asiatic objects, when compared, differ as to form. But on the same continent the equipment of a fisher-society settled near the sea differs in character from the equipment of a mountain people that grows tubers and breeds pigs.

Each of the collections in the Museum contains numerous objects striking through their formal standards and high-quality craftsmanship. In many museums and galleries objects of this kind are exhibited as 'art': as 'primitive art', as 'the art of primitive peoples' or 'the art of the nonliterate peoples'. In the present volume, too, the reader will find pieces of formal excellence. Are we, then, dealing with 'art'?

This question is very hard to answer. It should first be pointed out that as a rule the nonliterate peoples have no linguistic expression equivalent to our term 'art'. The 'Artes' of antiquity and the Middle Ages were based on skill, ability, craft and tradition and thus also on corresponding instruction and tutelage in these arts. The knowledge and skill of a physician was also an 'Ars'.

Craftsmanship

Understood in this way, much of what is preserved and exhibited at the Museum is 'art'. But an art that manages without the ballast of western aesthetic ideologies.

An additional consideration leads even further. A mask or fetish from Africa, a Malanggan carving from New Ireland, an Aztec stone sculpture – all of these can be experienced and appreciated under the aspect of art, of skilful craftsmanship, of manual and technical mastery of the material. For the producers of these objects the canon of forms of their society and thus of their culture was binding and compelling. If they adhered to the formal canon, the piece they created was considered to be 'proper'.

Correspondence
to Cultural Norms

If it was 'proper', its effect could even be heightened through religious acts: the object could then become the repository for spirits, the voice of ancestors, the image of a deity or the deity itself. A 'proper' form, which often included the use of proper, i.e. effective, paints, could actually be achieved only if the creator came from the right group (family, line, clan, sib, caste) – one that possessed the necessary 'proper knowledge' – and if, at the same time, he followed the old, orally communicated, traditional rules that contained both manual and non-manual precepts. There were, thus, absolutely no works of art created outside the narrow social context, there were only works that had come about through close, sometimes intimate, ties with society and its tradition, especially its religion. Thus an African once answered the question of which of two masks was in his opinion more beautiful as follows: 'An African does not judge a mask according to its beauty; he judges it according to its effect and to whether it is correctly made. If it is made properly, it is also effective.'

Form and Effect

It now begins to become clear that an inner conflict can arise when presenting objects at a museum: should objects which in our view are formally so perfect and wonderfully finished that we would unhesitatingly attribute them to the realm of art also be presented according to the formal criteria of art? Or should one attempt to show these objects primarily as documents of a cultural context and go out above all from their creators' evaluation of them? – If the second is true, the artistic character of the pieces should clearly and expli-

Function

citly be ranked second. These questions naturally have to do with the assessment of the problems ethnologists have to solve. – How these questions can be answered will be illustrated in the following chapters.

Gerhard Baer
Brigitta Hauser-Schäublin

Annemarie Seiler-Baldinger

# Indianisches Amerika

L'Amérique indienne

Indian America

Anfänge

Die Geschichte des Indianischen Amerika beginnt zwischen 40000 und 20000 Jahren v. Chr., also kurz vor und während der letzten Eiszeit, mit der Einwanderung der ersten Jäger und Sammler aus Asien über die glaziale Landbrücke der Beringstrasse. In kleinen, wohl sehr unterschiedlichen Gruppen betraten diese, dem Jagdwild folgend, einen neuen, menschenleeren Kontinent. Von Alaska her drangen sie in verschiedenen, zeitlich weit auseinanderliegenden Wellen im Laufe von Jahrtausenden nach Süden vor. Die Eskimos stellen die letzten Einwanderer dieser Art dar. Um 10000 v. Chr. erreichten die ersten Menschen die Südspitze Amerikas. Die Zahl der Fundplätze aus dieser Zeit steigt auffallend an und deutet auf eine allgemeine Zunahme der Bevölkerung hin. Diese Paläo-Indianer jagten Grosswild wie Mammut, Mastodon und Bison. Um 7000 v. Chr. wurde dieses bevorzugte Jagdwild infolge der einsetzenden Klimaverschlechterung spärlicher, bis später einige Tierarten überhaupt ausstarben. Der Schwerpunkt verlagerte sich deshalb allmählich von der Jagd auf das Sammeln wildwachsender Pflanzen und auf die Pflege besonders ergiebiger Plätze.

Pflanzendomestikation

Diese Art der Beschäftigung führte schliesslich an mehreren Orten der Neuen Welt (z. B. Nord-Mexico und zentrales Andengebiet) zu Auslese und planvoller Zucht. Zuerst wurden zwischen 6000 und 5000 v. Chr. verschiedene Kürbisarten, Bohnen, Pfeffer und Avocados angebaut. Um 3500 v. Chr. gelang in Meso-Amerika die Domestikation von Mais, der Nahrungspflanze des Indianischen Amerika schlechthin. Danach folgte relativ rasch die Zucht verschiedener anderer Nutzpflanzen wie Baumwolle, Agave, Erdnuss, Kartoffel, Maniok, Tomate und Tabak, von denen wir nicht wenige übernommen haben. Da zur Aufzucht geeignete Tierarten in Amerika fehlten, spielte diese im Vergleich zur Pflanzendomestikation eine höchst untergeordnete Rolle. Den Hund hatten die ersten Einwanderer wahrscheinlich aus Asien mitgebracht. Später kamen dann in Mexico der Truthahn, im Andengebiet Lama, Alpaca und Meerschweinchen hinzu. Der Proteinbedarf musste also weiterhin durch Jagd und Fischfang gedeckt werden. Parallel zum fortschreitenden Pflanzenbau erfolgte auch die Entwicklung zur Sesshaftigkeit einzelner Gruppen. Der Überschuss an Nahrungsmitteln erlaubte diesen eine Befreiung gewisser Bevölkerungsteile von der reinen Subsistenzwirtschaft zugunsten anderer spezifischer Tätigkeiten. Damit war die Voraussetzung zu einer echten Spezialisierung auf den Gebieten des Handwerks, der Kunst, der Medizin und der Religion gegeben.

Präklassische Zeit

Die Hochländer mit ihrem gemässigten Klima wiesen damals wie heute die grösste Besiedlungsdichte auf. Hier begann etwa um 1500 v. Chr. (präklassische oder formative Phase) sowohl in Mittel- als auch in Südamerika die Entwicklung zu staatenähnlichen Gebilden theokratischen Charakters. Diese zeichneten sich durch ein hierarchisches Gesellschaftsgefüge aus, an dessen Spitze ein Priester- oder Kriegeradel stand. Totenkult, Ahnenverehrung und der Glaube an ein Jenseits fanden in Grab- und Opfergaben ihren Ausdruck. In Mittelamerika wurden in eigentlichen Töpferzentren (Beginn der Keramik in Amerika um 3000 v. Chr. in Kolumbien und Ecuador) eine Fülle von Tonfiguren hergestellt, die den Verstorbenen auf seine Reise in eine andere Welt begleiten sollten, eine Tradition, die sich z. B. in West-Mexico besonders lang gehalten hat (vgl. Tafel 2). Bei aller Verschiedenheit der Entwicklung in Mittel- und Südamerika gestatten die Parallelen doch eine gewisse Verallgemeinerung. Kennzeichnend für die präklassischen Kulturen Amerikas (z. B. Olmeken der mexikanischen Golfküste, Chavin im nordperuanischen Hochland) ist die Herausbildung derjenigen Züge, welche die nachfolgenden klassischen und nachklassischen Kulturen prägten. Dazu gehören Kultzentren mit monumentaler Steinarchitektur, planvolle Städteanlagen, künstliche Bewässerungssysteme, Kalenderwesen, glyphenartige Schriftzeichen (vorläufig nur für Mittelamerika gesichert), Menschenopfer, ein differenziertes Pantheon und eine komplexe Ikonographie, die sich künstlerisch in religiös bestimmten Stilelementen niederschlägt (Feliden- und Schlangenmotive, vgl. Tafeln 5–6). Steinbildkunst, Töpferei, Schnitzerei, Textilhandwerk und Goldschmiedearbeit (vgl. Tafeln 3–6) gelangten zu höchster Perfektion.

Klassische Zeit

Die klassische Periode (200–900 n. Chr.) ist in Mexico mit den Namen von Teotihuacan, El Tajin und Monte Alban verbunden, in Peru mit denjenigen von Vicus, Moche und Paracas. Im tropischen Süden Yucatans erlebt die Maya-Kultur ihre Blütezeit. Das Regenwaldgebiet war bereits im ersten vorchristlichen Jahrtausend von der Küste und vom Hochland her besiedelt worden. Nun entstehen im Tiefland die grossen Pyramidenstädte Tikal (vgl. Tafel 4), Copan, Palenque und Bonampak mit ihren kunstvoll gearbeiteten, glyphenübersäten Stelen und Gebäuden.

Die letzten drei Jahrhunderte des ersten Jahrtausends n. Chr. bringen durch grössere Völkerbewegungen ausgelöste Veränderungen. Kriegerische Jägerstämme dringen von Norden her nach Zentral-

Mexico vor. Teotihuacan wird zerstört und von Tula, der Hauptstadt der chichimekischen Tolteken, abgelöst. In Monte Alban, dem grossen Zeremonialzentrum Südmexicos treten die künstlerisch begabten Mixteken die Nachfolge der Zapoteken an. Die Wirkungen des Völkerdruckes sind auch im Südosten spürbar. Um 900 n. Chr. führt dies, zusammen mit vielen anderen, zum Teil noch ungeklärten Gründen, zum Verlassen der Tempelstädte.

Nachklassische Zeit

In Südamerika breitet sich um 700 die vom bolivianischen Hochland ausgehende Tiahuanaco-Huari-Kultur über das ganze westliche Peru aus, von Lambayeque im Norden bis Nazca im Süden. Diese pan-peruanische Phase dauert allerdings nicht lange. Um die Jahrtausendwende setzen sich die Lokalstile wieder durch (Ancon, Ica, Chancay), die oft an das kulturelle Erbe der Formativen Zeit anknüpfen. Mehrere Küstentäler schliessen sich zu politischen Einheiten zusammen, unter denen, im Norden, das Reich der Chimu, im ehemaligen Herrschaftsgebiet der Mochica, das bedeutendste ist. Im Süden des zentralen Hochlandes, im Tal von Cuzco, gewinnt die Quechua sprechende Sippe der Inka zusehends an Einfluss. Aus einem Kleinstaat wird schliesslich unter der Führung des neunten Herrschers Pachacuti (1438–1471) und seines Sohnes Topa Yupanqui ein wohlorganisiertes Riesenreich.

In Mittelamerika zeichnen sich ähnliche kriegerische Ereignisse ab. 1168 n. Chr. fällt Tula in die Hände neu zugewanderter Chichimekenstämme. Kurz zuvor hatte bereits ein Teil der Tolteken sein Land verlassen und war nach Yucatan ausgewandert. Dort vermischten sie sich mit den Maya und nahmen mit diesen zusammen die Neugründung ihrer Städte im Norden der Halbinsel vor (Chichen Itza, Uxmal).

Als die Nahua sprechenden Azteken auf dem Hochland von Mexico eintrafen, fanden sie die Gegend des Tetzcoco-Sees dicht besiedelt vor. Um 1300 mussten sie sich mit Inseln und Sumpf im Westteil des Sees zufriedengeben. Dort gründeten sie auch 1370, einem Orakelspruch folgend, Tenochtitlan, die heutige Hauptstadt Mexicos. Erst hundert Jahre später hatten die Azteken ihre Stellung soweit gefestigt, dass sie zum Bündnispartner der benachbarten Städte werden konnten. Gemeinsam mit diesen unterwarfen sie nach und nach die umliegenden Völker, von denen sie enorme Abgaben verlangten. Mit den Tributen kamen nicht nur begehrte Rohstoffe und Produkte, sondern auch geschätzte Handwerker und Künstler in die aufstrebende Metropole. Die nach Berufsgattungen in eigenen Quartieren angesiedelten Steinschneider, Bildhauer, Federarbeiter, Goldschmiede, Weber, Mattenflechter, Töpfer, Maler und Schnitzer arbeiteten hauptsächlich für den Krieger- und Priesteradel, für Paläste und Tempel. Ihre Kunsttradition verschmolz mit derjenigen der Auftraggeber zu jener Einheit, die man, vor allem in der Monumentalplastik, als ‹aztekischen Stil› zu bezeichnen pflegt (vgl. Tafel 3).

Eroberung

Zwischen 1521 und 1544 fanden zwar die drei grossen Reiche der Azteken, Maya und Inka durch die spanische Eroberung ein Ende, nicht aber deren Kulturen. Noch heute wird in den betreffenden Gebieten weiterhin Nahua, Maya oder Quechua gesprochen, lebt die Tradition dieser Völker fort. Es ist geradezu erstaunlich, in welchem Masse durch all die Jahrhunderte hinweg, und trotz massiven Drukkes von aussen, sich vorkolumbisches Kulturgut erhalten hat. Mehr noch als im materiellen Bereich haben diese Menschen gerade im Geistigen ihre Eigenständigkeit zu bewahren vermocht.
Ungleich verheerender wirkte sich die europäische Expansion auf die Situation der nordamerikanischen Indianer aus. Dies mag teilweise mit der Kolonialpolitik Englands, später der USA zusammenhängen, die nicht wie Spanien und Portugal eine Vermischung der Kulturen zuliess. Während sich die iberische Krone, unter dem Einfluss hervorragender Geistlicher und Verfechter der indianischen Sache, mit fortschrittlichen Gesetzen um den Schutz der Indianer bemühte, propagierten die angelsächsischen Herren geradezu die Vernichtung der amerikanischen Ureinwohner. Krieg, Zerstörung der Nahrungsquellen (z. B. Abschiessen der Büffelherden), Landgier, Goldrausch, Eisenbahnbau, Deportation und Zusammenpferchen der Indianer in durch Vertragsbrüche stets kleiner werdende Reservate boten dem Überleben indianischer Identität in Nordamerika wenig Chancen.

Heutige Situation

Im nichtandinen Südamerika, also im sogenannten Tiefland, haben wir heute eine dem ‹Wilden Westen› vor hundertfünfzig Jahren vergleichbare Situation einer vordringenden Pionierzone. In den Savannen Brasiliens, Venezuelas und Kolumbiens, im Gran Chaco und im tropischen Regenwald der Montaña (Anden-Ostabhang), vor allem aber des Amazonas-Einzugsgebietes, sind noch autochthone Indianergruppen heimisch, deren direkte Kontakte mit unserer ‹Zivilisation› zum Teil bloss auf wenige Jahrzehnte zurückgehen. Erst in diesem Jahrhundert begann, eingeleitet durch die Rohgumminachfrage, der Grossangriff auf dieses riesige, nur entlang den

Hauptflüssen zugängliche Gebiet. Seit 1970 werden zur Erschliessung der Mineralvorkommen, zur politischen und wirtschaftlichen Integration die modernsten Mittel der Technologie in einem Umfang wie nie zuvor eingesetzt. Verlockende Angebote und Versprechen werden jenen gemacht, die bereit sind, das Land zu besiedeln und zu nutzen.

Einschränkung des Lebensraums

Nicht nur in Brasilien, auch in Peru versucht man, die Bevölkerung von Problemgebieten ins Tiefland umzusiedeln, auf Kosten der dortigen Bewohner allerdings. Denn dieses Land ist keineswegs menschenleer, wie man oft glauben machen möchte, sondern stellt den Lebensraum verschiedener alteingesessener Indianervölker dar. Wenn auch die Vorgeschichte Amazoniens noch weitgehend unerforscht ist, so wissen wir doch, dass zumindest entlang den Flussläufen sich schon vor mehreren tausend Jahren Indianer niederliessen. Es handelte sich dabei um sesshafte Pflanzer, die im Brandrodungsbau vor allem verschiedene Maniokarten kultivierten (dies in Nord-Kolumbien seit mindestens 3000 v. Chr.). Das Binnenland, die ‹Terra firme› zwischen den Strömen mit ihrem fruchtbaren Schwemmland, wies wohl immer eine geringere Bevölkerungsdichte auf, da dort die Böden weniger ertragreich sind. Auch heute noch spielt dort die Jagd- und Sammeltätigkeit neben dem Gartenbau eine existentiell wichtige Rolle für die Menschen.

Akkulturation

Da seit der Zeit der spanisch-portugiesischen Entdeckung Eroberer, Missionare, Abenteurer, Händler und Einwanderer bis vor kurzem hauptsächlich die natürlichen Wasserwege benutzen mussten, wurde die dort ansässige Bevölkerung besonders stark in Mitleidenschaft gezogen. Man findet denn auch entlang denselben stark akkulturierte Indianergruppen, deren Kultur sich kaum von derjenigen der nationalen Landbevölkerung unterscheidet. Andere, wie z. B. die zahlreichen und von frühen Reisenden vielbewunderten Omaguas am oberen Amazonas, haben die Kontakte nicht überlebt und gingen in der Sklaverei und an eingeschleppten Krankheiten zugrunde. Dass die Geschichte der südamerikanischen Indianervölker eine bewegte ist, zeigen nicht nur die archäologischen Funde, sondern geht auch aus der Verteilung der Sprachgruppen hervor.

Sprachliche Vielfalt

Allein aus Südamerika sind über hundert Sprachfamilien bekannt, die wiederum in zahlreiche Einzelsprachen und Dialekte zerfallen. Zu den grössten Sprachfamilien gehören die der Tupi-Guarani,

Aruak und Cariben. Tupi sprechende Stämme finden sich beispielsweise an der ostbrasilianischen Küste, in Nord-Brasilien (Urubu-Kaapor), in Zentral-Brasilien (Mundurucu), am oberen Amazonas (Omagua) und im Gran Chaco. Ähnliches trifft für die Cariben zu, die in Guayana zu Hause sind, deren Sprache aber auch in Kolumbien, Venezuela (Makiritare), im Xingu-Quellgebiet und an den unteren Amazonas-Zuflüssen (Aparai) gesprochen wird. Die Aruak sind sowohl auf den Antillen und in Guayana als auch in Ost-Kolumbien, Nord-Brasilien, im Xingu-Quellgebiet (Waura) und in der peruanischen Montaña (Piro) vertreten.

Migrationen

Diese Sprachverteilung ist das Ergebnis ausgedehnter Völkerwanderungen. Solche Migrationen sind für die vorkolumbische Epoche ebenso belegt wie die von Chronisten geschilderten Ereignisse des 16.–17. Jahrhunderts und der nachfolgenden Zeit. Noch heute finden kleinere und grössere Verschiebungen statt, deren Gründe mannigfach und vielschichtig sind. Sie mögen, ganz abgesehen von kriegerischen Ereignissen, interner Natur sein, hervorgerufen zum Beispiel durch den Tod eines Stammesangehörigen, was das Verlassen des Siedlungsraumes aus Respekt vor der Totenseele zur Folge haben kann. Auch das durch Erschöpfen der Böden bedingte Verlegen von Pflanzungen und Dörfern in ein anderes Gebiet oder die Jagdwildfolge veranlassen indianische Gruppen immer wieder zum Wohnortswechsel. Natürlich hatte die Entdeckung und Eroberung enorme Konsequenzen für die Ureinwohner Amerikas. Der Bevölkerungsdruck setzte sich von den Küsten ausgehend landeinwärts fort und verdrängte die Indianer in unzugängliche und landwirtschaftlich minderwertige Rückzugsgebiete. Die Mission andrerseits versuchte gerade die versprengten Gruppen unter ihre Kontrolle zu bringen und der schweifenden Lebensweise durch Ansiedlung in Reduktionen (Konzentration verschiedener Lokalgruppen in einem Missionsdorf) Einhalt zu gebieten. Diese Bestrebungen wurden und werden von den Regierungen der betreffenden Länder zur Integration in die jeweilige Nation sehr unterstützt.

Nativismus

Der Zusammenprall einander so diametral entgegengesetzter Welten hatte aber noch ganz andere Folgen, die sich ebenfalls bevölkerungspolitisch auswirken sollten. Durch die Zerstörung der geistigen wie materiellen Grundlagen ihrer Kultur entstand bei vielen Indianern ein Vakuum, das einen idealen Nährboden zur Entstehung von Revitalisations-Bewegungen darstellte. Bei diesen Erscheinungen (auch Nativismus genannt) handelt es sich um den Versuch einer Neuorientierung der Gesellschaft, sei es indem man auf traditionelle Werte zurückgreift, sich Heilserwartungen hingibt oder messianischen Führerpersönlichkeiten in eine bessere Zukunft folgt. In Südamerika haben gerade die immer wieder auftretenden messianischen Bewegungen grosse Völkerverschiebungen ausgelöst, wobei sich ganze Stämme auf die Suche nach einem irdischen ‹Paradies› aufmachten. Eine solche Bewegung fand unlängst (1973–1975) am oberen Amazonas statt und mobilisierte Hunderte von Indianern.

Kulturwandel

Wenn auch die Ereignisse der jüngsten Zeit rasche Veränderungen begünstigen, wäre es doch ein Irrtum anzunehmen, diese Völker hätten vorher in statischer Idylle verharrt. Früher wie heute bestanden ebenfalls intensive Handelsbeziehungen. Nicht nur Rohmaterialien (Stein, Metall), Nahrungs- und Genussmittel (Salz, Pfeilgift) und Fertigprodukte (Keramik, Waffen, Hängematten usw.), auch Ideen wurden auf diese Weise über grosse Distanzen ausgetauscht. Neues, auch Europäisches, konnte von den betreffenden Völkern so lange verkraftet und integriert werden, als es qualitativ und quantitativ der eigenen Kultur nicht gerade diametral zuwiderlief. Intensität und Tempo des Kulturkontaktes haben allerdings in den letzten Jahren so zugenommen, dass mehr verändert und zerstört wurde als in Jahrzehnten zuvor. Von wenigen Ausnahmen abgesehen, gehören auch die abgebildeten Dokumente rezenter Völker bereits wieder der Vergangenheit an. So gibt es bei den heutigen Mundurucu keine Trophäenköpfe (vgl. Tafel 15) mehr, weil um die Jahrhundertwende die Stammesfehden durch die Absorbierung der Mundurucu in der Gummigewinnung ein Ende fanden. Manche Kunsterzeugnisse und Gebrauchsgegenstände haben sich gewandelt. Die Aparai-Dachscheiben (vgl. Tafel 9) werden heute mit synthetischen Farben grell bemalt. Die feine Keramik ist längst Aluminiumbehältern gewichen. Die Verachtung eingeborenen Kulturgutes, aber auch das verzweifelte Bestreben der Indianer selbst, den Anschluss an die neue Ära nicht zu verpassen, haben vielfach einen unglaublich raschen Zerfall des traditionellen Handwerks bewirkt. Auch das expandierende Touristengewerbe kann den Trend nicht aufhalten, sondern fördert diesen eher noch. In den groteskesten Souvenirartikeln drückt sich die Orientierung an einem fremden Wertsystem und die Verleugnung des eigenen höchstens noch augenfälliger aus. Unbeschadet haben den rapiden Wandel nur jene Gegenstände überstanden, die auch nicht durch die selbstherrliche Technik unserer Zeit ersetzt werden konnten (z. B. Korbwaren, Taschen, Hängematten, Blasrohre, Paddel u. Ä.).

Ausdruck der Identität

Dies alles gilt in groben Zügen für diejenigen Indianervölker, die mit der nationalen Kultur dauernd konfrontiert oder gerade im Begriff sind, darin integriert zu werden. Das trifft allerdings für die meisten zu, wird doch der Lebensraum der wenigen noch isoliert lebenden Gruppen von Tag zu Tag mehr eingeengt. Dort, wo Menschen relativ unabhängig von den ‹Segnungen› unserer Zivilisation leben, ihr Selbstbewusstsein bewahrt, oder, was seltener vorkommt, nach Überstehen des Kulturschocks dieses wieder zurückgewonnen haben, dort ist man auch stolz auf das eigene Können. Dieses fand einst überall in Amerika in der Anfertigung von Federarbeiten eine besonders prägnante Ausdrucksform (vgl. Tafeln 11, 12, 14).
Federschmuck steht heute noch bei einigen Stämmen (z. B. Urubu-Kaapor, vgl. Tafel 12) beispielhaft für kulturelle Identität. Zweifelsohne nimmt er, dank seiner tiefen Verankerung im Religiösen, eine zentrale Stellung auch im künstlerischen Bereich ein. Vögel gelten als Seelenträger, sind Boten zwischen Himmel und Erde, Symbole des Göttlichen, Sinnbilder des Guten und Bösen. Ihre Federn versehen den Träger mit magischen Kräften, schützen ihn vor Unbill, stärken ihn in Krisensituationen (Geburt, Initiation, Krankheit, Tod). Federschmuck ist geschlechtsspezifisch. Er signalisiert die Zugehörigkeit zu einer bestimmten ethnischen Gruppe, zu Abstammungslinien, zu Berufs- und Altersklassen. Form und Farbe haben eine grosse Bedeutung. Farbkombinationen und Abfolgen unterliegen nicht individuellen, zufälligen oder rein ästhetischen Kriterien, sondern einem mythisch begründeten Kanon. Vögel, Federn und Federschmuck tragen in sich Botschaften des Göttlichen in Form einer geistig verstandenen Lebenskraft, die allen Wesen und Dingen innewohnt. In einer Schöpfungsmythe eines Guarani-Stammes aus dem Matto Grosso (Brasilien) heisst es:
‹Auf dem göttlich emporragenden Haupt/waren die Blumen des Federschmuckes/wie Tautropfen inmitten von Blumen,/aus dem göttlichen Federschmuck/flog der Vogel des Ursprungs, flog der Kolibri› (Baudot 1976: 309).
Vergleicht man diesen Passus mit einem Gedicht aus aztekischer Zeit, so scheinen dazwischen nicht fünfhundert Jahre und Tausende von Kilometern zu liegen:
‹Gelbe Blumen, duftende Blumen, köstliche Blumen,/Blumen des Vogelgefieders/winden sich zum Kranz:/sie sind die deinen, oh

Gott/Smaragd und Türkis sind dein Zeichen/und dein Federschmuck/du, durch den alles lebt› (Garibay 1964).

Kreativität

So wurde denn auch Kreativität als eine besondere Gabe empfunden, der man sich durch einen vorbildlichen Lebenswandel würdig erweisen musste. Nicht umsonst sagten die Azteken vom Kunsthandwerker und Künstler: ‹Er ist ein vollkommener Mensch, weitblikkend und findig. Er überlegt reiflich und ist fleissig. In ihn setzt man Vertrauen. Er ist gewandt, klug, einsichtsvoll, er macht sich an schwierige Sachen und besinnt sich auf alles. Er handelt mit Ernst und Geschick. Der Künstler arbeitet mit Auge und Herz. Sein Herz ist gotterfüllt, alles vergöttlicht sein Herz, bringt Schönheit in die Dinge. Er hält Zwiesprache mit seinem Herzen, gibt den Dingen Leben, weiss Liebe menschlich zu machen.› (Cantares Mexicanos und Informantes de Sahagun.) Der Künstler strebte also nicht nach individuellem Ruhm, sondern sah sich als Instrument im Dienst einer übergeordneten Macht. Trotz der schriftlichen Überlieferung der Maya und Azteken, die uns zahlreiche Herrscher- und Priesternamen hinterlassen hat, bleiben die Namen der Bildhauer, Maler, Goldschmiede, Schnitzer und Federarbeiter ungenannt. Ihre Aufgabe bestand denn auch nicht darin, mit ihren Werken Originalität oder gar persönliche Eigenwilligkeit zu bekunden. Vielmehr sollten sie zwischen diesen unsichtbaren Kräften und den Mitmenschen vermitteln, sozusagen das «Wesen des Göttlichen» allen be-greiflich machen, indem sie ihm Gestalt verliehen.

Andererseits bedeutet dies nun auch wieder nicht, dass Kunst ausschliesslich dem kultischen Bereich verpflichtet und vorbehalten war. Sie hatte und hat durchaus ihren Platz im Alltag und ist in diesen integriert. So schmückt sich ein Cashinahua-Mann (Montaña, Peru), wenn er um eine Frau wirbt, mit einer an sich für Kulthandlungen bestimmten Federkrone. Da diese als kraftgeladen gilt, sichert er sich damit die Beteiligung übernatürlicher Mächte, obwohl das Objekt selbst, in diesem Zusammenhang, einem sehr irdischen Zwecke dient (Kensinger 1975: 69).

Beispiele dieser Art liessen sich noch beliebig viele anführen. Sie alle zeigen die enge Verbundenheit und die gegenseitige Durchdringung von Religiösem und Profanem. Am gerechtesten wird man indianischem Kunstschaffen wohl, wenn man von der stark westlich geprägten Trennung dieser Bereiche absieht und sie als Einheit zu verstehen sucht. Auch wäre es ein Irrtum anzunehmen, dass es im indianischen Wortschatz keinen Begriff für Kunst gibt. Ein Haida-Schnitzer

von der Nordwestküste Nordamerikas gab bei der Diskussion der Werke seines Stammes zu bedenken: ‹Diese Objekte wurden nicht nur bei Zeremonien verwendet. Sie wurden wie Kunstwerke behandelt, gingen von Hand zu Hand, wurden bewundert, gestreichelt, genauestens geprüft. Jedermann war Kritiker und Kenner zugleich› (Holm/Reid 1975: 97).
Dieses spontane, unmittelbare Verhältnis zur Kunst ist ein immer wiederkehrendes Phänomen. Kunst wurde sicher nicht im Sinne des ‹l'art pour l'art›, als Selbstzweck begriffen, sondern musste von allen Mitgliedern einer Gesellschaft verstanden werden können. Deshalb sagten schon die Azteken von den ‹schlechten Künstlern›, dass sie ‹das Antlitz der Dinge nicht beachteten und zeigten›, dass sie ‹das Antlitz der Dinge entstellten und ihm sein Leben nähmen› (Cantares Mexicanos und Informantes de Sahagun).
Was in alter Zeit so empfunden wurde, mag auch heute noch seine Gültigkeit haben. ‹Kunst, als Ausdrucksmittel symbolischer Elemente›, antwortete ein Kolumbianischer Desana-Indianer einem Anthropologen, ‹sei die höchste Ebene der Kommunikation› (Reichel-Dolmatoff 1971: 246).

## Zur Sammlung der Amerika-Abteilung

Zu den Schwerpunkten der Amerika-Sammlung zählt das vorkolumbische Mittelamerika einerseits und das heutige Südamerika andererseits. Die nordamerikanischen Bestände nehmen sich daneben eher bescheiden aus, weisen aber dennoch einige hervorragende Beispiele von der Nordwestküste und der Prärie (vgl. Tafel 1) auf. Gesammelt wurde allerdings nie systematisch. Die meisten Objekte stammen aus Schenkungen oder stellen Gelegenheitskäufe dar.
Ganz anders ist die Situation in Mittelamerika. Als 1849 das Museum an der Augustinergasse eröffnet wurde, bildeten alt-mexikanische Kunstwerke (vgl. Tafel 3) den Grundstock der Sammlung und Hauptattraktion der Schau. Es handelte sich dabei um eine grosszügige Donation des Basler Kaufmanns Lukas Vischer, der von 1828 bis 1837 Mexico bereist hatte. 1878 erhielt das Museum vom Arzt und Naturforscher Gustav Bernoulli einzigartige Maya-Holzreliefs, die sog. ‹Tikal-Tafeln› (vgl. Tafel 4), geschenkt, die heute Weltruf geniessen. Die Alt-Amerika-Bestände wurden immer wieder durch Legate bereichert und 1972 durch den Ankauf einer wertvollen Sammlung vorklassischer sowie westmexikanischer Tongefässe und -figuren abgerundet.
Bei Südamerika liegt der Akzent auf der Erfassung rezenter Indianerkulturen. Die Archäologie Perus (Keramik, Textilien siehe Slg.

Iklé-Huber; vgl. Kapitel Textilien), Ecuadors (Figürliche Keramik) und Kolumbiens (insbesondere Tairona) ist dabei trotzdem gut und repräsentativ vertreten.
Die Schwerpunktbildung bei den Ethnographica hängt sowohl mit den ersten grösseren Ankäufen zu Beginn dieses Jahrhunderts als auch mit der eigenen Forschungstätigkeit der Museumsmitarbeiter zusammen. So gelangte beispielsweise 1919 eine umfangreiche Sammlung aus dem Gran Chaco nach Basel, die in den Jahren vor 1888 von einem Aargauer Arzt in Paraguay angelegt worden war. Inzwischen gehört diese Region zu den best- und umfassendst dokumentierten Sammlungen der Abteilung. Basler Wissenschafter aus Nachbargebieten (Botaniker, Zoologen, Geologen und Geographen) brachten immer wieder völkerkundliches und prähistorisches Material von ihren Reisen mit und legten so den Grundstein zu Sammlungen aus Nord-Kolumbien, den Antillen und Venezuela. 1924 besuchte erstmals ein Museums-Ethnologe einen südamerikanischen Indianerstamm, und so verdanken wir Felix Speiser nicht nur eine schöne Sammlung (vgl. Tafeln 9–11) von den Aparai, sondern auch den ersten Film über dieses Volk. Seither zählt das Amazonas-Einzugsgebiet zu den Hauptforschungszielen Basler Amerikanisten. 1954 weilte Hans Dietschy bei den Karaja (Brasilien), 1955 Gerhard Baer bei Stämmen des Xingu-Quellgebiets (Brasilien) und zwischen 1968 und 1976 bei den Piro und Matsigengga der peruanischen Montaña, 1969/70 Jürg Gasché zusammen mit Mireille Guyot bei den Witoto und Bora (Kolumbien) und Annemarie Seiler-Baldinger zwischen 1973 und 1976 bei den Yagua (Peru), alle drei in Nordwest-Amazonien. Dazu kam der gezielte Erwerb ergänzender Sammlungen von Kollegen aus den betreffenden Gebieten, so dass heute der Gran Chaco, die Montaña, das Xingu-Quellgebiet und Amazonien, zusammen mit Alt-Amerika, die Eckpfeiler der Sammlung darstellen.

# L'Amérique indienne

Le commencement de l'Histoire de l'Amérique indienne se situe quelque part entre 40000 et 20000 ans av. J.-C. avec l'immigration de peuplades subsistant de la chasse et de la cueillette. Venant d'Asie, elles empruntèrent l'isthme qui à l'époque glaciaire reliait les deux continents à l'endroit de l'actuel détroit de Behring. Il fallut attendre 10000 av. J.-C. avant qu'une première vague migratoire atteigne l'extrémité sud du continent américain. Une détérioration du climat réduisant la réserve de gibier entraina par la suite une intensification de la cueillette de plantes sauvages. Le sixième millénaire av. J.-C. apporta la domestication de la courge, de légumineuses et du poivre, tandis que celle du maïs, l'aliment de base de la nourriture indienne, ne survint qu'autour de 3500 av. J.-C., s'accompagnant d'une sédentarisation accrue. Des sociétés d'une structure proche de celle d'un Etat théocrate se formèrent autour de 1500 av. J.-C. (période préclassique) sur les hauts-plateaux d'Amérique centrale et de l'Amérique du Sud. Elles donnèrent naissance, à partir de 200 apr. J.-C., aux grandes civilisations classiques du Mexique central, des Andes péruviennes ainsi qu'à celle des peuples maya au sud du Yucatan. La fin du premier millénaire de notre ère est caractérisée par d'importants mouvements migratoires et des troubles constants. Autour de 900 apr. J.-C. (période postclassique), les Mayas quittent leurs agglomérations dans le sud du Yucatan pour aller s'établir dans le nord de la péninsule. Pendant qu'au XIVe siècle les Aztèques prennent pied sur le haut-plateau mexicain où ils fondent la capitale Tenochtitlan, le clan inca fait valoir une influence accrue dans les Andes. Le XVIe siècle voit l'anéantissement des trois grands royaumes maya, aztèque et inca. Néanmoins les traditions de ces peuples ont été préservées et la langue que l'on parle de nos jours est la leur. Aujourd'hui, seul quelques communautés habitant les régions reculées dans les forêts d'Amazonie ont su garder leur indépendance à l'égard de notre civilisation. L'art et l'artisanat y sont restés l'expression d'une identité culturelle et doivent être considérés dans le contexte socio-religieux respectif.
A Bâle, l'Amérique indienne est avant tout représentée par les collections précolombiennes d'Amérique centrale et par un matériel ethnographique plus récent en provenance d'Amérique du Sud (Gran Chaco, Amazonie et Montaña).

# Indian America

The history of Indian America begins between 40000 and 20000 B.C., when hunters and gatherers from Asia first crossed the Ice Age land bridge of the Bering Strait and set foot on the new continent. Around 10000 B.C. the first people reached the southern tip of South America. As game became scarcer due to an unfavourable change in the climate, gathering wild plants gradually began to replace hunting in importance. Between 6000 and 5000 B.C. squash, beans and pepper were successfully domesticated, and then, in 3500 B.C., corn, the edible plant most important to the Indians, finally was as well. During the same period, various groups started settling down. Around 1500 B.C. (Preclassic Period) theocratic, state-like entities began to emerge in the highlands of Central and South America. This led to the development of the classical cultures of central Mexico, the Maya peoples and the Peruvian Andes region around 200 A.D. The turn of the millenium was marked by migration and unrest. Around 900 A.D. (Postclassic Period) the Mayas left their towns in southern Yucatan to settle in the northern part of the peninsula. In the 14th century, while the Aztecs were gaining a foothold in the highlands of Mexico and founding their capital Tenochtitlan, the Inca tribe's influence in the Andes was growing steadily. Although the three great empires – Maya, Aztec and Inca – came to an end in the 16th century, the tradition of these peoples survives and their language is still spoken today. But the only places groups of Indians relatively independent of our civilization can still be found are the inaccessible jungle regions of Amazonia. There arts and crafts serve as an expression of identity and can only be understood in the context of the spiritual and religious background of the cultures concerned.

In Basle Indian America is represented above all by collections from pre-Columbian Central America and recent material from South America (Gran Chaco, Amazonia and Montaña).

Die Ziffern zur Übersichtskarte ‹Indianisches Amerika› beziehen sich auf die Farbtafeln 1–15.

Les chiffres de la carte géographique ‹Amérique indienne› se rapportent aux planches-couleur 1–15.

The numbers on the map of 'Indian America' refer to colour plates 1–15.

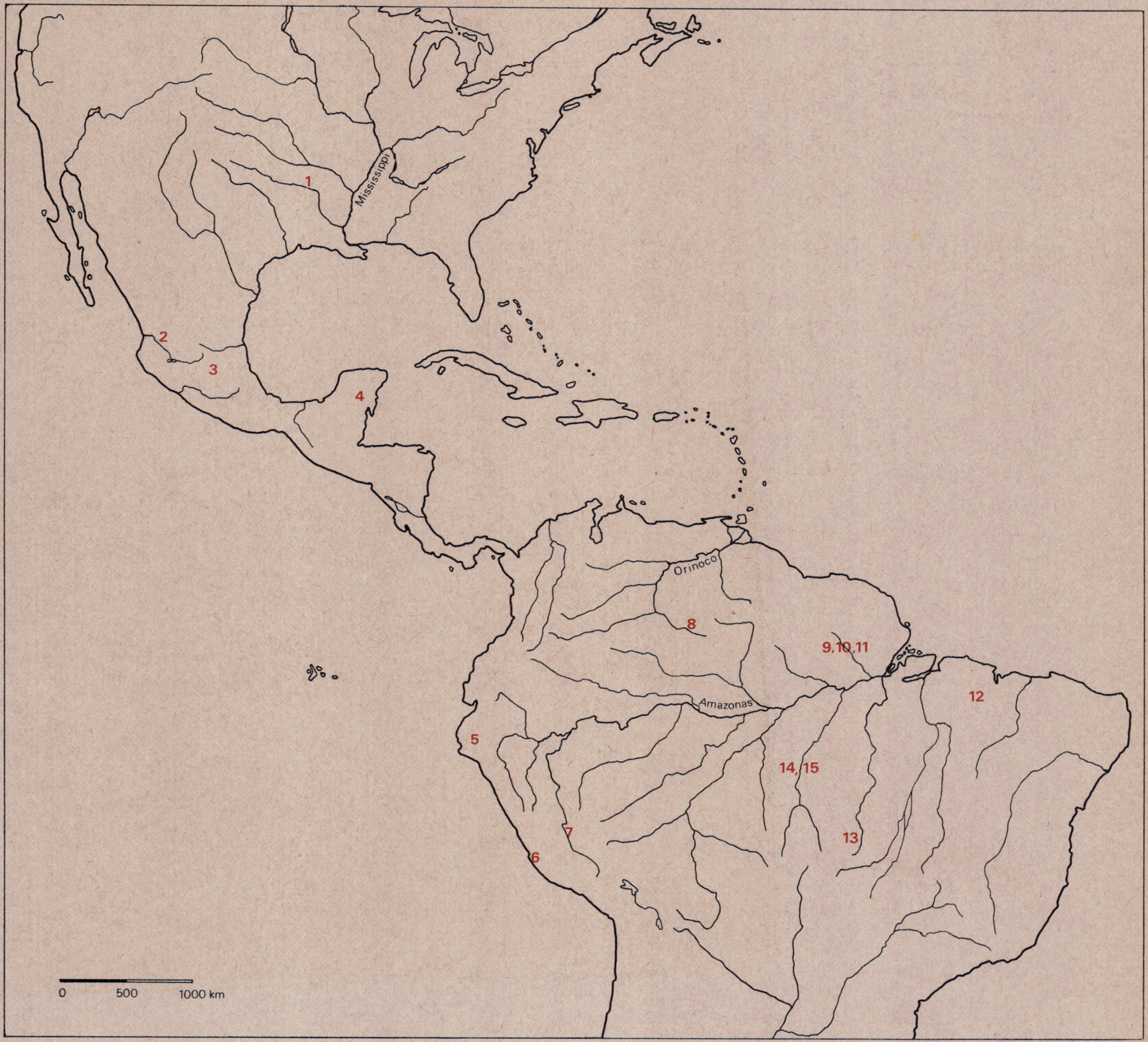

**Indianisches Amerika**
Yagua-Indianer, Peru, Loreto
oberer Rio Atacuari

Die Schöpfer der nachfolgenden Werke lebten zum Teil vor mehreren hundert, ja tausend Jahren. Zwar sind die grossen Reiche der Azteken, Maya, Inka und ihrer Vorfahren vernichtet worden, aber die Erinnerung daran ist bei der indianischen Bevölkerung jener Gegenden lebendig geblieben und wird von Generation zu Generation weitergegeben. Eine ungebrochene Kontinuität findet sich heute allerdings nur noch bei den traditionelleren Indianervölkern in schwer zugänglichen Regionen. Dazu zählt in Südamerika vor allem das Einzugsgebiet des Amazonas, nicht der Hauptstrom. Enorme Distanzen und das für Fremde ungewohnte Biotop des feuchten tropischen Regenwaldes haben hier bis vor kurzem natürliche Barrieren gegen die Erschliessung des grössten Urwaldgebietes der Erde geschaffen. Im Laufe der Jahrtausende gelang es den verschiedenen Völkern, sich dieser extremen Umwelt maximal anzupassen und dabei Mechanismen zu entwickeln, die einer Vernichtung derselben entgegenwirken. Lange vor uns haben sie begriffen, dass sie mit Ausnutzung statt Nutzung ihre eigene Lebensgrundlage und damit auch sich selbst zerstören würden. Der Urwald bedeutet diesen Menschen nicht eine ‹grüne Hölle›, die es zu bekämpfen gilt, sondern Heimat und Geborgenheit. Er liefert ihnen alles, was sie zum Leben brauchen: Nahrung, Material für Kleidung und Schmuck und Rohstoffe für Wohnung, Werkzeuge, Geräte und das Kunstschaffen. Was sie herstellen, sei dies eine einfache Korbschale für den alltäglichen Gebrauch, schillernder Federschmuck oder eine Kultmaske, zeugt von intimer Vertrautheit mit dem Werkstoff. Der geistige Hintergrund von der Beseeltheit der Materie ist selbst für uns durch die Gegenstände noch greif- und spürbar, sowie es die Menschen sind, deren Sprache die Objekte sprechen.

Rio Yaguas, Departement Loreto, Peru
Frau und Mann beim Jäten der Pflanzung
Die Männer Sarajeta und Ruiz
Traditionelles Wohnhaus
Yagua-Holzflösser auf dem Rio Atacuari
Kinder
(Fotos: R.W. Foote)

**L'Amérique indienne**
Yaguas, Pérou, Loreto
cours supérieur du Rio Atacuari

Parmi les auteurs des pièces présentes, certains ont vécu à une époque antérieure à la nôtre de plusieurs siècles. Bien que les grands empires des Aztèques, Mayas et Incas aient disparu, la mémoire en est restée vivante parmi les peuplades de ces régions. Pourtant, de nos jours, cette continuité n'est restée intacte que parmi les communautés indiennes traditionnelles vivant dans des endroits difficilement accessibles. En Amérique du Sud, il s'agit des régions comprenant les affluents de l'Amazone. Il y a peu de temps encore, les énormes distances ainsi que le biotope humide des forêts tropicales, inaccoutumés à l'étranger, constituaient un obstacle infranchissable à l'urbanisation de la plus grande étendue de forêt de notre globe. Au cours de plusieurs millénaires, les différentes peuplades s'adaptèrent parfaitement à cet environnement extrême et développèrent peu à peu certains mécanismes visant à empêcher sa destruction. Ainsi les Indiens ont compris bien avant nous qu'une exploitation excessive de leur milieu conduirait inévitablement au tarissement de leurs ressources primaires et par la même à leur propre fin. La forêt, pour eux, n'est jamais ‹l'enfer vert› qu'il s'agit de combattre, elle offre au contraire retraite et sécurité, livrant tout ce dont ils ont besoin: la nourriture et les matières premières indispensables à la confection de vêtements, parures et outils, à la construction d'habitations et, bien entendu, pour toutes les formes de la production artistique. Tout ce qu'ils confectionnent, qu'il s'agisse d'une simple pièce de vannerie de l'inventaire ménager, d'une parure en plumes ou d'un masque rituel, chaque objet témoigne d'une profonde connaissance de la matière. Les objets que nous voyons parlent un langage parfaitement audible reflètant le milieu spirituel qui les a crées et dont la conception est le respect de l'âme de la matière.

Rio Yaguas, Département du Loreto, Pérou
Un couple en train de bêcher au jardin
Deux Indiens, Sarajeta et Ruiz
Habitation traditionnelle
Flotteur Yagua descendant l'Atacuari
La jeune génération
(Photos: R.W. Foote)

**Indian America**
Yagua Indians, Peru, Loreto
upper Rio Atacuari

The creators of some of the following works lived several hundred, even a thousand years ago. The great empires of the Aztecs, Mayas, Incas and their ancestors may have been destroyed, but their memory has remained alive in the Indian population of those regions and is passed on from generation to generation. But only in the more traditional Indian tribes living in regions difficult of access can an unbroken continuity be found. In South America the drainage basin of the Amazon, not the main river, is such an area. Until recently, enormous distances and the humid climate of the tropical rain forest, to which a stranger to the area was not accustomed, created natural barriers against the opening up of the largest jungle region in the world. In the course of the millenia various peoples were able to adapt themselves perfectly to this extreme environment, in the process developing mechanisms to counteract its destruction. They understood long before we did that exploitation rather than utilization meant the destruction of their environment and thus of themselves. To these people the jungle is not a 'green hell' that has to be fought; it is home and security. It provides them with everything they need to live: food, materials for clothing and adornment, raw materials for dwellings, tools and artistic work. Whatever they produce, from the simplest plaited trays for everyday use to brilliant feather ornaments and ceremonial masks, shows that they have intimate knowledge of the materials they use. Their spiritual background – belief that material is animate – can still be grasped even by us, as can the mentality of the people of whom these objects speak.

Rio Yaguas, Department Loreto, Peru 1
Woman and man weeding a cultivated area 2
Two men, Sarajeta and Ruiz 3/4
Traditional dwelling-house 5
Yagua rafts made of wood on the Atacuari 6
Children
(Photographs: R.W. Foote)

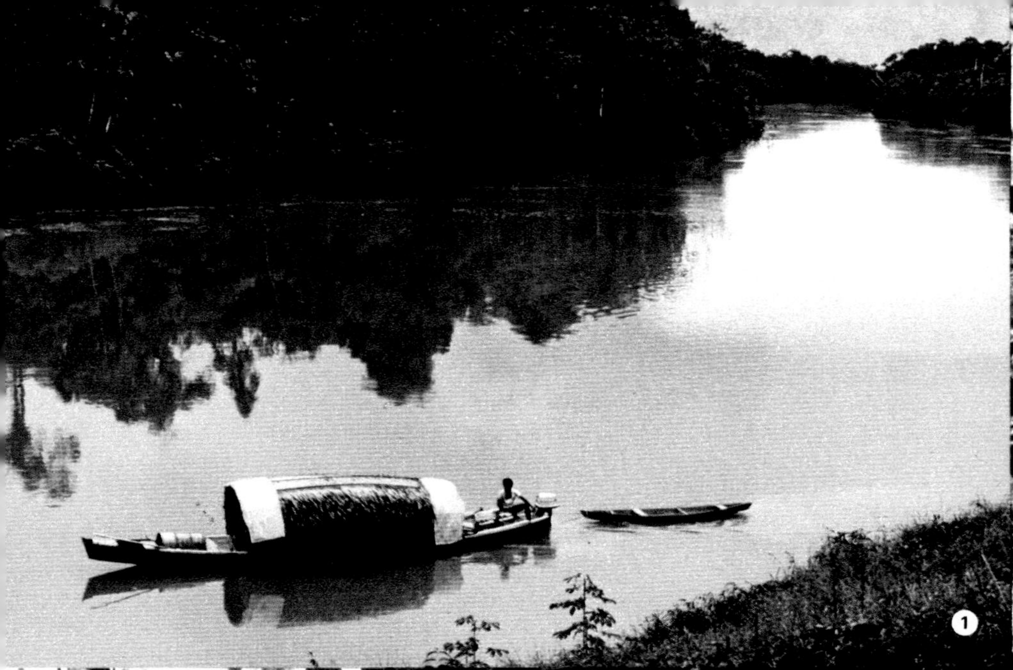
1

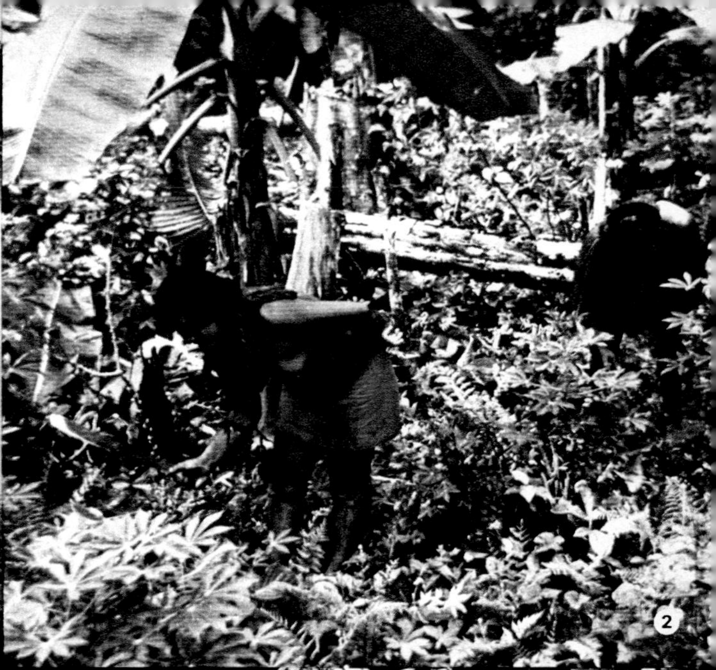
2

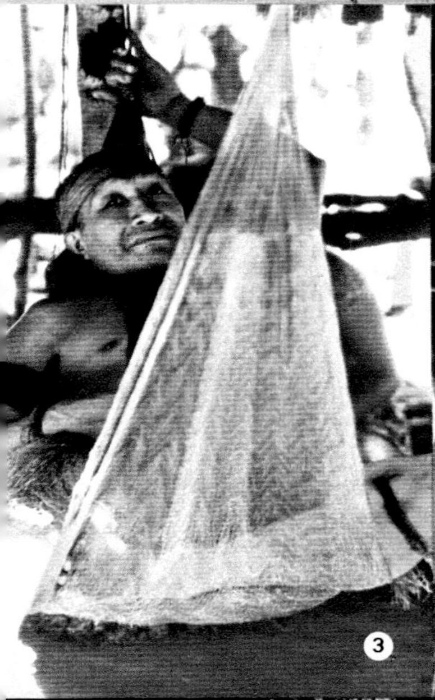
3

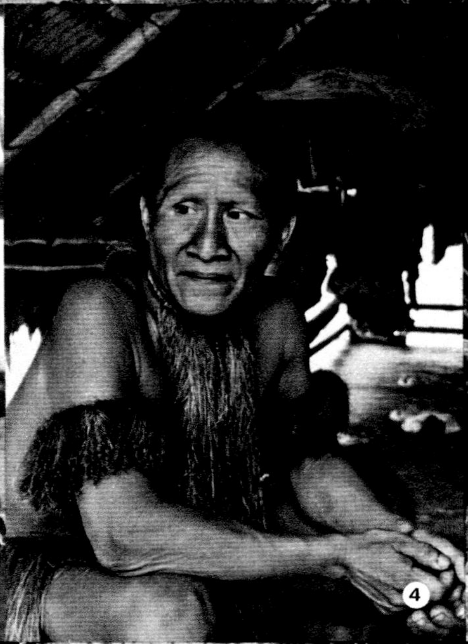
4

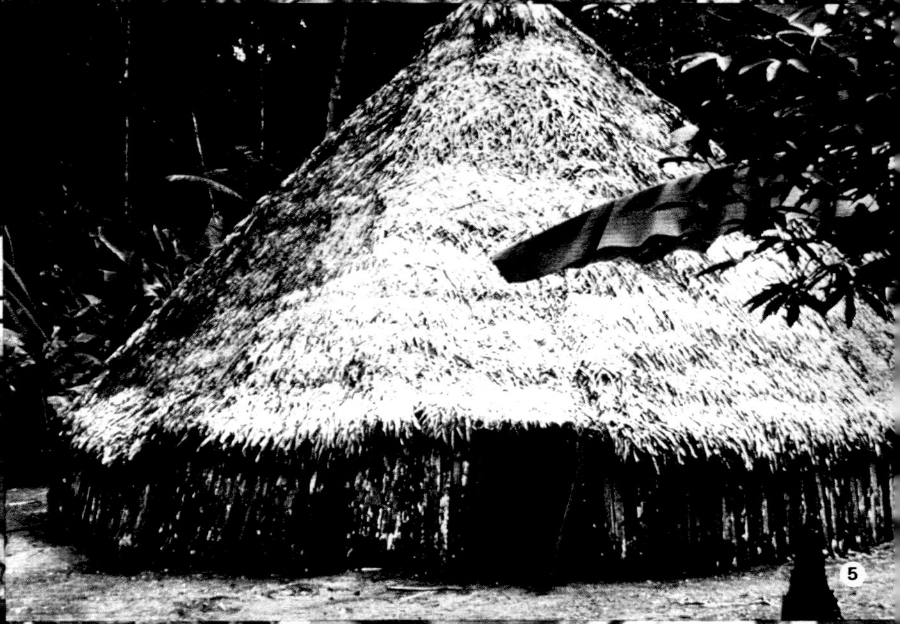
5

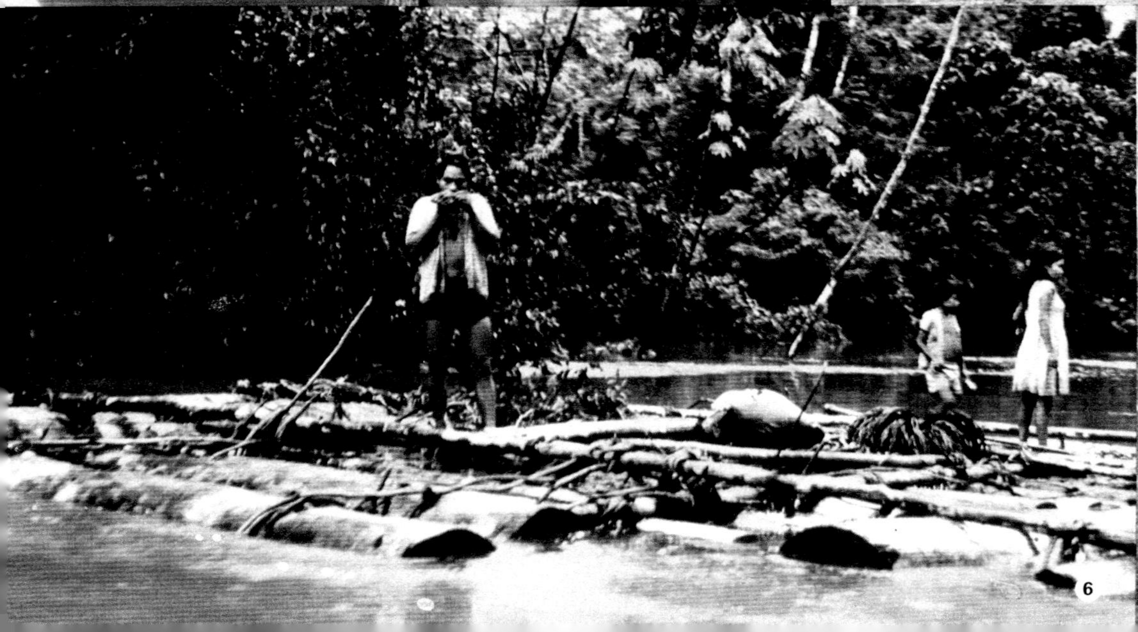
6

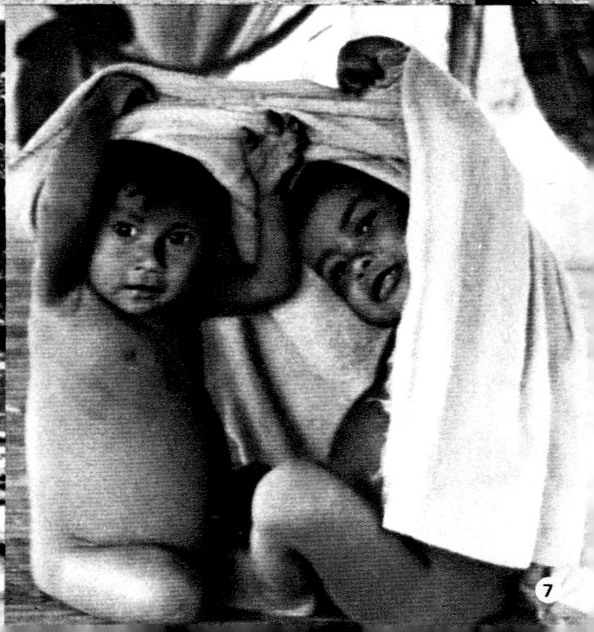
7

**Büffelrobe**
USA, westliches Mississippi-Einzugsgebiet
Caddo oder Pawnee, 17.–18. Jahrhundert
Bisonhaut, bemalt
L. 178 cm, B. 168 cm

Die Büffelrobe wurde, wie der Schlitz in der Mitte zeigt, lange Zeit wie ein Poncho getragen. Die Art der sekundären Benutzung war später bei den südlichen Präriestämmen üblich, so dass möglicherweise Pawnee oder Caddo als Hersteller in Frage kommen. Grundlage der Präriekulturen war die Büffeljagd, die sowohl Hauptnahrung als auch Hauptmaterial für Geräte und Bekleidung lieferte. Die Bisonhäute wurden von den Frauen gegerbt und verarbeitet, aber je nach späterem Verwendungszweck und Motiv von beiden Geschlechtern bemalt und getragen. Ausserdem hatten sie auch wichtige zeremonielle Aufgaben bei Kulthandlungen, Hochzeiten und Totenfeiern zu erfüllen. Die Musterung unserer Robe wird von der Darstellung dreier Calumets beherrscht. Diese Zeremonialpfeifen symbolisieren die Mitgliedschaft des Trägers in der Calumet-Gesellschaft, eines überstammlichen Männerbundes. Das zentrale Motiv wird von einem Rahmen eingefasst, dessen vier Seiten die vier Teile des Universums wiedergeben. Die Dreiecke und die Spitzen in den vier Ecken werden als hochstilisierte genealogische Stammbäume gedeutet, die hier als Tragpfosten der Himmelswelt gedacht sind (Mitt. E. Carpenter, 1977). Während zur Rot- und Gelbfärbung einheimische mineralische Pigmente benutzt wurden, dürfte der grüne Farbstoff bereits europäischen Ursprungs sein, da diese Farbe, zusammen mit Blau, zu den frühesten Handelsgütern gehörte. Über Alter und Herkunft der Robe ist wenig bekannt. Vergleichsstücke aus dem Musée de l'homme in Paris, wahrscheinlich aus dem späten 17. Jahrhundert, und die Tatsache, dass die Robe ebenfalls in dieser Stadt erworben wurde, legen eine Zugehörigkeit zu dieser Gruppe nahe. Seit 1536 verlangten nämlich die französischen Könige Proben von den Erzeugnissen der indianischen Tausch- und Handelspartner in den amerikanischen Kolonien. So gelangten auch Bisonroben in das ‹Cabinet du Roi›. Obwohl die Art des Rahmenmusters bis ins 19. Jahrhundert hinein bei den Sioux-Stämmen des oberen Missouri üblich war, spricht das Hauptmotiv für eine frühere Datierung.
Ankauf um 1900, Inv.-Nr. IVa 118.
Lit.: Krickeberg 1954.

**Robe en peau de bison**
Caddo ou Pawnee, XVIIe–XVIIIe siècle
Etats Unis d'Amérique
région ouest des confluents du Mississippi
peau de bison décorée de peintures
long. 178 cm, larg. 168 cm

La robe de bison, longtemps portée comme un poncho, est probablement d'origine Pawnee ou Caddo. L'élément essentiel des cultures des prairies était la chasse au bison qui assurait leur subsistance et livrait la matière première pour la fabrication d'outils et de vêtements. Les peaux de bison étaient tannées et traitées par les femmes. Cependant elles étaient décorées et portées par les deux sexes, selon l'usage prévu et le choix des motifs. Par ailleurs ces peaux remplissaient une fonction importante dans le contexte rituel. Le motif prédominant est le calumet. Cette pipe de cérémonie symbolise l'appartenance du porteur de la robe à la société du calumet, une organisation réunissant les hommes de plusieurs tribus. Le motif central est entouré d'un cadre dont les quatre côtés illustrent les quatre éléments de l'Univers. Les triangles et les pointes aux quatre coins sont interprétés comme étant des arbres généalogiques extrêmement stylisés remplissant alors la fonction de poutres porteuses du monde céleste (inf. E. Carpenter, 1977). Les colorants rouges et jaunes proviennent de minéraux d'origine locale, tandis que le colorant vert aura vraisemblablement été importé d'Europe. Cette couleur ainsi que le bleu étaient en effet jadis parmi les premières marchandises à être importées. La date et l'origine exacte de notre robe restent incertaines. Cependant l'analogie de certaines pièces du Musée de l'homme datant de la seconde moitié du XVIIe siècle, ainsi que le fait que la pièce reproduite ait été acquise à Paris également, semblerait indiquer une origine commune. On sait d'ailleurs qu'à partir de 1536, les rois de France demandèrent à voir un échantillon des marchandises échangées avec les communautés indiennes. C'est ainsi que plusieurs robes de bison entrèrent dans la collection du ‹Cabinet du Roi›. Bien que le genre des motifs encadrés se soit maintenu jusqu'au XIXe siècle chez les tribus Sioux établies en amont du Missouri, le motif principal semble indiquer une origine plus ancienne.
Achat 1900 env., No d'inv. IVa 118.
Bibl.: Krickeberg 1954.

**Buffalo Robe**
Caddoan or Pawnee, 17th–18th centuries
USA, western Mississippi drainage basin
painted bison skin
l. 178 cm, w. 168 cm

This robe was worn as a kind of poncho for some time, as the slit in the middle shows. Secondary use of this sort was common in the southern prairie tribes at a later date, so the robe may have been made by the Pawnees or Caddoans. The prairie cultures were based on buffalo hunting, these animals serving as their chief source of nourishment and the principal material out of which they made tools and clothing. Bison skins were tanned and processed by the women, but depending on their ultimate use, they were painted and worn by both sexes. They also fulfilled important ceremonial functions during religious rituals, weddings and funerals. The design of our robe is dominated by three calumets. These ceremonial pipes signify the wearer's membership in the Calumet Society, an inter-tribal, male organization. The central motif is surrounded by a frame, the four sides of which represent the four quarters of the universe. The wedges and barbs in each of the four corners have been interpreted as a highly stylized, genealogical tree, serving here as a cornerpost of the Sky World (communication E. Carpenter, 1977). Whereas native, mineral pigments were used for the red and yellow paints, the green pigment may already be of European origin as green and blue paints were among the earliest items traded to the Indians. Little is known about the age and origin of this robe. The fact that there are comparable pieces at the Musée de l'homme in Paris, probably from the late 17th century, and that our robe was also acquired in Paris suggest that it might belong to this group. For from 1536 on, the French kings demanded samples of the products made by their Indian trading partners in the American colonies. This is how bison robes found their way into the 'Cabinet du Roi', where they survived the French Revolution. Although robes of the Siouian tribes of the upper Missouri had frame designs of the type found on our robe into the 19th century, the main motif speaks for an earlier date.
Purchase about 1900, Inv. No. IVa 118.
Bibl.: Krickeberg 1954.

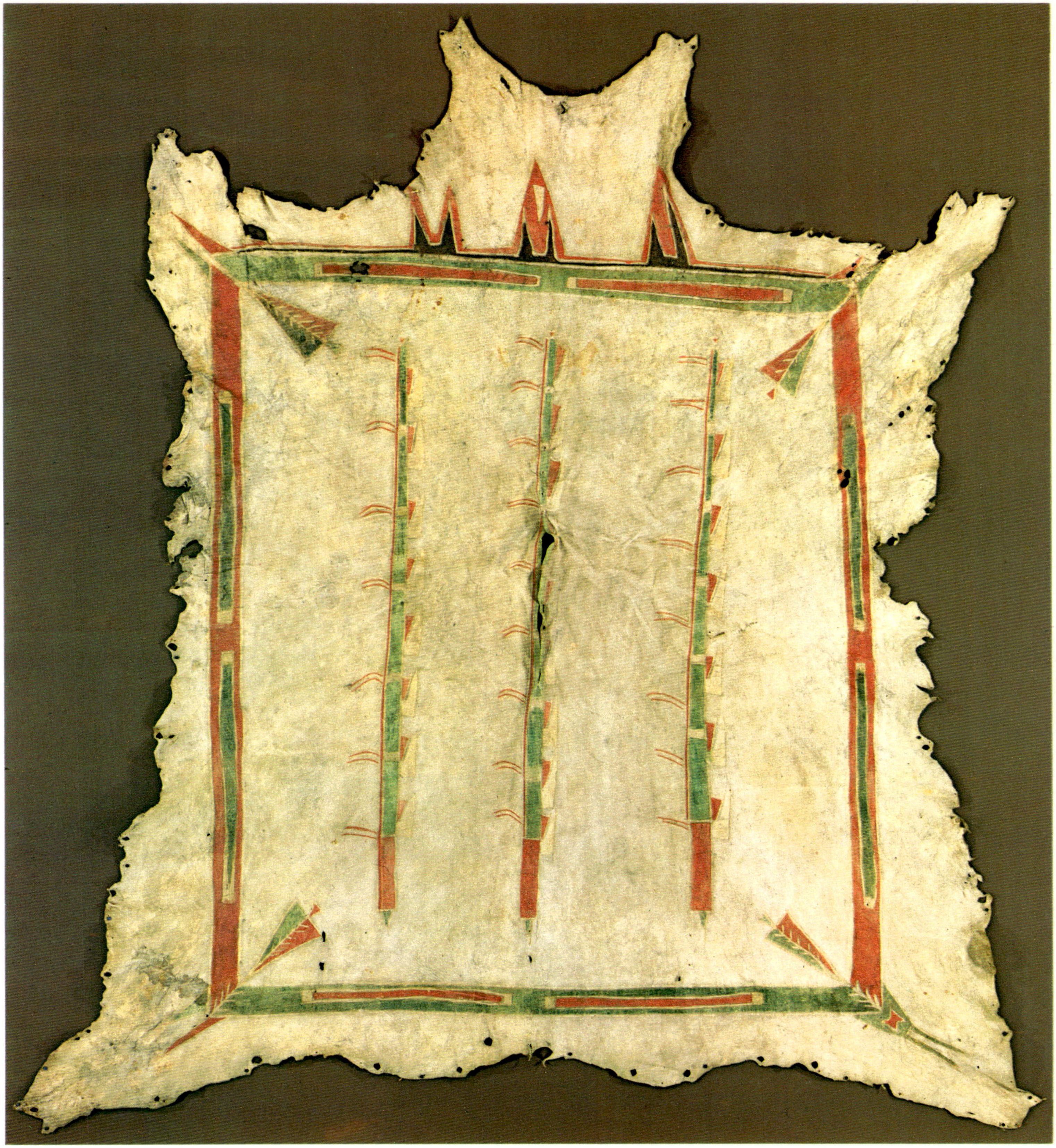

I/1

**Figurenpaar**
Mexico, Nayarit, Mexpan
100–900 n. Chr.
gebrannter Ton, bemalt, hohl
H. 34,5 und 38 cm

Während sich zu Beginn der klassischen Periode um 200 n. Chr. im zentralmexikanischen Hochland die Wende zur theokratischen Hochkultur von Teotihuacan vollzieht, finden wir in den Kulturen des Nordwestens eine Fortsetzung der formativen Traditionen. Das religiöse Leben manifestiert sich hier nicht in Kultzentren mit monumentalen Tempelpyramiden, sondern konzentriert sich auf die Verehrung der Toten in grossangelegten und für Mexico einmaligen unterirdischen Kammergräbern. Zum Ahnenkult gehörte die Ausstattung der Verstorbenen mit Beigaben, die nach Art und Menge auf eine gesellschaftliche Schichtung der Bevölkerung schliessen lassen. Die Gaben bestanden hauptsächlich aus Gefässen und zahlreichen grossen Tonfiguren, die in der Lebhaftigkeit und Prägnanz der Darstellung erst bei den peruanischen Mochica wieder ihresgleichen finden. Auch dieses Paar stammt aus einem Grab und sollte einen Toten auf der langen Reise ins Jenseits geleiten. Die Hohlfiguren sind in freier Hand geformt, da die Töpferscheibe unbekannt war und Model nicht benutzt wurden. Die beiden sitzen mit gekreuzten Beinen und erhobenen Armen da.
Auf ihrem rechten Arm balanciert die Frau ein Gefäss, während der Mann in jeder Hand eine Rassel hält. Die Frau trägt einen Wickelrock, der Mann einen Durchziehschurz, dessen Enden vorn und hinten über den breiten Gürtel herabhängen. Besonders augenfällig und differenziert ist die Körperbemalung der Frau mit den leguanartigen Motiven auf der Brust. Sicher hatten diese Muster ihre eigene Bedeutung und wiesen wohl auf die Zugehörigkeit zu einer bestimmten sozialen Gruppe hin. Typisch für Nayarit ist der Ohr- und Nasenschmuck, der aus vielen dicht aneinandergereihten kleinen Ringen besteht. Ergänzt wird die Tracht durch mehrere Arm- und Halsreifen und durch eine turbanartige Kopfbedekkung. Die Gesichter sind ebenfalls bemalt, die Zähne spitz zugefeilt, was einer im indianischen Amerika sowohl prä- als auch postcolumbisch weitverbreiteten Sitte entspricht.
Ankauf 1972, Inv.-Nr. IVb 4528/9.
Lit.: Eisleb 1971.

**Couple assis**
Mexique, Nayarit, Mexpan
100–900 apr. J.-C.
terre cuite, ornements peints
haut. 34,5 et 38 cm

Tandis qu'au début de la période classique (200 apr. J.-C.) les cultures des hauts plateaux du Mexique central se transforment en civilisation théocrates d'un genre analogue à celle de Teotihuacan, les cultures du nord-ouest poursuivent leur tradition préclassique. La vie religieuse ne s'y manifeste non pas par l'édification de monumentales constructions pyramidales, mais se concentre sur la vénération des morts et l'établissement de vastes tombeaux souterrains. Le culte des ancêtres impliquait un mobilier mortuaire dont la diversification laisse deviner l'existence d'une société hierarchisée. Il s'agissait avant tout de récipients et de nombreuses grandes figures en terre cuite dont le caractère expressif n'a d'équivalent que dans la culture mochica du Pérou. Le couple reproduit avait donc la fonction d'accompagner le défunt dans l'au-delà. Les figures creuses ont été modelées à la main, le tournage étant inconnu et le moulage inutilisé. Les deux personnages se tiennent assis, les jambes croisées et les bras levés. La femme balance un récipient sur le bras droit, tandis que l'homme tient un hochet dans chaque main. La femme est vêtue d'un fourreau, l'homme d'un pagne passé entre les jambes et dont les deux bouts retombent sur une large ceinture. Les motifs variés qui ornent la poitrine de la femme, entre autres celui de l'iguane, avaient probablement une signification spécifique. La forme de la parure des oreilles et du nez est caractéristique du style nayarit. Le costume est complété par plusieurs anneaux autour du cou et des bras ainsi que par une coiffure en turban. Les visages portent des motifs peints également et les dents ont été limées en pointe, une coutume très répandue dans l'Amérique indienne à l'époque précolombienne et ultérieurement aussi.
Achat 1972, No d'inv. IVb 4528/9.
Bibl.: Eisleeb 1971.

**Pair of Figures**
Mexico, Nayarit, Mexpan
A.D. 100–900
fired clay, painted, hollow
h. 34.5 and 38 cm

At the beginning of the Classic Period around A.D. 200, a transformation to the theocratic highly civilized culture of Teotihuacan took place in the central highlands of Mexico. But in the cultures of the northwest formative traditions continued. Here religious life did not manifest itself in ceremonial centres with monumental temple pyramids, it concentrated on the worship of the dead in large, and for Mexico unique, deep shaft tombs. One element of the ancestral cult consisted in bestowing gifts on the deceased, which, according to type and number, allow us to draw conclusions about the social stratification of the population. For the most part these gifts consisted in vessels and numerous large, clay figures, whose vitality of expression are only equalled in the works of the Peruvian Mochica. This pair, too, comes from a tomb and was intended to accompany a deceased person on his long journey into the next world. The hollow figures were formed freehand, as the potter's wheel was unknown and models were not used. The two are sitting with their legs crossed and arms lifted. The woman is balancing a vessel on her right arm, and the man has a rattle in each hand. The woman is wearing a wraparound skirt, the man a loin-cloth, the ends of which are hanging down over his wide belt in front and back. The painting of the woman's body, with iguana motifs on the chest, is particularly striking and refined. These patterns surely had their own special significance and probably indicated association with a certain social group. The ornaments of nose and ears – a number of small rings arranged close to each other – are typical for Nayarit. The costume is completed by several bracelets and necklaces and a turban-like head covering. The faces, too, are painted, the teeth filed to a point in accordance with a custom widespread in pre- and post-Columbian Indian America.
Purchase 1972, Inv. No. IVb 4528/9.
Bibl.: Eisleeb 1971.

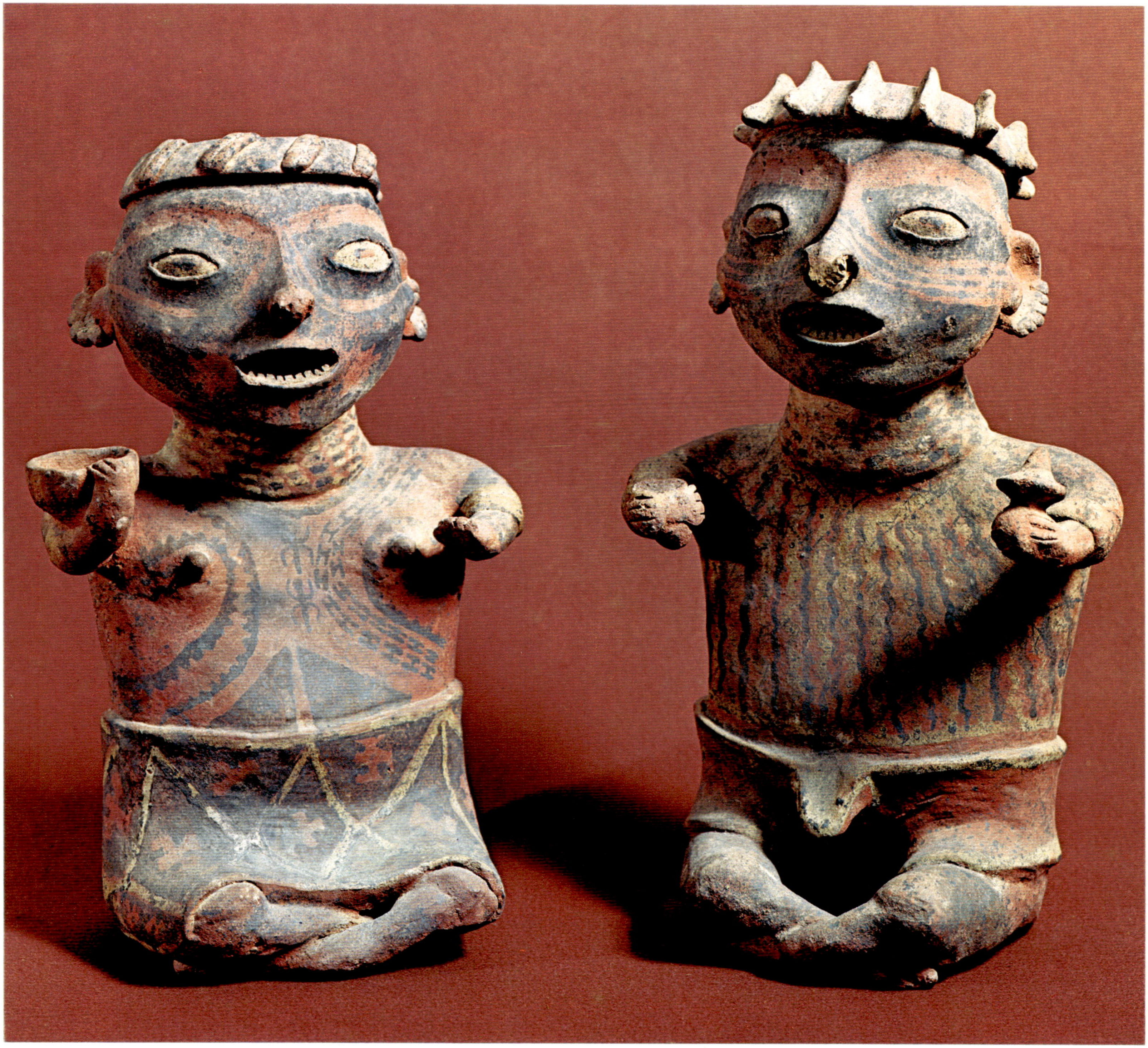

I/2

**Wassergottheit Chalchiuhtlicue**
Mexico, Hochland, Aztekisch
1400–1500
Stein, bemalt, H. 30 cm

Die aztekische Bildhauerkunst, die trotz einfachsten Werkzeugen Hervorragendes leistete, stand ganz im Dienste von Religion und Kultus. Die sakrale Gebundenheit an einen hochentwickelten Kanon gibt den Kunstwerken eine gewisse Strenge, was aber deren Ausdruckskraft nicht beeinträchtigt. Besonders häufig wurden Vegetationsgottheiten dargestellt, waren doch Regen und Feuchtigkeit auf dem trockenen Hochland für die Fruchtbarkeit der Böden von existentieller Bedeutung. ‹Chalchiuhtlicue, die mit dem Edelsteinrock, das ist das Wasser. Es wurde für einen Gott angesehen. Sie bildeten es in Gestalt einer Frau ab›, so berichtete 1529 der Mönch Sahagun aus Mexico. Die Götterfiguren sind durch genau festgelegte Attribute wie Frisur, Tracht, Schmuck und die Farbe der für die aztektische Plastik typischen Bemalung bestimmt. Charakteristisch für die Herrin der fliessenden Gewässer ist die sitzende Haltung mit untergeschlagenen Beinen, der troddelbesetzte Überwurf, die mehrfach um den Kopf gewundene, mit Perlen verzierte Stirnschnur und die voluminösen Haarquasten über den Ohren. Nach aztekischem Glauben hatte sie über das vierte Zeitalter geherrscht, bis infolge einer grossen Flut der Himmel über der Erde einstürzte und die Menschen in Fische verwandelt wurden. Bei der zeremoniellen Waschung eines neugeborenen Kindes pflegte man die Göttin anzurufen: ‹O gnädigste Herrin Chalchiuhtlicue! Hier ist in die Welt gekommen dieser dein Knecht, den unsere Mutter, unser Vater, die Götter, die über den neun Himmeln wohnen, in diese Welt gesandt haben.› Als Schwester und Gattin Tlalocs, des obersten Regengottes, gab man ihr zu Ehren im Mai das Fest des ‹Bohnenspeise-Essens›. Dabei brachten ihr die Schiffsbauer, Bootsbesitzer und Wasserverkäufer, die ‹mit Wasser ihr Leben verdienten› und deren Schutzpatronin sie war, im Tempel der Regengötter Opfer dar. ‹Und dann ist sie›, so sagten die Azteken, ‹dankbar, dass sie das Wasser ehren, dass sie seiner gedenken. Denn durch sie leben wir, sie ermöglicht unser Leben und durch sie entsteht alles Lebensnotwendige.›
Sammlung L. Vischer 1849,
Inv.-Nr. IVb 631. Lit.: Seler 1923, 1927.

**Chalchiuhtlicue, déesse aquatique**
Mexique, hauts plateaux, aztèque
1400–1500
pierre peinte, haut. 30 cm

La sculpture aztèque, dont les œuvres sont exceptionnelles en dépit d'un outillage fort simple, était entièrement au service du culte et de la religion. Son caractère sacral déterminé par des règles canoniques très strictes, aboutit à des ouvrages d'une certaine sévérité. On représentait avant tout des divinités agraires, la pluie et l'humidité étant indispensables pour la fertilité du sol aride des hauts plateaux. ‹Chalchiuhtlicue, celle avec la robe de jade, c'est l'eau. Elle est considérée comme étant de nature divine. Ils la représentent sous les traits d'une femme›, c'est ce que nous rapporte du Mexique le moine Sahagun en 1529. La typologie des statues de divinités est déterminée par la nature des attributs ainsi que par la couleur de la peinture, élément caractéristique de l'art plastique aztèque. La souveraine des rivières est caractérisée par sa position assise ainsi que par une cape bordée de pendeloques. Un bandeau rehaussé de perles entoure la tête alors que les oreilles sont couvertes par deux volumineuses touffes de cheveux. Selon la croyance aztèque, Chalchiuhtlicue règnait jadis sur la quatrième ère jusqu'au moment où, à la suite d'une gigantesque marée, le ciel s'effondra et les hommes furent transformés en poissons. Lors de la purification rituelle d'un nouveau-né, on invoquait la déesse de la manière suivante: ‹Oh, Chalchiuhtlicue, souveraine bienveillante! Voici venu au monde ton serviteur, ici présent, celui que notre mère, notre père, les dieux qui résident au dessus du neuvième ciel ont envoyé dans notre monde.› En tant que sœur et épouse de Tlaloc, dieu suprême de la pluie, on donnait en son honneur la fête du ‹repas de légumineuses›. A cet occasion, les propriétaires et les constructeurs de bateaux ainsi que les marchands d'eau, c'est-à-dire tous ceux ‹qui gagnent leur vie grâce à l'eau› lui apportaient des offrandes dans le temple des dieux de la pluie. ‹Alors elle est reconnaissante›, disaient les Aztèques, ‹que l'eau soit vénérée et que l'on pense à elle, car c'est grâce à elle si nous vivons, c'est elle qui produit tout ce qui est nécessaire à la vie.›
Collection L. Vischer 1849,
No d'inv. IVb 631. Bibl.: Seler 1923, 1927.

**Water Goddess Chalchiuhtlicue**
Mexican highlands, Aztec
1400–1500
painted stone, h. 30 cm

Aztec sculpture, which achieved remarkable results in spite of the simple tools used, always served a religious, ceremonial purpose. The fact that these works of art had to be done according to a highly developed canon gives them a certain austerity, which by no means impairs their expressiveness, however. As rain and moisture were vital to the fertility of the soil in the dry highlands, vegetation deities were depicted particularly often. 'Chalchiuhtlicue, She of the jewelled robe, is water, which was considered to be a god. They portrayed it as a woman', the monk Sahagun reported from Mexico in 1529. The figures of deities are distinguished by precisely fixed attributes like hair style, costume, jewelry and colour, the painting of figurines being typical of Aztec sculpture. Characteristic of the mistress of flowing water is her squatting position with legs folded under her, the wrap with tassels, the frontlet decorated with pearls and wound round her head several times and the large coils of hair over her ears. According to Aztec belief she ruled the fourth age until a great flood caused the sky to collapse over the earth and men were transformed into fish. At the ceremonial washing of a new-born infant, the goddess was invoked in the following way: 'O most gracious mistress Chalchiuhtlicue! This, your servant, has been born here, whom our mother, our father, the gods who dwell above the nine heavens have sent into this world.' Because she was the sister and wife of Tlaloc, the highest rain god, the feast of 'Eating Dishes Made with Beans' was given in her honour in May. During this period, ship builders, owners of boats and water sellers, who all 'earned their livings with water' and whose tutelary deity she was, made offerings in the temple of the rain gods. 'And then', said the Aztecs, 'she is thankful that they honour the water and remember it. For only through her do we live; she makes our life possible and through her all things vital to life originate.'
Collection L. Vischer 1849,
Inv. No. IVb 631. Bibl.: Seler 1923, 1927.

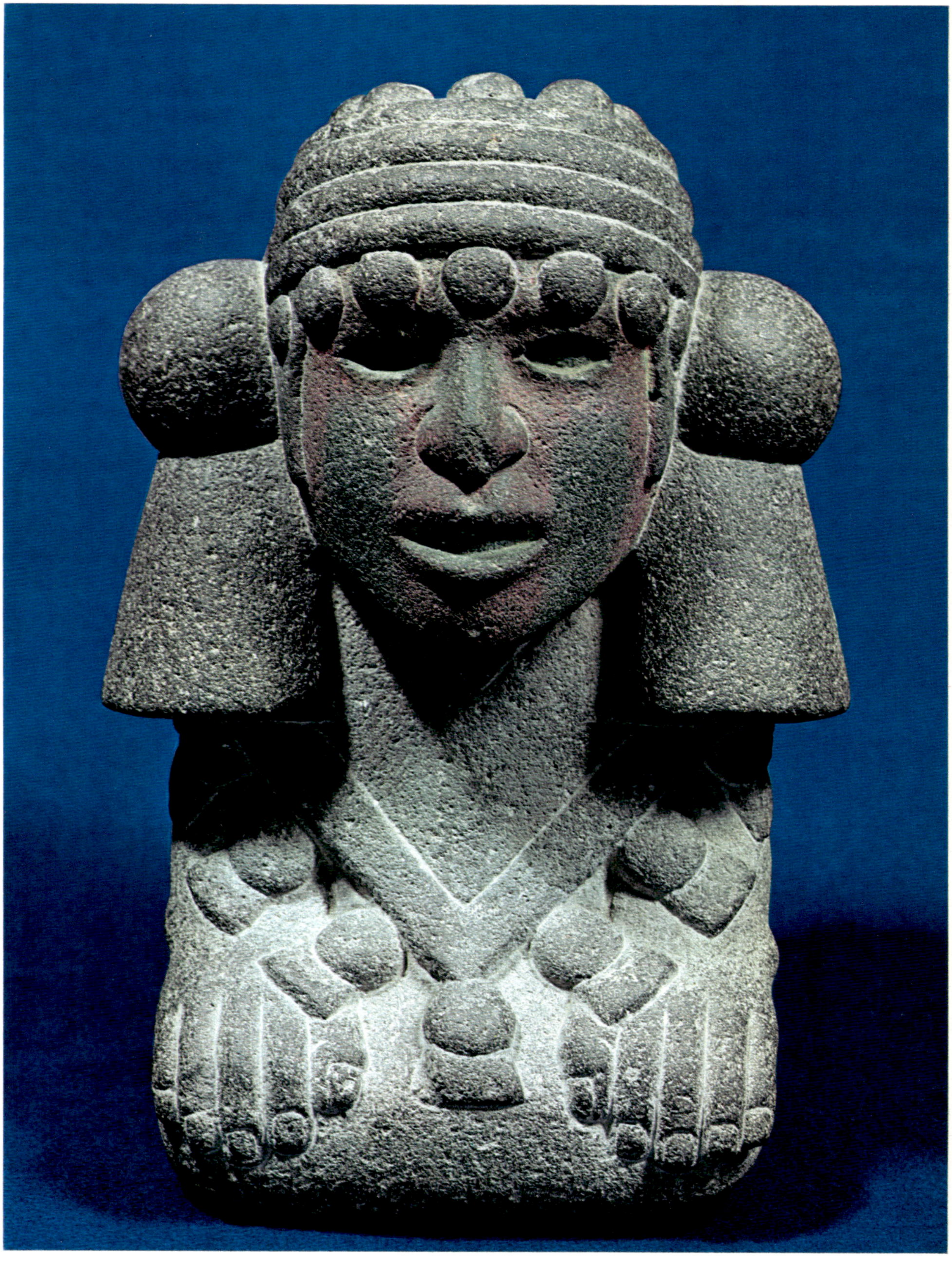

I/3

**Türsturz eines Maya-Tempels**
Guatemala, Peten, Tikal
Sapodillaholz
Höhe der Tafel 216 cm, B. 186 cm
Ausschnitt 28 × 30

Während der klassischen Epoche (200–900 n. Chr.) pflegten die Maya die Türdecken von Tempelpyramiden mit Holzschnitzereien auszukleiden. Solche Türstürze haben sich im feuchten tropischen Regenwald nur selten erhalten und gehören deshalb zu den kostbarsten Dokumenten der Maya-Kultur. 1876 besuchte G. Bernoulli die Ruinenstadt Tikal, von wo er mit Genehmigung der guatemaltekischen Behörden Tafeln der Tempel I und IV nach Basel schicken liess. Wie die aus der gleichen Zeit stammenden Steinmonumente behandeln auch die Türstürze in Bild und Schrift historisch-mythologische und kalendarisch-astronomische Themen. Türsturz 3 aus Tempel IV, von dem der Ausschnitt stammt, wird von der Figur eines reich geschmückten Fürsten beherrscht, der auf einer Pyramidentreppe thront. Über ihn wölbt sich eine doppelköpfige Federschlange, aus deren linkem Rachen eine Gottheit hervorragt, während der rechte Kopf in seiner Verdrehung den Tod bedeutet. Darüber breitet der Muan-Vogel, der ‹Irrsinnige der Nacht›, seine unheilvollen Schwingen. Gewand, Kopfputz und Schild des Fürsten sind mit zahlreichen Todessymbolen ausgestattet, und auch das Detail vom rechten Treppenabsatz zeigt eine Variante dieses Leitmotives. Zwei von Knochen gerahmte Köpfe haben aus Tierrachen hervorblikkend ihr Profil ebenfalls Totengebeinen zugewandt. Nebst der ungewöhnlichen Konzentration von Todeszeichen weisen auch die Glyphen der Schriftblöcke und die Kalenderzeichen nicht nur auf den Tod eines Herrschers, sondern auch auf das Unglück einer totalen Sonnenfinsternis hin. Eine solche war am 26. Juli 743 n. Chr. über Nord-Guatemala sichtbar gewesen, ein Datum, das durch die $C^{14}$-Datierung der Tafeln glaubhaft gestützt wird.
Legat G. Bernoulli 1877,
Inv.-Nr. IVb 52. Lit.: Brack-Bernsen 1977.

**Linteau de porte maya**
Guatemala, Peten, Tikal
bois de sapotillier
haut. du panneau entier 216 cm
larg. 186 cm
détail 28 × 30 cm

Pendant la période classique (200–900 apr. J.-C.), les Mayas couvraient d'un revêtement en bois sculpté les linteaux de portes de leurs temples-pyramides. La plupart de ces panneaux ont été détériorés par l'humidité des forêts tropicales et les pièces conservées constituent par conséquent un document précieux de la culture maya. En 1876, G. Bernoulli visita Tikal et entreprit de faire expédier à Bâle les panneaux des temples I et IV après avoir obtenu la permission des autorités guatémaltèques. Comme c'est le cas pour les monuments lithiques de l'époque, les linteaux renseignent par l'image et l'écriture sur les thèmes mythologiques relatifs à l'histoire et au calendrier astronomique. Le panneau du linteau No 3 en provenance du temple IV, et dont nous présentons un détail, est dominé par la figure d'un prince richement paré assis sur l'escalier d'une pyramide. Il est surmonté par un serpent à plumes muni de deux têtes. La tête gauche laisse échapper une divinité, tandis que la droite, repliée sur elle-même, signifie la mort. Le tout est surplombé de l'oiseau Muan, ‹le dément de la nuit›. Les vêtements, la coiffure et le bouclier du prince portent de nombreux symboles de la mort, motif principal se répétant de manière variée dans le détail reproduit qui se trouve à droite de l'escalier central. Nous y voyons deux têtes entourées d'ossements, émergeant chacune d'une gueule d'animal et tournant leur regard vers d'autres ossements encore. L'extrême concentration des symboles de la mort, mais aussi les glyphes des blocs d'inscriptions ainsi que les signes du calendrier, sont l'indice non seulement du décès d'un souverain, mais encore celui d'une catastrophe, une éclipse solaire totale. En effet, on sait qu'une telle éclipse aurait été observée au Nord-Guatemala, le 26 juillet 743, date que le test au carbone ($C^{14}$) effectué sur les
Donation G. Bernoulli 1877,
No d'inv. IVb 52. Bibl.: Brack-Bernsen 1977.

**Lintel of a Maya temple**
Guatemala, Peten, Tikal
spodilla wood
height of lintel 216 cm, w. 186
detail 28 × 30 cm

During the Classic Period (A.D. 200–900) the Maya decorated the lintels of temple pyramids with wood carvings. Few such lintels have survived in the humid, tropical rain forest, so that those that have are among the most valuable documents of Maya culture. In 1876, G. Bernoulli visited the ruins of the city of Tikal and, with the permission of the Guatemalan authorities, had lintels from temples I and IV sent to Basle. Like the stone monuments from the same period, the lintels also deal with historical-mythological and calendrical-astronomical themes in word and picture. Lintel 3 from temple IV, the source of the detail pictured here, is dominated by the figure of an elaborately dressed prince enthroned on the staircase of a pyramid. Over him arches a two-headed, feathered serpent with a deity in its left mouth and its right head twisted to mean death. Further up the Muan bird, the 'lunatic of the night' spreads its evil wings. The prince's robe, headdress and shield have numerous death symbols on them, and the detail of the right landing, too, shows a variation of this motif. Two heads in profile, surrounded by bones and protruding from the jaws of animals, are also facing skeletons. Not only the unusual concentration of death symbols but also the glyphs of the inscribed sections and the calendrical signs refer both to the death of a ruler and to the calamity of a total solar eclipse as seen in North Guatemala on 26 July, A.D. 743, a date which is supported by the $C^{14}$ dating of the lintels.
Bequest G. Bernoulli 1877,
Inv. No. IVb 52. Bibl.: Brack-Bernsen 1977.

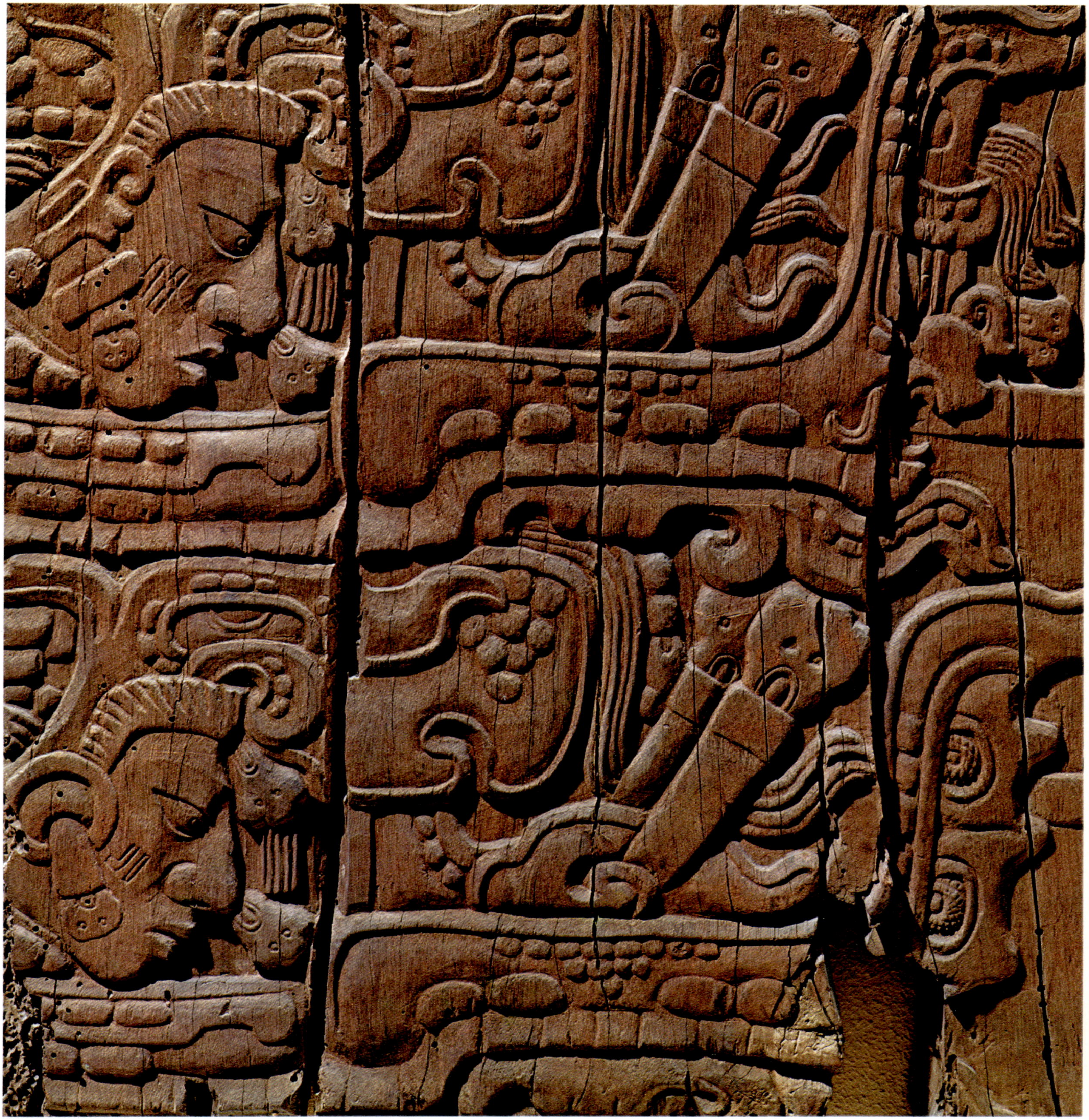

I/4

**Ohrpflock**
Peru, Piura, Loma Negra
Vicus-Stil, 300 v. Chr. bis 200 n. Chr.
Gold-Kupferblech mit Silberdekor
Türkis- und Muscheleinlagen
Durchmesser 8 cm

Dass der typische Ohrschmuck der adligen Inka, die deswegen von den Spaniern ‹Orejones›, d. h. Ohrlinge, genannt wurden, auf eine jahrtausendealte Tradition zurückgeht, veranschaulicht dieses kostbare Beispiel aus der Vicus-Kultur Nord-Perus. Der Ohrpflock besteht aus einem kupfernen Hohlzylinder, der in das durchbohrte und erweiterte Ohrläppchen eingepasst wurde, und einer grossen Scheibe aus gehämmertem Gold. Diese ist mit der Figur eines Jaguars *(Felis onça)* aus aufgesetztem Silberblech verziert. Die charakteristische Fellzeichnung sowie die Augen sind durch eingelegte Türkise wiedergegeben, während man für die Zähne und das Ohrinnere feine Muschelplättchen wählte. Die Kombination verschiedener Edelmetalle und wertvoller Steine am selben Objekt ist, zusammen mit den Verfahren des Treibens und Hämmerns, ein Kennzeichen der peruanischen Goldschmiedekunst von ihren Anfängen im zweiten vorchristlichen Jahrtausend bis zur Inka-Zeit. Der Jaguar spielt in der Mythologie und damit auch in der Kunst Mittel- und vor allem Südamerikas seit frühester Zeit eine hervorragende Rolle. Wie bei keinem anderen Tier sah und sieht man in ihm die Verdichtung und Verkörperung übernatürlicher Kräfte. Vielfach wird er mit Erscheinungen wie Donner, Feuer, Sonne und Mond assoziiert und kann sogar den Tod verkörpern. Der Zugang zu dieser anderen Welt ist dem Schamanen vorbehalten, der mit ihr unter Beiziehung halluzinogener Drogen kommuniziert. Dabei kann der Schamane selbst zum Jaguar werden, und umgekehrt gehören Jaguare zu den beliebtesten Hilfsgeistern des Zauberpriesters. Sicher stand das Schmuckstück in einer sinnvollen Beziehung zu seinem Träger. Es ist bei dem archäologisch seit der Chavin-Kultur (1000–300 v. Chr.) belegten Zusammenhang zwischen Felidenmotiv und Schamanismus nicht auszuschliessen, dass dieser Ohrpflock einen religiösen Würdenträger auszeichnete.
Ankauf 1968/69, Inv.-Nr. IVc 12730.
Lit.: Bray/Jones 1974,
Reichel-Dolmatoff 1975.

**Disque d'un cylindre d'oreille**
Pérou, Piura, Loma Negra, style Vicus
300 av. J.-C. à 200 apr. J.-C.
cuivre et or, motif en argent serti
de turquoises et de nacre
diamètre 8 cm

Ce cylindre d'oreille est la parure typique des Incas de noblesse. Elle remonte à une tradition millénaire, ainsi que le démontre la précieuse pièce reproduite ayant appartenu à la culture Vicus du Nord-Pérou. Le cylindre en cuivre dont une extrémité est refermée par un grand disque en or martelé, était introduit dans le lobe percé et distendu de l'oreille. Au centre du disque en or, on a apposé en relief un jaguar en argent repoussé. Le dessin spécifique de sa fourrure ainsi que l'emplacement des yeux est redonné par des turquoises, tandis que l'on a choisi la nacre pour l'intérieur des oreilles et les dents. La combinaison de plusieurs métaux et de pierres précieuses sur un seul objet, ainsi que la technique du martelage et repoussage caractérisent l'orfèvrerie péruvienne à partir du second millénaire av. J.-C. et jusqu'à l'époque des Incas. Depuis toujours le jaguar a joué un rôle prépondérant dans la mythologie et par conséquent dans l'œuvre artistique de l'Amérique latine. Comme aucun autre animal, il réunit et incarne les puissances surnaturelles. On l'associe souvent au tonnerre, au feu, au soleil et à la lune; parfois il incarne la mort même. Le contact avec l'au-delà est réservé au chaman qui communie avec ce monde à l'aide de drogues hallucinogènes. Il arrive alors que le chaman devienne jaguar, tandis qu'à l'inverse le jaguar sera un de ses esprits-médiateurs préférés. Un lien significatif aura vraisemblablement existé entre le bijou et son propriétaire. Les recherches archéologiques ayant établi l'existence d'un rapport entre le motif du félin et le chamanisme dès la période de Chavin (1000–300 av. J.-C.), nous n'exclurons pas l'hypothèse faisant de ce cylindre d'oreille la marque de distinction d'un haut dignitaire religieux.
Achat 1968/69, No d'inv. IVc 12730.
Bibl.: Bray/Jones 1974,
Reichel-Dolmatoff 1975.

**Ear-plug Disc**
Peru, Piura, Loma Negra
Vicus style, 300 B.C. to A.D. 200
Gold and sheet copper decorated in silver
with turquoise and shell inlay
diameter 8 cm

This precious piece from the Vicus culture of northern Peru illustrates the millenia-old tradition of the typical jewelry that aristocratic Incas wore in their ears and for which the Spaniards called them 'Orejones' – earlings. This ear-plug is made of a hollow cylinder of sheet copper, which was fitted into the pierced and enlarged ear-lobe, and a large disc of hammered gold. The disc is decorated with the figure of a jaguar *(Felis onça)* made of mounted sheet silver. The eyes and the characteristic markings of the fur are done in inlaid turquoise while fine flakes of shell were chosen for the teeth and inside of the ears. The combination of precious metals and valuable stones in the same object – along with the arts of embossing and hammering – characterizes the Peruvian goldsmiths' art from its beginnings in the 2nd century B.C. through the Inca period. From earliest times on the jaguar played a pre-eminent role in the mythology and thus also the art of Central and above all South America. In it as in no other animal could and can the concentration and embodiment of supernatural powers be seen. It is often associated with phenomena like thunder, fire, sun and moon, and can even symbolize death. Only the Shaman has access to this other world, with which he communicates using hallucinogenic drugs. The Shaman can then become a jaguar himself, and conversely jaguars are among the Shaman's favourite spirit-helpers. This piece of jewelry is bound to have borne a meaningful relation to its wearer. In the light of the archaeologically proven connection between the felid motif and Shamanism from the Chavin culture (1000–300 B.C.) on, the possibility that this ear-plug distinguished a high religious official cannot be precluded.
Purchase 1968/69, Inv. No. IVc 12730.
Bibl.: Bray/Jones 1974,
Reichel-Dolmatoff 1975.

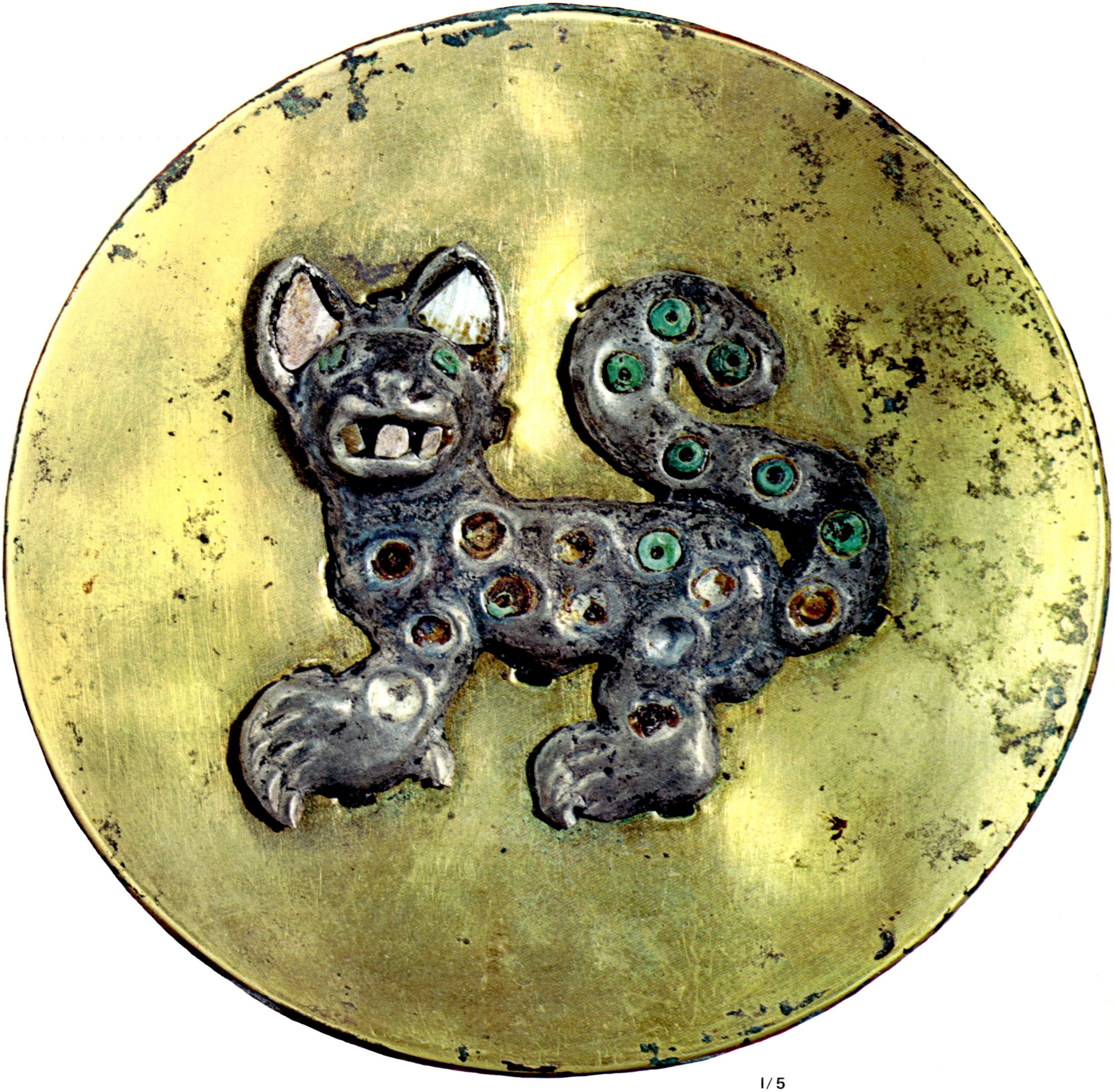

I/5

**Mumienturban**
Peru, Ica, Paracas-Nekropolis
900–200 v. Chr.
Alpaca-Haar, Mittelteil geknüpft (Fingerknoten)
L. 91 cm, B. 9 cm, Ausschnitt 16 × 9 cm

1929 entdeckte man auf der Paracas-Halbinsel an der wüstenartigen Südküste Perus, in einer später als ‹Nekropole› bezeichneten Ruine, über vierhundert in unzählige Tücher eingewickelte Mumienbündel. Die dort gefundenen Stoffe gehören zu den erlesensten und schönsten Textilien Alt-Perus überhaupt. Unter ihnen übertreffen Turbane, die in keinem Mumienbündel fehlten, an Variationsreichtum sämtliche anderen Trachtenbestandteile. Beim ausgewählten Beispiel handelt es sich um ein langes Band, das mehrmals um den Kopf geschlungen wurde. Der figürlich gemusterte Haupt- und Mittelteil wurde durch einfaches Verknoten (Finger- und Pfahlbauknoten) verschiedenfarbiger fortlaufender Fäden gebildet. Der Effekt ist trotz der Einfachheit des Verfahrens verblüffend. Die Enden bestehen aus einem klöppeleiartigen Diagonalgeflecht mit Zickzackmuster, dessen Fäden anschliessend als Kette für eine Partie Schussreps dienen und schliesslich gezöpfelt, als Fransen, vorstehen. Es kommen also insgesamt vier verschiedene Techniken zur Anwendung, deren Eigenschaften man meisterhaft zu nutzen verstand. Das verwendete Material, nämlich Alpaca-Garn, belegt die Handelsbeziehungen der Küste zum Hochland, wo diese Kameloiden heimisch sind. Der Ausschnitt zeigt eines der Bildfelder des geknüpften Mittelteils. Dargestellt ist der sog. ‹Katzendämon›, eine stilistische Abwandlung des Jaguars, der in dieser Form zum Leitmotiv der nachfolgenden Nazca-Kultur wird. Das Gesicht ist von einem kleineren Gesicht bekrönt, und rechts davon entspringt eine Schlange dem Haupt. Die Gestalt hält, als typisches Attribut, einen Trophäenkopf in den Händen. Solche Kopftrophäen sind nicht nur dargestellt, sondern auch in Gräbern, zusammen mit den Mumien, gefunden worden. Sicher hatte dieses Wesen mythologischen Charakter. Andere Varianten, die den Katzendämon, Früchte oder Pflanzen haltend, wiedergeben, lassen an einen Zusammenhang mit Pflanzenbau und Fruchtbarkeit denken, ein Motiv, das vielleicht hier in der Schlange angedeutet wird.
Ankauf 1966, Inv.-Nr. IVc 9968.
Lit.: Bellinger/Bird 1954,
Seiler-Baldinger 1971.

**Turban d'une momie**
Pérou, Ica, Nécropole de Paracas
900–200 av. J.-C., poil d'alpaga
partie centrale nouée (nœud simple)
long. 91 cm, larg. 9 cm
détail 16 × 9 cm

En 1929, on découvrait sur la péninsule de Paracas située sur la côte désertique du Sud-Pérou, une ruine que l'on nomma par la suite ‹Nécropole› en raison des quatre cents momies enroulées d'étoffes multiples que l'on y découvrit. Les turbans, dont la grande variété dépasse de loin celle de tous les autres éléments du costume, ne manquaient dans aucun cas. L'exemple reproduit consiste en une longue bande que l'on entourait plusieurs fois autour de la tête. La partie centrale décorée de motifs figuratifs a été obtenue en nouant des fils continus de couleurs diverses (nœud simple). Elle présente un résultat étonnant si l'on considère la simplicité du procédé. Les deux bouts, montrant les motifs en zig-zag, sont en lacerie diagonale, dont les fils servent ensuite de chaîne pour un morceau tissé et se terminent en franges tressées. On a donc utilisé quatre techniques différentes en faisant valoir leur propriétés spécifiques de manière magistrale. Le matériel utilisé, c'est-à-dire le poil d'alpaga, témoigne des contacts commerciaux entretenus entre gens de la côte et des hauts plateaux où l'on trouve ce ruminant, voisin du lama. Le détail reproduit montre une case de la partie décorative centrale nouée. On y a représenté le dénommé ‹démon-chat›, un dérivé du jaguar ayant subi une transformation stylistique. Sous cette nouvelle forme, il deviendra le motif principal de la culture Nazca. Le visage est surmonté d'un second visage plus petit; un serpent s'en échappe sur la droite. Le démon tient entre ses mains un attribut typique, une tête-trophée. Les trophées de ce genre ne font pas uniquement l'objet d'illustrations; on les a également retrouvés dans certaines sépultures avec des momies. Le ‹démon-chat› prenait probablement une signification mythologique. D'autres variantes le montrant avec fruits ou végétaux laissent supposer un rapport avec l'agriculture et la fécondité, un motif qu'évoque éventuellement le serpent figurant sur le détail reproduit.
Achat 1966, No d'inv. IVc 9968.
Bibl.: Bellinger/Bird 1954,
Seiler-Baldinger 1971.

**Turban of a Mummy**
Peru, Inca, Paracas Necropolis
900–200 B.C., alpaca hair
middle part knotted (overhand knot)
l. 91 cm, w. 9 cm
detail 16 × 9 cm

In 1929, 400 mummy bundles wrapped in innumerable cloths were discovered in ruins later called 'Necropolis' in the Paracas Peninsula on the arid southern coast of Peru. The fabrics found there number among the most exquisite of all ancient Peruvian textiles. But the turbans, which were missing in no mummy bundle, surpass all the other garments as to diversity. The piece shown here is a long strip of cloth which was wound around the head several times. The central section has figural motifs and was produced by simple knotting (overhand knots with and without half-hitch appearance) of continuous polychrome threads. The results are amazing despite the simplicity of the procedure. At either end there is a twined, diagonally plaited part with rickrack pattern, the threads of which serve as a warp for a weft rep section and then as a braided fringe. Thus four techniques were employed, and all of them were exploited masterfully. The material used, alpaca yarn, is proof of trade relations between the coast and the highlands, where these animals live. Our detail shows one of the patterned fields of the knotted middle part. Depicted on it is the 'cat demon', a stylistic modification of the jaguar, which in this form was to become the leitmotif of the subsequent Nazca culture. The face is crowned by a smaller face, to the right of which a snake is emerging from the head. The figure is holding a trophy head, a typical attribute, in its hands. Such trophy heads are not only depicted but have also been found in graves with mummies. The creature seen here is certain to have had mythological connotations. Other variations in which cat demons hold fruit or plants suggest an association with agriculture and fertility – a theme which might be indicated by the snake here.
Purchase 1966, Inv. No. IVc 9968.
Bibl.: Bellinger/Bird 1954,
Seiler-Baldinger 1971.

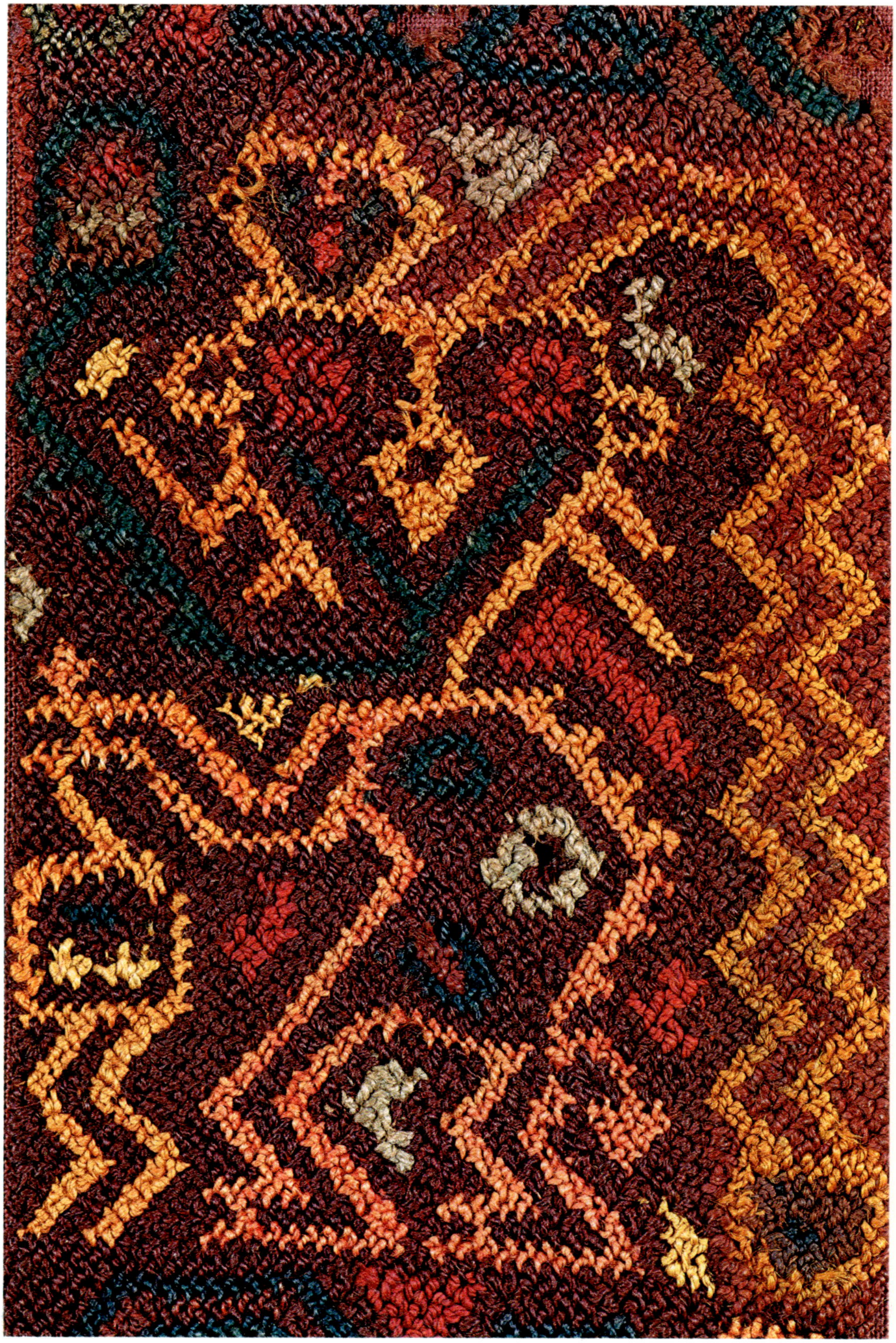

I/6

**Tonmaske der Piro**
Peru, Loreto, unterer Rio Urubamba
Ton, gebrannt, bemalt, mit Harz überzogen
H. 28 cm

Der hügelige, mit Urwald überzogene Ostabhang der peruanischen Anden (Montaña) ist die Heimat der Aruak sprechenden Piro. Sie leben in kleineren Dorfgemeinschaften an den Ufern des unteren Urubamba. Neben dem Gartenbau, der die wichtigsten Nahrungspflanzen liefert, spielen Jagd und Fischfang eine bedeutende Rolle. Das Kunsthandwerk liegt fast ausschliesslich in den Händen der Frauen. Diese flechten Körbe und Matten und weben auf ihren Litzenstabgeräten baumwollene Stoffe, die sie zum Teil mit feinen Mustern bemalen. Daneben widmen sie sich der Töpferei, wobei sie allerdings nicht nur Koch- und Essgeschirr, sondern auch Masken anfertigen. Die ungewöhnliche Tonmaske wurde von Hand geformt, mit Erdfarbe bemalt, gebrannt und, noch warm, mit Harz überzogen. An die Augenbrauen sind feine Pecari-Borsten geklebt. Zähne dieses wildschweinartigen Tieres stecken in eigens dafür ausgesparten Löchern der Mundpartie. Die Maske wird als *tsapanu,* ‹der in den Sack steckt›, bezeichnet. Sie gehört zu den *pahotko* (*paho* = Kürbis) oder *hiyalutko* (*hiyalu* = Weisslippenpecari = *Tayassu pecari*) genannten Maskengestalten, die auch aus Kürbisschalen geschnitzt sein können. Sie verkörpern Geisterwesen, die im Urwald in Bodenlöchern hausen. Bezeichnung und Aussehen zeigen Anklänge an menschengestaltige Buschgeister und an dieses Jagdwild, an das neben der grossen Nase, den Augenbrauen und Zähnen auch ihr schweineähnliches Grunzen erinnert. Sie sollen zudem hart wie Stein und schlüpfrig sein, was sich im verwendeten Material und der glatten Oberfläche der Masken ausdrückt. Während der Trockenzeit pflegen die Geister wie Steine zu schlafen, werden aber durch Donner geweckt, worauf sie umgehen, die Menschen in umgehängte Taschen stecken *(tsapanu)* und sie nachher fressen. Solche Maskengestalten haben wohl früher in engem Zusammenhang mit Initiationszeremonien gestanden. Heute treten sie, meist paarweise, an Feiertagen zur Belustigung der Anwesenden auf und bedrohen vor allem Kinder mit Nesselbündeln.
Ankauf E. Hauser 1974,
Inv.-Nr. IVc 16946.
Lit.: Baer 1974, Matteson 1954.

**Masque piro en terre cuite**
Pérou, Loreto,
cours inférieur du Rio Urubamba
terre cuite peinte et enduite de résine
haut. 28 cm

La région montagneuse et recouverte de forêt vierge de la Montaña péruvienne est la patrie des Piro dont la langue est l'Aruak. L'artisanat y est presque exclusivement réservé aux femmes qui se chargent de la confection d'objets en vannerie et du tissage. La poterie, dont elles s'occupent également, ne couvre pas seulement les besoins quotidiens mais elle comporte également la confection de masques. La pièce reproduite a été modelée à la main, puis peinte avec des couleurs minérales. Après la cuisson, elle a été enduite à chaud d'une couche de résine. Des poils de pécari soulignent les sourcils, tandis que des dents du même animal, ressemblant au cochon sauvage, enfoncées dans des trous réservés à cet effet, ornent la bouche. Le masque porte le nom de *tsapanu,* ‹celui qui fourre dans le sac›. Il fait partie des masques *pahotko* (*paho* = courge) ou *hiyalutko* (*hiyalu* = pécari à lèvres blanches = *Tayassu pecari*) qui peuvent être en courge également. Ces masques incarnent des esprits logeant dans des trous, cachés dans la forêt. Le nom et l'aspect évoquent une certaine ressemblance avec les esprits des forêts de forme humaine et avec le gibier dont les caractéristiques, le nez proéminent, les sourcils et les dents, sont soulignées par des grognements analogues à ceux d'un cochon. Les *tsapanu* passent pour être durs comme de la pierre et visqueux en même temps, propriétés qui se traduisent par le choix du matériel, soit la terre cuite et la résine. Pendant la saison sèche, les esprits dorment comme des pierres. Cependant le bruit du tonnerre les éveille et ils parcourent alors la région en attrapant les hommes qu'ils croisent pour les fourrer dans un grand sac à bandoulière *(tsapanu)* dans le but de les dévorer. Les masques de ce genre étaient sans doute étroitement reliés aux cérémonies d'initiation d'autrefois. Aujourd'hui, ils jouent un rôle purement divertissant en apparaissant habituellement par paires lors de festivités en tous genres, au cours desquelles ils menacent les enfants avec des bouquets d'ortilles.
Achat E. Hauser 1974,
No d'inv. IVc 16946.
Bibl.: Baer 1974, Matteson 1954.

**Piro Clay Mask**
Peru, Loreto, lower Rio Urubamba
fired clay, painted and coated with resin
h. 28 cm

The hilly, jungle-clad eastern slopes of the Peruvian Andes (Montaña) are the home of the Aruak-speaking Piro. They live in small village communities on the banks of the lower Urubamba. Apart from agriculture, which provides them with their most important foodstuffs, hunting and fishing play a very important part in their lives. Handicrafts are almost exclusively done by women. They plait baskets and mats and use their heddle looms to weave cotton cloth, some of which they paint with delicate designs. They also make pottery, producing not only pots and dishes but masks as well. This unusual clay mask was formed by hand, painted with mineral colours, fired and then coated with resin while it was still warm. Fine peccary bristles are glued to the eyebrows. Teeth from this boar-like animal are inserted in specially prepared holes in the area of the mouth. The mask is known as *tsapanu,* 'he who puts in the bag'. It belongs to the group of masks called *pahotko* (*paho* = gourd) or *hiyalutko* (*hiyalu* = white-lipped peccary = *Tayassu pecari*), which can also be carved out of gourds. They represent spirits that live in the jungle, in holes in the ground. Their name and appearance indicate a connection with bush-spirits that resemble human beings and with game, which not only their large noses, eyebrows and teeth but also their pig-like grunting is reminiscent of. In addition they are said to be as hard as stone and slippery, which manifests itself in the material and the smooth surface of the masks. During the dry season they sleep like stones. But they are awakened by thunder; then they begin to walk, putting people in the bags round their necks *(tsapanu)* and finally devouring them. Such masked figures probably used to be closely connected with initiation ceremonies. Today they appear (usually in pairs) on holidays to entertain those present and, using nettles, to threaten children.
Purchase E. Hauser 1974,
Inv. No. IVc 16946.
Bibl.: Baer 1974, Matteson 1954.

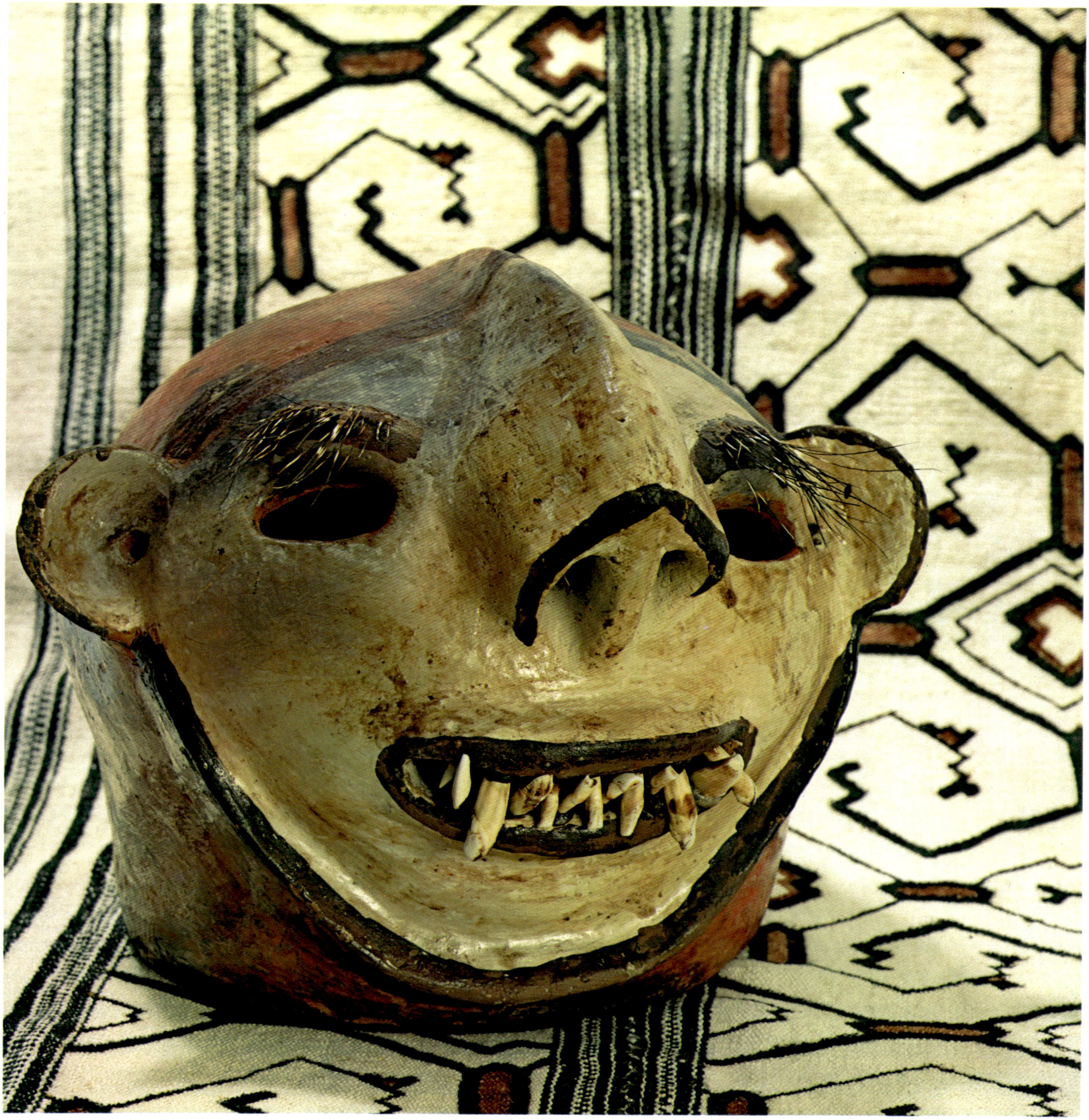

I/7

**Maniok-Korbschalen der Makiritare**
Venezuela, Territorio Amazonas
Orinoco-Quellgebiet, Bambusgeflecht
Durchmesser 19–38 cm

Der Caribenstamm der Makiritare lebt im Quellgebiet des Orinoco und seiner Zuflüsse im dort gebirgigen tropischen Regenwald. Ihre Wirtschaft beruht auf dem Brandrodungsbau und der Jagd. Unter den vierzig verschiedenen von den Frauen angebauten Pflanzen spielt der bittere Maniok *(Manihot utilissima)* als Grundnahrungsmittel die wichtigste Rolle. Da seine Wurzelknollen stark blausäurehaltig sind, muss ihnen das Gift durch einen komplizierten Prozess entzogen werden.
Die tägliche Maniokaufbereitung gehört zu den arbeitsintensivsten Beschäftigungen der Frauen und ist sehr zeitraubend. Die Knollen müssen erst auf der Pflanzung ausgegraben, geschält und gewaschen werden. Dann zerkleinert man sie auf Reibbrettern, worauf die Maniokmasse in grossen geflochtenen Schläuchen so lange gepresst wird, bis der giftige Saft abgeflossen ist. Das getrocknete und gesiebte Maniokmehl wird anschliessend zu Fladen geformt, auf einer Stein- oder Metallplatte gebacken und in runde, flache Korbschalen *(waha)* abgefüllt. Diese Maniokteller zählen zu den schönsten Flechtarbeiten südamerikanischer Indianer. Sie werden von den Männern aus den in feine Streifen geschnittenen Schäften gewisser Bambusarten hergestellt. Zur Erzielung der kontrastierenden Muster färben sie einen Teil der Flechtstreifen mit Pflanzenfarbe ein, während man die anderen an der Sonne bleicht. Geflochten wird randparallel, konzentrisch von der Mitte aus in dreibindiger Köperbindung. Die Kenntnis des Zahlenverhältnisses der zur Musterbildung benötigten hellen und dunklen Streifen wird vom Vater auf den Sohn weitergegeben. Die Motive stammen meist aus der Tierwelt und haben wohl symbolische Bedeutung. Beliebt ist die Darstellung von als ‹Kröten› bezeichneten Vierfüsslern. Ein mäanderartiges Muster wird je nach Anordnung als ‹Giftschlange› oder als ‹grosser Affe› gedeutet. Überhaupt kommen Affen sehr häufig vor, und es war denn auch ein mythischer Affe, der einst die Maniokpflanze aus dem Himmel raubte, um sie den Erde essenden Menschen zu bringen.
Ankauf Schlenker 1973,
Inv.-Nrn. IVc 9820-1, 15093-5.
Lit.: Schuster 1976, Zerries 1974a, b.

**Plats en vannerie pour le manioc makiritare**
Venezuela, Amazonie
région des sources de l'Orénoque
travail de vannerie en bambou
diamètre 19–38 cm

La tribu caraïbe des Makiritare habite la région des sources de l'Orénoque. Elle subsiste de l'horticulture sur brûlis et de la chasse. Parmi les quarante différentes sortes de végétaux cultivés par les femmes, le manioc amer *(Manihot utilissima)* joue un rôle primordial en tant qu'aliment de base. Cependant les tubercules de cette plante contiennent de l'acide prussique (cyanhydrique) que l'on élimine au cours d'un procédé compliqué afin de les rendre comestibles. La préparation quotidienne du manioc effectuée par les femmes représente un travail long et fastidieux. Tout d'abord il faut déterrer les tubercules, les éplucher et les laver, puis les raper sur des planches rugueuses. La masse ainsi obtenue est alors introduite dans des tuyaux en vannerie, puis pressée jusqu'à l'élimination complète du jus toxique. La farine séchée et tamisée est utilisée pour former des flans que l'on cuit sur une plaque, en les empilant au fur et à mesure dans des plats ronds en vannerie *(waha)*. Ces plats à manioc sont confectionnés par les hommes qui se servent de minces lanières découpées dans l'épiderme des tiges de bambou. On obtient des motifs contrastants en colorant une partie des lanières à l'aide de colorants végétaux, tandis que les autres sont blanchies au soleil. La connaissance de la proportion des lanières claires et sombres est transmise de père en fils. Les motifs tirés du règne animal prennent vraisemblablement une signification symbolique. Un des motifs préférés est celui du quadrupède désigné par ‹crapeau›. Un autre motif, un genre de méandre, est interprété comme ‹serpent venimeux› ou ‹grand singe›, selon la disposition qu'on lui donne. Le singe apparaît d'ailleurs très souvent; ainsi c'est un singe mythique qui jadis déroba un plant de manioc dans le monde céleste pour l'apporter aux hommes qui jusqu'alors ne se nourrissaient que de terre.
Achat Schlenker 1973,
Nos d'inv. IVc 9820-1, 15093-5.
Bibl.: Schuster 1976, Zerries 1974a, b.

**Makiritare Manioc Trays**
Venezuela, Territorio Amazonas
headwaters of the Orinoco, plaited bamboo
diameter 19–38 cm

The Makiritare, a Carib tribe, live in the mountainous rain forest of the headwaters of the Orinoco and its tributaries. Their economy is based on slash and burn agriculture and hunting. Their basic food is manioc *(Manihot utilissima)*, the most important of the forty different crops cultivated by the women. As its tubers have a very high prussic acid content, the poison must be extracted from them by means of a complicated method before they can be processed into food. The daily preparation of manioc is one of the women's hardest and most time-consuming tasks. First the tubers must be dug up, peeled and washed. Then they are grated and the manioc pulp is put into large, plaited tubes and squeezed until the poisonous juice is drained off. The dried, sifted manioc flour is then made into flat cakes, baked on a stone slab or metal sheet and then filled onto round, flat, plaited trays *(waha)*. These manioc trays are among the most beautiful plaited objects produced by South American Indians. The men make them out of fine strips cut from certain kinds of bamboo. To achieve contrasting patterns they dye some of the plaiting material with vegetable dye, allowing the others to become bleached in the sun. The plaiting is done at right angles, concentrically from the centre in uneven 2/1 twill. The knowledge of the numerical relationship of light and dark strips needed to produce the patterns is passed down from father to son. The motifs are generally taken over from the animal kingdom and probably have symbolic significance. Quadrupeds designated as toads are often depicted. Depending on its arrangement, a meander-like pattern is interpreted as a 'poisonous snake' or a 'large monkey'. Monkeys occur very frequently, and it was a mythical monkey that robbed the manioc plant from heaven to bring it to earth-eating man.
Purchase Schlenker 1973,
Inv. Nos. IVc 9820-1, 15093-5.
Bibl.: Schuster 1976, Zerries 1974a, b.

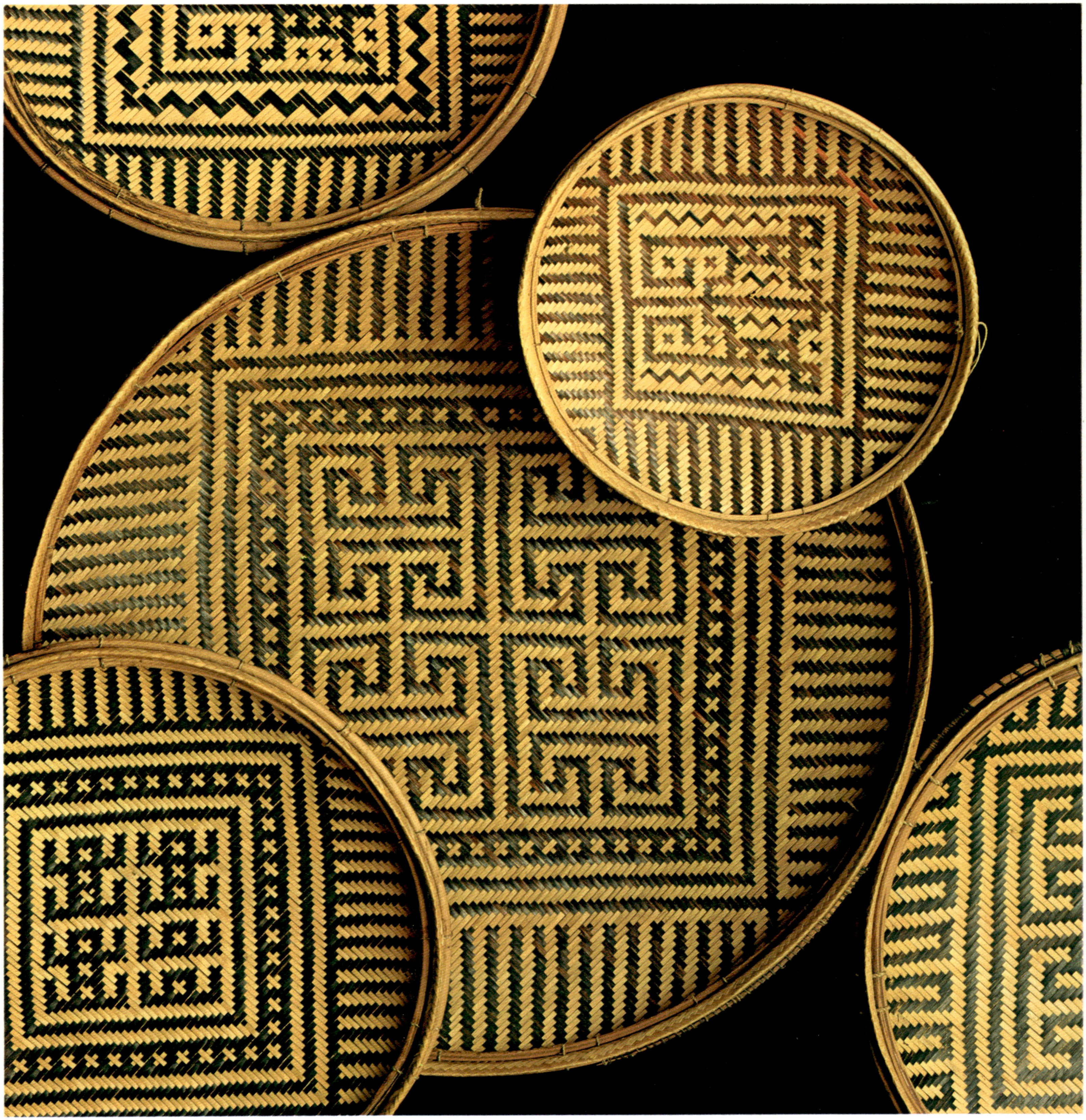

**Dachscheibe der Aparai**
Brasilien, Para
oberer Rio Paru und Jari
Holz, bemalt
Durchmesser 80 cm

Das Wohngebiet der Aparai befindet sich am Oberlauf der an der Grenze zu Guayana im Tumuc-Humac-Gebirge entspringenden Amazonaszuflüsse Paru und Jari. Die Aparai siedeln stets an Wasserläufen, wo sie die Nähe fischreicher Stromschnellen wählen. Ein Dorf umfasst zwischen zwanzig und fünfzig Einwohnern, wobei heute jedoch die Hälfte der Bevölkerung zu den ebenfalls caribischsprechenden Wayana gehört. Die Wohnhäuser bestehen aus Giebeldachbauten und sind locker um das runde Männerhaus gruppiert. Dieses ist sechs bis sieben Meter hoch und besonders sorgfältig gebaut. Auf einem Lattenboden werden dort Zeremonialgeräte und Tanzkostüme aufbewahrt (vgl. Tafel 11). Zentraler und auffälligster Schmuck ist die Dachscheibe, die den Abschluss des mittleren Tragpfostens bildet. Sie wird aus einer Brettwurzel geschnitzt und über dem Feuer schwach angekohlt. Auf diesem dunklen Malgrund tragen dann die Männer mit Ocker- und Kalkfarbe bestimmte traditionelle Motive auf. Hier stehen sich z. B. paarweise mythische doppelköpfige Jaguare und Schlangen gegenüber. Daneben finden sich noch ein kleinerer Jaguar, ein Piraña-Fisch und ein Mensch dargestellt. Nach Aussage der Indianer hat eines der Ungeheuer einen Aparai umgebracht und will diesen verschlingen. Daran hindern es aber andere, unsichtbare, Aparai, indem sie selbst ein Tier nach dem anderen töten. In einer Mythe wird auch erzählt, dass Ponaimo, der Urvater der Pirañas, aus Rache über einen ihm von den Aparai beigebrachten Pfeilschuss eine Insel einstürzen liess. Die darauf lebenden Aparai fielen allesamt ins Wasser, wo sie von Ponaimo und anderen Geisterwesen aufgefressen wurden. Seither gilt der Anblick der Wassertierherren, die in tiefen Felslöchern hausen, als todbringend. Die stark stilisierte Darstellung solcher Geschehnisse ist ein immer wiederkehrendes Thema in der Kunst der Aparai.
Sammlung F. Speiser 1925,
Inv.-Nr. IVc 4232.
Lit.: Speiser 1926, Rauschert 1967, Schoepf 1972

**Pièce d'architecture d'une toiture aparai**
Brésil, Para
cours supérieur des Rio Paru et Jari
bois peint, diamètre 80 cm

Les Aparai vivent le long des cours supérieurs de deux affluents de l'Amazone dont les sources se trouvent dans le massif Tumuc-Humac, près de la frontière guyane. Ils s'établissent sur les rives de cours d'eau, à proximité de rapides poissonneux. Un village comprend de vingt à cinquante habitants dont la moitié aujourd'hui sont des Wayana. Les habitations sont librement regroupées autour d'une maison ronde, lieu de réunion des hommes. Il s'agit d'un édifice soigneusement construit, d'une hauteur de six à sept mètres. On y garde des objets rituels et des costumes de danse (cf. pl. 11). Le disque rond terminant la poutre porteuse centrale est l'élément décoratif prédominant. Il est découpé dans une racine palette, puis noirci au feu. La couleur sombre ainsi obtenue sert de fond à des motifs traditionnels que les hommes appliquent à l'aide de colorants ocreux et de chaux. La planche reproduite montre des jaguars et des serpents mythiques à deux têtes disposés face à face, puis, plus en bordure, un jaguar plus petit ainsi qu'un poisson piranha et un être humain. Selon les Indiens, un des monstres vient de tuer un Aparai et s'apprête à le dévorer. Cependant d'autres Aparai, invisibles, l'en empêchent en tuant un animal après l'autre. Un mythe relate l'histoire de l'ancêtre des piranhas, Ponaimo, qui se vengea d'un coup de flèche que lui portèrent les Aparai en provoquant l'écroulement d'une île. Tous les Aparai qui s'y trouvaient tombèrent à l'eau où ils furent dévorés par Ponaimo et les esprits maléfiques des profondeurs. Depuis lors, la vue du souverain de la faune aquatique, qui d'ordinaire se tapit dans des trous de roches à une grande profondeur, passe pour être un présage mortel. L'illustration fort stylisée de tels événements fournit un sujet de prédilection de la production artistique aparai.
Collection F. Speiser 1925,
No d'inv. IVc 4232.
Bibl.: Speiser 1926, Rauschert 1967, Schoepf 1972.

**Aparai Roof-Disc**
Brazil, Para, upper Rio Paru and Jari
Painted wood
diameter 80 cm

The Aparai live in the region around the upper courses of the Paru and Jari, two Amazon rivers whose sources are in the Tumuc-Humac mountains on the border to Guayana. The Aparai always settle near rivers, choosing areas very close to rapids, where fishing is good. A village comprises between twenty and fifty inhabitants, though today half the population belongs to the Wayana, who are likewise Carib-speaking. The houses in which people live have gabled roofs and are loosely grouped around the men's house, a building six to seven metres high and constructed with great care. Here ceremonial instruments and dance costumes are stored in a loft with lath floor (cf. Plate 11). The main and most striking decoration is the roof disc, which forms the top of the central pillar. It is carved out of a buttress and is charred slightly over the fire. The men then use ochre and lime paint to make special, traditional designs on this dark ground. Here, for instance, there are pairs of mythical, two-headed jaguars and snakes facing each other. In addition a smaller jaguar, a piranha and a person are depicted. The Indians say that one of the monsters has killed an Aparai and wants to devour him. But other invisible Aparai are preventing it from doing so by killing one animal after another themselves. In a different myth Ponaimo, forefather of the piranhas, was hit by an Aparai arrow and took revenge by causing an island to cave in. All the Aparai living on it fell into the water, where they were eaten up by Ponaimo and other spectral beings. The sight of these masters of the water animals, who live in deep holes in the rocks, has been considered fatal ever since. Such incidents in highly stylized representations are recurring themes in Aparai art.
Collection F. Speiser 1925,
Inv. No. IVc 4232.
Bibl.: Speiser 1926, Rauschert 1967, Schoepf 1972.

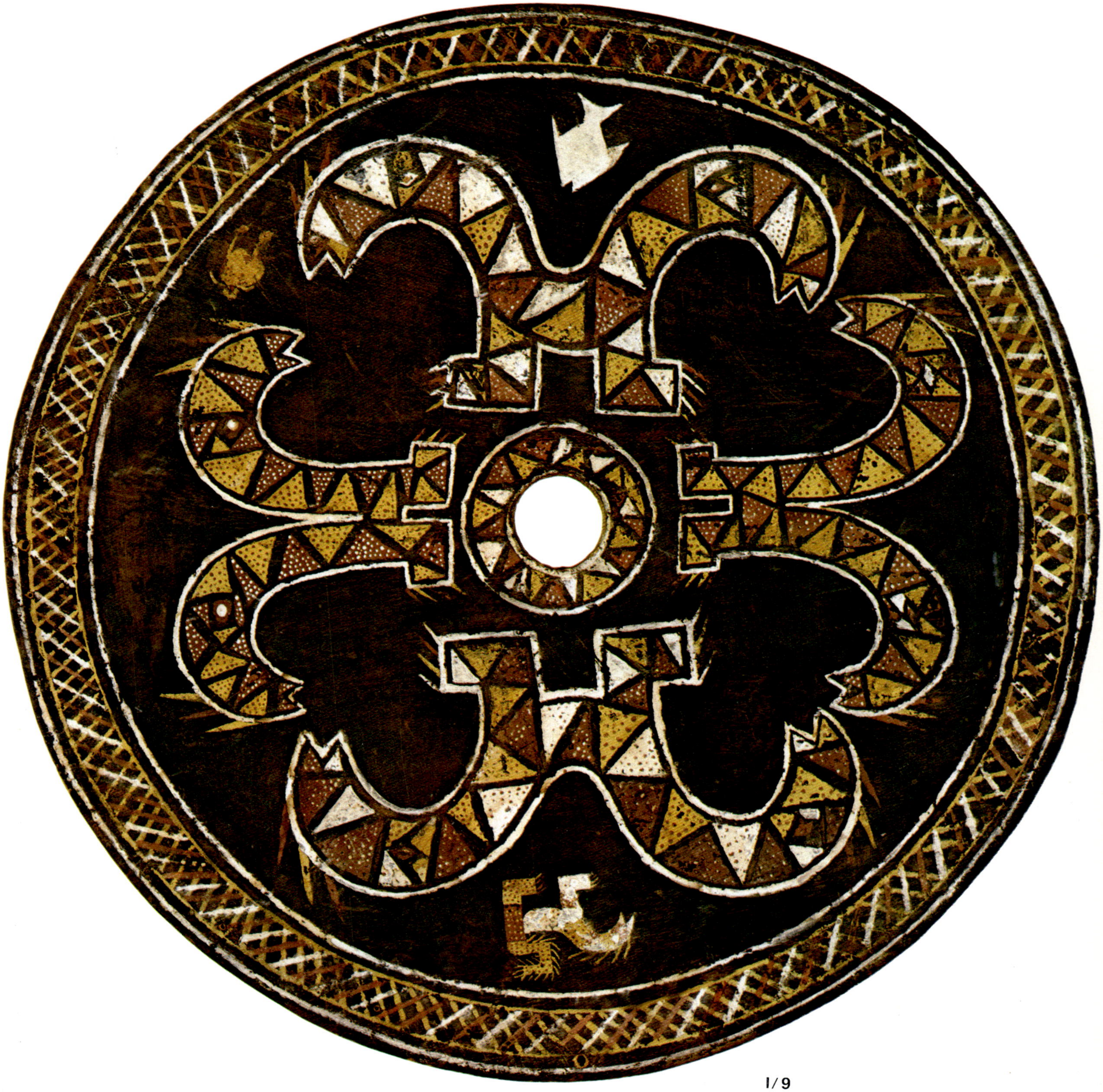

I/9

**Ameisenprobe der Aparai**
Brasilien, Para, oberer Rio Paru
Geflecht in Form eines Piraña
mit Nadeln und applizierten Ameisen
L. 41 cm, B. 38 cm

Kernstück der vierundzwanzig Stunden dauernden Initiation junger Aparai-Knaben und -Mädchen ist die sog. ‹Ameisenmarter›. Dabei werden den Initianden mit grossen Ameisen oder Hornissen besetzte Flechtwerke auf Rücken und Brust appliziert. Die von den Männern hergestellten Geflechte haben zu diesem Zweck die Gestalt mythischer Jaguare und Fische. Unser Beispiel ist in Form eines Piraña (*Serrosalmus* spp.) randparallel geflochten und mit feinen bunten Federn beklebt. In der Mitte bleibt mit Baumwollfaden ein Quadrat zum Durchziehen der Ameisen ausgespart. Dazu benutzt man eine Dornnadel mit Federkielende, in das die Ameisen geklemmt werden, so dass auf der einen Seite ihre Vorder- auf der anderen ihre Hinterleiber herausschauen. Das Geflecht wird so lange auf den Körper des Initianden gehalten, bis das ätzende Ameisensekret die Haut in deutlich sichtbaren Pusteln aufschwellen lässt. Je nach Ameisenart soll dies so schmerzhaft sein, dass Bewusstlosigkeit und hohes Fieber auftreten können. Man glaubt, dass die Ameisenbisse die betreffenden Körperteile stärken und gegen Übel aller Art immunisieren. Wird das Geflecht durch den Schamanen oder Häuptling angesetzt, findet gleichzeitig auch eine Kraftübertragung auf die jungen Leute statt. Die Initiation selbst ist in das grosse Tanzfest eingebettet. Nach Bestehen der Ameisenprobe dürfen die Knaben erstmals mit den prächtigen Federhüten (vgl. Tafel 11) tanzen und die Zeremonialflöten blasen. Später erhalten sie vom Schamanen ihr erstes Lendentuch und den Haarschnitt der Männer. Anschliessend muss eine längere Fastenzeit beobachtet werden, die mit dem Erlegen des ersten Jagdtieres ein Ende findet. Daneben existiert noch eine leichtere Form der ‹Ameisenmarter› unter Verwendung eines einfachen unverzierten Flechtstreifens. Sie wird sehr häufig zu Heilungszwecken bei Krankheiten, gegen Ermüdungserscheinungen und zur Abwehr gefährlicher Fremdeinflüsse (z. B. nach einer Reise) angewandt.
Sammlung F. Speiser 1925,
Inv.-Nr. IVc 4284.
Lit.: Speiser 1926, Farabee 1924.

**L'épreuve des fourmis des Aparai**
Brésil, Para, cours supérieur du Rio Paru
vannerie en forme de piranha
collage de plumes, épingles et fourmis
long. 41 cm, larg. 38 cm

L'épreuve des fourmis est l'événement central des rites d'initiation des garçons et filles aparai. Elle consiste à appliquer sur la poitrine ou le dos du patient une natte en vannerie pourvue de fourmis géantes ou de frelons. La natte est confectionnée par les hommes qui lui confèrent la forme d'un jaguar ou d'un poisson mythique en vue de son usage spécifique. L'exemple reproduit représente un piranha (*Serrosalmus* spp.). Au centre, on a réservé un espace rectangulaire dans lequel on introduit les fourmis à l'aide d'une épingle faite d'une épine et de l'extrémité d'une hampe de plume. La natte ainsi garnie d'insectes est alors apposée sur le corps du patient jusqu'au moment où les morsures et la sécrétion des fourmis auront provoqué des enflures bien visibles. Suivant l'espèce des fourmis, la procédure peut entrainer l'évanouissement ou de fortes fièvres. Le but est d'immuniser les parties du corps ainsi traitées contre le mal sous toutes ses formes. L'application par un chaman ou par le chef de la tribu garantit par ailleurs une transmission de force et de puissance sur la jeune génération. L'initiation prend place dans le cadre de grandes festivités s'accompagnant de danses. Une fois l'épreuve subie, les garçons sont autorisés à danser en portant pour la première fois la magnifique coiffe en plumes (cf. pl. 11) et à jouer les flûtes sacrales. Un peu plus tard, ils reçoivent leur premier pagne des mains du chaman ainsi que la première coupe de cheveux d'adulte.
On leur impose ensuite une longue période de jeûne qui se termine par le premier gibier qu'ils abattent. A côté de l'épreuve des fourmis telle que nous venons de la décrire, on en applique une autre, moins douloureuse, à l'aide d'une bande tressée sans ornement aucun. On s'en sert pour combattre certaines maladies, la lassitude et la fatigue, ainsi que d'éventuels influences maléfiques étrangères qui pourraient se manifester au retour d'un voyage.
Collection F. Speiser 1925,
No d'inv. IVc 4284.
Bibl.: Speiser 1926, Farabee 1924.

**Aparai Ant-Test**
Brazil, Para, upper Rio Paru
plaited frame in the shape of a piranha
with needles and ants
l. 41 cm, w. 38 cm

The so-called 'ant-torture' is the crucial part of the 24-hour long initiation of Aparai boys and girls. During this ordeal, a wicker frame filled with large ants or hornets is applied to the back and chest of the initiates. For this purpose, the frames, which are produced by men, are in the form of mythical jaguars and fish. Our example is piranha-shaped (*Serrosalmus* spp.), plaited at right angles and has delicate, coloured feathers glued to it. A square marked with cotton thread is left open for the ants to be passed through. This is done with a thorn-needle tipped quill into which the ants are inserted so that their heads protrude on one side and the rest of their bodies on the other. The frame is kept on the body of the initiate until the caustic ant secretion has caused visible swelling on the skin. Depending on the type of ant used, this is said to be so painful that unconsciousness and high fever may follow as a consequence. The ant stings are thought to strengthen the parts of the body involved and to immunize against all sorts of harm. If the frame is applied by the Shaman or chief, powers are also transferred to the young people. The initiation itself is part of a major dance ceremony. When the ant ordeal has been withstood, the boys may dance in magnificent feather headdresses (cf. Plate 11) and blow ceremonial flutes for the first time. Later the Shaman gives them their first loin-cloths and men's haircuts. Then a period of fasting has to be observed, which ends in their killing their first wild game. There is also a milder form of 'ant-torture', in which a simple, undecorated, plaited strip is used. This form is often employed to help cure disease, against fatigue and to ward off dangerous outside influences (e.g. after a journey).
Collection F. Speiser 1925,
Inv. No. IVc 4284.
Bibl.: Speiser 1926, Farabee 1924.

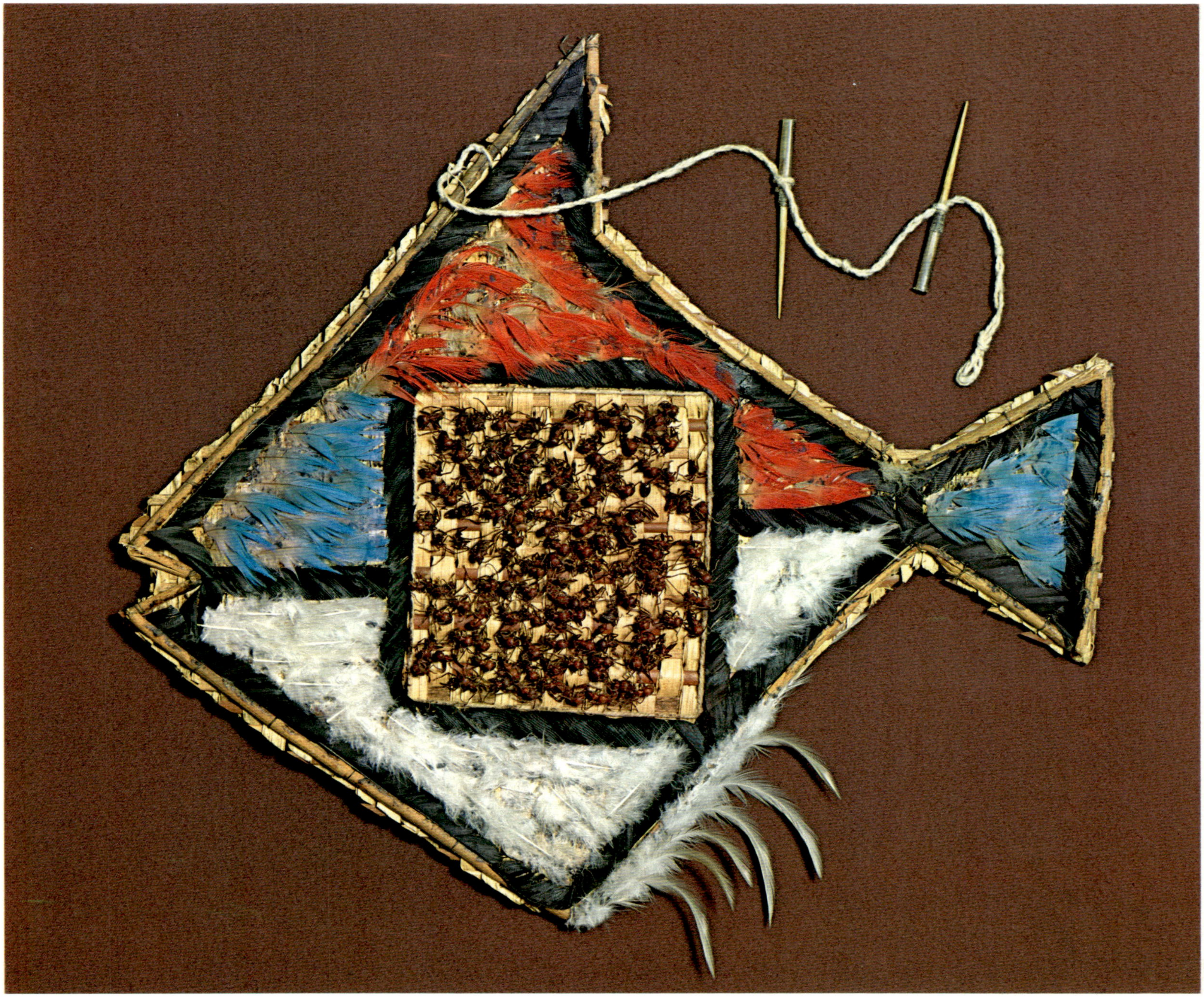

I/10

**Federaufsatz der Aparai**
Brasilien, Para, oberer Rio Paru
mit Federbändern bedecktes, von Ara-Federn bekröntes Geflecht, mit Bastbehang
H. 154 cm, Durchmesser 20 cm

Die grossen Federhüte bilden den Hauptbestandteil des Aparai-Tanzkostüms. Zwei ineinandergeschobene geflochtene Palmblattzylinder mit einem Bügel in der Scheitelgegend bilden das Gerüst dieses Federaufsatzes. Es dient der Befestigung von Federbändern, die in einer gewissen farblichen Reihenfolge ziegelartig übereinander angeordnet werden. Sicher wurde die Wahl der Farbe, wie auch der Vogelgattung, von religiösen Motiven bestimmt, da den Vögeln im indianischen Denken symbolische Bedeutung zukommt (z. B. Ara = Sonne, Harpyie = Seele eines Verstorbenen). Die Federbänder werden von den Männern mittels Baumwollfäden hergestellt, durch Einzwirnen- oder -knoten der Federn von *Ara macao, A. ararauna, A. chloroptera, Amazona aestiva, Rhamphastos* spp., *Surucua, Crax* sp. und *Psarocolius decumanus.* Der bunte Zylinder wird von weissen Harpyien *(Harpia harpya)*-Adlerfedern abgeschlossen. Im gespaltenen Scheitelbügel stecken die Schwanzfedern von *Ara chloroptera.* Da die hintersten mit einem kunstvollen Gehänge aus Affenhaarschnüren mit Dreieckchen in Federmosaiktechnik und daran befestigten Käferflügelreifen (*Coleopterus* sp.) geschmückt sind, wippen sie beim Tanzen schillernd und rhythmisch auf und ab. Gesicht und Oberkörper des Trägers werden von herabwallenden Baststreifen maskenartig verhüllt. Solche prächtigen Federaufsätze wurden von Schamanen und früher vom Kriegshäuptling bei Ritualtänzen getragen, finden jedoch vor allem bei der Initiation Verwendung. Im grossen Tanzfest, an dem auch die Frauen teilnehmen, wird eine Urzeitmythe der Aparai kultisch dargestellt und wiederholt. In alter Zeit waren einmal die tiergestaltigen Wasserleute singend und tanzend in ein Aparai-Dorf gekommen, um seine Bewohner mit sich in die Tiefen der Flüsse zu entführen. Nur ein einziger Aparai blieb übrig, der später mit einer Tapir-Frau die heutigen Aparai zeugte. Die Stimmen der Wasserleute leben im Klang der beim Fest geblasenen Bambusklarinetten fort.
Sammlung F. Speiser 1925,
Inv.-Nr. IVc 4301. Lit.: Speiser 1926, Rauschert 1967, Schoepf 1972.

**Coiffe-masque des Aparai**
Brésil, Para, cours supérieur du Rio Paru
vannerie recouvert de rubans de plumes, franges en bandelettes de feuilles de bananier
haut. 154 cm, diamètre 20 cm

La coiffe en plumes est l'élément principal du costume de danse des Aparai. Le support comprend deux cylindres superposés surmontés d'une crête. Cette armature sert à fixer plusieurs rangs juxtaposés de plumes montées en filière, disposées selon un ordre de couleurs déterminé. Le choix des couleurs et de l'espèce remonte aux conceptions religieuses. Chaque oiseau prend en effet une signification symbolique (par exemple l'ara = soleil, l'harpie = âme défunte) dans la pensée indienne. Les rubans de plumes sont confectionnés par les hommes qui utilisent des plumes d'*Ara macao, Ara ararauna, Ara chloroptera, Amazona aestiva, Rhamphastos* supp., *Surucua, Crax* sp. et *Psarocolius decumanus.* Le cylindre multicolore se termine par des touffes de plumes d'harpie blanches et une crête en pennes caudales d'*Ara chloroptera.* Les extrémités des dernières pennes supportent chacune un pendant composé de bâtonnets garnis de peau de singe, de plaquettes triangulaires ornées d'une mosaïque de plumules collées ainsi que d'ailes d'insectes (coléoptères) suspendues à un anneau, pendants dont le chatoiement est mis en valeur par les mouvements rythmiques de la danse. Le visage et le torse du porteur sont cachés derrière un rideau de franges. Les coiffes en plumes de ce genre étaient portées par les chamans et autrefois par les chefs de guerre à l'occasion de danses rituelles. Aujourd'hui on les porte avant tout dans le cadre des initiations (cf. pl. 10). Au cours des danses qui se déroulent alors et auxquelles les femmes participent, on représente un mythe cosmogonique des Aparai en répétant les événements mythologiques sous une forme rituelle. Dans les temps anciens, les gens des eaux avaient pénétré dans un village aparai en dansant et y avaient enlevés tous les habitants pour les entrainer dans les profondeurs des rivières. Un seul Aparai survécut. C'est lui l'ancêtre des Aparai d'aujourd'hui, procréés avec une femme-tapir. Cependant la voix des gens des eaux subsiste dans les sons des clarinettes en bambou dont on joue à cette occasion.
Collection F. Speiser 1925,
No d'inv. IVc 4301. Bibl.: Speiser 1926, Rauschert 1967, Schoepf 1972.

**Aparai Feather Headdress**
Brazil, Para, upper Rio Paru
plaited headdress with bast streamers covered with feather bands and crowned by macaw feathers
h. 154 cm, diameter 20 cm

The large 'feather hats' constitute the main component of the Aparai dance costume. Two plaited palm-leaf cylinders pushed into one another with a splint approximately at the crown of the head form the foundation of this feather headdress. Feather bands, which are arranged imbricately, the colours in a particular order, are attached to it. Certainly the colours as well as the species of birds were chosen according to religious criteria, as Indian thought attributes symbolic meaning to birds (e.g. macaw = sun, harpy-eagle = soul of a deceased person). The feather bands are always made by men, who use cotton threads to twine or knot the feathers of *Ara macao, A. ararauna, A. chloroptera, Amazona aestiva, Rhamphastos* spp., *Surucua, Crax* sp. and *Psarocolius decumanus.* The colourful cylinder ends in white harpy-eagle *(Harpia harpya)* feathers. Tail feathers of *Ara chloroptera* are stuck into the splint. The ones in the very back are decorated with an artistic hanging made of monkey-hair strings with triangles done in the feather mosaic technique and beetle wing covers (*Coleopterus* sp.) on rings attached to them, which makes them bounce up and down rhythmically and brilliantly during dances.
The wearer's face and the upper part of his body are hidden as with a mask by flowing streamers of bast. Magnificent feather headdresses of this kind used to be worn by Shamans and earlier by war chiefs during ceremonial dances, but today are used above all during the initiation ceremony. During the great dance festival, which women also take part in, an age-old Aparai myth receives ritual presentation and repetition. In ancient times the animal-like water people once came to an Aparai village singing and dancing, to lure its inhabitants to the depths of the rivers with them. Only one Aparai remained, and later, with a tapir woman as his mate, begot the present-day Aparai. The voices of the water people survive in the sound of the bamboo clarinet played at the festival.
Collection F. Speiser 1925,
Inv. No. IVc 4301. Bibl.: Speiser 1926, Rauschert 1967, Schoepf 1972.

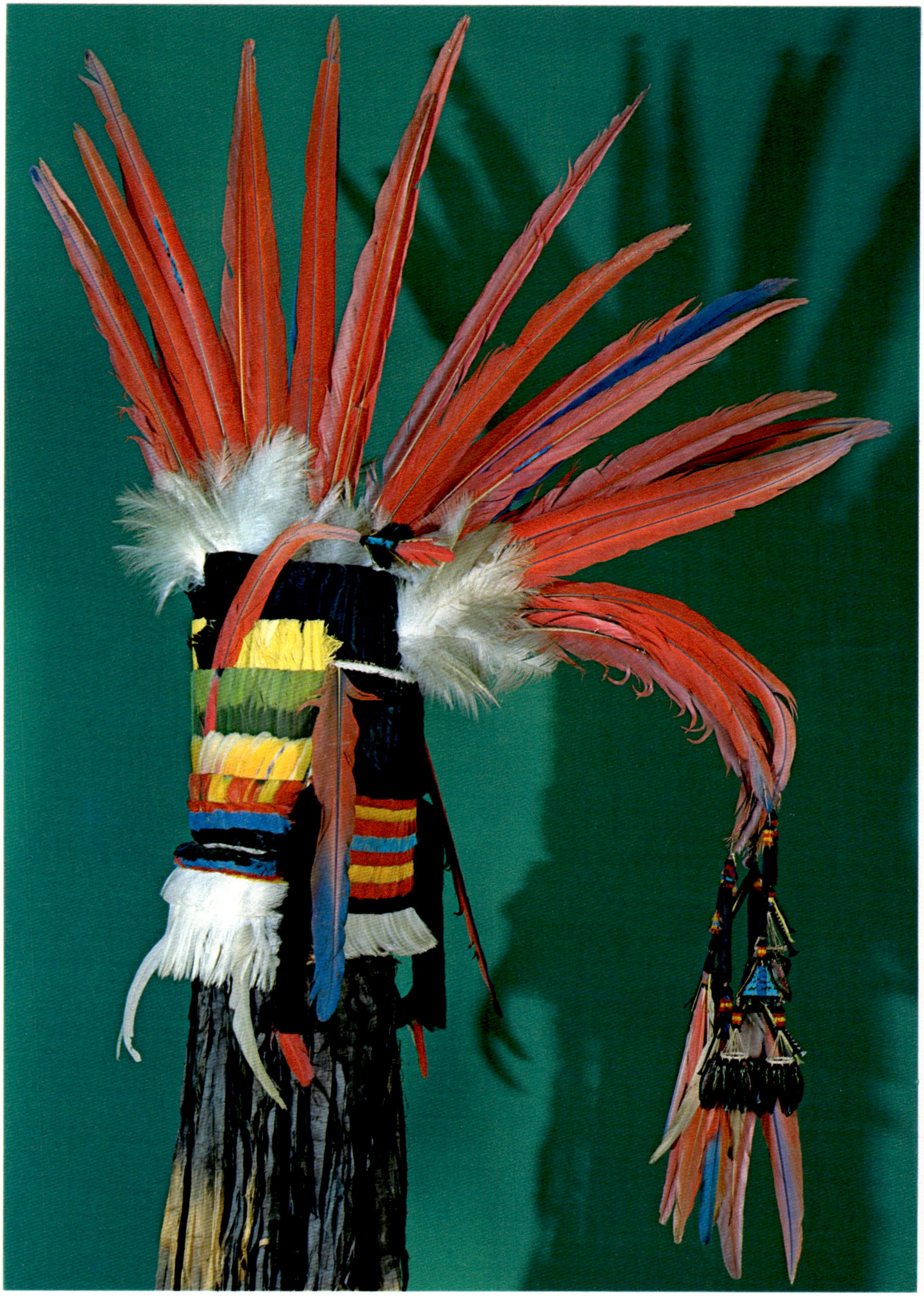

I/11

**Federschmuck der Urubu-Kaapor**
Brasilien, Maranhão, Rio Gurupi
Diadem, Ohrschmuck und Halsband
Diadem: L. 34 cm, B. 10 cm
Halsband: L. 35 cm, Ohrschmuck: 5 cm

Die Urubu(Aasgeier)-Indianer oder Kaapor, Waldleute, wie sie sich selbst nennen, gehören zu den letzten Ost-Tupi im Hinterland der nordostbrasilianischen Küste. Der Federschmuck spielt im Leben der Kaapor eine zentrale Rolle, nicht nur als kostbarster materieller Besitz, sondern als wichtiger Bestandteil der sozialen und geistigen Kultur. Die Männer verwenden einen grossen Teil ihrer Energie und Zeit auf das Fangen von Vögeln, da sie Federn von über dreissig verschiedenen Arten zur Herstellung von Schmuckstücken benötigen. Das Federdiadem *(wirara)* der Männer gilt als Stammesabzeichen der Kaapor. Es wurde ihnen vom mythischen Schöpfer und Kulturheroen Mairo selbst verliehen. Das wie ein Sonnenschild getragene Diadem besteht aus einem gewobenen Baumwollband mit geflochtenen Bindeschnüren. Die durch Knicken und Umwickeln der Kiele auf Fäden aufgereihten Federn *(Columba speciosa, Ara macao, Phoenicirus carnifex)* sind schuppenartig dicht übereinander angeordnet und die Reihen mit Baumwollfaden in die Unterlage geknüpft. Die seitlich über den Schläfen herunterhängenden Fransen wurden, wie die kleinen Ohrzierate, *(nambi putir)*, mit einem Mosaik aus Cotingafedern *(Cotinga cotinga, C. cayana)* beklebt. Das Diadem hat beim ‹Namensgebungsfest› die wichtige Funktion, das drei Monate alte Kind, das damit von seinem Onkel mütterlicherseits geschmückt wird, in einem Tanz als neues Mitglied in den Stamm einzuführen. Zu diesem Anlass tragen die Kaapor ihre schönsten Federornamente. Auch die Frauen sind davon nicht ausgeschlossen, wie das zierliche Halsband *(tukadjura)* zeigt. Dieses setzt sich aus einer in Bromelienfaser eingebundener Reihe von Tukan-Brustfedern *(Ramphastus vitellinus)*, einem vogelförmigen Pectoral und einem kleineren Rückengehänge zusammen. Bei letzteren wurden Cotinga- und Phoeniciriusfederchen zu feinen Mosaiken verarbeitet, die technisch wie künstlerisch zum Vollkommensten zählen, was das heutige indianische Amerika zu bieten hat.
Ankauf B. Malkin 1966,
Inv.-Nrn. IVc 11314, 11319,11346.
Lit.: Ribeiro 1957a, Schoepf 1971.

**Parures en plumes des Urubu-Kaapor**
Brésil, Maranhão, Rio Gurupi
diadème, collier-pendentif et pendants d'oreilles, diadème: long. 34 cm larg. 10 cm, collier-pendentif: long. 35 cm longueur pendants d'oreilles 5 cm chacun

Les Urubu (Indiens ‹vautours›) ou Kaapor, hommes des forêts, comme ils se nomment eux-mêmes, font partie des derniers Tupi de l'est à vivre dans l'arrière-pays de la côte nord-est du Brésil. La parure en plumes joue un rôle primordial dans la vie des Kaapor. Les hommes dépensent une grande partie de leur énergie et de leur temps à chasser les oiseaux fournisseurs nécessaires. Le diadème *(wirara)* des hommes constitue le symbole de la tribu. Il leur a jadis été accordé par le créateur mythique et héro culturel Mairo lui-même. Le diadème que l'on porte comme une auréole, consiste en une bande en coton tissé se terminant aux deux bouts par des cordelettes. Les plumes *(Columba speciosa, Ara macao, Phoenicirus carnifex)* sont montées en filière sur des cordelettes et juxtaposées comme des écailles. Les franges latérales tombant sur les tempes sont composées de la même manière que les petits pendants d'oreilles *(nambi putir)*: un collage-mosaïque en plumes de cotinga *(Cotinga cotinga, C. cayana)*. Le diadème remplit une fonction importante lors de la cérémonie d'imposition du nom: un oncle maternel en ceindra la tête de l'enfant de trois mois qui sera alors introduit dans le clan par des danses. A l'occasion d'une telle cérémonie, les Kaapor porteront leurs plus belles parures de plumes. Les femmes elles aussi se parent, ainsi que le montre le fin collier-pendentif *(tukadjura)*. Il est composé d'une rangée de plumules de gorge du toucan *(Ramphastus vitellinus)*, d'un pendant pectoral en forme d'oiseau ainsi que d'un pendant dorsal plus petit. Pour les pendants on a utilisé des plumules de *Cotinga* et de *Phoenicirus* en composant de fines mosaïques. Du point de vue technique aussi bien qu'artistique, ces collages d'une grande préciosité font partie des ouvrages les plus parfaits en provenance de l'Amérique tropicale indienne actuelle.
Achat B. Malkin 1966,
Nos d'inv. IVc 11314, 11319, 11346.
Bibl.: Ribeiro 1957a, Schoepf 1971.

**Urubu-Kaapor Featherwork**
Brazil, Maranhão, Rio Gurupi
diadem, ear ornament and necklace
diadem: l. 34 cm, w. 10 cm
necklace: l. 35 cm, ear ornaments: 5 cm

The Urubu (vulture) Indians or Kaapor, forest people, as they call themselves, are among the last East-Tupi in the hinterland of the northeastern coast of Brazil. Featherwork plays a central role in Kaapor life, not only as a valuable material possession but also as an important component of their social and spiritual culture. The men invest a great deal of time and energy in catching birds, as they need over thirty different kinds to produce such ornamental pieces. The men's feather diadem *(wirara)* is considered the tribal insignia of the Kaapor. It was given to them by the mythical creator and cultural hero Mairo himself. The diadem is worn like a visor and consists of a woven cotton band with plaited cords. The feathers *(Columba speciosa, Ara macao, Phoenicirus carnifex)*, their quills bent and wrapped so that they can be strung on threads, are very close together, overlapping, and the rows are attached to the foundation with cotton thread. The fringes that hang down over the temples at the side have a mosaic of cotinga feathers *(Cotinga cotinga, C. cayana)* glued on to them, like the small ear ornaments *(nambi putir)*. The diadem has an important function within the framework of the 'name-giving celebration': the three-month-old child is adorned with it by its maternal uncle and through a dance becomes a new member of the tribe. On this occasion the Kaapor wear their most beautiful feather ornaments. The women are not excluded, as the dainty necklace *(tukadjura)* shows. This necklace is made of tucan *(Ramphastus vitellinus)* feathers bound up in bromilian fibre, a bird-shaped breast-plate and a smaller pendant in back. For the latter, cotinga and phoenicirius feathers were made into delicate mosaics that are both technically and artistically among the most marvellous creations present-day Indian America has to offer.
Purchase B. Malkin 1966,
Inv. No. IVc 11314, 11319, 11346.
Bibl.: Ribeiro 1957a, Schoepf 1971.

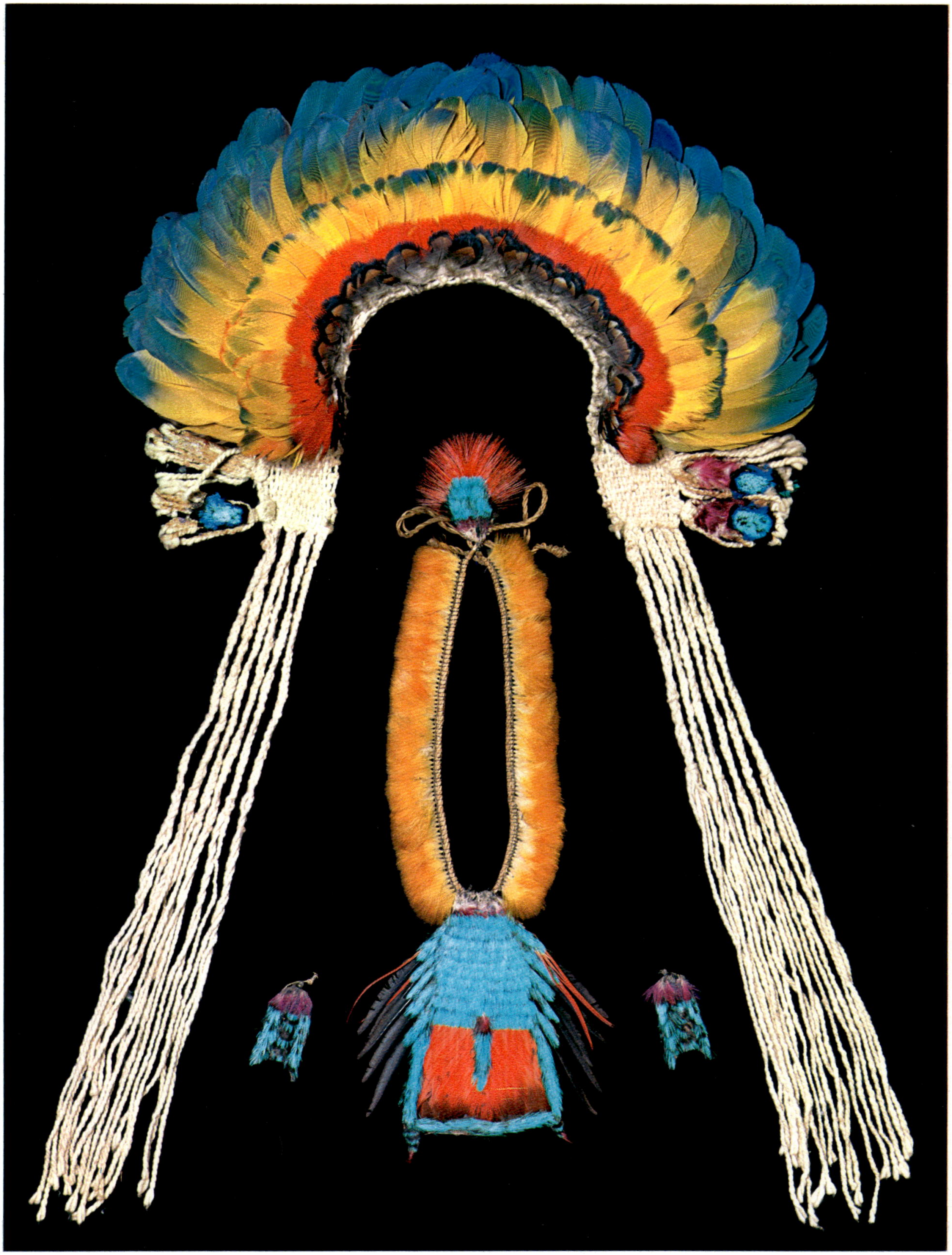

I/12

**Maske der Waura**
Brasilien, Matto Grosso, Rio Batovy
Holz, bemalt, mit Palmblattstreifen
Maske: H. 33 cm, B. 24 cm
Fransen: L. 65 cm

Das Xingu-Quellgebiet nimmt nicht nur geographisch zwischen Savannenhochland von Matto Grosso und amazonischem Regenwald eine Sonderstellung ein, sondern auch ethnographisch. Es wird von Stämmen verschiedenster Herkunft und Sprache bewohnt, deren Kultur sich allerdings im Laufe der Zeit in vielen Aspekten so sehr aneinander angeglichen hat, dass man von einer eigentlichen Kulturprovinz spricht. Sie wird als ein Zentrum des Maskenwesens und der sakralen Blasinstrumente betrachtet. Stellvertretend für viele Xingu-Masken steht dieses Beispiel der Waura, einer Aruak sprechenden Gruppe. Die Maske wurde aus relativ schwerem Holz geschnitzt und mit weisser Tonfarbe grundiert. Die Augen sind aus Wachs gebildet und mit Muschelsplittern eingelegt. Der Mund, ebenfalls aus Wachs, entblösst das scharfe Gebiss aus Piraña-Zähnen (*Serrosalmus* spp.). Unverkennbar und für die Xingu-Völker so typisch ist die Bemalung. Die Wangen zeigen das sog. ‹Mereschu-Muster› *(arahitzulihiana)*. Es leitet sich von der Form des ‹Mereschu›, eines kleinen Lagunenfisches, her (*Serrosalmus* spp. oder *Myletes* spp.), dessen Körper durch eine Raute wiedergegeben wird. Die vier ausgefüllten Ecken hingegen bezeichnen Kopf und Schwanz sowie seine Rücken- und Bauchflosse. Die auf dieser Maske angeschnittenen Rauten sind in V-förmige Linien eingebettet, welche die Maschen eines Fischnetzes symbolisieren. Auch die vorkragende Stirn ist mit einem Fischmuster geschmückt, das den Paku (*Metynnis* sp.) darstellen soll. Die Maske verkörpert möglicherweise eine mythische Fischgestalt. Um Fische und Fischfang dreht sich denn auch ein wesentlicher Teil des wirtschaftlichen, sozialen, künstlerischen und religiösen Lebens der Waura. Zu Beginn der Trockenzeit, wenn Fische besonders leicht erbeutet werden können, finden unter Ausschluss der Frauen Maskentänze statt. Sie sollen der Vermehrung der Fische dienen und den Fang günstig beeinflussen. Nach Gebrauch werden die Masken zusammen mit den sie begleitenden heiligen Flöten im Fest- und Männerhaus aufbewahrt.
Ankauf V. Chiara 1967, Inv.-Nr. 11391.
Lit.: Von den Steinen 1897.
Schultz/Chiara 1967, 1971, Baer 1960.

**Masque Waura**
Brésil, Matto Grosso, Rio Batovy
bois peint et franges en bandelettes de feuilles de palmier
Masque: haut. 33 cm, larg. 24 cm
franges: long. 65 cm

La région des sources du Xingu est habitée par des tribus d'origines et de langues les plus diverses et dont les cultures, au cours des temps, se sont de plus en plus rapprochées, ce qui nous permet aujourd'hui de parler d'une véritable province culturelle. On la considère comme étant un des principaux centres du masque et de la flûte sacrale en Amérique du Sud. Cet exemple des Waura, un groupe parlant l'Aruak, est représentatif pour beaucoup de masques du Xingu. Le masque a été sculpté dans un bois relativement lourd puis recouvert d'une première couche de peinture blanche en argile. Les yeux ont été modelés en cire et pourvus de morceaux de coquillages de même que la bouche contenant les dents d'un piranha (*Serrosalmus* spp.). Les motifs appliqués sont typiques et caractérisent la peinture des peuplades du Xingu. Les joues, par exemple, montrent le motif ‹mereshu› *(arahitzulihiana)* qui correspond à un petit poisson des lagunes, le mereshu précisément (*Serrosalmus* spp. ou *Myletes* spp.), dont la forme du corps est redonné par un motif rhomboïdal. Les quatre coins sombres représentent alors la tête, la queue ainsi que les nageoires dorsales et ventrales. Les motifs en losange dont on aperçoit une moitié seulement sont encadrés par des lignes multiples en forme de V qui symbolisent les mailles d'un filet. Le front proéminent porte un motif-poisson également et représente alors un paku (*Metynnis* sp.). Il est possible que le masque incarne un poisson mythique. En effet, une partie essentielle de la vie socio-religieuse, économique et artistique des Waura se concentre autour de la pêche et du poisson. Au début de la saison sèche on exécute des danses masquées dont les femmes sont exclues. Ces danses ont pour but de favoriser la multiplication des poissons ainsi qu'une pêche abondante. Une fois les cérémonies terminées, les masques, ainsi que les flûtes sacrales qui les accompagnent, sont rangés dans la maison de réunion des hommes.
Achat V. Chiara 1967, No d'inv. 11391.
Bibl.: Von den Steinen 1897,
Schultz/Chiara 1967, 1971, Baer 1960.

**Waura Mask**
Brazil, Matto Grosso, Rio Batovy
painted wood with palm-leaf strips
mask: h. 33 cm, w. 24 cm
fringes: l. 65 cm

The region head waters of the Xingu occupies a special position not only geographically, between the savannah highlands of Matto Grosso and the Amazon rain forest, but also ethnographically. It is inhabited by tribes of widely diverse origins and languages. In the course of time their cultures have come to resemble one another in so many aspects, however, that one now speaks of a single cultural province. It is considered a centre of masks and sacred wind instruments. The Xingu masks are represented here by a specimen of Waura (an Aruak-speaking group) work. The mask was carved out of relatively heavy wood and primed with a white clay slip. The eyes are made of wax with inlaid splinters of shell. The mouth, which is also made of wax, reveals a set of sharp teeth that come from a piranha (*Serrosalmus* spp.). One cannot fail to recognize the painting, which is typical of the Xingu people. The cheeks have the so-called 'Mereshu pattern' *(arahitzulihiana)*. It is derived from the shape of the 'mereshu', a small lagoon fish (*Serrosalmus* spp. or *Myletes* spp.) whose body is represented by a diamond. The four filled-in corners represent head and tail, and back and stomach fins. The incomplete diamonds are surrounded by V-shaped lines, which stand for the meshes of a fish-net. The projecting forehead is decorated with a fish design which is supposed to depict the paku (*Metynnis* sp.). The mask may symbolize a mythical fish. Fish and fishing are a major element in the economic, social, artistic and religious life of the Waura. At the beginning of the dry season, when fish are particularly easy to catch, masked dances take place, from which women are excluded. These dances are supposed to help the fish increase in number and to exert a positive influence on the catch. After use, the masks and the accompanying sacred flutes are stored away in the men's and ceremonial house.
Purchase V. Chiara 1967, Inv. No. 11391.
Bibl.: Von den Steinen 1897,
Schultz/Chiara 1967, 1971, Baer 1960.

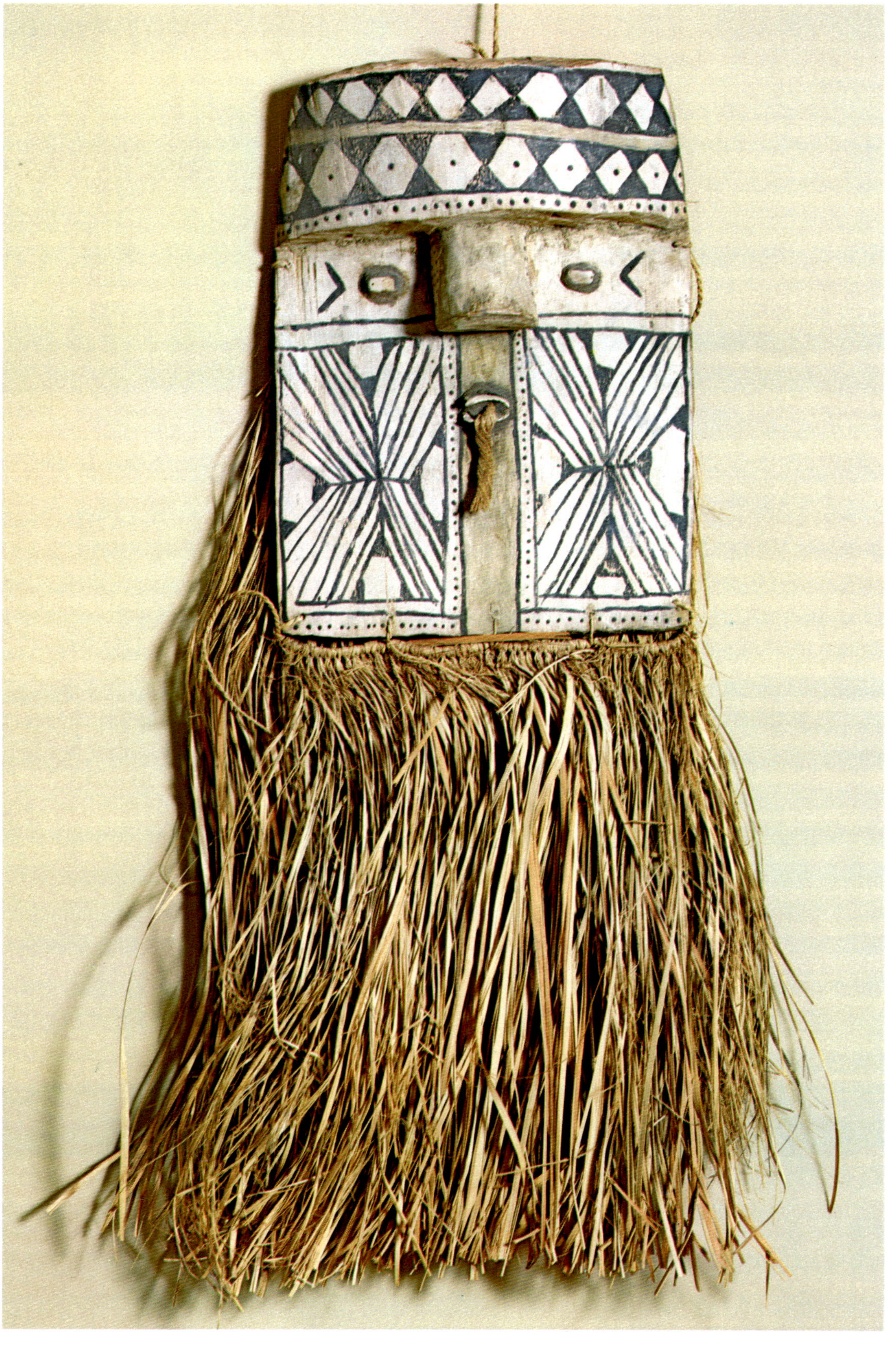

I/13

**Federhaube der Mundurucu**
Brasilien, Para, oberer Rio Tapajoz
Baumwoll-Haube, eingezogene Federn
Durchmesser 21 cm
Gehänge: L. 33 cm

Der Stamm der Mundurucu, ein Vertreter der grossen Tupi-Sprachfamilie, besiedelt die von Savannen durchzogenen Galerienwälder der nördlichen Ausläufer des Plateaus von Matto Grosso. Kennzeichnend für die Mundurucu ist die Gliederung der Bevölkerung in zwei streng exogame Hälften, die wiederum in verschiedene Klane unterteilt sind. Diese tragen Namen von Tieren und Pflanzen, mit denen sich ihre Mitglieder verwandt glauben. Die Klanzugehörigkeit äussert sich in der Tätowierung von Körper und Gesicht und in der Art des Schmuckes. Klane mit Vogelnamen stellen diesen aus den Federn der betreffenden Vogelart her, und alle Klane, die Material der gleichen Vogelgattung verwenden, gehören derselben Hälfte an. Die Anfertigung von Zeremonialschmuck, z. B. den Ohrgehängen der Kopftrophäen (vgl. Tafel 15), bot den durch die Klanordnung aufgesplitterten Stammesangehörigen die seltene Gelegenheit zur Kooperation. Zur Festtracht der Männer gehörten Gürtel, Oberarm- und Wadenbänder, Ohrschmuck, Schultergehänge, Diademe und Hauben. Federarbeiten wurden wie alle Zeremonialobjekte von den Männern hergestellt. Dafür hielten sie sich verschiedene Vögel, denen sie nach Bedarf die Federn ausrupften. Sie verstanden sich auch auf das ‹Färben› derselben, indem sie die wunden Stellen der Tiere mit dem Saft gewisser Frösche betupften, bis die Federn gelb statt grün nachwuchsen. Die Haube besteht aus einer Baumwollkalotte, in die, im Abstand von vier bis sechs Kettenmaschen, paarweise abgebundene Papageienfedern (*Amazona* sp.) eingehäkelt wurden. Über der Ohrpartie hängen je vier Rosettenschnüre *(paro-oara)* aus den Brustfedern des *Ara macao* herunter, die in Mutum-Quasten (*Crax* sp.) enden. Der Nackenschmuck *(akeri-kaha)* wird aus zwei verschieden langen Lagen Schwanzfedern des roten und blauen Ara (*Ara* spp.) gebildet, die wiederum mit Federquasten verziert sind und auf einer Reihe Baumwollschnüre aufliegen. Die Haube dürfte aus der zweiten Hälfte des 19. Jahrhunderts stammen, denn Federschmuck dieser Art gehört inzwischen längst der Vergangenheit an.
Legat Im Obersteg 1916, Inv.-Nr. IVc 575a.
Lit.: Martius 1867, Ribeiro 1957b.

**Coiffe en plumes des Mundurucu**
Brésil, Para, cours supérieur
du Rio Tapajoz,
coiffe en coton entièrement emplumée,
diamètre 21 cm
couvre-nuque: long. 33 cm

La tribu des Mundurucu appartient à la grande famille linguistique Tupi et habite les forêts-galeries du plateau de Matto Grosso. La division de la communauté tribale en deux moitiés exogames, dont chacune à son tour est répartie en plusieurs clans, est une caractéristique des Mundurucu. Les clans portent les noms d'animaux ou de plantes auxquels ils se considèrent apparentés. L'appartenance à un clan s'exprime par le tatouage spécifique du corps et du visage ainsi que par le choix de la matière première pour les parures en plumes. Chaque clan portant le nom d'un oiseau en fera forcément l'oiseau fournisseur pour ses parures, et tous les clans utilisant la même variété d'espèces appartiendront à la même moitié tribale. Pour les membres d'une tribu, habituellement séparés par les structures claniques, la confection en commun des parures cérémonielles comme par exemple les pendants d'oreilles destinés à orner les têtes-trophées (cf. pl. 15) représentait une rare occasion de coopérer. Le costume de cérémonie des hommes comportait une ceinture, des brassards et des molletières, des pendants d'oreilles, épaulières, diadèmes et coiffes. La plumasserie était réservée aux hommes, de même que la confection de tous les objets de cérémonie. A cet effet, on gardait plusieurs espèces d'oiseaux en captivité en les plumant périodiquement. La coiffe consiste en une calotte de coton dans laquelle on a fixé au crochet des plumes de perroquet (*Amazona* sp.). Au dessus des oreilles, la coiffe comporte de chaque côté quatre pendants-rosettes *(paro-oara)* en plumules ventrales d'*Ara macao* qui se terminent par une touffe de plumes de mutum (*Crax* sp.). Le couvre-nuque *(akeri-kaha)* est composé de deux nappes de longues pennes caudales de l'ara rouge et bleu (*Ara* spp.). Les extrémités des parures sont garnies de touffes elles aussi. La coiffe date sans doute de la seconde moitié du XIXe siècle, les parures de ce genre appartenant évidemment au passé depuis longtemps.
Donation Im Obersteg 1916,
No d'inv. IVc 575a.
Bibl.: Martius 1867, Ribeiro 1957b.

**Mundurucu Feather Bonnet**
Brazil, Para, upper Rio Tapajoz
cotton bonnet, inserted feathers
diameter 21 cm
tassels: l. 33 cm

The Mundurucu tribe, a member of the large family of Tupi languages, lives in the mixed gallery forest and savannah of the northern foothills of the Matto Grosso plateau. Characteristic of the Mundurucu is the division of the population into two strictly exogamous moieties, which are in turn divided into various clans. The clans bear the names of animals and plants to which their members believe they are related. Clan membership is expressed in facial and body tattooing and in the kinds of ornaments worn. Clans with bird names make these ornaments out of the feathers of the species of bird they are named after, and all the clans that use material from the same genus of bird belong to the same moiety. Production of ceremonial ornaments, e.g. the ear pendants of trophy heads (cf. Plate 15), offered the members of the tribe, which was split up by the clan order, the rare chance to co-operate. The men's ceremonial costume included belt, circlets to be worn on the upper arms and calves, ear ornaments, tassels hanging from the shoulders, diadems and bonnets. Like all the other ceremonial objects, featherwork was produced by the men. For this purpose they kept various birds, whose feathers they plucked as required. They were also skilled in 'dyeing' these feathers by dabbing the birds' sores with the juice of certain frogs so that the feathers would grow back green instead of yellow. The bonnet is made of a cotton calotte into which pairs of parrot feathers (*Amazona* sp.) were crocheted at intervals of four to six plain (crochet) stitches. Hanging down at the sides there are four rosette-cords *(paro-oara)* made from the breast feathers of the *Ara macao* and ending in mutum tassels (*Crax* sp.). The ornament for the back of the neck *(akeri-kaha)* is made out of the tail feathers of the red and blue macaw (*Ara* spp.) in two layers of different lengths, which are once again decorated with feather tassels resting on a row of cotton cords. This bonnet probably dates back to the latter half of the 19th century, as featherwork of this kind has long since become a thing of the past.
Bequest Im Obersteg 1916,
Inv. No. IVc 575a.
Bibl.: Martius 1867, Ribeiro 1957b.

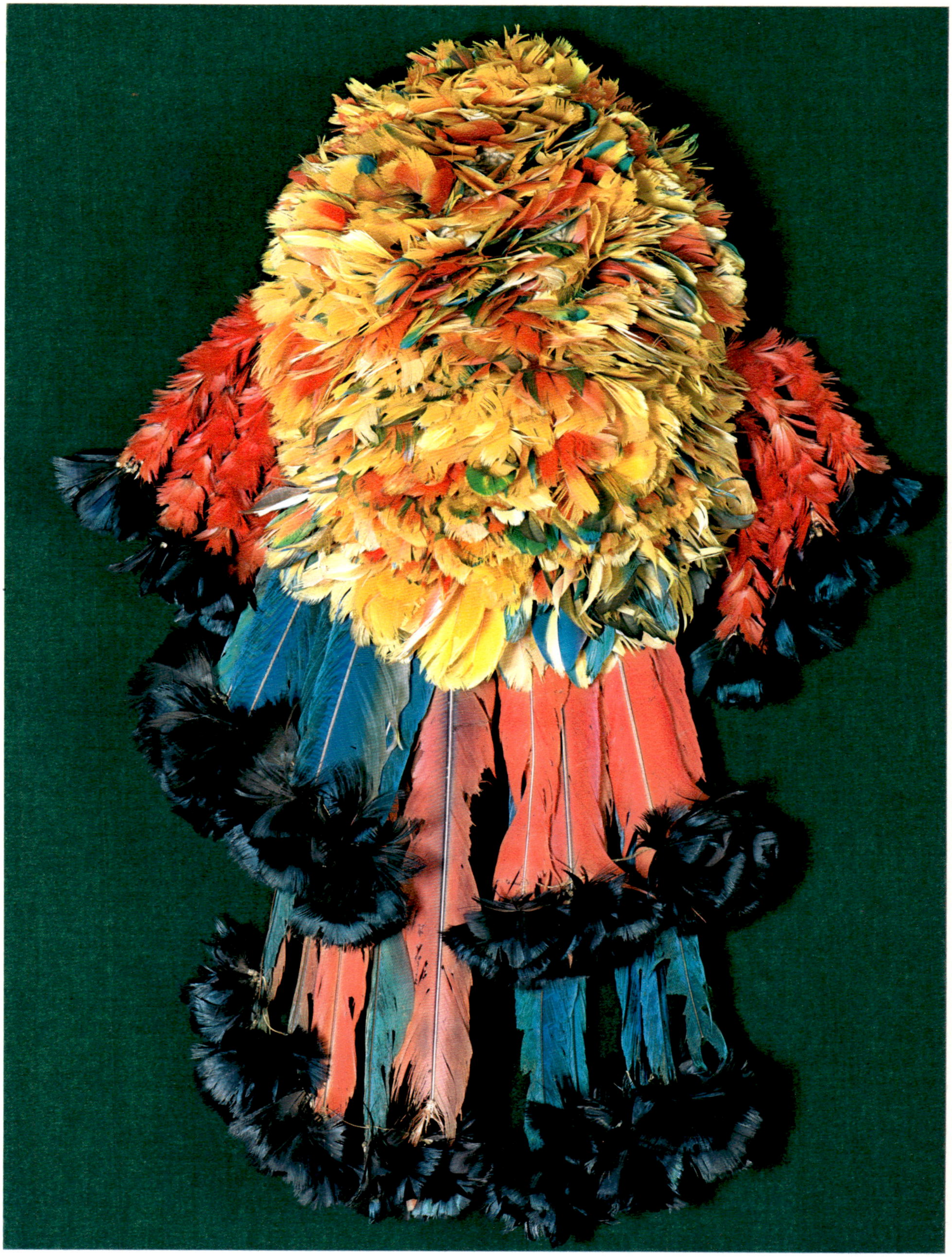

I/14

**Kopftrophäe der Mundurucu**
Brasilien, Para, oberer Rio Tapajoz
Schädel mit Federschmuck
Durchmesser 26 cm

Obwohl die Grundnahrungsmittel aus den Pflanzungen stammen und die Frauen sogar einen Überschuss an Maniok erzielen und verkaufen können, liegt die Betonung in Mythen und Kult ganz auf der jägerischen Betätigung der Männer. Von den Nachbarstämmen waren diese bis in unser Jahrhundert hinein als Krieger und Kopfjäger gefürchtet. Kriegszüge bildeten durch die Teilnahme mehrerer Dörfer einen integrierenden Faktor im Leben der Mundurucu. Aufgestaute Aggressionen, die zu zeigen in der eigenen Kultur verpönt war, konnten sich so nach aussen auf ein gemeinsames Ziel richten. Die mit übernatürlichen Kräften ausgestatteten Kopftrophäen lieferten nämlich die Voraussetzung für eine erfolgreiche Jagd. Bei jedem gemeinsamen Jagdzug wurde ein Trophäenkopf in den Wald mitgenommen, um zusammen mit dem Kopfjäger, der fortan den Titel ‹Mutter der Pecari› trug, die Herrin der Tiere günstig zu stimmen.
Kriegszüge fanden ausschliesslich im Sommer statt. Als Waffen dienten Speere mit scharfen Bambusspitzen. Bereits auf dem Rückweg begann man die Trophäe durch Kochen und Trocknen am Feuer zu präparieren und mit Urucu-Öl *(Bixa orellana)* einzureiben. Später schloss man die Augenhöhlen mit Bienenwachs, in das man je einen Paka-Zahn *(Agouti paca)* drückte. Im Dorf des Kopfjägers fand dann ein sich über drei Regenzeiten erstreckender Festzyklus statt. In der ersten Zeremonie erhielt der Kopf durch das sog. ‹Ohrverzieren› seinen Status als Trophäe. Der Ohrschmuck musste aus den Federn fünf verschiedener Vogelarten von den Mitgliedern der betreffenden eponymen Klane angefertigt werden. Die zweite Zeremonie bestand im ‹Enthäuten des Kopfes›, worauf die Ohrgehänge entfernt und die Schädel im Männerhaus aufgehängt wurden. Als Höhepunkt des Festzyklus galt das ‹Aufreihen der ausgeschlagenen Zähne› auf Schnüre und die anschliessende Initiation der jungen Männer in den Kriegerbund. Dieser Trophäenkopf wurde wohl nach der ersten Zeremonie erstanden und stammt aus der Zeit vor 1914, da danach die Kopfjagd zum Erliegen kam.
Ankauf 1932, Inv.-Nr. IVc 4593.
Lit.: Murphy 1958, 1960.

**Tête-trophée des Mundurucu**
Brésil, Para
cours supérieur du Rio Tapajoz
crâne avec parure en plumes
diamètre 26 cm

Bien que les aliments de base soient suffisants pour permettre aux femmes de vendre un surplus de manioc, le thème dominant des mythes est entièrement donné par l'occupation des hommes: en effet, en tant que guerriers et chasseurs de têtes, les Mundurucu étaient craints de leurs voisins jusqu'au siècle présent. Les expéditions guerrières, menées par plusieurs villages à la fois, constituaient un facteur intégrant dans le comportement des Mundurucu. Elles leur permettaient en effet d'extérioriser leurs aggressions en commun. Ainsi les trophées pourvus de forces surnaturelles étaient indispensables pour le succès de la chasse. A l'occasion de chasses communes, on emportait une tête-trophée avec soi qui avait la fonction d'influencer favorablement la souveraine des animaux, en commun avec le chasseur de tête qui dès lors portait le nom de ‹mère des pécaris›. Les expéditions guerrières étaient entreprises en été uniquement. Sur le chemin du retour encore on préparait le nouveau trophée en le cuisant et le séchant au feu et en l'enduisant d'huile d'urucu *(Bixa orellana)*. Par la suite on remplissait les orbites de cire d'abeille en les garnissant d'une dent de paca *(Agouti paca)*. Un cycle de cérémonies qui s'étendait pendant trois saisons des pluies se déroulait dans le village du chasseur de tête en question. Dans le courant de la première cérémonie, la tête recevait le statut de trophée avec l'exécution de la ‹parure des oreilles›. Ces parures devaient être confectionnées par les membres des clans éponymes en question et contenir les plumes de cinq espèces. La seconde cérémonie consistait à ‹écorcher la tête›, à enlever les parures et à suspendre le crâne dans la maison de réunion des hommes. Le point culminant du cycle était atteint avec la troisième cérémonie comprenant ‹le montage en filière des dents cassées› sur des cordelettes et l'initiation consécutive des jeunes gens ainsi que leur adhésion à l'organisation des guerriers. La tête-trophée reproduite aura sans doute passé par la première cérémonie et date d'une époque antérieure à 1914, année où, pour diverses raisons, la chasse aux têtes prit fin.
Achat 1932, No d'inv. IVc 4593.
Bibl.: Murphy 1958, 1960.

**Mundurucu Trophy Head**
Brazil, Para, upper Rio Tapajoz
skull decorated with feathers
diameter 26 cm

The basic foodstuffs of the Mundurucu are obtained by cultivating crops, and the women even produce a surplus of manioc, which they then sell. Nonetheless the tribe places its major mythological and ritual emphasis on the hunting done by the men. As recently as this century, neighbouring tribes feared them as warriors and head hunters. Military campaigns with several villages participating formed an integrating factor in the life of the Mundurucu. The pent-up aggressions it was improper to show in their own culture could thus be directed outwards, towards a common target. For the trophy heads with their supernatural powers were a prerequisite for a successful hunt. Atrophy head was taken along into the forest whenever a hunting party set out, so that it and the head hunter, who was henceforth known as 'Mother of the Peccary', could propitiate the Mistress of the Animals. Summer was the traditional time for warfare. The weapons used were spears with sharp bamboo heads. The preparation of the trophy heads began on the return march. The head was boiled, dried by the fire and then rubbed with urucu oil *(Bixa orellana)*. Later the sockets of the eyes were sealed with beeswax, and a paca tooth *(Agouti paca)* was pressed into each one. In the head hunter's village a cycle of festivals lasting three rainy seasons then took place. During the first ceremony the head received its status as a trophy through what was called 'decorating the ears'. Ear ornaments had to be made out of feathers from five different species of birds by the respective eponymous clans. The second ceremony was 'stripping the skin from the head', then the ear ornaments were removed and the skulls were hung in the men's house. The climax of the cycle was 'hanging the teeth' on strings and the subsequent initiation of young men into the warrior's society. Our trophy head was acquired after the first ceremony and dates from before 1914, as afterwards various factors brought the practice of head-hunting to an end.
Purchase 1932, Inv. No. IVc 4593.
Bibl.: Murphy 1958, 1960.

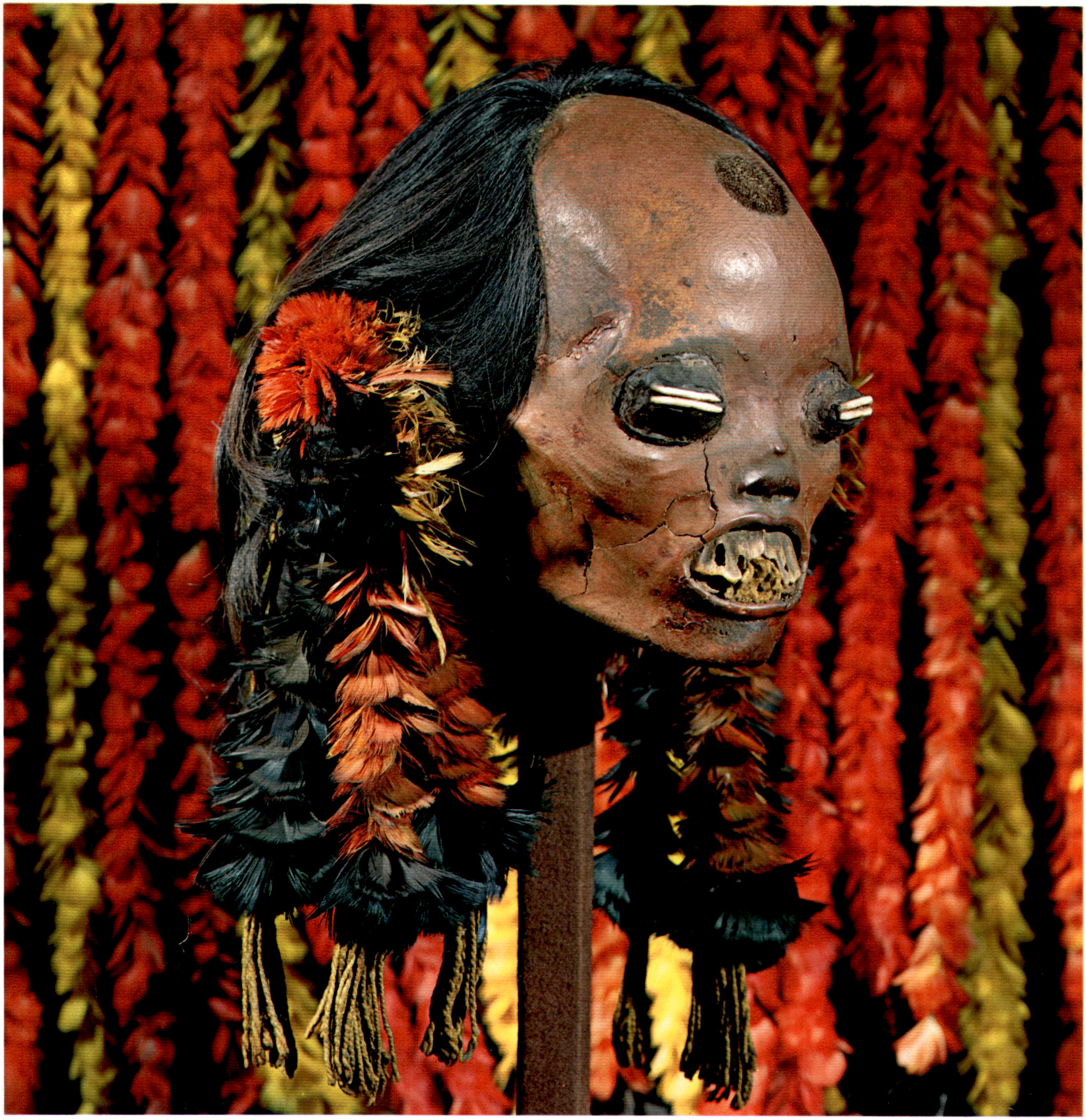

I/15

Christian Kaufmann

# Ozeanien

L'Océanie

Oceania

Geschichte Ozeaniens

Ozeanien gliedert sich, mit den Augen des europäischen Völkerkundlers gesehen, in den Kontinent Australien sowie die Inselbereiche Melanesien, Polynesien und Mikronesien. In geologischer Sicht bildet die gebirgige Insel Neuguinea den nördlichen Abschluss der australischen Kontinentalplatte. Während der letzten grossen Vereisung der beiden Halbkugeln waren Neuguinea, Australien und Tasmanien tatsächlich zu einer zusammenhängenden Landmasse, dem Kontinent Sahul, vereint. Im Westen, etwa auf der Länge von Ceram, trennten ihn mehrere bis zu 100 km breite Wasserstrassen vom asiatischen Festland (sog. Wallace-Linie). Nach den bisherigen Funden in Australien zu schliessen, dürfte die erste Besiedlung Ozeaniens von Asien aus durch voll ausgebildete Formen des modernen Menschen *(Homo sapiens sapiens)* vor rund 40 000 Jahren erfolgt sein.

Australide und Papuide

Von den Australiden, den Vorfahren der heutigen australischen ‹Urbevölkerung›, müssen sich die Papuiden oder Proto-Melaniden, die dunkelhäutigen und kraushaarigen Bewohner Neuguineas und des umliegenden melanesischen Bereichs, bereits gegen Ende der letzten Eiszeit deutlich unterschieden haben. Schon damals hatten sich vermutlich die verschiedenen papuanischen Sprachstämme und Sprachfamilien aufzuteilen begonnen. Die Verbreitung der ungefähr 700 rezenten papuanischen Sprachen reicht von Timor im Westen bis nach Santa Cruz im Osten.

Austronesier

Mit Sicherheit ist in allen Inselbereichen ein weiteres Element altasiatischen Ursprungs auszumachen: die gemeinsamen Vorfahren der Mikronesier und Polynesier. Sie sprachen wohl bereits eine austronesische Sprache, als sie den asiatischen Kontinent oder ihm vorgelagerte Inseln verliessen. Dies geschah vermutlich im 3. vorchristlichen Jahrtausend, und die Wanderung dürfte über Mikronesien in hochseetüchtigen Booten rasch bis nach Fidji geführt haben. Im Bereich von Fidji (sowie eventuell Süd-Melanesien), Samoa und Tonga muss das polynesische Kerngebiet gelegen haben, wo die früh-polynesische Sprache und Kultur im engeren Sinn geformt wurden. Von hier wurde ab ungefähr 500 v. Chr. schrittweise das ganze heute Polynesien genannte Gebiet erstmals besiedelt. Bewegungen westwärts, in das bereits bevölkerte Zentrum von Melanesien, sind ab 1500 v. Chr. anhand der Lapita-Keramik ebenfalls belegbar. Die Aufgabe, einen Überblick über die geschichtlichen Abläufe zu gewinnen, wird dadurch erschwert, dass austronesisches Sprach- und Kulturgut Melanesien von Westen her (aus Indonesien über Neuguinea) bereits früher (ab 4000 v. Chr.) und unabhängig von der polynesischen Expansion erreichen konnte. Über West-

Neuguinea müssen später auch Verbindungen zur metallverarbeitenden Dông-so'n-Kultur Südost-Asiens bestanden haben. Und das Einsickern von schöpferischen Ideen scheint sich gerade hier bis in die Gegenwart fortgesetzt zu haben.

### Europa, Amerika und Ozeanien

Erst die iberischen Seefahrer, die im 16. Jahrhundert die Welt Ozeaniens für Europa zu erschliessen begannen, haben regelmässige Verbindungen über den Pazifik von und nach Amerika hergestellt. Die schrittweise Entdeckung und Erforschung Polynesiens, untrennbar mit den Namen von James Cook und seinen Begleitern sowie seinen Nachfolgern verbunden, erfolgte in einer für Europa entscheidenden Zeit. Die im 19. Jahrhundert sukzessive realisierte Ausbreitung der europäischen Kolonialreiche führte leider zu einer überflüssigen politischen Zersplitterung Ozeaniens. Auf den Inseln und in Australien setzte ein dramatischer Wandel der einheimischen Kulturen ein, der nicht selten in Selbstaufgabe und Zerstörung der alten Kultur endete; Neuguinea wurde davon zuletzt erfasst.

### Entstehung der Basler Sammlung

In dieser Situation bewiesen die Basler Forscher Fritz und Paul Sarasin und ihre Weggenossen am jungen Völkerkundemuseum der Stadt um die Wende zum 20. Jahrhundert erstaunlichen Weitblick, entschlossen sie sich doch, ihre Forschung auf den damals völkerkundlich noch so gut wie unbekannten Bereich von Melanesien und auf die Altvölker im angrenzenden Indonesien zu konzentrieren. Auf ihren Expeditionen (so 1910–1912 nach Neukaledonien) und mit den anschliessenden Publikationen setzten sie Maßstäbe. Die Museumsethnologen Felix Speiser (Neue Hebriden, Banks-Inseln und Santa Cruz 1910–1912, Bismarck-Archipel: Neubritannien, Neuirland, dann Nord-Salomonen und Nordost-Neuguinea 1929/30), Paul Wirz (Neuguinea: Marind-anim und Südküste mehrfach zwischen 1915 und 1922, Nordküste und Sentani 1921, 1926, Papua-Golf und Gogodara 1930), Eugen Paravicini (Zentral- und Süd-Salomonen 1928/29), Alfred Bühler (Bismarck-Archipel: Admiralitätsinseln, Neuirland und Westliche Inseln 1931/32, Neuguinea: Sepik 1955/56 und 1959) und andere haben zum Entstehen einer regional ausgewogenen und wissenschaftlich dokumentierten Melanesien-Sammlung beigetragen, die dem Basler Museum weltweite Anerkennung, aber auch Verpflichtungen eingetragen hat. Dass der zielbewusste Aufbau dieser öffentlichen Sammlung durch die Initiative von Freunden des Museums und durch die Behörden wesentlich gefördert worden ist, sei dankbar hervorgehoben.
Die Sammlung umfasst gegenwärtig rund 32 000 Objekte nebst rei-

chen Dokumentationen in Bild, Schrift und Ton. Eine Ahnung von ihrer Bedeutung für die Kenntnis der Stilprovinzen der ozeanischen Kunst vermitteln die Abbildungen in den Publikationen von A. Bühler (1960), C. A. Schmitz (1971) sowie J. Guiart (1963) und W. Stöhr (1971).

Ozeanien im Überblick

Ozeanien, das rund einen Drittel der Erdoberfläche bedeckt, ist als letzter fremder Erdteil mit Europa in Berührung gekommen. Unsere Kenntnisse sind daher noch immer fragmentarisch. Die Zahl der Einwohner ist zwar, gemessen an den Zahlen grosser Kontinente, verschwindend klein. Sie beträgt, unter Einbezug der etwas mehr als 17 Millionen Menschen europäischer und asiatischer Abstammung in Australien, Neuseeland, Fidji, Hawaii usw., heute insgesamt rund 22,8 Millionen. Dabei stellen die Bewohner von Neuguinea und den Inseln des Bismarck-Archipels mit 3,8 Millionen den grössten Block der einheimischen Bevölkerung. Gerade im Bereich dieser Stammeskulturen sind aber die Lebensformen ausgesprochen reichhaltig, ja von oft geradezu verwirrender Fülle.

Kulturelle Eigenständigkeit

Der Anteil der einheimischen Bevölkerungsgruppen an den dauerhaften kulturellen Leistungen ist ungleich höher, als aufgrund der Einwohnerzahlen zu vermuten wäre. Man denke in willkürlicher Auswahl etwa an den kontinuierlichen Erfolg der tropischen Landwirtschaft (Anbau von Knollenfrüchten, Bananen u. a. m., Nutzung von Sago, Pandanus usw.) in Melanesien, Polynesien und Mikronesien, an die verfeinerte Art, in der die Alt-Australier Verwandtschaftsorganisation und Weltbild aufgebaut haben, an das bedeutende seefahrerische Wissen und Können der Polynesier oder an den Reichtum der Kunst Melanesiens.

Gesellschaftsorganisation

Die einheimischen Kulturen Ozeaniens boten den Ankömmlingen aus Europa keineswegs ein einheitliches Bild; dies gilt auch heute noch. Zusammenhängende Inselstaaten haben sich erst aufgrund des Einflusses von aussen her gebildet. Soziale Schichtung war nur in Polynesien und Mikronesien bekannt sowie, beschränkt auf die Institution der erblichen Häuptlingswürde, in Teilen von Melanesien. Kennzeichnend für eine grosse Zahl von einheimischen Gesellschaftsgruppen, insbesondere in Melanesien, war und ist die egalitäre Organisation im Rahmen eines lokal beschränkten Siedlungsverbandes. Die lokalen Gesellschaften konnten bzw. können in der Grösse schwanken zwischen autonomen Kleingruppen von vielleicht 20 Individuen (z. B. in den Bergen Neuguineas oder in den Wüsten Australiens) und einheimischen Königstümern in Polynesien mit

10000 und mehr Zugehörigen. Unter günstigen Umständen mochten immerhin geschlossene Siedlungen von bis zu 1500 Einwohnern entstehen.

Über Jahrtausende hinweg haben sich die einheimischen Kulturen in grosser Entfernung von den Kulturzentren Asiens weitgehend selbständig entwickelt. Sie sind dabei oft einer Linie gefolgt, die die Unterschiede zu den jeweiligen Nachbarn betont, ja direkt zu einer länger andauernden Isolierung kleiner und kleinster Gruppen geführt hat. Nur so ist die kaum überschaubare Vielfalt der Lebensformen in Ozeanien zu erklären. Sie zeigt sich im differenzierten physischen Erscheinungsbild der Menschen und ebenso in der komplizierten Verteilung der fast 1000 verschiedenen Sprachen (nicht Dialekte). Eine reiche Skala von gesellschaftlichen Organisationsformen, d.h. von Abstammungs-, Heirats- und Verwandtschaftsgruppen, von Dorfhälften und zeremoniellen Vereinigungen, von Siedlungsverbänden, Tauschpartnerschaften, Kultgemeinschaften usw., zeugt von ihrem Ausmass wie ähnlich auch die verfeinerten Anpassungsformen der vor-industriellen Wirtschafts- und Produktionsweisen an die Umwelt. Die kulturelle Vielfalt begegnet uns nicht minder deutlich in der Ausgestaltung von Weltanschauung und religiösem Leben sowie in den künstlerischen Formulierungen.

### Durch Differenzierung zur Vielfalt

Vergessen wir dabei nicht, dass jede der einheimischen Gesellschaften für deren Mitglieder eine mehr oder weniger in sich ruhende Welt bildete, in der ein eigenes Weltbild und eigene Wertvorstellungen das Leben ordneten. Aus der Ferne betrachtet, mögen dabei die Unterschiede zum Bild der Nachbarkultur bedeutungslos erscheinen; sie waren und sind es nicht, denn in ihnen ist die Identität des Individuums wie der Gruppe verankert. Besonders gut sichtbar werden die differenzierenden Unterschiede wiederum an den künstlerisch geformten Objekten.

### Kultur als Ausdruck der Identität

Dass es auch Gemeinsamkeiten unter und hinter der Vielfalt zu entdecken gibt, sei im folgenden aufgezeigt. Darüber hinaus gilt es, die Spannung aufzuspüren zwischen immer neuer schöpferischer Leistung und unterschiedlich weit zurückreichenden Überlieferungen von Ordnung, Form und Inhalt.

### Der Künstler und sein Werk

Die beste Einführung in die Kunst Ozeaniens böte auch heute noch ein Atelierbesuch bei einem nach traditionellen Verfahren arbeitenden Künstler. Dort träfen wir zweifellos auch auf Mitautoren, d.h. auf andere, in allen Lebensbereichen erfahrene Mitglieder derselben Gesellschaft, die an der künstlerischen Arbeit gleichberechtigt teilhaben. Sie sind zugleich ein wesentlicher Teil des lokalen Publikums, für das die Werke entstehen. Was dereinst vollendet sein wird, werden sie an ihren eigenen ästhetischen Maßstäben messen. Für unseren geplanten Besuch hätten wir allerdings den richtigen Augenblick abzupassen, da es permanente Ateliers und den freien Künstler als Berufsmann in unserem Sinn gar nicht gibt. Auch im Rahmen ihrer eigenen Gesellschaft anerkannte Künstler Ozeaniens erarbeiten sich nämlich ihren Lebensunterhalt als Bauern und Jäger oder Fischer in der Regel selbst. Ihre künstlerische Arbeit erledigen sie entweder nach Bedarf, d.h. aus äusserem Anlass – z.B. bei der Vorbereitung eines Festes, bei der Einrichtung eines Zeremonialhauses oder bei der Ausgestaltung von Gebrauchsgeräten – oder aber aus innerer Notwendigkeit, aus Lust und Freude an der künstlerischen Arbeit.

Erst dadurch, dass in der Gegenwart das überlieferte Wertmuster schrittweise verblasst und sich gleichzeitig nach dem abendländischen Vorbild neue Haltungen formen, ist heute die Rolle des freien Künstlers in Ozeanien möglich geworden – doch von ihm und seinen Werken sei hier nicht die Rede.

Eine weitere Einschränkung wird notwendig, denn in den traditionellen Kulturen existiert auch die Vorstellung von der Kunst als einer Sphäre isolierter Objekte und Vorgänge nicht. Als Künstler sind im ozeanischen Bereich somit grundsätzlich alle jene zu betrachten, die sich im Rahmen der verschiedenartigsten gesellschaftlichen Situationen ästhetischer Darstellungs- und Ausdrucksmittel bedienen. Zur Kunstszene gehören also neben den Rollen des Steinhauers, des Holzschnitzers, des Malers, des Töpfers, des Bijoutiers, des Maskenbildners sicher auch jene des Tänzers, des Erzählers, des Sängers, des Musikers, dann die der Tapa-Malerin, der Herstellerin von verzierten Maschenstoffen, der Töpferin, der Sängerin-Tänzerin und viele andere mehr.

Rollen des Künstlers

Damit ist der weitestmögliche Horizont abgesteckt. Naturgemäss reicht das Spektrum einer Museumssammlung nicht aus, alle diese Aspekte darzustellen. Daraus ergibt sich eine Beschränkung auf die objektgebundenen Äusserungen ozeanischer Kunst. Anstelle eines Atelierbesuches bleibt uns damit der unpersönlichere Weg, uns direkt mit dem künstlerisch ausgeformten Gegenstand auseinanderzusetzen. Die Formen ozeanischer Kunst – worunter wir hier den formalen Aspekt der Objekte selbst wie auch die Formen des Kunsthandwerks und des künstlerischen Auftrags verstehen wollen – haben sich im Laufe der jüngst vergangenen Generationen entscheidend verändert; in manchen traditionellen Kunstzentren, aber bei weitem nicht in allen, ist in dieser Zeit die Kette der lebendigen Überlieferungen von Generation zu Generation abgerissen, wenn nicht sogar durch Einwirkungen äusserer Gewalt zerstört worden.

Material und Form

Betrachten wir künstlerisch gestaltete Objekte aus Ozeanien, so fällt uns bald auf, dass es kaum ein Rohmaterial gibt, das nicht Verwendung gefunden hat: Stein, Holz, Pflanzensamen und diverse Pflanzenfasern, Vogelfedern, Zähne, Muschel- und Schneckenschalen sowie andere Materialien tierischer Herkunft, Menschenhaar, Erdfarben, Ton, alles wussten die ozeanischen Künstler mit erstaunlicher Sicherheit einzusetzen; die Tafeln 1–15 belegen dies. Zugleich bemerken wir aber auch, dass der Künstler die Beschränkungen akzeptiert, die ihm das Material, etwa in der Ausdehnung einer Figur, auferlegt. So sind zusammengesetzte Skulpturen die absolute Ausnahme (vgl. die eingesetzten Arme auf Tafel 4). Der Schnitzer greift in der Regel mit seinem Einzelwerk nicht über den ursprünglichen Baustamm hinaus. Die Figuren stehen und scheinen den Betrachter anzustarren; sie bewegen sich nicht. Dieser Eindruck ist aber nur bedingt richtig; wie die Tafeln 9 und 14 zeigen, darf er nicht verallgemeinert werden. Denn es ist auch an den ursprünglichen Zusammenhang zu denken, in dem ein Kunstwerk stehen kann. Möglich ist die Verwendung als bewegliches Element im Kult, sei es durch den Einbau in bewegliche Kultaltäre, sei es durch die Bewegung des Objektes selbst (als Beispiel seien hier die Flötenaufsätze vom Yuat-Fluss in Neuguinea genannt). Objektübergreifende Spannung kann aber auch erzeugt werden durch die Bildung von Gruppen (Tafel 4). Und es ist vielleicht gut, sich daran zu erinnern, dass wir gar nicht in der Lage sind, melanesische Skulpturen mit den Augen ihrer Schöpfer und ihres ursprünglichen Publikums zu sehen. Gerade die Skulpturen waren ja oft nur im Zusammenhang von Kultfesten, im Zusammenhang mit viel menschlicher Bewegung also, sichtbar. Da bildeten sie den ruhenden Pol, die Erscheinung der übermenschlichen Geistwesen, der Ahnen und Schöpfer.

Element der Bewegung

Ästhetische Kriterien

Wollen wir die Bewegungskraft der Skulpturen im ursprünglichen Sinnzusammenhang verstehen lernen, so mag uns dabei die Gegenüberstellung mit den Masken (Tafeln 3 und 10) sowie mit den aus ganz verschiedenartigen Elementen zusammengesetzten Tanzkostümen (Tafel 13) helfen. Gerade das Zusammenbringen von Elementen, die die Bewegung des Tänzers noch verstärken (hohe Aufbauten, Vogelfedern auf wippenden Stäben, Blättermäntel usw.), ist typisch für viele Kulturen im ozeanischen Bereich. Auch die genannten

Masken muss man sich noch zusätzlich mit farbigem Blatt- und Federmaterial ausstaffiert denken.

## Farbe

Das Element der Farbe kommt vielfach zu kurz bei der Betrachtung ozeanischer Kunstwerke, sei es, weil Malereien weniger auffallend, schwieriger zu bekommen und nur mit Mühe zu konservieren waren (Tafel 15), sei es, weil die Bemalung von Schnitzereien sich an den Museumsobjekten nicht erhalten hat. Dafür ist oft der einfache Umstand verantwortlich, dass an Kultgegenständen die Farbe nur für die Dauer des eigentlichen Gebrauchs angebracht und nachher wieder entfernt worden ist. Aufgemalte Muster verändern die Flächenwirkung entscheidend (Tafel 3); sie können nicht nur eine Plastik inhaltlich genauer bestimmen helfen (vgl. Text zu Tafel 10), vielmehr kommt den Farbsubstanzen selbst oft eine belebende Funktion zu. Insbesondere aus Neuguinea sind mehrere Beispiele bekannt, wo Farben die ihnen innewohnenden Kräfte übertragen oder die Funktion von Seelenstoffpartikeln übernehmen; sie machen die Schnitzwerke ‹heiss›, locken, so glaubt man, die Seelen an und ähnliches mehr. Ohne Bemalung sind die entsprechenden Skulpturen (fast) wirkungslos, ohne Sinn.

## Zur Rolle der Kunst in der Gesellschaft

Aus zahlreichen Augenzeugenberichten wissen wir, dass der Bereich der ‹Kunst› im Leben der ozeanischen Völker keine gesonderte, sozusagen dem Überbau oder gar dem Überflüssig-Unverbindlichen, dem Luxus zugewiesene Kategorie bildet. Ozeanische Kunst ist, von wenigen Ausnahmen in Polynesien abgesehen, keinesfalls eine aufgrund eines hierarchischen Prinzips beschränkte oder besonders geförderte, z. B. höfische Kunst, sondern sie ist je an die ganze Gesellschaft gebunden. Einige Überlegungen und Beispiele sollen das zeigen. Anlass zu künstlerischer Betätigung, künstlerische Formen und Ausdrucksmittel sind von der Überlieferung der eigenen Gruppe vorgegeben. Ozeanische Kunst ist somit traditionsgebunden. Auf dieser Tradition lastet nicht, wie im Abendland, der Erwartungsdruck, jedes Werk habe sich, um zu bestehen, als originelle, völlig einzigartige Schöpfung, als vorläufig letztes, aber ganz neu geformtes Glied einer Kette historischer Meisterwerke zu erweisen. Der Umstand, dass Form und Inhalt von der Überlieferung vorgegeben und normiert sind, engt die schöpferische Leistung des einzelnen zwar ein und zwingt ihn in erster Linie zu einer kunsthandwerklichen Arbeitsweise. Andererseits besteht aber keine zentrale Instanz, z. B. eine straff organisierte Jury, die die Anforderungen der Überlieferung ein für allemal festzulegen vermöchte. Gerade damit kann die schöpferische Leistung in der Neufassung und Variierung eines bekannten Themas selbst wieder normenverändernd und normenbildend wirken.

Die Beschränkung der Ausdrucksmittel ermöglicht es auch, die Formen in einem gewissen Umfang zu kodifizieren. Ästhetische Erlebnisse vermitteln daher dem Aufnahmefähigen nicht nur individuelle Befriedigung, sondern sie dienen auch als bewusst eingesetzte Vehikel der visuellen, d. h. nicht-verbalen Kommunikation zwischen Individuen und mehr noch zwischen einzelnen Teilen einer Gesellschaft. Ozeanische Kunst ist also in überindividuellem Sinn stark ausdruckgeladen. Diese Funktion wird akzentuiert durch das für diesen Kulturbereich besonders charakteristische Fehlen eigener Schriftsysteme (Ausnahme: die bisher nicht befriedigend entzifferbare Osterinsel-Schrift). Dabei sind zwei Grundformen erkennbar, die sich überlappen: Künstlerisch gestaltete Objekte können selbst etwas bedeuten, also Träger einer Botschaft sein; sie können aber auch als Erinnerungsstützen für die mündlichen Überlieferungen dienen. Die darstellende Kunst tritt somit an die Seite der mündlichen Überlieferung.

Visuelle Kommunikation

Verhältnis von Kunst und Religion

Die Verwendung von Kunst als Kommunikationsmittel beschränkt sich nicht allein auf den menschlichen Bereich, sondern bezieht die über-, vor- und aussermenschlichen Erscheinungen und Wesen mit ein. Über das Kunstobjekt werden Verbindungen zu Ahnen (Tafeln 5, 12, 14), Geistwesen (Tafeln 3, 8, 9), Kulturheroen und Halbgöttern (Tafeln 10, 13) und, wo wie in Polynesien vorhanden, zu den eigentlichen Göttern hergestellt. Konsequent ist das in der polynesischen Vorstellung durchgeführt, dass Götterbilder nicht die Darstellung, sondern der vorübergehende Sitz der betreffenden Götter seien (vgl. Tafel 1). Die Wesen der religiösen Sphäre teilen sich, andersherum betrachtet, den Menschen über das Kunstobjekt mit.

Kultdrama

Die kraft künstlerischer Akte übermittelten Einsichten, Ideen und Deutungen beziehen sich daher in der Regel auf das im religiösen Denken und Glauben verankerte Weltbild der betreffenden Gesellschaft. Dies kann zuweilen in der direktest möglichen Form, als Kultdrama, geschehen: Die verkleideten Tänzer der Marind-anim auf Neuguinea etwa (vgl. Tafel 13) spielen das in den Mythen geschilderte Schöpfungsgeschehen nach, mehr noch, sie werden im Tanz selbst zu *dema*, zu Kulturheroen, die den Menschen die richtige Lebensweise und alles, was an Nutzpflanzen und Einrichtungen der

Kultur dazu gehört, beibringen. Ähnlich unmittelbare Beziehungen zwischen religiöser Handlung und künstlerischer Tätigkeit kennen wir aus australischen Beispielen, etwa der Darstellung der Urschlange im Kult durch Auftragen einer Bodenmalerei oder dem Auslösen von Regen durch das Anfertigen von Felsmalereien.

In anderen Kulturen ist dieser Bezug möglicherweise weniger offensichtlich, oder er wird nicht (mehr) als solcher erkannt. So bildet die Inneneinrichtung der den Männern vorbehaltenen Kulthäuser Neuguineas zuweilen ein kosmologisch-historisches Modell, durch das bildhaft verdeutlicht wird, was in den mündlichen Überlieferungen nur angedeutet ist. Doch lassen sich selbst die künstlerischen Verzierungen von Alltagsgeräten leicht in den gleichen gedanklichen Zusammenhang einordnen. Denn diese Dinge sind die getreuen Abbilder jenes Hausrats, jener Geräte, jener Waffen, die von den mythischen Vorfahren geschaffen und verwendet worden sind.

Mythische Modelle

Wie diese Beispiele zeigen, kann die ozeanische Kunst nicht leichtfertig in einen vorreligiösen, magischen Zusammenhang gestellt werden. Sie ist vielmehr ein wesentliches Mittel symbolischer Selbstdarstellung nicht nur eines Künstlers, sondern oft einer ganzen Künstlergruppe in einer klar geordneten Gesellschaft. Die einzelnen Werke sind nicht nur Illustration des mündlich in Form von zusammenhängenden Texten überlieferten Weltbildes und der prägenden mythischen Ereignisse, sondern darüber hinaus eigenständige Aussagen über das Wesen dieser Zusammenhänge (vgl. Texte zu Tafeln 8, 14 und 15). Dies scheint nach den wenigen Hinweisen, die wir besitzen, auch besonders dort zuzutreffen, wo die Aussenstehenden, die Nicht-Initiierten (und damit grundsätzlich auch die Ethnologen) durch eine Mauer des Schweigens oder gar durch bewusstes Verschleiern von der Kenntnis der wahren Zusammenhänge bisher ausgeschlossen waren und noch sind.

Sichtbarmachen von Zusammenhängen

In besonderem Masse dürfte dies für die *malanggan*-Schnitzereien auf Neuirland gelten. Diese werden vordergründig für Totenerinnerungs- oder *malanggan*-Feiern hergestellt. Von den zwölf menschlichen Figuren bezieht sich im konkreten Fall (vgl. Tafel 4) nur eine direkt auf einen der zu erinnernden Toten. (Im Bild dritte Skulptur von links, einen berühmten Häuptling darstellend, der auf dem Riff mit dem Stock in der Hand zu Tode stürzte. Er war ein guter Tänzer; daher der Tanzschmuck im Mund und auf dem Kopf.) Die andern beziehen sich auf früher Verstorbene sowie generell auf Ahnen und mythische Figuren. Die Schaustellung dient eben auch der Initiation einer nachrückenden Altersgruppe in das geheime

*malanggan*-Haus

Wissen. Charakteristisch ist, dass zum Fest nur Männer bei der Schauhütte zugelassen waren, dass man dann traditionellerweise aber diese Schaustellungen mitten im Dorf, vor den Augen aller, verfallen liess, bevor sie schliesslich – oft durch Verbrennen – ganz zerstört wurden.

Das Wissen um die tieferen religiösen Einsichten, die beispielsweise in einer Kette von Eigennamen oder in einer Mythe enthalten sein können, ist in vielen Gesellschaften der Gruppe der führenden Männer eines Dorfes vorbehalten, kann aber in angedeuteter Form durchaus auf allgemein zugänglichen Skulpturen oder Malereien zum Ausdruck kommen. Wir ersehen daraus, dass es keine scharfe Trennung in sakrale und profane Kunst gibt; entscheidender ist die

### Sozioreligiöse Legitimation

Aufteilung des Zugangs zur Kunst auf verschiedene Lebensbereiche dadurch, dass die Zugehörigkeit zu Initiationsklassen und Altersgruppen, zu zeremoniellen Hälften der Siedlungsgemeinschaft sowie zu Klanen nach bestimmten Kriterien (etwa Abstammung, Totem-Zugehörigkeit, Alter und Erfahrung) geregelt ist.

Diese Zugehörigkeiten und nicht zuletzt das Geschlecht des einzelnen bestimmen über die Intensität seines Umgangs mit Kunst. Obwohl beispielsweise das Kulthaus in vielen Kulturgruppen Melanesiens und insbesondere Neuguineas geradezu als eine Erscheinungsform der mythischen Urmutter aufgefasst wird, haben sich Frauen als Künstlerinnen in Ozeanien nur ausnahmsweise einen unabhängigen Platz sichern können. Der Umgang mit den religiösen Mächten – und alles Kunsthandwerk ist auch unter diesem Aspekt zu sehen – wird nicht als ihre Aufgabe bezeichnet. In den einheimischen Kulturen werden verschiedene Begründungen für diese Haltung gegeben. Sie laufen in vielen Variationen des Themas darauf hinaus, dass es gerade die anerkannte, in den Mythen meist besonders betonte schöpferische Kraft der Frauen sei, die das Weibliche so gefährlich mache.

### Der Künstler als Kunsthandwerker

Aus der engen Bindung der künstlerischen Arbeit an die religiösen Grundlagen der einzelnen Gesellschaften und an die darin verankerte Ordnung der realen sozialen Beziehungen ergibt sich auch eine in der Regel sehr enge Beziehung zwischen Auftrag und Arbeitsverpflichtung des Künstlers. Er leistet seinen Teil an handwerklicher Arbeit im Rahmen seiner allgemeinen sozialen Verpflichtungen, für sich selbst, für eine Gruppe oder für andere Individuen, ohne dafür in Geld bezahlt zu werden. Für seinen Arbeitsaufwand erhält er wie alle, die an gemeinschaftlichen Arbeiten, etwa am Bau eines Hauses, teilnehmen, eine Anerkennung in Form von Lebensmitteln und eventuell anderen Naturalien. Diese werden vom Auftraggeber oder von den leitenden Männern eines Anlasses bzw. einer künstlerischen Unternehmung bereitgestellt. Auf denselben führenden Mann geht in der Regel auch die soziale Anerkennung für die schöpferische Leistung über; damit kann in einzelnen Gesellschaften Melanesiens auch die Anerkennung eines geschützten Urheberrechts an der künstlerischen Leistung verbunden sein. Die Schnitzer der Figuren und Masken für die *malanggan*-Feiern auf Neuirland und Tabar (vgl. Tafel 4) haben sich auf diese Weise zu richtigen Spezialisten entwikkelt, die man zum Teil aus anderen Dörfern hergeholt hat – eine Ausnahme für Melanesien. Sie erhielten als Künstlerlohn von den begehrten Geldschnüren mit durchbohrten und aufgereihten Scheiben aus Schneckenschalen. Im Gegensatz zu Melanesien und Australien kannten in Polynesien mehrere lokale Gesellschaften den spezialisierten Künstler, der zuweilen gar dem Spezialisten für die lebenserhaltenden Kulthandlungen und Glaubensfragen, dem Priester, gleichgestellt war.

Urheberrecht

Tradition und Kreativität

Gerade diese uns ungewohnte Verbindung zweier gesellschaftlicher Rollen, die wir gerne als grundsätzlich verschieden einstufen, lässt deutlich erkennen, dass vom traditionellen ozeanischen Künstler anderes erwartet wird als von seinem europäischen Kollegen. Künstlerische Arbeit in Ozeanien ist ein stetes Ineinandergreifen von Nachvollzug bestehender Ordnungsmuster und von schöpferischem Erweitern, Umwerten, Neu-Finden und Neu-Prägen der überlieferten Formen. Direkte Nachahmung ist nicht die Regel. Charakteristischerweise arbeiten ozeanische Künstler auch kaum je direkt nach einer Vorlage oder nach einem Modell, sondern vorzugsweise aus der eigenen Vorstellung und den freien Erinnerungen heraus, aus dem Kopf sozusagen. Da bestehen auch alle Chancen für eine schöpferische Vermischung von Erinnerung an das überlieferte Vorbild, Eingebung im Traum – worauf ausdrücklich immer wieder hingewiesen wird – und eigener Erfindung.

Damit ist nun der gemeinsame Hintergrund ozeanischer Kunst in groben Zügen aufgezeigt. Eine eingehendere Darstellung der regionalen und lokalen Kunststile und die Skizzierung ihres jeweiligen kulturellen Feldes hätte darauf aufzubauen. Ziel dieser Einführung ist es dagegen, zur direkten Auseinandersetzung mit den Originalwerken ozeanischer Künstler und Kunsthandwerker anzuregen. Ihre Werke mögen helfen, unser eigenes Bewusstsein zu schärfen und zu erweitern.

# L'Océanie

La collection océanique bâloise, reposant en grande partie sur les différentes collections mélanésiennes, fournit l'occasion d'approfondir quelques aspects particuliers caractéristiques des cultures d'Océanie, de leur art et leur artisanat. Le visiteur non averti se trouve tout d'abord confronté à une variété déroutante. Mais en y regardant de plus près (pl. 1–15) et en considérant les objets dans leur contexte socio-culturel, il verra bientôt que cette richesse de formes est le résultat d'une évolution de longue durée ayant suivi des cours différents et même parfois isolés. L'art océanien n'est donc nullement statique et immobile, contrairement à ce que certaines sculptures peuvent suggérer. Sculptures et peintures doivent être considérées par rapport à la culture locale. C'est ainsi que des œuvres qui semblent statiques sont directement intégrées à d'autres formes d'expression artistiques: le chant et la danse, l'apparition de masques (pl. 10 et 13), l'assemblage par groupes de sculptures soit exposées (pl. 4), soit constituant des autels cultuels, l'intégration dans les cases cérémonielles – voilà le cadre dans lequel chaque œuvre commence à rayonner pleinement. En outre, en Océanie, les manifestations artistiques avaient (et ont encore en partie aujourd'hui) le caractère d'œuvres d'art totales. Ces compositions permettent de communiquer un message aussi bien au sein de la société concernée qu'au monde suprahumain des esprits, des ancêtres, des héros culturels et des divinités. Du point de vue de leur contenu, les diverses œuvres d'art se réfèrent souvent à des mythes transmis oralement et qui racontent l'origine de l'homme (pl. 1 et 14), de son environnement (pl. 13 et 15) et de l'établissement d'un ordre social (pl. 7 et 12) entre autres. Dans l'élaboration artistique, une image valable est projetée, conformément à chacun des éléments de cette vision du monde. Ainsi, en Océanie également, l'art est une forme consciente de la représentation symbolique. Avec ses modèles, celle-ci revêt une très grande importance, au même titre que la transmission orale. Ce n'est qu'exceptionnellement que les activités artistiques de l'artiste océanien prendront le pas sur celles qu'il exerce en tant que paysan, pêcheur, chasseur ou au service de la communauté. Sculpteur, peintre, potier, bijoutier, tailleur de pierre et confectionneur de masques, son succès dépend de ce qu'il réussit à trouver, dans le cadre du contenu et de la forme traditionnelle, les formules convaincantes conciliant le neuf, le ‹jamais-vu› avec l'ancien, le juste et le bon, image reconnue de la forme originelle mythique. Aujourd'hui cette ancienne conception de l'art et de l'artisanat n'est valable plus que dans des régions peu accessibles, ce qui est particulièrement le cas en Nouvelle-Guinée.

# Oceania

The Oceania collection in Basle provides a suitable opportunity to study certain special characteristics of Oceania's cultures, arts and crafts. The main emphasis has been placed on the single collections from Melanesia. A visitor seeing these objects for the first time is immediately struck by their inexhaustible variety. Studying the single works (Plates 1–15) and their social context, he will learn to recognize that this wealth of forms is the result of long, diversifying and sometimes isolating processes of development. Thus the art of Oceania is by no means as static and immobile as the viewing of single sculptures might suggest. Carvings and paintings must be seen in the context of their meaning and function within the respective local culture. The result is that these seemingly static individual works are directly integrated into other artistic forms of expression: singing and dancing, the appearance of masked figures (Plates 10 and 13), the erection of sculptures in groups for exhibitions (cf. Plate 4), as cult altars or in ceremonial houses – these provide the background against which each work can begin to display its full aesthetic aura. Moreover, artistic events had (and sometimes still have) the character of 'total' works of art in Melanesia. These compositions make communication within the respective society or with the super-human, pre-human and non-human world of spirits, ancestors, cultural heroes and gods possible. As regards contents, the single works of art often go out from traditional, narrated myths which tell of the creation of man (Plates 1 and 14), his environment (Plates 13 and 15), the establishment of the social order (Plates 7 and 12) and many other things. In the process of rendering these elements of a 'Weltanschauung', a valid symbol must be created for each. Thus in Oceania, too, visual art is a conscious form of symbolic representation. With its recurring basic images it enjoys the same esteem as the narrative tradition.

In the societies of Oceania the artist is hardly ever so specialized that his artistic tasks become more important than his activities as a farmer, fisherman or hunter or than his fulfilment of other communal duties. His success as a carver, painter, potter, jeweler, stone-sculptor, mask-maker, etc. depends on whether he manages, within the framework of traditional contents and form, to find convincing formulations that combine a new approach with the old, mythical, primeval form which is recognized as right and good. Today this traditional picture of arts and crafts holds true only for comparatively inaccessible regions, especially the island of New Guinea.

Die Ziffern in der Übersichtskarte ‹Ozeanien› verweisen auf die Farbtafeln 1–15. Die Tafeln 2 (a–d), 3–5, 10–12 beziehen sich auf Kulturen im Staat Papua-Neuguinea.

Les chiffres de la carte géographique ‹Océanie› correspondent aux planches-couleur 1–15. Les planches 2 (a–d), 3–5, 10–12 se réfèrent à des sociétés appartenant à l'Etat de Papouasie-Nouvelle-Guinée.

The numbers on the survey map of 'Oceania' refer to colour plates 1–15. Plates 2 (a–d), 3–5, 10–12 refer to cultures in the country of Papua New Guinea.

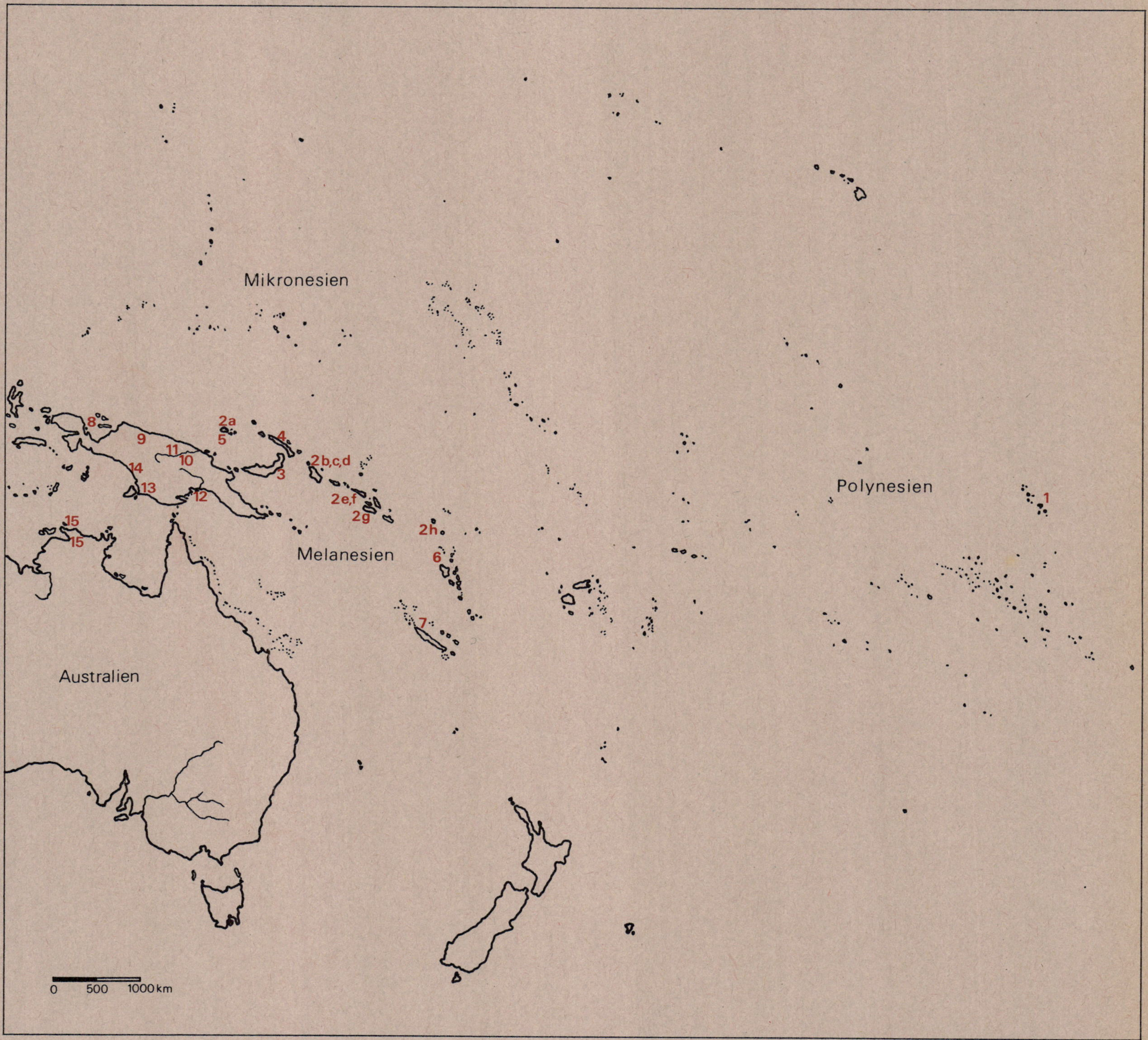

**Ozeanien –**
**der Aspekt des Persönlichen**

Die nebenstehenden Abbildungen wollen einen Eindruck vermitteln von Künstlerpersönlichkeiten einerseits sowie vom individuellen Charakter jener künstlerischen Ausdrucksweisen andererseits, die vom menschlichen Körper als Unterlage und Träger ausgehen. Namen und Lebensumstände der Hersteller von Werken der Stammeskunst aus Ozeanien kennen wir nur selten. Neben einigen alt-australischen Malern (vgl. Tafel 15), acht Holzschnitzern der Asmat (Gerbrands 1967), den Maskenbildnern der Kilenge (Dark 1974) bilden die Kwoma-Künstler Yabokoma und Yessomari zwei der wenigen Ausnahmen (Kaufmann o.J.). Die Funktionen von Objekten im ursprünglichen Zusammenhang verdeutlichen, etwa für das *malanggan*-Haus (Tafel 4) bereits publizierte Archivbilder (Kaufmann 1975, insbesondere Abb. 31–49, 95–100).

Yabokoma als Maler (unterstützt von Meshpok, links im Bild) und Yessomari als Schnitzer bei ihrer Arbeit im Kwoma-Dorf Meno (Nord-Neuguinea). Meist arbeiten mehrere Individuen im Rahmen einer lose organisierten Handwerkergruppe am selben Objekt. Fotos Annemarie Kaufmann-Heinimann 1972/73, Inv.-Nrn. (F) Vb 16525 und 16072.

Festlich bemalte und geschmückte Frauen erwarten die Initianden beim Abschluss der Initiationsfeiern in Kambrindo am unteren Sepik-Fluss (Nord-Neuguinea). Foto Felix Speiser 1930, Inv.-Nr. (F) Vb 706.

Festlich bemalter und mit Schmuck behängter Mann aus Kambrindo am unteren Sepik-Fluss (Nord-Neuguinea); er trägt unter dem Arm links einen Kalkbehälter aus Bambus mit eingebrannten Mustern. Foto Felix Speiser 1930, Inv.-Nr. (F) Vb 722.

Töpferin der Nggala im Gebiet des oberen Sepik-Flusses (Nord-Neuguinea) baut einen Kochtopf im Spiralwulstverfahren auf. Foto Christian Kaufmann 1966, Inv.-Nr. (F) Vb 11320.

Dieser angesehene Schnitzer von *malanggan*-Figuren (vgl. Tafel 4) lebte in Fissoa (Nordost-Neuirland); leider ist sein Name nicht überliefert. Foto Felix Speiser 1930, Inv.-Nr. (F) Vb 619.

**L'Océanie –**
**l'aspect personnel**

Les images ci-contre entendent d'une part présenter quelques personnalités artistiques, et d'autre part illustrer le caractère propre de la création artistique de la parure et peinture corporelle. Noms et modes de vie des auteurs d'œuvres d'art océaniennes sont presque toujours inconnus. Ainsi Yabokoma et Yessomari, deux artistes kwoma (Kaufmann, sans date) font partie des rares auteurs d'art tribal traditionnel océanien dont on connaît les noms, mis à part quelques peintres aborigènes australiens (cf. pl. 15), huit sculpteurs sur bois asmat (Gerbrands 1967) ainsi que les confectionneurs de masques kilenge (Dark 1974).
Quant à la fonction initiale des objets, ils sont illustrés par des photos des archives publiées antérieurement (Kaufmann 1975, en particulier ill. 31–49, 95–100).

Au village kwoma de Meno (Nouvelle-Guinée septentrionale), Yabokoma et Yessomari sont au travail, le premier dans sa fonction de peintre (assisté par Meshpok, à gauche), le second dans celle de sculpteur. Dans la plupart des cas, les artistes se mettent à plusieurs pour exécuter une pièce commune. Photos Annemarie Kaufmann-Heinimann 1972/73, No d'inv. (F) Vb 16525 et 16072.

Femmes en parures cérémonielles attendant les novices lors de la clôture d'une cérémonie d'initiation à Kambrindo (bas-Sepik), Nouvelle-Guinée du nord). Photo Felix Speiser 1930, No d'inv. (F) Vb 706.

Homme en parure cérémonielle, Kambrindo (bas-Sepik, Nouvelle-Guinée du nord); sous son bras gauche, il porte un tube à chaux en bambou orné de motifs brûlés. Photo Felix Speiser 1930, No d'inv. (F) Vb 722.

Une potière de Nggala, dans la région du haut-Sepik (Nouvelle-Guinée du nord), confectionne un récipient à cuire en appliquant le processus au colombin. Photo Christian Kaufmann 1966, No d'inv. (F) Vb 11320.

Ce sculpteur de *malanggan* (cf. pl. 4) sans doute renommé vivait à Fissoa (dans le nord-est de la Nouvelle-Irlande); son nom n'est pas rapporté. Photo Felix Speiser 1930, No d'inv. (F) Vb 619.

**Oceania –**
**the Personal Aspect**

The photographs on the facing page are meant to convey an impression both of artists as personalities and of the individual character of their artistic means of expression, which use the human body as surface and as vehicle. It is only in rare cases that we know the names of the creators of works of tribal art from Oceania or the conditions in which they live. Apart from a few aboriginal Australian painters (cf. Plate 15), eight Asmat wood-carvers (Gerbrands 1967) and Kilenge mask makers (Dark 1974), the Kwoma artists Yabokoma and Yessomari constitute two of the rare exceptions (Kaufmann, no date).
The functions of objects within their original context are illustrated, for instance for the *malanggan* house (Plate 4), by photographs already published elsewhere (Kaufmann 1975, especially Ill. 31–49, 95–100).

Yabokoma painting (helped by Meshpok, left) and Yessomari carving in the Kwoma 1/2
village of Meno (northern New Guinea). Several people usually work on the same object in the framework of a loosely organized group of craftsmen. Photographs Annemarie Kaufmann-Heinimann 1972/73, Inv. Nos. (F) Vb 16525 and 16072.

Women festively painted wait for the in- 3
itiates at the end of the initiation celebrations in Kambrindo on the lower Sepik (northern New Guinea). Photograph Felix Speiser 1930, Inv. No. (F) Vb 706.

Festively painted man with jewelry from 4
Kambrindo on the lower Sepik (northern New Guinea); he is carrying a lime-container made of bamboo with burnt-in designs under his left arm. Photograph Felix Speiser 1930, Inv. No. (F) Vb 722.

Woman potter from the Nggala region of 5
the upper Sepik (northern New Guinea) making a cooking pot by the coiling method. Photograph Christian Kaufmann 1966, Inv. No. (F) Vb 11320.

This respected carver of *malanggan* figures 6
(cf. Plate 4) lived in Fissoa (northeastern New Ireland); unfortunately we do not know his name. Photograph Felix Speiser 1930, Inv. No. (F) Vb 619.

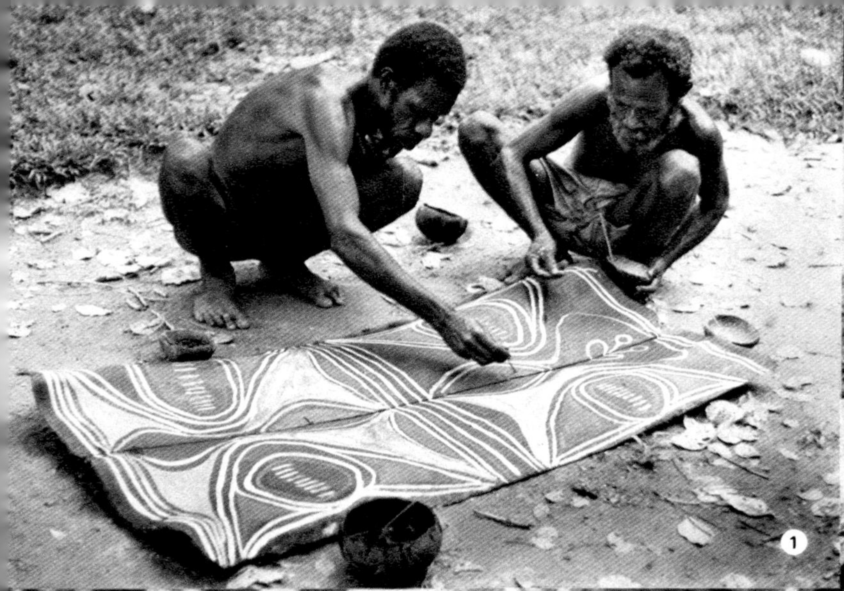
1

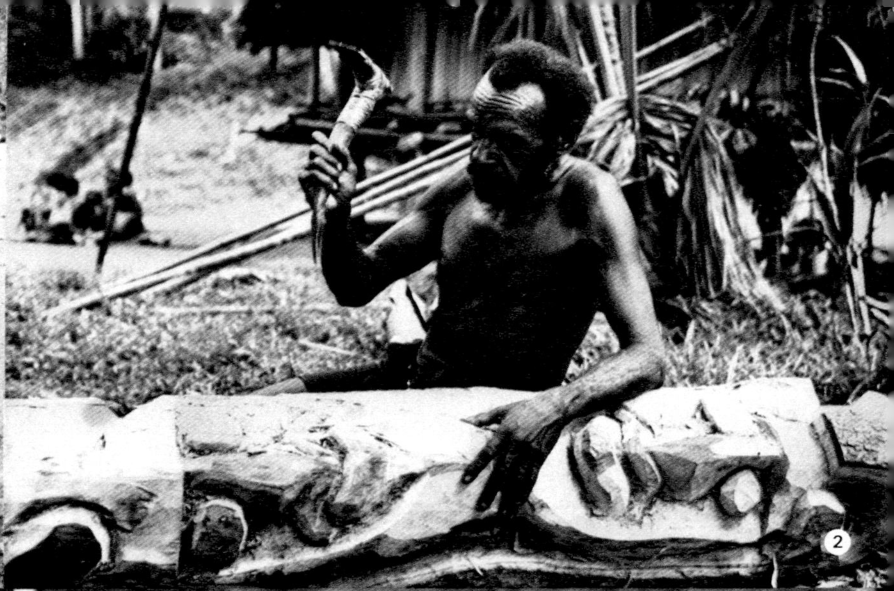
2

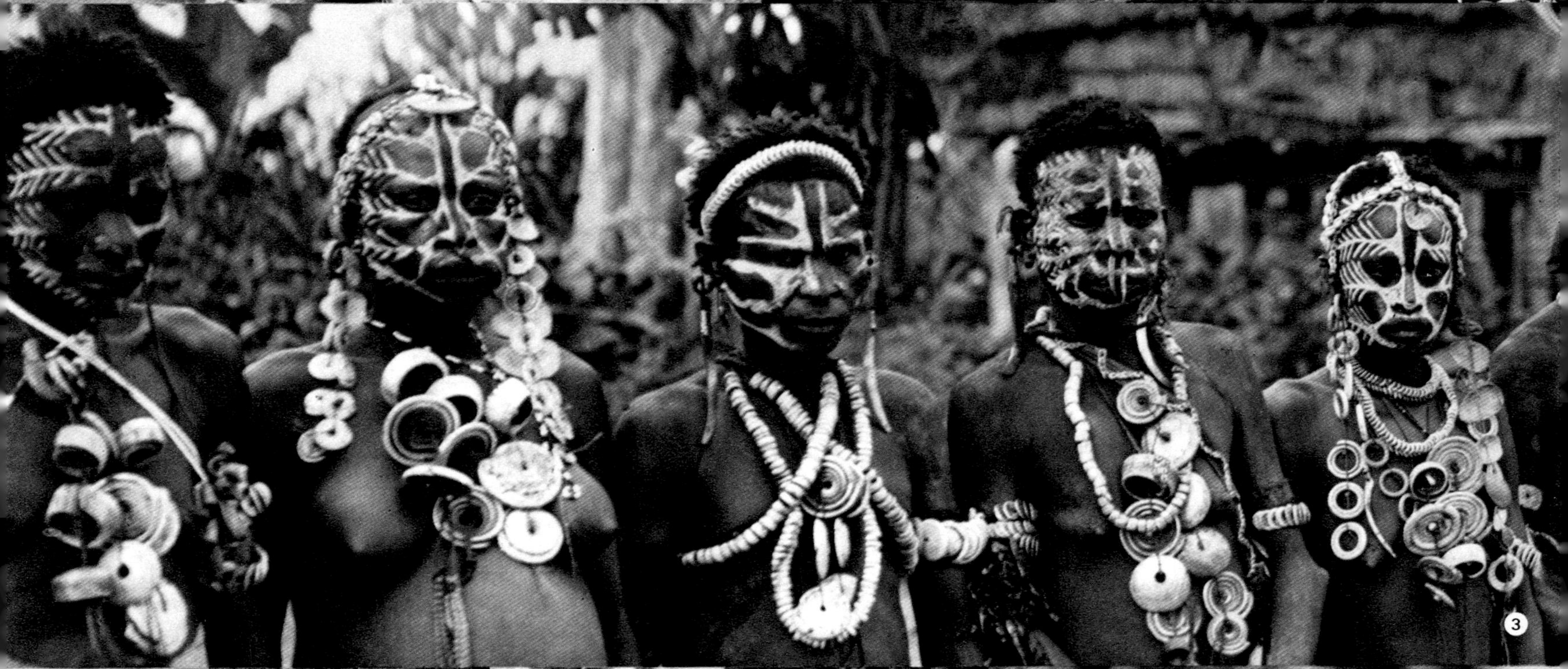
3

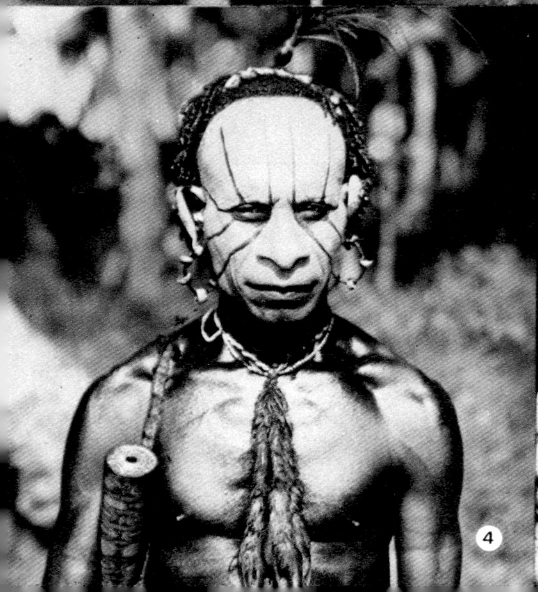
4

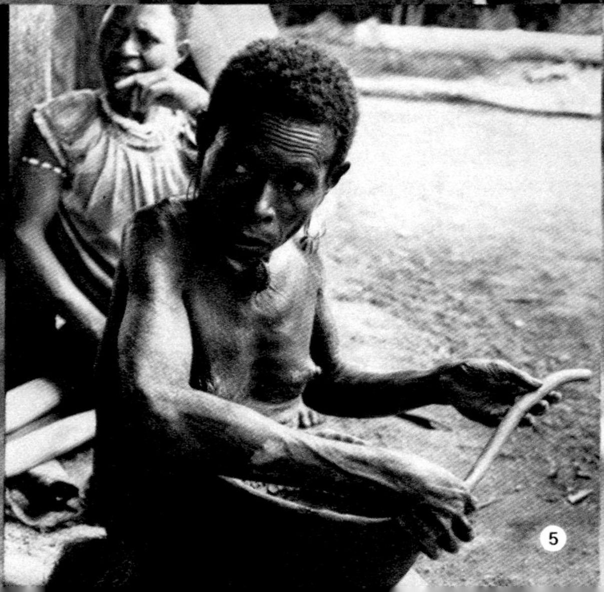
5

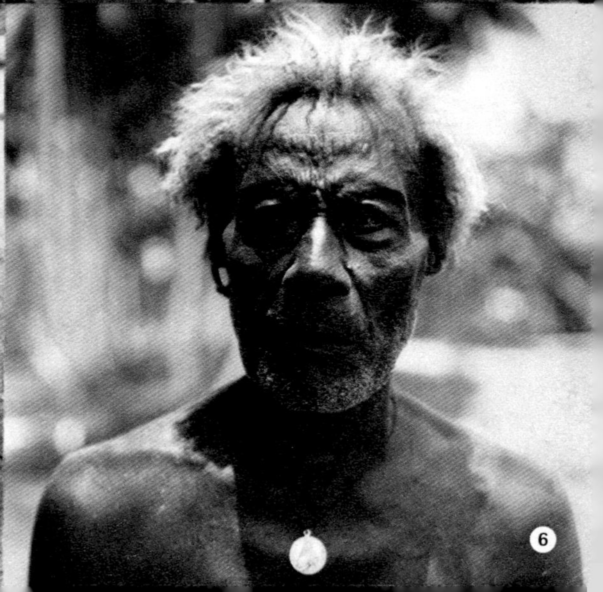
6

**Stein-Tiki der Marquesaner**
Polynesien, Marquesas-Inseln, Hivaoa (?)
15.–18. Jahrhundert n. Chr. (?) Basalt (als Hintergrund bemalter Baumbaststoff, *tapa,* aus Hawaii)
H. 70 cm, Ausschnitt 64 cm

Verbirgt die lächelnde männliche Skulptur, die ein polynesischer Bildhauermeister mit Steinwerkzeugen als Halbrelief aus dem rohen Steinblock herausgeholt hat, ein Geheimnis? Ihre grossen ruhigen Augen ohne Pupillen scheinen nach innen zu schauen, ja der leichte, in der Mitte der Augen annähernd horizontal verlaufende Knick könnte andeuten, dass die Lider gar geschlossen sind. Die Nase ist ungewöhnlich platt, und die Ohren sind bloss angedeutet. Ein lebender Mensch also, ein Toter oder ein Wesen des Zwischenbereichs zum Göttlichen? In der Tat soll diese Figur an einen verstorbenen Häuptling aus einem der zahlreichen Talschaftsverbände der Marquesas-Inseln erinnert haben. Leider wissen wir nur wenig über die alten Steinbildnisse *(tiki),* die meist aus der Zeit der grössten Entfaltung der über 2000 Jahre alten Marquesas-Kultur stammen dürften. Rundplastiken fanden sich auf terrassenartig angelegten Kultplätzen und auf zugehörigen Tempelplattformen. Daneben stiess man auf grosse Holzskulpturen sowie auf Relieffiguren aus Stein, die – wie unser Beispiel – in die Trockenmauern zwischen grossen, zuweilen tonnenschweren Blöcken eingelassen worden waren.
In Polynesien konnten Häuptlinge und Priester, die ja alle aus adligen Familien göttlicher Abkunft stammen mussten, nach ihrem Tod schrittweise in den Rang von Göttern erhoben werden. Wie andere Götter rief man dann diese Vorfahren auf, sich während der Kulthandlung in den ihnen gewidmeten Figuren aus Holz und Stein niederzulassen. Die Skulpturen selbst galten aber nicht als heilig; sie waren im Kult, genau wie die teilnehmenden Menschen, nur Diener für die Gottheit. Gleichzeitig scheinen sie aber auch die Sterblichen und insbesondere die Nicht-Adligen an den unter verschiedenen Namen (u. a. auch Tiki) überlieferten ersten menschlichen Erzeuger und dessen Fruchtbarkeit erinnert zu haben.
Sammlung T. Meier und L. Stähelin 1933, Inv.-Nr. Vc 644. Lit.: Handy 1930, Linton 1925, von den Steinen 1925–1928, 1933/34, Suggs 1960.

**Tiki en pierre des îles Marquises**
Polynésie, îles Marquises, Hivaoa (?)
XVe–XVIIIe siècle apr. J.-C. (?)
basalte (à l'arrière-plan une étoffe hawaiienne, en liber d'écorce peint, *tapa*)
haut. 70 cm, détail 64 cm

Quel est le secret de ce masque masculin à la bouche souriante? Taillé d'une pièce en relief à l'aide d'outils lithiques par un sculpteur polynésien, ses grands yeux circulaires sans pupilles lui confèrent un regard introspectif; un léger pli transversal départageant les yeux de part en part semblerait même indiquer des yeux clos. Le nez est particulièrement plat, alors que les oreilles, elles, sont à peine esquissées. S'agit-il du portrait d'un être humain, vivant ou défunt, ou alors d'un être irréel appartenant à un monde transitoire s'ouvrant sur celui des divinités? Cette sculpture commémorait le souvenir du chef de l'une des nombreuses associations regroupant les habitants d'une vallée dans les îles Marquises. Malheureusement nous ne savons presque rien au sujet de ces anciens portraits en pierre *(tiki)* qui, pour la plupart, datent probablement d'une époque où la culture marquisienne, vieille de plus de 2000 ans, était à son apogée. Des sculptures en ronde-bosse ont été retrouvées sur les lieux d'anciens sites cultuels construits en terrasses ainsi que sur les plates-formes des temples qui leur étaient rattachés. En outre, on découvrit de grandes sculptures du même genre en bois de même que des figures en relief en pierre qui – comme notre exemple – avaient été insérées entre les grands blocs d'un mur de pierres sèches.
En Polynésie, les chefs et les prêtres, qui tous devaient descendre de familles nobles d'ascendance divine, pouvaient, après leur mort, être élevés au rang de divinités par étappes successives. A l'image des autres divinités, on invitait alors les ancêtres à venir prendre place pour la durée des rites, dans les figures en bois ou en pierre qui leur étaient dédiées. Néanmoins les sculptures elles-mêmes n'étaient pas considérées comme étant sacrées. Elles servaient, au même titre que les participants, au culte consacré aux divinités. Pour le commun des mortels elles semblent surtout avoir évoqué la fécondité du premier être générateur de l'espèce humaine dont on connaît plusieurs noms parmi lesquels celui de Tiki.
Collection T. Meier et L. Stähelin 1933, No d'inv. Vc 644. Bibl.: Handy 1930, Linton 1925, von den Steinen 1925–1928, 1933/34, Suggs 1960.

**Marquesan Stone Tiki**
Polynesian, Marquesas Islands, Hivaoa (?)
A.D. 15th–18th centuries (?)
basalt (background: painted bark-cloth, *tapa,* from Hawaii)
h. 70 cm, detail 64 cm

A Polynesian sculptor using stone tools created this male figure as a half-relief out of an unhewn block of stone. Is there a mystery surrounding the statue's smiling face? Its large, calm, pupilless eyes seem to be looking inwards; the slight, nearly horizontal ridge in the middle of the eyes might even indicate that the lids are closed. The nose is unusually flat, and the ears are only suggested. A living person, or a dead one? Or perhaps a being from the region between the earthly and the divine? In fact this figure is supposed to have commemorated a deceased chief of one of the numerous valley associations of the Marquesas Islands. Unfortunately we do not know very much about the old stone portraits *(tiki)* which probably largely date back to the period when the more than 2000-year-old Marquesas culture flourished. They were located on terraced ritual grounds and on the temple platforms that were part of them. Apart from the free-standing stone figures, there were large wood sculptures as well as figures done in relief and – like our piece – fitted into the stone walls between large blocks of stone, which could weigh up to several tons.
In Polynesia, chiefs and priests, all of whom had to be from aristocratic families of divine origin, could be raised in stages to the rank of gods after their death. Like other gods, these ancestors were then requested to come down and take their places in the figures of wood and stone dedicated to them. The sculptures themselves were not considered sacred, however; like the human participants in the ritual, they were only servants of the deity. But they seem, at the same time, to have reminded mortals, especially those of non-aristocratic origin, of the first human progenitor, known under various names (among others Tiki), and his fertility.
Collection T. Meier and L. Stähelin 1933, Inv. No. Vc 644. Bibl.: Handy 1930, Linton 1925, von den Steinen 1925–1928, 1933/34, Suggs 1960.

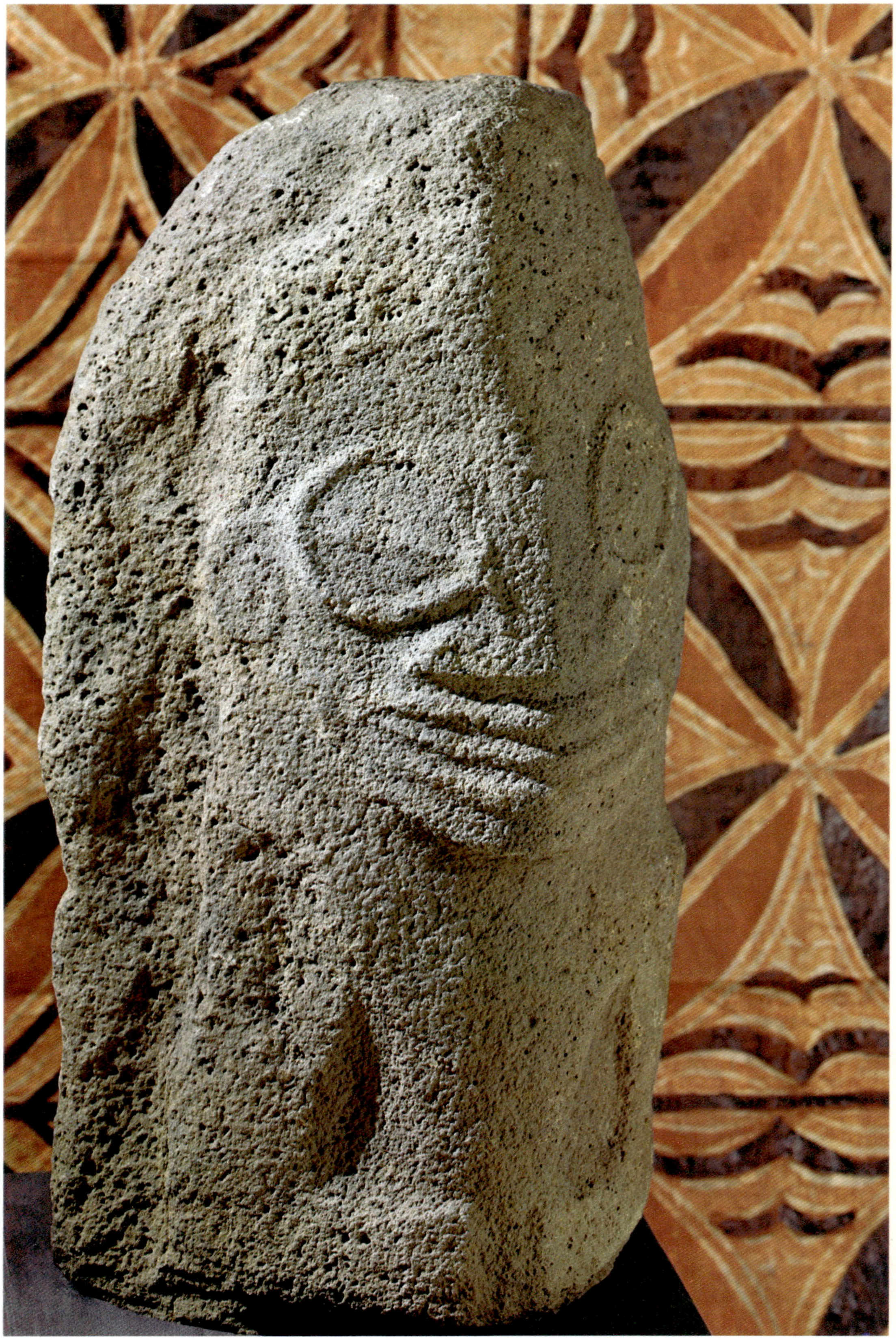

II/1

**Kapkap-Schmuck**

Bismarck-Archipel, Salomonen (Buka, New Georgia, Guadalcanal), Santa Cruz, Muschelschalen (*Tridacna gigas* und Perlmutter), Schildpatt
Durchmesser 6,3–10,5 cm

Die Verarbeitung von Muschelschalen hat sich im Bereich von Nord- und Zentral-Melanesien zu höchster formaler Vollendung entwickelt. Besonders überzeugend formuliert scheinen uns die *kapkap*-Schmuckstücke. Die zugeschliffene Muschelschale bildet den hellen Hintergrund, vor dem sich das in Schildpatt geschnittene Bild mit scharfen Konturen abhebt. Das Verfahren der Musterherstellung blieb leider unbeobachtet; mindestens im Bereich der südlichen Salomonen war dies das Berufsgeheimnis von Spezialisten. Weitherum bekannt sind die kreisförmigen Scheiben aus *Tridacna*-Schalen, die aus dem Gebiet des Bismarck-Archipels (ein Beispiel von Manus links unten) sowie – seltener und feiner ausgearbeitet – von den Salomonen stammen (vier Beispiele Mitte und oben). Hier finden wir sogar figürliche Darstellungen und stossen daneben auf einen delikaten Anhänger, der vier à jour aus Perlmutterschale herausgearbeitete Köpfe von Fregatt-Vögeln zeigt. Einmalig in der Südsee ist die bildliche Prägnanz der Auflage zum halbmondförmigen Perlmutteranhänger von Guadalcanal (rechts unten). Einen deutlich verschiedenen Stil vertritt die *Tridacna*-Scheibe von Nitende im Santa Cruz-Archipel (Mitte rechts); hier wurden wiederum Formelemente von Fregatt-Vögeln (Schwingen, Köpfe, Schwanzfedern), Bonitos und Haifischen zu einem geometrischen Ornament kombiniert. Diese drei Tiere spielen in den religiösen Vorstellungen eine grosse Rolle.
Obwohl ästhetische Elemente im Leben der Melanesier bis zum heutigen Tag einen wichtigen Platz einnehmen, wurde dieser Schmuck auch früher nicht für den täglichen Gebrauch hergestellt. Mit Ausnahme der Scheibe von den zentralen Salomonen (Mitte), die Männer auf der Stirne trugen, handelt es sich um Brustschmuck, wie er bei Zeremonien und Festen, aber auch im Kampf getragen wurde. Selbstverständlich galten Muschelschmuckstücke immer auch als wertvolle Tauschobjekte.
Sammlungen A. Bühler 1932, E. Paravicini 1928/29 und F. Speiser 1930,
Inv.-Nrn. Vb 1835, 7195, 7708, 8072, 9156, 9157, 9159, 9477. Lit.: Bodrogi 1961, Paravicini 1940, Schuster 1964.

**Parures kapkap**

Archipel Bismarck, îles Salomon (Buka, New Georgia, Guadalcanal), Santa Cruz, coquillage (*Tridacna gigas* et nacre), écaille de tortue
diamètre 6,3–10,5 cm

Le façonnement des coquillages atteint sa forme la plus élaborée dans la région du nord et du centre mélanésien. Par leur conception formale, les parures *kapkap* en sont un exemple particulièrement convaincant. Sur le fond clair du coquillage préparé se détachent de manière précise les contours du motif contrastant en écaille de tortue. Malheureusement le procédé de confection des motifs n'a jamais pu être observé; il est même resté le secret professionnel des spécialistes, du moins dans les régions du sud des îles Salomon. On connaît un peu partout les disques en coquillage provenant de l'archipel Bismarck (un exemple des Manus en bas à gauche) ainsi que ceux, plus rares et travaillés plus finement, des îles Salomon (quatre exemples, au centre et en haut). Parmi ces derniers, nous trouvons même des motifs figuratifs, entre autres un délicat pendentif ajouré composé de quatre têtes d'oiseaux frégates taillés dans la nacre. Le motif du dessin appliqué sur le pendentif nacré en forme de demi-lune et provenant de Guadalcanal a une force d'expression unique dans les mers du Sud. Le disque en *Tridacna* de Nitende, dans l'archipel de Santa Cruz (au milieu, à droite) est d'un style nettement différent; on y retrouve des éléments de l'oiseau frégate, de bonites et de requins, qui tous trois composent un motif géométrique. Dans les conceptions religieuses, ces trois animaux jouent un rôle important.
Bien que les valeurs esthétiques aient depuis toujours pris une place importante dans la vie des Mélanésiens, ces parures n'étaient pas portées journellement. A l'exception de la pièce en provenance des îles Salomon centrales (au milieu) et que les hommes portaient sur le front, il s'agit de pendants pectoraux dont on se parait à l'occasion de cérémonies et de festivités, mais également lors d'expéditions guerrières. En outre les parures en coquillage ont bien sûr toujours été des objets d'échange de valeur.
Collections A. Bühler 1932, E. Paravicini 1928/29 et F. Speiser 1930,
Nos d'inv. Vb 1835, 7195, 7708, 8072, 9156, 9157, 9159, 9477. Bibl.: Bodrogi 1961, Paravicini 1940, Schuster 1964.

**Kapkap Jewelry**

Bismarck Archipelago, Solomon Islands (Buka, New Georgia, Guadalcanal), Santa Cruz, shells (*Tridacna gigas* and mother-of-pearl), tortoise-shell
diameter 6.3–10.5 cm

In northern and central Melanesia the artistic treatment of shells has been developed to the utmost formal perfection. The design of *kapkap* jewelry seems to us to be especially convincing. The abrased mollusc shell forms the luminous background against which the design cut into tortoise-shell is sharply outlined. The process of producing patterns could unfortunately never be observed; at least in the southern Solomon Islands it was the professional secret of specialists. The circular discs made of *Tridacna* shells are widely known. They come from the area of the Bismarck Archipelago (an example from Manus: bottom left) and – more rarely but with more delicate workmanship – from the Solomon Islands (four examples centre and top). On the shells from the Solomons we even find figural representations, also coming across a fragile pendant carved out of mother-of-pearl and showing the heads of four frigate birds. The ornament on the crescent-shaped mother-of-pearl pendant from Guadalcanal (bottom right) is unique in its precision of pictorial expression. The *Tridacna* disc from Nitende in the Santa Cruz Archipelago (centre right) represents a distinctly different style; here formal elements of frigate birds (wings, heads, tail feathers), bonitos and sharks have been combined into a geometrical ornament. These three animals play an important role in the religious beliefs of the people.
Although aesthetic factors have an important function in the life of the Melanesians up through the present day, this jewelry was not even formerly produced for daily use. Apart from the disc from the central Solomon Islands (centre), which men wore on their foreheads, what we have here are pieces of jewelry worn on the chest at ceremonies, festivals and in battle. Of course pieces of shell jewelry have also always been considered valuable objects of barter.
Collections A. Bühler 1932, E. Paravicini 1928/29 and F. Speiser 1930,
Inv. Nos. Vb 1835, 7195, 7708, 8072, 9156, 9157, 9159, 9477. Bibl.: Bodrogi 1961, Paravicini 1940, Schuster 1964.

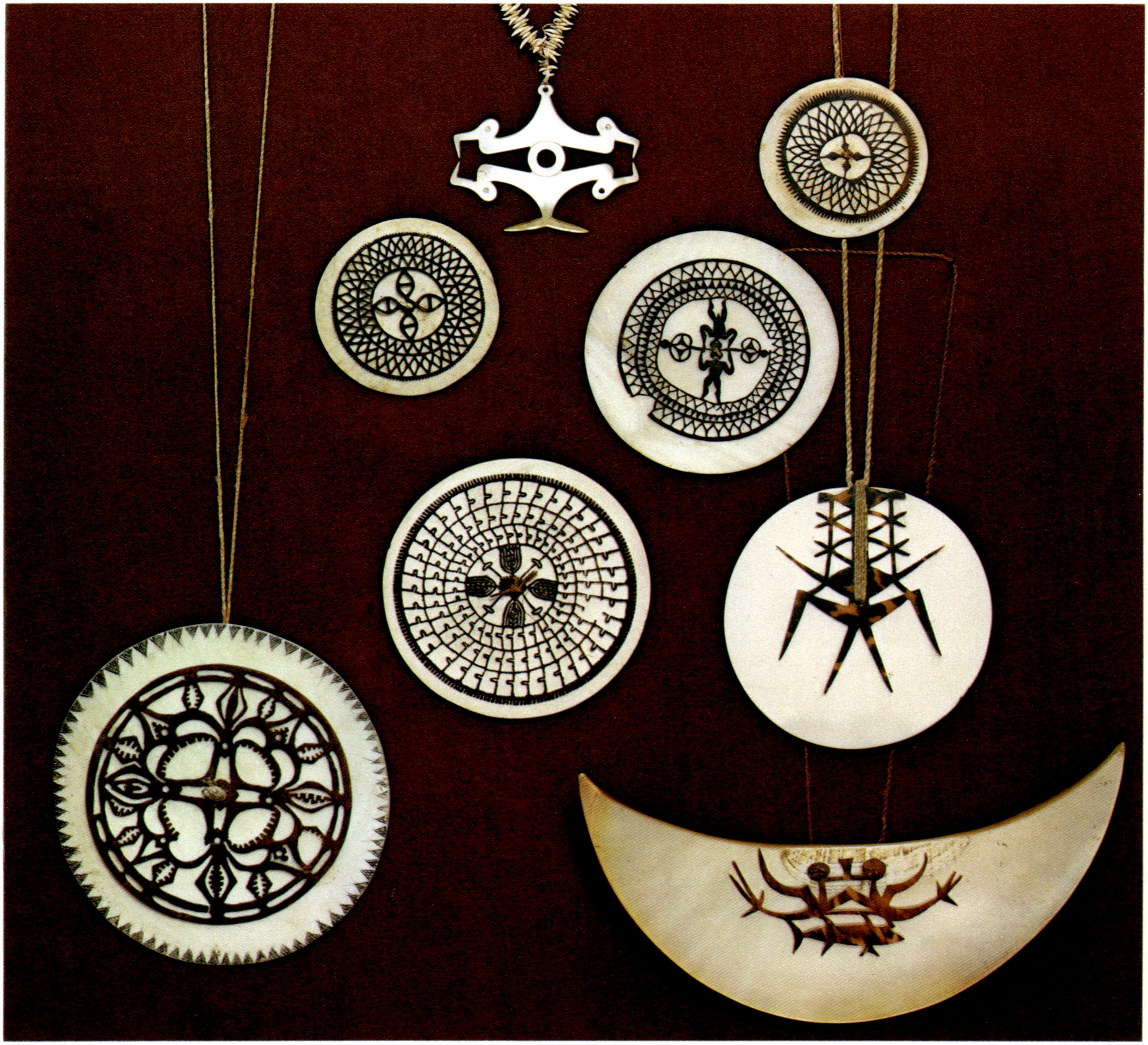

II/2

**Tanzaufsatz der Sulka**
Neubritannien, Südostküste, Sulka-Gebiet, vor 1914, Holz geschnitzt, schwarze und grüne Erdfarbe, am linken Arm einheimische Reparatur (verdeckt), H. 93 cm

Die Sulka sind bis heute eines der rätselhaften Völker Melanesiens geblieben. Sie scheinen in ihrem Wohngebiet an der Küste von Neubritannien relativ späte Einwanderer zu sein. Auffallenderweise sprechen sie als Seefahrer eine nicht-austronesische Sprache, anders als ihre Nachbarn im Süden und Westen, die Maenge. Die äusseren Erscheinungsformen der Kultur stimmen bei beiden Stämmen im grossen ganzen überein, nur in der Kunst gebührt den Sulka ein besonderer Platz. Sie galten im übrigen als äusserst kriegerisch, haben aber ihre nördlichen Nachbarn, die Kachin und andere Baining-Gruppen, im 19. Jahrhundert derart gereizt, dass diese in erbitterten Kämpfen schliesslich die Oberhand gewannen. So verloren die Sulka einen Teil ihres Siedlungsgebiets und ihre Macht. Die Auflösung der alten Formen, zu denen beispielsweise der *hemlaut*-Maskenbund gehörte, begann somit noch vor dem intensiven Kontakt mit den Europäern. Über Ablauf und Sinn der religiös geprägten Feste ist entsprechend wenig bekannt. Der abgebildete Tanzaufsatz diente vermutlich als Träger für eine senkrecht aufgebundene, bemalte Latte aus Palmblattmaterial. Felix Speiser beobachtete deren Verwendung noch 1930 bei den Maenge. Den Initianden wurden dort bei einem Totenerinnerungsfest, das zugleich den Abschluss der Beschneidungsriten bildete, für einen Tanz helmartige Aufsätze aus Pflanzenstäben mit aufgebundener lanzettförmiger Latte auf den Kopf gesetzt. In jenem Fall waren nur die über drei Meter hohen *reis*-Latten mit Tier- und Pflanzenmotiven bemalt. Ob es sich bei der Sulka-Helmplastik dagegen um die Darstellung eines Insekts, z. B. einer Stabheuschrecke oder Gottesanbeterin (vgl. Text zu Tafel 14), oder eines kleinen Säugetiers, etwa des Fliegenden Hunds, handelt, ist schwer zu entscheiden. Den Sulka galten insbesondere die Latten *(kol)* der Aufsätze als heilig; sie verbanden damit die Vorstellung von Geistwesen und von göttlichen Blitzen.
Schenkung eines Basler Gönners 1976, Inv.-Nr. Vb 28055. Lit.: Laufer 1955, Parkinson 1907, Speiser 1930.

**Casque de danse sulka**
Nouvelle-Bretagne, côte sud-est, territoire sulka, pièce antérieure à 1914, bois sculpté, peintures minérales en noir et vert, réparation autochtone au bras gauche (cachée), haut. 93 cm

Les Sulka font partie des peuples mélanésiens dont l'énigme n'a pu être éclaircie jusqu'à ce jour. Ils semblent avoir atteint leur domicile actuel, la côte de la Nouvelle-Bretagne, à une époque relativement tardive. Il est étonnant de constater que bien qu'étant navigateurs ils ne parlent pas une langue austronésienne, contrairement aux Maenge, leurs voisins du sud et de l'ouest. Dans leur ensemble les cultures de ces deux tribus sont à peu près semblables, bien que dans le domaine artistique ce soient les Sulka qui occupent une place prédominante. Ceux-ci passaient en outre pour être très combatifs; au XIXe siècle, ils provoquèrent leurs voisins du nord, les Kachin, ainsi que d'autres groupes Baining à tel point, que ceux-ci mirent un terme à ces provocations, prenant le dessus après de longues luttes acharnées. C'est ainsi que les Sulka perdirent leur puissance et une partie de leur territoire.
La désagrégation des anciennes institutions telles que par exemple la société de masques *hemlaut,* fut donc antérieure aux premiers contacts intensifs avec les Européens. Par conséquent nous disposons de relativement peu d'informations sur la signification des festivités religieuses et de leur déroulement.
Le casque reproduit servait probablement de support à une latte verticale en feuilles de palmier. En 1930, Felix Speiser observa encore son utilisation chez les Maenge. Lors d'une fête commémorative des morts concluant en même temps les rites de circoncision, les novices étaient tenus de porter sur leurs têtes un genre de casque en matière végétale, pourvu d'une latte en forme de lance. Dans ce cas-là, seules les lattes *reis* d'une hauteur de plus de trois mètres avaient été peintes de motifs zoomorphes et végétaux. En ce qui concerne la pièce sulka reproduite, en bois sculpté, il est difficile de dire s'il s'agit de la représentation d'un insecte, par exemple d'une sauterelle ou d'une mante religieuse, ou d'un petit mammifère, par exemple une chauve-souris. Pour les Sulka, c'était avant tout la latte *(kol)* attachée au support qui revêtait un caractère sacré; on y voyait un rapport avec les esprits et les foudres divines.
Don d'un donateur bâlois 1976, No d'inv. Vb 28055. Bibl.: Laufer 1955, Parkinson 1907, Speiser 1930.

**Sulka Dance Head-Dress**
New Britain, southeastern coast, Sulka region, pre-1914, carved wood, black and green mineral colours, local repair on the left arm (covered) h. 93 cm

Up to the present day many questions about the history of the Sulka in Melanesia remain unanswered. They seem to have migrated to the area they inhabit on the coast of New Britain relatively late. Although sea-farers, they speak a non-Austronesian language as opposed to their neighbours to the south and west, the Maenge. On the whole, the outward characteristics of the two tribes correspond; only in the realm of art do the Sulka deserve a special place. They used to be considered extremely warlike, but in the 19th century they provoked their northern neighbours, the Kachin and other Baining groups, to such an extent that embittered fighting ensued, and the Baining ultimately gained the upper hand. Thus the Sulka lost both their power and part of the area they had settled. For this reason the dissolution of the old forms, to which, for instance, the *hemlaut* mask society belonged, began even before intensive contact with Europeans started. Consequently, little is known about the procedures and meaning of their religiously inspired festivals. The dance head-dress pictured here probably served as a support for a tied on, vertical slat of painted palm-leaf material. Felix Speiser still saw them in use among the Maenge in 1930. There helmet-like head-dresses made of shafts of plant material with lancet-shaped slats were placed on the heads of the initiates for a dance during a festival commemorating the dead, which also formed the end of the circumcision rites. In this case only the more than three-metre-high slats *(reis)* were painted with animal and plant motifs. It is difficult to decide whether what is found on the Sulka helmet sculpture is the representation of an insect, e.g. a grasshopper or praying mantis (cf. caption to Plate 14), or of a small mammal like the flying fox. The slats *(kol)* on the head-dress were considered particularly sacred by the Sulka, who thus linked the concept of spirit beings and divine lightning.
Gift of a Basle patron 1976, Inv. No. Vb 28055. Bibl.: Laufer 1955, Parkinson 1907, Speiser 1930.

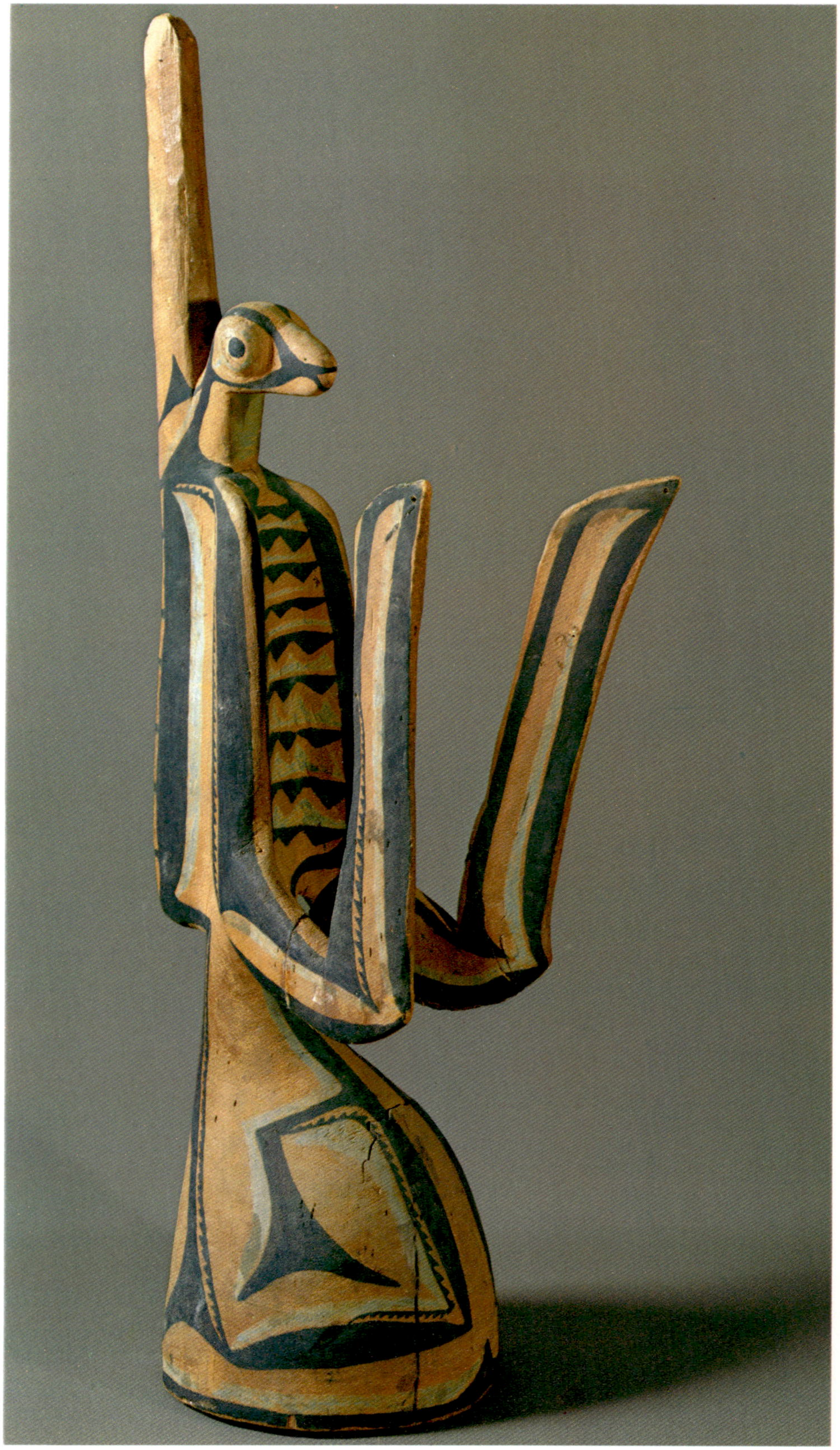

II/3

**Malanggan-Skulpturen in Schauhütte**
Neuirland, Nordostküste, Medina, Holz (*Alstonia* sp.), bemalt, hergestellt zur Verabschiedung von 12 verstorbenen Dorfmitgliedern, B. 440 cm, Höhe erste Figur von links 180 cm

**Sculptures Malanggan exposées dans une case**
Nouvelle-Irlande, côte nord-est, Medina, en bois (*Alstonia* sp.) peint, créées lors d'une cérémonie commémorant 12 défunts de la communauté, larg. 440 cm, haut. 180 cm

**Malanggan Sculptures in Show House**
New Ireland, northeastern coast, Medina painted wood (*Alstonia* sp.), produced for the leave-taking from 12 dead members of the village, w. 440 cm, height of the first figure from the left 180 cm

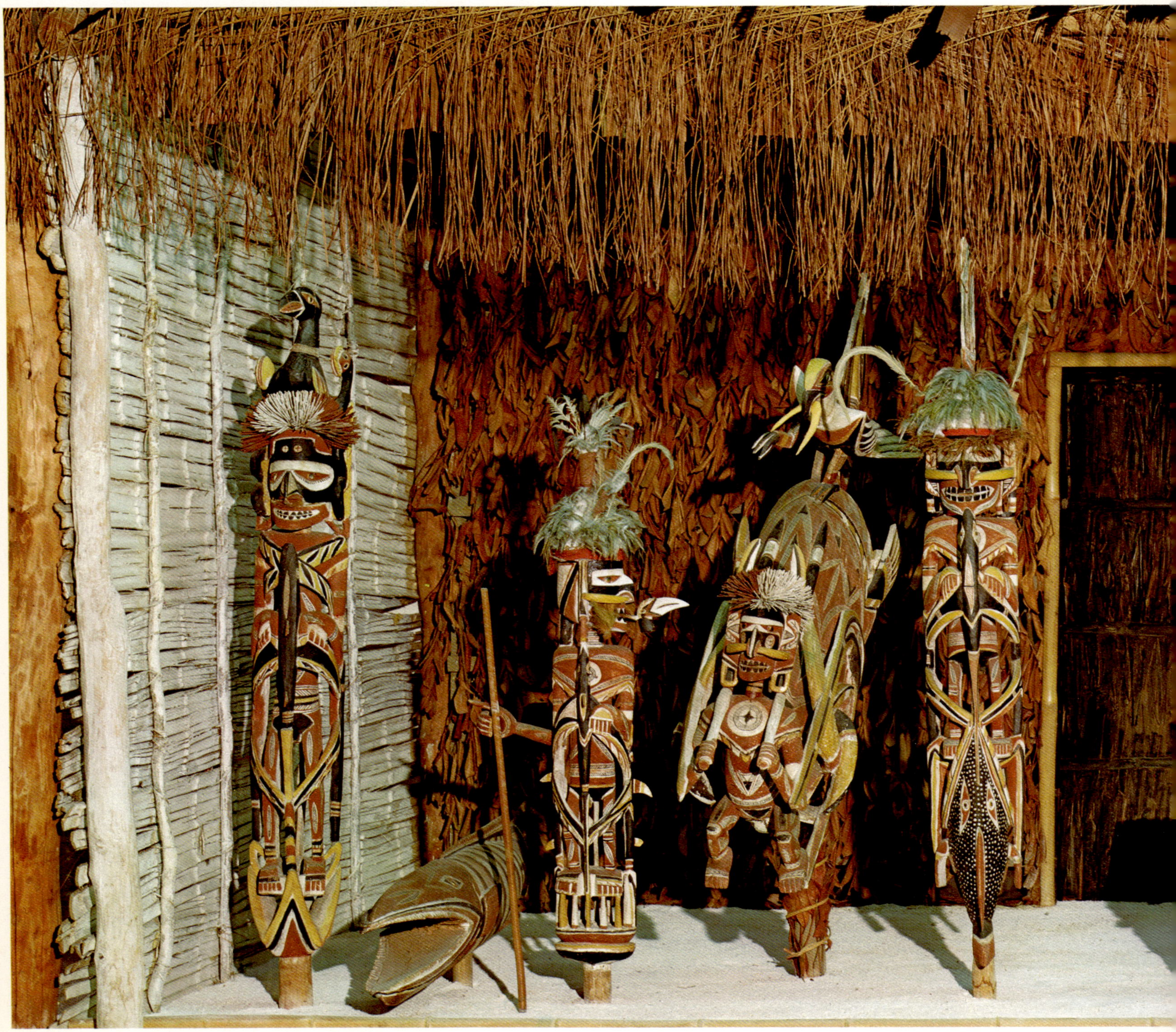

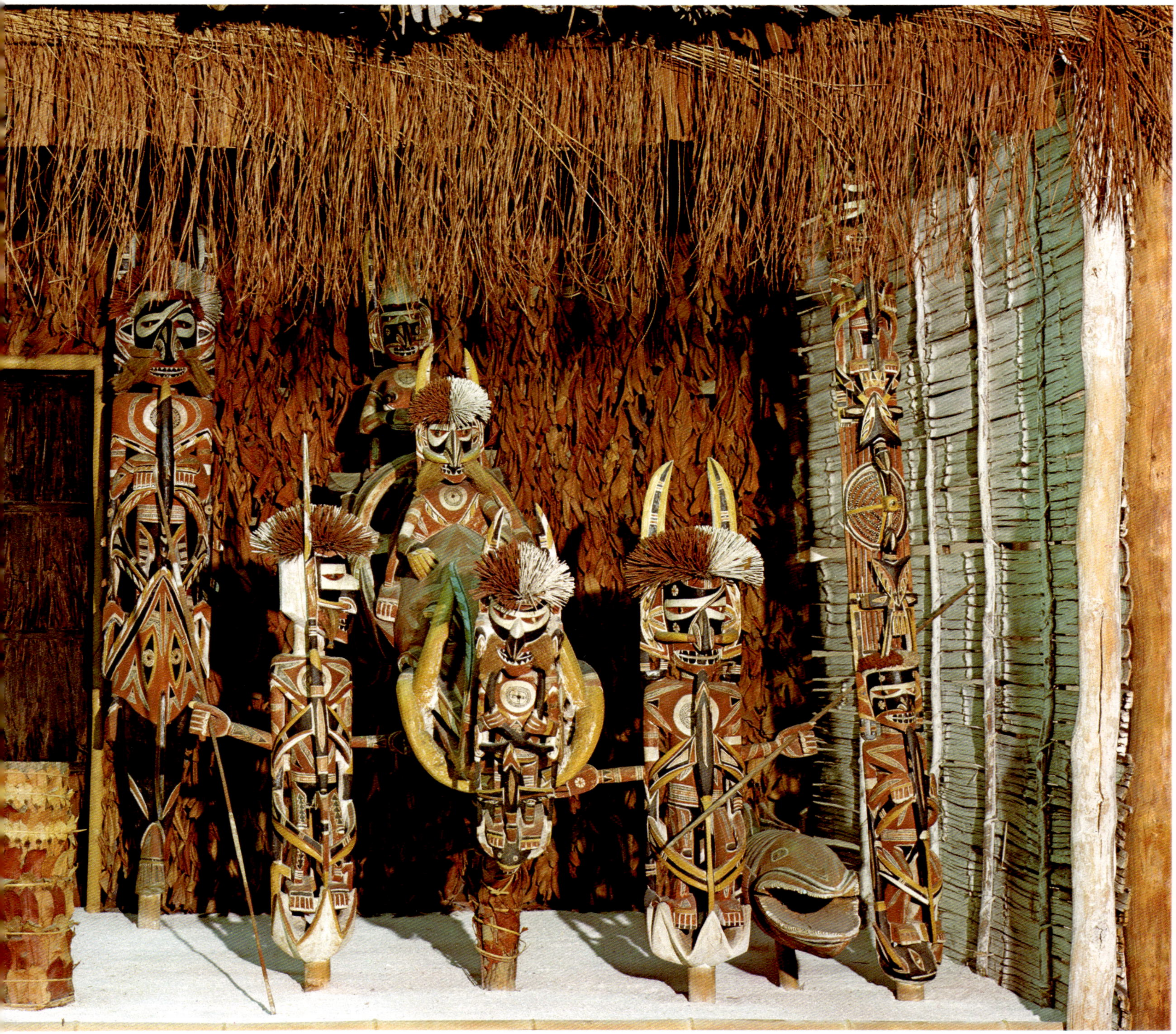

II/4

**Ahnenschale der Manus**
Admiralitätsinseln, Südküste der Insel Manus, Batussi
Holz mit Gebrauchspatina, *Ovula*-Schalen, Schädel mit Unterkiefer usw.
Durchmesser der Schale 43 cm

‹Jeder Manus-Mann verehrt seinen Vater, nicht im Himmel, sondern im Gebälk des Vordaches seines Hauses, und nicht den einen Vater aller, nur seinen eigenen› – so beginnt R. F. Fortune seine Studie über die Manus-Religion. Die fein verzierte Schale hing immer im Innern des Pfahlhauses, hoch über dem Eingang. Der Totengeist des Vaters, *moen palit,* stand in der alten Kultur, die während des Zweiten Weltkriegs weitgehend zusammengebrochen ist, in einer besonderen, partnerschaftlichen Beziehung zum Sohn und dessen Familie. Der Geistvater, eigentlich ‹Herr Geist›, unterschied sich damit von allen anderen Totengeistern, deren Aktivitäten die Lebenden zu fürchten hatten. Die Lebenden sorgten für ihn, er aber bewachte das Haus der Familie und überwachte den Lebenswandel der Angehörigen. Dabei hatten die Manus einer Reihe von ethischen Anforderungen geradezu puritanischen Zuschnitts zu genügen, beispielsweise der Norm, die Arbeit nicht durch Ruhepausen zu unterbrechen. Übertretungen ahndete der Geistvater; seinem gerechten Zorn waren Misserfolge oder Krankheiten der Hausbewohner zuzuschreiben. Nur eine als Medium begabte und geschulte Person konnte durch direkte Anrufung des Geistes den Anlass für seinen Zorn erfahren und so den Betroffenen helfen, ihre Sünden zu sühnen. Starb der Sohn, dann wurde der Geistvater beschuldigt, in der Abwehr anderer Geister versagt zu haben. Sein Schädel wurde zur Strafe in die Lagune hinausgeworfen, wo er Wasser und Sonne schutzlos preisgegeben war. Die nächste Generation musste gleichzeitig ein neues Haus bauen, für sich und als Aufenthaltsort für den neuen Geistherrn. Der Geist des Grossvaters aber verwandelte sich dort draussen in eine Wasserschnecke – wahrlich ein strenges Beispiel von Ahnenkult.
Sammlung A. Bühler 1932,
Inv.-Nr. Vb 10497. Lit.: Fortune 1935.

**Plat-receptacle d'ancêtre manus**
Iles de l'Amirauté, côte sud de l'île Manus, Batussi, bois patiné, coquillages, crâne avec mâchoire inférieure et ossements divers
diamètre du plat 43 cm

‹Chaque homme manus vénère son père qui demeure non pas au ciel mais entre les poutres de l'avant-toit de sa maison; il ne vénère pas le père universel, mais son propre père seulement› – c'est ainsi que R. F. Fortune commence son étude sur la religion manus. Le plat finement décoré était toujours suspendu à l'intérieur de la maison sur pilotis, à un endroit surélevé situé au dessus de l'entrée. Dans les anciennes structures socio-culturelles en grande partie détruites par la Seconde Guerre mondiale, le relation entre l'esprit défunt du père, *moen palit*, et le fils et sa famille était particulièrement étroite et bienveillante. Ainsi l'âme paternelle – au sens propre du mot ‹Monsieur l'Esprit› – différait de tous les autres esprits du royaume des morts dont les activités maléfiques étaient craintes des vivants. Ceux-ci subvenaient aux besoins de l'esprit-père, alors que celui-ci protégeait la demeure familiale et veillait au comportement correct de ses habitants. Les Manus étaient tenus de satisfaire à toute une série d'exigences éthiques quasi puritaines, comme celle par exemple qui consistait à ne pas interrompre un travail par des pauses. D'éventuelles transgressions étaient punies par l'esprit-père; on attribuait l'insuccès ou la maladie des habitants de la demeure à son juste courroux. Seule une personne expérimentée ou un médium pouvait, en adressant des invocations directes à l'esprit, apprendre les raisons de son courroux et ainsi aider les personnes touchées à expier leurs péchés. Lorsque le fils mourrait, on accusait l'esprit-père de n'avoir pas su conjurer les autres esprits. Pour le punir, on jetait son crâne à la lagune, l'abandonnant aux flots et au soleil. La génération suivante, elle, était obligée de bâtir une nouvelle demeure pour elle-même ainsi que pour le nouvel esprit-père. Là-bas, dans la lagune, l'esprit du grand-père se transformait en un coquillage – un culte des ancêtres vraiment bien sévère.
Collection A. Bühler 1932,
No d'inv. Vb 10497. Bibl.: Fortune 1935.

**Manus Ancestral Bowl**
Admiralty Islands, southern coast of the Island of Manus, Batussi
wood with a patina resulting from use
*Ovula* shells, skull with lower jaw, etc.
diameter of the shell 43 cm

'Each Manus man worships his Father, not in Heaven, but in his house front rafters, not one Father for all, but each man his own' – this is how R. F. Fortune begins his book on the religion of the Manus. The delicately ornamented bowl was always hung inside the house on stilts, high above the entrance. In the old culture, which largely broke down during the Second World War, the spirit of the dead father, *moen palit,* was considered to have an especially partner-like relationship to his son and son's family. The spirit father, actually called 'Sir Ghost', was thus different from all the other spirits of the dead, whose activities the living had to fear. The living cared for him, and he guarded the house of the family and watched over his relatives' lives. In the process, the Manus had to fulfil a series of ethical demands that were virtually puritanical in nature, for instance not to stop and rest in the middle of one's work. The spirit father punished offenders; failures or diseases of the residents of the house could be attributed to his anger. Only someone talented and trained as a medium could directly invoke the spirit to discover the reason for his wrath and thus help the afflicted person to atone for his sins. If the son died, the spirit father was accused of having failed to protect him from other spirits. As a punishment his skull was thrown into the lagoon, where it was mercilessly exposed to water and sun. At the same time the next generation had to build a new house for itself and its new spirit master. And out there the spirit of the grandfather metamorphosed into a sea slug – an example of a rigorous ancestral cult.
Collection A. Bühler 1932,
Inv. No. Vb 10497. Bibl.: Fortune 1935.

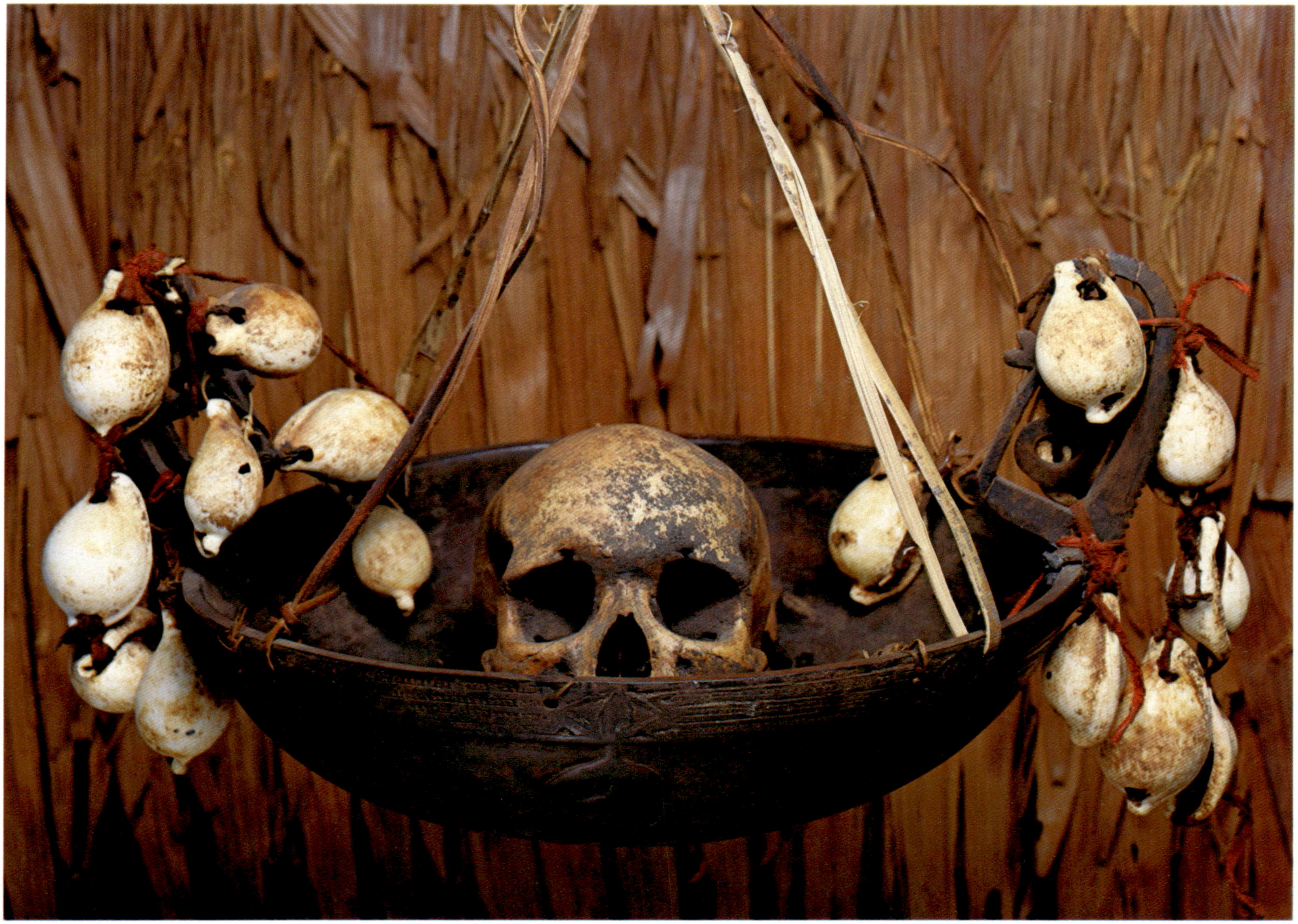

II/5

**Frauenskulptur der Banks-Insulaner**
Banks-Inseln (Neue Hebriden), Gaua
Baumfarn, geschnitzt
Höhe der Figur 185 cm

Die Darstellung des weiblichen Körpers zählt nicht zu den bevorzugten Motiven ozeanischer Künstler. Das hat mannigfache Gründe: Gesellschaftsorganisation, Erbfolge im Landbesitz, Wirtschafts- und Produktionsformen, religiös geprägtes Weltbild, Inhalt und Form des Kultlebens lassen nach aussen den Mann viel stärker in Erscheinung treten als die Frau. Nicht selten sind es aber gerade die schöpferischen weiblichen Kräfte, die es im Kult einerseits zu erhalten gilt und deren schädliche Aspekte andererseits von der Sphäre des Kultes als dem Bereich der ebenso lebensnotwendigen Kommunikation mit den göttlichen Mächten ferngehalten werden müssen. Auf den Banks-Inseln wurde die Bedeutung der mütterlichen Potenz in einer Reihe von Institutionen unterstrichen. Dazu gehörte die matrilineare Abstammungsrechnung, in der die Rolle des Muttersbruders als des Chefs der Abstammungsgruppe besonders betont wird, dazu gehörte ferner das Aufstellen von weiblichen Skulpturen in den Wohnhäusern. Da auch die Frauen in diesem Gebiet nackt gingen, ist das Fehlen von Kleidung nicht besondere künstlerische Absicht. Auch die männlichen Ahnenstatuen, die öffentlich den von einflussreichen Männern in der Suque-Männervereinigung erreichten hohen Rang anzeigten, waren nackt. Die Art, wie in dieser Frauendarstellung die Beine und Füsse nach innen gedreht erscheinen, entspricht der für männliche Skulpturen üblichen. Beide Figurentypen sind aus demselben Material, den – durch Abschnüren der lebenden Pflanze verdickten – unteren und zum Teil unterirdischen Stammteilen von grossen palmartigen Farnpflanzen, geschnitzt. Die Betonung der Geschlechtsmerkmale, hier der weiblichen, passt ebenso in das allgemeine Stilbild. Eigentümlich ist die Darstellung der neben dem Kopf angelegten Arme, wobei die Hände den Hinterkopf zu stützen scheinen; diese Haltung betont die weiblichen Züge der leicht überlebensgrossen Figur. Interessant wäre es, zur inhaltlichen Bestimmung Näheres über das Weltbild der Frauen auf den Banks-Inseln zu erfahren.
Sammlung F. Speiser 1910–1912,
Inv.-Nr. Vb 4374. Lit.: Codrington 1891, Speiser 1923.

**Sculpture de femme**
Iles Banks (Nouvelles-Hébrides), Gaua
fougère arborescente sculptée
haut. (sans support) 185 cm

La repésentation du corps féminin ne fait pas partie des motifs préférés des artistes océaniens. Il y a à cela de multiples raisons: l'ordre social, le droit de succession foncier, l'économie et la production, les conceptions religieuses cosmogoniques et enfin le but et le déroulement des manifestations cultuelles permettent aux hommes de se mettre en évidence dans une bien plus large mesure que ce n'est le cas pour les femmes. Ce sont pourtant précisément les forces créatrices féminines qu'il s'agit de régénérer par le culte, tout en veillant à éloigner leurs émanations négatives de la sphère cultuelle réservée à l'indispensable communication entre les hommes et les puissances divines. Dans les îles Banks, toute une série d'institutions soulignent l'importance de la fécondité maternelle; elle s'exprime par exemple par le système de filiation matrilinéaire accordant au frère de la mère un rôle prépondérant en tant que chef de lignage. Par ailleurs on érigeait des sculptures féminines dans les demeures. Le fait de représenter les femmes nues ne relève d'aucune intention artistique; en effet, les femmes de la région ne portaient habituellement pas de vêtements. En outre, les statues masculines d'ancêtres indiquant publiquement le rang élevé qu'un homme important avait atteint dans la société Suque étaient représentées nues également. La position des pieds tournés vers l'intérieur caractérise également les sculptures masculines. Les deux types sont travaillés dans la même matière: la base partiellement souterraine d'une fougère géante dont on a augmenté le volume artificiellement, en ligaturant la plante pendant sa croissance. La façon dont les organes génitaux ont été accentués est conforme au style général. La position repliée des bras contournant la tête comme pour aller soutenir la nuque est très particulière; elle souligne l'aspect féminin de cette sculpture légèrement plus grande que nature. En ce qui concerne la fonction de cette pièce, il serait intéressant d'apprendre quelque chose sur les conceptions socioculturelles des femmes aux îles Banks.
Collection F. Speiser 1910–1912,
No d'inv. Vb 4374. Bibl.: Codrington 1891, Speiser 1923.

**Sculpture of a Woman from the Banks Islands**
Banks Islands (New Hebrides), Gaua
carved tree-fern, h. 185 cm

The representation of the female body is not a favourite subject of Oceanic artists. There are various reasons for this: the organization of society, succession of land rights, forms of economy and production, the religiously determined view of the world and the form and substance of religious life to all appearances place man in the foreground. But often it is precisely the creative, female powers that are, on the one hand, supposed to be preserved through ritual and whose harmful aspects, on the other hand, must be kept away from the ritual sphere, it being the realm of the equally vital communication with divine powers. On the Banks Islands the significance of maternal power is underlined by a number of institutions. One of them is the matrilinear line of descent, in which the role of the mother's brother as head of the descent group is emphasized particularly, another element is the erection of female sculptures in the dwelling house. As the women in this region used to go naked, lack of clothing cannot be ascribed to artistic intentions. The statues of male ancestors, which exhibited publicly the high rank achieved by influential men in the Suque men's organization, were also naked. The way the legs and feet of this figure of a woman are turned inwards corresponds to the position common to sculptures of men. Both types of figures are carved out of the same material: the lower and partly underground sections of the stem of large tree-ferns, thickened by tying off the living plant. Accentuation of the sexual characteristics – here the female ones – is also part of the general style. What is unusual is the representation of the arms placed against the head, with the hands seeming to support the back of the head; the position once again emphasizes the feminine characteristics of this somewhat more than life-sized figure. Unfortunately we have no information regarding its meaning and function. It would be interesting, in this connection, to find out more about how the women of the Banks Islands see themselves within their society and world.
Collection F. Speiser 1910–1912,
Inv. No. Vb 4374. Bibl.: Codrington 1891, Speiser 1923.

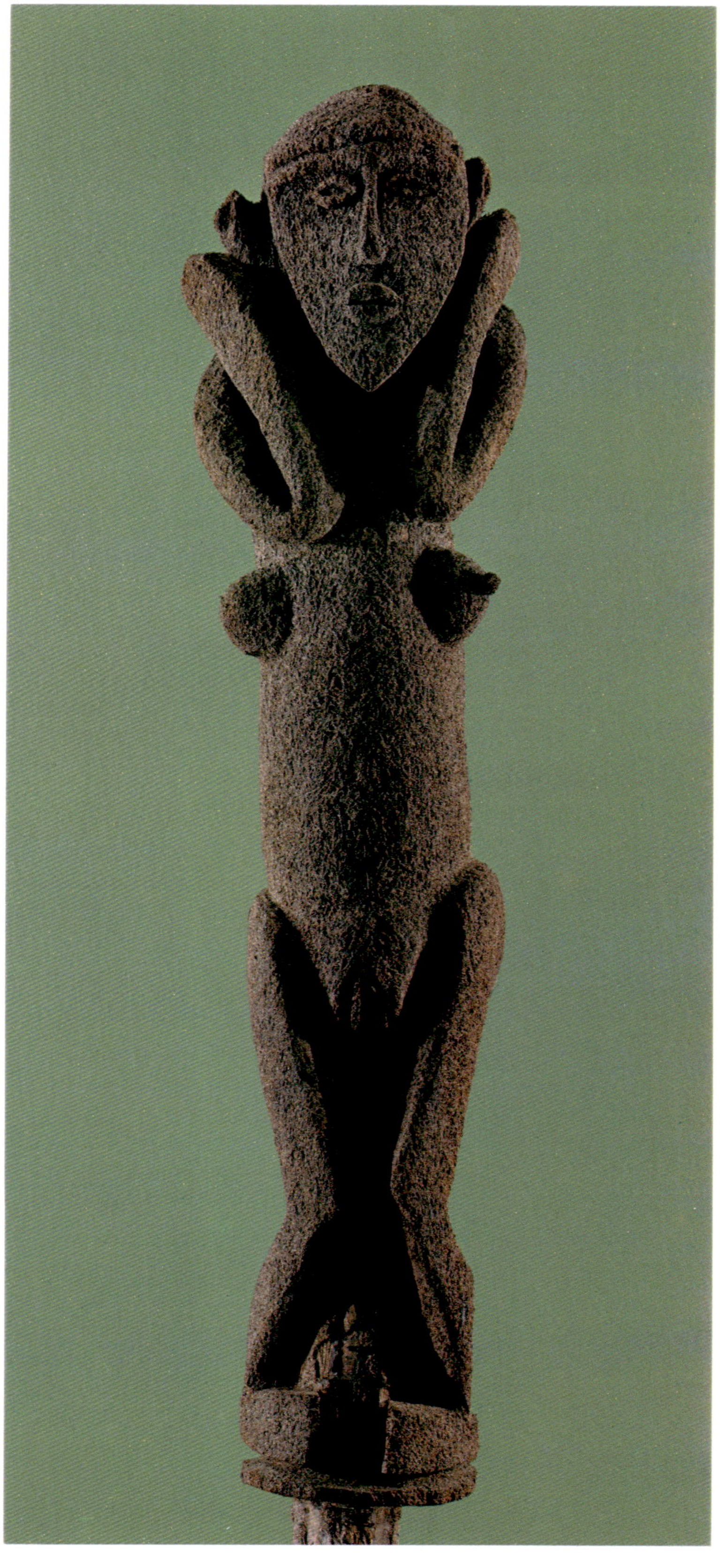

II/6

**Zeremonialbeil der Neukaledonier**
Neukaledonien, Nordosten, Tchambouenne bei Oubatche
Steinklinge in Holzschaft eingebunden
H. 63,5 cm, Durchmesser der Klinge 22–27 cm, Dicke der Klinge 1,7 cm

Ein Paradebeil wie dieses trugen die grossen Klanhäuptlinge beim *pilu*-Fest der Siedlungsgemeinschaft auf der Schulter. Die Scheibe aus geädertem Ouennit musste so dünn geschliffen sein, dass der Rand das Sonnenlicht durchscheinen liess. Das Gerät war Symbol für die Einheit des Klans und Abzeichen für das Amt des Häuptlings, das meist vom Ältesten der Abstammungsgruppe ausgeübt wurde. Nach alten Berichten sollen die Prunkbeile auch in schneidender Funktion, bei der Zerteilung der Körper von getöteten Feinden, verwendet worden sein.
Die annähernd kreisförmige Scheibe besteht aus einem nephritähnlichen Gestein, das nur auf der Insel Ouen im äussersten Süden von Neukaledonien vorkommt. Die Rohlinge sind von dort über die ganze Hauptinsel verhandelt worden. Der geschliffene Stein ist zweifach durchbohrt; Schnüre, in die nachträglich noch Zierfasern eingeschlungen worden sind, verbinden die Klinge mit dem Schaft. Dieser endet unten in einer halben Kokosschale, welche mehrere lose kleine Körper (wohl Steine und Samen) enthält. Schaft und Fuss sind mit geflochtenen Schnüren verschiedener Dicke umwickelt, die aus einem Kern von Pflanzenfasern und den rot gefärbten Pelzhaaren des Fliegenden Hundes *(Pteropus)* gedrillt und zu Zöpfen geflochten wurden. Die angehängten Schneckenschalen galten als sehr kostbar; sie bezeichneten die einzelnen Unterklane. Über die Bedeutungen von Form und Zusammensetzung dieses Zeremonialgeräts sind wir schlecht informiert. Dazu mögen die raschen Veränderungen der einheimischen Kulturen im unkontrollierten frühen Kontakt mit den Europäern sowie der Misserfolg des blutigen Aufstands von 1878 entscheidend beigetragen haben. Man ist daher auf Vermutungen angewiesen. So hat man im Prunkbeil eine menschliche Gestalt mit kugelig aufgebauter Haartracht sehen wollen. Diese Deutung lässt sich vielleicht durch den Vergleich mit den geschnitzten Dachaufsätzen der Häuptlings- und Versammlungshäuser erweitern: Auf diesen werden mit Sicherheit Ahnen vergegenwärtigt.
Sammlung F. Sarasin 1910–1912,
Inv.-Nr. Vb 2105.
Lit.: Métais 1953, Sarasin 1929.

**Hache ostensoir de Nouvelle-Calédonie**
Nouvelle-Calédonie, région nord-ouest, Tchambouenne près de Oubatche, lame lithique fixée à un manche en bois
haut. 63,5 cm, diamètre de la lame 22–27 cm, épaisseur de la lame 1,7 cm

Ce genre de hache d'apparat était porté sur l'épaule par les chefs de clans, à l'occasion des festivités communautaires *pilu*. En bordure du disque, l'ouennite verte et veinée devait être travaillée de manière à être translucide à la lumière du soleil. La hache était à la fois le symbole de l'unité du clan et l'insigne de la fonction de chef exercée normalement par le plus ancien d'un lignage. Selon certains récits, ces haches d'apparat auraient également servi à démembrer les corps d'ennemis tués.
Le disque quasi circulaire a été taillé dans un minéral analogue à la néphrite dont les gisements se trouvent uniquement dans l'île de Ouen, située à la pointe sud de la Nouvelle-Calédonie. Et, c'est à partir de là que les blocs à l'état brut étaient acheminés vers l'île principale. La lame polie a été forée à deux endroits, puis rattachée au manche à l'aide de cordelettes ornées par l'adjonction ultérieure de fibres décoratives. Le manche repose sur une demi-noix de coco contenant plusieurs petits éléments (sans doute des graines ou petites pierres). Le manche et la base sont entièrement enveloppés de ligatures en cordelettes moulinées et tressées, dont le noyau en fibres végétales est entouré de poils de roussette *(Pteropus)* teints en rouge. Les coquilles de mollusques fixées aux cordelettes correspondaient chacune à une subdivision de clan. Quant à la signification formale et matérielle de cette hache rituelle, elle est peu claire car les renseignements à son sujet sont rares. Ce manque d'informations s'explique sans doute par l'altération rapide des cultures autochtones due aux premiers contacts incontrollés avec les Européens, puis par l'échec d'une insurrection sanglante survenue en 1878. Nous en sommes donc réduits à des hypothèses. Ainsi on a par exemple voulu voir dans cette hache rituelle la représentation d'une figure anthropomorphe portant une coiffure en forme de boule. Si l'on compare les sculptures faîtières des cases de chefs et de réunions, cette hypothèse est assez vraisemblable car on sait avec certitude que celles-ci représentaient des ancêtres.
Collection F. Sarasin 1910–1912,
No d'inv. Vb 2105.
Bibl.: Métais 1953, Sarasin 1929.

**New Caledonian Ceremonial Hatchet**
Northeastern New Caledonia, Tchambouenne near Oubatche
stone blade lashed to a wooden handle
h. 63.5 cm, diameter of blade 22–27 cm
thickness of blade 1.7 cm

During the community's *pilu* festival clan chiefs would carry parade hatchets like this one on their shoulders. The disc of green, veined ouennite had to be ground so thin that sunlight could shine through the edge. The tool was both a symbol of the unity of the clan and the insignia of the rank of chief, which was generally held by the eldest member of the descent group. According to old reports, the ceremonial hatchets may also have been used for cutting, when the bodies of enemies that had been killed were dismembered.
The nearly circular disc is made of a nephrite-like rock found only on the Island of Ouen in the very south of New Caledonia. From there the unfinished blade was traded all over the main island. The ground stone has two holes drilled into it: cords which have been intertwined with ornamental fibres connect the blade with the handle. At the bottom the handle ends in half a coconut shell containing several loose objects (probably pebbles and seeds) that function as a rattle. The handle and foot are wrapped with plaited cords of different thicknesses. These cords were twisted and then plaited out of a core of plant fibres and the hair (dyed red) of the flying fox *(Pteropus)*. The snail shells hanging from them were once considered to be very valuable; they signified the individual sub-clans. We do not know very much about the meaning of the form and composition of this ceremonial tool. The rapid changes in local cultures during their unchecked early contact with Europeans as well as the failure of the bloody uprising of 1878 may have had a decisive effect on this. So we have nothing to go on but speculations. Thus the ceremonial hatchet has been seen as a human figure with spherically constructed hair-style. Perhaps that interpretation could be widened by drawing a comparison to the carved roof ornaments found on the chiefs' and assembly houses, where ancestors are definitely depicted.
Collection F. Sarasin 1910–1912,
Inv. No. Vb 2105.
Bibl.: Métais 1953, Sarasin 1929.

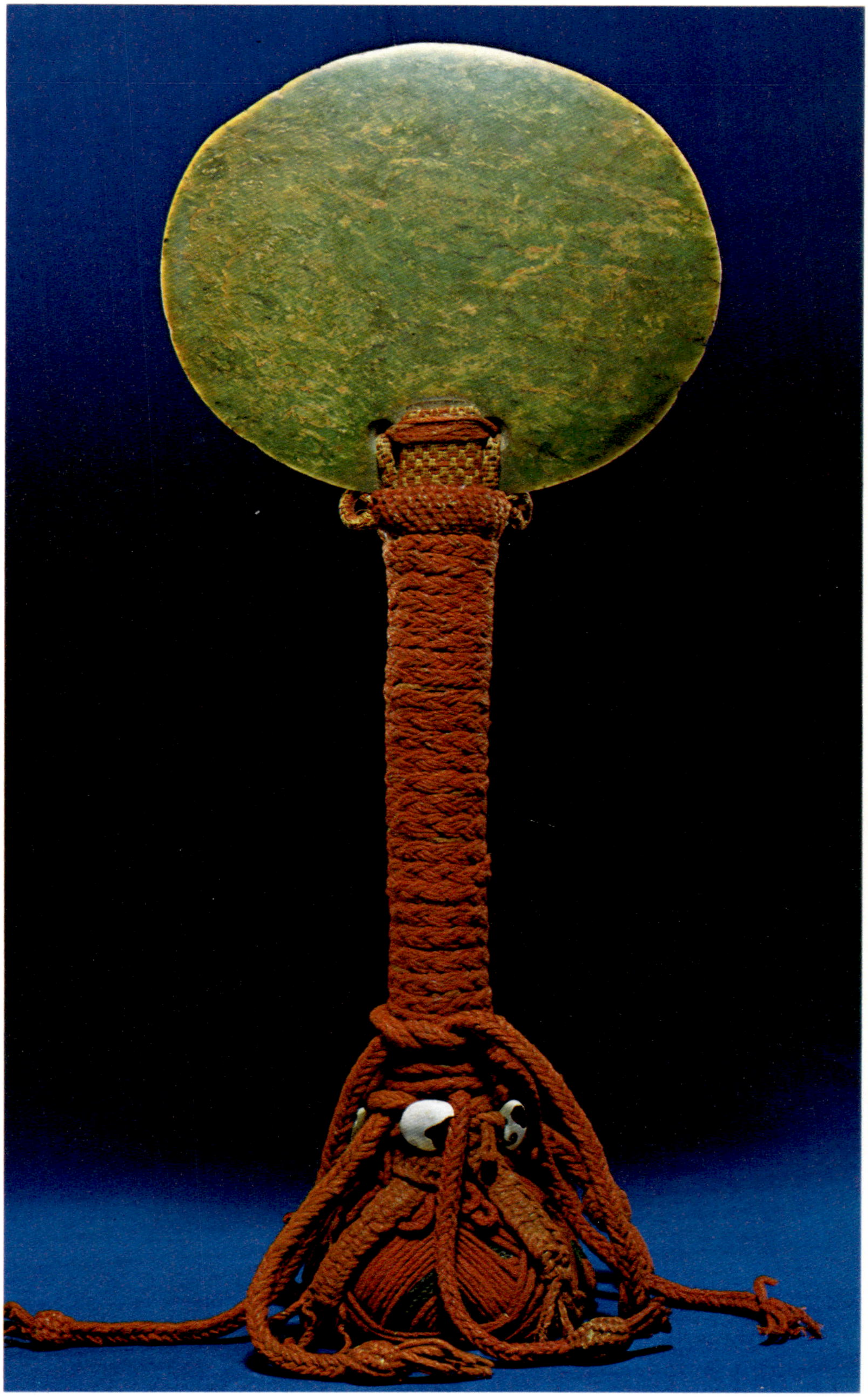

II/7

**Bugaufsatz der Numfor**
Neuguinea (Irian Jaya), Geelvink-Bai
Holz, bemalt, mehrteilige Aufsätze
Schmuck aus Kasuarfedern
L. 200 cm, H. 100 cm
Ausschnitt: L. 169 cm

Die Bewohner der Geelvink-Bai und der vorgelagerten Inseln benützen bis zum heutigen Tag einfache Einbäume, die durch ein Auslegergeschirr mit Schwimmer stabilisiert werden. Aus dem einfachen Wellenbrecher (links), der dem Bug des Bootskörpers aufgesetzt wird, hat sich – wohl unter dem Einfluss ostindonesischer Nachbarn – diese prächtige Sonderform mit durchbrochen geschnitzten Einzelteilen entwickelt. Das Basler Beispiel gehörte offensichtlich zu einem grossen Kriegsboot, *wai-ron,* das wohl bis zu 25 Personen aufnehmen konnte. Die Besatzung bestand in der Regel aus Männern zweier verschiedener Klane, *keret* (lokale exogame Verwandschaftsgruppen), wobei die eine Gruppe im vorderen, die andere im hinteren Bootsteil Platz nehmen musste. Kanus dieser Art und insbesondere die Verzierungen sind das Werk von Spezialisten, die auch über das entsprechende ererbte Zauberwissen verfügen müssen. Vor dem Schnitzen versetzten sie sich früher gar in Trance. Die einzelnen Muster sind allerdings Besitz der beteiligten Klane und vererben sich meist vom Vater auf den Sohn. Das grosse Auslegerboot nimmt im Denken der Einheimischen einen wichtigen Platz ein. Es ist in der überlieferten Kultur eine der Erscheinungsformen des mythischen Schöpferwesens, das sich aus einem Ungeheuer in ein Boot verwandeln konnte. Das Boot symbolisiert aber zugleich für die Lebenden die gemeinsame Herkunft der verschiedenen Sozialgruppen des Stammes. Darüber hinaus bildet es in der Kombination aller Einzelteile (Sitzordnung, Benennung der Teile, mythische Gestalt, Verzierungen) ein kleines Weltmodell. Die Welt ist demnach ein Auslegerboot, das von den vier Winden hin und her getrieben wird. Die Menschen sind aber nicht schutzlos, denn die senkrechten Aufsätze enden oben in Ahnen- oder *korwar*-Figuren. In ihnen kann sich der Geist von Verstorbenen, ebenfalls *korwar* genannt, niederlassen und die Lebenden beschützen.
Sammlung P. Wirz 1922, Inv.-Nr. Vb 5980.
Lit.: van Baaren 1968, Galis 1963.

**Avant de pirogue numfor**
Nouvelle-Guinée (Irian Jaya),
baie de Gheelvink, bois peint et
sculpture ajourée, parures en plumes
de casoar, long. 200 cm, haut. 100 cm
détail: long. 169 cm

Pour les trajets de courte distance, les habitants de la baie de Gheelvink et des îles proches utilisent de nos jours encore de simples pirogues munies d'un système à balancier stabilisant. C'est sans doute sous l'influence des voisins indonésiens de l'est que le brise-lame simple (à gauche) que l'on fixe à la proue de la coque s'est peu à peu transformé en un complexe composé de plusieurs éléments individuels magnifiquement ajourés. L'exemple reproduit semble avoir fait partie d'une grande pirogue de guerre, *wai-ron,* pouvant contenir jusqu'à 25 personnes. L'équipage était d'ordinaire composé de deux groupes d'hommes appartenant chacun à un clan différent, *keret* (groupe de parents local, exogame) dont l'un occupait obligatoirement l'avant et l'autre l'arrière de l'embarcation. Les pirogues de ce genre, et plus particulièrement les parties ornementales, sont l'œuvre de spécialistes devant être de surcroît au courant des pratiques magiques transmises et nécessaires à la construction de telles embarcations. Il arrivait même, autrefois, qu'ils se mettent en transe avant de commencer à sculpter. Les motifs sont néanmoins la propriété des clans intéressés et se transmettent, pour la plupart, de père en fils.
La grande pirogue à balancier occupe une place importante dans la pensée indigène. Selon les valeurs culturelles traditionnelles, il s'agit de l'une des manifestations du créateur mythique, monstre ayant possédé la faculté de se changer en pirogue. Pour les vivants, la pirogue est en même temps le symbole de l'origine commune des différents groupes sociaux de la tribu. Par la combinaison de tous les éléments la constituant (soit délimitation des places, dénomination des différentes parties, personnage mythique et ornementations), elle représente en outre un monde en miniature. Le monde serait alors une pirogue à balancier livrée à la violence des quatre vents. Cependant les hommes ne sont pas entièrement à leur merci, puisque les parties verticales de la pirogue se terminent par des figures ancestrales ou *korwar.* Nommées *korwar* elles aussi, les âmes défuntes peuvent y prendre demeure et ainsi protéger les vivants.
Collection P. Wirz 1922, No d'inv. Vb 5980.
Bibl.: van Baaren 1968, Galis 1963.

**Numfor Prow Decoration**
New Guinea (Irian Jaya), Geelvink Bay
painted wood, prow decorations
with several parts
cassowary feather ornaments
l. 200 cm, h. 100 cm, detail: l. 169 cm

The inhabitants of Geelvink Bay and the offshore islands still use simple dugout canoes today, which are stabilized by outrigger gear. The simple breakwater (left) mounted on the bow of the boat has developed into this marvellous, special form with single parts carved in openwork – probably due to the influence of eastern Indonesian neighbours. The Basle specimen is evidently from a large war boat, *wai-ron,* which could carry up to 25 people. As a rule the crew was composed of men from two different clans, *keret* (local exogamous descent groups), one group sitting in the front of the boat and the other in the back. Canoes of this kind, and especially the decorations, are the work of specialists who must have the necessary, inherited knowledge of magic at their disposal. In former times they even put themselves into a trance before doing the carving. The single designs belong to the participating clans and are generally passed down from father to son.
The large outrigger has an important place in local thought. In the traditional culture it is one of the manifestations of the mythical creator, who could transform himself from a monster into a boat. For the living the boat at the same time symbolizes the common origins of the various social groups of the tribe. In addition the combination of all its parts (seating arrangement, names of the parts, mythical form, ornamentation) forms a miniature model of the world. The world is thus an outrigger canoe driven back and forth by the four winds. But man is not defenseless, for the vertical prow decorations are topped by figures of ancestors or *korwar,* in which the spirits of dead people, also called *korwar,* can settle and protect the living.
Collection P. Wirz 1922, Inv. No. Vb 5980.
Bibl.: van Baaren 1968, Galis 1963.

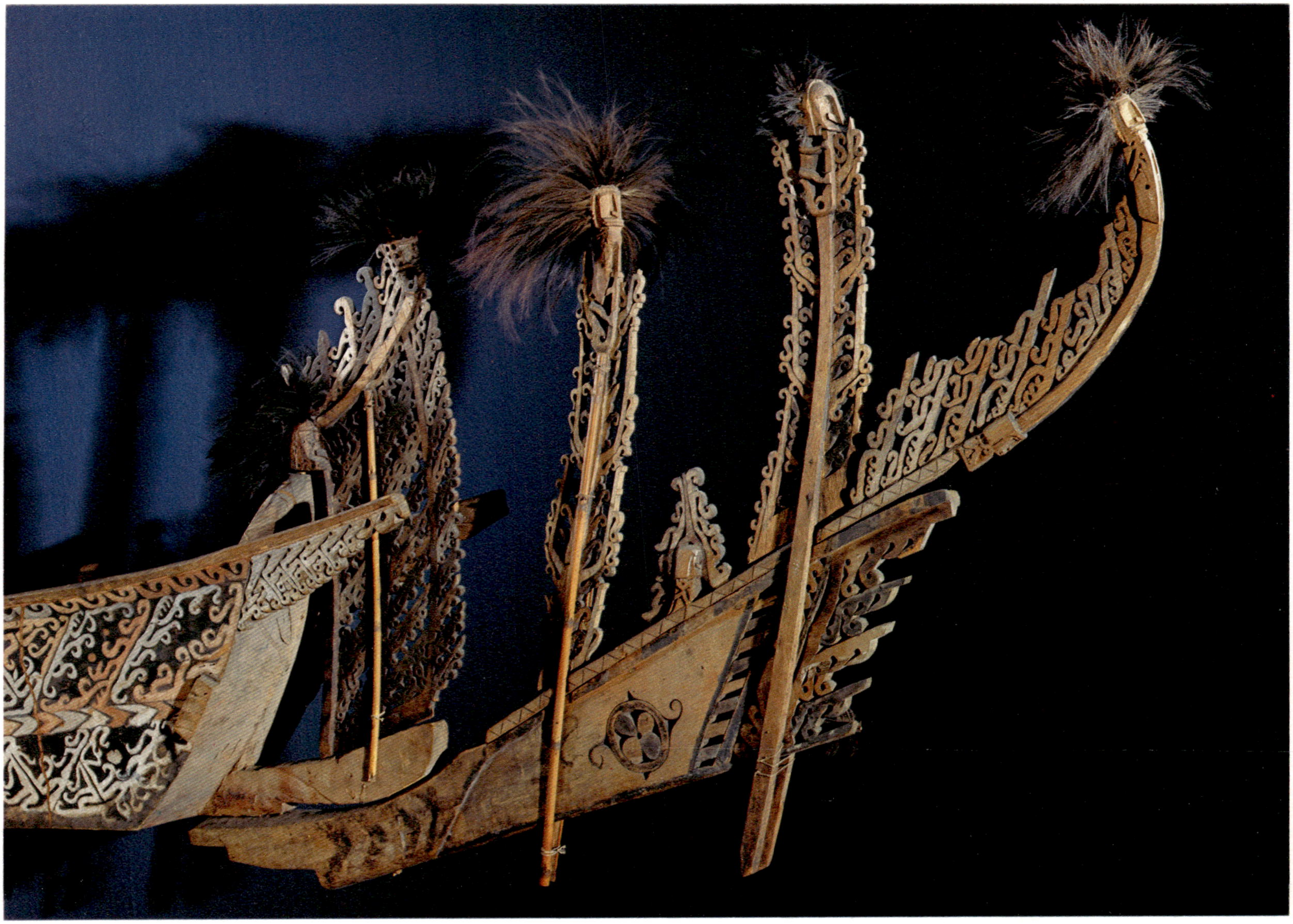

**Giebelverzierung der Sentani**
Neuguinea (Irian Jaya), Nordküste
Sentani-See, Asei
Holz
L. 197 cm, Ausschnitt: 135 cm

Eine menschliche Figur – bei genauerem Hinsehen entdecken wir an ihr wie an anderen Teilen der Schnitzerei Brandspuren – hockt hinter einem grossen davonpfeilenden Vogel. Gibt der Vogel den Maßstab für die Grösse ab, so kann es sich nicht um einen normalen Menschen handeln; auch umgekehrt stimmt das Bild nicht mit unseren Erfahrungen überein. Was steckt hinter diesem formal so ansprechenden Werk eines Sentani-Schnitzers?
Die Bevölkerung am Sentani-See hat, anknüpfend an die auch in Funden von Bronzebeilen nachweisbaren Einflüsse der südostasiatisch-indonesischen Dông-so'n-Kultur, ein breites Spektrum von eigenständigen Ausdrucksformen entwickelt, die alle durch ihre Dynamik überraschen. Diese bleibt nicht im Formalen – hier etwa der Vogelgestalt mit den nach hinten geklappten Beinen – stecken, sondern bemächtigt sich auch des Inhalts. Ein Kasuar, der fliegen kann, so fragen wir verwundert. Denn die grössten Vögel Neuguineas verlassen den Boden in Wirklichkeit nie. Ein Riesen-Kasuar? Ein Seelen-Mensch?
Das Wohnhaus für unverheiratete Männer, aus dessen rückwärtigem Giebel diese Schnitzerei noch 1921 waagrecht herausragte, wurde – wie manches andere Kult- und Versammlungshaus der Gegend – auf Befehl der holländischen Kolonialbeamten niedergebrannt.
Das Haus selbst war für die Initiation einer Gruppe von jungen Männern errichtet worden. Ihnen hätte bei dieser Gelegenheit das religiöse Weltbild der Sentani erläutert werden sollen. Darin tritt in der Gestalt des Kasuars die grosse Schöpfergestalt auf, der die Menschen die Kultgeheimnisse verdanken. Den Männern ist es deshalb verboten, Kasuarfleisch zu essen. Vermutlich besteht eine gedankliche Verbindung zwischen dem Kasuar und dem grossen Ei, aus dem der Mythe zufolge die ersten Menschen entstanden sind.
Sammlung P. Wirz 1926, Inv.-Nr. Vb 6665.
Lit.: Hoogerbrugge 1967, Wirz 1928, 1929.

**Faîtage sculpté sentani**
Nouvelle-Guinée (Irian Jaya), côte nord
lac Sentani, Asei
bois
long. 197 cm; détail: long. 135 cm

Une figure humaine se tient accroupie derrière un oiseau en plein vol; elle porte des traces de feu comme c'est le cas dans d'autres parties de la sculpture encore. Que l'on prenne pour mesure la grandeur de l'oiseau ou celle de cette figure, on constate que les deux éléments composant la sculpture sont disproportionnés, du moins par rapport à nos critères de référence. Que cache donc cette œuvre due à un sculpteur sentani et dont la conception formale est si séduisante?
Tout en ayant repris certaines influences de la culture dongsonienne originaire du Sud-Est asiatique et d'Indonésie – la découverte de certaines haches de bronze le prouve – les populations du lac Sentani ont développé une multitude de formes d'expression autochtones dont toutes surprennent par leur dynamisme. Celui-ci ne s'arrête d'ailleurs pas à la conception formale – par exemple les pattes repliées de l'oiseau – mais pénètre le sujet dans son ensemble. S'agit-il alors d'un casoar sachant voler, nous demandons-nous avec étonnement, car ces oiseaux – les plus grands de Nouvelle-Guinée – ne quittent jamais le sol. Un casoar géant? Une âme humaine?
En 1921 encore, cette sculpture prolongeait la poutre faîtière située à l'arrière d'une maison des hommes célibataires, maison que les fonctionnaires coloniaux néerlandais firent brûler – ainsi que maintes autres cases cérémonielles ou de réunions de la région. Cette maison avait été construite en vue d'y initier un groupe de jeunes gens aux conceptions de la cosmogonie religieuse sentani. Celle-ci connaît un créateur suprême prenant la forme d'un casoar et à qui les hommes doivent les secrets cultuels. C'est pourquoi il est défendu aux hommes de manger de la viande de casoar. Il y a sans doute un rapport entre le casoar et le grand œuf dont seraient sortis les premiers humains, si on en croit le mythe.
Collection P. Wirz 1926, No d'inv. Vb 6665.
Bibl.: Hoogerbrugge 1967, Wirz 1928, 1929.

**Sentani Gable Decoration**
New Guinea (Irian Jaya), northern coast
Lake Sentani, Asei
wood
l. 197 cm, detail: l. 135 cm

A human figure squats behind a large bird that is flying off. If it is the bird that determines the scale, this cannot be a normal person; the contrary does not correspond to our experience either. What is the meaning of this appealing work by a Sentani carver, on which charred traces can be found?
Around Lake Sentani the influence of the Dông-so'n culture, with its Southeast Asian and Indonesian origins, can be established on the basis of finds of bronze hatchets. It is within this tradition that the local population has developed a broad spectrum of independent forms of expression, all of which are surprisingly dynamic. This energy does not limit itself to formal aspects – here, for instance, the bird with legs folded back – but also dominates the contents. A flying cassowary, we ask in amazement. For New Guinea's largest birds never leave the ground. An enormous cassowary? A spirit-being?
Like many other cult and assembly houses in the area, the unmarried men's dwelling house, from whose back gable this carving still projected horizontally in 1921, was burnt down at the behest of the Dutch colonial authorities. The house itself had been built for the initiation of a group of young men. In the course of the initiation the Sentani's religious view of the world was intended to be explained to the initiates. In this view the mythical creator, who had imparted ritual secrets to man, appears as a cassowary, which is the reason why men are not allowed to eat the meat of the cassowary. There is probably a conceptual connection between the cassowary and the large egg from which, according to myth, the first human beings originated.
Collection P. Wirz 1926, Inv. No. Vb 6665.
Bibl.: Hoogerbrugge 1967, Wirz 1928, 1929.

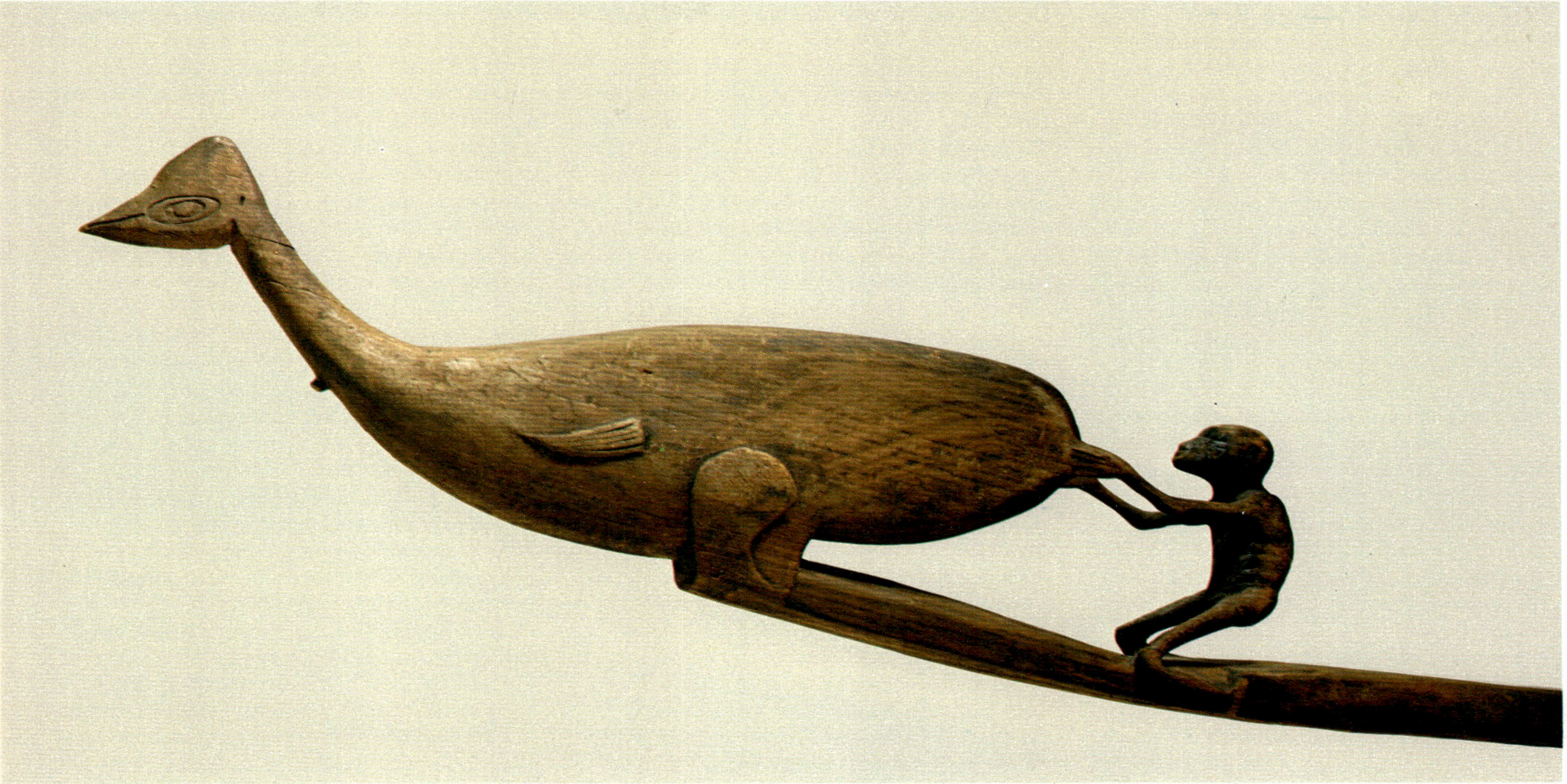

II/9

**Klanmasken der Iatmul**
Neuguinea, Sepik-Gebiet, Mittellauf
Mindimbit und Kararau
Wulsthalbgeflecht, Schneckenschalen
Menschenhaar, Federn, Sagoblattfiedern
H. links 170 cm, H. rechts 180 cm

Ein Irrtum wäre es, Maskengestalten allein als unbewegliche Zeugnisse einer auf Distanz zum Betrachter angelegten Kunst anzusehen. Der Leser versetze sich daher in den Zusammenhang eines Maskenauftritts im Kreise der Iatmul. Auf dem Tanzplatz vor dem Männer- und Kulthaus versuche er die beiden dominierenden und stets sich bewegenden *awan*-Gestalten über die Köpfe seiner Mitmenschen hinweg zu erspähen. Die ovalen, grossflächigen und individuell wirkenden Hauptgesichter (rechts das obere) zeichnen ihm die beiden weisen ‹alten Männer› *(awan)* als Klangründer aus. Ihre Gesichtsbemalung entspricht (unter Beiziehung von europäischen Farbstoffen grösserer Leuchtkraft, links) derjenigen, die sich auch die lebenden Männer – heute allerdings seltener als früher – für die grossen Feste gegenseitig aufzulegen pflegen. Die Masken tragen zudem in dynamischem Wechsel zwischen unten und oben den Hinweis auf je eine zweite Gestalt mit sich herum (links: das Grossfusshuhn, rechts: das kleine Gesicht eines – wie es heisst – jüngeren Bruders des Klangründers). Nach Ansicht der Dorfbewohner wurden die Masken erst dadurch wirklich lebendig, dass man auf die geflochtene Unterlage aus einer *yimba* genannten Mischung von Ton und Baumöl (oder Harz) die Gesichter der Klanvorfahren aufmodellierte, analog dem beim Präparieren von Schädeln Verstorbener (oder zuweilen auch Getöteter) früher üblichen Verfahren. In die zähe, noch elastische Gesichtsauflage wurden Kauri-, Nassa- und Konusschalen als Schmuck bzw., im Falle rechts, auch als Augen eingedrückt. Damit wird die Maske für den Iatmul ‹heilig› oder ‹beseelt› und hat somit Teil an der Macht der halb-göttlichen, halb-menschlichen Ahnen. Der Umgang mit ihr kann fortan Gutes und – bei Unachtsamkeit der Sterblichen – auch Schlechtes, z. B. Krankheit, bewirken.
Sammlungen D. Wirz 1959 (links)
und A. Bühler 1956 (rechts),
Inv.-Nrn. Vb 22114, Vb 14714.
Lit.: Bateson 1932, ²1958, Hauser 1978.

**Masques de clans iatmul**
Nouvelle-Guinée, région du Sepik central
Mindimbit et Kararau,
vannerie spiralée, coquilles, cheveux humains, plumes et fibres de
feuilles de sagoutier, haut. 170 cm et 180 cm

Ce serait une erreur de considérer les masques comme étant uniquement le témoignage figé d'un art se voulant distant par rapport au spectateur. Que le lecteur veuille bien, pour un court instant, se plonger dans l'atmosphère qui règne lors de l'apparition des masques chez les Iatmul. Qu'il s'efforce alors d'apercevoir, par-dessus les têtes de ses voisins, les deux personnages dominants, *awan,* perpétuellement en mouvement devant la case cérémonielle des hommes. C'est à leurs visages individualisés, ovales et larges à la fois, qu'il reconnaîtra les ‹anciens›, détenteurs de la sagesse et fondateurs des clans. Les peintures faciales dont on les a pourvues (comprenant à gauche des colorants européens d'une plus grande brillance) correspondent à celles que les hommes s'appliquent mutuellement lors des grandes festivités, de nos jours, il est vrai, plus rarement qu'autrefois. Par le moyen d'une conception superposée créant un rappel dynamique entre le haut et le bas, on a par ailleurs intégré une seconde figure (à gauche: un mégapodiidé, à droite en bas: le visage représentant le cadet du fondateur de clan). Selon l'avis des villageois, les masques ne naissaient vraiment à la vie que lorsque les visages des ancêtres claniques avaient été modelés sur le support en vannerie à l'aide de *yimba,* un mélange d'argile et d'huile d'arbre (ou de résine), suivant un procédé analogue à celui que l'on utilisait autrefois pour la préparation des crânes de personnes décédées (ou parfois tuées). Dans la masse encore malléable, on enfonçait des coquilles de cauris, ainsi que des fragments de nasses et de coquillages coniques spiralés afin de marquer les parures faciales ou les yeux, comme c'est le cas pour la pièce de droite. Ce n'est qu'à partir de ce moment-là que le masque devient ‹sacré› ou ‹animé› aux yeux des Iatmul; il partage alors la puissance des ancêtres mi-divins, mi-humains. Sa proximité peut engendrer le bien mais également le mal, par exemple sous la forme de maladies, lorsqu'il y a négligence de la part des mortels.
Collection D. Wirz 1959 (à gauche)
et A. Bühler 1956 (à droite),
Nos d'inv. Vb 22114, Vb 14714.
Bibl.: Bateson 1932, ²1958, Hauser 1978.

**Iatmul Clan Masks**
New Guinea, Central Sepik area
Mindimbit and Kararau
coiled basketry, snail shells,
human hair, feathers, sago fronds
h. left 170 cm, h. right 180 cm

It would be wrong to consider masks purely as a static and isolated art form. The reader should thus try to imagine himself in the context of the entrance of a mask among the Iatmul. He should attempt to catch a glimpse, over the heads of the people around him, of the two dominating and constantly moving *awan* figures on the dancing grounds in front of the men's and ritual house. The main faces (on the right the upper one), oval in shape with large surfaces and an individual effect, show him the two wise 'old men' *(awan)* as clan founders. The painting of their faces (greater luminescence owing to the use of European paints, left) corresponds to the way living men – less today than in former times – paint each other's faces for major festivals. In their dynamic interaction between top and bottom each mask also carries with it the suggestion of a second figure (left: the megapode, right: the small face – it is said – belongs to the younger brother of the founder of the clan). According to the villagers, the masks only really come to life when the faces of the clan ancestors are modelled on the plaited foundation with *yimba,* a mixture of clay and tree oil (or resin), analogous to the procedure commonly used in former times to prepare the skulls of forefathers who had died (or sometimes of enemies that had been killed). Cowrie, nassa and cone shells are pressed into the sticky, still elastic face layer as decoration or, as in the case on the right, as eyes. Through this the mask becomes 'sacred' or 'animated' for the Iatmul, thus allowing it to participate in the power of the semi-divine, semi-human ancestors. From then on relations with it can bring benefit or –whenever mortals are not careful – cause harm, for instance disease.
Collections D. Wirz 1959 (left)
and A. Bühler 1956 (right),
Inv. Nos. Vb 22114, Vb 14714.
Bibl.: Bateson 1932, ²1958, Hauser 1978.

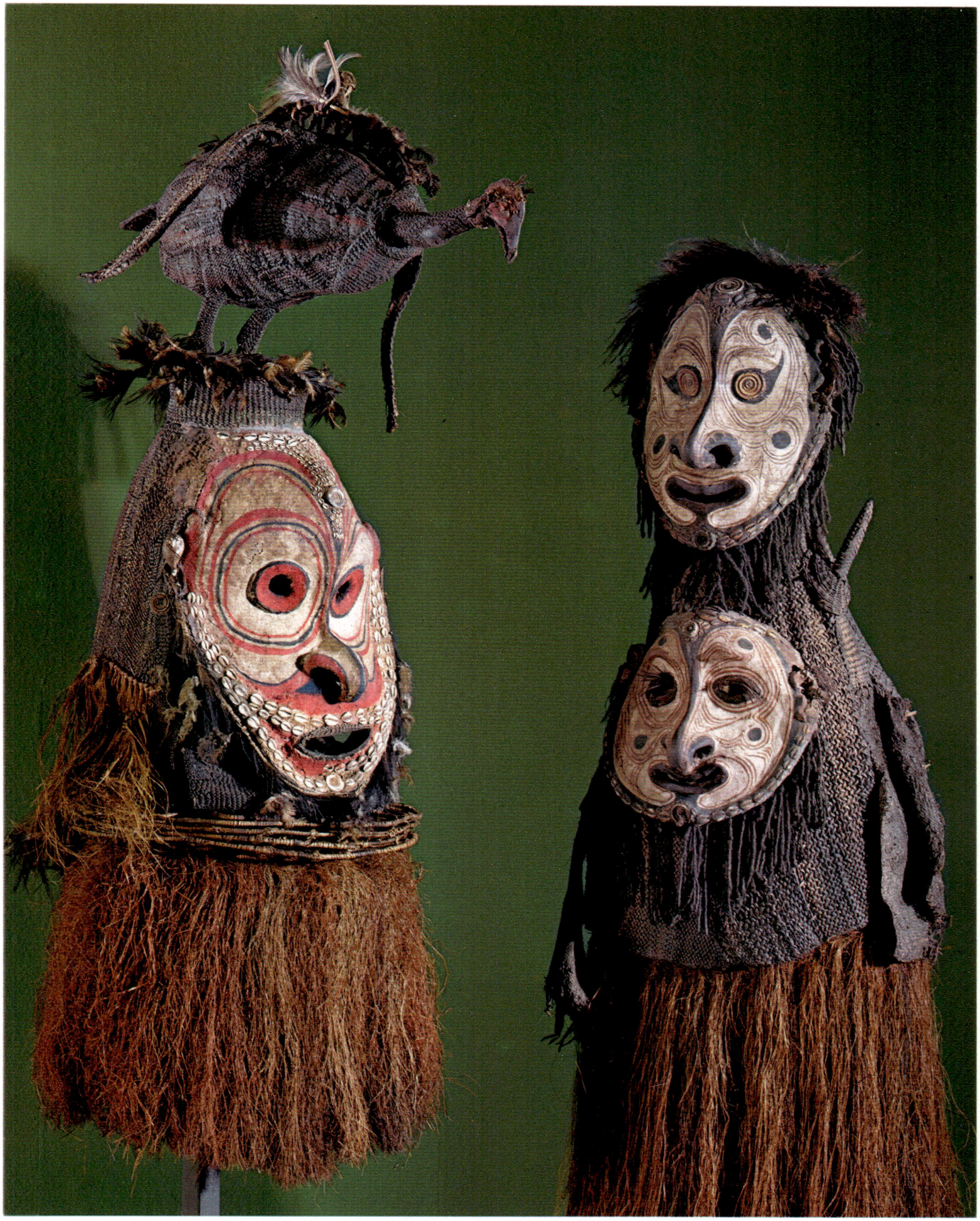

II/10

**Zeremonialtöpfe der Kwoma**
Neuguinea, Sepik-Gebiet
Washkuk-Hügelland, Meno
Ton, gebrannt
H. 13–32 cm

Ein Blick auf die im Kerbschnitt-Verfahren eingetieften Ornamente zeigt, dass diese Auswahl von Zeremonialgefässen, *aumar,* nicht auf dem Kopf stehend abgebildet ist: So werden die Töpfe aufbewahrt und nur zur Erfüllung ihrer eigentlichen Aufgabe mit der Spitze nach unten einem etwa 40jährigen Initianden von dessen Initiationspaten überreicht. Im Idealfall ist dieser mit dem Töpfer identisch. Im Gefäss befindet sich beim genannten Anlass eine besonders krafthaltige Yamsspeise, die den Empfänger in die Lage versetzen soll, von nun an selber Yams pflanzen zu können und damit als Pflanzer selbständig zu werden. Damit hat er den ersehnten Augenblick erreicht, in dem er über genügend Erfahrung und Ansehen verfügt, um in den Kreis der führenden Männer aufgenommen zu werden. Von nun an kann er sich, nach den traditionellen Vorstellungen der Kwoma, auch selbst vermehrt als Künstler betätigen. Als Schnitzer und Maler wird er – seine künstlerische Neigung vorausgesetzt – andere anleiten und mit ihnen gemeinschaftlich Werke wie z. B. die verzierten Firstbalken für ein Männerhaus erstellen. Krönung seines künftigen Ansehens wäre es, als Töpfer anerkannt zu werden und das Vorbild eines berühmten Vorfahren, z. B. von Pi'ol-Nggaimindja (vgl. das Prunkstück der Reihe), zu erreichen. Das Verzieren in Kerbschnitt-Technik gilt als besonders anspruchsvolle Arbeit, als Herausforderung geradezu. Die Muster müssen in den noch feuchten, lederharten Ton vorgeritzt, dann eingeschnitten und gekerbt werden, wobei der ganze Vorgang möglichst ohne grosse Pausen zu Ende geführt werden soll. Der Künstler arbeitet dabei vollständig aus dem Gedächtnis, d. h. nach seinen Bildvorstellungen, die wesentlich durch das geprägt werden, was er an Ornamenten auf den Töpfen anderer gesehen hat. Sein Repertoire mag im Idealfall rund 60 verschiedene Muster oder Elementkombinationen umfassen.
Sammlung C. Kaufmann 1966,
Inv.-Nr. Vb 22502.
Lit.: Kaufmann 1972, o. J.

**Poterie cérémonielle des Kwoma**
Nouvelle-Guinée, région du Sepik
collines Washkuk, Meno
glaise cuite
haut. 13–32 cm

Il suffit de jeter un coup d'œil aux ornements champlevés qui décorent ce choix de poteries cérémonielles, *aumar,* pour comprendre qu'elles n'ont pas été photographiées à l'envers: c'est en effet ainsi qu'elles sont conservées jusqu'au moment d'entrer en fonction; retournées, la pointe en bas, elles sont alors offertes par son parrain d'initiation à un homme d'environ 40 ans sur le point d'être initié. Dans le cas idéal le parrain sera l'auteur de la pièce offerte. Au cours de cette cérémonie on remplira le pot d'un repas d'igname porteur de forces permettant à son destinataire de cultiver l'igname à son tour et ainsi de devenir un cultivateur indépendant. Il aura alors atteint le stade tant attendu où, possédant suffisamment d'expérience et de réputation, il sera admis au sein des dirigeants. Selon les conceptions traditionnelles kwoma, il aura dès lors la possibilité de s'adonner personnellement et dans une plus large mesure à la création artistique. Pour autant que ses dons artistiques le lui permettent il instruira en tant que sculpteur et peintre des tiers et exécutera avec eux des œuvres communes, par exemple la décoration des poutres faîtières d'une case cérémonielle des hommes. Le couronnement de sa future renommée serait d'égaler un prédécesseur célèbre comme par exemple Pi'ol-Nggaimindja dont nous voyons une pièce au centre. Le procédé de décoration par champlevé passe pour être particulièrement exigeant et constitue presque un défi. Dans un premier temps, les motifs doivent être gravés dans la glaise encore humide, d'une consistance semblable au cuir, puis champlevés; le procédé dans son ensemble doit si possible être effectué sans interruptions de longue durée. L'artiste travaille entièrement de mémoire, c'est-à-dire selon ses conceptions formales qui dérivent pour l'essentiel de ce qu'il aura observé sur d'autres pots. Dans le cas idéal, son répertoire comprendra environs 60 motifs ou éléments composés différents.
Collection C. Kaufmann 1966,
No d'inv. Vb 22502.
Bibl.: Kaufmann 1972, sans date.

**Kwoma Ceremonial Pots**
New Guinea, Sepik region
Washkuk Hills, Meno
fired clay
h. 13–32 cm

One look at the ornaments produced by the chip-carving technique shows that this selection of ceremonial vessels, *aumar,* has not been reproduced upside down: this is the way the pots are stored; it is only while fulfilling their actual function that they are presented point downwards to the approximately 40-year-old initiate by his initiator, who is ideally also their potter. On this occasion the vessel contains an especially power-laden yam soup, which is supposed to put the recipient in the position of being able to start planting himself, thus becoming an independent planter. With that he has reached the moment he has longed for – he now has enough experience and prestige to be accepted into the circle of leading men. According to traditional Kwoma concepts, he may now also dedicate more of his time to art. As a carver and painter – assuming he has artistic inclinations – he will instruct others and help to produce communal works like decorated ridge-beams for a men's house. The climax of his future prestige would be to be acknowledged as a potter and to achieve the standards of a famous ancestor like Pi'ol-Nggaimindja (cf. the masterpiece of the series). Ornamentation by chip-carving is considered particularly demanding, challenging work. The designs have to be scratched into the leathery clay while it is still wet and then carved in and chipped out. If possible the whole process should be completed without lengthy interruptions. The artist works totally from memory, following his visual imagination, which is largely determined by the ornaments he has seen on other potters' vessels. Ideally his 'repertoire' may include up to 60 different designs or combinations of elements.
Collection C. Kaufmann 1966,
Inv. No. Vb 22502.
Bibl.: Kaufmann 1972, no date.

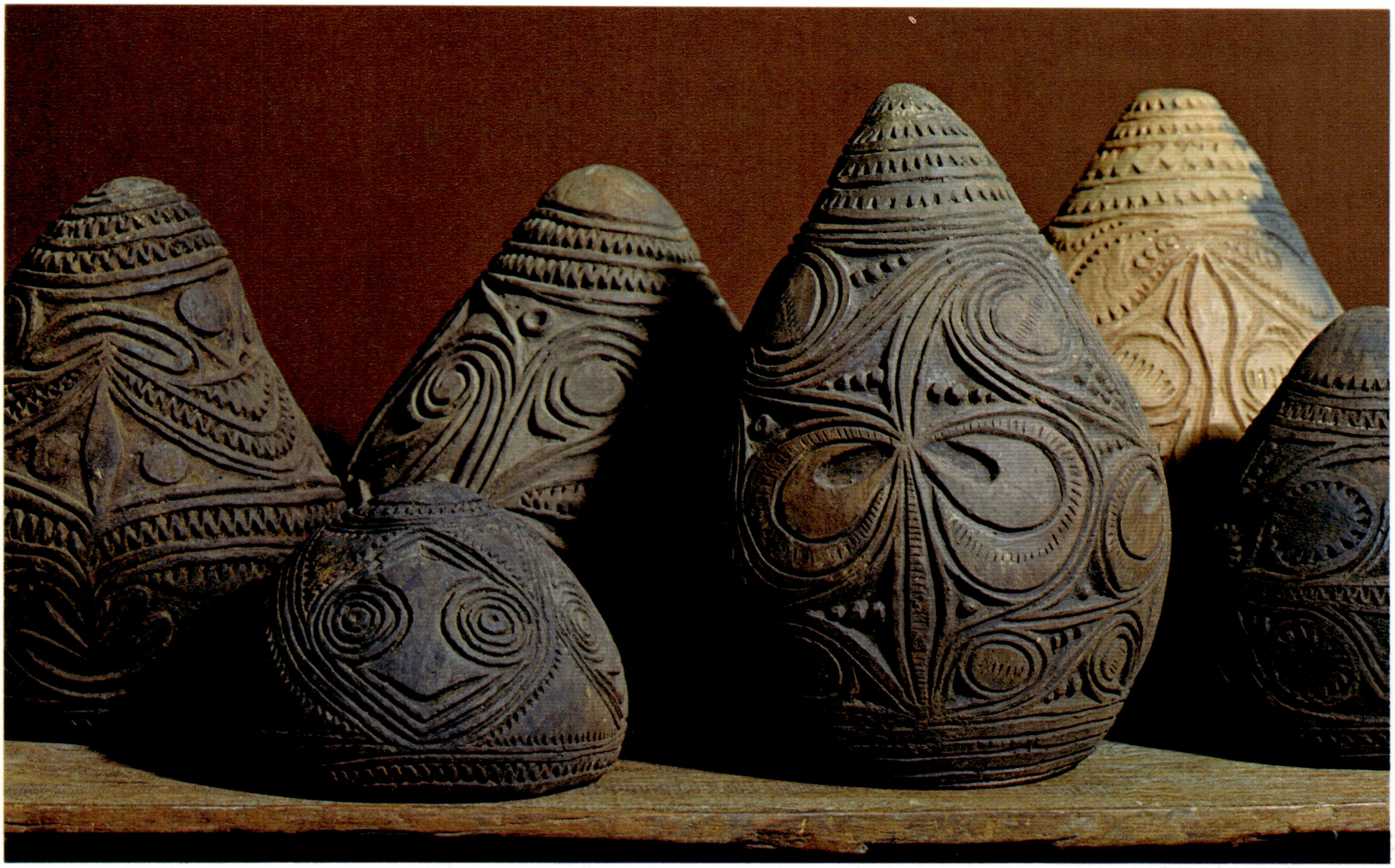

**Ahnenbrett der Namau**
Neuguinea, Papua-Golf, Purari-Delta
Ukiravi
Holz, Kalk und Erdfarben
H. 101 cm

Betrat man früher eines der 40 bis 60 Meter langen Männer- und Kulthäuser im Purari-Delta, so bildeten die schildartigen *kwoi*-Bretter den dominierenden Schmuck im Innern. Nur erwachsene Männer besassen eines dieser Bretter, das sie von ihren Vätern ererbt oder selbst geschnitzt haben mochten. Diese Bild- und Kraftträger standen an den Querwänden, die das Innere des Kulthauses zu beiden Seiten des Mittelganges in fünf bis sechs Abteile oder Nischen untergliederten – ähnlich einer einschiffigen Kirche mit der entsprechenden Anzahl von Kapellen. Jeder Gruppe verwandter Männer, die vom selben Vorfahren abstammten, war eines dieser *larava*-Abteile zugewiesen. Zu Füssen der *kwoi*-Bretter lagen die Schädel von Wildschweinen und Krokodilen – die Beute zahlreicher Jagdzüge. Die *kwoi*-Bretter scheinen den mythischen Gründer des eigenen Klans abgebildet zu haben als zentrales Gesicht, zuweilen ergänzt durch die Andeutung von Extremitäten.
Die einzelnen Bretter selbst galten aber auch als ‹heiss›, religiös kraftgeladen und den *kaiamunu* oder Urzeitwesen zugehörig, die in ihrer irdischen Erscheinungsform als Verschlingungsungeheuer aus Korbgeflecht im heiligsten Teil des Männerhauses wohnten. Diese Geistwesen mussten von den Männern vor Jagd- und Kriegszügen befragt werden; ihnen stand auch ein Teil der Beute zu. Ebenso wurden ihnen während der Initiation die Initianden einzeln in den Rachen gelegt.
Neben den heiligen Ahnenbrettern im Männerhaus soll es auch weniger krafthaltige Objekte derselben Art gegeben haben. Diese wurden beim Bau eines Hauses, bei der Einweihung eines Kanus, bei der Geburt eines Kindes geschnitzt und scheinen Seelenpartikel *(imunu)* der zugehörigen Lebewesen und Dinge enthalten zu haben. Unser Beispiel hat vermutlich zu dieser Kategorie gehört. Seine Asymmetrie, die uns als besonders lebendig anspricht, deckt sich nicht unbedingt mit dem Ideal der einheimischen Kunsthandwerker.
Sammlung P. Wirz 1930, Inv.-Nr. Vb 7847.
Lit.: Beier/Maori Kiki 1970, Holmes 1924, Newton 1961, Williams 1924, Wirz 1934.

**Plaque d'ancêtre namau**
Nouvelle-Guinée, golfe de Papouasie
delta du Purari, Ukiravi
bois, chaux et couleurs minérales
haut. 101 cm

Dans la région du delta du Purari, les plaques *kwoi,* d'une forme analogue à celle d'un bouclier, constituaient autrefois l'élément décoratif prédominant des grandes cases cérémonielles des hommes, édifices mesurant de 40 à 60 mètres. Seuls les hommes adultes possédaient une planche de ce genre qu'ils avaient ou héritée de leur père ou alors sculptée de leurs propres mains. Ces peintures, porteuses de puissance, étaient placées devant des parois transversales; celles-ci formaient cinq à six compartiments ou niches de chaque côté du couloir central, un peu à la manière d'une nef d'église bordée de chapelles. Chacun de ces compartiments *larava* était attribué à un groupe de parents descendant d'un ancêtre commun. Au bas des plaques *kwoi* on conservait alors des crânes de sangliers et de crocodiles abattus – trophées de nombreuses chasses. Les *kwoi* auraient représenté le fondateur mythique de chaque clan, concrétisé sous la forme d'un visage central auquel viennent parfois s'ajouter quelques membres à peine ébauchés.
La plaque en elle-même passait d'ailleurs pour être ‹chaude›, c'est-à-dire chargée de force religieuse et pour appartenir aux puissances ancestrales *kaiamunu* dont l'incarnation terrestre – des monstres engloutisseurs en vannerie – reposaient jadis dans la partie la plus sacrée de la case des hommes. Ceux-ci étaient tenus de consulter les esprits d'ancêtres avant d'entreprendre une chasse ou une expédition guerrière dont une part du butin leur était due. Par ailleurs on déposait les novices un par un dans la large gueule entrouverte lors des cérémonies d'initiation.
A côté des plaques d'ancêtres des cases cérémonielles, il semble qu'il y en ait d'autres d'une moindre puissance. On les sculptait lors de la construction d'un édifice, de l'inauguration d'une pirogue ou alors à la naissance d'un enfant; ils contenaient quelques particles d'âme *imunu* des êtres ou objets en question. L'exemple reproduit appartient probablement à cette catégorie. L'aspect asymétrique qui à nos yeux lui confère une certaine expressivité ne correspond cependant pas forcément à l'idéal des artisans indigènes.
Collection P. Wirz 1930, No d'inv. Vb 7847.
Bibl.: Beier/Maori Kiki 1970, Holmes 1924, Newton 1961, Williams 1924, Wirz 1934.

**Namau Ancestor Board**
New Guinea, Gulf of Papua, Purari Delta
Ukiravi
wood, chalk and mineral colours
h. 101 cm

If in the past one had entered one of the 40- to 60-metre-long men's and ceremonial houses in the Purari Delta, one would have found the shield-like *kwoi* boards to be the predominant decorations inside. Only adult males possessed one of these boards, which they had either inherited from their fathers or carved themselves. These vehicles for pictures and power stood against the transverse walls that subdivided the inside of the ceremonial house into five or six compartments on either side of the middle aisle – similar to a church with only a nave and the corresponding number of chapels. Each group of men who were related, being descended from the same ancestor, had one of these *larava* compartments allocated to them. Skulls of wild boars and crocodiles – the catch of numerous hunts – lay at the base of the *kwoi* boards. These boards seem to have shown the mythical founder of the respective clan as a central face, sometimes supplemented by the suggestion of extremities.
But the single boards themselves were also considered 'hot', meaning that they were charged with religious power and linked with the *kaiamunu* or primordial beings that, in their terrestrial form as voracious wickerwork monsters, lived in the most sacred part of the men's house. These spirit beings had to be consulted before hunts or war parties; they were also entitled to part of the catch or booty. In the course of his initiation, each initiate was also placed in their mouths.
Apart from holy ancestor boards there are said to have been less powerful ones in the men's house, too. They were carved when a house was built, a canoe inaugurated or a child born; and they seem to have contained particles of the souls *(imunu)* of the corresponding creatures and things. Our specimen probably belonged to this second category. Its asymmetry, which strikes us as attractive in its vitality, does not altogether coincide with the ideal of local craftsmen.
Collection P. Wirz 1930, Inv. No. Vb 7847.
Bibl.: Beier/Maori Kiki 1970, Holmes 1924, Newton 1961, Williams 1924, Wirz 1934.

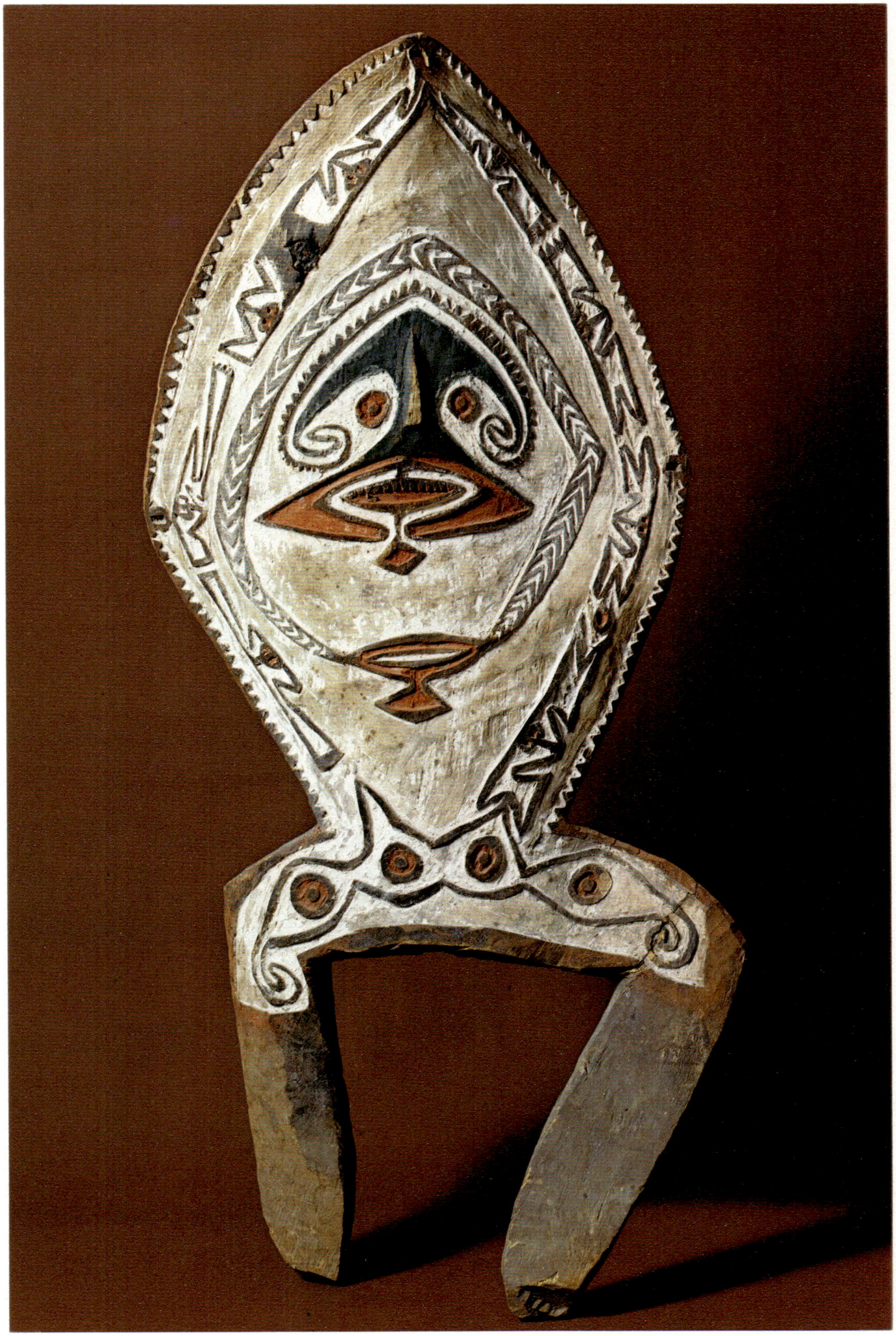

II/12

**Dema-Tänzer der Marind-anim**
Neuguinea (Irian Jaya), Südküste, Kumbe, Sagostengelteile mit farbigen Samen und Federn besetzt, bemalt zusammen mit Schmuck auf Gipsfiguren montiert, H. 248 cm (links)

*Dema* – heissen so etwa die wippenden Federn oder die aus hellen Hiobstränen *(Coix lacrima)* und roten *Abrus*-Samen zusammengesetzten Verzierungen der Maskenkleidung? Oder was könnte das sonst sein? Eine erste Antwort lautet: Die beiden nebenstehenden Gestalten sind greifbare *dema,* so wie sie 1916 zum Abschluss eines Schweinefestes aufgetreten sind: vorne Yorma, der Meer-*dema* mit der Schildkröte auf dem Rücken und der Röhrentrommel in der Hand, hinten Uar, der Riesenstorch- und Fisch-*dema.* Die zweite Antwort: *dema,* das war im Leben der Marind-anim von Süd-Neuguinea das zentrale geistige und religiöse Konzept. Denn als *dema* wurden einerseits die göttlichen Ahnen der Schöpfungszeit bezeichnet, die als individuelle Persönlichkeiten aufgetreten waren, andererseits auch die den Ahnen verbundenen überpersönlichen, respektheischenden religiösen Mächte. Daher stak in allen Lebensformen ein *dema*-Kern *(wih).* Die eigentlichen *dema*-Wesen oder Seelenwesen *(wih-anim)* waren es, die die Menschen *(marind-anim)* und deren Umwelt schufen; dazu gehörten wesentlich die lebensnotwendigen Kokos- und Sagopalmen, die Banane, dann das Meer, die Jagdtiere, die Jagdwaffen, die Geräte, aber auch Himmelserscheinungen und schliesslich manche für unser Empfinden speziellere Einrichtung wie die Kopfjagd und die Ritualisierung von homo- und heterosexuellen Akten. So wird in den Mythen berichtet, dass einige dieser *dema*-Wesen zu Tode kommen mussten, um schöpferisch zu werden; aus Teilen ihrer Körper entstanden die Nutzpflanzen. Andere *dema* wurden kraft ihrer Handlungen zu den Urahnen der lebenden Menschen einzelner Verwandtschafts- und Abstammungsgruppen und begründeten so die Ordnung der realen Marind-Gesellschaft. Der Auftritt der *dema* als prächtig aufgemachte Maskengestalten bei Kultfesten erneuerte die Verbindung zwischen den Menschen und den *dema:* die Schöpfungsakte wurden in kurzen Spielszenen nachvollzogen, die Ordnung der Marind-Kultur damit neu begründet.
Sammlung P. Wirz 1916–1920,
Inv.-Nrn. Vb 5303 a–l, 5310 a–h, 5015.
Lit.: van Baal 1966, Wirz 1922–1925.

**Danseurs dema des Marind-anim**
Nouvelle-Guinée (Irian Jaya), côte sud, Kumbe, segments de tiges de sagoutier peints, sertis de semences et de plumes de couleur, portés avec des parures par des mannequins en plâtre, haut. 248 cm

*Dema* – est-ce l'expression s'appliquant aux plumes qui balancent ou aux parures en graines claires de ‹larmes de Job› *(Coix lacrima)* et rouges d'*Abrus,* constituant l'élément décoratif des vêtements des masques? De quoi pourrait-il s'agir sinon? Une première réponse: les deux personnages reproduits sont des *dema* personnifiés tels qu'ils sont apparus, en 1916, lors de la conclusion d'une fête des porcs: au premier plan, Yorma, le *dema* de la mer portant sur son dos la tortue et dans ses mains le tambour en forme de sablier; puis, au second plan, Uar, le *dema* cigogne géante et poisson à la fois. Seconde réponse: *dema,* c'était la conception centrale, spirituelle et religieuse, des Marind-anim du sud de la Nouvelle-Guinée. Le mot de *dema* définissait d'une part les ancêtres divins de l'époque de la création, alors apparus sous les traits de personnalités individualisées et, d'autre part, les puissances religieuses en rapport avec les ancêtres, auxquelles l'on devait du respect. C'est pourquoi toute forme de vie contenait un noyau *(wih)* de *dema.* Ce sont les êtres *dema* ou esprits animés *(wih-anim)* proprement dits qui créèrent les hommes *(marind-anim)* et le monde qui les entoure; celui-ci contenait, pour l'essentiel, les cocotiers et sagoutiers indispensables à la vie, le bananier, la mer, le gibier, les armes pour la chasse, les outils, mais encore des apparitions célestes et enfin des éléments qui peuvent nous sembler étranges tels que la chasse aux têtes et la ritualisation d'actes homosexuels et hétérosexuels. Ainsi dans les mythes on rapporte que quelques-uns de ces êtres *dema* furent obligés de mourir avant de pouvoir libérer leur force créatrice; les éléments de leurs coprs donnèrent alors naissance aux plantes utilitaires. Grâce à leur propre effort, d'autres *dema* encore devinrent les ancêtres de certains groupes de descendants et parents communs, créant ainsi l'ordre actuel de la société marind. Lors des festivités cultuelles, l'apparition de *dema* personnifiés sous forme de magnifiques personnages masqués renouvelait les liens entre hommes et *dema:* l'acte de la création était répété par de courtes scènes théâtrales, renouvelant ainsi l'ordre de la société.
Collection P. Wirz 1916–1920,
Nos d'inv. Vb 5303 a–l, 5310 a–h, 5015.
Bibl.: van Baal 1966, Wirz 1922–1925.

**Marind-anim Dema Dancers**
New Guinea (Irian Jaya), southern coast, Kumbe, parts of sago stems trimmed with coloured seeds and feathers, painted and, together with jewelry, mounted on plaster figures, h. 248 cm (left)

*Dema* – is this the term for the costumes' waving feathers or their ornaments of light Job's tears *(Coix lacrima)* and red *abrus* seeds? Or could it be something else? The first answer is that the two figures opposite are tangible *dema* as they appeared in 1916 at the conclusion of a pig festival: in front, Yorma, the sea *dema,* with a tortoise on its back and an hour-glass shaped barrel drum in its hand; in back, Uar, the giant stork and fish *dema.* The second answer is that in the life of the Marind-anim of southern New Guinea *dema* was the central spiritual and religious concept. Both the divine ancestors from the time of the creation, who had appeared as individual personalities, and the supra-personal, awe-inspiring religious powers, which were related to the ancestors, were, after all, termed *dema.* Thus all forms of life had a *dema* core *(wih).* The actual *dema* beings or spiritual beings *(wih-anim)* created man *(marind-anim)* and his environment, essential components of which were the vital coconut and sago palms, the banana, the sea, wild game, hunting weapons and tools, but also celestial phenomena and certain, in our opinion rather special, institutions like the head-hunt and the ritualization of homosexual and heterosexual acts. Thus myths relate that some of these *dema* beings had to die in order to become creative; all the essential plants originated in parts of their bodies. Thanks to their actions, other *dema* became the primeval ancestors of single clans, descent groups and their living members, thus founding the order of the real Marind society. The appearance of the *dema* as magnificent masks at religious festivals renewed the link between man and the *dema*: the creation was re-enacted in short dramatic scenes, and the order of the Marind culture was thus established anew.
Collection P. Wirz 1916–1920,
Inv. Nos. Vb 5303 a–l, 5310 a–h, 5015.
Bibl.: van Baal 1966, Wirz 1922–1925.

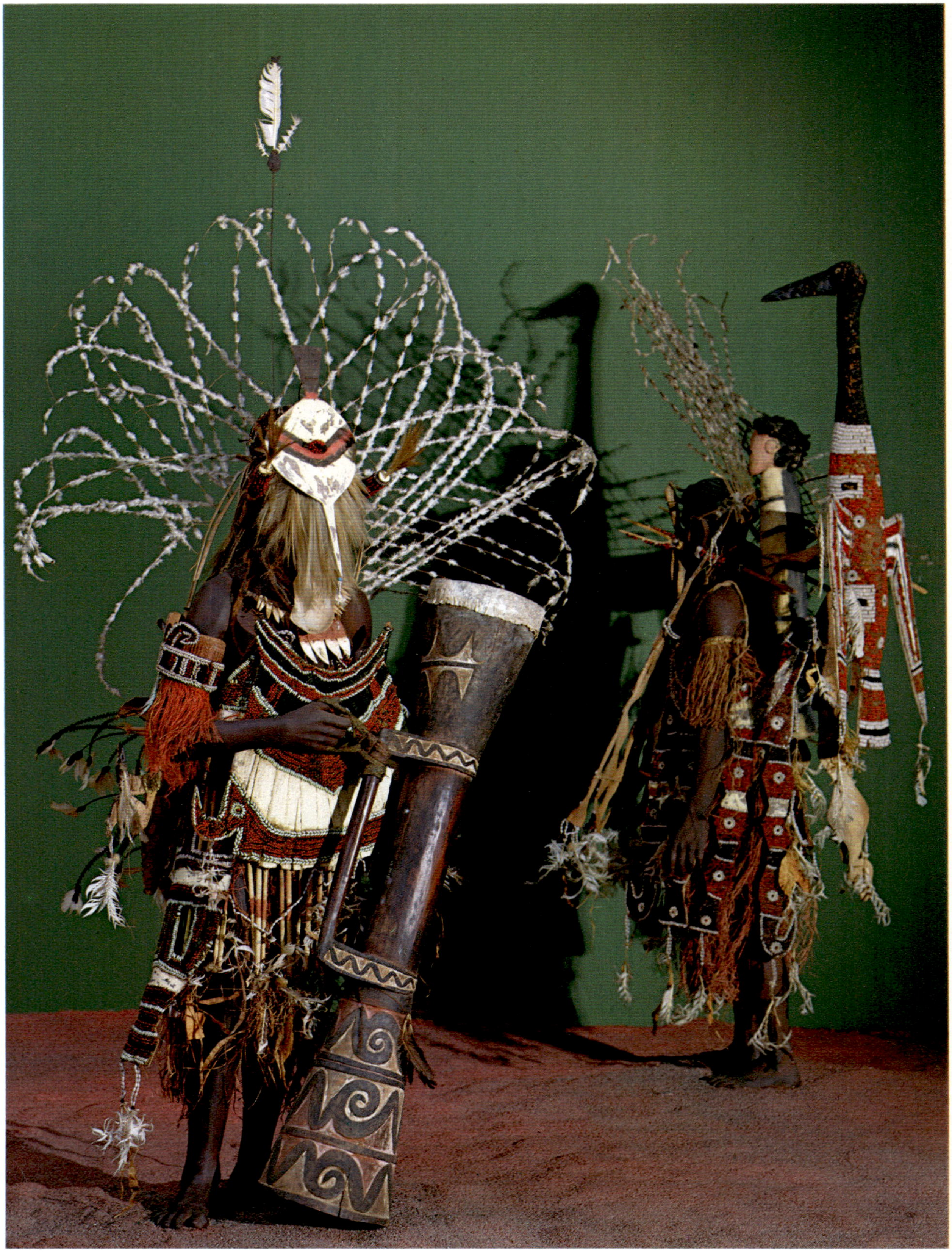

II/13

**Urmenschen der Asmat**
Neuguinea (Irian Jaya), Südküste
Lorentz-Fluss
Holz
H. 75 cm (links), 118 cm (rechts)

Betrachten wir die beiden Skulpturen aus dem westlichen Grenzgebiet der Asmat genauer, so stellen wir einige Merkwürdigkeiten fest. Im Bild links ist eine Frau dargestellt mit der traditionellen Lendenbekleidung, Ohrschmuck und einer Andeutung des Haarschopfes aus Maschenstoff. Nicht ganz menschlich wiedergegeben sind verschiedene andere Züge, so die an den Gelenken zusammengewachsenen Glieder und der steife, in den Proportionen viel zu schmale Oberkörper. Man ist versucht, an ein Insekt zu denken. Auffallend ist, dass auch bei der belebter wirkenden, wohl männlichen Figur (rechts) die Hände eigentümlicherweise am Kinn mit dem Gesicht verwachsen sind. Der gedankliche Hintergrund der Asmat lässt die Figuren allerdings als präzises Bild erscheinen.
In der Mythe von Fumeripitsj, dem Kulturheros, heisst es, dass er zur Belebung der menschenleeren Männerhäuser *(yeu)* aus einem weichen Holz *(jua)* menschliche Figuren, Männer und Frauen, geschnitzt habe. Diese waren jedoch ohne Leben. Er schnitzte aus einem Baumstamm eine Trommel; er begann die Trommel unermüdlich zu schlagen, bis deren Klang die Holzfiguren belebte. So entstanden die Asmat. Bei der Einweihung eines Männerhauses wird noch immer im Tanzen nachvollzogen, wie sich die Glieder der hölzernen Ahnen an den Gelenken voneinander lösen, wie sie sich erheben und zum Rhythmus der Trommel zu tanzen, zu singen, zu leben beginnen. Die Übereinstimmung mit den Schnitzereien ist frappierend.
Formal bestehen ferner in der Tat Anklänge an die Art, in der Asmat-Schnitzer die Gottesanbeterin *(Mantis religiosa)* abbilden. Diese beisst bekanntlich dem Männchen nach der Paarung den Kopf ab und verzehrt es; sie dient daher den Asmat als Symbol für das Verlangen der Frauen (und potentiellen Mütter) nach Köpfen. Diese beiden Deutungen widersprechen sich nicht, sie ergänzen sich im Gegenteil: Erst die Kopfjagd ermöglicht nach der Überzeugung der Asmat die Schaffung neuen Lebens.
Sammlung P. Wirz 1922,
Inv.-Nrn. Vb 6106, 6105.
Lit.: Gerbrands 1967, van Renselaar 1961.

**Ancêtres asmat**
Nouvelle-Guinée (Irian Jaya), côte sud
fleuve Lorentz
bois
haut. 75 cm (à gauche), 118 cm (à droite)

En regardant ces deux sculptures de la région frontalière occidentale des Asmat, nous remarquons quelques singularités. A gauche, une femme portant le pagne traditionnel, des parures d'oreilles et les traces d'une coiffure en étoffe de mailles. Mais plusieurs éléments de cette pièce ne correspondent pas à l'anatomie humaine, ainsi par exemple les articulations liées entre-elles et les proportions du torse raide et beaucoup trop étroit. On est tenté de tirer la comparaison avec un insecte. En outre la façon dont les mains sont fixées au menton du personnage de droite, plus animé et probablement masculin, est frappante. Le contexte spirituel asmat redonne cependant une image précise de ces figures. Selon le mythe, le héros culturel Fumeripitsj aurait sculpté dans du bois tendre *(jua)* des figures humaines, hommes et femmes, afin d'animer les cases cérémonielles des hommes *(yeu)* inhabitées. Ces figures étaient cependant sans vie. Dans un tronc d'arbre il sculpta alors un tambour qu'il battit infatigablement jusqu'au moment où, par sa sonorité, les figures en bois s'animèrent. C'est ainsi que furent créés les Asmat. Lors de l'inauguration d'une case des hommes, on exécute encore une danse par laquelle on répète la manière dont les articulations des ancêtres se sont détachées et comment ces derniers se sont mis à vivre, à danser et à chanter aux sons rythmiques du tambour. La conformité avec les sculptures est frappante.
En ce qui concerne leur aspect extérieur, les statues offrent par ailleurs certaines réminiscences avec les représentations asmat de la mante religieuse *(Mantis religiosa)*. Celle-ci, comme on sait, arrache la tête du mâle après l'accouplement et le dévore. Les Asmat en font pour cette raison le symbole de l'exigence des femmes (et mères potentielles) consistant à recevoir des têtes. Ces deux interprétations ne se contredisent pas, elles sont au contraire complémentaires: selon la conviction des Asmat, seule la chasse aux têtes permet la procréation de vies nouvelles.
Collection P. Wirz 1922,
Nos d'inv. Vb 6106, 6105.
Bibl.: Gerbrands 1967, van Renselaar 1961.

**Primordial Asmat Man and Woman**
New Guinea (Irian Jaya), southern coast
Lorentz River
wood
h. 75 cm (left), 118 cm (right)

If we take a close look at the two sculptures from the western border region of Asmat, we shall notice certain curious characteristics. At the left on our picture there is a representation of a woman with traditional loin-cloth, ear pendants and the suggestion of hair, done in looped fabric. Various other features have not been rendered to look quite as human, like the limbs grown together at the joints and the stiff, far too narrow torso. One is tempted to think of an insect. The way the hands of the more animated-looking (probably) male figure at the right merge with his face at the chin is striking. Against the conceptual background of the Asmat, however, these figures communicate a precise image.
The myth of Fumeripitsj, the cultural hero, relates that he carved human figures, men and women, from soft wood *(jua)* to enliven the empty men's houses *(yeu)*. But these statues were lifeless. He then carved a drum out of a tree trunk and began to beat the drum incessantly until its sound animated the wooden figures. This is how the Asmat came to be. When a men's house is consecrated, dances still recreate the way the wooden ancestors' limbs began to separate at the joints and how the figures rose and began to sing, dance and come alive to the rhythm of the drum. The resemblance to our carvings is remarkable.
Formally there are also similarities to the way Asmat carvers depict the praying mantis *(Mantis religiosa)*. As we know, after they have mated, the female praying mantis bites the male's head off and devours it; for the Asmat she consequently serves as a symbol of women's (and potential mothers') desire for heads.
These two interpretations are not contradictory but complementary: according to Asmat convictions, it is head hunting that makes the creation of new life possible.
Collection P. Wirz 1922,
Inv. Nos. Vb 6106, 6105.
Bibl.: Gerbrands 1967, van Renselaar 1961.

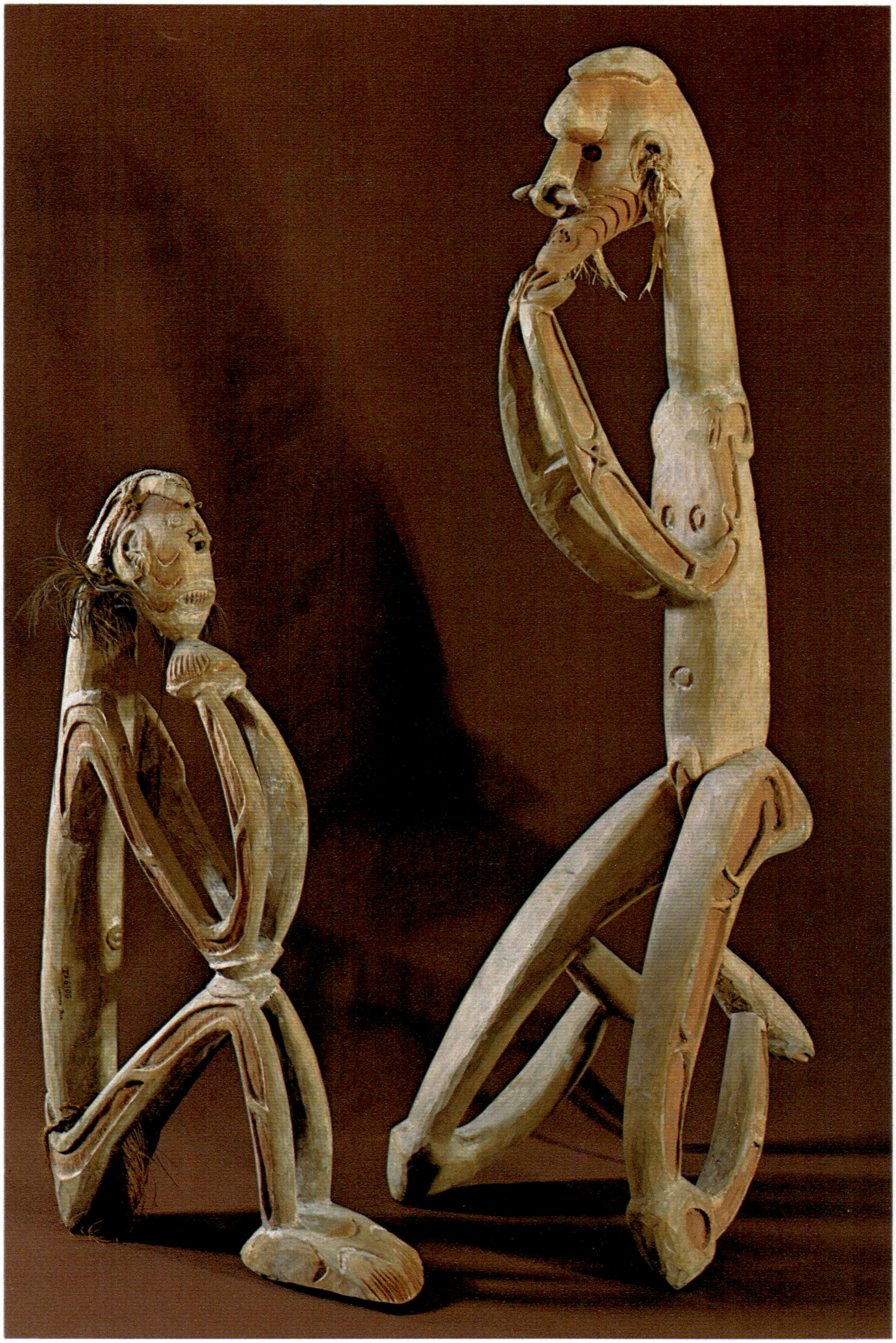

II/14

**Rindenmalerei der Gunwinggu**
Nord-Australien, Arnhem-Land
bei Oenpelli bzw. Croker-Insel
(Missionsniederlassung)
Baumrinde, mit Erdfarben bemalt
H. 69 cm, B. 59 cm

Die überlieferten Gesellschaftsformen der Alt-Australier hatten sich schon stark verändert, als Midjau-Midjawu, ein Mann von damals zwischen 50 und 60 Jahren, 1960 dieses Bild schuf. Malerei war früher eine Tätigkeit gewesen, der im gesellschaftlich-weltanschaulichen Rahmen ein besonderer Platz zukam. Anlass und Stil variierten je nach den lokalen Bedingungen. Im nördlichen Arnhem-Land erreichten die streng formalisierten Bemalungen der Oberkörper von Initianden eine besondere Vollendung. Aufgabe dieser Malereien war es, die Quintessenz von mythischen Bildvorstellungen festzuhalten, die wie die zugehörigen Textfassungen zum geistigen Eigentum der beteiligten Klane gehörten. Man vermutet, dass die auf Eukalyptusrinde mit Pinseln aus Pflanzenfasern gemalten Bilder ursprünglich ebenfalls in den Zusammenhang der Initiationszeremonien gehört haben, wohl als Lehrbilder zur Unterrichtung der Initianden. Nur wer von einem weisen Meistermaler in die Technik eingeführt worden war und aufgrund seiner verwandtschaftlichen Verbindungen Zugang zum entsprechenden Wissen über die Malmotive hatte, durfte sich selbst ans Malen machen. Auf der abgebildeten Kostprobe aus der Sammlung Karel Kupka ist der Donnergeist Namarvon dargestellt, der sich in einer Wolke aufhält. Deren Kontur zeichnet das ringförmig ausgezogene Doppelband nach, während die sich überschneidenden Schraffierungen die Wolkensubstanz wiedergeben. Aus den Ellbogen- und Kniegelenken ragen Steinbeile hervor, derer sich Namarvon bedient, um Donnerschläge zu erzeugen. Formal orientiert sich seine Gestalt am Bild des Menschen; die eingezeichnete Wirbelsäule bestätigt dies. Allerdings charakterisiert ihn neben seinen Werkzeugen vor allem der kleine Kopf ohne Ohren, Augen und Hinterhaupt als Geistwesen. Dem eigenwilligen Künstler ist hier eine überzeugende Synthese aus verschiedenen lokalen Stilelementen geglückt.
Sammlung K. Kupka 1960,
Inv.-Nr. Va 1186.
Lit.: Berndt 1964, Kupka 1962, 1972.

**Peinture sur écorce des Gunwinggu**
Australie du nord, Terre d'Arnhem
près de Oenpelli, respectivement de l'île Croker (poste de Mission)
écorce, peintures minérales
haut. 69 cm, larg. 59 cm

Lorsque Midjau-Midjawu, un homme d'une cinquantaine d'années, créa cette image en 1960, les structures sociales traditionnelles des ‹aborigènes› australiens avaient déjà bien changé. Autrefois la peinture était une activité qui prenait une place particulière dans le contexte socio-religieux. Fonction et style variaient selon les données locales. Dans le nord de la Terre d'Arnhem, les peintures fortement stylisées appliquées sur les torses des candidats à l'initiation atteignaient une perfection exceptionnelle. Ces peintures étaient censées fixer la quintessence des illustrations de conceptions mythiques qui, de même que les textes les accompagnant, faisaient partie de la propriété intellectuelle des clans respectifs. Exécutées sur écorce d'eucalyptus à l'aide de pinceaux en fibres végétales, les peintures remplissaient, semble-t-il, une fonction dans le cadre des cérémonies d'initiation, éventuellement en tant qu'illustration servant à l'instruction des novices. Seul était autorisé à peindre lui-même celui qui avait été initié à la technique par un peintre expérimenté et pu, grâce à ses liens de parenté, acquérir les connaissances nécessaires à chaque motif. L'exemple reproduit en provenance de la collection Karel Kupka nous présente le maître du tonnerre, Namarvon, résidant dans un nuage. Le contour en est redonné par le double ruban circulaire, alors que les lignes parallèles, recouvrant la surface et s'entrecoupant partiellement, correspondent à la substance nuageuse. Les coudes et les genoux ont été pourvus de haches en pierre dont Namarvon se sert pour déclencher les coups de tonnerre. Il a été représenté à l'image de l'homme, ainsi que le prouve la colonne vertébrale. Sa nature suprahumaine et cependant caractérisée par sa petite tête dépourvue d'oreilles, d'yeux et d'occiput, ainsi que par ses outils.
Collection K. Kupka 1960,
No d'inv. Va 1186.
Bibl.: Berndt 1964, Kupka 1962, 1972.

**Gunwinggu Bark Painting**
Northern Australia, Arnhem-Land
near Oenpelli and Croker Island
(mission settlement)
bark painted in mineral colours
h. 69 cm, w. 59 cm

The traditional forms of Australian aboriginal society had already changed greatly when Midjau-Midjawu, a man of between 50 and 60 at the time, painted this picture in 1960. Painting was at one time an activity with a special role within the framework of society and the general view of the world. Stimuli and styles varied according to local conditions. In northern Arnhem-Land, the highly formalized painting of initiates' torsos attained particular perfection. The task of these paintings was to depict the quintessence of mythical images which, like the text versions belonging to them, were part of the spiritual heritage of the clans taking part. It is thought that the pictures painted on eucalyptus bark with brushes of vegetable fibre, originally belonged to the context of initiation ceremonies, too, probably being used as instructive pictures to teach initiates. The only people who were allowed to paint were those who had received their introduction to the technique from a master painter and, on the basis of kinship, had access to the necessary knowledge of motifs used in painting. On this example from the Karel Kupka collection the thunder spirit, Namarvon, sitting in a cloud is depicted. The contours of the cloud are represented by the ring-shaped, extended double band, with cross-hatching used to show the substance of the cloud. Stone hatchets, which Namarvon uses to produce claps of thunder, project from his elbows and knees. Formally he is patterned in the image of man, the spine providing proof of this. But apart from his tools, above all the small, hollow head without ears and eyes mark him as a spirit being. The individualistic artist has succeeded in producing a convincing synthesis here of various elements from different local styles.
Collection K. Kupka 1960,
Inv. No. Va 1186.
Bibl.: Berndt 1964, Kupka 1962, 1972.

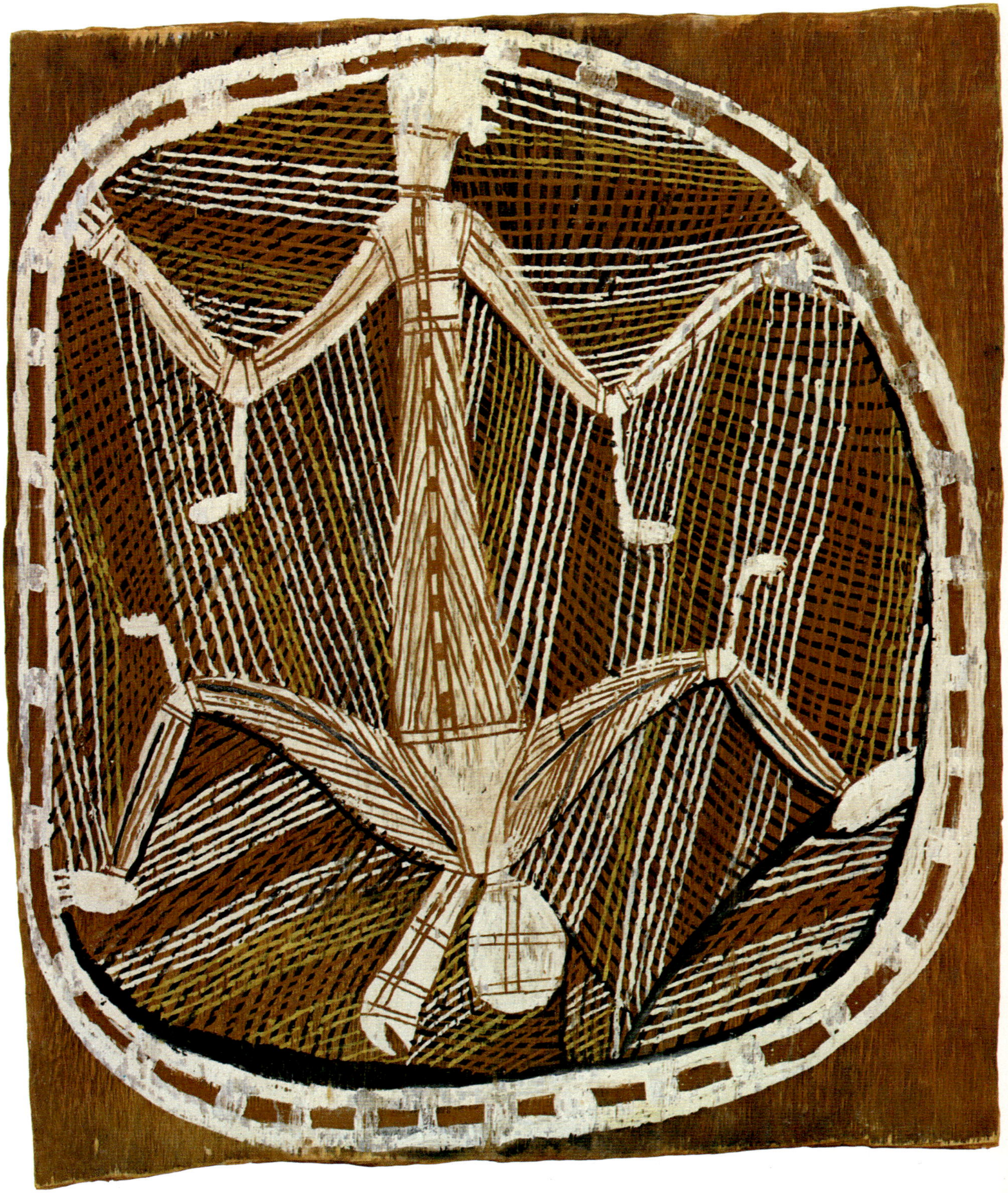

II/15

Urs Ramseyer

# Indonesien

L'Indonésie

Indonesia

## Vorbemerkungen

Wer heutzutage über Indonesien spricht, der denkt im allgemeinen an ein südostasiatisches Staatsgebilde und meint damit die Republik Indonesia mit ihren Tausenden von Inseln, die sich, wie eine Kette von Smaragden, von der Südspitze der malaiischen Halbinsel bis nach Irian Jaya (West-Neuguinea) hinzieht. Die Indonesier nennen ihre Heimat in ihrer Nationalsprache, der Bahasa Indonesia, *tanah air kita,* d.h. ‹unser Land und Wasser›, und treffen damit genau die beiden schicksalhaften Elemente, die ihre Kulturen und Lebensweisen von allem Anfang an entscheidend geprägt haben.
Die Ethnologen, die sich mit der Kulturgeschichte der Völker und Stämme Südostasiens befassen, kennen allerdings neben dem staatspolitischen Begriff ‹Indonesien› einen fachwissenschaftlichen, nach ganz bestimmten Kulturmerkmalen ausgerichteten identischen Ausdruck, mit dem sie mehr oder etwas anderes bezeichnen als das künstliche Staatsgebilde Indonesien. ‹Indonesisch› sind nach ihrer Auffassung die austronesisch sprechenden palämongoliden einheimischen Gesellschaften ganz Südostasiens. Ihre Kulturen finden sich aus historischen Gründen auch ausserhalb der Republik Indonesia, auf den Philippinen, in Malaysia, Nord-Thailand, Vietnam, Assam, auf Taiwan und sogar in Madagaskar.

## Schwerpunkte der Basler Sammlungen

Eingedenk dieser inhaltlich weiter gefassten begrifflichen Bestimmung wollen wir uns im Rahmen dieser kurzen Einführung dennoch einschränken und uns lediglich mit den Kulturen im Bereich der Republik Indonesia befassen. Dies geschieht einmal in Übereinstimmung mit den Schwerpunkten der Basler Sammlungen, die aus Kalimantan (Borneo), Sumatera, Nias, Mentawai, Sulawesi (Celebes), Java, Bali, Sumba, Flores, Timor, Kai und Aru stammen und, zum andern, in der Meinung, dass neben den kulturgeschichtlich ‹indonesischen› autochthonen Volks- und Stammeskulturen auch die buddhistischen, hinduistischen, islamischen und europäischen Einflüsse und ihre Auswirkungen auf die einheimischen Kulturen nicht ausser acht gelassen werden sollten. Für alle diese Prozesse und Wandlungen bietet die Republik Indonesia genügend repräsentative Beispiele.
Zu Indonesien gehören die Grossen Sunda-Inseln Sumatera, Java, Kalimantan (Borneo) und Sulawesi (Celebes) und die ihnen vorgelagerten kleinen Inseln; ferner die Kleinen Sunda-Inseln (Nusa Tenggara) Bali, Lombok, Sumbawa, Sumba, Flores, Solor, Alor und Timor, um nur die bedeutenderen zu nennen; schliesslich Ost-Indonesien mit der Südwest- und Südostgruppe, Tanimbar, Kai und Aru,

die Maluku-Inseln (Molukken) und Irian Jaya, dessen einheimische Bevölkerung jedoch nicht zum indonesischen, sondern zum melanesischen Kulturkreis gehört, der seine Einflüsse auch in Teilen Ost-Indonesiens geltend gemacht hat.

‹Jung-indonesische› Kultur

W. Stöhr ist 1976 unter Beachtung historischer Vorgänge zu einem einfachen Schema für die provisorische Ordnung der praktisch unüberschaubaren ethnischen Vielfalt Indonesiens gelangt. Unter Berücksichtigung der oftmals fliessenden Übergänge sieht er auf der einen Seite die Völker ‹jung-indonesischer› Kultur, die während der hindu-indonesischen Epoche durch Hinduismus und Buddhismus, später durch den Islam oder eine relativ frühe Christianisierung ihre entscheidende Prägung erhielten. Zu ihnen zählen die Javanen, Sundanesen, Maduresen und Balinesen, die insgesamt zwei Drittel der indonesischen Bevölkerung ausmachen (Schätzung 1972: 128 700 000); ferner die Malaien in Ost-Sumatera, die Aceher, Lampunger, Buginesen, Makassaren, Ambonesen usw.

‹Alt-indonesische› Kultur

Auf der anderen Seite stehen die Völker und Stämme ‹alt-indonesischer› Kultur, die besonders das Innere der grossen Inseln sowie die randseitig gelegenen Inselgruppen bewohnen und infolgedessen von der hindu-indonesischen Kultur und vom Islam unberührt geblieben oder nur in geringfügigem Masse beeinflusst worden sind. Zu ihnen, die als Substrat auch den ‹jung-indonesischen› Kulturen unterliegen, gehören unter anderem die Batak auf Sumatera, die Bewohner von Nias und Mentawai, die Dayak-Stämme in Kalimantan, die Toraja in Sulawesi sowie Bevölkerungen auf den Kleinen Sunda-Inseln, in Ost-Indonesien und auf den Molukken. Die meisten der genannten Völker und Stämme sind seit dem 19. Jahrhundert durch direkte Eingriffe der Kolonialverwaltung und durch christliche Missionen beeinflusst und zum Teil in ihrem kulturellen Selbstverständnis erschüttert und verkrüppelt worden.

Einheit in der Vielfalt

Die indonesische Staatsmaxime ‹Einheit in der Vielfalt› trägt einerseits der grossen ethnischen Differenzierung Rechnung, die für dieses Land so charakteristisch ist. Sie wirkt sich zum Teil auch praktisch in den Bestrebungen und Resultaten der offiziellen Kulturpolitik seit Erlangung der Unabhängigkeit aus. Kulturelle Eigenständigkeit gilt, zumindest partiell, als förderungswürdig. Andererseits liegt in der genannten Maxime die Betonung ebenso auf ‹Einheit›. Sie gibt damit in kürzester und formelhafter Weise dem so typisch indonesischen Bestreben Ausdruck, Gegensätze auszugleichen, sie in ein drittes einfliessen zu lassen, das man in diesem Fall ‹Nationalbewusstsein› nennen könnte.

Eine Wiege der Menschheit

Indonesien, das Land der Meere, der Vulkane und Inseln darf gleichzeitig als eine Wiege der Menschheit und ihrer Kultur angesprochen werden. Da sich infolge der Eiszeiten des Pleistozäns der Meeresspiegel derart gesenkt hatte, dass die Inseln Sumatera, Java, Borneo und Bali Teile des asiatischen Festlands bildeten, konnten bereits Frühformen des Menschen über Landbrücken hinweg bis in das heutige Inselgebiet vorstossen.
Der wohl bekannteste Vertreter dieser ersten Bewohner, Pithecanthropus erectus, ein aufrechtgehender Frühmensch aus dem Mittleren Pleistozän, wurde im Jahre 1891 auf der Insel Java, im Tal von Solo, entdeckt. Zwischen 1931 und 1933 stiessen die Forscher bei Ngandong in Mittel-Java auf elf Schädel des dem Neandertaltypus nahestehenden Homo soloensis. Bei Wajak – ebenfalls in Mittel-Java gelegen – fand man darüber hinaus menschliche Skelettreste eines australiden Typus, des Homo (sapiens) wajakensis, mit begleitenden Klingen- und Knochenindustrien. Die Nachfahren dieser einfachsten Jäger- und Sammlerbevölkerungen sind heute praktisch aus dem Rassenbild Indonesiens verschwunden.

Siedlungsgeschichte

Die eigentlichen Ahnen der Indonesier zogen erst vor rund 3500 Jahren mit ihren Auslegerbooten von den Küsten des südostasiatischen Festlands und Südchinas her in den Archipel ein – der Meeresspiegel war inzwischen über die Sundaplatte hinaus angestiegen – und trafen dabei im Westen auf nomadisierende Wildbeuter, Negritide und Weddide und im Osten auf melaneside neolithische Pflanzer, mit denen sie Mischungsverhältnisse eingingen, wenn sie sie nicht in Rückzugsgebiete abdrängten.

Vierkantbeil-Kultur

Die in Wellen und Schüben erfolgenden Wanderungen der austronesisch-sprechenden palämongoliden Indonesier wurden von R. Heine-Geldern (1932) anhand eines archäologischen Leitfossils, einer polierten Steinbeilklinge mit vierkantigem Querschnitt, nachgezeichnet. Heine-Geldern gelangte auf diesem Wege zur Rekonstruktion einer rein neolithischen Vierkantbeil-Kultur, deren Realitätswert allerdings heute zur Diskussion gestellt wird. So nimmt W. Marschall (1968) an, dass die frühe Metallurgie zur selben Zeit wie das Vierkantbeil und zusammen mit der künstlichen Bewässerung nach

Indonesien gebracht worden sein muss. Neben geschliffenen Steinbeilen, die als Arbeitsgeräte verwendet wurden, fanden sich im materiellen Kulturbesitz der Indonesier von allem Anfang an auch Metallgeräte. Da jedoch ein grosser Teil des Kupfers importiert werden musste, blieb der Besitz von Metallobjekten (Waffen, Insignien, Grabbeigaben) wohl ein Privileg der herrschenden Schichten, während die Masse der Bevölkerung die neolithischen Geräte und Werkzeuge beibehielt.

Bewässerungsfeldbau und Metallurgie

Bewässerungsfeldbau und Metallurgie machen jedenfalls den entscheidenden technischen, wirtschaftlichen, kulturellen und sozialen Wandel verständlich, der von nun an einen Teil der indonesischen Inselwelt erfasst hatte und zum Übergang zu sesshaftem Leben in Dörfern mit festumrissenen sozialen Organisationen und zu Stammesbildungen mit intensiver politischer Staffelung führte.

Neolithischer Gerätebestand

Zum neolithischen Gerätebestand dieser bronze-/eisenzeitlichen Reisbaukultur gehörten, neben den bereits erwähnten Vierkantbeilen, polierte Dächselpicken mit fünfkantigem Querschnitt, kleine Meissel und Hohlbeile, die auf eine entwickelte Holzschnitzkunst hinweisen, Werkzeuge für den Bootsbau, Hacken für den Trocken- und Nassreisbau sowie steinerne Schlägel für die Herstellung von Rindenbaststoffen.

Megalithdenkmäler

In der Viehzucht spielte insbesondere der Wasserbüffel *(kerbau)* eine in religiöser Hinsicht bedeutsame Rolle als Opfertier. Bei einigen Völkern und Stämmen stand seine rituelle Schlachtung in unmittelbarem Zusammenhang mit der Errichtung von Megalithdenkmälern für verdienstvolle, sozial aufstiegsbewusste Lebende oder für Tote, die sich der Megalithen im Rahmen des nunmehr bedeutungsvollen Ahnenkults bedienten und als Ahnenseelen auf den Steinsetzungen Platz nahmen.
In einer späteren Phase der indonesischen Metallzeit, die nach dem nordannamitischen Gräberfundplatz Dông-so'n benannt und durch typisch Han-zeitliche Bronzeobjekte (Äxte mit Schäftungstüllen, Schwerter, grosse asymmetrische Zeremonialbeile, Kesselgongs) und eine rein dekorative, zeichnerische Ornamentik bestimmt wird, erfuhr der Megalithismus eine Intensivierung, die noch nach vielen Jahrhunderten und bis in die jüngste Zeit bei rezenten Bevölkerungen auf Nias, Sumatera, Sulawesi, Flores und Sumba von kulturprägendem Einfluss blieb.

Soziale Differenzierung

Gross-Steinsetzungen von Menhiren und Dolmen, kühne Terrassenbauten, Stufenpyramiden, mit Steinen gepflasterte Versammlungsplätze, Steinsitze für die Seelen bedeutender Vorfahren und vollplastische Ahnenfiguren spiegeln die auch mythisch und rituell untermauerte soziale Differenzierung und Hierarchisierung, die zahlreiche indonesische Gesellschaften jener Zeit gliederte. Die mit der Megalithkultur verknüpften sozialen Phänomene sind zum Teil bis auf den heutigen Tag strukturell fassbar geblieben.

Kunststil der Megalith-Kultur

Typisch für den einfachen plastischen Kunststil der Megalithkultur sind frontal gestellte und stark stilisierte Ahnenfiguren in kauernder oder hockender Haltung. Auffallend ist ihr durchwegs gedrungener, auf kurzen Beinen ruhender Rumpf, auf dem ein überdimensioniert grosser Kopf mit einem Antlitz von intensiver Ausdruckskraft sitzt. Neben ganz einfachen geometrischen Motiven – Dreiecken *(tumpal)*, Rauten und Schlüsselfiguren – finden sich häufig Symbole wie Büffelhörner oder Menschenköpfe, zoomorphe Darstellungen in der Form von Echsen, Vögeln oder Schlangen, Seelenboote und Baumdarstellungen (Schädelbaum, Lebensbaum).

Bronze-/Eisenzeit

Der dekorative, zeichnerische Stil der Bronze-/Eisenzeit lässt sich deutlich von dem mit Dông-so'n verbundenen Formenkreis ableiten, findet sich aber in Indonesien weniger auf Metallgegenständen als vielmehr in der Ritzornamentik, in der Schnitzkunst, in Malerei und Textilhandwerk. Zu den überlieferten Grundformen bringt der Dông-so'n-Formenkreis eine ganze Anzahl von neuen Motiven. Besonders typisch sind die Spirale, die Doppelspirale und andere aus gebogenen Linien zusammengesetzte Ornamente. Menschen- und Tierfiguren werden nunmehr in einen ornamentalen Zusammenhang einbezogen. Neben den mit Dông-so'n verbundenen Formen finden sich da und dort Einflüsse des manirierten späteren Chou-Stils, die besonders im Falle von Borneo (dekorative Kunst der Kayan und Kenyah) auf intensive Handelsbeziehungen mit China zurückzuführen sind.

Kosmologie und Weltbild

Da die Religion ihren dominanten Einfluss als totales soziokulturelles Beziehungssystem auch nach dem megalithischen Wandel geltend machte, verwundert es nicht, dass sich mit den gesellschaftlichen Veränderungen auch Kosmologie und Weltbild änderten, was sich wiederum in den Ereignissen und Symbolen des Mythos niederschlug und sich infolgedessen auch in Ritual und Kunst offenbarte.

‹Vater Himmel› und ‹Mutter Erde›

W. Stöhr hat in seiner jüngsten Arbeit über die alt-indonesischen Religionen (1976) zwei wesentliche religiöse Komplexe unterschieden, die sich durch sehr verschiedene mythologische Auffassungen voneinander abgrenzen lassen. Die kulturhistorisch ältere, zum Teil überlagerte oder in den Hintergrund gedrängte ‹immanente› oder ‹anthropomorphe› Auffassung des Kosmos findet ihren Ausdruck in mythischen Themen, rituellen und damit auch künstlerischen Äusserungen, die die Schöpfung im Bild einer ursprünglichen sexuellen Polarität erfassen. Diese gipfelt schliesslich in einer schöpferischen Vereinigung, der heiligen Urhochzeit von ‹Vater Himmel› und ‹Mutter Erde›.
Kosmologische Vorstellungen dieser Art fanden oder finden sich in klassischer Form auf Zentral-Ceram, Ambon, West-Flores sowie auf den Südwester- und Südosterinseln, in Gebieten also, wo lange Regen- und Trockenperioden wechseln und das Einsetzen des langersehnten Regens alljährlich einer väterlichen Befruchtung gleichkommt. Grosse Kultfeste, Rituale und damit auch künstlerische Betätigungen beziehen sich hier auf den primären Schöpfungsakt, auf die Befruchtung der Erde durch den Himmel oder die Sonne.

Streit zwischen Ober- und Unterwelt

Die ‹transzendente› Kosmologie, die sich vermutlich zusammen mit der ‹Dông-so'n-Kultur› in Indonesien verbreitet hat, stellt an den Anfang des Schöpfungsprozesses nicht die Vereinigung, sondern den Heiligen Streit zwischen Ober- und Unterwelt und die Neuschaffung des dreigeteilten Kosmos durch die Errichtung des Lebens- oder Weltenbaums (vgl. Tafel 5). Dieser symbolisiert und verkörpert auch die Mittelwelt der lebenden Menschen und macht diese so von den beiden anderen Welten abhängig. Glaubenssysteme dieser Art, die auch die Vorstellung der Seelenwanderung und den damit verbundenen Ahnenkult implizieren, fanden oder finden sich bei Völkern und Stämmen auf Kalimantan, Nias, Sumatera, Sulawesi und Sumba in besonders deutlicher Ausprägung.
In ihnen manifestiert sich ein für diese Kulturen bezeichnendes strukturelles Phänomen: Die Vielfalt der kulturellen und sozialen Erscheinungen wird in Polaritäten zueinandergebracht, dualistisch klassifiziert und in Form einer Synthese (eines Dritten, der Mitte oder des Ganzen) ausgeglichen, beziehungsweise aufgelöst.

Indische Einflüsse

Um die Zeitenwende und in den ersten Jahrhunderten unserer Zeitrechnung gelangten die Küstengebiete rund um die Java-See in den kulturellen Einflussbereich Indiens. Es steht ausser Zweifel, dass diese

Entwicklung in erheblichem Masse durch die Handelsbeziehungen gefördert wurde, die Indien mit China und anderen Ländern des Fernen Ostens unterhielt und die gewiss schon sehr früh auch Indonesier nach Südasien führten. Auf diesem Wege vernahm man auf beiden Seiten von komplexen sozialen oder staatlichen Organisationen, religiösen Gebräuchen und bemerkenswerten künstlerischen und handwerklichen Errungenschaften.
Unter den Reisenden nach Indonesien befanden sich von allem Anfang an Brahmanen, die in den einheimischen Adelskreisen schon bald ein neues Feld für ihre religiöse Lehrtätigkeit erkannten. Lokale alt-indonesische Potentaten, die sich mit der indischen Kultur assoziieren wollten, zogen die führenden Experten der fremden Kultur als Berater zu, liessen sich von ihnen Weihe und Stammbaum geben und Hof, Kanzlei sowie Verwaltung nach indischem Vorbild formen. Von einer gewaltsamen Invasion einer fremden Macht in Indonesien konnte also keine Rede sein. Vielmehr wurde die staatspolitisch und religiös-ethisch für überlegen gehaltene Schriftkultur ganz bewusst von den herrschenden alt-indonesischen Kreisen importiert.

Importierte Schriftkultur

In Inschriften aus dem 5. Jahrhundert n. Chr. werden kleine Königreiche und Herrscher, Handelsniederlassungen und grössere Siedlungen genannt, die Sanskritnamen tragen. Sie sollten im Laufe der folgenden Jahrhunderte zu Kristallisationspunkten und gleichzeitig zu Ausstrahlungszentren hinduistischer und buddhistischer Kultur werden. Von ihnen aus verbreiteten sich in den Küstengebieten Sumateras, in Java und in Bali zwei religiöse Systeme, die allmählich verschmolzen und zusammen mit Elementen des alt-indonesischen Substrats zu einem neuen, synkretistischen Ganzen wurden.

Brahmanismus und Buddhismus

Einerseits handelte es sich dabei um den siwaitischen Brahmanismus, der bald eine national geprägte, javanische Färbung annahm, und andererseits um den an internationalen Studienzentren in Indien und Sumatera orientierten Mahayana-Buddhismus, der durch missionierende Mönche in ganz Ostasien verbreitet wurde. So studierten und lehrten in der Gegend des heutigen Palembang (Sumatera) zur Zeit des Königreichs Sriwijaya im 7. Jahrhundert über tausend Mönche und Gelehrte die religiösen, philosophischen und literarischen Sanskrittexte, die sie, zusammen mit den brahmanisch-siwaitischen Experten, schliesslich den einheimischen Herrschern weitervermittelten.

**Indische Literatur**

Als Kenner der Schriften über Kunst und Architektur übten die indischen Berater sehr wahrscheinlich auch Baumeister- und Bildhauerfunktionen aus, wobei sie die einheimischen, indonesischen Künstler an ihren Maßstäben schulten. Durch sie wurden im weiteren die Inhalte und moralischen Lehren der grossen indischen Epen – des Ramayana und Mahabharata – sowie buddhistische Jataka und Fabeln verbreitet, die eine unerschöpfliche Quelle für die bildende Kunst sowie für Dichtungen und Gesänge abgaben und bald einmal überarbeitet oder ins Alt-Javanische übersetzt wurden.

**Baudenkmäler**

Es ist unmöglich, an dieser Stelle auch nur auf die wichtigsten Baudenkmäler der hindu-indonesischen Periode näher einzutreten. Erwähnt sei allerdings die gewaltige Meditationsstätte Borobudur in Zentral-Java, in der Architektur und Plastik der mit der Regierung der Sailendra-Dynastie (8. und 9. Jh.) zusammenfallenden buddhistischen Blütezeit ihre Vollendung fanden. Schon bald nach der Fertigstellung dieses eindrücklichsten Denkmals indisch-buddhistisch geprägter Kunst löste der siwaitische Hinduismus der Saiwa-Dynastie von Mataram den Buddhismus als Staatsreligion ab. Aus dieser Zeit (860–915 n. Chr.) stammt ein weiteres grosses Denkmal hinduindonesischer Kultur und Kunst, die Tempelanlage von Prambanan, mit ihren reichen und besonders lebendigen Ramayana-Reliefs.

**Ostjavanische Epoche**

Gegen Ende des 10. Jahrhunderts trat Zentral-Java aus vorläufig ungeklärten Gründen in den Hintergrund der Geschichte, und die Zentren politischer Macht rückten von nun an nach Ost-Java. Buddhismus und Siwaismus begannen sich unter immer deutlicheren tantrischen Aspekten anzunähern, überlappten dann und vermischten sich schliesslich zu synkretistischen, alt-indonesisch-buddhistisch-siwaitischen Religionsformen, wie sie heute noch für Bali typisch sind. Damit hatte ein neuer Abschnitt der indonesischen Kulturgeschichte begonnen, die sogenannte ostjavanische Epoche, die bis zum Fall des Reiches von Majapahit Anfang 16. Jahrhundert andauern sollte. Sie ist in kunsthistorischer Hinsicht gekennzeichnet durch deutlich volksnähere, indonesische Entwicklungen in den plastischen Werken Javas, die von nun an in Interaktion mit denjenigen des benachbarten Bali gesehen werden müssen.

**Islamisierung**

Das mächtigste und zugleich letzte der hindu-javanischen Reiche, Majapahit, das auf seinem Höhepunkt den grössten Teil des Archipels beherrschte, konnte seine Macht zunächst noch ins 15. Jahrhundert hinüberretten. Infolge nachbarlicher Zwistigkeiten mit Kadiri, inneren Zerfalls und allmählicher Islamisierung begann ein unaufhaltsamer Zersetzungsprozess, der Anfang des 16. Jahrhunderts zum Ende führte. Alle, die nicht gewillt waren, sich islamisieren zu lassen, zogen nun in die östlichsten Teile Javas und nach Bali, unter ihnen der Adel, die Priester und Rechtsgelehrten sowie ganze Künstler- und Handwerkergruppen, die im Dienst und unter dem Patronat des Hofes gearbeitet hatten und die nun an den nach der Eroberung Balis (1343 n. Chr.) durch Majapahit-Vasallen errichteten Höfen ein neues Betätigungsfeld fanden.

Weiterleben alter Kulturelemente

So wurden alt-javanische Literatur, bildende Kunst, Tanz und Musik auf der Insel Bali weitergepflegt. Neben der feudalen hindu-javanischen Kultur lebte jedoch hier die Kultur des Volkes weiter, in der alt-indonesische Elemente mit hinduistischen aus vor-javanischer Zeit verschmolzen waren. Im Laufe der Jahrhunderte setzte sich jedoch in den meisten Teilen Balis ein von den zunehmend balinisierten Feudalherren bewusst angestrebter Ausgleich zwischen Hofkultur und Volkskultur durch. Die damit eingeleitete Entwicklung führte mit der Zeit zur Herausbildung der heute noch so faszinierenden balinesischen Kultur, in der hinduistische, buddhistisch-tantrische, hindu-javanische und alt-indonesische Komponenten zu einem neuen Ganzen von ganz eigener Prägung verwachsen sind.

Muslimische Kaufleute und Prediger

Ausserhalb des balinesischen Einflussbereichs und mit Ausnahme des ostjavanischen Tengger im Umkreis des Vulkans Bromo begannen die geistigen Kraftquellen des Hinduismus und Buddhismus bald einmal zu versiegen, nachdem sich die indonesischen Küstengebiete, besonders jedoch Sumatera und Java, immer stärkeren Islamisierungsbestrebungen ausgesetzt sahen. Muslimische Kaufleute waren schon seit dem 11. Jahrhundert aus dem westindischen Gujarat und den arabischen Ländern nach Indonesien gekommen und hatten ihren Glauben zunächst nach Nord-Sumatera gebracht, von wo er sich im 15. und 16. Jahrhundert über weite Teile des Archipels zu verbreiten begann. Seit etwa 1400 traten *wali* als islamische Prediger in Java auf. Aus den bisherigen Provinzen des hinduistischen Reiches entwickelten sich von nun an unter islamischen Statthaltern selbständige Sultanate.

Abbildungsfeindlichkeit

Gesellschaft und Kultur der islamisierten Indonesier begannen sich damit entscheidend zu wandeln. Es versteht sich von selbst, dass die alle Lebensbereiche erfassende abbildungsfeindliche Religion in Kunst und Handwerk zu einem Rückgang der Ausdruckskraft, zu einer Beschränkung auf das rein Ornamentale führte. Es ist infolgedessen um so erstaunlicher, dass sich auf dem Gebiete des Theaters mit Menschen *(wayang wong)* und mit Schattenspielfiguren *(wayang kulit)* die alte hindu-indonesische Tradition so weit behaupten konnte, dass sich ein absolutes Abbildungsverbot des Islams niemals durchzusetzen vermochte.

Europäischer Einfluss

Im Gegensatz zum Islam begann sich der europäische Einfluss und mit ihm die sogenannte westliche Zivilisation erst im 19. Jahrhundert nachhaltig auszuwirken, nachdem die niederländische Kolonialmacht nach und nach immer grössere Gebiete unter die direkte Kontrolle der Verwaltung genommen hatte und die christlichen Missionare gleichzeitig damit begannen, ihre Konfessionen in die alt-indonesischen, nichtislamisierten Dörfer hineinzutragen. Die Portugiesen und Engländer hatten sich im 16. und 17. Jahrhundert auf die Kontrolle der Küsten und des Seehandels beschränkt und die Bevölkerung im wesentlichen in Ruhe gelassen.

Erschüttertes Selbstverständnis

Nun erlitt jedoch das Selbstverständnis vieler alt-indonesischer Völker und Stämme einen verletzenden, wenn nicht tödlichen Stoss. Das bisher unerschütterliche Weltbild und die damit verbundenen Wertvorstellungen und Institutionen begannen angesichts der massiven und oftmals rücksichtslosen Eingriffe in das überlieferte religiöse Leben zu schwanken. Der Zerfall war in vielen Fällen nicht mehr aufzuhalten.

Moderne Kulturpolitik

Es wäre heute, mehr als dreissig Jahre nach der Unabhängigkeit der Republik Indonesia, ein dringendes Gebot der Stunde, zu erforschen, wo und mit welchen Mitteln noch etwas zur Wiederherstellung angeschlagener kultureller Identitäten getan werden könnte. Die indonesischen Politiker haben den Staat von den ersten Anfängen der Republik an als führendes Instrument in der Förderung und Entwicklung von Kultur und Kunst gesehen, und auch heute befassen sich verschiedene Institutionen ernsthaft und intensiv mit dem kulturellen Aufbau auf formeller und informeller Ausbildungsebene, in eigentlichen Schulen, Universitäten und in Versammlungen und Initiativen auf dem Dorf.

Gerade im Bereich der informellen Erziehung auf der Ebene der Dörfer und Regionen, wie sie heute vom indonesischen Kulturdepartement in Jakarta mit viel gutem Willen betrieben wird, liegt eine echte Chance, neben dem Aufbau einer einheitlichen indonesischen Kultur auch die Vielfalt und den unschätzbaren Reichtum der indonesischen Kulturen zu würdigen und zu fördern. Die Auswahl der nachfolgenden Bildserie wurde vom Bestreben bestimmt, etwas von dieser kulturellen Vielgestaltigkeit Indonesiens sichtbar werden zu lassen. Gleichzeitig sollen durch die Bedeutung der ausgewählten Objekte einige wesentliche Konzepte indonesischer Religiosität aufgedeckt und in ihren formal gestalterischen Auswirkungen fassbar werden.

# L'Indonésie

L'Indonésie avec ses îles et ses volcans entourés d'océans fut un des berceaux de l'humanité. Dans le courant du pléistocène moyen déjà, une première vague d'hominiens, puis plus tard un représentant australide de l'homo sapiens peuplèrent l'archipel actuel qui, à cette époque, était encore relié au continent asiatique. Venant de la Chine méridionale et de l'Indochine, les ancêtres des Indonésiens, une race paléomongolide de langue austronésienne, atteignirent l'archipel Indonésien en pirogues à balancier il y a environ 3500 ans.

La culture d'irrigation ainsi que la métallurgie entraînèrent par la suite des changements décisifs d'ordre social et religieux impliquant un mode de vie sédentaire et la formation de communautés villageoises aux hierarchies sociales clairement délimitées. Le caractère mégalithique de cette nouvelle culture s'exprima par l'érection de monuments lithiques s'accompagnant de fêtes de prestige social et d'un culte des ancêtres dont on trouve des traces encore aujourd'hui.

Au début de notre ère, les populations côtières longeant la mer de Java subirent l'influence indienne. Dès lors, la culture et les conceptions politiques hindoues et bouddhiques déterminèrent le cours de l'histoire à Sumatera, Java et Bali. A partir du Xe siècle, les deux systèmes religieux se mélangèrent succéssivement et, après avoir intégré des éléments indonésiens anciens, donnèrent naissance à de nouvelles conceptions religieuses syncrétistes telles qu'elles subsistent encore dans la région du Tengger, dans l'est de Java, et à Bali.

Après la chute du royaume hindo-javanais de Majapahit (au début du XVIe siècle) les sources régénératrices de la culture hindoue et bouddhique tarirent peu à peu, à l'exception toutefois des zones d'influence balinaise. L'Islam qui dès le XVe–XVIe siècle s'était réparti dans une bonne partie de l'archipel, apporta de grands changements dans le domaine social et culturel, touchant également la production artistique et l'artisanat.

A la différence de l'Islam, l'influence occidentale ne se manifesta qu'au XIXe siècle avec les ingérences parfois massives de l'administration coloniale et des missions chrétiennes dans le mode de vie des communautés tribales. Dans beaucoup de cas, les conceptions cosmogoniques de ces communautés furent ébranlées à tel point qu'une dégradation des valeurs et des institutions traditionnelles était devenue inévitable. Seule une politique culturelle s'efforçant de chercher une entité valable pour toute l'Indonésie tout en gardant à l'œil le caractère propre et la pluralité des ethnies, pourra empêcher une perte accélérée de l'autoconscience culturelle dont on sait aujourd'hui qu'elle peut causer des dommages irrémédiables.

# Indonesia

Indonesia, a world of seas, islands and volcanoes, is one of the cradles of mankind and culture. In the Middle Pleistocene age, early forms of man and the first, Australoid representatives of Homo sapiens reached this present-day archipelago, which, during the Ice Age, was still part of the Asian continent. The Indonesians' actual ancestors, Austronesian-speaking Palaeomongolids, came to the archipelago from Indochina and southern China in outriggers approximately 3500 years ago.

The discovery of metallurgy and agriculture by irrigation led to a decisive economic, social and religious transformation that resulted in the emergence of sedentary life in villages with stratified social organizations. A visible expression of the new culture was the erection of megaliths (large stone monuments) in connection with rituals to gain social prestige and with ancestor worship, a phenomenon of which there is still evidence today.

Approximately at the turn of the age, the peoples and tribes in the coastal areas around the Java Sea began to change under Indian influence. From then on, Hindu and Buddhist culture determined the course of history in Sumatra, Java and Bali. In the 10th century the two religious systems began to merge, including Old Indonesian elements in the process, until they had developed into the syncretistic forms of religion that are still so characteristic of the eastern Javanese Tengger region and of Bali.

After the fall of the Hindu-Javanese Majapahit Empire (early 16th century), Hinduism and Buddhism's spiritual sources of strength outside Bali soon started to run dry. Islam, which had been spreading from northern Sumatra to many parts of the archipelago since the 15th and 16th centuries, brought about social and cultural changes which did not leave the arts or crafts unaffected.

In contrast to Islam, western influence only began to take hold in the 19th century, when colonial administrations and Christian missions started their massive intervention in the fate of non-Islamized, Old Indonesian peoples and tribes. In many cases this caused the traditional views of life to become so unsettled that the decay of traditional values and institutions could no longer be stopped. Only a judicious cultural policy that does not lose sight of the variety and independence of Indonesian ethnic groups while at the same time building up an Indonesian cultural unity will be able to prevent further losses of cultural consciousness.

Die Ziffern zur Übersichtskarte ‹Indonesien› beziehen sich auf die Farbtafeln 1–15.

Les chiffres de la carte géographique ‹L'Indonésie› se rapportent aux planches-couleur 1–15.

The numbers on the map of 'Indonesia' refer to colour plates 1–15.

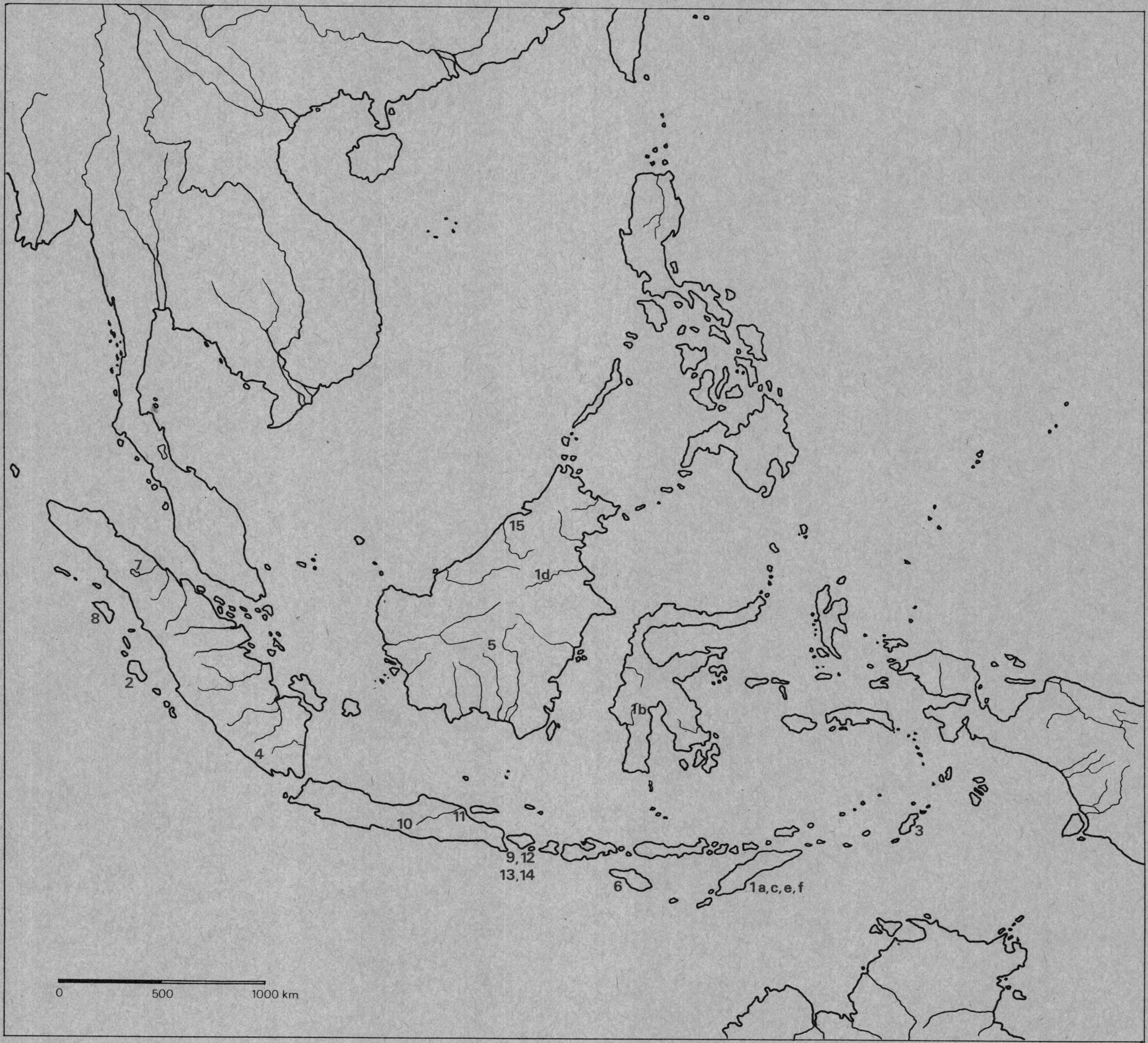

**Indonesien – Land der Erde und des Wassers**

**Indonésie – pays de la terre et des eaux**

**Indonesia – land of earth and water**

Reisernte auf Bali. Für ‹essen› und ‹Reis essen› brauchen die Balinesen ein und dasselbe Verb *ngajengang*. Reis ist Essen, Quelle des Lebens und des Reichtums – ein Geschenk der Götter (Foto P. Horner 1972).

Récolte du riz à Bali. Pour le mot ‹manger› et ‹manger du riz›, les Balinais utilisent une seule et même expression, c'est-à-dire *ngajengang*. Le riz c'est la nourriture, source de vie et de richesse – un don des dieux (photo P. Horner 1972).

Rice harvest in Bali. The Balinese use the 1
same verb *ngajengang* for 'to eat' and 'to eat rice'. Rice is food, the source of life and prosperity – a gift of the gods (photograph P. Horner 1972).

Dorfanlage auf Nias. Die beiden Häuserzeilen sind gegen den offenen megalithischen Dorfplatz hin orientiert und werden durch den mächtigen Pfahlbau der Häuptlingsfamilie abgeschlossen. Die einheimischen Bewohner von Nias sind lebendige Zeugen der alt-indonesischen Megalithkultur, die hier bis vor wenigen Jahrzehnten kulturprägend geblieben ist (Foto P. Wirz 1925).

Village à Nias. L'imposante demeure sur pilotis du chef de village et de sa famille domine les deux enfilades de maisons disposées le long d'une place-parvis mégalithique. Les habitants de Nias apportent en effet un témoignage vivant de l'ancienne culture mégalithique indonésienne telle qu'elle avait cours il n'y a que quelques décennies encore (photo P. Wirz 1925).

A village on Nias. The two rows of houses 2
face the open, megalithic village square and end in the majestic pile-house of the chieftain's family. The local population of Nias is living proof of the Old Indonesian megalithic culture, which remained a determining cultural factor until a few decades ago (photograph P. Wirz 1925).

Bhima im Kampf gegen die niederträchtigen Korawa. In der Welt des *wayang kulit*, des hindu-indonesischen Schattentheaters, spielt sich ein endloser Kampf zwischen Gut und Böse ab. Hauptquelle der Aufführungen sind javanische oder javano-balinesische Bearbeitungen der grossen indischen Epen Ramayana und Mahabharata (Foto P. Horner 1972).

Bhima en train de combattre les Korawa fourbes et méchants. Le théâtre de jeux d'ombres, le *wayang kulit* hindo-indonésien, reflète l'interminable lutte entre le Bien et le Mal. Les adaptations javanaises ou javano-balinaises des grands récits épiques indiens, le Ramayana et le Mahabharata, livrent le sujet à la plupart des représentations (photo P. Horner 1972).

Bhima battling the vile Korawa. In the 3
world of the *wayang kulit*, the Hindu-Indonesian shadow theatre, good and evil are involved in an eternal struggle. The performances are based principally on Javanese or Javano-Balinese versions of the great Indian epics Ramayana and Mahabharata (photograph P. Horner 1972).

Niasser in vollem Kriegsornat. Künstlicher Schnurrbart und Halsring sind Attribute des tüchtigen Kämpfers (vgl. Tafel 7) (Foto P. Wirz 1925).

Habitant de Nias en tenue de guerre. La moustache et l'anneau autour du cou sont les attributs du vaillant guerrier (cf. pl. 8) (photo P. Wirz 1925).

Man from Nias in full war-dress. An artifi- 4
cial moustache and a necklace are attributes of a courageous warrior.

Mitglieder einer Mädchenvereinigung aus Tenganan Pageringsingan (Ost-Bali) beim Ritualtanz. Die nahezu unaufhörliche Beschäftigung mit dem zentralen Anliegen, das Dorf in geweihtem, ausgeglichenem Zustand zu halten, hat hier zu einer ausgesprochen ritualistischen Religiosität geführt, die aktives rituelles Handeln weit über theologische Spekulationen stellt (Foto P. Horner 1972).

Danse rituelle exécutée par les membres d'une organisation de jeunes filles de Tenganan Pageringsingan (Bali, région est). Au sein de cette communauté, l'effort constant de préserver l'état sacral et équilibré a conduit à une religiosité pour ainsi dire entièrement définie par le rite; ainsi on accordera une importance bien supérieure à l'action rituelle en elle-même qu'à toute spéculation théologique (photo P. Horner 1972).

Members of a girls' organization from Ten- 5
ganan Pageringsingan (eastern Bali) during a ritual dance. The central concern of this village is to remain in a consecrated, equilibrial state; and the virtually ceaseless pursuit of this goal has led to a distinctly ritual kind of religiosity in which ritual activity is far more important than theological speculation (photograph P. Horner 1972).

Initianden in Tenganan Pageringsingan. Neben kunstvoll um Hals, Brust und Hüften geschlungenen Doppelikat-Tüchern (vgl. Tafel 8) tragen die Novizen auf ihrem Rücken die indonesische Waffe par excellence, den *keris*-Dolch (vgl. Tafel 14) (Foto P. Horner 1973).

Initiation à Tenganan Pageringsingan. Les novices vêtus de tissus en double ikat (cf. pl. 9) drapés artistiquement autour du cou, de la poitrine et des hanches, portent dans le dos l'arme indonésienne par excellence, le poignard *keris* (cf. pl. 14) (photo P. Horner 1973).

Initiates in Tenganan Pageringsingan. 6
Apart from wearing double ikat cloths (cf. Plate 8), which are skilfully draped round the neck, chest and hips, the novices carry the Indonesian weapon par excellence, the *keris* dagger (cf. Plate 14), on their backs (photograph P. Horner 1973).

Mädchen aus Tenganan bei Opferhandlungen am Familienschrein. Verehrung und Besänftigung mittels Opfergaben ist die typische und augenfälligste Art, wie sich die Balinesen zu ihren Göttern und Dämonen in Beziehung setzen (Foto P. Horner 1973).

Jeune fille de Tenganan accomplissant les rites devant l'autel domestique. Pour les Balinais, l'offrande, signe de vénération et geste d'appaisement, est l'expression la plus spectaculaire de communiquer avec les puissances divines et démoniaques (photo P. Horner 1973).

Girl from Tenganan Pageringsingan mak- 7
ing offerings at the family shrine. Worship and propitiation by means of offerings is the typical and at the same time most striking way that the Balinese establish contact with their gods and demons (photograph P. Horner 1973).

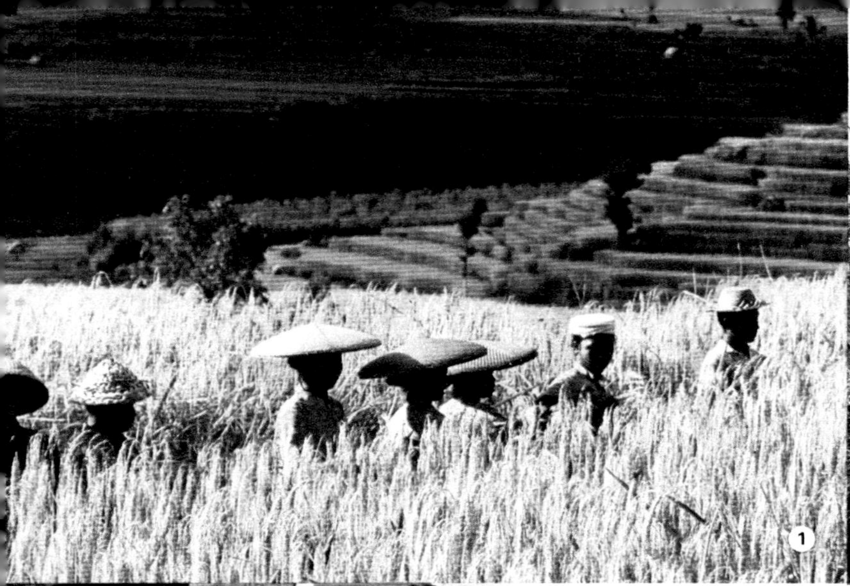
1

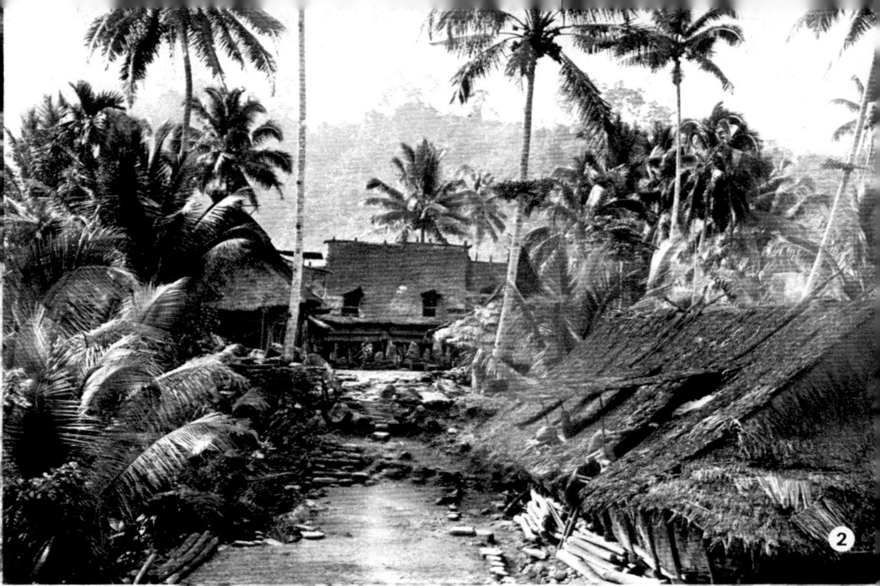
2

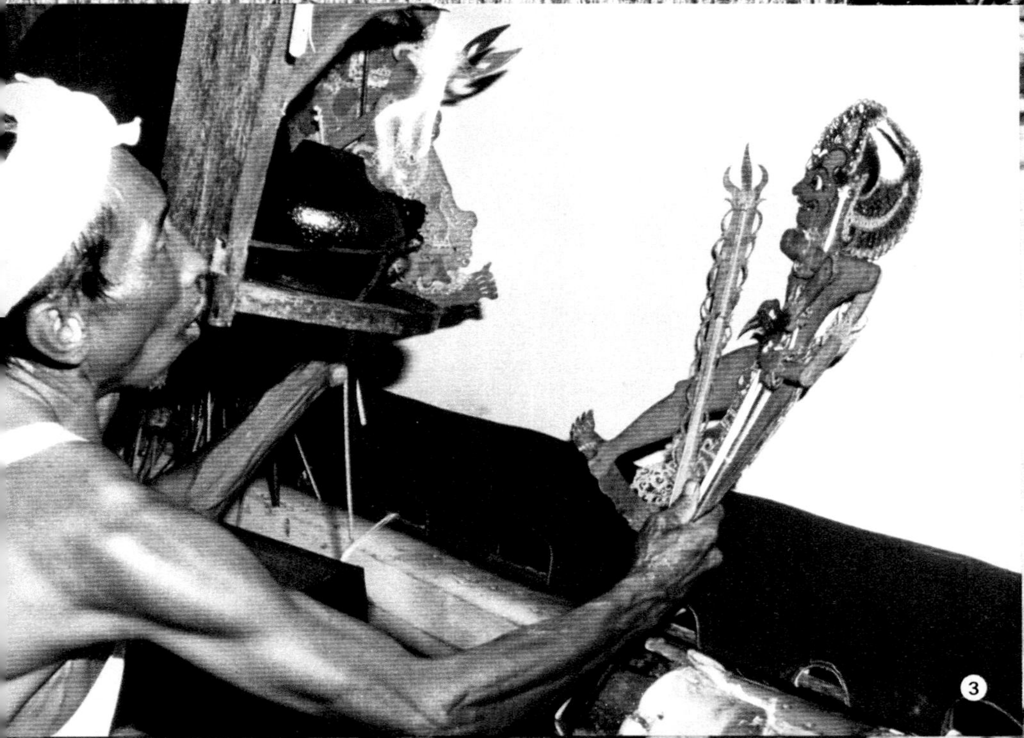
3

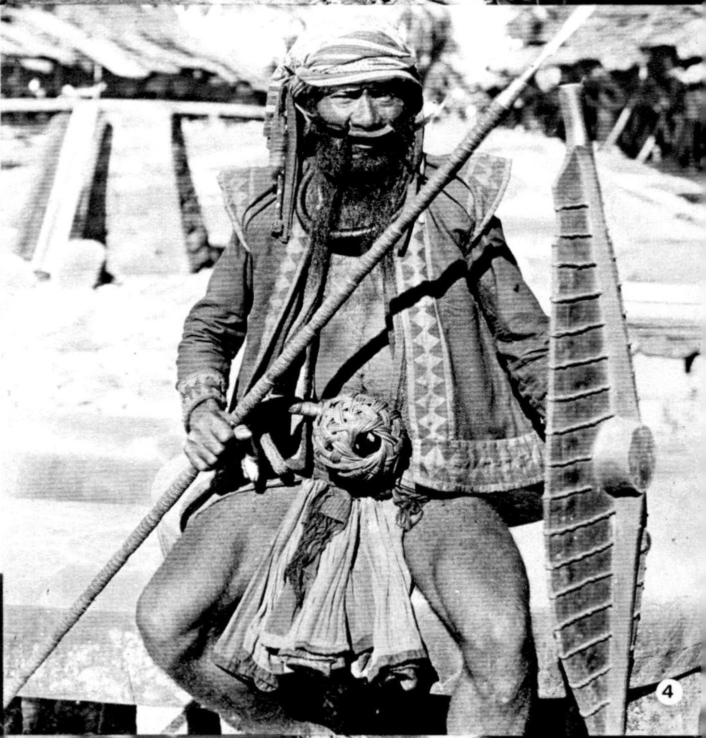
4

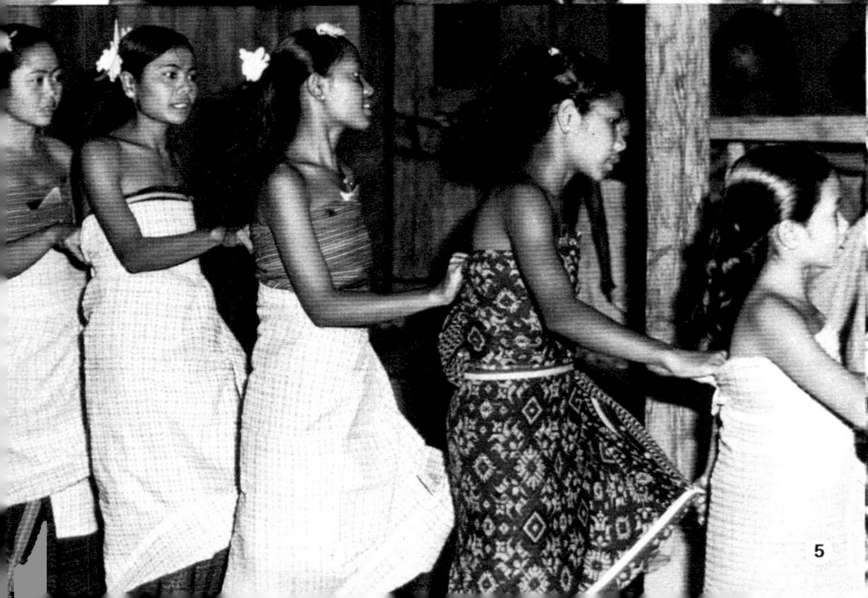
5

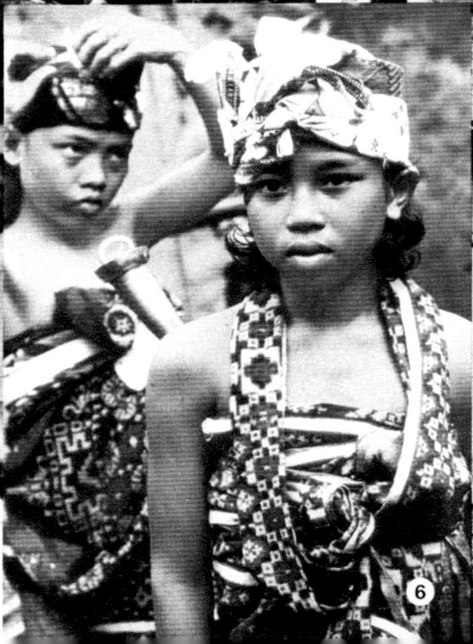
6

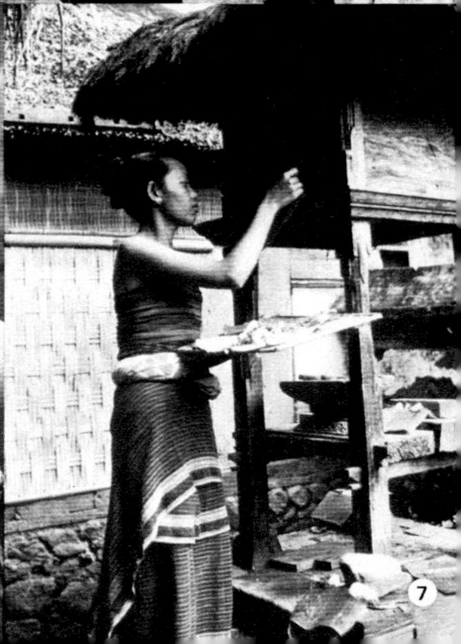
7

**Ziermotive auf Bambusbehältern**
Behälter mit Holz- oder Kürbisverschlüssen
H. 7,2–26 cm

Der nach dem annamitischen Gräberfundplatz Dông-so'n benannte Formenkreis, der sich vor etwa 2000–2500 Jahren über den südostasiatischen Archipel ausgebreitet hat, prägt das Antlitz des indonesischen Kunsthandwerks in ausserordentlich typischer Weise. Besonders auffallend sind eine Reihe von zum Teil hochentwickelten dekorativen Ornamenten und Motiven, die in vielfältigen Kombinationen auf die zu verzierende Fläche gebracht werden. Neben Zinnenkranzmotiven, Wellen- und Zickzackbändern sowie einfachen asymmetrischen Mäandern finden wir Kompositionen aus vertikalen Rechtecken, Dreiecken, Rauten und kombinierten Schlüsselmotiven. Besonders charakteristische Dông-so'n-Formen sind das stehende oder liegende S und die Doppelspirale. Als figürliche Motive sind neben dem Menschen mythisch bedeutsame Tiere wie Echse, Hahn und Pferd zu erkennen.
Die in vielen Teilen Indonesiens verbreiteten Kalkbehälter aus Bambus – sie dienen zur Aufnahme eines wichtigen Bestandteils des Betelpriems – gehören mit ihren eingeritzten punktierten oder eingeschnittenen, mit Wachs oder Harz geschwärzten Zeichnungen zu den typischsten Erzeugnissen indonesischen Kunsthandwerks. Eine kleine Auswahl aus unserer Sammlung soll deshalb den Auftakt zum indonesischen Bilderbogen machen.
Inv.-Nrn. (v. l. n. r.) IIc4354, IIc2952, IIc4285, IIc15677, IIc4357, IIc4330.
Lit.: Henking 1956, Loebèr 1903.

**Motifs ornementaux sur tubes de bambou**
Tubes avec bouchons en bois ou en calebasse
haut. 7,2–26 cm

La culture dongsonienne dont le nom remonte à un site préhistorique annamite, comprend toute une série d'éléments décoratifs dont la diffusion à l'ensemble de l'Insulinde s'effectua il y a env. 2000 à 2500 ans av. J.-C. en marquant l'art et l'artisanat indonésien de manière particulièrement profonde. Le style Dông-so'n est caractérisé par une série de motifs en partie très subtils que l'on assemble en compositions ornementales variées dans le but de recouvrir entièrement la surface à décorer. A côté de cercles à crénelures, de rubans ondulés ou en zigzag ainsi que de méandres asymétriques, nous trouvons des compositions comportant des rectangles verticaux, triangles, losanges et motifs ‹clef› variés. Cependant les éléments du style Dông-so'n les plus typiques sont la spirale en S, simple ou enchaînée que l'on retrouve disposée de manière verticale aussi bien qu'horizontale et même en ruban circulaire. Parmi les motifs zoomorphes et anthropomorphes, nous reconnaîtrons le lézard, le coq et le cheval.
Les tubes à chaux en bambou – ils contiennent un ingrédient indispensable à la chique de bétel – avec leurs ornements gravés et noircis à l'aide de cire ou d'une résine de couleur contrastante, font partie des produits les plus typiques de l'artisanat indonésien. C'est pourquoi nous les avons choisis pour ouvrir ce chapitre.
Nos d'inv. (de gauche à droite) IIc4354, IIc2952, IIc4285, IIc15677, IIc4357, IIc4330. Bibl.: Henking 1956, Loebèr 1903.

**Ornamental Motifs on Bamboo Vessels**
h. 7.2–26 cm
Vessel with wooden or gourd stoppers

The class of designs that spread across the Southeast Asian archipelago about 2000–2500 years ago and was named after the Annamite tombs of Dông-so'n influenced Indonesian handicrafts in a very distinctive way. A number of decorative ornaments and motifs, some of them very highly developed, that are found in diverse combinations on embellished surfaces are particularly striking. There are crenellated, wavy and rickrack bands and simple, asymmetrical meanders as well as compositions made up of vertical rectangles, triangles, lozenges and combined key motifs. The standing or lieing S and the double spiral are especially characteristic of Dông-so'n designs. Figural motifs include both people and mythically significant animals like the lizard, cock and horse.
Bamboo containers for lime – an important component of the betel chew – can be found in many parts of Indonesia. With their patterns scratched, punched or cut into them and then blackened with wax or resin, they are among the most typical products of Indonesian handicrafts. A small sample from our collection will thus provide the prelude to our imaginary journey through Indonesia.
Inv. Nos. (from left to right) IIc4354, IIc2952, IIc4285, IIc15677, IIc4357, IIc4330. Bibl.: Henking 1956, Loebèr 1903.

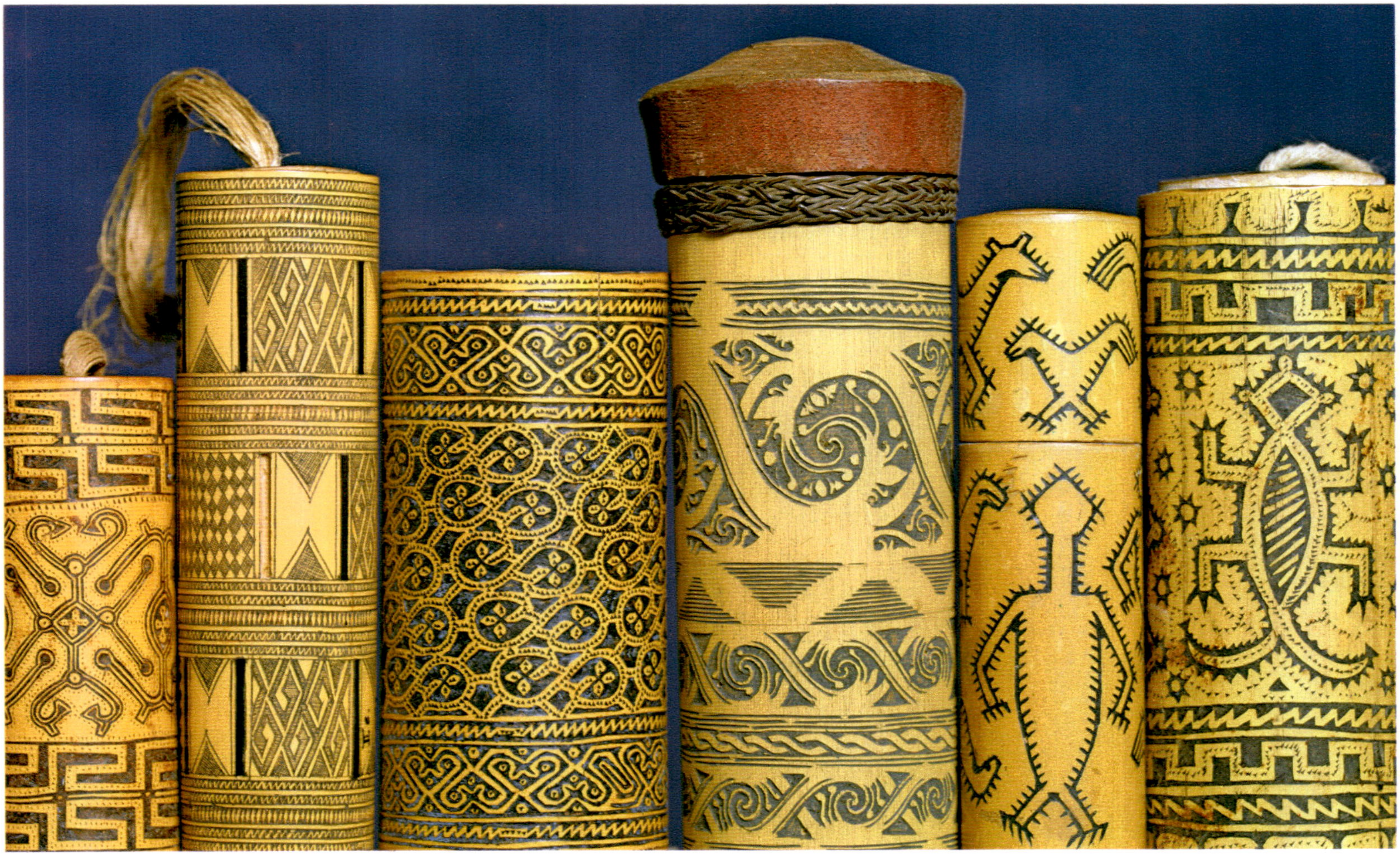

III / 1

**‹Spielzeug für die Seelen›**
Siberut, Mentawai-Inseln, Sumatera
bemaltes Holz
L. 150 cm, B. 144 cm

Das Konzept der einfachen oder mehrfachen Beseeltheit aller Dinge spielt in den indonesischen Religionen eine hervorragende Rolle. Wenn auch die Seelenvorstellungen von Volk zu Volk oder Stamm zu Stamm oft erhebliche Unterschiede zeigen, so lässt sich doch als gemeinsamer Nenner der Glaube erkennen, dass der Mensch, die Tiere und Pflanzen, unbelebte Gegenstände und Naturerscheinungen eine oder mehrere Seelen besitzen, die durch Opferhandlungen, Beschwörungen oder Exorzismen zufrieden gestimmt, gebannt oder vertrieben werden können.
Die Gestaltung eines ausgewogenen Verhältnisses zwischen Mensch und Seele bestimmt, wie Reimar Schefold zu berichten weiss, das Leben der Mentawaier auf Siberut von Geburt an bis zum Tode. Alles, was überhaupt nur begrifflich fassbar ist, besitzt hier eine Seele. Als individuelles Wesen kann sich diese von der Materie lösen und selbständig umherstreifen. Was Seelen *(simagere)* auf diesen Streifzügen erleben, erzählen sie schliesslich den Menschen im Schlaf oder in der Ekstase. Lebt der Mentawaier im Einklang mit der Natur und den Traditionen, so ist auch seine Seele immun gegen schädliche Verlockungen. Seine ganze Existenz steht folglich unter dem Leitgedanken, ein Leben führen zu müssen, das seiner Seele gefällt. Lässt er sie unbefriedigt, dann verliert sie die Lust am Leben und er stirbt.
Höhepunkte des individuellen und kollektiven Daseins sind die *puliaijat* genannten Klanzeremonien, die vornehmlich der Stärkung der Seelen aller Klanmitglieder dienen. Zu Beginn des rituellen Zyklus von Opferhandlungen, Beschwörungen, Anrufungen und Tänzen werden unter anderem hölzerne Vögel angefertigt, die vor dem grossen, von den Angehörigen eines patrilinearen Klans bewohnten Pfahlhaus aufgestellt werden und die eingeladenen Seelen zum Fest locken sollen. Die Bezeichnung für diese Vögel ist *uma-t-simagere,* ‹Spielzeug für die Seelen›.
Ankauf P. Wirz 1927, Inv.-Nr. IIc 2678.
Lit.: Schefold 1973, Schefold
und Sheppard, *The Sakuddei* (Film).

**‹Jouet pour les âmes›**
Siberut, îles Mentawai, Sumatera
bois peint
long. 150 cm, larg. 144 cm

Dans les religions indonésiennes, la conception selon laquelle toute chose est habitée par une ou plusieurs âmes joue un rôle prédominant. Bien que l'interprétation quant à la nature de ces âmes diffère souvent considérablement d'une ethnie ou d'une tribu à l'autre, nous trouvons un dénominateur commun dans la croyance qui attribue une ou plusieurs âmes à l'homme, aux animaux et aux plantes ainsi qu'à toutes les matières et phénomènes de la nature qu'il s'agit d'apaiser, de neutraliser ou d'éloigner par des sacrifices, invocations ou exorcismes.
Ainsi que l'a constaté Reimar Schefold, le désir de maintenir des relations harmonieuses entre hommes et âmes détermine l'existence des habitants de Mentawai depuis la naissance jusqu'à la mort. Ici, tout ce qui est définissable contient une âme. En tant qu'esprit individuel, elle peut se détacher de la matière qu'elle habite pour entreprendre des randonnées. Les âmes *(simagere)* transmettent alors ce qu'elles ont vécu aux hommes soit dans leur sommeil soit à travers l'extase. L'âme d'un habitant de Mentawai sera insensible à toute mauvaise influence à condition qu'il vive en accord avec la nature et les traditions. Cela implique une existence vouée au bien-être de son âme afin qu'elle ne se sente pas négligée et perde goût à la vie, ce qui signifierait sa mort. Les points culminants dans la vie d'un individu ou du collectif sont les *puliaijat*, les cérémonies claniques dont le but est de fortifier les âmes de tous les membres d'un clan. C'est à l'occasion de ce cycle rituel comportant sacrifices, prières et danses que l'on confectionne des oiseaux en bois pour les ériger devant chaque maison sur pilotis servant d'habitation au membres d'un clan patrilinéaire. Ces oiseaux ont la tâche d'attirer et d'inviter les âmes à assister à la fête, ainsi que l'indique leur nom *uma-t-simagere*, c'est-à-dire ‹jouet pour les âmes›.
Achat Paul Wirz 1927, No d'inv. IIc 2678.
Bibl.: Schefold 1973, Schefold
et Sheppard, *The Sakuddei* (film).

**A 'Toy for Souls'**
Siberut, Mentawai Islands, Sumatra
painted wood
l. 150 cm, w. 144 cm

The concept of the simple or multiple animation of all things is a prominent factor in the religions of Indonesia. Although the different peoples and tribes may have very divergent ideas of the soul, their beliefs have a common denominator, namely that man, animals and plants, inanimate objects and natural phenomena possess one or more souls which can be propitiated, conjured up or driven away through sacrificial rituals, conjuration or exorcisms.
Reimar Schefold tells us that the creation of an equilibrial relationship between man and soul determines the life of the Mentawai people on Siberut from birth till death. Anything that can be conceptualized has a soul. As an individual, the soul can free itself from its physical repository and wander about on its own. The souls communicate what they have experienced on their wanderings to people while they are asleep or in ecstasy. If an inhabitant of Mentawai lives in harmony with nature and traditions, his soul is immune to harmful temptations. Thus his whole existence is determined by the precept that he must live a life that his soul will like. If his soul is dissatisfied, he will lose his will to live and die.
The clan ceremonies called *puliaijat,* whose main purpose is to strengthen the souls of all clan members, build the climax of individual and collective existence. At the beginning of this ritual cycle of sacrifices, exorcisms, invocations and dances, wooden birds are produced, which are put up in front of the large pile-houses in which the members of a patrilinear clan live. They are supposed to attract the souls that have been invited to the festival. These birds are called *uma-t-simagere,* 'toys for the souls'.
Purchase P. Wirz 1927, Inv. No. IIc 2678.
Bibl.: Schefold 1973, Schefold
and Sheppard, *The Sakuddei* (film).

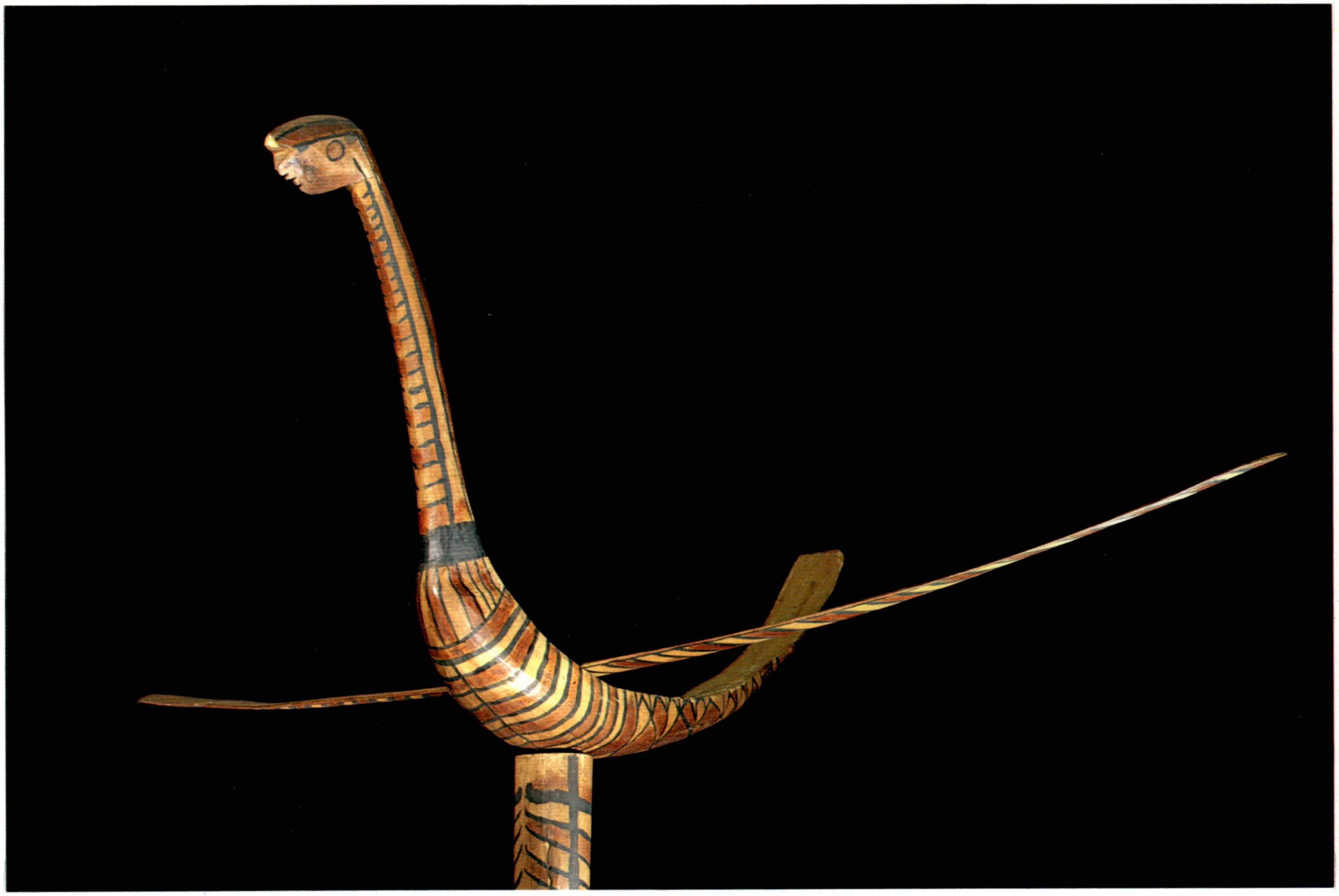

III/2

**Bechertrommel**
Yamdena, Tanimbar-Gruppe, Maluku (Molukken)
unbemaltes Holz, Trommelkörper ohne Fell
H. 97,5 cm
Durchmesser des Resonators 41 cm

Am Anfang eines religiös motivierten Instrumentenbaus steht das zentrale Anliegen aller religiös geprägten Stammesgesellschaften, sich das ambivalente Göttliche nahezubringen, es in den Alltag einzubeziehen, es im Kultdrama, in musikalischen Aufführungen, in Schnitzereien und Malereien zu vergegenwärtigen.
Im Rhythmus der Trommel, der den Tänzer entrückt und dem Göttlichen nahebringt, steckt gleichzeitig die Kraft, das unberechenbare Walten übernatürlicher Mächte zu steuern und zu kontrollieren. Nicht selten beauftragt die Gemeinschaft einen Spezialisten mit dem Vollzug der exorzistischen Riten und der damit verbundenen Musik. Die Bechertrommel ist so in vielen Gebieten Indonesiens zum Vorbehaltsgut der Zauberpriester geworden.
Obwohl wir über Gebrauch und Spielweise unserer Trommel nur spärliche Auskünfte besitzen, deutet ihre ganze Erscheinungsform auf eine ehemals kultische Verwendung hin: Der zylindrische Becher, über den man zweifellos ein in Keilringspannung befestigtes Fell gezogen hatte, steht auf dem Kopf einer nackten Frauengestalt, vor deren Füssen eine kleine Schale zur Aufnahme von Opfergaben angebracht ist.
Möglicherweise handelt es sich bei diesem Stück um eine der im alten Totenritual der Tanimbaresen verwendeten ‹grossen Trommeln›, die, wie Drabbe (1940: 253) erwähnt, zusammen mit kleinen Trommeln und einem Gong gespielt wurden. Zu Beginn der mehrtägigen Totenwache brachte man der Trommel und dem Gong Opfergaben dar; dann setzte ein kundiger Sänger mit einem Totengesang ein, in dem Abkunft und Leben des Toten besungen wurden. Im Unterschied zu den konischen Handtrommeln, die auch auswärts geschlagen wurden, durfte die stehende Bechertrommel ausschliesslich im Dorfe selbst bespielt werden, und zwar während der gesamten Dauer der Totenwache und zur Begleitung des *mbuki*-Tanzes, der nach erfolgreichen Kopfjagden veranstaltet wurde.
Ankauf P. Wirz 1919.
Lit.: Drabbe 1940, Ramseyer 1970.

**Tambour sur pied**
Yamdena, îles Tanimbar, Moluques
caisse de résonance monoxyle
de forme cylindrique, sans membrane
haut. 97,5 cm,
diamètre (caisse) 41 cm

Dans toutes les communautés tribales empreintes de religion, la production d'instruments de musique destinés à une fonction rituelle correspond au profond désir de s'assurer les faveurs des puissances divines ambivalentes, de les intégrer dans la vie de tous les jours et de concrétiser leur présence par diverses formes d'expression musicale, de drames cultuels ou de sculptures et de peintures.
Le rythme du tambour tout en permettant au danseur de franchir les limites de l'inconscient pour pénétrer dans le domaine divin, constitue en même temps un moyen d'influencer et de contrôler les émanations imprévisibles des puissances surnaturelles. Fréquemment la communauté délègue à un spécialiste l'exécution des rites d'exorcisation et de la musique les accompagnant. C'est ainsi que le tambour sur pied est devenu la propriété exclusive des chamanes dans beaucoup de régions d'Indonésie.
Bien que nous n'ayons que fort peu d'informations au sujet de la pièce reproduite, sa fonction rituelle semble être confirmée par son aspect extérieur, soit une caisse de résonance cylindrique dont l'extrémité supérieure était sans doute à l'origine recouverte d'une membrane tendue à l'aide de lanières de cuir, le tout porté par une statue féminine devant les pieds de laquelle on a placé le récipient destiné à recevoir les offrandes.
Il s'agit probablement d'un ‹grand tambour› utilisé lors des rites funéraires. Selon Drabbe (1940: 253) il aurait été accompagné par des tambours plus petits ainsi que par un gong. Au début de la veillée mortuaire qui habituellement durait plusieurs jours, on apportait des offrandes au tambour et au gong; puis un chanteur expérimenté entonnait un chant funèbre relatant les origines et les exploits du défunt. Contrairement aux tambours de forme conique plus petits que l'on était autorisé à jouer n'importe ou, le grand tambour sur pied ne quittait jamais le village et n'était frappé que pour la durée d'une veillée mortuaire ou alors pour accompagner la danse *mbuki* concluant les chasses aux têtes couronnées de succès.
Achat P. Wirz 1919.
Bibl.: Drabbe 1940, Ramseyer 1970.

**Drum with Cup-Shaped Resonator**
Yamdena, Tanimbar group, Maluku
unpainted wood, drum without skin
h. 97.5 cm
diameter of the resonator 41 cm

The central concern of all religiously conceived tribal societies, namely to come closer to ambivalent divinity, to integrate it into everyday life, to depict it in ritual drama, carvings and paintings, is also the basis of the religiously motivated construction of a musical instrument.
The rhythm of the drum, which enraptures the dancer and allows him to approach God, also has the power to direct and control the unpredictable workings of supernatural forces. Often the community appoints a specialist to carry out exorcistic rites with the appropriate music. Thus in many parts of Indonesia the drum with cup-shaped resonator has become an instrument reserved for shamans.
Although we do not know much about how our drum was used and the way it was played, its whole appearance suggests that it once served a ritual purpose: the cylindrical resonator stands on the head of the figure of a naked woman in front of whose feet a small bowl for offerings is mounted.
Our piece may be one of the 'big drums' that were used in the old Tanimbarese death ritual and, according to Drabbe (1940: 253), were joined by small drums and a gong. At the beginning of a several-day-long death watch, offerings were made to the drum and the gong; then an experienced singer began a dirge celebrating the origins and life of the deceased. Unlike the conical hand-beaten drums, which could also be played outside the limits of the village, the standing drum could only be played within the village and only for the duration of the death watch or as an accompaniment of the *mbuki* dance, which took place after a successful head hunt.
Purchase P. Wirz 1919.
Bibl.: Drabbe 1940, Ramseyer 1970.

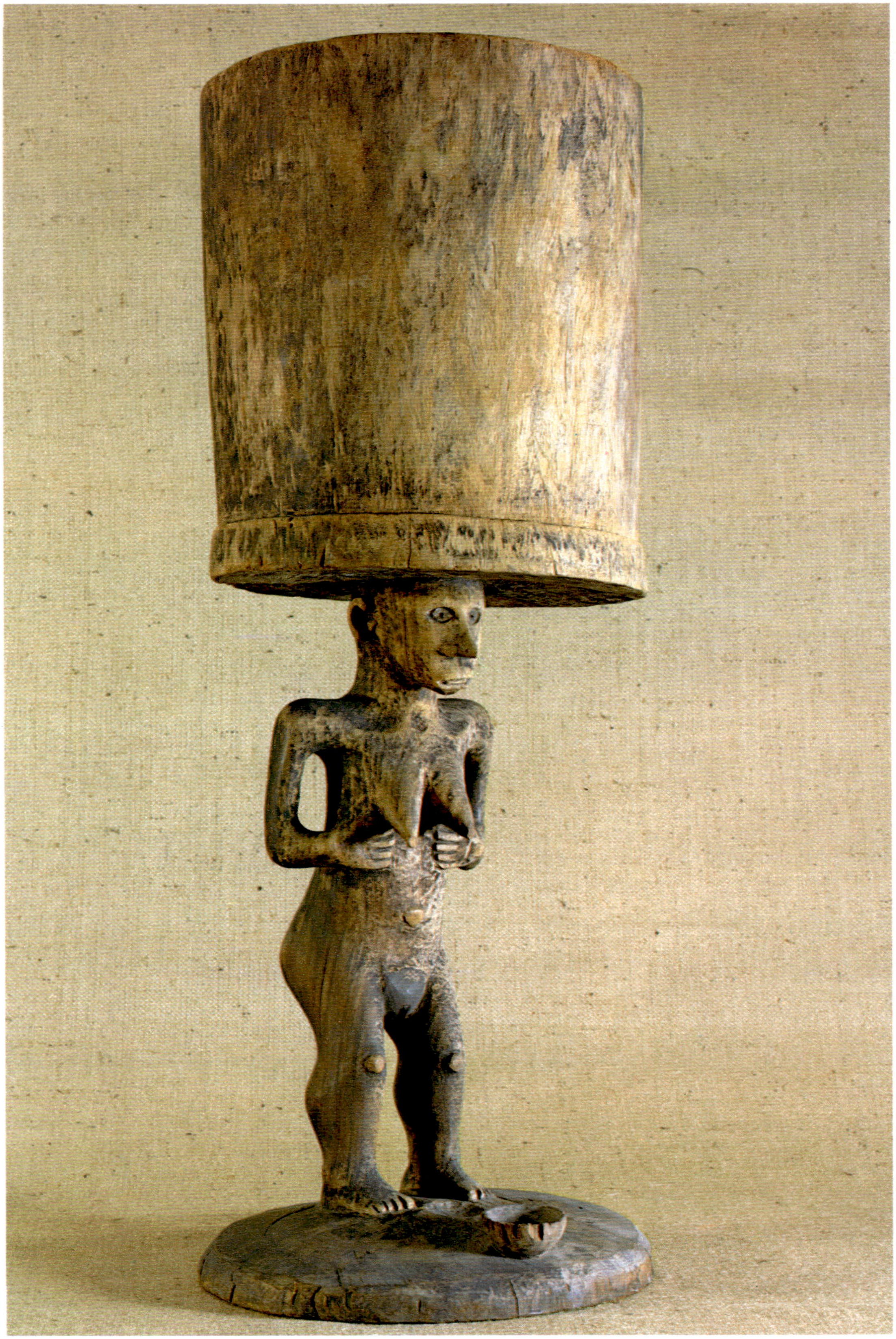

III/3

**Zeremonialtuch mit rotem Schiff**
Paminggir, Lampong, Sumatera
Baumwolle, flottanter Einschlag, broschiert
Gesamtlänge des Tuchs
(zwei Schiffe auf zwei Panelen)
312 cm, B. 70 cm

Textilien sind in indonesischen Kulturen immer mehr als einfache Kleidungsstücke. Sie sind Bestandteil sozialer und religiöser Systeme und spielen im rituellen Geschehen eine äusserst bedeutsame Rolle. Die als ‹rote und blaue Schiffstücher› bekannten *palepai* der sumateranischen Paminggir bilden in dieser Hinsicht keine Ausnahme und geben in ihrer sozialen Funktion und Darstellung Einblick in traditionelle Gebräuche und Strukturen.
A. Steinmann hat auf die Bedeutung des Schiffs als eines der Hauptelemente des sogenannten spätmegalithischen Dông-so'n-Kulturkomplexes hingewiesen. So wertet er auch die sumateranischen Schiffstücher als bildhaften Ausdruck der Auffassung, nach welcher die Seelen der Toten in Booten nach dem Seelenland ziehen. Die amerikanische Textilspezialistin M. S. Gittinger entwirft allerdings in ihren Publikationen ein differenzierteres, realistischeres, auf Feldforschung beruhendes Bild. So wissen wir heute, dass der Gebrauch der Tücher einer vergleichsweise kleinen aristokratischen Schicht vorbehalten ist. Die *palepai* wurden und werden z. T. noch heute an allen Ritualen verwendet, die den kritischen Übergang von einer Lebensstation zur nächsten markieren. Nach vorgegebener hierarchischer Ordnung an einer zentralen Wand des Hauses aufgehängt, symbolisieren sie einerseits die dualistische Struktur des Weltbildes und den zu vollziehenden Übergang von einem sozialen Status in einen andern und andererseits den Standort der Familie innerhalb der sozialen Rangordnung sowie die Kontinuität der patrilinearen Abstammungslinie.
Das Schiff mit seinen kultischen Aufbauten, Menschen, Ahnengöttern und Tieren, spiegelt also in diesem Fall weit mehr als eine Überfahrt der Totenseelen ins Jenseits – es stellt ein mehrdeutiges Symbol für klar umrissene soziale und religiöse Vorstellungen und Prozesse dar.
Ankauf 1956, Inv.-Nr. IIc 14757.
Lit.: Steinmann 1939, Gittinger 1972, 1976.

**Etoffe de cérémonie à barque rouge**
Paminggir, Lampong, Sumatera
coton, trame flottante en broché
longueur intégrale
(deux barques sur deux panneaux)
312 cm, larg. 70 cm

En Indonésie, les textiles représentent toujours bien plus qu'un simple vêtement. En tant qu'élément intégral dans bon nombre de systèmes socio-religieux, ils jouent un rôle prépondérant dans le contexte rituel. Les *palepai*, plus connus sous le nom d'‹étoffes à barques rouges ou bleues› ne font pas exception. Leur fonction à la fois sociale et descriptive nous permet de découvrir les coutumes et les structures traditionnelles des Paminggir.
A. Steinmann a souligné la signification primordiale que prend le motif de la barque dans la culture mégalithique tardive dite de Dông-so'n. Aussi voit-il dans les étoffes à barques de Sumatera l'illustration pure et simple de la conception selon laquelle les âmes des défunts s'embarqueraient pour aller rejoindre le royaume des âmes dans l'au-delà. Toutefois l'éminente spécialiste américaine, M. S. Gittinger, nous dépeint un tableau plus nuancé se basant sur une enquête conduite sur le terrain même. C'est ainsi que nous savons aujourd'hui que l'utilisation des étoffes à barques est réservée à une minorité aristocrate comparativement restreinte. Les *palepai* étaient et sont encore en usage lors de rituels marquant le passage critique d'une étappe à l'autre de l'existence. Suspendus à une paroi centrale de la demeure, ils symbolisent le dualisme universel et le pas d'un statut social à l'autre, mais également le rang social de la famille concernée ainsi que la continuité de son lignage patrilinéaire.
La barque et les édifices rituels qu'elle porte ainsi que les hommes, divinités ancestrales et animaux, reflètent donc bien plus que le voyage des âmes défuntes dans l'au-delà – ils constituent un symbole polyvalent de conceptions et de mécanismes socio-religieux clairement définis.
Achat 1956, No d'inv. IIc 14757.
Bibl.: Steinmann 1939, Gittinger 1972, 1976.

**Ceremonial Cloth with Red Ship**
Paminggir, Lampong, Sumatra
cotton, supplementary wefts, brocaded
total length of the cloth
(two ships on two panels)
312 cm, w. 70 cm

In Indonesian cultures textiles are always more than mere garments. They are part of a social and religious system and play a very important role in ritual activity. The *palepai* of the Sumatran Paminggir, which are known as 'red and blue ship cloths', are no exception; and both their social function and design provide insight into traditional customs and structures.
A. Steinmann has pointed out the significance of the ship as one of the main elements of the late megalithic, so-called Dông-so'n cultural complex. He thus interprets the Sumatran ship cloths as a pictorial expression of the idea that the souls of the dead journey to the land of souls in boats. The American textile specialist M. S. Gittinger presents a subtler, more realistic view based on field-work in her publications. Thus we know today that these cloths were reserved for use by a comparatively small, aristocratic class. The *palepai* were and are sometimes still used at rituals marking a transition from one stage in life to the next. They are hung on a central wall of the house in a given hierarchical order and symbolize both the dualistic structure of the Paminggir view of life and the transition about to be made from one social status to another as well as the family's position on the social ladder and the continuity of the patrilinear line of descent.
With its ritual superstructures, people, ancestral deities and animals, the ship reflects far more than a journey to the netherworld – it is a multifarious symbol of clearly defined social and religious concepts and processes.
Purchase 1956, Inv. No. IIc 14757.
Bibl.: Steinmann 1939, Gittinger 1972, 1976.

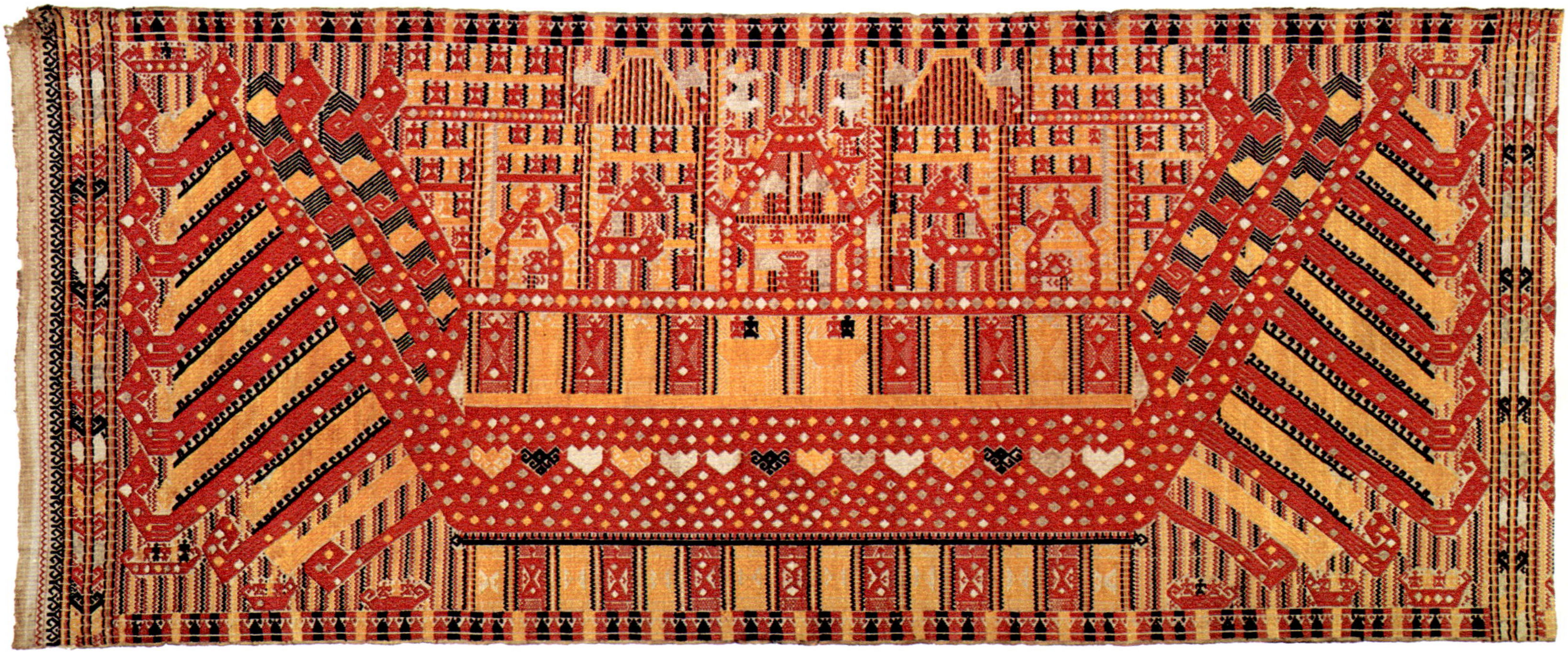

III/4

**Zeremonialmatte mit Lebensbaum**
Ngaju-Dayak am Murung-Fluss
Zentral-Kalimantan (Borneo)
Diagonalgeflecht aus feinen Rotanstreifen
L. 174 cm, B. 83,5 cm

Heilige Bäume oder Pflanzen stehen in vielen Religionen der Welt mit den Grundthemen der Schöpfung, des Tods und der Erneuerung in Verbindung. Auch in den Ursprungsmythen der Ngaju-Dayak erscheint der *batang garing,* der Lebensbaum, als Quelle des Lebens, des Reichtums und Wohlergehens. Die Dualität Oberwelt–Unterwelt löst sich im Denken der Ngaju in einer übergreifenden Einheit und Totalität auf. Diese findet in Mythos und Ritual ihren symbolischen Ausdruck in der Darstellung des Lebensbaums, in dem sich alle Embleme und Güter der beiden höchsten Gottheiten vereinigen: Lanzen, Dolche, Kanonen und Gongs, aber auch heilige irdene Krüge chinesischer Provenienz, die anlässlich der Rituale auf Rotanmatten gestellt werden. Sie werden von den Frauen mit meisterlichem Geschick geflochten und gemustert.
Auf unserem Bild erkennen wir zu beiden Seiten einer dreispitzigen Lanze zwei stilisierte Vögel. Am Fusse des mit dolchförmigen Früchten behangenen Baums wachsen Kokospalmen und Lanzen als Symbole der höchsten Güter. Im Innern der Wurzelpartie steht ein heiliger, mit Lebenswasser gefüllter Krug. Links und rechts des Baums erblicken wir Adorantenfiguren, Sonnen- und Mondsymbole, mäanderartige Linien sowie weitere Krüge. Unsere Flechtmatte hält eine entscheidende Phase des Schöpfungsmythos im Bild fest: den heiligen, kosmischen Streit zwischen einem männlichen, uranischen und einem weiblichen, chthonischen Nashornvogel, den Kampf zwischen Oberwelt und Unterwelt, der in der Zerstörung des Lebensbaums endet. Aus den zersplitterten Teilen entstehen der ganze Kosmos und das menschliche Leben. Im Zentrum aller mit kritischen Phasen des individuellen und sozialen Lebens verbundenen Ritualen stehen infolgedessen die Errichtung und Vernichtung eines Lebensbaums als Nachvollzug des mythischen Urzeitgeschehens.
Ankauf C. Barth 1953, Inv.-Nr. IIc 14423.
Lit.: Schärer 1946, 1966, Stöhr 1968.

**Natte rituelle à Arbre de Vie**
Dayak-Ngaju, cours supérieur du Murung
Kalimantan centrale (Bornéo)
vannerie diagonale an lanières de rotin
long. 174 cm, larg. 83,5 cm

Dans beaucoup de religions du monde, les arbres et les plantes sont associés aux thèmes essentiels de la création, de la mort et du renouveau. Il en va de même pour les Ngaju dont les mythes cosmogoniques font de l'Arbre de Vie, le *batang garing,* la source de vie, de richesse et de prospérité. Dans la pensée Ngaju, les deux sphères célestes et infernales constituant le principe dualiste se confondent en une seule unité intégrante. Dans le domaine mythologique et rituel, cet entité est symbolisée par l'Arbre de Vie réunissant tous les emblèmes et attributs des deux divinités suprêmes: lances, poignards, canons et gongs, mais encore jarres sacrées en céramique d'origine chinoise que l'on pose à l'occasion de rites divers sur des nattes confectionnées par les femmes.
La pièce reproduite comporte dans sa partie supérieure une lance à trois lames, flanquée de deux oiseaux stylisés. Au pied de l'arbre garni de fruits en forme de poignards, nous apercevons des cocotiers et des lances symbolisant les biens les plus précieux. A sa base, l'arbre renferme une jarre sacrée contenant de l'Elixir de Vie. Dans la partie inférieure, nous trouvons à droite et à gauche des figures dites ‹en adoration›, des symboles solaires et lunaires, des lignes méandriformes ainsi que d'autres jarres encore. La natte reproduite illustre une phase décisive du mythe cosmogonique: la lutte sacrée entre les puissances cosmiques au cours de laquelle s'affrontent le toucan mâle et uranien et le toucan femelle chthonien, un combat entre le principe céleste et le principe infernal qui aboutit à la destruction de l'Arbre de Vie. Les débris donnent alors naissance au cosmos et au monde des vivants. Ainsi l'élément central de tous les rites marquant une phase critique de la vie individuelle et sociale, comprendra l'érection et la destruction d'un Arbre de Vie, réitération des événements du mythe cosmogonique.
Achat C. Barth 1953, No d'inv. IIc 14423.
Bibl.: Schärer 1946, 1966, Stöhr 1968.

**Ceremonial Mat with Tree of Life**
Ngaju-Dayak on the Murung River
central Kalimantan (Borneo)
fine strips of rattan diagonally plaited
l. 174 cm, w. 83.5 cm

In many religions of the world sacred trees or plants are often connected with the basic themes of creation, death and renewal. In the Ngaju-Dayak myth of creation the *batang garing,* the tree of life, appears as the source of life, wealth and prosperity. In Ngaju thought the duality of upper world–under-world resolves in an all-embracing unity and totality. In myth and ritual this unity is symbolically expressed in the tree of life, in which all the emblems and possessions of the two highest deities are assembled: lances, daggers, cannons and gongs, but also the sacred earthen jars of Chinese provenance that during rituals stand on rattan mats which have been masterfully plaited and patterned by the women.
In our picture we can recognize two stylized birds flanking a three-pointed lance. At the foot of the tree, from which dagger-shaped fruit hangs down, coconut palms and lances grow as symbols of the highest possessions. A holy jar containing the water of life stands among the stylized roots. To the left and right of the tree we can see adorers, solar and lunar symbols, meander-like lines and further jars. Our plaited mat depicts a decisive phase in the myth of creation: the holy, cosmic battle between a male, uranian and a female, chthonian hornbill, the struggle between the upper world and the underworld, which ends in the destruction of the tree of life. The whole cosmos and human life are created from the shattered pieces. Thus, as a representation of this mythical event, the erection and demolition of a tree of life is the focal point of all rituals connected with critical phases of individual or social life.
Purchase C. Barth 1953, Inv. No. IIc 14423.
Bibl.: Schärer 1946, 1966, Stöhr 1968.

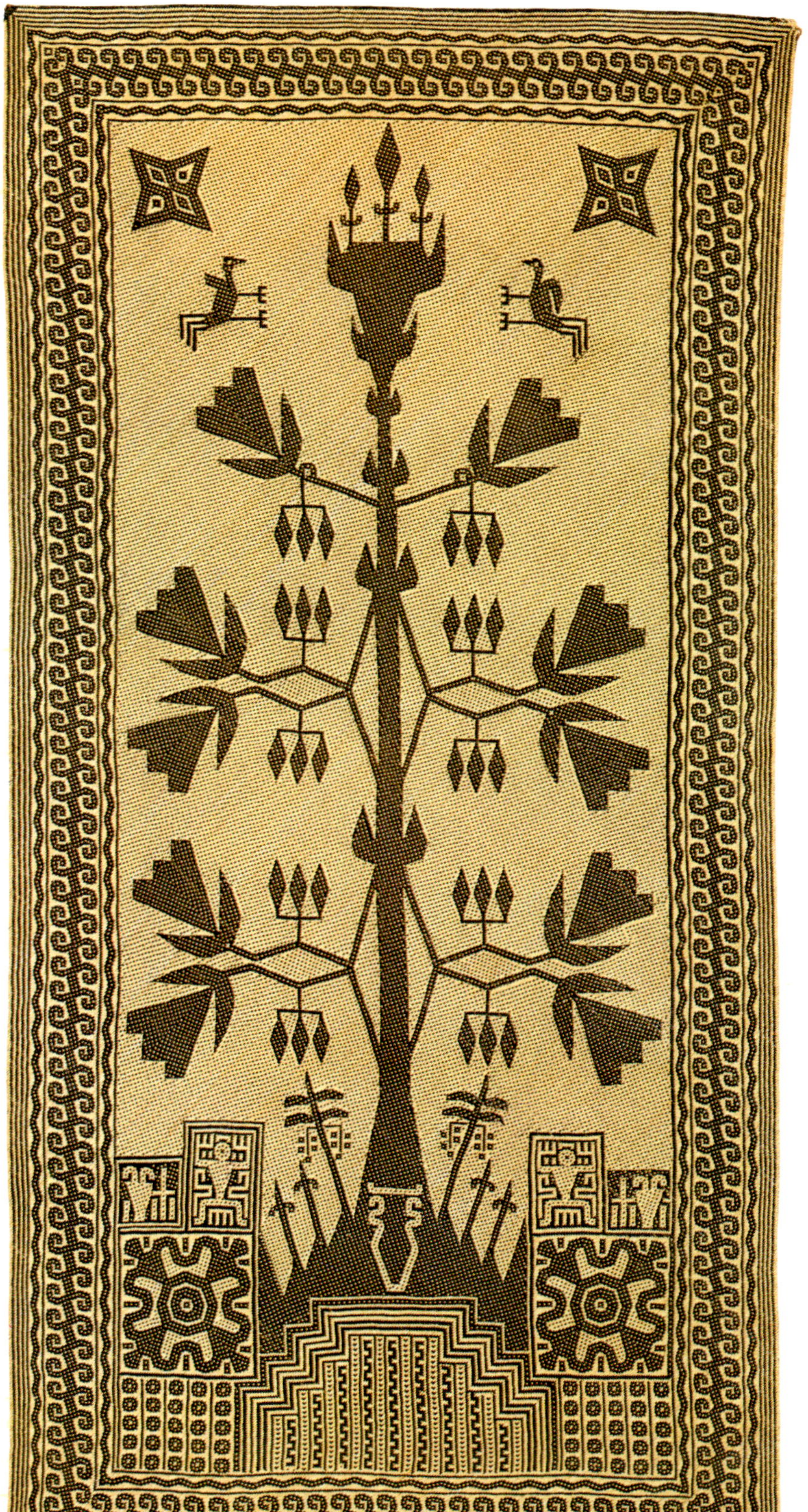

III/5

**Zeugen der Megalithkultur**
West-Sumba, Laoli
Grabfiguren aus weichem, mergeligem Gestein
männliche Figur: H. 65 cm
weibliche Figur: H. 55 cm

Megalithen – sakrale Steindenkmäler verschiedener Art und Grösse – sind in vielen Teilen der Welt sichtbarer Ausdruck religiös geprägter Weltbilder, in denen besonders die um die Ahnen und ihre Seelen kreisenden Vorstellungen eine zentrale Rolle spielen. In Indonesien treten Dolmen, Menhire, Terrassen- und Steinsarggräber, Sarkophage und Urnen, daneben aber auch kleinere Statuen aus Stein in solchen Gebieten in Erscheinung, in denen sich der Einfluss der vorhinduistischen, bronze-eisenzeitlichen Einwanderer (vgl. Einführung) in besonderem Masse geltend gemacht hat. Stellenweise lässt sich ein ausgeprägter Megalithismus sogar bis auf den heutigen Tag beobachten (z. B. Nias, Sumba). Die beiden Grabfiguren, die in ihrer körperlichen Gedrungenheit und in der streng formalisierten, aber ausdrucksstarken Gestaltung des Gesichts repräsentativ sind für den figuralen Stil dieser Kulturschicht, sind zur Zeit der japanischen Besetzung stark beschädigt worden. Eine Abbildung aus der Zeit vor dem Zweiten Weltkrieg (Rouffaer 1937: 40) gibt uns Aufschluss über das ursprüngliche Aussehen und die funktionale Bedeutung des Paares: So sehen wir die männliche Figur rittlings, die weibliche quer auf dem Rücken eines Pferdes sitzen, das unmittelbar hinter den mächtig ausladenden Hörnern eines steinernen Sarkophags in Gestalt eines stylisierten Wasserbüffels steht.
Nach Angaben der Einheimischen soll es sich bei unserem Figurenpaar um die mythischen Gründer eines patrilinearen Klans *(kabihu* oder *kabisu)* von Adligen oder Freien handeln, die ihre Herkunft über lange Stammlinien bis zu ihren ersten Vorfahren und dem Stammdorf zurückführen, in dem die alten Gräber und damit wichtige Ritualplätze liegen.
Expedition A. Bühler 1949,
Inv.-Nrn. IIc 12671, IIc 12672.
Lit.: Rouffaer 1937, Bühler 1952, 1953.

**Témoins d'une civilisation mégalithique**
Sumba, région ouest, Laoli
statues funéraires en pierre marneuse
figure masculine: h. 65 cm
figure féminine: h. 55 cm

Les mégalithes – des monuments commémoratifs en pierre de nature et de grandeur variée – sont dans beaucoup de régions du monde l'expression concrète d'une conception religieuse réservant aux ancêtres et à leurs âmes un rôle primordial. En Indonésie, des documents lithiques de la sorte – dolmens, menhirs, sépultures pyramidales, sarcophages et urnes, mais également statues en pierre relativement petites – apparaissent avant tout dans les régions ayant fortement subi l'influence de l'âge du bronze (cf. introduction). Les traces d'une culture mégalithique prononcée subsistent en partie jusqu'à nos jours (par exemple à Nias et à Sumba). Les deux statues funéraires dont le corps ramassé et la conception sobre, sévère et cependant expressive du visage, sont représentatives du style figuratif de cette culture. Elles ont malheureusement été fortement endommagées pendant l'occupation japonaise. Une illustration qui date d'une époque antérieure à la Seconde Guerre mondiale (Rouffaer 1937: 40) nous renseigne au sujet de l'aspect et de la fonction initiale des statues reproduites: le couple montait un cheval, la statue masculine étant assise à califourchon, la féminine de travers. La monture portant les deux personnages était disposée derrière une paire d'énormes cornes surmontant un sarcophage en pierre de la forme d'un buffle stylisé.
Selon une source indigène, il s'agirait des fondateurs mythiques d'un clan patrilinéaire (*kabihu* ou *kabisu*) de nobles ou d'indépendants dont l'origine, en passant par plusieurs lignages, remonte à leurs premiers ancêtres et au village fondateur dans lequel on trouve les sépultures indiquant l'emplacement des anciens sites rituels importants.
Mission A. Bühler 1949,
Nos d'inv. IIc 12671, IIc 12672.
Bibl.: Rouffaer 1937, Bühler 1952, 1953.

**Specimens of Megalithic Culture**
Western Sumba, Laoli
ancestral figures made of soft, marly stone
male figure: h. 65 cm
female figure: h. 55 cm

In many parts of the world megaliths – sacred stone monuments of various kinds and sizes – are a visible expression of a view of life based on religion and in which ancestors and their souls play an especially important role. In Indonesia dolmens, menhirs, terraced tombs, sarcophagi and urns as well as smaller stone statues are found in regions that were influenced particularly strongly by Iron and above all Bronze Age migrations (cf. Introduction). In some places distinctly megalithic features have survived into the present day (e.g. Nias, Sumba). With their thickset bodies and stylized yet expressive faces, the two funerary figures pictured here are representatives of the figural style of this cultural stratum. The statues were badly damaged during the Japanese occupation, but a picture taken before World War II (Rouffaer 1937: 40) shows us their original appearance and functional significance: thus we see the man straddling and the woman sitting sideways on a horse, the horse stands directly behind the powerful, spreading horns of a stone sarcophagus in the shape of a stylized water buffalo. According to the local population, our pair of figures are the mythical founders of a patrilinear clan (*kabihu* or *kabisu*) of noblemen or freemen, who trace their origins back along a long genealogical line to their original ancestors and the ancestral village in which the old tombs and thus important ritual spots are located.
Expedition A. Bühler 1949,
Inv. Nos. IIc 12671, IIc 12672.
Bibl.: Rouffaer 1937, Bühler 1952, 1953.

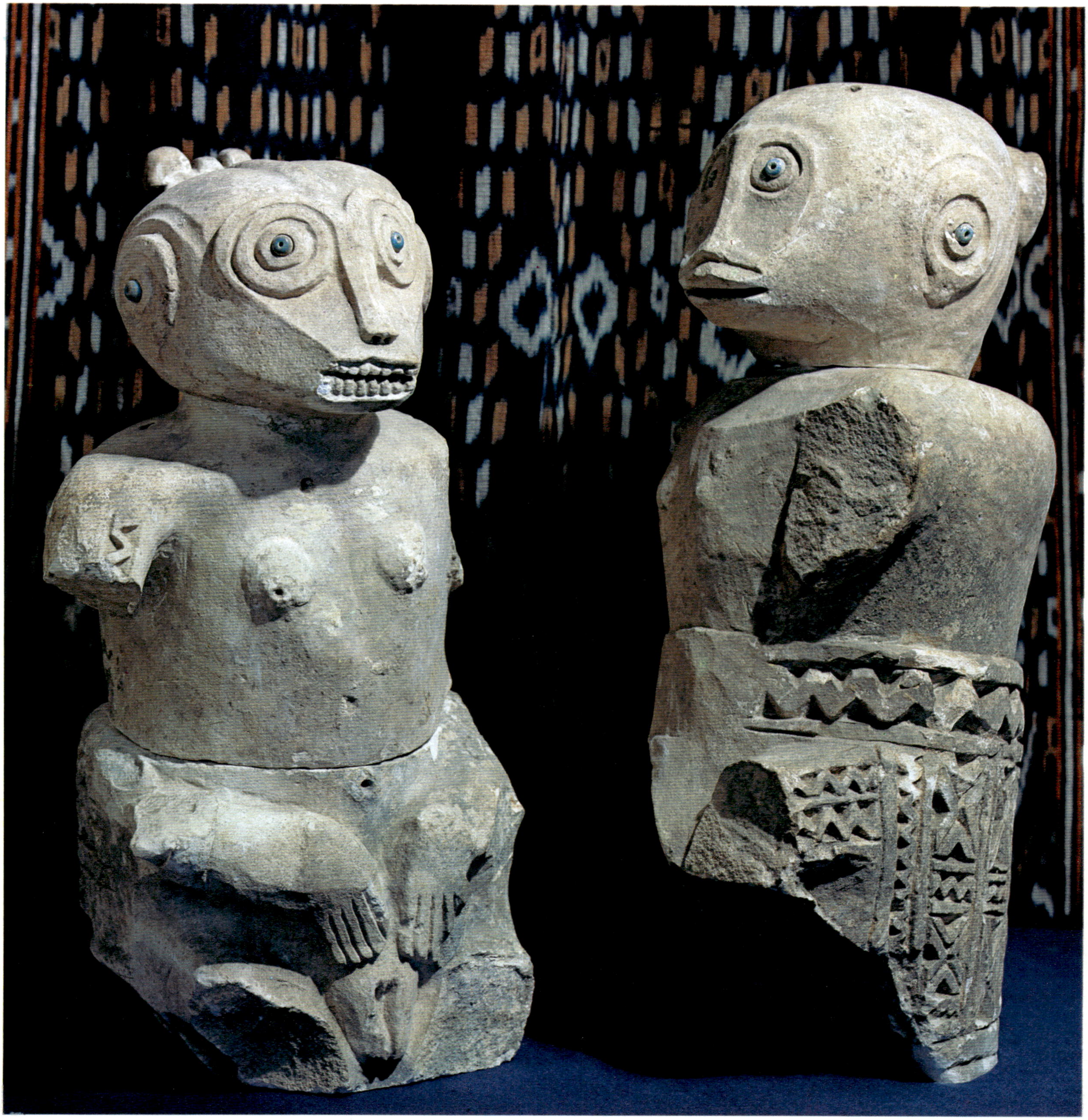

III/6

**Architekturstück mit Büffelkopfmotiv**
Toba Batak, Nord-Sumatera
dreiteilige Firstspitzengabel aus rot-weiss-schwarz bemaltem Holz
H. 74 cm, B. 67,5 cm

Die auf Pfählen errichteten, ganz aus Holz gebauten Häuser der Toba Batak, deren weit ausladende aneinandergereihte Satteldächer an eine Flotte schneller Fregatten gemahnen, zählen zu den eindrucksvollsten Leistungen der an baulichen Konstruktionsprinzipien ohnehin reichen alt-indonesischen Kulturen.
In den üppigen Verzierungen der Giebelhauswand zeichnen sich da und dort auch jüngere kulturhistorische Schichten ab und spiegeln so die wechselvolle Geschichte des heute weitgehend christianisierten Millionenvolks. Bei näherer Betrachtung der Batak-Ornamentik lassen sich malaiisch-islamische und hindu-sumateranisch beeinflusste Flächenornamente, wie beispielsweise Schneckenlinien oder pflanzliches Rankenwerk, klar auf Vorbilder des Dông-so'n-Formenkreises und besonders auf die S-förmige Doppelspirale zurückführen.
Die aus dem Ornamentalen heraustretenden Holzplastiken wirken hingegen in ihrer Ausdrucksstärke und Symbolik typisch alt-indonesisch. Bevorzugte Plätze für die besonders charakteristischen batakischen Kompositionen von Menschen- und Tierfiguren sind einerseits die beiden Nockbalkenenden, die zu mächtigen Dämonenköpfen (Sanskritbezeichnung *singha,* d. h. Löwe) ausgestaltet werden, sowie die Firstspitzengabel, die gelegentlich die Form eines grossen Kopfs mit zwei geschwungenen Büffelhörnern und einer ebenfalls gehörnten Reiterfigur als Mittelstück aufweist. Die mythische Bedeutung dieser als Wächtergestalten gedeuteten Figuren ist leider unklar. Zweifellos ist eine Beziehung zum Wasserbüffel *(kerbau)* herzustellen, dessen Hörner auch in der Ikonographie anderer alt-indonesischer Kulturen in Erscheinung treten. Auch bei den Toba Batak spielt er eine äusserst wichtige Rolle als Prestige- und Wohlstandssymbol, Symbol der Dorfgemeinschaft und Opfertier, das an den zentralen Festen der grossen Klane *(marga)* zu Ehren des Ahnherrn oder zum Zwecke der Reinigung und Erneuerung von Dorf und Gemeinschaft geschlachtet wird.
Ankauf P. Wirz 1925, Inv.-Nr. IIc 2287.
Lit.: De Lorm/Tichelman 1941, De Boer 1920, Heine-Geldern 1935, Ydema 1966.

**Pièce d'architecture à tête de buffle**
Toba Batak, nord de Sumatera
sculpture en ronde-bosse ornant l'extrémité de l'arête faîtière
bois, peinture rouge-blanc-noir
haut. 74 cm, larg. 67,5 cm

Les maisons en bois des Toba Batak – une construction sur pilotis recouverte d'une large toiture à double versant et arête faîtière incurvée – documentent fort bien la richesse architecturale dont disposent les cultures indonésiennes anciennes.
L'ornementation exubérante du pignon reflète ci et là une couche culturelle relativement récente, témoignant ainsi de l'histoire mouvementée de ces deux millions d'âmes dont la plupart aujourd'hui ont été christianisées. Cependant un examen attentif permet de déceler l'origine dongsonienne et plus particulièrement celle de la double spirale en S parmi certains motifs hindo-autochtones tel que le ruban en escargot ou alors le foisonnement d'arabesques végétales propre à l'art musulmano-malais.
L'expressivité et le symbolisme des sculptures en ronde-bosse, par contre, remontent indéniablement à une origine indonésienne ancienne. En ce qui concerne la sculpture batak comprenant généralement une composition de motifs anthropomorphes et zoomorphes, elle s'applique de préférence aux extrémités des deux poutres d'appui transversales que l'on pourvoit d'énormes têtes de démons (en sanscrit *singha* = lion), ainsi qu'à l'extrémité de l'arête faîtière dont la décoration consiste quelquefois en une tête de buffle à cornes recourbées surmontée au centre d'un cavalier cornu lui aussi. Quant à la signification mythique de ces personnages dans lesquels on croit voire des figures gardiennes, elle n'a pas été éclaircie. Il y a sans doute un rapport avec le buffle *(kerbau)* dont les cornes apparaissent d'ailleurs dans l'iconographie de plusieurs cultures indonésiennes anciennes. Pour ce qui est des Toba Batak, le buffle joue en tous cas un rôle important; il représente l'équivalent de prestige et d'aisance tout en symbolisant la communauté villageoise; par ailleurs il est la bête de sacrifice que l'on immolera soit en honneur des ancêtres à l'occasion des festivités reliées aux clans principaux *(marga),* soit dans le but de purifier et de reconsacrer le village et la communauté.
Achat P. Wirz 1925, No d'inv. IIc 2287.
Bibl.: De Lorm/Tichelman 1941, De Boer 1920, Heine-Geldern 1935, Ydema 1966.

**Architectural Ornament with Buffalo-Head Motif**
Toba Batak, northern Sumatra
three-part crown of the ridge of a roof made of wood painted red, white and black
h. 74 cm, w. 67.5 cm

Old Indonesian cultures developed an abundance of architectural principles. And the wooden pile-houses of the Toba Batak, their sweeping saddle-roofs close together and reminiscent of a fleet of fast fregates, number among their most impressive achievements. Here and there in the elaborate decoration of pediments more recent stages of cultural history are also suggested and the eventful history of this people, which is largely Christianized today, is reflected. Close inspection of Batak ornamentation allows us to trace the Malayan-Moslem and Hindu-Sumatran influenced all-over surface decorations like spirals or plant creepers back to the models of Dông-so'n designs and especially to the S-shaped double spiral.
The wood sculptures that project from these ornamental surfaces, on the other hand, are typically Old Indonesian in their expressiveness and symbolism. Favorite places for human and animal figures are the two ends of lateral beams, which are shaped into huge demon heads (Sanskrit term *singha,* i.e. lion), and the crown of the ridge of the roof, which is sometimes shaped like a large head with two curved buffalo horns and a horned rider as the central piece. Unfortunately the mythological significance of these figures, which have been interpreted as guardians, is not clear. A relationship to the water buffalo *(kerbau),* whose horns also appear in the iconography of other Old Indonesian cultures, can undoubtedly be established. For the Toba Batak it plays an extremely important role, too, as a symbol of prestige and wealth and symbol of the village community. It is also a sacrificial animal slaughtered by the village and the community at the principle feast of the large clans *(marga)* in honour of their forefathers or for purposes of purification and renewal.
Purchase P. Wirz 1925, Inv. No. IIc 2287.
Bibl.: De Lorm/Tichelman 1941, De Boer 1920, Heine-Geldern 1935, Ydema 1966.

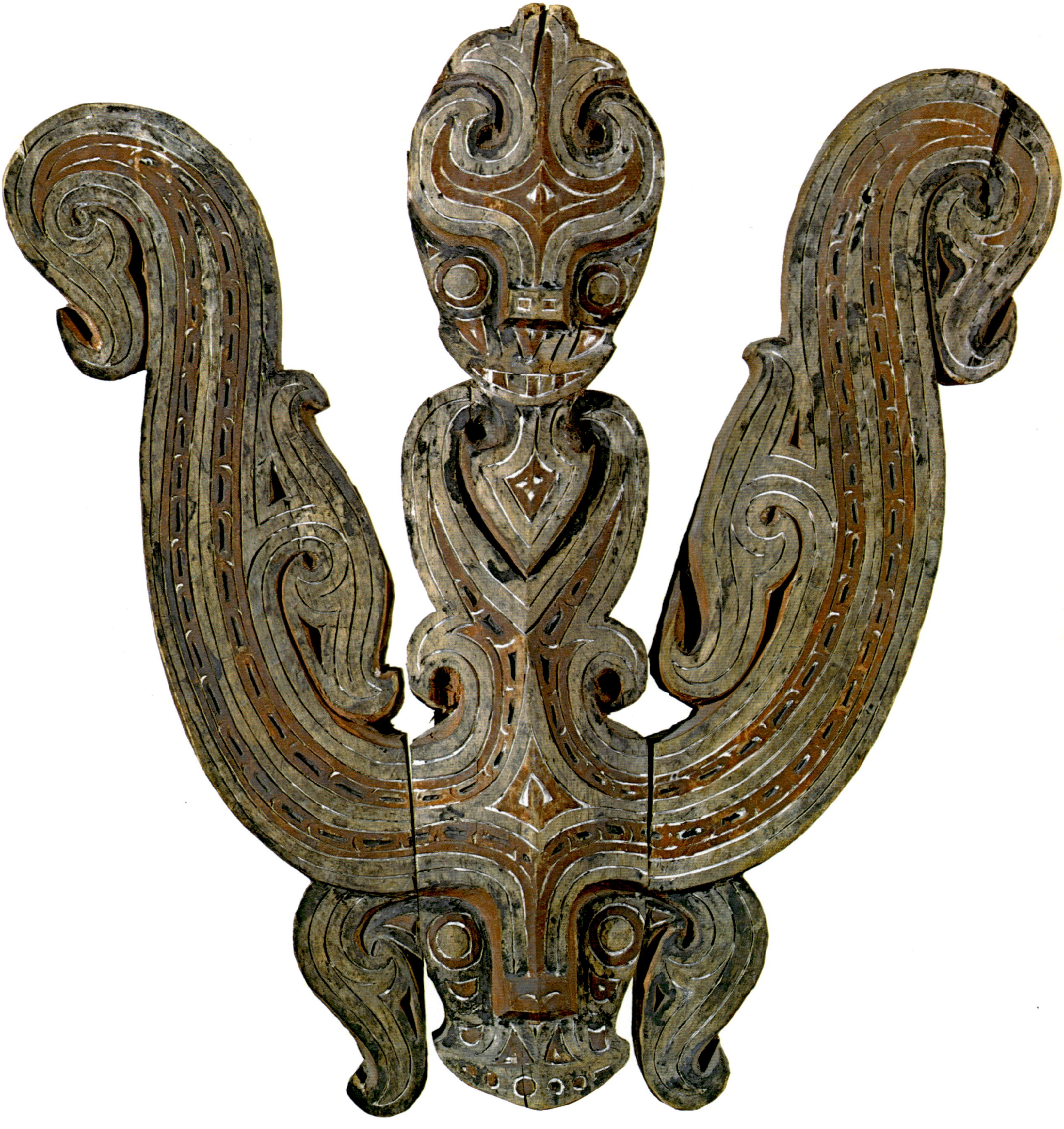

III/7

**Hausaltar mit Ahnenfigur**
Hiljöno, Süd-Nias
helles Holz, Ahnenfigur dunkel patiniert mit rotem Hüfttuch
H. 86 cm, B. 49 cm

Bei den etwa 200000 Bewohnern der grössten und volkreichsten der westlich von Sumatera gelegenen Inseln stand die megalithische Kultur noch Anfang dieses Jahrhunderts in voller Blüte. Sie wurde geprägt von einer Adelsschicht, deren erbliche Ansprüche auf die Häuptlingsschaft sich auf den Schöpfungsmythos zurückführen liessen.
Die auf einem thronartigen Postament sitzende Ahnenfigur stammt, aller Wahrscheinlichkeit nach, aus dem Wohnhaus eines solchen südniassischen Adligen. Sie diente dazu, die ambivalente Seele des verstorbenen Familienvaters an einen festen Ruheplatz und in den Rahmen der Gemeinschaft der Lebenden zu binden. Die Ahnenseele wurde am Hausaltar durch Opferhandlungen verehrt und günstig gestimmt. Der adlige Vorfahre trägt die wesentlichen Attribute des tapferen niassischen Kriegers: einen weit geschwungenen Halsring, einen künstlichen Schnurrbart, wie ihn die Niasser bei festlichen und kriegerischen Anlässen zu tragen pflegen, und einen Kopfschmuck mit drei Aufsätzen. Das rechte Ohrläppchen wird durch einen brillenförmigen, schweren Ohrschmuck geweitet und heruntergezogen. In den auf den Knien ruhenden Händen hält die Figur einen kleinen Mörser und einen dazugehörigen Stössel zum Zerkleinern des Betelpriems.
Halsring und Ohrschmuck erscheinen, zusammen mit einem weiteren, kragenförmigen Halsschmuck sowie zwei Blütenstengeln, auch im Zierwerk des Wandbretts. Nach Heine-Geldern gehen die Motive des Blütenstengels und des Throns in Sesselform auf buddhistische Vorbilder aus dem 2.–3. Jahrhundert n. Chr. zurück.
Ankauf P. Wirz 1927, Inv.-Nr. IIc 2627.
Lit.: De Boer 1920, Horsky 1942, Wirz 1928, Heine-Geldern 1956, Schröder 1917, Møller 1934, Stöhr 1976.

**Autel domestique avec figure ancestrale**
Hiljöno, sud de Nias
bois clair, figure patinée portant une ceinture en tissu rouge
haut. 86 cm, larg. 49 cm

La culture mégalithique des 200000 habitants de la plus grande et la plus peuplée des îles longeant la côte ouest de Sumatera, était en plein épanouissement jusqu'au début de ce siècle. Elle était portée par une couche de nobles s'appuyant sur un mythe cosmogonique pour revendiquer les droits héréditaires à la chefferie.
Cette figure ancestrale trônant sur une sorte de piédestal-niche aura vraisemblablement appartenu à la demeure d'un noble de la région du sud. Elle avait alors la fonction de rattacher l'âme ambivalente du chef de famille défunt à un endroit précis et par là même à la communauté des vivants. Les âmes ancestrales étaient vénérées par des rites sacrificiels que l'on exécutait devant l'autel domestique dans le but de se les rendre favorables. L'ancêtre de noblesse que nous voyons porte les principaux attributs caractérisant un vaillant guerrier de Nias: un anneau de grande dimension autour du cou, une moustache artificielle telle qu'on les porte à l'occasion de festivités et d'expéditions guerrières ainsi qu'une coiffure à trois pointes. Le lobe percé de l'oreille droite est distendu par une lourde parure. Dans ses mains, il tient un mortier et un pilon, deux accessoires indispensables à la préparation de la chique de bétel.
Le motif de l'anneau et de la parure d'oreille réapparaît sur la planche de fond, ensemble avec une parure pectorale ‹en collerette› et deux branches en fleurs. Selon Heine-Geldern, le motif de la branche en fleurs et la forme du trône remonteraient à une influence bouddhique datant du IIe ou IIIe siècle apr. J.-C.
Achat P. Wirz 1927, No d'inv. IIc 2627.
Bibl.: De Boer 1920, Horsky 1942, Wirz 1928, Heine-Geldern 1956, Schröder 1917, Møller 1934, Stöhr 1976.

**Household Altar with Ancestral Figure**
Hiljöno, southern Nias
light-coloured wood, ancestral figure with dark patina and red hip cloth
h. 86 cm, w. 49 cm

At the beginning of this century megalithic culture still flourished among the approximately 200,000 inhabitants of Nias, the largest and most populous island west of Sumatra. It was shaped by an aristocratic class, whose considerable claims to chieftancy could be traced back to the myth of creation. This ancestral figure seated on a throne-like pedestal probably comes from the home of such a nobleman from southern Nias. Its purpose was to give the ambivalent soul of the deceased forefather a permanent resting place and a position within the community of the living. The ancestral soul was worshipped and propitiated at the household altar. This aristocratic ancestor has the essential attributes of the brave warrior of Nias: a large, curved necklace, the kind of artificial moustache the men from Nias wore on festive and warlike occasions and a three-tiered headdress. The right earlobe is extended and pulled down by a heavy, figure-eight-shaped ear pendant. The figure's hands are resting on its knees and holding a small mortar and pestle with which to crush the betel chew.
The necklace and ear pendant along with another collar-like ornament and two peduncles also appear in the decoration of the backboard of the altar. According to Heine-Geldern, the peduncle and throne motifs go back to Buddhistic examples from the 2nd or 3rd century A.D.
Purchase P. Wirz 1927, Inv. No. IIc 2627.
Bibl.: De Boer 1920, Horsky 1942, Wirz 1928, Heine-Geldern 1956, Schröder 1917, Møller 1934, Stöhr 1976.

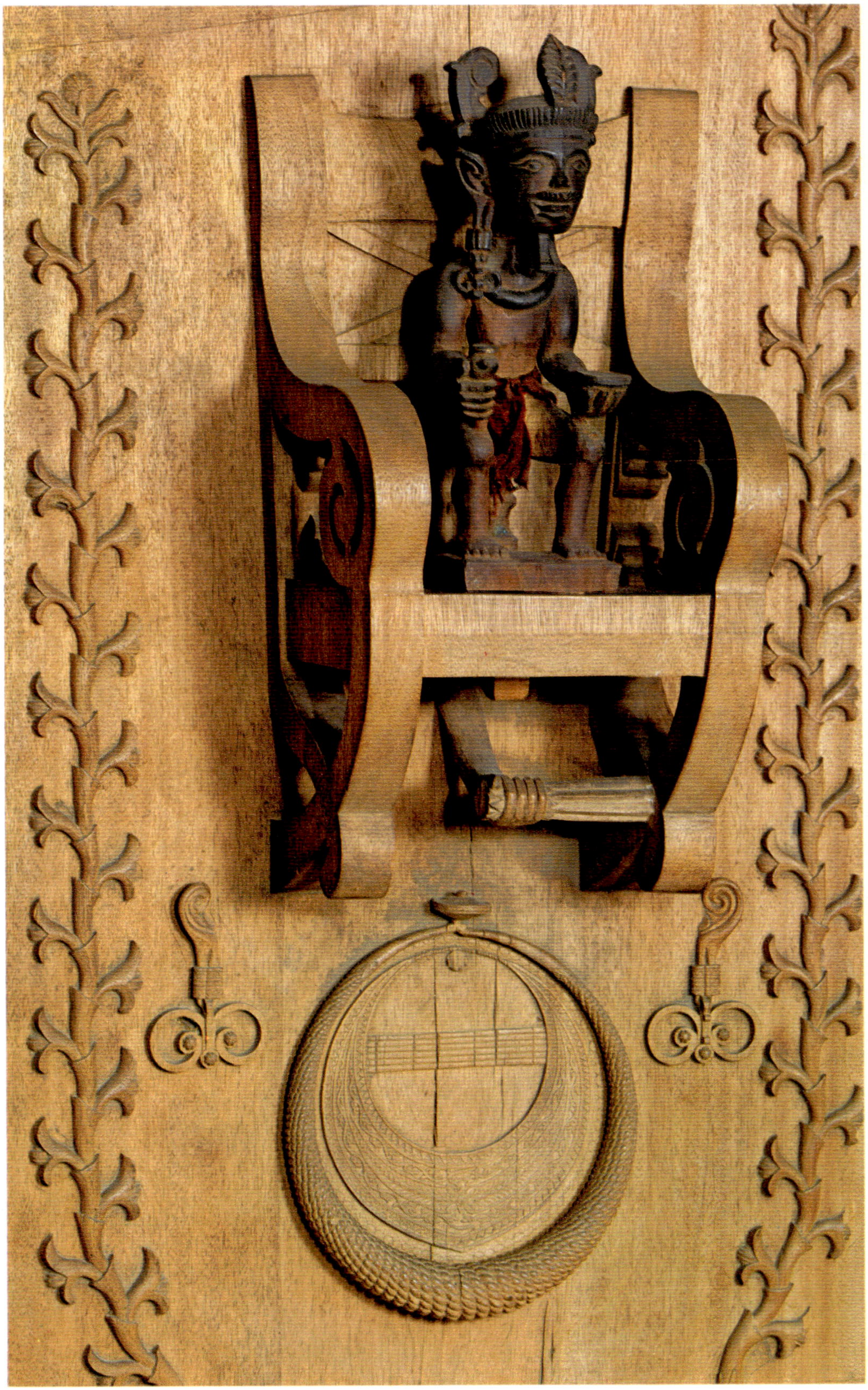

III/8

**Doppelikat-Zeremonialtuch**
Tenganan Pageringsingan, Karangasem, Bali
Reservemusterung auf Kette und Eintrag
Baumwollgarn, Pflanzenfarben
L. 213 cm, B. 56 cm

Indra, Schöpfergott der Bewohner des Dorfs Tenganan Pageringsingan, sass einst auf einem Strauch und freute sich über die Schönheit des Monds und der Sterne. Da beschloss er, die Frauen und Mädchen in die Kunst des Ikattens und Webens einzuführen, und malte ihnen die zu musternden Sternbilder, die er stets vor Augen haben wollte, als Schattenbilder an den Himmel.
Seither gilt in der exklusiven Ritualgemeinschaft von Tenganan das göttliche Gebot, bei allen wichtigen religiösen Zeremonien *kamben geringsing,* d.h. von Gott selbst inspirierte Doppelikat-Tücher, zu tragen. Denn diese stecken aufgrund ihres Ursprungs voller Kraft, wehren aktiv Gefahren ab und schützen die Dorfbewohner vor Unreinheit, Krankheit und unnatürlichem Tod.
Die Mädchen und Frauen von Tenganan aber dürfen sich seither rühmen, mit technisch einfachsten Mitteln Tücher herzustellen, die weltweit museale und textiltechnologische Beachtung gefunden haben. Doppelikat, eine Technik, bei der die Reservemusterungen vor dem Weben auf Kette und Eintrag angebracht werden, wobei sich das definitive Muster erst nach dem Webprozess zeigt, ist nur in Süd- und Südostasien bekannt. In Indonesien praktiziert man dieses äusserst anspruchsvolle und zeitaufwendige Verfahren nur in einem Dorf: Tenganan Pageringsingan.
Einen Höhepunkt der Textilkunst stellen die sogenannten *geringsing wayang*-Tücher dar, bei denen das Mittelfeld durch grosse vierstrahlige Sternmuster in halbkreisförmige Segmente gegliedert wird, in die, quer zur Webbahn, unterschiedliche Figurengruppen plaziert werden – in unserem Fall zwei weibliche Figuren bei Opferhandlungen vor einem Schrein. Stil und Ikonographie weisen deutliche Bezüge zu ostjavanischen Tempelreliefs aus dem 13. und 14. Jahrhundert auf und deuten geschichtliche Querverbindungen an, die leider noch nicht geklärt sind.
Ankauf Nicole Ramseyer-Gygi 1975,
Inv.-Nr. IIc 17786.
Lit.: Korn 1933, Bühler 1943,
Bühler/Ramseyer/Ramseyer-Gygi 1975.

**Etoffe de cérémonie en double ikat**
Tenganan Pageringsingan, Karangasem, Bali
technique de réserves ligaturées appliquées, sur la chaîne et la trame, coton couleurs végétales, long. 213 cm, larg. 56 cm

Le dieu Indra, créateur des habitants de Tenganan, se posa un jour sur un buisson pour contempler la lune et les étoiles. Ce qu'il vit lui plut à tel point qu'il décida d'enseigner aux femmes et aux jeunes filles de Tenganan l'art de l'ikat et du tissage en peignant au firmament les contours des motifs étoilés qu'il désirait perpétuer.
Dès lors la communauté rituelle de Tenganan porta le *kamben geringsing* inspiré par Indra lui-même à l'occasion de toutes les cérémonies religieuses importantes; grâce à leur origine divine, ces tissus contiennent en effet une force bienfaisante détournant tout danger et protégeant les membres de la communauté contre toutes les formes d'impureté, contre maladies et mort violente.
Quant aux jeunes filles et aux femmes de Tenganan, elles peuvent se vanter de fabriquer avec des moyens techniques les plus simples, des étoffes jouissant d'une renommée mondiale parmi les collectionneurs et les spécialistes du textile. Le double ikat, une technique au cours de laquelle on applique d'abord les réserves sur les fils de la chaîne et de la trame pour voir ensuite se concrétiser les motifs au cours du tissage, n'est utilisé que dans le Sud et le Sud-Est asiatique. En Indonésie, cette technique fort compliquée requérant une grande habileté et beaucoup de temps n'est pratiquée que dans un seul village, celui justement de Tenganan Pageringsingan.
Parmi les *kamben geringsing,* les *geringsing wayang* sont les plus représentatifs. On les distingue à leur motif central, une grande étoile à quatre branches départageant l'étoffe en segments semi-circulaires regroupant des personnages disposés dans le sens trame. En ce qui concerne la pièce reproduite, il s'agit de deux figures féminines s'apprêtant à déposer des offrandes sur un autel. Le style et l'iconographie des *geringsing wayang* rappellent indéniablement celui de certains bas-reliefs des temples du XIIIe et du XIVe siècle de la région est de Java. Cependant la portée des contacts historiques n'a pas pu être établie jusqu'à ce jour.
Achat Nicole Ramseyer-Gygi 1975,
No d'inv. IIc 177786.
Bibl.: Korn 1933, Bühler 1943,
Bühler/Ramseyer/Ramseyer-Gygi 1975.

**Double Ikat Ceremonial Cloth**
Tenganan Pageringsingan, Karangasem, Bali
resist-patterned warp and weft
cotton yarn, vegetable dyes
l. 213 cm, w. 56 cm

Once upon a time Indra, the god who had created the inhabitants of the village of Tenganan Pageringsingan, was sitting on a bush enjoying the beauty of the moon and stars. Then and there he decided to teach the women and girls the art of ikat-patterning and weaving, and drew the constellations he wanted to be able to see at any time as silhouettes on the sky for them.
Since then the exclusive, ritual community of Tenganan has lived by the divine commandment to wear *kamben geringsing,* i.e. double ikat cloths inspired by God himself, at all important religious ceremonies. Because of their origins these cloths are, after all, charged with power that allows them to actively ward off danger and protect the villagers from impurity, disease and unnatural death.
Since that time the girls and women of Tenganan have been able to pride themselves on their cloths, which, though produced by technically simply methods, have won them worldwide acclaim both in museum and textile-technology circles, Double ikat, a technique by which resist patterns are applied to warp and weft before weaving, the final pattern only appearing after the weaving process, is known only in southern and Southeast Asia. In Indonesia this exacting and time-consuming process is practised in only one village: Tenganan Pageringsingan.
The so-called *geringsing wayang* cloths are masterpieces of textile art. These fabrics have large, four-pointed star patterns dividing their central fields into semi-circular segments with various groups of figures placed perpendicular to the width – in our case two female figures presenting offerings before a shrine. Style and iconography show clear relationships to eastern Javanese temple reliefs from the 13th and 14th centuries and suggest cross-connections which have unfortunately not been clarified yet.
Purchase Nicole Ramseyer-Gygi 1975,
Inv. No. IIc 17786.
Bibl.: Korn 1933, Bühler 1943,
Bühler/Ramseyer/Ramseyer-Gygi 1975.

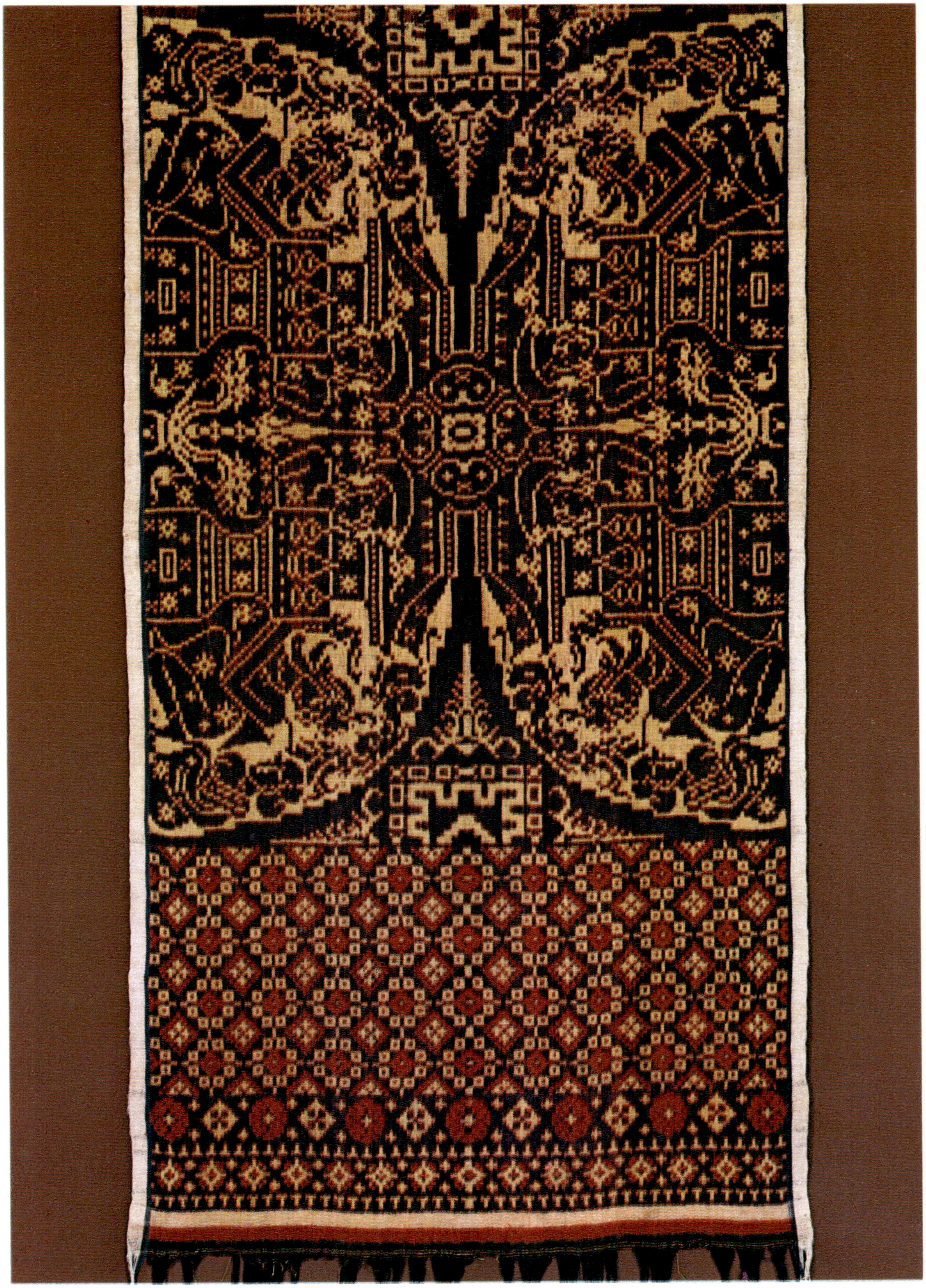

III/9

**Figuren aus dem Schattentheater**
Zentral-Java (v.l.n.r.): Yogyakarta
Priyangan, Surakarta
Lederfiguren mit Horngriffen
mittlere Figur ohne Griff: H. 78 cm

Das Schattentheater tritt in Indonesien nur in ehemals hindu-javanischen Gebieten in Erscheinung, spielt hier aber, trotz weitgehender Islamisierung, bis auf den heutigen Tag eine ganz zentrale mystische und erzieherische Rolle. Mit dieser Gattung indonesischer Kunst überschreiten wir erstmals deutlich die Schwelle von der alt-indonesischen zur indisch beeinflussten Kultur. Die traditionelle Funktion des *wayang kulit* (Theater mit Lederfiguren) lässt sich in hindu-javanisch geprägten Teilen Balis noch in besonders reinen Zügen erkennen. Als exorzistisches oder reinigendes Spiel wird es bei Tag und bei Nacht, ohne und mit Bildschirm, von einem priesterlichen Vorführer dann gegeben, wenn ein Individuum oder eine Gemeinschaft von Gefahren bedroht sind und im dramatisch nachvollzogenen Kampf zwischen Gut und Böse die harmonische Weltordnung erneuert werden muss.
Neben rein rituellen Bedürfnissen erfüllt das Theater mit Lederfiguren jedoch auch höchste Ansprüche in bezug auf weltliche Unterhaltung, die vom derben Bauernwitz über die dämonische Zote bis zum gehobenen Dialog der Götter und zum Kampf der Helden gegen das Böse alles einschliesst, was ein balinesisches oder javanisches Publikum an den Bildschirm *(kelir)* zu locken vermag.
Im Schattentheater lässt der vielseitig begabte Vorführer eine Welt aufleben, in der Teile aus indischen Epen mit indonesischen Mythen verschmolzen sind. Episoden, in denen der edle und feingliedrige Held und Liebling der Indonesier, Arjuna (links im Bild), auftritt, erfreuen sich spezieller Beliebtheit, Krsna (rechts im Bild), eine Inkarnation Wisnus, steht als Berater der rechtschaffenen Pandawa-Brüder in besonderer Hochachtung.
Der *kayonan* oder *gunungan,* eine Kombination von Weltenberg und Lebensbaum, gilt als Symbol für die kosmische Ordnung. In allen Aufführungen erscheint er zu Beginn, zwischen den Hauptteilen und am Schluss oder immer dann, wenn ominöse Ereignisse vor sich gehen.
Legate (v.l.n.r.): J. Krebs 1931, E. Schlager 1938, J. Krebs 1931, Inv.-Nrn. IIc 2890, IIc 7090, IIc 2891.
Lit.: Kats 1923, Holt 1967, Hooykaas 1973, Pink-Wilpert 1976, Ramseyer 1977.

**Figures du théâtre de jeux d'ombres**
Java centrale (de gauche à droite): Yogyakarta, Priyangan, Surakarta
figures en cuir ajouré
haut. de la figure du milieu
(sans manche): 78 cm

En Indonésie, le théâtre de jeux d'ombres apparaît uniquement dans les régions anciennement hindo-javanaises ou javanisées; il y a gardé un rôle mystique et éducatif élémentaire en dépit d'une islamisation presque complète. Avec le théâtre de jeux d'ombres, nous franchissons pour la première fois le palier conduisant de l'ancienne culture indonésienne à l'époque de l'influence hindoue. A Bali, la fonction traditionnelle du *wayang kulit* (théâtre avec figures en cuir) peut être observée sous une forme particulièrement pure. Un présentateur consacré exécutera alors un exorcisme ou un rituel purificatoire sous la forme d'une performance diurne ou nocturne, avec ou sans écran, à chaque fois qu'il s'agira d'éloigner un danger d'un individu ou d'une communauté menacée.
En dehors de sa fonction rituelle, le *wayang kulit* comprend également une forme séculaire remplissant en majeure partie un rôle divertissant; un tel programme offrira alors tout ce qui peut attirer le public javanais ou balinais devant l'écran *(kelir),* à commencer par la grivoiserie paysanne, les obscénités des personnages démoniaques, les dialogues d'un style soutenu entre divinités jusqu'au combat des héros contre le Mal. A travers le théâtre de jeux d'ombres, le présentateur aux talents multiples saura faire renaître un monde dans lequel se fondent les récits épiques indiens et la mythologie indonésienne.
Les épisodes montrant Arjuna (à gauche) dont la noblesse se traduisant par la finesse de ses proportions, en fait le héros de prédilection des Indonésiens, jouissent d'une grande popularité. Krsna (à droite), une incarnation de Wisnu, reçoit l'estime du public en tant que conseiller spirituel des cinq frères Pandawa, justes et honnêtes.
Le *kayonan* ou *gunungan* réunissant à la fois la Montagne Universelle et l'Arbre de Vie constitue le symbole de l'ordre cosmique. Dans toutes les représentations il apparaît au début et entre les parties principales ainsi qu'à la fin, mais il surviendra également lors d'événements fatidiques, symbolisant alors la stabilité de l'ordre universel.
Donations: J. Krebs 1931, E. Schlager 1938, Nos d'inv. IIc 2890, IIc 7090, IIc 2891.
Bibl.: Kats 1923, Hooykaas 1973, Pink-Wilpert 1976, Ramseyer 1977.

**Shadow Play Figures**
Central Java (from left to right):
Yogyakarta, Priyangan, Surakarta
leather figures with horn handles
figure in the centre without handle:
h. 78 cm

Shadow plays are encountered only in the formerly Hindu-Javanese or Javanized regions of Indonesia. In spite of extensive Islamization, they still play a very central mystical and educational role in these areas today. With this genre we have clearly crossed the threshold from Old Indonesian to Indian influenced culture for the first time.
The traditional function of the *wayang kulit* (theatre with leather puppets) can still be recognized in particularly pure form in the parts of Bali largely moulded by Hindu-Javanese influences. As an exorcistic or purifying play, by day or by night, with or without screen, it is always presented by a priestly performer when an individual or a community is threatened and the harmony of the world order has to be renewed in a dramatic representation of the battle between good and evil.
The leather puppet theatre does not fulfil only ritual needs, it also provides very good worldly entertainment, for it contains everything – from rough peasant humour through demonic obscenity to the elevated dialogue of the gods and the heroes' battle against evil – that can attract a Balinese or Javanese audience to the screen (*kelir*). In a shadow play the *dalang* with his many talents makes a world come to life which is a blend of Indian epics and Indonesian myths. Episodes in which the noble, delicate-limbed hero and darling of Indonesian audiences Arjuna (at the left in our picture) appears are especially popular. As the upright Pandawa brothers' advisor, Krsna (at the right), an incarnation of Wisnu, is very highly esteemed.
The *kayonan* or *gunungan,* a combination of mountain of the world and tree of life, is a symbol of world order. It appears at the beginning of each performance, between the main parts and at the end or whenever there are ominous events taking place, to indicate that the world is stable.
Gifts (from left to right): J. Krebs 1931, E. Schlager 1938, J. Krebs 1931, Inv. Nos. IIc 2890, IIc 7090, IIc 2891.
Bibl.: Kats 1923, Holt 1967, Hooykaas 1973, Pink-Wilpert 1976, Ramseyer 1977.

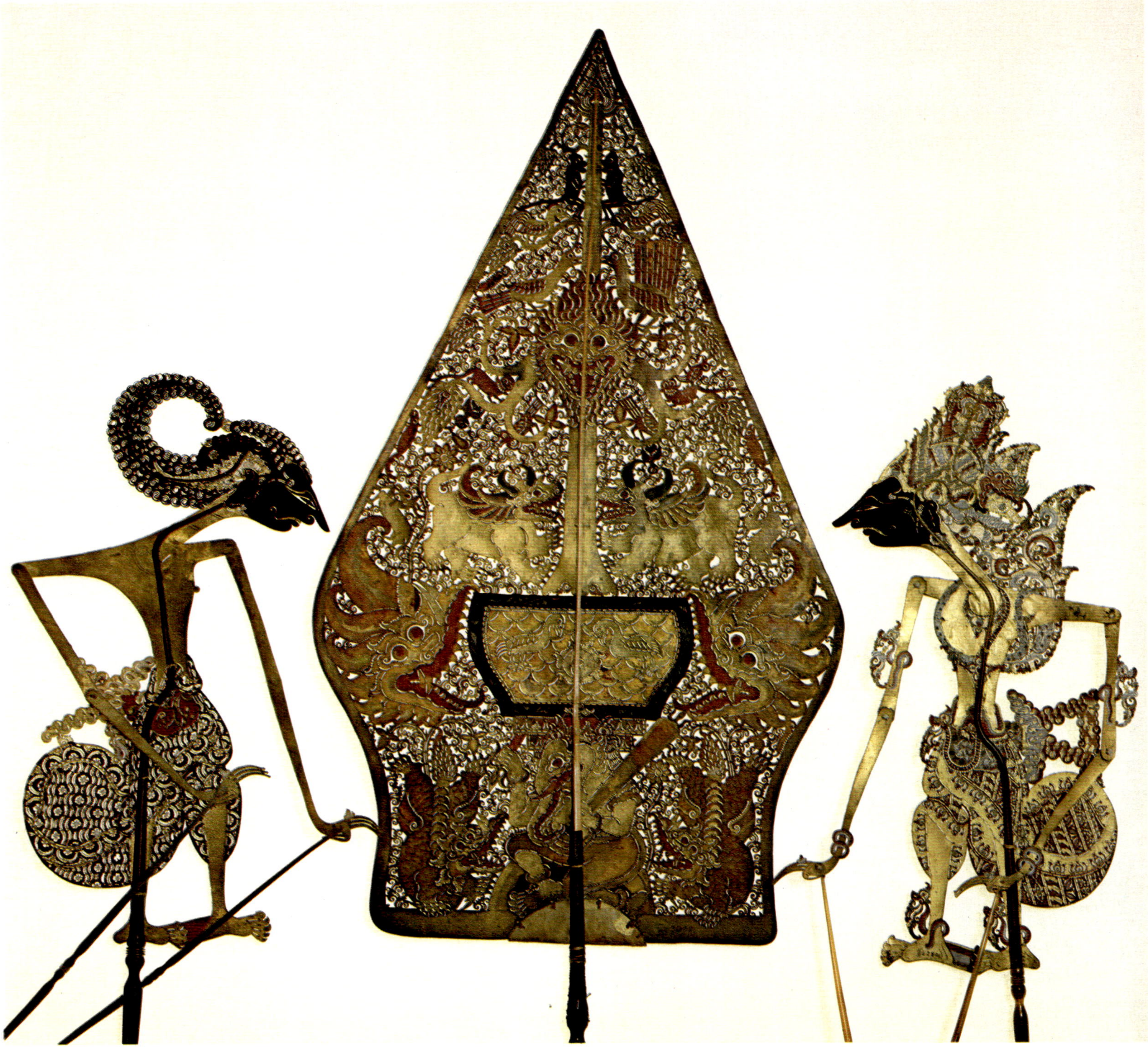

III/10

**Öllampe für das Schattentheater**
Gresik, Zentral-Java
Messing, gegossen und ziseliert
H. 42 cm

Vogelpaare spielen in der dualistisch strukturierten Mythologie zahlreicher alt-indonesischer Völker und Stämme eine bedeutsame Rolle (vgl. Tafel 5). Man darf deshalb mit gutem Grund annehmen, dass die Verehrung, die der Sonnenvogel und Bezwinger der Unterweltsschlangen, Garuda, in Indonesien geniesst, an einen älteren, da und dort noch nachzuweisenden Vogelkultus (besonders des Nashornvogels) anschliesst bzw. mit diesem verschmolzen ist.
Garuda tritt in der hindu-javanischen Kunst Javas und Balis entweder allein oder aber als Reittier *(wahana)* des Gottes Wisnu auf. Als Emblem der Republik Indonesia ist er schliesslich zu einer Art übergreifenden Symbolfigur für das kulturelle und gesellschaftlich so vielfältige Staatsgebilde geworden.
Öllampen *(belencong)* in Gestalt des Sonnenvogels sind heute zu beliebten Souvenirartikeln geworden, werden aber infolge ihres handwerklich bemerkenswerten Niveaus auch in vielen Museen der Welt in hohem Ansehen gehalten. Sie sind im sogenannten Wachsausschmelzverfahren hergestellt. Der Ölbehälter wird zunächst in Wachs vorgeformt. Die Wachsform wird dann in einen Lehmmantel eingekleidet. Nach dem Trocknen des Mantels wird das Wachs durch Erhitzen ausgeschmolzen und fliesst durch spezielle Gusskanäle ab. Das flüssige Metall kann nun in den durch das Ausschmelzen entstandenen Hohlraum eingegossen werden. Nach dem Guss wird der Mantel zerschlagen. Flügel und Schwanz sind im Unterschied zu den übrigen Teilen à jour gegossen und mit Schrauben am Körper befestigt.
Es ist fraglich, ob Lampen in dieser Form heute noch im Schattentheater Verwendung finden. Nachfragen haben ergeben, dass die Vorführer *(dalang)* sich zumeist einfacher Öllampen bedienen. In anderen, im Grunde bedauerlichen Fällen wirft das starre Licht einer elektrischen Glühbirne oder aber der gleissende Glühstrumpf einer Petroleum-Vergaserlampe nurmehr leblose Schatten auf den Bildschirm.
Ankauf W. Rothpletz 1947, Inv.-Nr. IIc 8021.
Lit.: Jasper/Pirngadie 1916, Kats 1923.

**Lampe à huile pour le théâtre de jeux d'ombres**
Gresik, Java centrale
laiton fondu et ciselé
haut. 42 cm

Dans la mythologie dualiste de bon nombre de peuplades et tribus de l'Indonésie ancienne, le couple d'oiseaux joue un rôle significatif (cf. pl. 5). On sera donc en droit de supposer que les vénérations dont jouit actuellement Garuda – en Indonésie en tant qu'oiseau solaire et vainqueur des serpents chthoniens – remontent à un culte de l'oiseau (en particulier celui du toucan) plus ancien ainsi qu'à des formes syncrétistes que l'on peut encore observer ci et là.
A Java et à Bali, deux régions ayant subi l'influence hindo-javanaise, Garuda se présente soit en solitaire soit en tant que monture *(wahana)* du dieu Wisnu. Enfin en tant qu'emblème de la République d'Indonésie, il est devenu le symbole unificateur de cette grande nation aux visages multiples.
De nos jours, les lampes à huile *(belencong)* en forme d'oiseau solaire sont devenues un article-souvenir très prisé, mais on les tient également en haute estime dans de nombreux musées en vue de leur niveau artisanal remarquable. Elles sont confectionnées selon la technique de la cire perdue: le récipient est tout d'abord modelé en cire autour d'un noyau en argile, puis enrobé d'une seconde couche d'argile. Après le séchage, le moule est chauffé afin de permettre à la cire liquidifiée de s'écouler par plusieurs valves réservées à cet effet. La fonte est alors jetée dans le moule que l'on casse ensuite pour libérer la pièce voulue. Les ailes et la queue, elles, sont fondues ‹à jour› puis martelées et vissées au corps. Il est fort improbable que des lampes de ce genre soient encore utilisées de nos jours pour les représentations du théâtre de jeux d'ombres. Une enquête a montré que les présentateurs *(dalang)* préfèrent normalement une lampe plus simple. Dans d'autres cas on se sert aujourd'hui d'une ampoule électrique ou alors d'une lampe Petromax dont la lumière froide et rigide fait regretter les ombres animées que jettait sur l'écran l'ancienne lampe à huile.
Achat W. Rothpletz 1947, No d'inv. IIc 8021.
Bibl.: Jasper/Pirngadie 1916, Kats 1923.

**Oil Lamp for Shadow Plays**
Gresik, Central Java
cast and chased copper
h. 42 cm

Pairs of birds play an important part in the dualistically structured mythology of numerous Old Indonesian peoples and tribes (cf. Plate 5). There is thus good reason to assume that the Indonesian worship of Garuda, the sun-bird and conqueror of the underworld snakes, developed out of or was merged with an older bird cult (especially of the hornbill), of which evidence can still be found here and there. In the Hindu-Javanese art of Java and Bali, Garuda appears either alone or as the god Wisnu's riding animal (*wahana*). As the emblem of the Republic of Indonesia it has become a kind of all-embracing symbol of this culturally and socially diverse state. Oil lamps (*belencong*) in the shape of sun-birds have become popular souvenirs today, but because of their high quality craftsmanship they are also held in high esteem by many museums in the world. They are produced by the so-called lost wax technique. The vessel is first formed in wax. The wax is then covered with a layer of clay. When the clay is dry the whole cast is heated and the wax flows out through holes left for that purpose. Now liquified metal is poured into the cavity left by the melted wax. After casting, the clay shell is smashed. Unlike the other parts of the lamp, the wings and tail are cast à jour and attached to the body with screws.
Whether this type of lamp is still used for shadow plays is doubtful. Enquiries revealed that performers (*dalang*) generally use simpler oil lamps. In other cases the basically regrettable fact is that the glaring light of an electric light-bulb or the bright incandescent mantle of a Petromax lamp throws lifeless shadows on the screen.
Purchase E. Rothpletz 1947,
Inv. No. IIc 8021.
Bibl.: Jasper/Pirngadie 1916, Kats 1923.

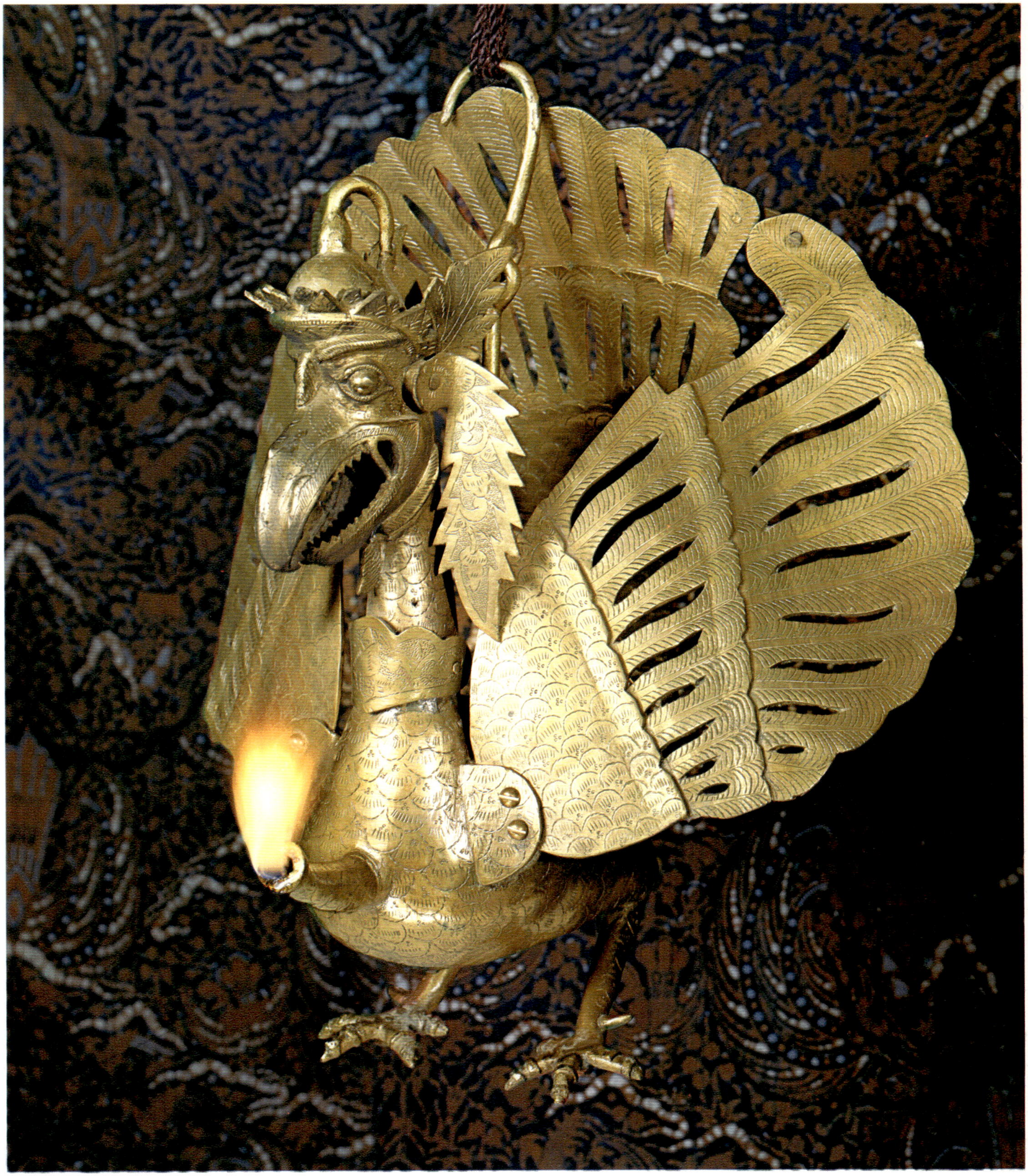

III/11

**Anthropomorphe Göttersitze**
Süd-Bali
Sandelholz, rot bemalt
mit Resten von Blattgold belegt
links: H. 23 cm, B. 5,2 cm
rechts: H. 24,2 cm, B. 7 cm

Balinesische Götterbilder sind nie als Objekte der Anbetung, sondern als formal und ästhetisch befriedigende Behältnisse für unsichtbare Gottheiten, wenn nicht zur rein gefälligen Dekoration geschaffen worden.
Die unzähligen Statuen und Statuetten von Göttern und mythologischen Helden – unser Bild zeigt Rama und Sita, die Helden aus dem Ramayana-Epos –, die balinesische Tempel schmücken, sind also nicht identisch mit den unsichtbaren Hauptgottheiten.
Vergöttlichte Ahnen und balinisierte Hindugottheiten leben in einer besonderen Welt über dem Vulkan Gunung Agung und werden von Zeit zu Zeit von den Menschen gebeten, nach Bali herabzusteigen, um Zeuge der zu ihren Ehren veranstalteten Feste zu sein.
In Übereinstimmung mit diesem Konzept ist der balinesische Tempel kein geschlossenes Gotteshaus mit der Statue der verehrten Gottheit im Zentrum, sondern ein mit Hekken oder Mauern gegen aussen abgegrenzter, nach oben offener Bezirk, in den sich die Götter herabbegeben. Während der Zeit der kultischen Handlungen nehmen sie in ihren Schreinen oder Gotteshäuschen, auf Steinsitzen oder in speziellen Behältnissen in Gestalt anthropomorpher Figürchen, in Musikinstrumenten, beschrifteten Bronzeplatten usw. Platz.
Statuetten, wie die hier gezeigten, werden zu Beginn des festlichen Empfangs der Götter vom Tempelpriester *(pemangku)* gereinigt und rituell belebt, um die Götter in sich aufnehmen zu können. Sie sind aber nie die Götter selbst. Anlässlich von Prozessionen, die im Tempelgelände selbst durchgeführt werden oder zum reinigenden Bade ans Meer oder an eine heilige Quelle führen, werden diese *pratima* oder *arca lingga* genannten Figürchen gelegentlich in geschnitzte Reittiere gesteckt, die die Gestalt von Stieren, geflügelten Löwen, Gänsen oder Schlangen annehmen können.
Expedition Ramseyer 1972/73
Inv.-Nrn. IIc 17067, IIc 17068.
Lit.: Belo 1966, Covarrubias 1972,
Hooykaas 1977, Ramseyer 1977.

**Figurines anthropomorphes servant de réceptacle à une divinité**
Sud de Bali
bois de santal, peinture rouge, or laminé
à gauche: h. 23 cm, larg. 5,2 cm
à droite: h. 24,2 cm, larg. 7 cm

A Bali, les statues de divinités ne font jamais l'objet de prières; elles sont créées dans le but de constituer un réceptacle dont la qualité esthétique est suffisante pour servir de demeure temporaire à une divinité, ou alors purement par goût de la décoration. Aussi les innombrables statues et figurines de divinités et de héros de la mythologie se trouvant dans les temples – notre photo montre Rama et Sita, héros du Ramayana – n'incarnent-ils jamais une divinité. Celles-ci, comprenant à côté de divinités ancestrales les dieux hindo-balinais, restent invisibles; leur résidence se situe au-dessus du volcan Gunung Agung, et on les invite de temps en temps à venir ici-bas assister aux festivités données en leur honneur. Le temple balinais n'est donc jamais un sanctuaire dans lequel les croyants pénètrent pour se recueillir devant la statue de leur dieu; il est au contraire une enceinte entourée d'une palissade ou d'un mur dont la disposition à ciel ouvert permet aux divinités de venir y séjourner. Pendant la durée d'un cycle cultuel elles intègreront ainsi leurs demeures temporaires, soit un sanctuaire, une niche ou un autel attitré, mais il peut également s'agir de figures anthropomorphes, d'instruments de musique, de plaques de bronze portant une inscription, etc.
Au début de la réception rituelle des dieux, les statuettes comme celles que nous reproduisons sont purifiées et animées par le prêtre rattaché au temple *(pemangku)* afin de pouvoir servir de siège à une divinité. Cependant elles n'incarnent jamais la divinité même. A l'occasion de processions se déroulant soit dans l'enceinte du temple soit vers une source sacrée ou vers la mer, les *pratima* ou *arca lingga*, comme on les nomme, sont parfois placés sur des montures sculptées qui peuvent prendre la forme d'un taureau, d'un lion ailé, d'une oie ou d'un serpent.
Mission Ramseyer 1972/73,
Nos d'inv. IIc 17067, IIc 17068.
Bibl.: Belo 1966, Covarrubias 1972,
Ramseyer 1977.

**Anthropomorphic Divine Seats**
Sandalwood painted red
and decorated with scraps of gold leaf
left: h. 23 cm, w. 5.2 cm
right: h. 24.2 cm, w. 7 cm

Balinese images of deities are never created as objects of worship but rather as formally and aesthetically pleasing repositories for invisible gods if not merely as attractive decorations. Thus the numerous statues and statuettes of gods and mythological heroes – in our picture, Rama and Sita, heroes of the Ramayana epic – that ornament Balinese temples are not identical with the invisible, main deities.
Deified ancestors and Balinized Hindu deities live in a special world above the volcano Gunung Agung. From time to time they are invited to climb down to Bali and witness the festivals held in their honour. In accordance with this concept the Balinese temple is not a closed building with a statue of a god to be venerated in the centre; it is an area surrounded by hedges or walls but open at the top so that the gods can descend to it. During sacrificial rituals they go to their shrines or chapels, where they rest on stone seats or special vessels in the shape of anthropomorphic figurines, in musical instruments, inscribed sheets of bronze, etc. At the beginning of the festive reception of the gods, the temple priest *(pemangku)* cleanses and ritually animates statuettes like the ones pictured here, so that they can accomodate the gods. But they are never the gods themselves. During processions, which take place in the temple area itself or lead to a sacred spring or to the sea for a purifying bath, these figures (called *pratima* or *arca lingga*) are sometimes placed in carved riding animals that may be shaped like bulls, winged lions, geese or snakes.
Expedition Ramseyer 1972/73,
Inv. Nos. IIc 17067, IIc 17068.
Bibl.: Belo 1966, Covarrubias 1972,
Ramseyer1977.

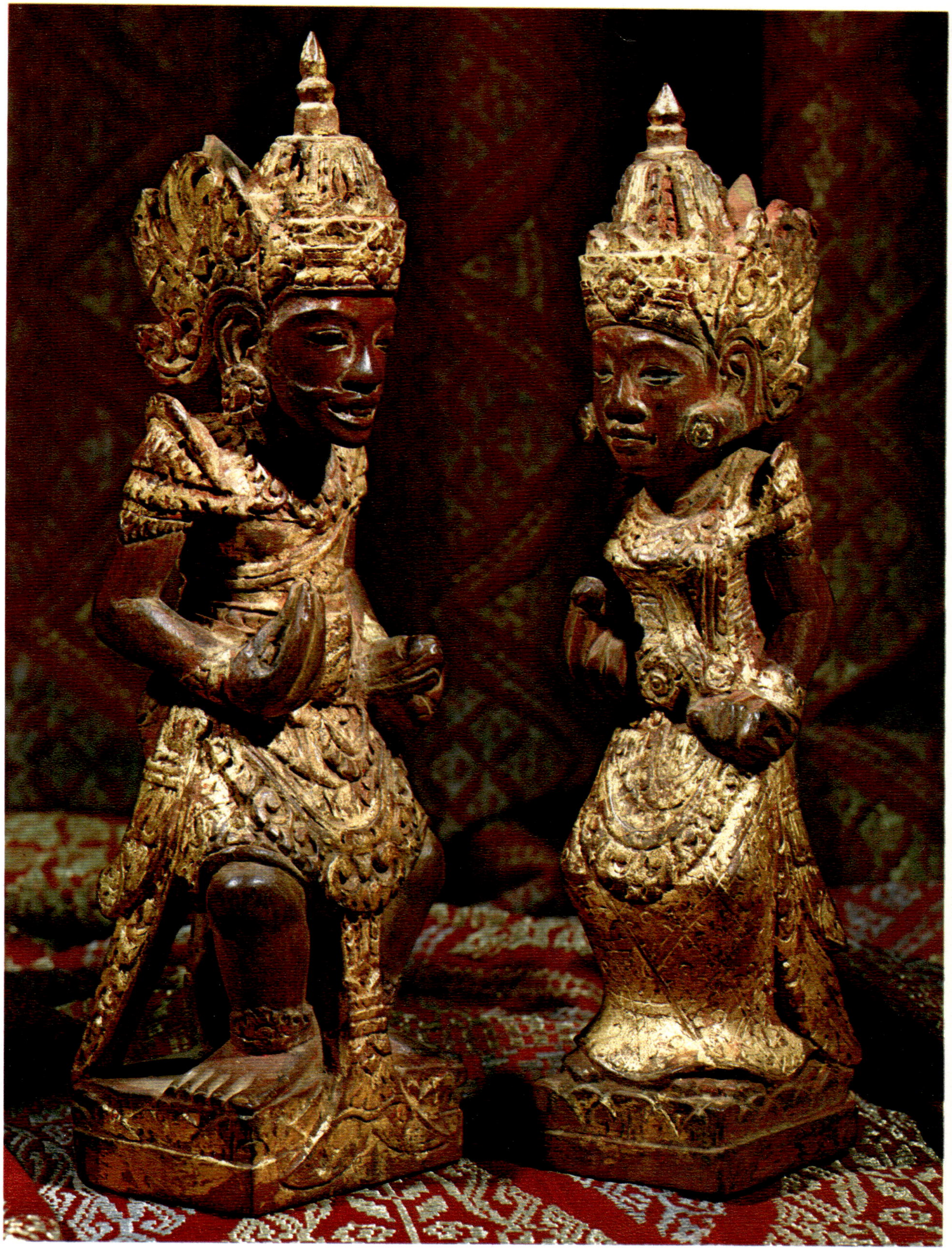

III/12

**Calon Arang, die Meisterin der Hexen**
Süd-Bali
polychrom bemaltes Holz
Reste von Blattgold
H. 42 cm, B. 22 cm

Nichts und niemanden fürchtet man mehr in Bali als diejenigen Menschen, die sich der Totengöttin Durga und ihrer gelehrigsten Schülerin, der Witwe *(rangda)* Calon Arang, verschrieben haben, die, zusammen mit ihren Schülerinnen *(sisya)*, tanzend und leichenschmausend durch das Land zieht und dabei Krankheit und Tod sät. Denn menschliche Hexen *(leyak)* haben die Wissenschaft von den sinistren Handlungen – *sastra pangiwa* (von *kiwa*, d. h. links) – studiert und sind damit in der Lage, die kosmische Ordnung, um deren Gleichgewicht die Balinesen unablässig besorgt sind, auf den Kopf zu stellen.
Rangda, Verkörperung der Hexe par excellence, mit weit vorstehenden, aufgerissenen Augen, flammendem Haar, scharfen Fang- und Schneidezähnen, feuerroter Zunge und schlaffen Brüsten, und ihr ebenso abstossendes Gefolge sind in ihrer unberechenbaren Mordlust und in ihrem Blutrausch, dem sie nachts auf den Begräbnisplätzen erliegen, viel schlimmer als alle Dämonen, die berechenbar sind und in die normale Ordnung der Dinge gehören.
Rangda, eine grosse theatralische Figur, die immer dann auf den Plan tritt, wenn auf magischem Gebiet ein Kampf zwischen Rechts und Links ausbricht, lässt sich auf tantrisch-buddhistische Zauberpraktiken zurückführen, die im 13. Jahrhundert eine für die balinesische Religiosität entscheidende Rolle gespielt haben. So ist denn die gefürchtete Witwe auch in der nicht mehr rituell geforderten, profanen Kunst Balis ein bevorzugter Gegenstand der Darstellung geblieben. Unsere qualitativ überzeugende Arbeit eines unbekannten Schnitzers stammt aus den dreissiger Jahren und dokumentiert den damals durch europäische Künstler und Touristen initiierten Aufbruch zu neuen Gestaltungsweisen in der bildenden Kunst Balis. Sie lässt aber gleichzeitig, neben allem Wandel, den bis heute noch ungebrochenen Willen der Balinesen erkennen, ihre von der Religion geprägte grosse Kultur in die Neuzeit hinüberzunehmen.
Sammlung Th. Meier 1936, Inv.-Nr. IIc 6701.
Lit.: Angelino 1921, Covarrubias 1972, Ramseyer 1977.

**Calon Arang, la souveraine des sorcières**
Sud de Bali
bois, peinture polychrome
restes d'or laminé
haut. 42 cm, larg. 22 cm

Ce que l'on redoute le plus, à Bali, ce sont les humains qui, s'étant dédiés à Durga, la déesse de la mort, se joignent à sa plus fidèle élève, la vœuve *(rangda)* Calon Arang et ses adeptes *(sisya)* pour parcourir les campagnes et répandre la maladie et la mort tout en se délectant de chaires cadavéreuses. Ces sorcières d'origine humaine *(leyak)* ont étudié la science des pouvoirs occultes et sinistres – *sastra pangiwa* tiré de *kiwa* = gauche – qui leur permet de déranger l'ordre cosmique dont l'équilibre fait pourtant l'objet d'efforts constants de la part des Balinais.
Rangda, la sorcière par excellence dont la nature s'exprime par de grands yeux globuleux, une abondante chevelure en flammes, des crocs et canines acérées, une langue brûlante couleur de sang et des seins avachis, ainsi que sa suite tout aussi répugnante partageant son penchant meurtrier et sanglant, constituent un danger imprévisible bien plus grand que tous les autres démons faisant partie de l'ordre établi et dont le comportement est prévisible.
Le personnage dramatique de Rangda qui entre en scène à chaque fois qu'éclate le combat entre magie blanche et magie noire, remonte à des pratiques tantriques bouddhiques qui au XIIIe siècle jouèrent un rôle décisif quant au comportement religieux actuel des Balinais. Ainsi le phénomène de la vœuve synonyme de crainte offre-t-il un sujet de prédilection à la production artistique, qu'elle soit d'ordre rituelle ou profane.
La pièce reproduite, d'une qualité incontestable, est l'œuvre d'un sculpteur anonyme des années trente; elle est représentative du nouveau style de l'art plastique balinais dont l'innovation est due à l'influence de quelques artistes européens et au tourisme. Cependant elle exprime, en même temps qu'un esprit de changement, une inflexible volonté de continuité de la part des Balinais qui désirent garder leurs valeurs culturelles et leur religion au-delà des temps modernes.
Collection Th. Meier 1936,
No d'inv. IIc 6701.
Bibl.: Angelino 1921, Covarrubias 1972, Ramseyer 1977.

**Calon Arang, Mistress of the Witches**
Southern Bali
polychrome wood
with scraps of gold leaf
h. 42 cm, w. 22 cm

Nothing is more dreaded in Bali than the people who have given themselves up to the goddess of death Durga and her most talented pupil, the widow Calon Arang (*rangda*). With her own pupils (*sisya*) the latter dances through the country devouring corpses and spreading disease and death. Human witches (*leyak*) have studied the science of sinister deeds – *sastra pangiwa* (from *kiwa,* i.e. left) – and are thus in a position to upset the cosmic order which the Balinese are so concerned with keeping in equilibrium. In their unpredictable desire to kill and their blood lust, Rangda – paragon of a witch, with protruding, wide-open eyes, flaming hair, sharp fangs and incisors, flaming red tongue and flaccid breasts – and her equally repulsive retinue are far worse than any demons, who are predictable and are part of the normal order of things.
Rangda is a great theatrical figure, who always appears when a battle between right and left breaks out in the magical sphere; she can be traced back to Tantric Buddhist sorcery, which made an important contribution to Balinese religiosity in the 13th century. Thus the dreaded widow has also remained a popular subject of non-ritual, profane Balinese art. This very convincing representation by an unknown artist was carved in the 1930's and is evidence of the emergence of new creative forms in the visual arts in Bali that were initiated by European artists and tourists at the time. But the figure does not illustrate change alone; it also illustrates the Balinese will, unbroken to the present day, to keep its great, religiously moulded culture alive even in modern times.
Collection Th. Meier 1936,
Inv. No. IIc 6701.
Bibl.: Angelino 1921, Covarrubias 1972, Ramseyer 1977.

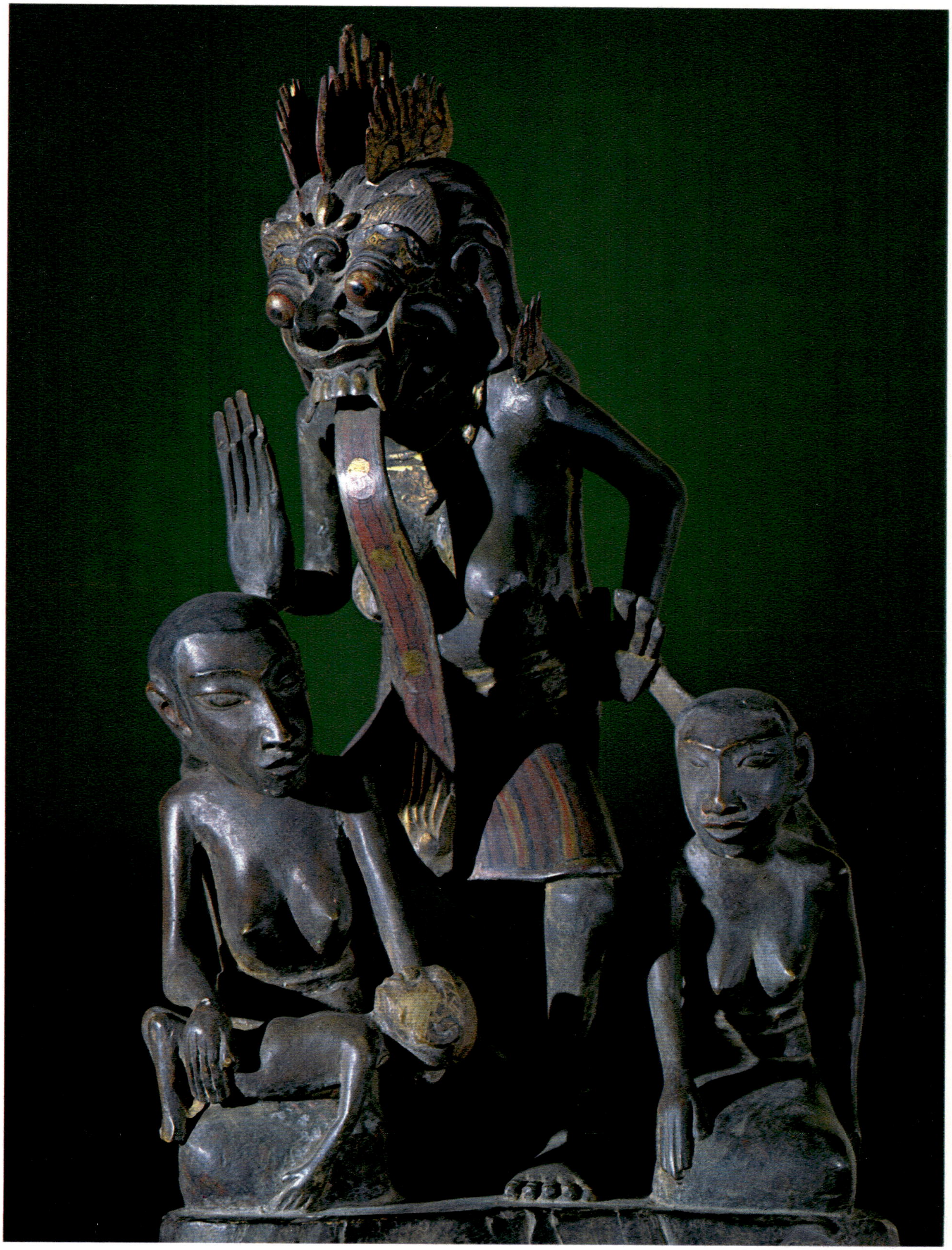

III/13

**Prunk-*keris* mit Ständer**
Süd-Bali
Klinge mit *pamor*-Musterung, Heft und Scheide aus Gold getrieben
Mundstück der Scheide aus Elfenbein
Dämonenfigur: H. 67 cm, *keris:* L. 57,3 cm

Wenn man in früherer Zeit in Bali Freunde oder Verwandte besuchte, so hatte man beim Betreten des Gehöfts seinen *keris*-Dolch – den unzertrennlichen Begleiter jedes Balinesen – in speziellen Ständern zu deponieren, die teils nach festen ikonographischen Normen als Götter oder Dämonen gestaltet, teils aber auch mit viel Phantasie, Freizügigkeit und Humor entworfen wurden.
In der Herstellung der geraden oder gewellten, kunstvoll damaszierten *(pamor) keris*-Klingen zeigten sich die balinesischen Eisenschmiede *(pandé besi)* als grosse Meister ihres Fachs. Als Angehörige eines mächtigen Klans gehörten sie, die mit Eisen und Feuer umzugehen wussten, bereits vor der javanischen Machtübernahme im Jahre 1343 n. Chr. zu den angesehensten Handwerkern. Kein Wunder also, dass die neuen Herren, für die eine mit göttlicher Kraft geladene *keris*-Klinge Glück, Macht und Reichtum bedeuten konnte, die Schmiede an ihre Höfe zu binden suchten.
Noch heute geniesst der *keris* in vielen Fällen die Verehrung einer Familiengottheit, schlummert in ihm doch die potenzierte Kraft der Ahnen. So ist er gleichzeitig ein untrennbar mit der Persönlichkeit seines Besitzers verbundenes Symbol, das am Feiertag des Eisens *(tumpek landep)* feierlich in den Familientempel gebracht und am Schrein der Ahnen verehrt wird. Heft und Scheide des *keris* haben im Unterschied zur Klinge keine magisch-religiöse Bedeutung und können notfalls sogar veräussert werden. Dennoch schenkt man ihnen, als Zierde eines verehrten Objekts, grosse Aufmerksamkeit und lässt sie, wenn man es vermag, von spezialisierten Gold- und Silberschmieden *(pandé mas)* anfertigen, die ihr Handwerk mit ungewöhnlichem technischem Geschick und Sinn für plastisches Gestalten ausüben.
Dauerndes Depositum des Freiwilligen Museumsvereins 1953, Inv.-Nrn. IIc 14574a, b, IIc 15042 (Ständer).
Lit.: Angelino 1921, 1922, Jasper/Pirngadie 1916–1923, Ramseyer 1977.

**Porte-*keris* avec *keris* d'apparat**
Sud de Bali
lame battue selon la technique du *pamor*
poignée et fourreau en or repoussé
embouchure en ivoire porte-*keris* en bois: haut. 67 cm, *keris*: long. 57,3 cm

Lorsque autrefois on allait rendre visite à un parent ou à des amis, on était tenu de déposer son poignard *(keris)* – l'inséparable compagnon de chaque Balinais – dans un porte-*keris* près de l'entrée de la demeure. Ces porte-*keris* ont habituellement la forme de divinités ou de démons que l'on aura sculptés selon des normes iconographiques très strictes; mais on trouve également des ouvrages fantaisistes souvent très humoristiques. Les forgerons *(pandé besi)* balinais étaient passés maîtres dans l'art de confectionner des lames droites ou ondulées en appliquant un damasquinage *(pamor)* raffiné. En tant que membres d'un puissant clan et connaissant les secrets du feu et du fer, ils firent partie des artisans les plus estimés dès la prise du pouvoir javanaise, en 1343 apr. J.-C. Rien d'étonnant à ce que les nouveaux souverains, pour qui une lame de *keris* chargée de forces surnaturelles pouvait signifier bonheur, puissance et richesse, se soient efforcés de rattacher les forgerons à leurs cours.
Aujourd'hui encore, bon nombre de *keris* sont vénérés en tant que divinités généalogiques puisqu'en tout évidence ils recèlent la puissance décuplée des ancêtres. Ainsi le *keris* sera à la fois un symbole invariablement relié à la personne de son propriétaire tout en faisant l'objet de vénérations dans le temple généalogique où on le déposera devant l'autel des ancêtres à l'occasion du rituel accompli en honneur du fer *(tumpek landep)*.
Contrairement à la lame, la poignée et le fourreau du *keris* n'ont aucune signification religieuse ou magique et peuvent au besoin être vendus. Cependant en tant que décoration d'un objet vénéré, on leur apportera beaucoup de soins; celui qui en aura les moyens en confiera la fabrication à un orfèvre *(pandé mas)* possédant suffisament de talent artistique et technique.
Prêt permanent du Freiwilliger Museumsverein 1953, No d'inv. IIc 14574a, b.
Bibl.: Angelino 1921, 1922, Jasper/Pirngadie 1916–1923, Ramseyer 1977.

***Keris* Stand with Ceremonial *Keris***
Southern Bali
blade with *pamor* patterning
chased gold hilt and scabbard
Mouthpiece of scabbard made of ivory
demon figure: h. 67 cm, *keris:* l. 57.3 cm

Traditionally the *keris* dagger is the inseparable companion of every Balinese male. In former times if a man wanted to visit a friend or relative he had to deposit it in a special stand before entering his host's compound. Some of these stands were made according to fixed iconographic norms and depicted gods or demons, but some of them were designed with a great deal of imagination, open-mindedness and humour. The straight or wavy, skilfully damasked (*pamor*) *keris* blades attest to the Balinese ironsmiths (*pandé besi*) great mastery of their craft. As members of a powerful clan, smiths, who knew how to deal with iron and fire, were already among the most respected craftsmen before the Javanese conquest in 1343 A.D. Thus it is not surprising that the new masters, for whom a *keris* blade charged with divine strength could mean luck, power and wealth, tried to bind the smiths to their courts.
In many cases the *keris* is still worshipped as a family deity today as the accumulated powers of a family's ancestors slumber in it. It is also a symbol inseparable from its owner, and on the holiday of iron (*tumpek landep*) it is solemnly taken to the family temple to be worshipped at the ancestral shrine. As opposed to the blade, the hilt and scabbard of the *keris* have no magical or religious significance and can even be sold if necessary. As ornaments of a venerated object they nonetheless receive a great deal of attention, and if a man can afford to, he has them made by specialized gold- and silversmiths (*pandé mas*), who practise their craft with exceptional technical skill and a sense for sculptural design.
On unlimited loan from the 'Freiwilligen Museumsverein' 1953, Inv. No. IIc 14574a, b.
Bibl.: Angelino 1921, 1922, Jasper/Pirngadie 1916–1923, Ramseyer 1977.

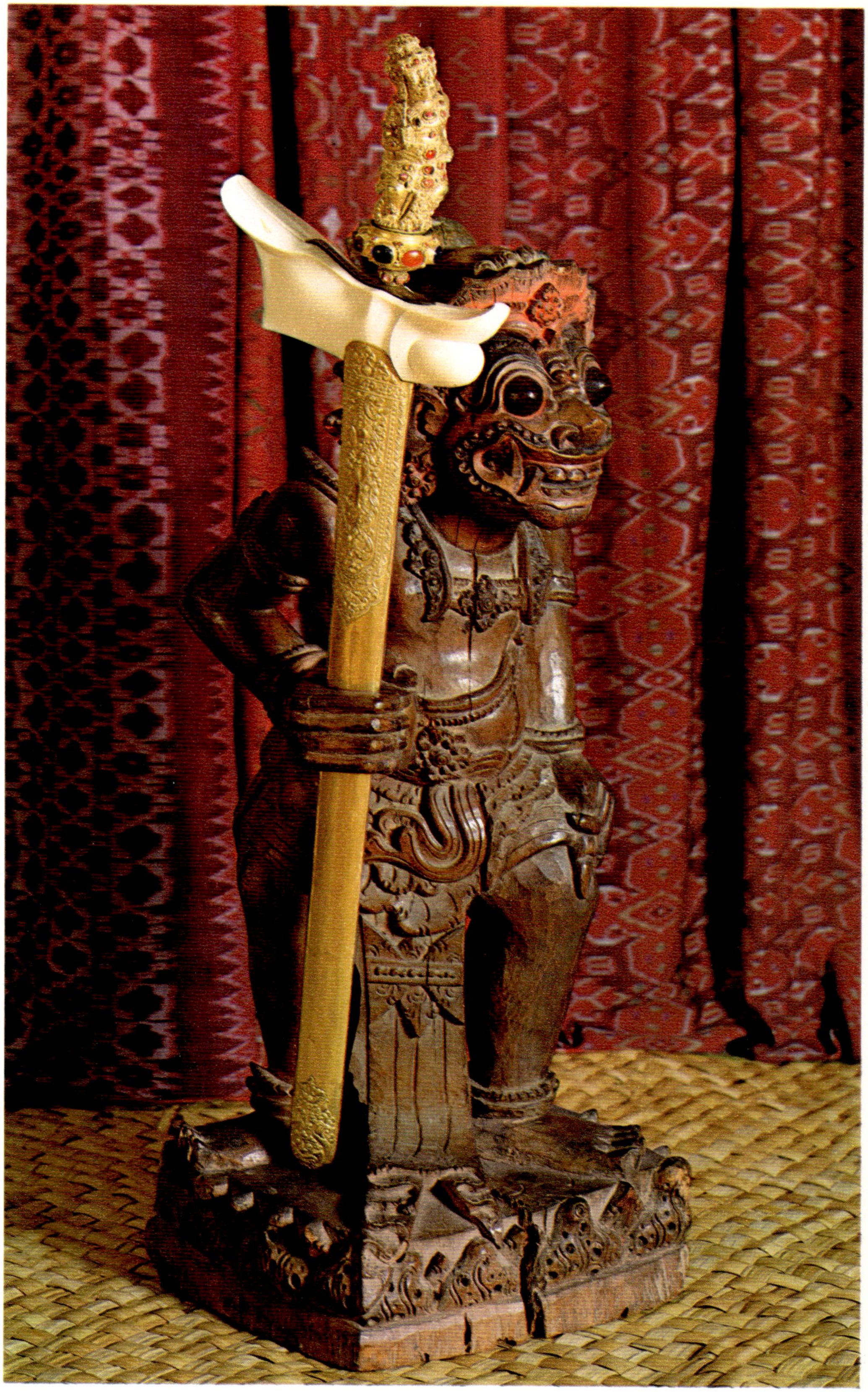

III/14

**Drachengong**
Brunei, Borneo
im Wachsausschmelzverfahren aus Messing gegossen, grünlich-schwarzer Farbüberzug
H. 9,5 cm, Durchmesser 44 cm

Die berühmten ‹Brunei-Bronzen›, die wir hier mit einem besonders prächtigen Beispiel dokumentieren wollen, sind in Wirklichkeit allesamt aus Messing, erhalten allerdings durch eine künstlich aufgetragene Patina aus einer Mischung von Kupfersulfat und einem speziellen Pflanzensaft *(lirang)* tatsächlich ein bronzeähnliches Aussehen. Hersteller solcher prunkvoller Stücke, die erst relativ spät, d. h. unter malaiischem Sultanat, bekannt wurden, waren Brunei-Malayen, die ihre Kunst unter dem Patronat der adligen Familien ausübten.
Zu den typischsten Erzeugnissen der Brunei-Giesserei gehören die sogenannten Drachengongs *(gong bernaga)*, die in erster Linie als Ausdruck höfischer Prachtentfaltung und weniger als Musikinstrumente verstanden werden sollten, verhindern doch gerade die reichen Verzierungen das freie akustische Ausschwingen in hohem Masse.
Form und Verzierungen der Brunei-Gongs weisen einerseits klare malaiisch-islamische Züge auf, deuten aber in ebenso unzweifelhafter Weise nach China hinüber, zu dem Brunei enge Handelsbeziehungen unterhielt. Wir wissen, dass Schlangen und Drachen *(naga)* in der hindu-indonesischen Mythologie eine bedeutende Rolle als Vertreter der unterweltlichen Sphäre spielen. Doch auch in China geniesst der Drache weite Verehrung als wohltätiges, segenbringendes göttliches Wesen. Er verkörpert das fruchtbare Wasser, den Regen und den Gewittersturm. Erhebt er sein Haupt, dann türmen sich die Wolken.
So sehen wir in der chinesischen Kunst den Drachen oftmals von Wasser oder Wolken umgeben, und die Vermutung liegt nahe, in den stilistisch allerdings ausgesprochen malaiischen Spiral- oder Schnörkellinien, die sich um die Drachen ranken, ebenfalls Wellen- oder Wolkengebilde zu sehen.
Legat W. Hotz 1920, Inv.-Nr. IIc 1933.
Lit.: Huyser 1929, Tillmann 1939, Simbriger 1939.

**Gong à dragons**
Brunei, Bornéo
laiton recouvert d'une patine vert-noir
haut. 9,5 cm, diamètre 44 cm

En réalité, les fameux ‹bronzes de Brunei›, dont nous présentons un exemple exceptionnel, sont en laiton; une patine composée de sulfate de cuivre et du jus d'une plante spécifique *(lirang)* leur confère l'aspect du bronze. Les auteurs de pièces comme celle-ci, dont on n'eut connaissance qu'à l'époque relativement récente des sultanats malais, étaient des Malais originaires de Brunei qui exerçaient leur métier sous le patronat de la noblesse locale.
Les gongs dits gong à dragons *(gong bernaga)* sont une spécialité typique des fondeurs de Brunei; ils doivent être compris en tant qu'expression du déploiement de richesse qui à cette époque caractérisait les sultanats et moins en tant qu'instrument de musique, la riche ornementation empêchant les fréquences acoustiques de résonner librement.
La forme et l'ornementation des gongs de Brunei indiquent une origine clairement musulmano-malaise tout en présentant certaines caractéristiques chinoises, Brunei ayant en effet longtemps entretenu d'étroites relations commerciales avec la Chine. Nous savons que dans la mythologie hindo-indonésienne, le serpent et le dragon *(naga)* jouent un rôle significatif en tant que représentants de la sphère chthonienne. En Chine, le dragon représente un être divin, bienveillant et salutaire dont la vénération est très répandue. Il y incarne l'eau fertilisante, la pluie et l'orage. Les nuages s'accumulent lorsqu'il lève la tête.
Ainsi nous voyons souvent dans l'art chinois le dragon entouré d'eau ou de nuages et l'on est tenté de faire un rapprochement avec les motifs curvilignes et en spirales entourant les dragons de notre gong dont le style cependant est indéniablement malais.
Donation W. Hotz 1920, No d'inv. IIc 1933.
Bibl.: Huyser 1929, Tillmann 1939, Simbriger 1939.

**Dragon Gong**
Brunei, Borneo
brass cast in the lost wax technique
greenish-black coating
h. 9.5 cm, diameter 44 cm

The famous 'Brunei bronzes', of which this is a particularly beautiful example, are actually all made of brass; but their artificially applied patina, made from a mixture of copper sulphate and a special plant juice (*lirang*), really does give them a bronze-like appearance. These magnificient pieces, which only acquired a reputation relatively late, namely under the Malayan sultanate, were produced by Brunei-Malayans, who practised their art under the patronage of the local aristocracy.
The so-called dragon gongs (*gong bernaga*) are among the most typical products of Brunei metal casting work. These gongs should be interpreted primarily as a courtly display of magnificence and not so much as musical instruments since their elaborate ornamentation largely prevents them from being able to vibrate freely.
The shape and decoration of the Brunei gongs clearly evidence Malayan-Moslem characteristics, but they point just as distinctly to China, a country with which Brunei had very close trade relations. We know that snakes and dragons (*naga*) played a very important role in Hindu-Indonesian mythology as representatives of the netherworld. But in China, too, the dragon is venerated – as a benevolent, beneficial, divine creature. It symbolizes fertile water, rain and thunderstorm. When it lifts its head, clouds rise. Thus we often find the dragon surrounded by water or clouds in Chinese art, and it seems reasonable to assume that the stylistically Malayan spirals and scrolls winding round the dragons are to be understood as wave or cloud forms.
Gift W. Hotz 1920, Inv. No. IIc 1933.
Bibl.: Huyser 1929, Tillmann 1939, Simbriger 1939.

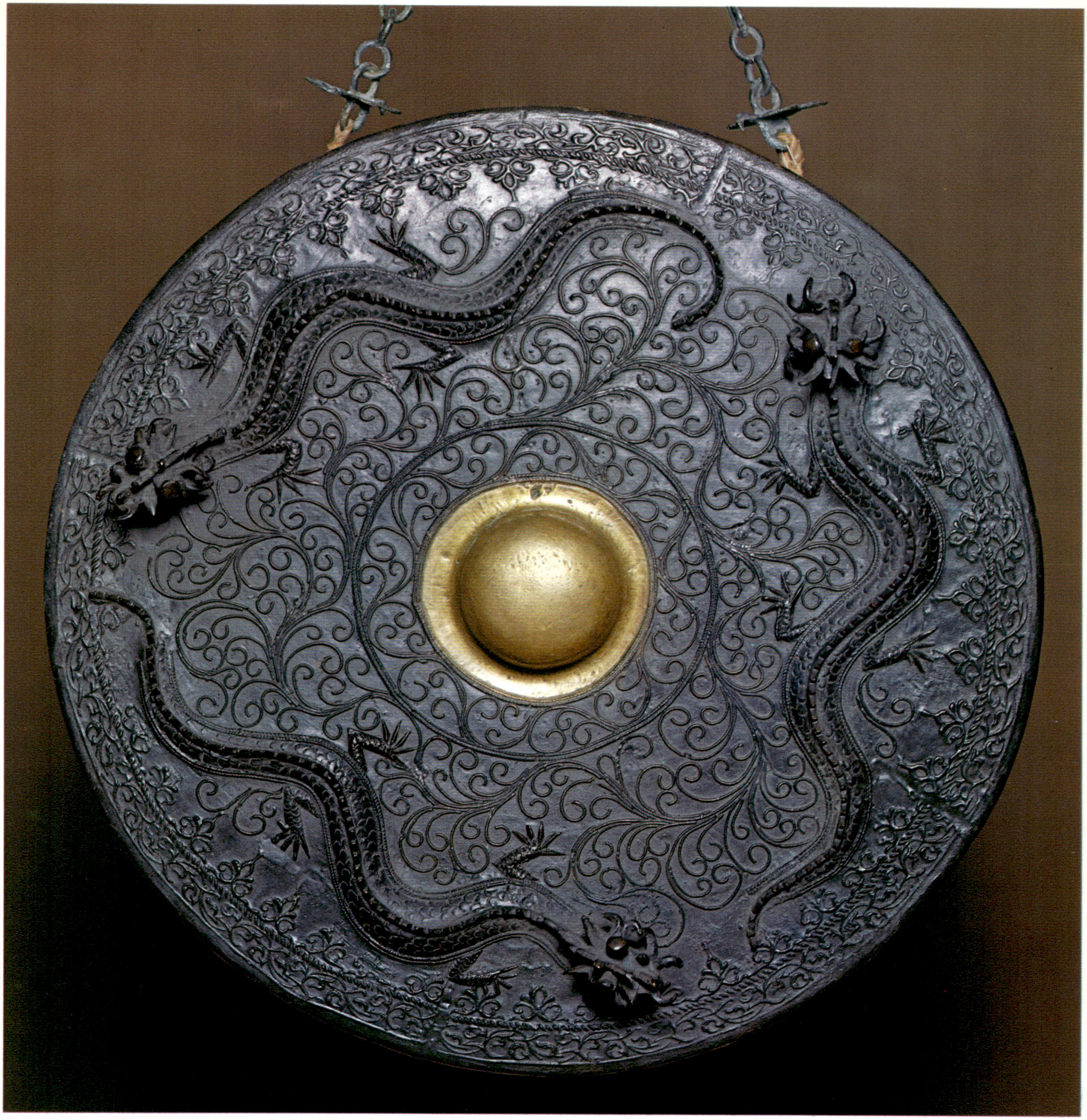

III/15

Susanne Haas

# Vorderindien und die Himalaya-Region

Le subcontinent indien et les régions himalayennes

The Indian Subcontinent and the Himalayas

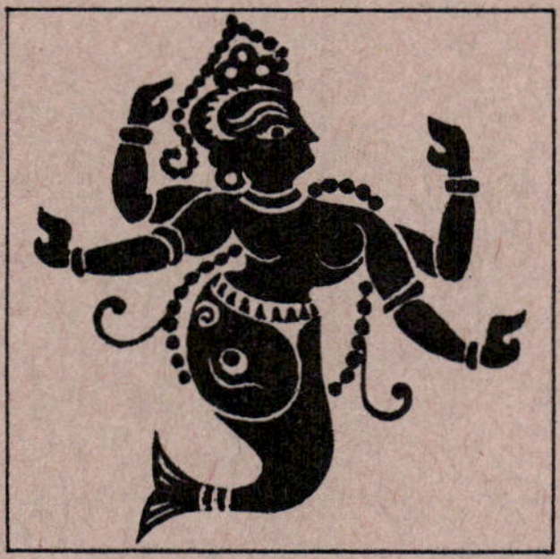

Geographie in der Nußschale

Im Norden begrenzt durch die Himalaya-Kette, im Westen das Arabische Meer und im Osten den Golf von Bengalen, stösst Vorderindien, mit einer Landmasse von rund 5 Millionen Quadratkilometern, als spitzwinkliges Dreieck nach Süden vor. Die Spitze Sri Lankas, wie Ceylon heute heisst, liegt auf 6 Grad nördlicher Breite, die Nordgrenze von Kashmir verläuft in der Nähe des 37. Grades. Der Form nach lässt sich das Gebiet grob in vier Teile gliedern: die Himalaya-Kette samt Vorgebirgen, die indogangetische Ebene, das im Westen angehobene Deccan-Plateau und die Insel Sri Lanka.

Gliederung

Unter Vorderindien verstehen wir hier die indische Union, im weiteren einfach Indien genannt, Pakistan, Bangla Desh und Sri Lanka. Zur Himalaya-Region gehören Nepal, Sikkim, Bhutan und am Rande auch noch Teile Tibets, Nordindiens und Pakistans.

Klima

Das Klima ist selbst nördlich des Wendekreises bis ans Gebirge tropisch, denn während die Himalaya-Kette kalte Nordwinde abhält, dringen südliche Warmluftmassen weit vor. Ewigen Schnee gibt es nur in den Himalaya-Gebirgen, winterliche Schneefälle auch in einigen Vorgebirgen. Deutlich bemerkbar machen sich jahreszeitliche Winde: Der Sommermonsun, verursacht durch die mit dem Gang der Sonne zusammenhängende Verlagerung der äquatorialen Tiefdruckrinne, bringt feuchte Luftmassen, die vor allem an der Westküste Indiens und in der östlichen Himalaya-Region zu Regen führen; der Wintermonsun weht dagegen als meist trockener Landwind.

Vegetation

Wo der Sommermonsun reichlich Regen bringt, gedeihen Wälder: tropische Regenwälder an der Westküste von Sri Lanka und der Malabarküste, regengrüne Monsunwälder an weiter nördlich gelegenen Hängen. Im Gebirge finden sich stellenweise Laub- und Nadelwälder, die an Mischwälder der gemässigten Zone erinnern. Viele Wälder sind leider ein Opfer des Raubbaus geworden.

Landwirtschaft

Das abgeschirmte Innere des Deccan-Plateaus und grosse Teile Nordwestindiens sind trocken, und ausserhalb der Regenzeit liegen viele Felder brach. Im allgemeinen sind die Bedingungen für die Landwirtschaft aber gut. In Indien wird ungefähr ein Fünftel des angebauten Landes künstlich bewässert. In Südindien und auf Sri Lanka gibt es seit alten Zeiten Teichbauten. Im Gebirge wird der Boden durch Terrassierung erschlossen und zum Teil ebenfalls künstlich bewässert. Wichtige Kulturpflanzen sind der Reis, vor allem in Bengalen und an der Malabarküste, der Weizen im Punjab und Nord-Deccan, die Jute in Bengalen, die Baumwolle, wiederum im Deccan, ferner Hirse, Gerste, Mais, Hülsenfrüchte, Gemüse, Gewürze, Zuckerrohr,

Ölsaaten, Kokospalmen, Mangos und andere Früchte. Auf Sri Lanka und in Assam spielt der Anbau von Tee eine grosse Rolle, und in den Himalaya-Gebieten sind Gerste, Weizen, Hirse, Hülsenfrüchte und stellenweise Kartoffeln wichtig.

Industrie

Bedeutende Entwicklungsimpulse haben während der letzten Jahrzehnte die Leicht- und die Schwerindustrie erhalten; es machen sich aber noch oft Engpässe in der Energieversorgung und Mängel im Transportwesen bemerkbar. Ölbohrungen haben kürzlich verheissungsvolle Resultate geliefert.

Fauna

Einige Wälder und Sumpfgebiete bergen Reste einer einst reichen Tierwelt. In Indien und auf Sri Lanka gab es, unter buddhistischem Einfluss, schon vor unserer Zeitrechnung Tierreservate, und später liess auch mancher hinduistische oder mohammedanische Herrscher wenigstens seinen Jagdgründen einige Pflege angedeihen. Leider fielen aber verschiedene Tierarten in unserer Zeit Umweltveränderungen und Wilddieben zum Opfer. Naturschützer bemühen sich heute sehr um die Rettung der letzten Bestände an Löwen, Wildeseln, Panzernashörnern, Schneeleoparden und Hindutrappen.

Rassen

Körpermerkmale erlauben eine grobe Einteilung der Bevölkerung in hochgewachsene, hellhäutige und schlichthaarige Nord- und Nordwestinder, etwas kleinere Westinder mit kürzerem Schädelindex, untermittelgrosse Südinder mit bräunlicher Haut und oft welligem Haar, dunkelhäutige, kleingewachsene Stammesbevölkerungen mit stark gewelltem Haar und oft breiter Nase und nördliche Gebirgs- und Hochlandbevölkerungen mit Zügen der gelben Rasse.

Sprachen

Reichhaltig ist auch die Sprachenkarte. In Indien allein sind vierzehn Sprachen, indoarische im nördlichen und zentralen Teil, drawidische im Süden, amtlich anerkannt. Einige indische Stammesbevölkerungen sprechen austroasiatische Sprachen. Urdu, eine indoarische Sprache mit vielen arabischen und persischen Lehnwörtern, ist vor allem in Pakistan geläufig. Auf Sri Lanka wird neben dem indoarischen Singhalesischen das drawidische Tamil verwendet, und in den Himalaya-Gebieten sind zum Teil tibeto-birmanische Sprachen zu Hause.

Bevölkerung

Vor allem Vorderindien ist sehr dicht besiedelt, und die Bevölkerung nimmt weiter zu. Nur schon in Indien stieg sie zwischen 1961 und 1971 von 439 Millionen Seelen auf 547 Millionen an, was eine Zunahme von 24,6% innert eines Jahrzehnts bedeutet.

Geschichte

Während der letzten Jahrzehnte hat sich Vorderindien als reich an vorgeschichtlichen Steingeräten und Felsmalereien erwiesen; in der

Prähistorie

Himalaya-Region bestehen dagegen noch Forschungslücken. Der unteren Altsteinzeit zuzurechnen sind Geröllgerät- und Faustkeilkulturen. Es folgen Spitzen und Schaber der mittleren und, vor wenigen Jahren erst entdeckt, Klingen- und Stichelkulturen der jüngeren Altsteinzeit, mittelsteinzeitliche Kulturen mit Miniaturgeräten, jungsteinzeitliche mit Steinschliff, Töpferei und Ackerbau, chalcolithische mit ersten Kupfergeräten, bronze- und eisenzeitliche mit stärker verbreitetem Gebrauch von Metall. Die Entwicklung verlief also ähnlich wie bei uns.

Indus-Kultur

Die frühesten Zeugnisse einer vorderindischen Hochkultur, mit Städtebau, Bewässerungsanlagen und bis nach Mesopotamien reichenden Beziehungen, sind Ruinen und Kleinfunde der Indus-Kultur aus dem 3. Jahrtausend v. Chr. Heute sind in Pakistan, Nord- und Nordwestindien über hundert Fundstellen aus dem Bereich dieser Kultur bekannt.

Arier

Um die Mitte des 2. Jahrtausends v. Chr. wanderten im Nordwesten Rinderzüchter arischer Sprache, im folgenden kurz Arier genannt, ein. Ausser vielleicht einer graufarbenen Töpferei vermögen wir ihnen kaum archäologische Funde zuzuschreiben, und auch ihre ursprüngliche Heimat liegt weitgehend im dunkeln. Ihre Religion und manche Züge ihrer Lebensweise kennen wir aber aus ihren heiligen, in einem altertümlichen Sanskrit überlieferten Büchern, den Veden. Sicher ist auch, dass sie den Norden mit kleineren und grösseren Höfen durchsetzten, an denen Brahmanen als Priester wirkten. Ein Bild vom Leben und Ethos der herrschenden Schicht im 1. Jahrtausend v. Chr. vermitteln uns die Sanskrit-Epen Mahabharata und Ramayana.

Alexander der Grosse

Zwischen 327 und 325 v. Chr. zog Alexander der Grosse nach Taxila im heutigen Pakistan. Er veränderte die Herrschaftsverhältnisse kaum, aber über seine Nachfolger in Baktrien gelangten hellenistische Einflüsse nach Vorderindien.

Maurya-Dynastie

Ebenfalls im 4. Jahrhundert v. Chr. begann in Magadha, im heutigen Bihar, der Aufstieg der Maurya-Dynastie. Chandragupta, ein Förderer der jainistischen Religion, schuf das erste indische Grossreich, das vom Indus bis nach Bengalen und weit nach Süden reichte und schliesslich auch Gebiete bis Kabul umfasste. Das Staatslehrbuch Arthashastra zeigt, wie dieses Gebiet verwaltet wurde.

Als bedeutendster Vertreter der Maurya-Dynastie gilt Ashoka, der den Thron zwar mit Gewalt bestieg und die Herrschaft durch blutige Kämpfe ausdehnte, dann aber als Buddhist auf der Basis moralischer Prinzipien regierte, die auch den an verschiedenen Orten in Stein-säulen gemeisselten Edikten zugrunde liegen. Sein Sohn oder Bruder Mahinda brachte den Buddhismus nach Sri Lanka.

**Kushana**

Nach dem Zerfall des Maurya-Reiches erlangten die Shunga die Macht, wurden aber bald von hellenobaktrischen Herrschern bedrängt. Im 1. Jahrhundert v. Chr. drangen zentralasiatische Nomaden ein. Zu diesen Nomaden gehörten die Kushana, deren hervorragendster Vertreter, der dem Buddhismus gewogene Kanishka, im 2. Jahrhundert n. Chr. den Norden Vorderindiens, Afghanistan und Turkestan beherrschte.

**Gupta**

Im 4. Jahrhundert n. Chr. stiegen, wiederum in Magadha, die Gupta empor, hochgebildete Persönlichkeiten, die nicht nur ein neues Grossreich schufen, sondern auch Wissenschaft und Kunst förderten. Unter ihnen blühte der Hinduismus wieder auf.

Das Gupta-Reich fiel den Hephthaliten oder ‹weissen Hunnen› aus dem Iran zum Opfer, die sich indessen nicht festsetzten. Noch einmal entstand, unter Harsha von Kanauj, ein Grossreich; dann gab es im Norden nur noch kleinere Fürstentümer.

**Südindien**

In Südindien erschien als erstes das Andhra-Reich im Licht der Geschichte. In den Jahrhunderten n. Chr. sind die Shatavahana bezeugt, die, wie römische Münzfunde beweisen, mit dem Westen verkehrten. Im 3. bis 8. Jahrhundert herrschten die Pallava, denen in den Chalukya auf dem Deccan Rivalen erwuchsen. Es folgten die Rashtrakuta und die Chola, und nach 1370 beherrschte das Grossreich Vijayanagara die Szene. Alle diese Dynastien waren hinduistisch.

**Mohammedaner**

**Mogul-Zeit**

Vom 8. Jahrhundert n. Chr. an wurde der Norden Vorderindiens durch mohammedanische Eindringlinge beunruhigt. 1206 kam es zur Gründung des Sultanats von Delhi. 1398 fügte der turko-mongolische Eroberer Timur grosse Gebiete seinem Reich ein. Im 16. Jahrhundert begann mit Babur die Mogul-Zeit. Akhbar eroberte fast ganz Vorderindien, und dank einer Politik der Toleranz vermochten er und seine Nachfolger das Reich ungestört zu führen; erst Aurangzeb wurde im 17. Jahrhundert angefochten.

**Kolonialzeit**

1498 landete der Portugiese Vasco da Gama an der Malabarküste. Um 1600 wurde von den Engländern die Ostindische Kompanie gegründet, und auch andere Nationen eröffneten Handelsstationen. Um 1757 begannen die Engländer grössere Gebiete zu besetzen. Der Widerstand der Sikh, einer religiösen, aber militärisch organisierten Gemeinschaft im Punjab, wurde gebrochen und ein Aufstand der indischen Truppen im Jahre 1857 niedergeschlagen. 1876 wurde Königin Viktoria Kaiserin von Indien.

Mahatma Gandhi

Indessen konnte das indische Nationalbewusstsein nie ganz ausgelöscht werden. Mahatma Gandhi entfesselte mit seinem Aufruf zum gewaltlosen Widerstand gegen die englische Herrschaft eine geistige Bewegung, die 1947 dazu führte, dass die Dominien Indien und Pakistan geschaffen wurden. 1971, schliesslich, kam es in Ostbengalen zur Gründung von Bangla Desh.

Sri Lanka

Himalaya-Länder

Wechselvoll, infolge der geographischen Isolation aber oft unabhängig, verlief auch die Geschichte Sri Lankas und die der Himalaya-Länder. Sri Lanka stand nur einmal zur Zeit der Chola unter südindischer Herrschaft, sonst rivalisierten von Indien unabhängige singhalesische und tamilische Dynastien miteinander. Nepal, Sikkim und Bhutan spielten meistens die Rolle von Pufferstaaten zwischen Indien und China. Heute sind Nepal und Bhutan unabhängige Staaten, und Sikkim ist ein Protektorat Indiens. Tibet war im 7. Jahrhundert n. Chr. ein mächtiger Staat mit Beziehungen zu Indien und China. Eroberungszüge führten zur Eingliederung von Teilen Westchinas und Turkestans. Das Grossreich zerfiel aber wieder. Nach einem mongolischen Zwischenspiel beherrschten einheimische religiöse Führer auch die weltliche Politik Tibets. Im 18. Jahrhundert entwickelte sich eine deutliche Abhängigkeit von China. Im 19. Jahrhundert gewannen Grossbritannien und Russland Einfluss, aber später verstärkte sich das chinesische Interesse wieder. 1950 wurde Tibet China angegliedert. Ein Aufstand im Jahre 1959 wurde niedergeschlagen. Es folgte eine Umstrukturierung von Bevölkerung, Wirtschaft und Politik, und seit 1965 gilt Tibet als autonome Region innerhalb der Volksrepublik China.

## Religion

Hinduismus

Der verbreitetste Glaube auf dem indischen Subkontinent ist der Hinduismus. In Indien bezeichnen sich etwa 85 Prozent der Bevölkerung als Hindu, und auch in Nepal herrschen die Anhänger dieser Religion vor.

Im Gegensatz zu den meisten grossen Religionen ist der Hinduismus nicht von einer einzelnen Persönlichkeit geprägt worden, sondern im Laufe der Zeit aus Gedankengut der Arier, Vorstellungen aus vorarischer Zeit und neueren Ideen herangewachsen. Auch ist er nie über die einzelnen Tempel hinaus kirchlich organisiert worden.

In ihren heiligen Überlieferungen, den Veden, erkennt man die Arier als diesseitsgerichtete Leute, die sich tüchtige Söhne, viele Rinder und ein langes Leben wünschten. Ihre Götter standen denn auch in enger Beziehung zu Naturkräften: Indra zum Beispiel erscheint als Gewittergott. Zur Verehrung der Götter wurden Hymnen gesungen,

Tiere geopfert und berauschende Getränke dargebracht. Die Abkehr von Tieropfer und Fleischgenuss erfolgte erst in späteren Zeiten.
Das Studium der Veden war und ist im wesentlichen auch heute noch Sache einer eingeweihten Priesterschaft. Manche Denker unter den Priestern begnügten sich aber nicht mit der Wiedergabe des Gelernten, sondern schufen Kommentare: die Brahmanas, die neben einfachen Deutungen und Legenden auch schon Ansätze zu philosophischen Spekulationen enthalten, und die zum Teil hochphilosophischen Upanishaden, die, wie der Name besagt, aus dem ‹Zusammensitzen›, nämlich des Lehrers mit dem Schüler, hervorgegangen sind. In den Upanishaden ist nicht mehr die Erlangung weltlicher Güter das Ziel, sondern die innere Erlösung, das den Geburtenkreislauf beendigende Aufgehen in der Allseele, das durch Askese und Meditation erreicht werden soll. Das gleiche Ziel wurde später auch von den Anhängern der als Yoga bekannten Übungsmystik und der Sankhya-Lehre angestrebt. Im Gegensatz zu den Upanishaden, die nur die Allseele als von Ewigkeit an existierend anerkennen, nimmt die Sankhya-Lehre einen ursprünglichen Dualismus von Geist und Materie an.
Religiösen Charakter tragen auch die beiden Epen Ramayana und Mahabharata; dies geht schon aus der Segensverheissung hervor, wonach der, der sie liest oder rezitiert, von allem Übel befreit wird. Die Epen sind aber nicht Kulttexte, sondern eher erzählende und das Volk belehrende Werke. Inhaltlich geht es im Ramayana um die Geschichte Ramas, einer Inkarnation des Gottes Vishnu, dem die Gattin, Sita, von einem Dämonenkönig entführt wurde, und im Mahabharata um den Kampf zweier miteinander um die Herrschaft in Hastinapur in der Nähe des heutigen Delhi rivalisierender Vetterngruppen, der Panduiden und der Kuruiden.
Ebenfalls vor allem für den volkstümlichen späten Hinduismus wichtig sind schliesslich die Puranas, Erzählungen, in denen viele Gottheiten eine Rolle spielen, die in den Veden nicht oder nur am Rand erwähnt sind, oft aber in alten Traditionen wurzeln.
Die moderne hinduistische Praxis ist äusserst vielfältig. Während wandernde Heilige dem Wiedergeborenwerden durch eine asketische Lebensweise zu entrinnen suchen, gibt sich der gewöhnliche Hindu damit zufrieden, in den Tempeln der von ihm bevorzugten Gottheiten an Kulten teilzunehmen und gelegentlich auch im eigenen Heim solche abzuhalten. Da es dabei auf genaue Durchführung der Rituale und exaktes Rezitieren ankommt, wird auch in Privathäusern oft ein Priester engagiert. Der Kult beginnt mit einer Reinigungszeremonie

des Priesters, der etwas Wasser zu sich nimmt und Gottesnamen rezitiert. Dann wird das Idol der zu verehrenden Gottheit zeremoniell gebadet, gekleidet, geschmückt, gespiesen und beräuchert. Der Tempelbesucher bringt Blüten, Früchte, Speisen, Lämpchen, bezahlt auch immer wieder etwas an die Priesterschaft und bittet die Gottheit um Wunscherfüllung.

Manche Tempelorte haben sich mit der Zeit zu Pilgerzentren entwickelt. In Benares am Ganges zu sterben gilt als sicheres Mittel, um in den Himmel zu kommen. Auch Hardwar am Zusammenfluss von Yamuna und Ganges, Badri-Kedar im Himalaya-Gebiet, Mathura, der Geburtsort des Gottes Krishna, Jagannathpuri in Orissa, der Minakshi-Tempel im südindischen Madura, Kataragama auf Sri Lanka und Muktinath in Nepal sind berühmte Pilgerziele.

Um die Mitte des 1. Jahrtausends v. Chr. war die Gesellschaft in religiös sanktionierten Kasten erstarrt. Allmählich erwuchs den Priestern an der Spitze des Systems aber Widerstand. Gautama Buddha entwickelte die buddhistische Lehre, Mahavira die jainistische. Beide anerkannten die rituelle Gleichheit der Menschen und versprachen, wie übrigens auch einige hinduistische Lehren der Zeit, Erlösung nicht durch Opfer an die Götter, sondern durch eine disziplinierte Lebensweise.

Gautama Buddha

Mahavira

Buddhismus

Der Buddhismus besteht heute in verschiedenen Formen, als Hinayana oder ‹kleines Fahrzeug› in Sri Lanka und Hinterindien, als Mahayana oder ‹grosses Fahrzeug› in Nepal und Ostasien und als Lamaismus in Tibet, Sikkim, Bhutan und der Mongolei. In Indien, Pakistan und Bangla Desh ist er, nach seiner stürmischen Verbreitung zur Zeit der Maurya-Herrscher, vom Hinduismus und später vom Islam bis auf spärliche Reste verdrängt worden. Erst in den fünfziger Jahren kam es in Indien zu einer neuen buddhistischen Bewegung, als Dr. B. R. Ambedkar, ein Führer der benachteiligten Kasten, zum Buddhismus übertrat.

Bon-Glaube

In Tibet drängte der sich aus dem Mahayana-Buddhismus entwikkelnde Lamaismus die Bon-Religion, eine Form des Geisterglaubens, die ihrerseits den Buddhismus beeinflusst hat, weitgehend zurück.

Jainismus

Wie die Buddhisten halten auch die Jain viel von einer disziplinierten Lebensweise, glauben sie doch, die ursprünglich klare Seele des Menschen werde durch Schuld und Bindungen getrübt. Als besonders schwere Schuld gilt das Töten. Strenggläubige Jain tragen eine Binde vor Mund und Nase, um keine Kleinstlebewesen einzuatmen, filtrieren das Trinkwasser und gehen kaufmännischen Berufen nach, die sie nicht mit der Natur in Konflikt bringen.

**Islam**
Der Islam, einen einzigen Gott anerkennend wie der christliche Glaube, wurde vom 8. Jahrhundert n. Chr. an durch eindringende Araber und später Turkvölker nach Vorderindien gebracht. Die Eroberer, deren Zahl gering war, zeigten zuerst wenig Interesse daran, die Hindu zu bekehren. Erst nach der Gründung des Sultanats von Delhi kam es, vor allem in den einst buddhistischen Regionen Sind, Bihar und Bengalen, zur Konversion grösserer Bevölkerungsteile. Zu diesen indischen Muslim stiessen mit der Zeit vor allem aus Iran und Zentralasien stammende Flüchtlinge vor den Mongolen, allerlei Abenteurer und schliesslich auch einheimische Grossgrundbesitzer. Akhbar, der für seine Toleranz bekannte Mogul-Herrscher, versuchte, den Islam mit dem Hinduismus zu versöhnen und eine neue Religion zu schaffen. Seine Nachfolger erzwangen aber wieder die Vorherrschaft des Islam. Erst nach dem Zerfall des Mogul-Reiches und dem Erstarken des Hinduismus während der englischen Kolonialzeit, sahen sich die Muslim allmählich in die Lage einer nicht mehr privilegierten Minderheit versetzt. Damit wollten sie sich nicht abfinden. Ihr Widerstand führte schliesslich zur Bildung des islamischen Staates Pakistan.

**Parsi**
Im 10. Jahrhundert n. Chr. wanderten persische Anhänger der Religion Zarathustras, die den Islam nicht annehmen wollten, nach Indien aus. Ihre Nachkommen, die Parsi, findet man in Bombay und Gujarat, wo manche es unter der britischen Herrschaft zu Wohlstand gebracht haben. Sie glauben an einen Schöpfergott, dem sich aber ein böser Geist entgegenstellt. Um Feuer, Erde und Wasser reinzuhalten, legen sie ihre Toten auf ‹Türmen des Schweigens› den Geiern vor.

**Sikh**
Eine von Guru Nanak begründete Reformbewegung, die noch vor Akhbar eine Vereinigung von Hinduismus und Islam anstrebte, führte im 15. Jahrhundert n. Chr. im Punjab zur Gründung der Sekte der Sikh. Auch die Sikh anerkennen nur einen Gott. Als Reaktion auf Anfeindungen organisierten sie sich militärisch. Unter der britischen Verwaltung kamen sie in der Kolonialarmee zu Ehren, und auch heute stellen sie einen Teil der indischen Streitkräfte.

**Christen**
Schon früh soll Südindien auch mit dem Christentum in Berührung gekommen sein. Der Apostel Thomas soll an der Malabarküste gelandet sein und viele Anhänger gewonnen haben. Zu diesen ersten indischen Christen stiessen später syrische Glaubensgenossen. Vom 16. Jahrhundert an entfalteten sodann Jesuiten ihre Tätigkeit, und im 19. Jahrhundert folgten protestantische Missionare. Bekehrt wurden vorwiegend niedere Kasten und Stämme.

Einige gesellschaftliche Aspekte

Vor allem in Indien spielt das Kastenwesen, die hierarchische Gliederung der Gesellschaft auf der Basis von rituell mehr oder weniger ‹reinen› Gemeinschaften, deren Mitglieder nur untereinander heiraten, auch heute noch eine Rolle. Seit 1955 gibt es aber wenigstens ein Gesetz, das die Unberührbarkeit offiziell aufhebt.

Kastenwesen

Das indische Kastenwesen hat zweifellos einen komplexen Ursprung. Den Ariern dürfte das die heutige Vielzahl der Kasten immer noch grob gliedernde System zu verdanken sein, das die Gesellschaft in Brahmanen oder Priester, Kshatriya oder Krieger, Vaishya oder Händler und Bauern und Shudra oder Handwerker und Taglöhner einteilt, wobei gewisse als besonders unrein erachtete Kasten und die nichthinduistischen Stämme übrigbleiben. Von Bedeutung waren aber sicher auch professionelle Gilden, wie sie schon der Indus-Kultur bekannt gewesen sein dürften, und religiöse Vorstellungen einstiger Stämme. Das professionelle Element ist im Zusammenspiel der Kasten in einem Dorf auch heute noch wichtig. In manchen Fällen besteht ein weitgehend geschlossenes Kundensystem zwischen den beruflich spezialisierten niederen Kasten und den höheren: jede Familie niederer Kaste und auch jede Priesterfamilie verfügt unter den Angehörigen hoher Kasten über feste Kunden, die im Laufe des Jahres Aufträge erteilen und nach den Ernten, meist in Form von Getreide, bezahlen. Grundsätzlich besteht in diesem System auch die Möglichkeit, Kunden zu wechseln; in der Praxis sind aber viele Handwerker und Taglöhner ihren Kunden gegenüber verschuldet, und dies erhöht natürlich die Abhängigkeit. Den niederen Kasten wurde auch mancherorts bis in unsere Zeit Landbesitz verwehrt. Erst neue Gesetze, Landverteilungsaktionen und die durch Schulung, Industrialisierung und Verstädterung bewirkte geographische Mobilität haben das System wenigstens teilweise, leider aber nicht nur mit positiven Folgen, aufgebrochen.

Stammesbevölkerungen

Vor manche Probleme stellen auch Stammesbevölkerungen die indischen Behörden. Viele Stämme haben zwar im Laufe der Zeit, oft im Rahmen grösserer religiöser Bewegungen, einen Prozess der ‹Sanskritisierung› durchgemacht, das heisst Brauchtum der hinduistischen Nachbarn übernommen und den Status einer Kaste, gelegentlich sogar im Kshatriya-Rang, erlangt. Andere Stämme blieben dagegen der überlieferten Lebensweise in höherem Masse treu, und sie geraten nun oft in Schwierigkeiten mit der sich verändernden Umwelt.

Soziale Schichten in den Himalayas

In den lamaistisch-buddhistischen Himalaya-Ländern bildeten sich nicht wie in Indien soziale Kasten, sondern eher Schichten heraus, mit dem weltlichen oder geistlichen Staatsoberhaupt und dessen engeren Verwandten und Vertrauten an der Spitze der sozialen Pyramide, den Landbesitzern, soweit Land sich in Privatbesitz befand, im zweiten Rang und der grossen Masse der Pachtbauern und Taglöhner zuunterst. Hohes Ansehen genossen ausserdem die zahlreichen Angehörigen der Mönchsorden: der sicherste Weg zum sozialen Aufstieg bestand im Eintritt in einen Orden. Die Orden verfügten auch über einen grossen Teil des Landbesitzes. Verhältnismässig unabhängig blieben die Nomadenstämme, die besonders in Tibet zahlreich waren.

In neuerer Zeit hat sich die Lage in der Himalaya-Region mehr oder weniger verändert: in Tibet, wo die Gesellschaft nach chinesisch-kommunistischen Vorstellungen umstrukturiert wurde, am krassesten; aber auch in Nepal, Bhutan und Sikkim wurden die Vorrechte der obern Schichten beschnitten. Sikkim erlebte zudem eine starke Einwanderung von Nepalesen, die es durch Handel und harte Arbeit zum Teil zu Wohlstand und Ansehen brachten. Anders als in Tibet blieben aber die Klöster mit ihrem beträchtlichen wirtschaftlichen und politischen Einfluss bisher weitgehend unangetastet.

Klassische Kunst und Volkskunst

Den Besucher Vorderindiens und der Himalaya-Region beeindrukken einerseits die unzähligen Reste religiöser und höfischer Bauwerke, Plastiken und Malereien aus vergangenen Zeiten, anderseits aber auch die auf dem Land, in den Dörfern der Bauern und der Stammesbevölkerungen anzutreffenden Zeugnisse künstlerischer Tätigkeit. Selbst in heute unbesiedelten Felszonen kann man auf Kunstwerke stossen. Vor allem in Zentral- und Südindien wurden während der letzten Jahrzehnte Tausende von Felsmalereien entdeckt, die teilweise aus vorgeschichtlicher Zeit stammen und neben Wildtieren oft Jäger mit Speeren oder Pfeil und Bogen zeigen.

Vorgeschichtliche Felsmalerei

Manche Werke indischer Künstler ziehen den Besucher aus dem Westen dank ihren ästhetischen oder erzählerischen Qualitäten an. Indessen beabsichtigten sowohl die Auftraggeber als auch die Künstler viel mehr. Die klassische indische Kunst, die in der Gupta-Periode sich entwickelte und auch die Kunst Sri Lankas und der Himalaya-Region beeinflusste, ist überaus bedeutungsgeladen und letztlich weniger darauf angelegt, den Betrachter zu erfreuen, als dem Andächtigen zu helfen, das Bild eines Gottes vor dem inneren Auge aufzubauen. Die Ausdrucksformen, stark beeinflusst von den traditionsreichen Formen des Tanzes, wurden mit der Zeit in Lehrbüchern der Gestaltung festgelegt.

Klassische Kunst

**Kunstzentren**

Gefördert von Herrscherpersönlichkeiten und religiösen Bewegungen entwickelten sich an verschiedenen Orten Kunstzentren mit oft weitreichender Ausstrahlung. Ein solches Zentrum, wichtig sowohl für die Entwicklung des Buddhabildes als auch der hinduistischen Plastik, befand sich etwa vom 2. Jahrhundert n. Chr. an in Mathura. Als weiteres Beispiel mag das hellenistisch beeinflusste Gandhara in Pakistan erwähnt werden, woher das im Bildteil gezeigte buddhistische Relieffragment stammt.

**Bronzeguss**

Neben Stein wurde Bronze zur Herstellung von Idolen verwendet. Vor allem südindische Werkstätten wurden für ihre Kunst des Gusses in der verlorenen Form bekannt. Auch heute noch werden in einigen Werkstätten Kultbronzen hergestellt, bisweilen wirklich für Tempel, häufiger aber für Kunstliebhaber. Die im Bildteil gezeigte Shiva-Bronze ist ein in klassischer Weise aufgebautes, aber aus neuerer Zeit stammendes Stück.

**Volkskunst**

Nur im Zusammenhang mit dem religiösen Hintergrund lässt sich auch ein Teil der Volkskunst verstehen. Holzschnitzereien und Terrakottafiguren werden von manchen Stammesbevölkerungen für den Toten- und Ahnenkult verwendet. Wandmalereien, wie sie an vielen Orten von Frauen ausgeführt werden, hängen mit jahreszeitlichen Festen zusammen und zeigen religiöse Thematik. Der Ramayana-Aufführung im Schattenspieltheater kommt geradezu kultische Bedeutung zu, und sogar scheinbar bloss dekorative Aufstellfiguren können der Erbauung dienen. Das schmückende Element und der Zeitvertreib spielen in der Volkskunst aber natürlich auch eine Rolle, und der reiche Zierat der Frauen erfüllt neben dekorativen auch wirtschaftliche, soziale und bisweilen magische Funktionen.

**Höfische Kunst**

Wie die Volkskunst dem Dorfleben Farbe verleiht, so bereicherten raffiniertere Künste, Musik, Tanz, Gesang, Dichtung, Porträt- und Miniaturmalerei das Leben an den Höfen der Herrscher. Diese höfische Kunst, von geistig oft besonders angeregten und begabten Menschen gepflegt, war zwar oft imitativ und anfällig für Moden, erreichte aber bisweilen auch besonders hohe Perfektion. Die in der Mogul-Zeit an verschiedenen Höfen gepflegte Miniaturmalerei zum Beispiel hat überaus reizvolle Werke hervorgebracht.

**Museumssammlungen**

Das Museum für Völkerkunde besitzt leider nur wenige und qualitativ nicht durchwegs überzeugende Werke der religiösen Kunst klassischer Richtung. Auch höfische Erzeugnisse fehlen weitgehend. Dafür ist die Volkskunst mit Keramik, Schnitzerei, Metallarbeiten, Spielzeug, Marionetten- und Schattenspielfiguren und, wie anderswo besprochen, umfangreichen Textilsammlungen recht gut vertreten.

# Le subcontinent indien et les régions himalayennes

Traiter en quelques pages de la culture et des arts en Inde, au Pakistan, au Bangla Desh, à Sri Lanka, au Népal, Sikkim, Bhutan et au Tibet est bien téméraire! Cependant, même un livre volumineux ne constituerait qu'une approche de la richesse des traditions de ce sous-continent.

Dans le chapitre ‹géographie dans une coque de noix› nous avons essayé de présenter les régions naturelles les plus marquantes: la chaîne de l'Himalaya, la pleine indienne du Gange, le plateau du Deccan et l'île de Sri Lanka. On y parle aussi du climat tropical, influencé par les moussons, de la riche végétation des régions soumises à la mousson d'été, des principales plantes utilitaires, du développement industriel, de la faune, aujourd'hui malheureusement en partie menacée, de la pluralité des races et des langues et de la rapide montée démographique de la population dans les plaines. Le chapitre consacré à l'histoire aborde, par le biais d'innombrables témoins, la préhistoire de l'Inde, la première civilisation très développée de la vallée de l'Indus et des territoires voisins, l'immigration arienne, les grandes dynasties et l'époque coloniale. Puis, dans un autre chapitre, les principales religions sont brièvement introduites: l'hindouisme, le bouddhisme, le Bon, le jaïnisme, l'islam, le parsisme, la religion des Sikhs et le christianisme indien. Puis l'attention est attirée sur quelques problèmes et phénomènes de la société tels que les couches sociales, plus particulièrement le système des castes et l'intégration des communautés tribales. La fin est consacrée à quelques remarques sur l'art classique religieux, l'art populaire des populations campagnardes et des communautés tribales ainsi qu'à l'artisanat exercé à la cour des souverains.

Dans le meilleur des cas on ne pourra, comme nous l'avons dit, que se faire une idée de ce que représente vraiment la diversité de la vie culturelle de l'Inde et des régions de l'Himalaya. A vrai dire, un processus qualifié de ‹sanscritisation› a amené les castes et populations inférieures à adapter leur mode de vie à celui des castes supérieures jouissant de l'avantage de prestige. Mais, vue globalement, la culture ou plutôt les cultures du sous-continent appellent la comparaison avec celle faite d'un textile qui, tout en constituant une unité, se composerait de dessins aux motifs les plus variés.

# The Indian Subcontinent and the Himalayas

How presumptuous it is to want to deal with the culture and art of India, Pakistan, Bangla Desh, Sri Lanka, Nepal, Sikkim, Bhutan and Tibet on a very few pages. But even a more extensive book could only just give an inadequate suggestion of the wealth of traditions on this subcontinent. In 'Geography in a Nutshell', the first chapter of the German text, the most striking natural regions of the area have been pointed out – the Himalayan region, the Indogangetic plain, the Deccan Plateau and the island of Sri Lanka – as have been the tropical climate influenced by the monsoons, the lush vegetation in the region of the summer monsoon, the most important plants, the industrial development, the fauna (much of which is unfortunately endangered today), the racial diversity, the wealth of languages, and the population which is growing so quickly particularly in the lowlands. In the chapter 'History' the prehistory of India and adjacent areas, the early, high culture of the Indus Valley, the Aryan migration, the major ruling dynasties and the colonial era have been touched on. In a further chapter the most important religions – Hinduism, Buddhism, the Bon religion, Jainism, Islam, Parsism, Sikhism and Indian Christianity have been introduced briefly. Then some of the phenomena and problems of the society, like social stratification, especially the Indian caste system, and the integration of the tribal populations have been drawn attention to. The sketch is completed by a few words on classical religious art, the folk art of the rural populations and tribes and the skills once cultivated at the courts of rulers.

As we have already said, at best a general impression of the richness of cultural life actually to be found in India, its surroundings and the Himalayan region can be gained from all this. It is true that a process sometimes called 'sanskritization' has led the lower castes and tribal populations to adapt their way of life to that of the more prestigious high castes; but on the whole the cultural structure on the subcontinent can best be compared with a textile which somehow holds together while exhibiting a great variety of patterns.

Die Ziffern zur Übersichtskarte ‹Vorderindien und die Himalaya-Region› beziehen sich auf die Farbtafeln 1–15.

Les chiffres de la carte géographique ‹Le subcontinent indien et les régions himalayennes› correspondent aux planches-couleur 1–15.

The numbers of the survey map 'The Indian Subcontinent and the Himalayas' refer to colour plates 1–15.

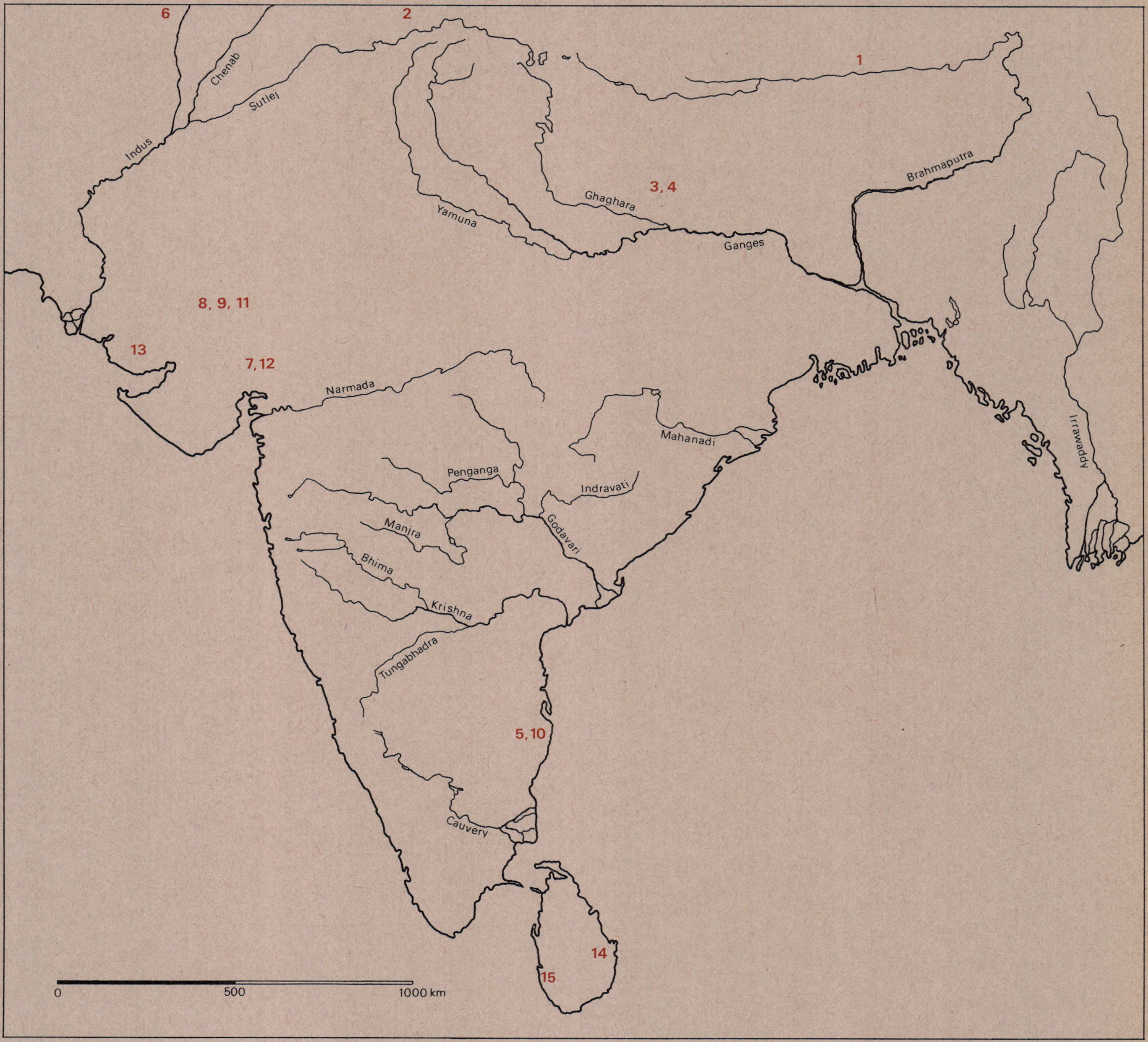

## Die Asur von Chotanagpur, Bihar Nordindien

Zusammen mit einigen weiteren Stammesbevölkerungen bewohnen die Asur das Hochland von Netarhat im Nordwesten von Chotanagpur. Einst bekannt als Eisenschmelzer und Schmiede, sind sie, seit ihnen die Herstellung von Holzkohle aus forstwirtschaftlichen Gründen weitgehend verwehrt wird, zum Ackerbau übergangen.

Eine traditionelle Schmiedewerkstatt im Freien. Der Schmied arbeitet an der Esse, der Gehilfe betätigt den Tretblasebalg.

Dieser Mann schnitzt einen Bogen für die Jagd. Trotz behördlichen Einschränkungen ergänzen die Asur ihren Speisezettel manchmal mit Wild. Die Frauen sammeln Kräuter und Wurzeln.

Ein knapp zwanzigjähriger Asur. Die breite Nase mit der eingesunkenen Wurzel, die hohen Backenknochen, die aufgeworfenen Lippen und die niedrige Stirn sind typisch für Stammesangehörige der Gegend.

Kinder werden lange gesäugt. Kuhmilch als Ersatz für Muttermilch gibt es nicht, denn Kühe werden nicht gemolken. Büffelmilch geniesst man nur in saurem Zustand.

Beim Hausbau helfen die Nachbarn mit. Zum Dank stiftet der Bauherr Getreidebier und Reis mit Fleisch. Diese Frau steckt Blätter zu Schalen zusammen, in denen der Imbiss gereicht wird.

Jugendliche beider Geschlechter schlafen in einem Dormitorium am Dorfplatz. Von diesem Ort aus besuchen sie Veranstaltungen und Freunde, und hier lernen sie auch die Stammestraditionen kennen.

Kontakte mit Staatspersonal, Unternehmern, Geldverleihern und Missionaren haben indessen auch bei den Asur den Kulturwandel in Gang gebracht. Mit Internatsschulen versuchen die Behörden, die Integration der jungen Leute in die weitere Gesellschaft zu fördern.

Fotos: S. Haas

## Les Asur de Chotanagpur, Bihar Inde du nord

Les Asur se partagent les hauts-plateaux de Netarhat, au nord-ouest de Chotanagpur, avec quelques autres communautés tribales. Jadis connus en tant que forgerons et fondeurs, les Asur furent contraints d'abandonner la forge pour l'agriculture, la production de charbon de bois leur ayant été interdite pour des raisons d'économie forestière.

Forge traditionnelle en plein air. Le forgeron s'affaire près du foyer, son assistant actionne le soufflet à marche.

Un homme en train de tailler un arc pour la chasse. Malgré les restrictions des autorités, les Asur enrichissent parfois leur menu avec du gibier. Les femmes sont chargées de la cueillette des herbes et des racines.

Ce jeune Asur n'a pas vingt ans. Il présente les caractéristiques des membres des tribus locales: le nez large à la racine incurvée, les pommettes hautes et saillantes, les lèvres protubérantes et le front bas.

Les enfants sont allaités pendant longtemps; il n'y a en effet pas de lait de remplacement à leur donner, les vaches n'étant pas traites. Le lait de buffle n'est consommé qu'à un stade fermenté.

La construction des habitations se fait entre voisins. Le propriétaire offre alors de la bière de céréales, du riz et de la viande en contrepartie. Cette femme prépare des récipients en feuilles destinés à contenir la collation.

Les jeunes des deux sexes passent la nuit dans un dortoir situé sur la place du village. C'est de là qu'ils partent pour aller voir des amis ou pour assister à des manifestations, et c'est là qu'ils apprennent à connaître les traditions et coutumes de la tribu.

Chez les Asur aussi, le contact avec les fonctionnaires de l'Etat, les entrepreneurs, les prêteurs et les missionnaires a entraîné des modifications d'ordre culturel. Ainsi les autorités s'efforcent d'intégrer les jeunes gens dans la société par la construction d'internats.

Photos: S. Haas

## The Asur of Chotanagpur, Bihar North India

The Asur are one of the tribal populations that inhabit the highlands of Netarhat in northwestern Chotanagpur. Once known as iron smelters and smiths, they have gone over to agriculture since being largely prohibited, for reasons of forest conservation, from making charcoal.

A traditional outdoor smithy. The smith is at the forge, his assistant is working the bellows. 1

This man is carving a hunting-bow. In spite of government restrictions, the Asur sometimes supplement their diet with game. The women gather herbs and roots. 2

An Asur nearly twenty years old. His broad nose with sunken root, high cheekbones, pouting lips and low forehead are typical of the tribal people in this region. 3

Children are nursed for a long while. There is no cow's milk as a substitute for mother's milk, as cows are not milked. Buffalo milk is only drunk when sour. 4

Neighbours help when a house is built. The builder shows his thanks by treating them to grain beer and rice with meat. The woman is putting leaves together into bowls in which to offer the food. 5

Young people of both sexes sleep in a dormitory in the village square. From there they can attend different kinds of events or visit friends, and it is here that they also learn about their tribal traditions. 6

Contact with government authorities, businessmen, money-lenders and missionaries has begun to bring about cultural change among the Asur. The authorities are trying to further the integration of the young people into broader society through boarding schools. 7

Photographs: S. Haas

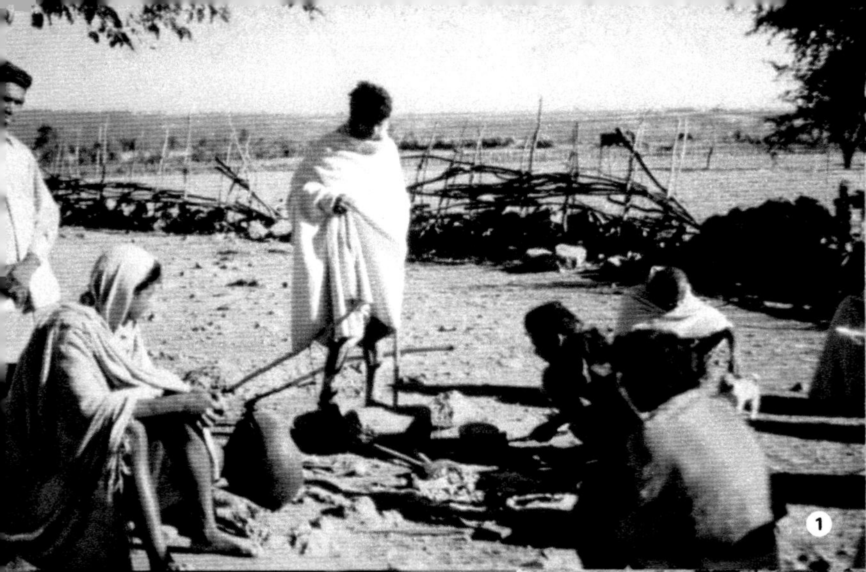

1

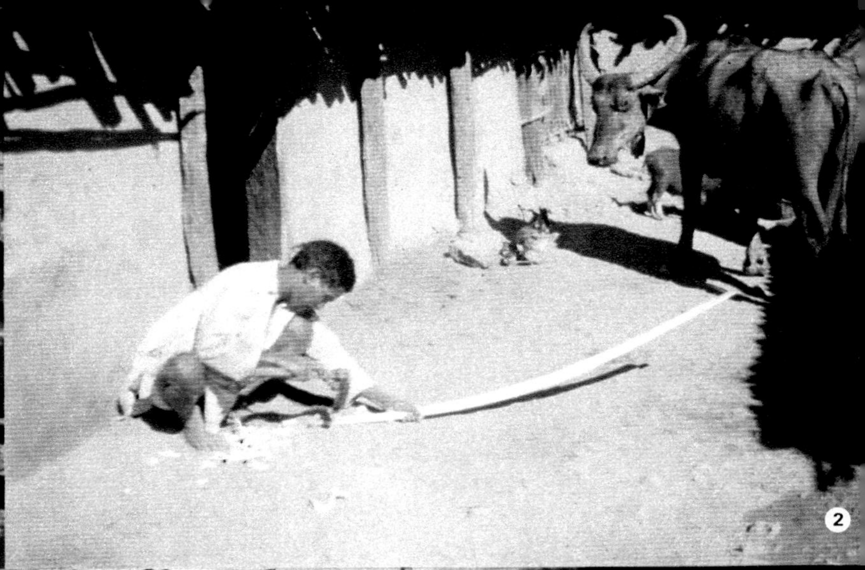

2

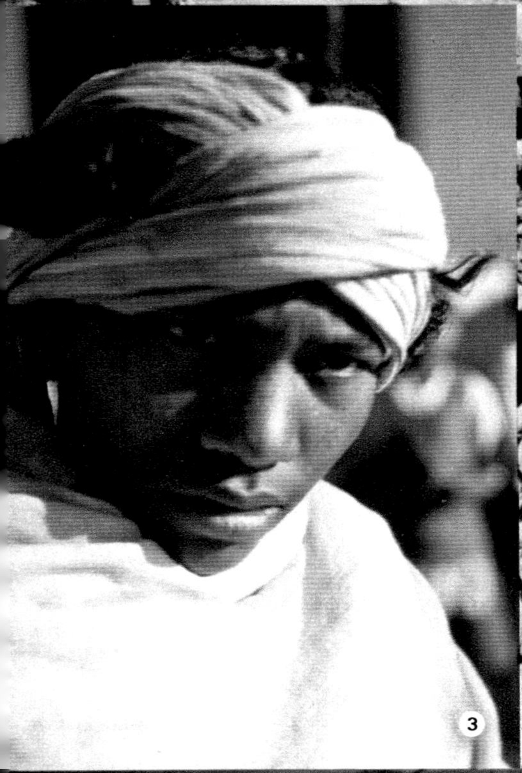

3

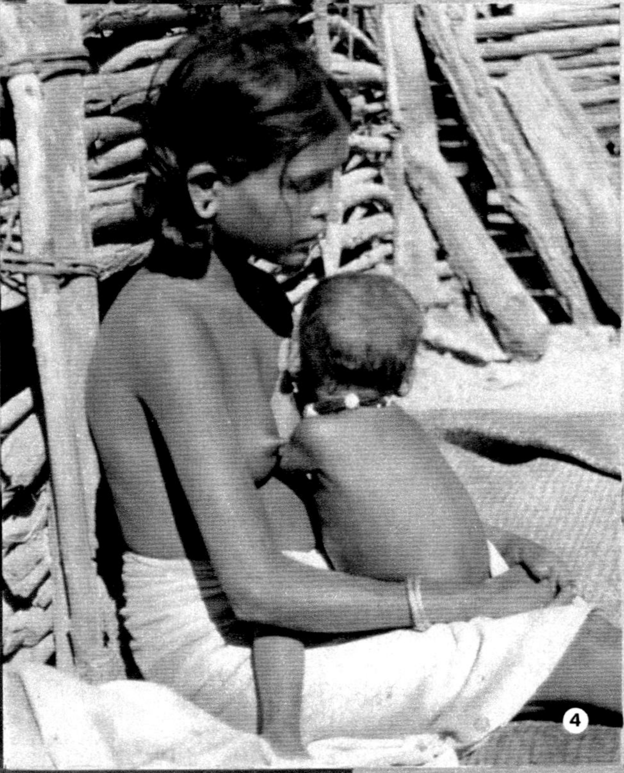

4

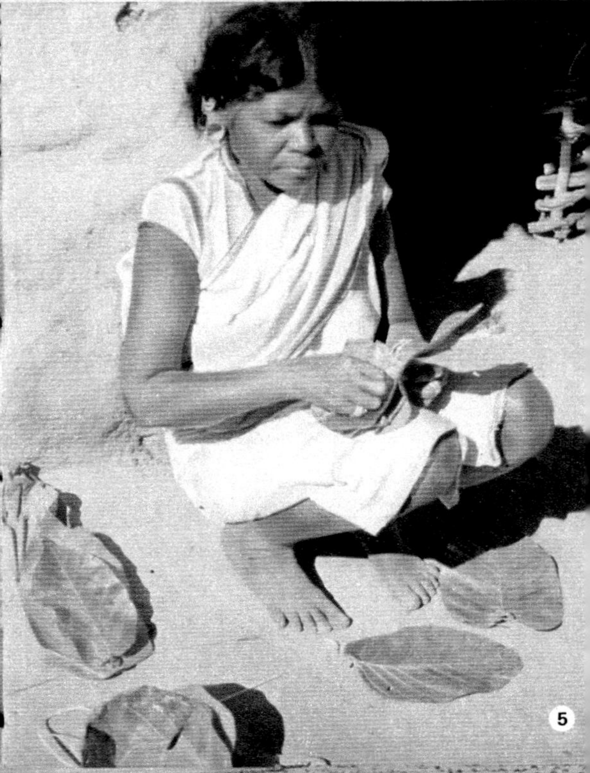

5

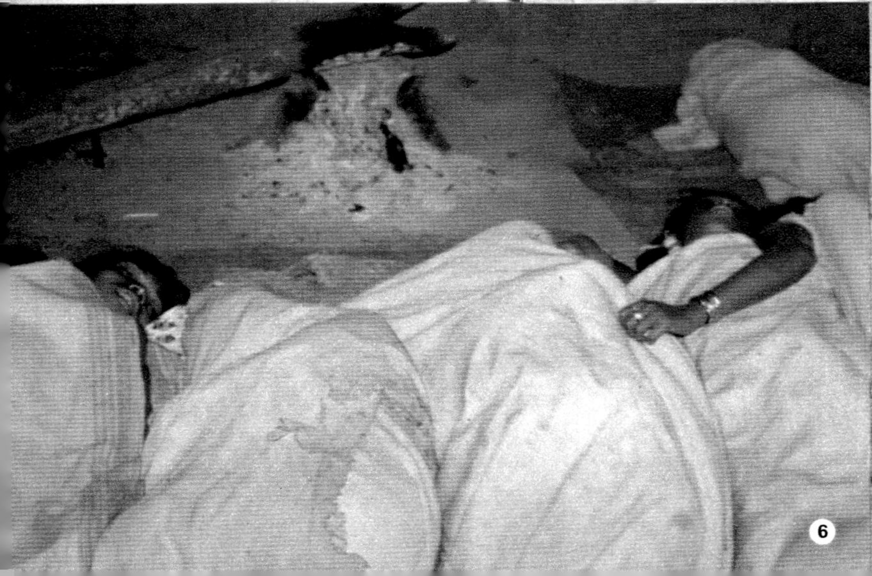

6

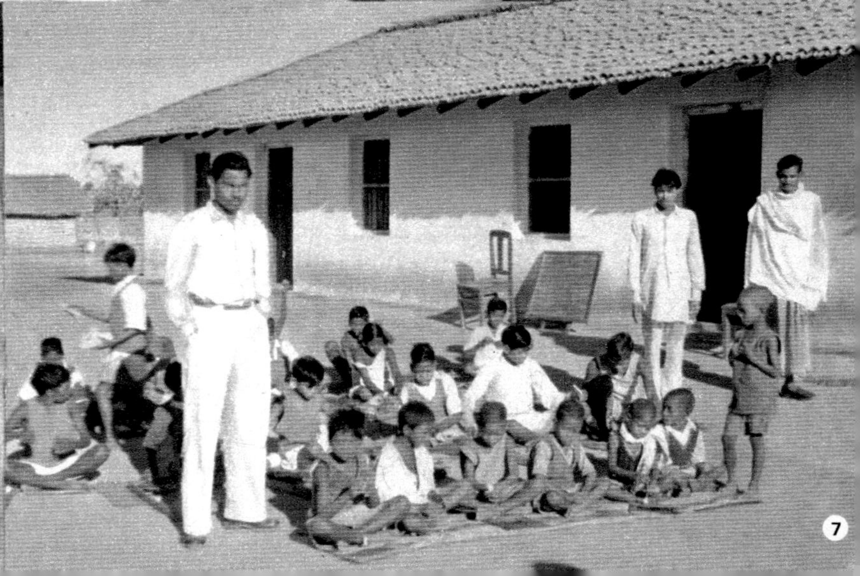

7

**mGon po,**
**eine tibetische Schutzgottheit**
möglicherweise in China hergestellte Plastik
Rumpf, Haupt und Glieder aus Kupfer getrieben, Hände und Füsse aus Messing gegossen, H. 80 cm

Im Lamaismus gibt es eine Reihe von Gottheiten, die als Beschützer der Religion auftreten. Entsprechend ihrer Pflicht, Feinde zu vernichten, werden sie meist in zorniger Form dargestellt. Einer der wichtigsten Beschützer ist mGon po (tibetisch) oder Mahakala (Sanskrit). Von ihm werden je nach Überlieferung zweiundsiebzig oder fünfundsiebzig Formen unterschieden, darunter sechs-, vier- und zweiarmige, vier- und eingesichtige und solche mit und ohne Gefährtin. Unter den verschiedenen Formen nimmt mGon po phyang drug pa einen hervorragenden Platz ein. Auf Bildern, welche die Versammlung der Gottheiten zeigen, findet man ihn in der Mitte der Religionsbeschützer. Sein Körper ist dunkelblau oder schwarz. Er hat nur ein Gesicht, aber drei Augen und sechs Arme. In den Händen hält er ein Beil, einen Kranz aus Menschenschädeln, eine Trommel, eine Schädelkalotte, einen Dreizack und eine Schlinge. Um die Hüfte trägt er ein Tigerfell, über dem Rükken eine Elefantenhaut, um den Hals Menschenköpfe, im Flammenhaar eine Schädelkrone und eine Schlange, und auch um den Leib kann sich eine Schlange winden. Mit den Füssen, schliesslich, tanzt er auf einem Feind.
Mit dieser Schutzgottheit ist, trotz einigen Abweichungen, wohl auch die abgebildete Plastik, deren Attribute und Podest verlorengegangen sind, zu identifizieren. Sie wurde nicht in Tibet, sondern in China von einem Basler erworben, der von 1860 bis 1869 in diesem Land weilte. Der Feldzug der Engländer und der Franzosen führte damals in Peking zur Plünderung des Sommerpalastes, und aus der Beute stammt laut Katalogkarte auch dieses Stück.
Sammlung A. Krayer-Förster 1864,
Inv.-Nr. IId 269.
Lit.: Kollmann/Rütimeyer 1894,
de Nebesky-Wojkowitz 1956, Olschak 1972.

**mGon po,**
**une divinité protectrice tibétaine**
statue de confection
éventuellement chinoise
cuivre repoussé (torse, tête et membres)
laiton coulé (mains et pieds), haut. 80 cm

Le lamaïsme connaît une série de divinités dont la fonction est de protéger la religion. Conformément à leur tâche consistant à détruire l'ennemi, elles sont habituellement représentées les traits courroucés. mGo po (en tibétain) ou Mahakala (en sanscrit) est une des divinités protectrices les plus importantes. On en distingue soixante-douze ou soixante-quinze formes différentes – le nombre variant selon la tradition – dont celles à six, à quatre et à deux bras, à quatre ou à un visages ainsi que celles le montrant avec ou sans compagne. Parmi toutes ces formes, mGon po phyang drug pa occupe un rang prédominant. C'est à lui en effet qu'on réserve la place centrale sur les images représentant les divinités protectrices rassemblées. Sa peau est noire ou bleu-foncé. Ne disposant que d'un visage unique, il est cependant nanti de trois yeux et de six bras. Dans ses mains multiples il tient habituellement une hache, un rosaire en crânes humains, un petit tambour, une calotte crânienne, un trident et un nœud coulant. Une peau de tigre entoure ses hanches; celle d'un éléphant recouvre son dos. Autour du cou, il porte un collier de têtes humaines; sa chevelure, en flammes, est couronnée de crânes et d'un serpent; un second serpent s'enroule parfois autour de son corps. Il danse et ses pieds écrasent l'ennemi.
La pièce reproduite, dont le piédestal et les attributs ont disparu, correspond sans doute à cette divinité, bien qu'à certains égards elle diffère de la description. Elle fut acquise non pas au Tibet, mais en Chine, par un Bâlois y ayant séjourné de 1860 à 1869. Le Palais d'été à Pékin fut pillé lors de l'offensive française et anglaise à cette époque et, selon le catalogue raisonné, cette statue aurait fait partie du butin.
Collection A. Krayer-Förster 1864,
No d'inv. IId 269.
Bibl.: Kollmann/Rütimeyer 1894, de Nebesky-Wojkowitz 1956, Olschak 1972.

**mGon po,**
**a Tibetan Tutelary Deity**
possibly made in China
torso, head and limbs of chased copper
hands and feet cast in brass
h. 80 cm

In Lamaism there is a series of deities who act as defenders of the religion. In accordance with their responsibility – destroying enemies – they are usually depicted as wrathful. mGon po (Tibetan) or Mahakala (Sanskrit) is one of the most important of these defenders. Depending on the tradition, seventy-two or seventy-five forms of this god can be distinguished, among them ones with six, four and two arms, with four faces or only one, with or without companion.
mGon po phyang drug pa has a prominent place among them. On pictures showing the assembly of the gods, he can be found at the centre of the defenders of the religion. His body is dark blue or black. He has only one face but three eyes and six arms. In his hands he holds a hatchet, a wreath of human skulls, a drum, a scullcap, a trident and a noose. He has a tiger skin round his hips, an elephant hide on his back, human heads around his neck, a skull crown and a snake in his flaming hair; there may also be a snake coiling about his body. He is dancing on an enemy.
Despite certain differences, the figure shown here, whose attributes and pedestal have been lost, probably represents this tutelary deity. It was acquired not in Tibet but in China by a Balois who lived in that country between 1860 and 1869. The campaign of the English and French at that time led to the plundering of the summer palace in Peking; according to the catalogue card, this piece was part of the booty.
Collection A. Krayer-Förster 1864,
Inv. No. IId 269.
Bibl.: Kollmann/Rütimeyer 1894, de Nebesky-Wojkowitz 1956, Olschak 1972.

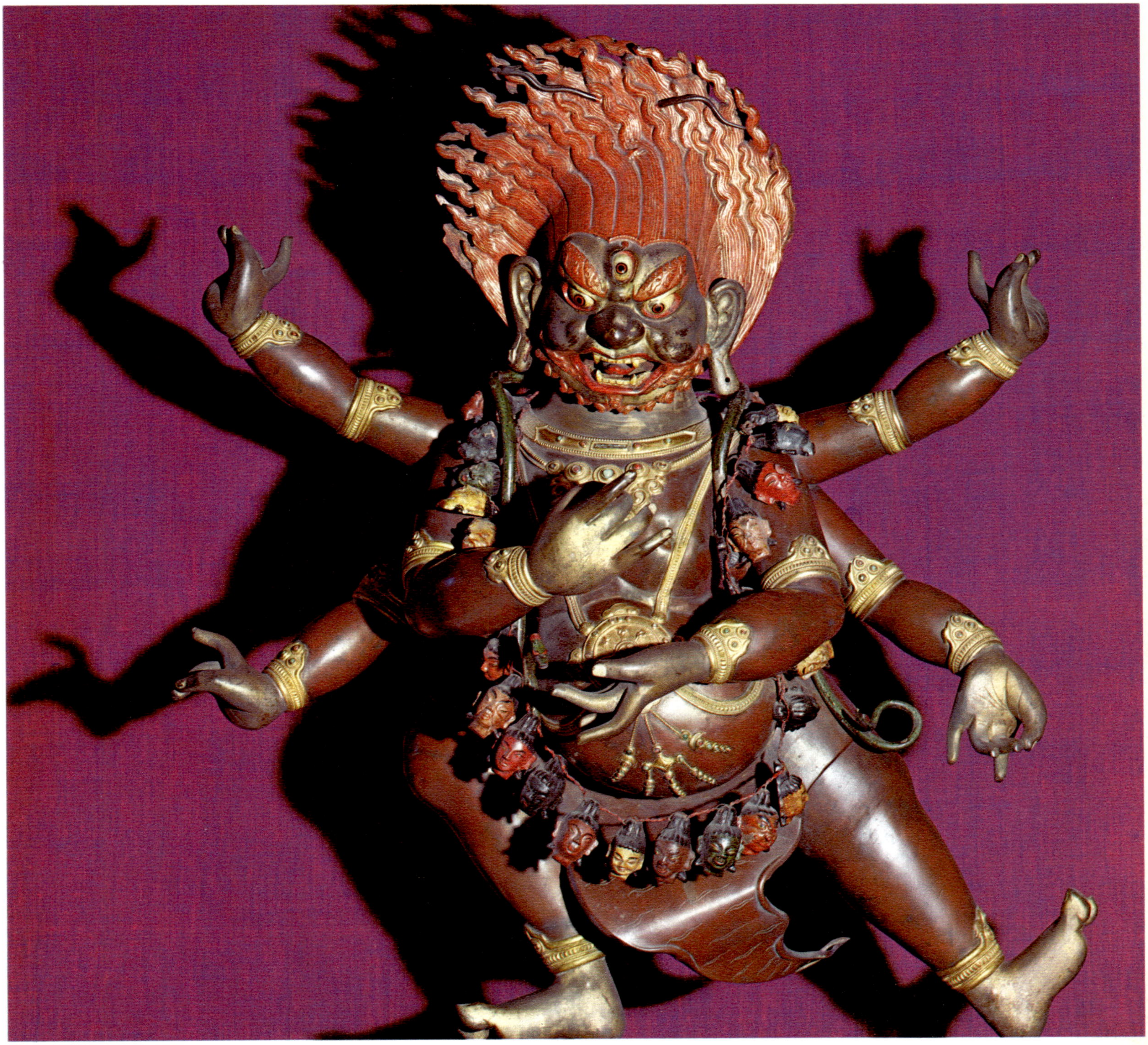

IV / 1

**Relieftäfelchen mit Götterbildern**

Nordindien, Ladakh (Kleintibet)
luftgetrockneter Ton
H. 5,4, 5,7, 5,5 und 4,7 cm

Buddha und die ihn umgebenden Gottheiten und Heiligen werden von den tibetischen Buddhisten ausser mit Blumen und Esswaren manchmal auch mit geprägten Tontäfelchen bedacht. Auf der Vorderseite dieser Täfelchen ist die Gestalt einer Gottheit oder das Bild eines Reliquienschreins in erhabener Reliefdarstellung zu sehen, die Rückseite ist leer oder mit einer Inschrift, z. B. einer Anrufung, dem Namen der Gottheit und dem Datum, versehen. Die Täfelchen werden in Tempeln oder auf Hausaltären niedergelegt und bisweilen auch in reich ornamentierten Amulettbüchsen aufbewahrt oder in eine Holztafel eingelassen. Hergestellt werden sie oft von Mönchen. Zum Prägen dienen aus Bronze gegossene Matrizen. Als Material wird Ton verwendet, der bisweilen auch Beimengungen, ein Getreidekorn oder Asche von Heiligen, enthält. Die fertig geprägten und getrockneten Täfelchen werden mit einem einfarbigen Überzug versehen oder auch polychrom bemalt. Bessergestellte Gläubige lassen manchmal auch entsprechende Plaketten aus Bronze, Kupfer oder Silber arbeiten. Unser Museum besitzt achtundvierzig Tontäfelchen mit achtundzwanzig verschiedenen Darstellungen. Die meisten stammen aus Ladakh. Das nebenstehende Bild zeigt oben ein Täfelchen mit der grünen Tara, links eines mit Buddha Shakyamuni, dem historischen Buddha, rechts eines mit Amitayus, dem Buddha des grenzenlosen Lebens, und unten eines mit Amitayus an der Spitze, der weissen Tara links, der Ushnishavijaya rechts, und einem Reliquienschrein, der Mondsichel und der Sonne in den Zwischenräumen.
Sammlung P. Wirz 1939,
Inv.-Nrn. IIb 1433, 1441, 1390, 1519.
Lit.: Gordon 1952, Lauf 1972, Hummel 1953.

**Tablettes d'argile avec représentations de divinités**

Inde septentrionale, Ladakh (Tibet mineur)
argile séchée
haut. 5,4 cm, 5,7, 5,5 et 4,7 cm

Avec les fleurs et les aliments, les tablettes d'argile estampées en relief font partie des offrandes apportées par les Bouddhistes tibétains à Bouddha et à son entourage de saints et de divinités. Sur le devant, ces tablettes représentent des divinités ou des reliquaires en relief relevé; au revers, elles peuvent être vierges ou porter une inscription, généralement des invocations, le nom de la divinité à laquelle elles sont adressées et la date. Parfois conservées dans des boîtes à amulettes richement ornementées ou incrustées dans une planchette, les tablettes votives en argile sont déposées dans les temples ou sur les autels domestiques. Elles sont généralement l'œuvre de moines. Pour l'estampage on se sert de matrices en bronze coulé. L'argile, matière première, est parfois mélangée à la cendre d'ossements de saints et peut contenir un grain de céréales. Une fois sèches, les tablettes sont recouvertes d'une couche unicolore ou peintes en couleurs polychromes. Les croyants plus aisés font aussi confectionner l'équivalent des tablettes sous forme de plaquettes en bronze, en cuivre ou en argent.
Notre musée possède 48 tablettes d'argile avec 28 motifs différents. Elles proviennent pour la plupart de Ladakh. Nous en avons choisi trois, montrant, en haut, la Tara verte, à gauche Bouddha Shakyamuni, c'est-à-dire le Bouddha historique, à droite Amitayus, le Bouddha de vie illimitée, et enfin, en bas, Amitayus surmontant la Tara blanche (à gauche), Ushnishavijaya (à droite), un reliquaire, la lune et le soleil.
Collection P. Wirz 1939,
Nos d'inv. IIb 1433, 1441, 1390, 1519.
Bibl.: Gordon 1952, Lauf 1972, Hummel 1953.

**Clay Tablets with Images of Deities**

Northern India, Ladakh
air-dried clay
h. 5.4, 5.7, 5.5 and 4.7 cm

Buddha and the deities and saints around him sometimes receive offerings from Tibetan Buddhists not only of flowers and food but also of raised clay tablets. On the front of these tablets there is an image in high relief of a deity or a reliquary shrine; the back is blank or bears an inscription, for instance an invocation, the name of the deity and the date. The tablets are placed in temples or on household altars, sometimes they are also stored in elaborately ornamented amulet containers or fitted into a wooden panel. They are often made by monks. The impressing is done with cast bronze dies. The material used is clay, which sometimes has admixtures like a cereal grain or the ashes of saints. The impressed, dried tablets receive a monochrome coating or are painted in various colours. Those who can afford to sometimes also have similar plaques made for them in bronze, copper or silver. Our museum possesses forty-eight clay tablets with twenty-eight different images. Most of them come from Ladakh. The picture opposite shows: (top) a tablet with green Tara, (left) one with Buddha Shakyamuni, the historical Buddha, (right) one with Amitayus, the Buddha of eternal life, (bottom) one with Amitayus on top, white Tara at the left and Ushnishavijaya at the right, and (in between) a reliquary, the moon and the sun.
Collection P. Wirz 1939,
Inv. Nos. IIb 1433, 1441, 1390, 1519.
Bibl.: Gordon 1952, Lauf 1972, Hummel 1953.

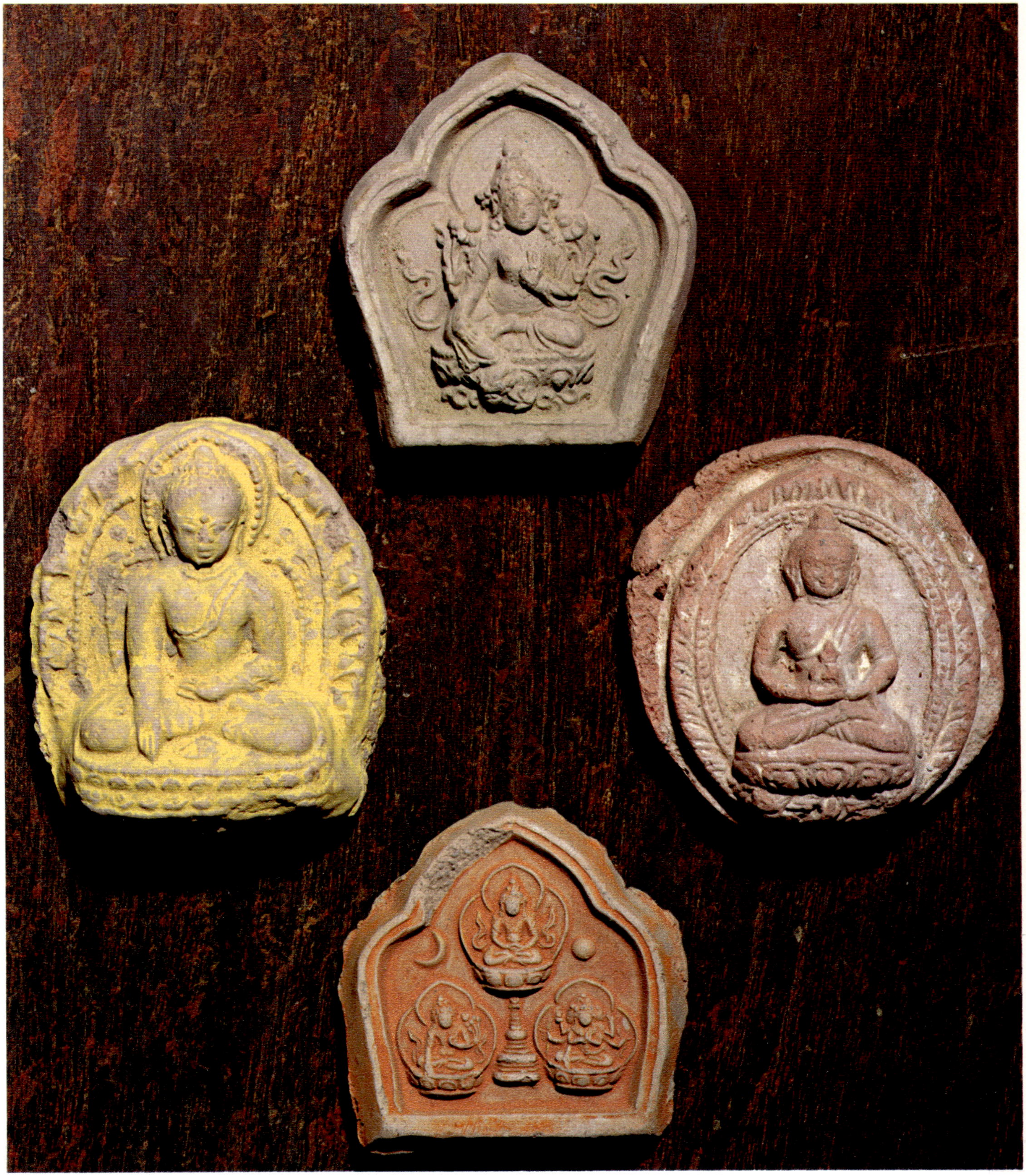

IV/2

**Durga, den Dämonen Mahisha tötend**
Nepal
Messingguss mit Silberdrahteinlage
H. 15 cm

Gott Shivas Gemahlin erscheint in den Puranas, den heiligen Schriften des späteren Hinduismus, in verschiedenen Formen und unter entsprechend verschiedenen Namen. Als Durga ist sie eine machtvolle Kämpferin und Besiegerin von Dämonen. Eine ihrer bekanntesten Taten ist die Tötung des Dämonen Mahisha. Der im Vamana Purana enthaltenen Legende zufolge hatte Mahisha die himmlischen Scharen so in Bedrängnis gebracht, dass sie wie Bettler auf der Erde wandern mussten. In ihrer Verzweiflung wandten sie sich an den Gott Vishnu. Aus den Augen Vishnus, Shivas, Brahmas und der übrigen Götter fuhren daraufhin vor Zorn Flammen, und aus diesen ging die vielarmige Durga hervor. Die Götter gaben ihr ihre eigenen Waffen, Shiva den Dreizack, Vishnu die Wurfscheibe, Varuna die Muschelschale, Agni den Speer, Vayu den Bogen, Surya den Köcher mit den Pfeilen, Indra den Donnerkeil, Kubera die Keule, Brahma gab Rosenkranz und Wassertopf, Kala Schild und Schwert und Vishvakarma die Streitaxt. So bewaffnet und auf einem Löwen reitend, zog Durga gegen den Dämonen, der die Gestalt eines Büffels angenommen hatte, und erschlug ihn.
Unsere Kleinplastik, eine tadellose alte Messinggussarbeit, zeigt Durga, zehnarmig, bei der Tötung. Mit einer Hand zieht sie den Dämonen aus dem Nacken des Büffels, dessen Kopf bereits abgetrennt am Boden liegt, und mit einer andern stösst sie ihm den Speer in die Brust. In den übrigen Händen schwingt sie einige der erwähnten Waffen, und neben dem rechten Fuss kauert ihr Reittier, der Löwe.
Sammlung E. Rauch 1953,
Inv.-Nr. IIa 1683.
Lit.: Wilkins 1974.

**Durga tuant le démon Mahisha**
Népal
laiton coulé et fil d'argent incrusté
haut. 15 cm

Dans les Puranas, les saintes Ecritures de l'hindouisme tardif, l'épouse du dieu Shiva apparaît sous plusieurs aspects et noms différents. En tant que Durga, elle incarne la puissance combattante vainquant les démons. La destruction du démon Mahisha est en effet un de ses plus grands exploits. Selon la légende transmise dans le Vamana Purana, Mahisha était parvenu à réduire les puissances célestes à la mendicité sur terre. Désespérées, celles-ci avaient alors imploré le dieu Vishnu. Et c'est ainsi que Durga aux bras multiples nâquit des flammes jaillissant des yeux des divinités courroucées dont Vishnu, Shiva et Brahma. Les dieux la munirent de leurs propres armes: Shiva lui donna le trident, Vishnu le disque, Varuna la conque, Agni le javelot, Vayu l'arc, Surya le carquois rempli de flèches, Indra l'instrument de la foudre, Kubera la massue, Brahma le rosaire et le récipient d'elixir de Vie éternelle, Kala le bouclier et l'épée et finalement Vishvakarma la hache de combat. Prenant pour monture un lion et investie de toutes ses armes, Durga partit à la recherche du démon qui lui apparut sous la forme d'un buffle et qu'elle tua.
D'une grande perfection, cet ouvrage de petite dimension en laiton coulé représente Durga aux dix bras sur le point de tuer le démon. L'extrayant par la nuque du buffle dont la tête, coupée, gît sur le sol, elle l'empoigne par les cheveux d'une main, tandis que de l'autre, elle lui transperce la poitrine avec le trident. Dans les autres bras elle tient une partie des armes mentionnées; le lion, sa monture, se tient accroupi près de son pied droit.
Collection E. Rauch 1953,
No d'inv. IIa 1683.
Bibl.: Wilkins 1974.

**Durga Killing the Demon Mahisha**
Nepal
cast brass with inlaid silver wire
h. 15 cm

God Shiva's wife appears in various forms and under various names in the Puranas, the holy scriptures of later Hinduism. As Durga she is a forceful fighter and conqueror of demons. One of her best-known deeds is the killing of the demon Mahisha. According to a legend found in the Vamana Purana, Mahisha had so afflicted the heavenly hosts that they had to wander the earth like beggars. In despair they appealed to the god Vishnu. Flames leapt from the eyes of Vishnu, Shiva, Brahma and the other gods as a result of their anger on hearing of their plight, and Durga sprang from these flames. The gods gave her weapons – Shiva the trident, Vishnu the throwing disc, Varuna the shell, Agni the speer, Vayu the bow, Surya the quiver with arrows, Indra the thunderbolt, Kubera the club, Brahma the rosary and water vessel, Kala shield and sword and Vishvakarma the battle-axe. Thus armed and riding on a lion Durga went to fight the demon, who had taken the shape of a buffalo, and slayed him.
Our small figure, a flawless old piece in cast brass, depicts a ten-armed Durga in the midst of the slaying. With one hand she is pulling the demon out of the neck of the buffalo, whose head already lies severed on the ground, and with another she is thrusting the spear into his chest. In her other hands she is brandishing some of the weapons we have mentioned; her riding animal, the lion, is cowering beside her right foot.
Collection E. Rauch 1953,
Inv. No. IIa 1683.
Bibl.: Wilkins 1974.

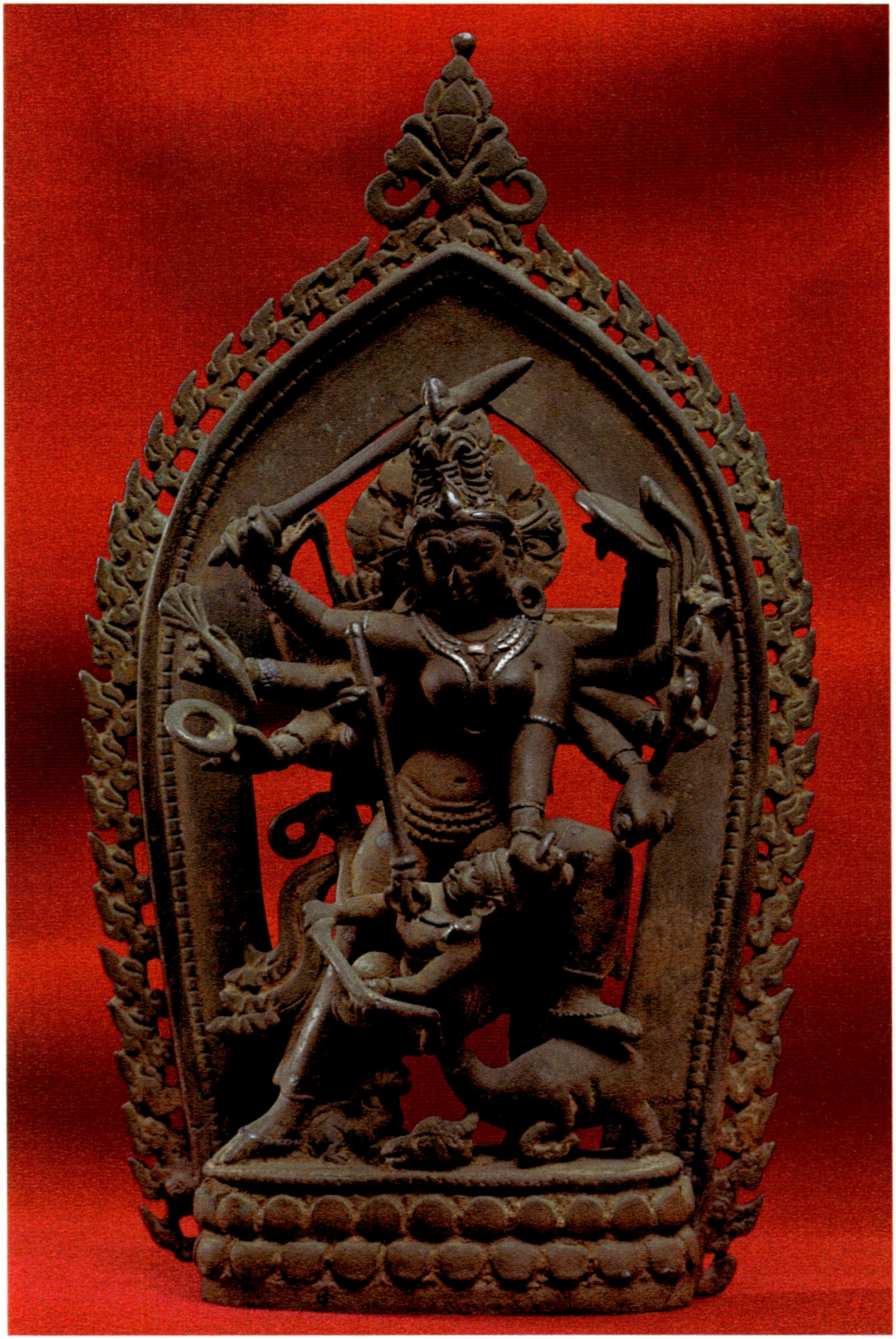

IV/3

**Hohlmass-Satz**
Nepal
Kupfer, getrieben, gelötet und graviert
Höhe des grössten Gefässes 14 cm
Durchmesser 24 cm

Wie Indien führt auch Nepal das metrische Maßsystem ein. In den Basaren kann man aber immer noch alte Gewichte und Hohlmasse antreffen. Die Hohlmasse dienen vor allem zum Abmessen von Getreide und Petrol.
Der hier gezeigte Satz von Hohlmassen besteht aus sechs Gefässen. Das grösste Gefäss, das 14 cm hoch ist, wird nach Angabe des Sammlers als *Pathi* bezeichnet, das zweitgrösste, 6,7 cm hoch, als Doppel-*Mana,* das drittgrösste, 7,7 cm hoch, als *Mana,* das viertgrösste, 5,4 cm hoch, als *Adha*- oder Halb-*Mana,* und die beiden kleinsten, 5 und 3,7 cm hoch, als *Zoutai* und *Adha*- oder Halb-*Zoutai.* Ein heutiges *Pathi*-Mass fasst 4,546 Liter oder eine britische Gallone und ein *Mana*-Mass einen Achtel davon. Unser *Pathi*-Gefäss fasst indessen nur etwa 3,2 Liter, das *Mana*-Gefäss 0,4 Liter und das *Zoutai* 0,12 Liter – ganz genau lassen sich die Inhalte nicht bestimmen, weil die Gefässe ein wenig verbeult sind; aber es handelt sich doch offensichtlich um ein abweichendes Maßsystem.
Aus Kupferblech getriebene, oben am Rand mit einem Eichstempel versehene Gefässe von der abgebildeten Form waren zur Zeit der Newar-Könige, also bis in die zweite Hälfte des 18. Jahrhunderts, amtlich anerkannte Masse. Unter den späteren Herrschern wurde eine andere Form gebräuchlich. Alte Gefässe findet man etwa noch bei Newar-Familien, die sie für religiöse Zwecke weiterverwenden. Auch auf den Antiquitätenmärkten der Städte tauchen gelegentlich Einzelstücke auf; ganze Sätze sind dagegen nur selten erhältlich. Unsere Gefässe sind alle geeicht und ausserdem hübsch verziert mit eingravierten Ranken, Vögeln und behaglich gelagerten Menschen von östlichem Typus.
Sammler G. Monsch 1966,
Inv.-Nr. IIa 3063 a–f.

**Mesures**
Népal
cuivre repoussé, soudé et gravé
haut. 14 cm, diamètre 24 cm
(du récipient le plus grand)

Pareillement à l'Inde le Népal a introduit la mesure décimale. Dans les bazars on trouve cependant encore les anciennes mesures de capacité et de poids. On s'en sert avant tout pour les céréales et le pétrole.
La présente série comprend six récipients. Selon le collectionneur, chacun d'entre eux porte un nom propre: *pathi* est celui du plus grand, d'une hauteur de 14 cm. Puis, dans l'ordre décroissant, nous avons le double-*mana* d'une hauteur de 6,7 cm, le *mana* d'une hauteur de 7,7 cm, l'*adha-mana* ou demi-*mana* d'une hauteur de 5,4 cm, le *zoutaï* d'une hauteur de 5 cm et, enfin, l'*adha-zoutaï* ou demi-*zoutaï*, d'une hauteur de 3,7 cm. Au Népal un *pathi* correspond actuellement à 4,546 litres ou à un gallon anglais, et un *mana* à un huitième de cette quantité. Le *pathi* de notre collection ne contient cependant que 3,2 litres, le *mana* 0,4 litre et le *zoutaï* 0,12 litre. Les bosses réduisant éventuellement le volume des récipients ne suffisent pas à expliquer cette divergence de volume. Notre série appartient donc de toute évidence à un autre système de mesures.
En cuivre repoussé et portant la marque de l'étalon sur le bord, ces récipients constituaient les mesures courantes et officielles du temps des rois Newar, c'est-à-dire jusque dans la seconde moitié du XVIIIe siècle. Sous les règnes consécutifs, on introduisit de nouvelles formes. On trouve encore parfois les récipients de type ancien dans certaines familles Newar, qui continuent à les utiliser pour des fonctions rituelles. Les marché d'antiquités des villes offrent quelquefois l'une ou l'autre de ces pièces. Il est néanmoins rare de pouvoir acquérir un jeu complet. Les récipients composant notre série portent tous la marque de l'étalon. Elles ont été agrémentées d'ornements gravés séduisants tels que des rameaux, des oiseaux et des personnages du type asiatique, au repos.
Collectionneur G. Monsch 1966,
No d'inv. IIa 3063 a–f.

**Set of Measures**
Nepal
chased, soldered and engraved copper
largest vessel h. 14 cm
diameter 24 cm

India, like Nepal, is in the process of introducing the metric system. But old weights and measures can still be found in the bazaars. The measures are used above all to measure out grain and kerosene.
The set of measures shown here is composed of six vessels. According to their collector, the largest, which is 14 cm high, is termed *pathi,* the second largest, 6.7 cm high, is called double-*mana,* the third largest, 7.7 cm in height, *mana,* the fourth largest, 5.4 cm in height, *adha* or half-*mana,* and the two smallest, 5 and 3.7 cm high, *zoutai* and *adha* or half-*zoutai.* Today's *pathi* measure holds 4.546 litres or one British gallon; a *mana* measure holds one-eighth as much. Our *pathi* vessel holds only about 3.2 litres, the *mana* vessel 0.4 litre and the *zoutai* 0.12 litre – the amounts cannot be determined exactly because the containers are somewhat dented; but they do evidently belong to a divergent system of measurement.
In the time of the Newar kings (in the latter half of the 18th century) chased sheet-copper vessels shaped like the ones shown here and with a gauger's stamp at the rim were the standard, authorized measures. A different shape became customary under later rulers. Old vessels can still be found in the possession of Newar families, who continue to use them for religious purposes. Occasionally single pieces can also be found at antique markets in cities, but whole sets are rare. All our measures are gauged and are also attractively decorated with engraved creepers, birds and comfortably resting people of the eastern type.
Collector G. Monsch 1966,
Inv. No. IIa 3063 a–f.

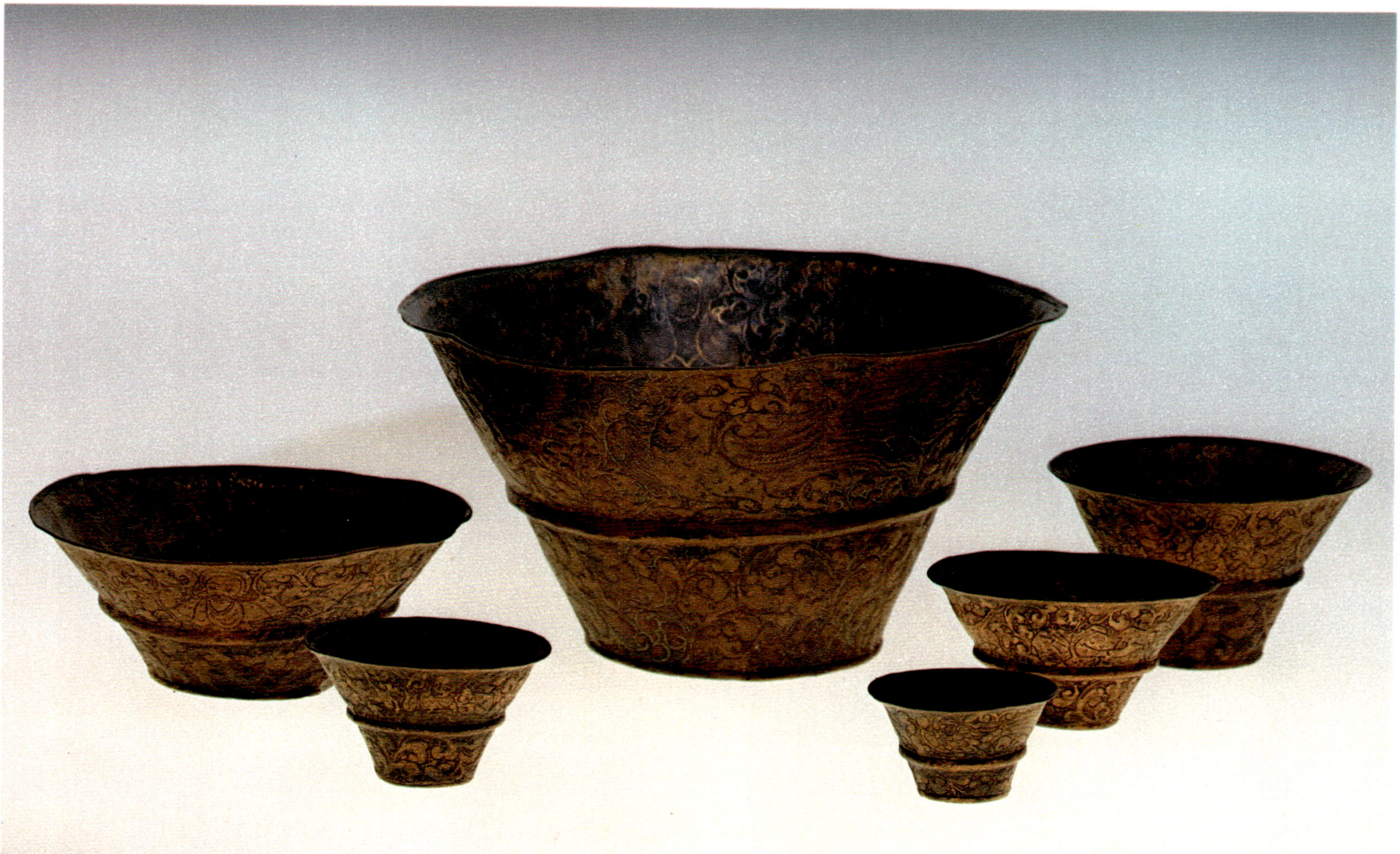

IV/4

**Shiva mit Uma und Skanda**
Südindien
Bronzeguss
H. 64 cm

Die Familienverhältnisse des Gottes Shiva sind überaus kompliziert, und die Legenden ergeben kein einheitliches Bild. Zum Teil hängt dies wohl damit zusammen, dass Shiva und seine Gattin im Laufe der Zeit Züge verschiedener älterer Gottheiten angenommen haben. Shivas Gefährtin trägt viele Namen und tritt bald in milder, bald in schreckerregender Form auf: als Sati erscheint sie als ideale, dem Gatten ergebene Frau, verbrennt sie sich doch im Opferfeuer ihres Vaters, weil dieser Shiva bei der Einladung zu einem Opferfest übergangen und somit beleidigt hatte; als Parvati wird sie wiedergeboren, und dank asketischen Übungen und der Hilfe des Gottes Kama, der Shiva mit einem Liebespfeil verletzt, gewinnt sie ihren früheren Gemahl zurück; Uma wird sie vor allem als Gefährtin Shivas genannt; als Durga oder Kali, schliesslich, tritt sie als vielarmige Kämpferin auf und besiegt Dämonen. Unsere Bronzeplastik zeigt Shiva mit seiner Gattin Uma und dem kleinen Skanda oder Karttikeya, dem späteren Befehlshaber der Götterheere. Skanda gilt als der jüngere Sohn von Shiva und seiner Gemahlin. Verschiedenen Legenden zufolge war er aber nicht auf natürliche Weise geboren worden, sondern aus einem Samen Shivas, der vom Gott Agni aufgelesen und in den Fluss Ganges fallen gelassen worden war, oder aus mehreren Samen Agnis, der gelegentlich mit Rudra und über diesen mit Shiva identifiziert wird, entstanden. Hier erscheint er als normaler Knabe, mit einer Lotusknospe in jeder Hand; als Kriegsgott dagegen wird er oft sechsköpfig und zwölfarmig und auf einem Pfau reitend dargestellt.
Legat G. Kuhn 1975,
Inv.-Nr. IIa 6550.
Lit.: Ions 1967, Wilkins 1974.

**Shiva en compagnie d'Uma et de Skanda**
Inde méridionale
bronze
haut. 64 cm

La situation familiale du dieu Shiva est fort complexe et les récits à son sujet divergent. Cela s'explique en partie par le fait que Shiva et son épouse ont repris les traits de divinités anciennes les plus diverses. La compagne de Shiva porte plusieurs noms. Elle apparaît tantôt douce, tantôt terrifiante: en tant que Sati, elle incarne l'épouse idéale et dévouée se jetant dans les flammes du feu sacrificiel de son père, celui-ci ayant offensé Shiva en ommettant de l'inviter à la cérémonie. Elle renaît en la personne de Parvati, reconquérant son époux grâce à des exercices d'ascèse et avec l'aide du dieu Kama qui décroche une flèche d'amour à Shiva. C'est avant tout dans son rôle d'épouse qu'on la nomme Uma. Incarnant le combat et la destruction, elle nous apparaît dotée de bras multiples sous les traits de Durga et de Kali, vainquant les démons.
Notre exemple en bronze nous montre Shiva avec son épouse Uma et le petit Skanda ou Karttikeya qui, plus tard, prendra le commandement des armées divines. Skanda passe pour être le jeune fils de Shiva et de son épouse. Si l'on en croît les légendes les plus diverses, il n'est pas né de manière naturelle: répandue sur le sol, la semence de Shiva aurait été recueillie par le dieu Agni qui l'aurait jetée au Gange. Selon une autre version, Skanda proviendrait de plusieurs semences d'Agni que l'on identifie parfois à Rudra et par là même à Shiva. Sur notre image, Skanda est représenté sous les traits d'un enfant tenant un bouton de lotus dans chaque main. En tant que Dieu de la guerre il est souvent représenté avec six têtes et douze bras, chevauchant un paon.
Donation G. Kuhn 1975,
No d'inv. IIa 6550.
Bibl.: Ions 1967, Wilkins 1974.

**Shiva with Uma and Skanda**
Southern India
cast bronze
h. 64 cm

God Shiva's family relationships are extremely complicated, and legends do not supply a unified picture. This is at least partly because as time passed Shiva and his wife began to take on characteristics of various older deities. Shiva's wife has many names and appears in both gentle and frightening manifestations: as Sati she is the ideal, devoted wife, burning herself in her father's sacrificial fire because the latter had not invited Shiva to a sacrificial feast and had thus offended him; as Parvati she is reborn and, thanks to ascetic exercises and the help received from God Kama, who wounds Shiva with a love arrow, wins her former husband back; finally, as Durga or Kali she appears as a many-armed fighter conquering demons.
Our bronze image shows Shiva with his wife Uma and little Skanda or Karttikeya, who later becomes commander of the army of the gods. Skanda is considered to be the younger son of Shiva and his wife. According to some legends, however, he was not born naturally but was created from one of Shiva's seeds, which was picked up by God Agni and dropped into the river Ganges, or from several of Agni's seeds (Agni sometimes being identified with Rudra and through him with Shiva). Here Karttikeya appears as a normal boy, with a lotus blossom in each hand; but as war-god he is frequently depicted as six-headed and twelve-armed and riding on a peacock.
Bequest G. Kuhn 1975,
Inv. No. IIa 6550.
Bibl.: Ions 1967, Wilkins 1974.

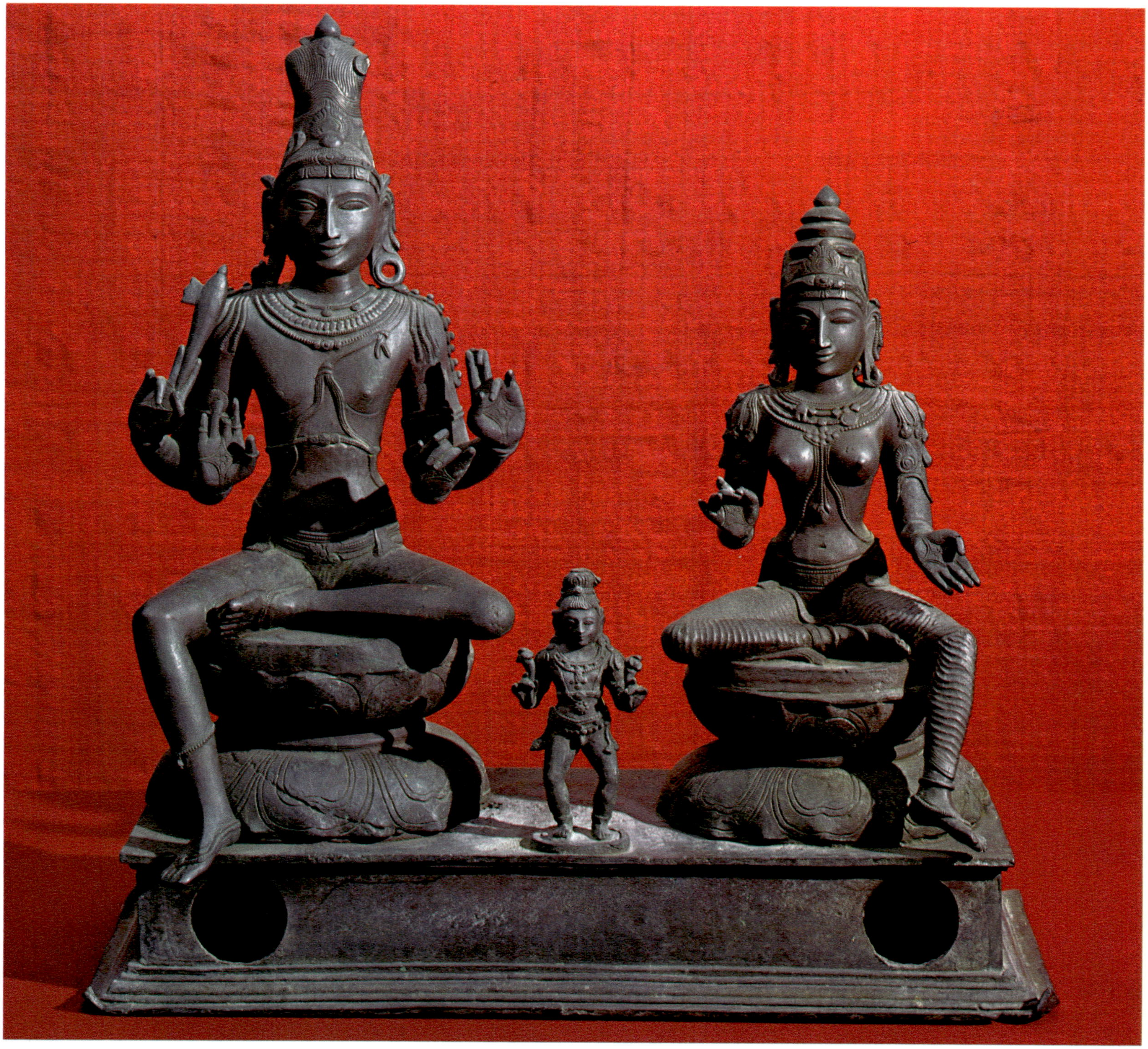

IV/5

**Fragment eines buddhistischen Reliefs**
Pakistan, Gandhara
(heutige Gegend von Peshawar)
Schiefer
H. 41 cm

Die Kunst von Gandhara blühte im Tal von Peshawar und einigen angrenzenden Gebieten ungefähr im 2. Jahrhundert n. Chr. auf und hielt sich dann bis zum Einfall der weissen Hunnen im 5. Jahrhundert. Sie ist eine ausgesprochene Mischkunst, in der eindeutig buddhistische Stoffe in einem Stil dargestellt sind, der hellenistische und persische Einflüsse erkennen lässt.
Im Zentrum der Gandhara-Kunst steht der menschlich gestaltete Buddha und die Geschichte seines Erdenwandels bis zum Eingehen ins Nirvana, worunter ein Hinscheiden zu verstehen ist, das nicht zur Wiedergeburt führt. Die Zahl der steinernen Plastiken und der Terrakotten, die ihn allein oder umgeben von Jüngern und Verehrern zeigen, ist heute unüberschaubar. Alle diese Werke stammen aus Klöstern oder von steinernen Stupas, glockenförmigen Reliquienschreinen, die zu seinen Ehren errichtet worden waren und dann der nachbuddhistischen Zeit zum Opfer gefallen sind.
Die meisten Gandhara-Plastiken bestehen aus einem weichen, tonigen Schiefer aus dem Hügelland von Swat und Buner im Norden von Peshawar. Von ihrer architektonischen Unterlage gewaltsam getrennt oder abgewittert, sind sie oft nur fragmentarisch erhalten. Viele haben den Weg in Museen und private Sammlungen gefunden. Ihre genaue Datierung bereitet aber selbst Fachleuten noch Schwierigkeiten.
Auch unser Museum besitzt einige Gandhara-Plastiken. Das hier abgebildete Fragment zeigt drei Männer, Adlige oder Prinzen, die mit einem geschlungenen Tuch und dem dreifach gewundenen Turban bekleidet sind. Sie erscheinen als Verehrer Buddhas, und einer bringt wohl eine Gabe dar.
Sammlung P. Wirz 1939,
Inv.-Nr. IIa 829.
Lit.: Härtel 1962/63, Ingholt 1957.

**Fragment d'un bas-relief bouddhique**
Pakistan, Gandhara
(région de l'actuelle Peshawar)
roche schisteuse
haut. 41 cm

C'est dans la plaine de Peshawar que l'art Gandhara s'épanouit au IIe siècle et se maintint jusqu'à l'invasion des Huns blancs, au Ve siècle. Il s'agit d'un art mixte ayant puisé ses sujets dans le bouddhisme et dont le style a subi les influences grecque et perse. Au centre de l'art Gandhara se trouve Bouddha et sa vie sur terre, jusqu'au moment de son entrée dans le Nirvana, c'est-à-dire de sa disparition définitive sans réincarnation. En pierre ou en terre cuite, les représentations le montrant seul ou entouré de disciples et de personnes venues lui rendre hommage sont innombrables. Elles proviennent pour la plupart de couvents ou de stupa, sanctuaires-reliquaires en forme de cloche dédiés à Bouddha et détruits au cours des époques postérieures au bouddhisme.
Presque toutes les sculptures Gandhara ont été taillées dans une ardoise mourbe et argileuse tirée des collines de Swat et Buner, au nord de Peshawar. Détachées de leur support architectural soit par les intempéries, soit intentionnellement, il n'en subsiste souvent que des fragments. Un grand nombre d'entre eux est venu enrichir les musées et les collections privées. Cependant même les spécialistes ont des difficultés à les dater avec précision. Parmi les quelques pièces de notre collection Gandhara, nous en avons choisi une, représentant trois hommes, des nobles sans doute, drapés d'une étoffe et portant le triple turban. Ils sont venus rendre hommage à Bouddha, et il semble que l'un d'entre eux offre un présent.
Collection P. Wirz 1939,
No d'inv. IIa 829.
Bibl.: Härtel 1962/63, Ingholt 1957.

**Fragment of a Buddhist Relief**
Pakistan, Gandhara
(present-day area of Peshawar)
slate
h. 41 cm

The art of Gandhara blossomed in the valley of Peshawar and a few bordering areas from approximately the 2nd century B.C. until the invasion of the white Huns in the 5th century. It is clearly a hybrid art, with plainly Buddhist subjects represented in a style revealing Hellenistic and Persian influences. The focus of Gandharan art is Buddha in human form and the story of his life on earth until he entered Nirvana, which should be understood as a passing away which does not lead to rebirth. Innumerable stone sculptures and terracottas of him alone or surrounded by disciples and worshippers exist. All of these works come from monasteries or stone stupas, bell-shaped reliquary shrines which were erected in his honour and then fell victim to the post-Buddhist period.
Most of the Gandharan sculptures are made of soft, clayey slate from the highlands of Swat and Buner, to the north of Peshawar. Because they were forcibly removed from their architectural base or are weathered, many only survive as fragments. Many have found their way into museums and private collections. But even specialists still have problems dating them exactly. Our museum, too, possesses some Gandharan statues. The fragment pictured here shows three men, noblemen or princes, each with a cloth draped about him and a triple-wrapped turban. They appear as worshippers of Buddha; one of them seems to be making an offering.
Collection P. Wirz 1939,
Inv. No. IIa 829.
Bibl.: Härtel 1962/63, Ingholt 1957.

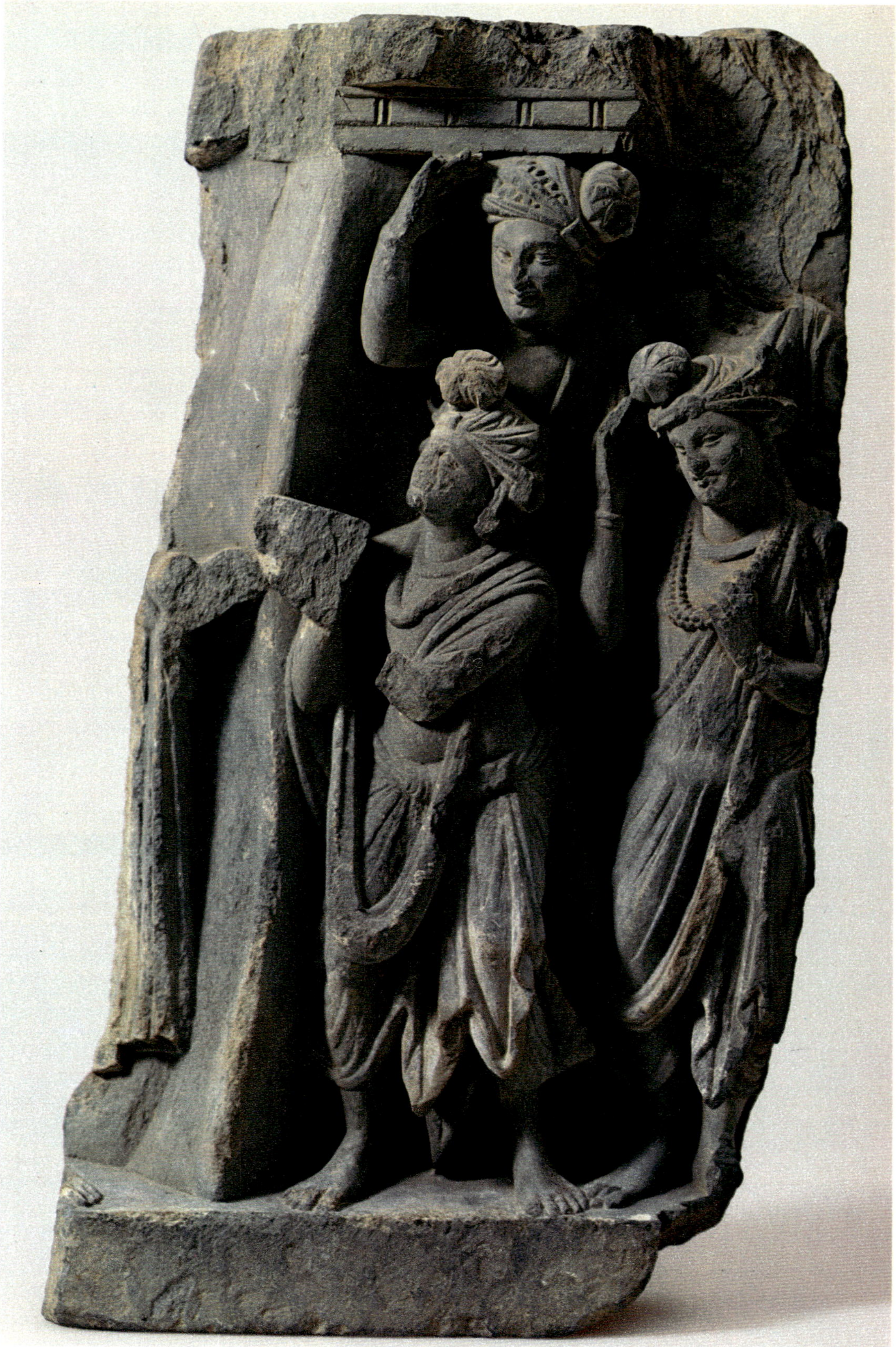

IV/6

**Tor von einem jainistischen Schrein**
Indien, Gujarat
Teakholz
H. 212 cm

Nach jainistischen Vorstellungen kann sich der Mensch nur durch reinen Wandel und Askese aus den leidvollen Verstrickungen des Lebens befreien: Kein Gott und kein Gebet helfen ihm dabei. Trotzdem empfanden die Anhänger dieser Lehre bald einmal das Bedürfnis, ihre Vorbilder, den 2500 Jahre vor heute hingeschiedenen Mahavira, weitere Heilige und auch einige aus dem Hinduismus stammende Gottheiten bildlich darzustellen. Da viele Jain dank ihrer disziplinierten Lebensführung über grosse Mittel verfügten, entstanden mit der Zeit zahlreiche Tempel, ja Tempelstädte, gefüllt mit Plastiken.
Das im Museum befindliche Tor stammt von einem Schrein. Es besteht aus einem Podest, einem Rahmen und zwei auf Messingrollen in einer Nut gleitenden Türbrettern. Der Rahmen setzt sich aus achtzehn Einzelteilen zusammen, nämlich der Schwelle, den aus je zwei Säulen mit einer Füllung dazwischen bestehenden Seiten, zwei aus sich kreuzenden Balken gefügten Kapitellen und dem Türsturz, der aus sieben Teilen, worunter zwei Füllungsbrettern, gefügt ist. Dazu kommen noch zwei Aufsätze in Form von Elefanten und eine von ursprünglich zwei Trägerfiguren, Musikantinnen, im Winkel zwischen den Seitensäulen und dem Sturz. Alle Teile sind miteinander ohne Verwendung eines Nagels verzapft. Das ganze Tor ist beschnitzt, besonders schön die Füllungsbretter des Sturzes: Man erkennt eine vierarmige weibliche Gestalt, wahrscheinlich die Göttin Lakshmi, beiderseits flankiert von einer Wedelträgerin und weiteren Figuren, und weiter oben die Reihe der Symbole, die Mahaviras Mutter während der Schwangerschaft in Träumen erschienen waren. Weitere Symbole, darunter das sehr alte Hakenkreuz, erkennt man auf dem Podest über einer Reihe von berittenen Pferden und Elefanten.
Leihgabe R. J. Belmont.
Lit.: Bhattacharya 1939, Fischer/Jain 1974/75, Shah 1955.

**Porte d'un sanctuaire jaïniste**
Inde, Gujarat
bois de teck
haut. 212 cm

Selon la doctrine jaïniste, seules l'ascèse et la pureté de corps et d'esprit permettent à l'homme de se libérer des souffrances de ce monde; divinités et prières n'y peuvent rien. Néanmoins les adhérents de cette doctrine ressentirent assez rapidement le besoin de représenter leurs chefs spirituels dont Mahavira, décédé il y a plus de 2500 ans, puis plusieurs saints et divinités de l'hindouisme. Grâce à l'existence disciplinée qu'ils menaient, beaucoup de Jaïns disposaient de moyens importants, et l'on vit peu à peu apparaître des temples et même des sites religieux regorgeant de sculptures.
La porte reproduite provient d'un sanctuaire. Elle comprend un socle, un encadrement et deux battants tournant sur des pivots en laiton. L'encadrement est composé de dix-huit éléments, soit le seuil, les parties latérales composées de deux colonnes reliées entre elles par un ramplage, puis les chapiteaux supportant l'entablement. Celui-ci à lui seul comprend sept éléments dont deux panneaux formant le fronton. Deux éléphants surplombent l'entablement, alors qu'une seule des deux figures porteuses – des musiciennes – subsiste. Elles ornaient jadis l'angle entre les colonnes latérales et le fronton. Tous ces éléments ont été assemblés sans un seul clou, au moyen de mortaises et de tenons. La porte est entièrement recouverte de sculptures parmi lesquelles celles des panneaux du fronton sont particulièrement belles. On y aperçoit une figure féminine à quatre bras, probablement la déesse Lakshmi, flanquée de plusieurs personnes dont une servante munie d'un chasse-mouche. Surmontant cette rangée, nous trouvons les symboles tels qu'ils sont apparus en rêve à la mère de Mahavira lorsqu'elle était enceinte. D'autres symboles encore, dont la croix gammée très ancienne, surmontent une rangée d'éléphants, de chevaux et de cavaliers ornant le socle.
Prêt de R. J. Belmont.
Bibl.: Bhattacharya 1939, Fischer/Jain 1974/75, Shah 1955.

**Gate from of a Jaina Shrine**
India, Gujarat
teak
h. 212 cm

According to Jainism, only a pure way of life and asceticism can liberate man from the sorrowful entanglements of life: neither God nor prayer can help him. Nontheless, the followers of this religion soon felt a need for sculptural representations of those they considered exemplary – Mahavira, who died 2500 years ago, and other saints as well as deities of Hindu origin. Since many Jains had considerable means as a result of their disciplined way of life, numerous temples, even temple agglomerations, filled with statues were erected in the course of time.
The gate to be found at the museum is from a shrine. It is composed of a pedestal, a frame and two door-boards on a brass sliding mechanism. The frame is made up of eighteen single parts: the threshold; the sides, each composed of two columns with a panel between them; two capitals resulting from crossing beams; and the lintel, which is composed of seven parts, two of them being panel-boards. Then there are two elephant ornaments and one of the originally two supporting figures, musicians, in the corner between the side columns and the lintel. All the parts are joined without nails. The whole gate is carved, the panel-boards of the lintel being particularly beautiful: a four-armed female figure, probably the goddess Lakshmi, flanked by a fan-carrier and other figures, and, further up, the series of symbols which appeared to Mahavira's mother in dreams during pregnancy. Other symbols, among them the very old *svastika,* can be seen on the pedestal above a row of mounted horses and elephants.
On loan from R. J. Belmont.
Bibl.: Bhattacharya 1939, Fischer/Jain 1974/75, Shah 1956.

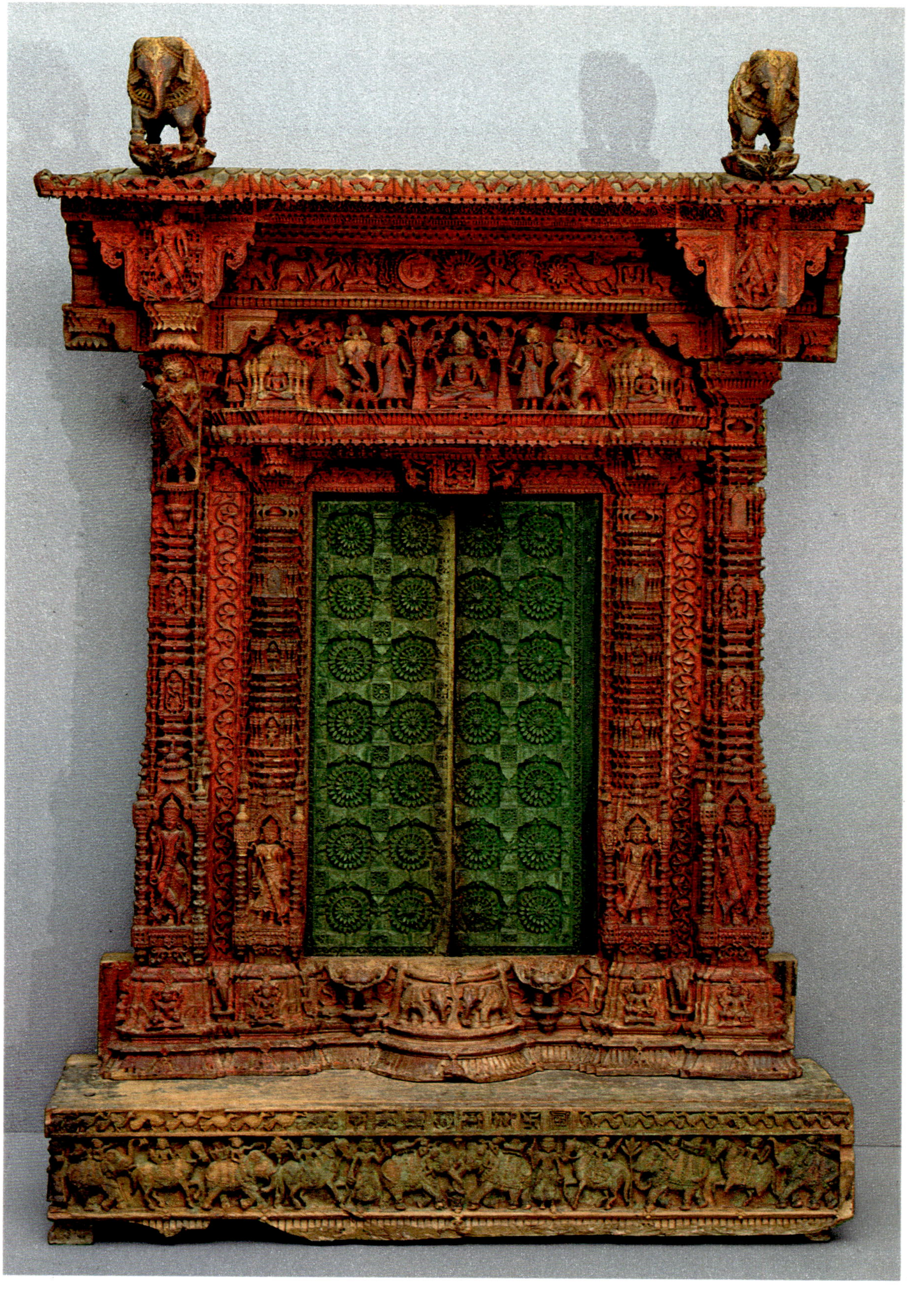

IV / 7

**Krishna als Flötenspieler**
Indien, Rajasthan
Hinterglasmalerei
H. 44 cm

Die Geschichte des Gottes Krishna ist unter anderem im Bhagavata-Purana, dem heiligen Buch der Vishnu-Verehrer, aufgezeichnet. Demnach war Kansa, der Herrscher von Mathura, vor einer Gefahr gewarnt worden, die ihm von einem Sohn seiner Schwester Devaki drohe. Als Krishna, durch das Herabsteigen des Gottes Vishnu in Devakis Leib, geboren wurde, wollte Kansa ihn deshalb töten. Die Eltern aber übergaben das Kind dem frommen Hirten Nanda. So wuchs der übermütige Knabe mit Hirtenkindern auf und wurde der Liebling der schönen Hirtenmädchen. Wenn die Mädchen seine Flöte hörten, strömten sie zusammen, und er liebkoste sie, bis sie vor Liebe ganz von Sinnen waren. Eine Hirtentochter, Radha, wurde seine Geliebte.
In mystischer Auslegung steht das Bild ekstatischer Liebe, das Krishna und Radha bieten, für das Verschmelzen der sich hingebenden Seele mit Gott. In diesem Sinn wurde Krishna in neuester Zeit zum Messias einer Bewegung, die viele Jugendliche aus dem Westen anzieht.
Unser Bild zeigt Krishna als flötenspielenden Hirten mit zwei Verehrerinnen. Ein Hinterglasbild, auf dem er fast identisch gestaltet, aber mit einem männlichen Verehrer zu sehen ist, befindet sich seit 1883 im Staatlichen Ethnographischen Museum von Stockholm.
Die Technik der Hinterglasmalerei, die seit dem 16. Jahrhundert von Venedig aus über Europa und den Osten verbreitet worden war, gelangte im 18. Jahrhundert nach Indien und wurde dort vor allem im Nordwesten von mehreren Kunstschulen gepflegt. Unser Museum besitzt vierunddreissig indische Hinterglasgemälde aus drei Schulen.
Sammlung P. Gabus 1973,
Inv.-Nr. IIa 6054.
Lit.: Bramzelius 1937.

**Krishna, joueur de flûte**
Inde, Rajasthan
peinture sous verre
haut. 44 cm

Les exploits du dieu Krishna sont entre autres racontés dans le Bhagavata-Purana, livre saint des adhérents au culte de Vishnu. Selon ce récit, Kansa, le souverain de Mathura, avait jadis été prévenu d'un danger qui le menacerait en la personne du fils de sa sœur, Devaki. Lorsque Vishnu eut intégré le corps de Devaki, donnant ainsi naissance à Krishna, Kansa tenta donc de le tuer. Les parents confièrent alors Krishna aux bons soins de Nanda, berger sage et pieux. C'est ainsi que le turbulent garçon grandit au milieu d'autres enfants de bergers, devenant bientôt le favori des belles bergères. Lorsqu'il jouait de la flûte elles accouraient et il les caressait jusqu'à leur en faire perdre la tête. Radha, fille de berger, devint sa compagne. L'interprétation mystique fait de l'amour extatique de Krishna et de Radha le symbole de l'âme s'abandonnant à Dieu, aboutissant à l'union parfaite. C'est ainsi que Krishna fait l'objet d'un mouvement récent dont il est le messie et qui attire la jeunesse occidentale en grand nombre.
Notre tableau montre Krishna jouant de la flûte, entouré de deux admiratrices. Le Musée National d'Ethnographie de Stockholm possède une peinture sous verre d'une conception picturale presque semblable représentant Krishna en compagnie d'un admirateur.
C'est au XVIIIe siècle que la peinture sous verre se répandit en Inde venant de l'occident, où, originaire de Venise, elle s'était répandue dans toute l'Europe et au Moyen-Orient dès le XVIe siècle. En Inde, elle fut exercée dans plusieurs écoles de peinture, principalement dans la région du nord-ouest. Notre musée possède en tout trente-quatre peintures sous verre indiennes en provenance de trois écoles différentes.
Collection P. Gabus 1973,
No d'inv. IIa 6054.
Bibl.: Bramzelius 1937.

**Krishna Playing the Flute**
India, Rajasthan
glass painting 'sous verre'
h. 44 cm

One of the places the story of God Krishna is related is in the Bhagavata-Purana, Vishnu worshippers' holy book. According to it, Kansa, ruler of Mathura, was warned that danger threatened from a son of his sister Devaki's. So when God Vishnu descended into Devaki's womb and was born as Krishna, Kansa wanted to kill him. But the parents gave the child to Nanda, a pious shepherd. Thus the high-spirited boy grew up with shepherds' children and became the darling of the beautiful shepherdesses. When the girls heard his flute they flocked around him, and he caressed them till they were carried away with love. One shepherdess, Radha, became his lover. According to mystical interpretation, the image of ecstatic love offered by Krishna and Radha stands for the union of the devoted soul with God. Under this aspect Krishna has in recent times become the Messiah of a movement which attracts many young people from the west.
Our picture shows Krishna as a shepherd playing the flute, with two female worshippers. A glass-painting on which he looks almost the same but is in the company of a male worshipper has been at the State Ethnographic Museum of Stockholm since 1883.
The technique of glass painting, which began spreading from Venice through Europe to the east in the 16th century, reached India in the 18th century, where it was cultivated at various art academies especially in the northwest. Our museum possesses thirty-four Indian glass-paintings from three schools.
Collection P. Gabus 1973,
Inv. No. IIa 6054.
Bibl.: Bramzelius 1937.

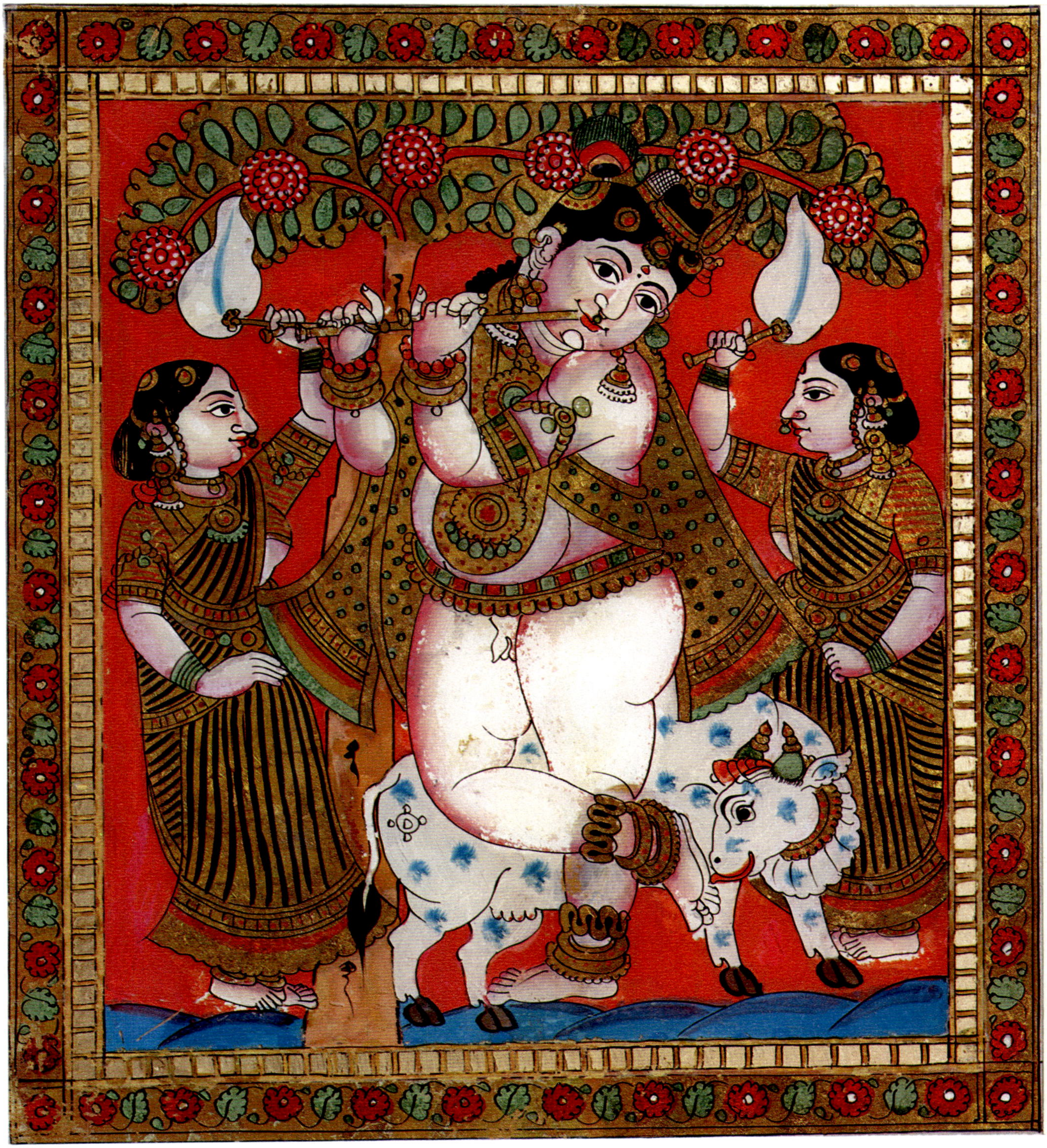

IV/8

**Pabuji und seine Genossen**
Indien, Rajasthan
Malerei auf Stoff
Ausschnitt: H 130 cm

Pabuji ist ein in Rajasthan und angrenzenden Gebieten verehrter Volksheld, dem sogar Altäre errichtet werden.
Die Gestalt des Pabuji geht wohl auf einen kühnen Viehräuber zurück. Seine Geschichte wurde schon im 17. Jahrhundert in der Chronik des Nainasi von Marwar aufgezeichnet. Demnach war er mit einigen Genossen aufgebrochen, um für die Mitgift einer Nichte Kamele zu stehlen. Auf dem Weg bestand er unzählige Abenteuer. Dabei half ihm eine mit übernatürlichen Fähigkeiten begabte Stute, die ihm von der Besitzerin unter der Bedingung geliehen worden war, dass er ihr helfe, falls je ihre Kuhherde gestohlen würde. Als Pabuji nach der Erbeutung und Ablieferung der Kamele selber heiraten wollte, traf die Nachricht vom Diebstahl der Herde ein. Von der Hochzeit weg brach er auf, eroberte die Kühe zurück, verlor aber das Leben. Diese Legende wird von fahrenden Sängern, die vor allem im Gebiet des Bhil-Stammes herumziehen, vorgetragen. Als Hilfsmittel dient ihnen ein fünf bis sechs Meter langes, mit Episoden aus der Legende bemaltes Tuch. Während der Vorstellungen, die nachts stattfinden, wandern und tanzen die Vortragenden, meist ein Ehepaar, vor dem Tuch hin und her und zeigen mit einer Lampe, wovon die Rede ist. Die sehr dekorativen Tücher wurden auch von Touristen entdeckt. Unter dem Nachfragedruck stellen die Maler heute spezielle Touristenware her. Ein Pabuji-Tuch ziert sogar ein Restaurant in der Nähe des Connaught Place in Neu-Delhi.
Bei dem Tuch, von dem hier ein Ausschnitt zu sehen ist, handelt es sich um ein gutes, gebrauchtes, älteres Exemplar. Der Ausschnitt zeigt Pabu mit vier Gefährten und weiter unten die wunderbare Stute.
Leihgabe R. J. Belmont.
Lit.: Bussabarger/Robins 1968, Sakariya 1964, Tessitori 1916.

**Pabuji et ses compagnons**
Inde, Rajasthan
peinture sur étoffe
détail: haut. 130 cm

Dans le Rajasthan et les régions avoisinantes, Pabuji est un héros populaire auquel on érige parfois même des autels. Le personnage de Pabuji remonte sans doute à un voleur de bétail téméraire. On trouve le récit de ses exploits dès le XVIIe siècle, dans la chronique du Nainasi de Marwar. Selon celle-ci, Pabuji, entouré de quelques compagnons, s'apprêtait à dérober des chameaux dont il entendait constituer la dot d'une nièce. En chemin il eut d'innombrables mésaventures; il en vint cependant à bout grâce à l'aide d'une jument aux facultés surnaturelles, que sa propriétaire lui avait prêtée à la condition que Pabuji l'assiste au cas où on lui volerait son troupeau de vaches. Le vol fut annoncé à Pabuji au moment où celui-ci, après avoir capturé et livré les chameaux pour sa nièce, était sur le point de se marier à son tour. Il se mit en route sans attendre la fin de la cérémonie et parvint à recapturer le troupeau disparu au prix de sa vie. Cette légende est contée par des chanteurs ambulants circulant dans les régions des tribus Bhil. Ils se servent d'une bande d'étoffe longue de cinq à six mètres sur laquelle sont peints les épisodes du récit. Pendant les représentations qui se déroulent la nuit, les récitants – il s'agit de couples pour la plupart – vont et viennent en dansant devant l'écran, montrant à l'aide d'une lampe l'épisode relaté.
Ces étoffes très décoratives ont vite fait d'attirer l'attention des touristes et, sous la pression de la demande, les peintres se sont mis à produire des peintures articles-souvenirs. On retrouve même une peinture Pabuji dans un restaurant situé près de la place Connaught à Delhi.
Le détail reproduit fait partie d'une pièce ancienne présentant des traces d'utilisation. L'on y voit Pabu et quatre de ses compagnons, puis, dans le bas, la jument merveilleuse.
Prêt de R. J. Belmont.
Bibl.: Bussabarger/Robins 1968, Sakariya 1964, Tessitori 1916.

**Pabuji and his Comrades**
India, Rajasthan
painted cloth
detail: h. 130 cm

In Rajasthan and adjacent regions, Pabuji is a venerated folk hero for whom even altars are erected.
The figure of Pabuji probably goes back to a bold cattle thief. His story was already related in the 17th century chronicle of Nainasi of Marwar. According to it, he and a few comrades set out to steal camels for a niece's dowry. Countless adventures took place on the way, in the course of which he was aided by a mare with supernatural powers, which had been lent to him by its owner on condition that he would help her if her herd of cows were ever stolen. When, having made off with and delivered the camels, he wanted to get married himself, he received the news that the herd had been stolen. He left the wedding, recaptured the herd, but lost his life. This legend is sung by itinerant musicians, above all in the region of the Bhil tribe. A five- to six-metre-long cloth with episodes from the legend painted on it is used as a prop. During the performances, which take place at night, the performers, usually a married couple, move and dance before the cloth, pointing with a lamp to the episode being described.
These very decorative cloths have also been discovered by tourists. Because of the pressure of increased demand, painters produce special tourist goods today. A Pabuji cloth can even be found decorating a restaurant near Connaught Place in New Delhi.
The detail pictured here is from a fine old piece. Our photograph shows Pabu with four comrades and, further down, the wonderful mare.
On loan from R. J. Belmont.
Bibl.: Bussabarger/Robins 1968, Sakariya 1964, Tessitori 1916.

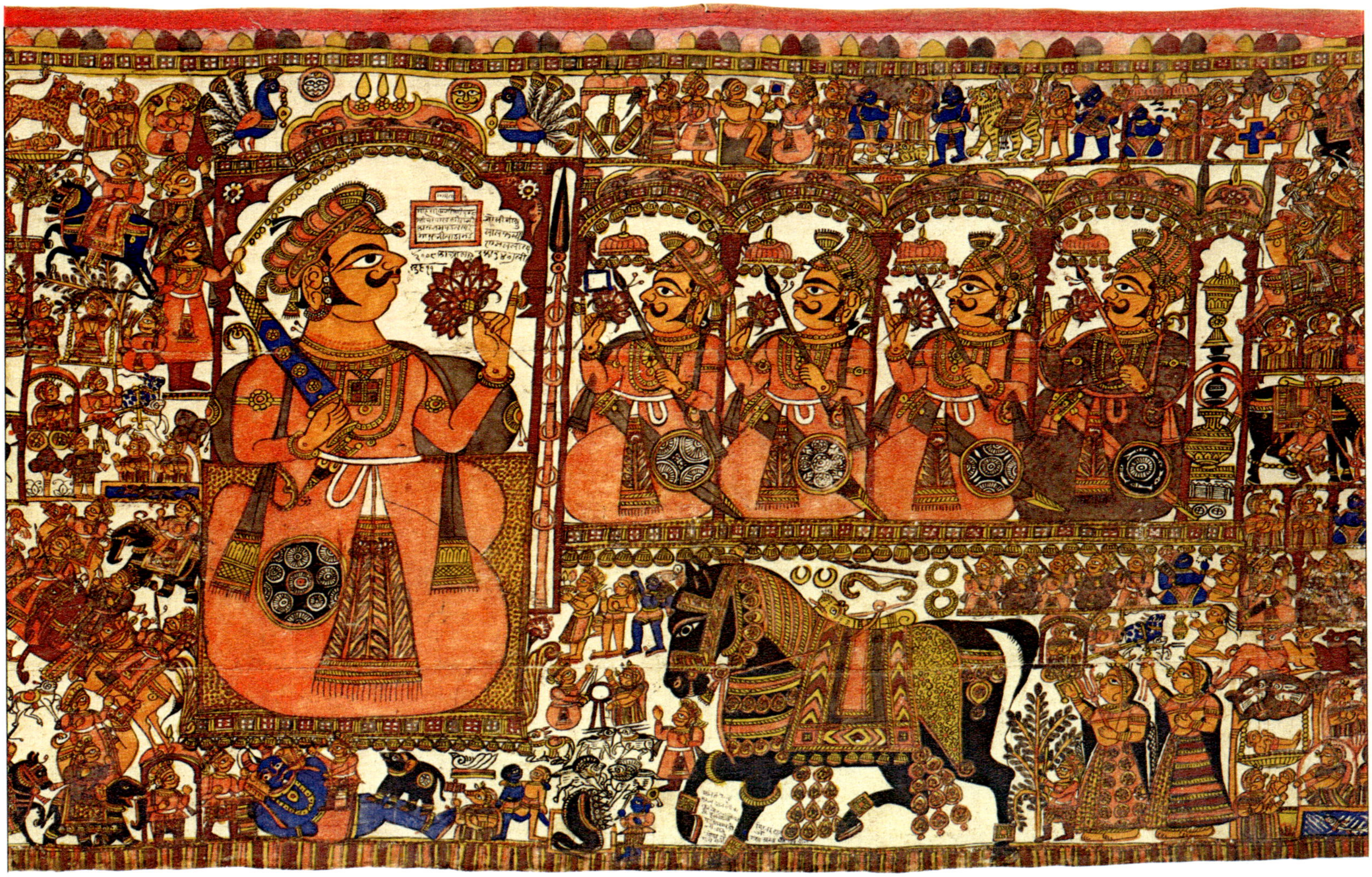

IV/9

**Arjuna und Krishna auf dem Streitwagen**

Indien, Andhra Pradesh
Schattenspielfigur aus Pergamentleder
Höhe ohne Stiel 103 cm

Als Arjuna, einer der Helden des Epos Mahabharata, zum Kampf gegen seine Vettern, die Kuruiden, aufbrach, befielen ihn Zweifel: Ist es nicht Sünde, gegen Verwandte zu kämpfen? In der Bhagavad Gita, dem ‹Gesang des Erhabenen›, erteilte ihm daraufhin sein Wagenlenker, der Gott Krishna selbst, philosophische Belehrung. Demnach bringt Handeln die Seele in Verbindung mit der Materie, und das hat Leiden und Wiedergeburt zur Folge. Der Mensch soll aber seine Pflicht erfüllen. Die verderblichen Folgen kann er vermeiden, indem er handelt, ohne die Folgen seines Tuns im Sinn zu haben, also ohne Hoffnung auf Lohn oder Furcht vor Strafe. Arjuna soll also kämpfen, wie es die Familienpflicht erheischt, seinen Sinn aber weder auf einen Sieg noch eine Niederlage richten.

Unser Bild zeigt eine aus durchsichtigem Pergament geschnittene und bemalte Schattenspielfigur, die Arjuna auf dem von Krishna gelenkten Streitwagen darstellt. Solche Figuren, die auch bewegliche Glieder aufweisen können, werden in Südindien und Orissa zur Aufführung von Legenden, meistens Episoden aus den Epen Mahabharata und Ramayana, und Schwänken verwendet. Sie werden von fahrenden Schaustellern hinter einem durchscheinenden Bildschirm geführt und so beleuchtet, dass sie den Zuschauern als farbige lebende Bilder erscheinen. Dem Stoff entsprechend kommt den Aufführungen religiöse Bedeutung zu.

Über das Alter des indischen Schattenspiels, das eigentlich ein Spiel mit Durchscheinefiguren ist, wissen wir mangels schriftlicher Zeugnisse wenig, es muss aber beträchtlich sein. Sicher ist, dass es zwischen den indischen und den indonesischen Schattenspieltraditionen viele Übereinstimmungen gibt.

Sammlung K. Ramamurthi 1964,
Inv.-Nr. IIa 3137.
Lit.: Seltmann 1974.

**Arjuna et Krishna sur le char de combat**

Inde, Andhra Pradesh
figure de théâtre de jeux d'ombres en cuir parcheminé
haut. (sans manche) 103 cm

Lorsque Arjuna, un des héros du récit épique Mahabharata, s'apprêtait à entrer en combat contre ses cousins, les Koravas, il fut soudain accablé de doutes: n'était-ce pas un pêché de se battre contre ses propres parents? Dans la Bhagavad Gita, le ‹chant du maître sublime›, le conducteur du char, qui n'est autre que le dieu Krishna, lui tient un cours de philosphie: ainsi, agir permet à l'âme de pénétrer la matière, engendrant la souffrance et la réincarnation. L'homme est tenu de remplir sa tâche, mais il lui est donné d'échapper aux suites néfastes de ses actes en agissant sans penser aux conséquences qu'ils entraînent, donc sans espoir d'obtenir une récompense ou sans crainte de punitions. Krishna incite donc Arjuna à se battre ainsi que le devoir familial le requiert, mais sans se préoccuper d'une éventuelle victoire ou défaite.

En cuir parcheminé ajouré et peint, la figure de jeux d'ombres reproduite montre Arjuna sur le char de combat conduit par Krishna. Les figures de ce genre sont avant tout utilisées en Inde du sud et à Orissa pour la représentation d'épisodes tirés des récits épiques Mahabharata et Ramayana et pour des pièces humoristiques. Animées par des acteurs ambulants derrière un écran transparent, elles apparaissent aux spectateurs comme des images vivantes et colorées. Selon le sujet choisi, la représentation aura un caractère religieux.

Faute de témoignages écrits, nous ne savons que fort peu sur l'âge du théâtre de jeux d'ombres en Inde; étant par ailleurs plutôt un jeu de figures translucides, il semble cependant être très ancien. Ce qui est certain c'est qu'il existe dans ce domaine une grande concordance entre les divers traditions indiennes et indonésiennes.

Collection K. Ramamurthi 1964,
No d'inv. IIa 3137.
Bibl.: Seltmann 1974.

**Arjuna and Krishna on the War-Chariot**

India, Andhra Pradesh
parchment leather shadow-play figure
height without handle 103 cm

As Arjuna, one of the heroes of the Mahabharata epic, was setting out to fight his cousins, the Kuruids, he was suddenly befallen by doubts: was is not a sin to do battle with one's relations? In the Bhagavad Gita, the 'Song of the Lord', his chariot driver, God Krishna himself, consequently provided him with philosophical guidance: actions bring the soul into contact with matter, the result of which is suffering and rebirth. But man is supposed to do his duty. He can avoid ruinous consequences by acting without having the consequences of his acts in mind, in other words, without hoping for rewards or fearing punishment. Thus Arjuna was to fight, as required by family obligation, but without being concerned about either victory or loss.

Our picture shows a shadow-play figure, cut out of parchment, of Arjuna on the chariot driven by Krishna. This type of shadowplay figure, which may also have movable limbs, is used to perform legends, usually episodes from the Mahabharata and Ramayana epics and farces, in southern India and Orissa. The itinerant puppeteers move the figures behind an opaque screen, using lighting effects that make the figures appear to the audience to be colourful, living images. In accordance with the contents, such performances also have religious significance.

Due to a dearth of written documents, little is known about the age of the Indian shadow play (which should really be called a play with translucent figures), but we may assume that it is considerable. What is plain is that there are many points of correspondence between the Indian and the Indonesian shadow play traditions.

Collection K. Ramamurthi 1964,
Inv. No. IIa 3137
Bibl.: Seltmann 1974.

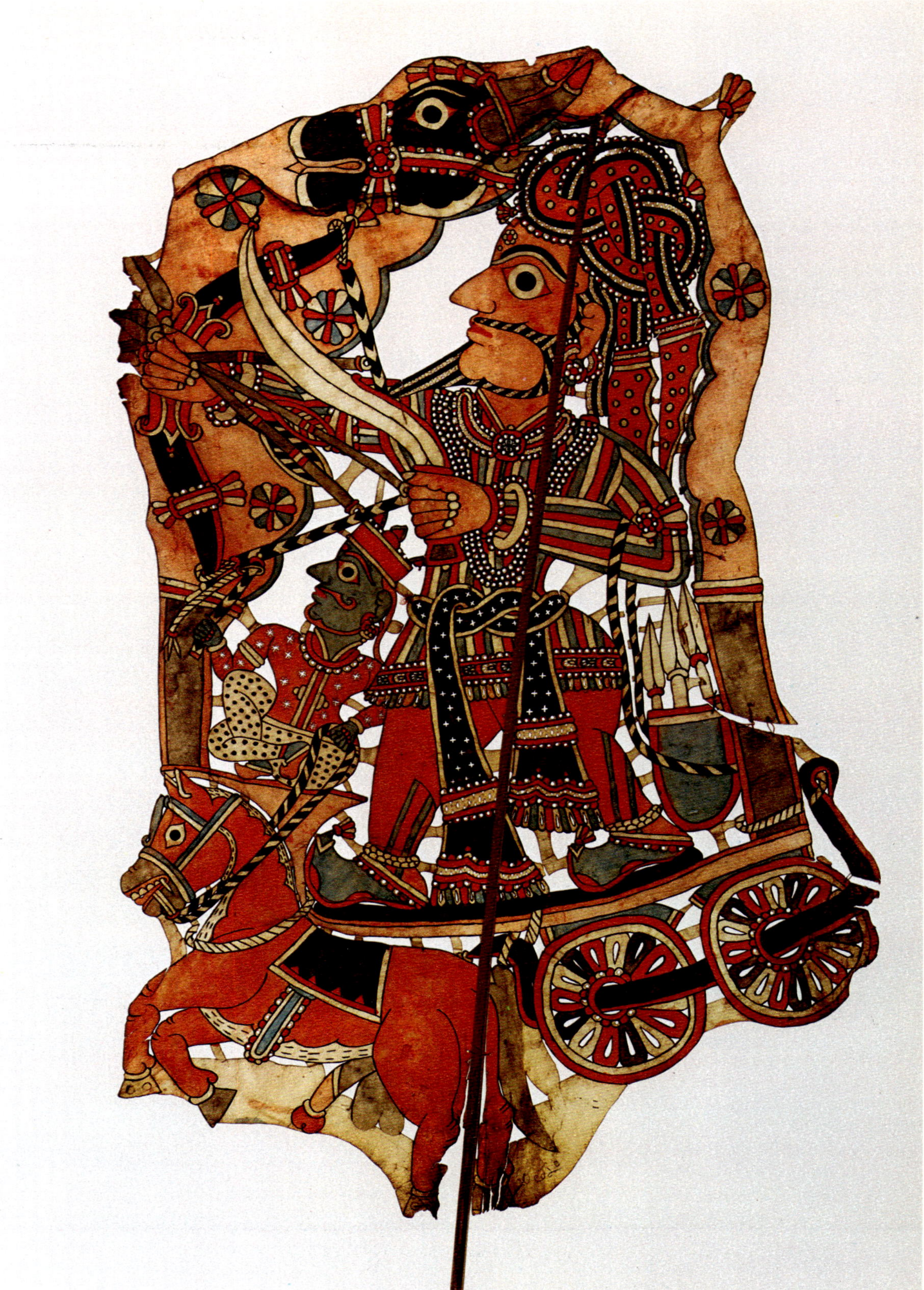

IV/10

**Marionettentheater**
Indien, Rajasthan
Köpfe der Puppen aus Holz geschnitzt
Ausschnitt: H. 88 cm

Traditionsreich wie das Schattenspieltheater ist in Indien auch das Spiel mit Puppen, die an Fäden geführt werden. Der Sutradhara oder ‹Zieher der Fäden› wurde jedenfalls schon in der sanskritischen Vedantaphilosophie als Metapher verwendet.
Heute lebt das Marionettentheater, wie das Schattenspiel bedrängt von modernen Formen der Abendunterhaltung, noch in Rajasthan und Orissa und an einigen Orten des Südens. Das All India Handicrafts Board und der Bharatiya Natya Sangh, Delhi, unterstützen aber die Anstrengungen verschiedener Truppen, und im Volkskunst-Museum im Mandi House in Neu-Delhi gibt es neben einer sehr schönen Puppensammlung auch eine Puppenspielerwerkstatt.
Unser Museum verfügt nicht nur über dreiundzwanzig Marionetten aus Rajasthan, sondern auch über die zum Bau der Bühne erforderlichen Gerüstteile und Tücher und den seidenen Umhang der Frau, die vor der Bühne als Sprecherin und Sängerin wirkt, während die Männer der Truppe die Puppen führen.
In Rajasthan erscheinen die Marionetten beim Spiel unter den Bogen eines Vorhanges, der in Anspielung an den Hof der Mogulherrscher als Taj Mahal bezeichnet wird. Zur Aufführung gelangen mittelalterliche und mogulzeitliche Stoffe, vor allem Episoden aus dem Leben von Prithvi Raj Chauhan von Delhi und Ajmer, König Vikramaditya von Ujjain oder Amar Singh Rathore, dem kriegerischen Rajputherrscher aus Jodhpur. In Zwischenspielen wird das Publikum zudem mit komischen und virtuosen Auftritten der Figur der Hoftänzerin, des Reiters auf bockendem Pferd, des Akrobaten, des Schlangenbeschwörers und des Krokodils erfreut. Anders als etwa in Orissa, wo Krishnalegenden als Stoff dienen, werden in Rajasthan keine religiösen Stücke gespielt.
Sammlung A. Bühler 1964,
Inv.-Nrn. IIa 2927–2941, 2954.
Lit.: Anand o. J., Fischer 1972.

**Marionettes**
Inde, Rajasthan
têtes en bois
haut. 88 cm

De même que le théâtre de jeux d'ombres, celui des marionettes à fil semble très ancien en Inde. Servant de métaphore, on trouve en effet le Sutradhara ou ‹celui qui tire les fils› dans la philosophie Vedanta déjà. Concurrencé par les formes plus modernes de divertissements, le théâtre de marionettes ainsi d'ailleurs que le théâtre de jeux d'ombres subsistent encore dans le Rajasthan, puis à Orissa et dans certaines localités du sud. Cependant le All India Handicrafts Board ainsi que le Bharatiya Natya Sangh à Delhi soutiennent les efforts de plusieurs troupes. Par ailleurs le Musée d'Art populaire situé à Mandi House à la Nouvelle-Delhi, possède en même temps qu'une très belle collection de poupées, un atelier expérimental.
Notre musée dispose non seulement de vingt-trois marionettes du Rajasthan mais encore de tous les éléments nécessaires à la construction des coulisses ainsi que du vêtement de soie porté par la chanteuse-récitante se tenant devant la scène tandis que les hommes de la troupe, eux, font mouvoir les poupées.
Dans le Rajasthan, les marionettes apparaissent entre deux rideaux dont un, découpé en voûtes et évoquant la résidence d'un souverain Mogol, porte le nom de Taj Mahal. Les sujets sont tirés de récits du Moyen Age et de l'époque des Mogol, avant tout des épisodes relatant les exploits de Prithvi Raj Chauhan de Delhi et Ajmer, puis du roi Vikramaditya de Ujjain ou alors de Amar Singh Rathore, le roi combatif rajput de Jodhpore. Au cours d'intermèdes, le public est diverti par des personnages virtuoses et comiques tels que celui de la danseuse de la cour, celui de cavalier à cheval sur une monture réticente, l'acrobate, le charmeur de serpents et le crocodile. Contrairement aux thèmes consacrés à Krishna, tels qu'ils sont représentés par exemple à Orissa, les pièces au Rajasthan ne sont pas de nature religieuse.
Collection A. Bühler 1964,
Nos d'inv. IIa 2927–2941, 2954.
Bibl.: Anand, sans date, Fischer 1972.

**Puppet Theatre**
India, Rajasthan
puppet heads carved out of wood
detail: h. 88 cm

Like the shadow play, performances with marionettes certainly have a very long history in India. The Sutradhara or 'Puller of Strings' was already used as a metaphor in Sanskrit Vedanta philosophy.
Today the marionette theatre, beleaguered by modern forms of evening entertainment, survives only in Rajasthan, Orissa and several places in the south. The All India Handicrafts Board and the Bharatiya Natya Sangh, Delhi, provide support for the endeavours of various troops, and the folk art museum in Mandi House in New Delhi contains not only a very fine collection of puppets but also a puppet-theatre workshop.
Our museum does not simply possess twenty-three marionettes from Rajasthan, it also has the scaffolding elements and cloths needed to set up the stage, and the silk wrap for the woman who stands in front of the stage as speaker and singer while the male members of the troupe work the puppets.
In Rajasthan the marionettes play under the arches of a curtain which, alluding to the court of the Moghul rulers, is called the Taj Mahal. Material from the Middle Ages and the Moghul period are performed, above all episodes from the life of Prithvi Raj Chauhan from Delhi and Ajmer, King Vikramaditya from Ujjain, or Amar Singh Rathore, the belligerent Rajput ruler from Jodhpur. The audience is also entertained between the acts by the brilliant, comic appearances of the figures of the court dancer, the rider on a bucking horse, the acrobat, the snake charmer and the crocodile. Unlike in Orissa, where Krishna legends serve as subjects, no religious plays are put on in Rajasthan.
Collection A. Bühler 1964,
Inv. Nos. IIa 2927–2941, 2954.
Bibl.: Anand, no date, Fischer 1972.

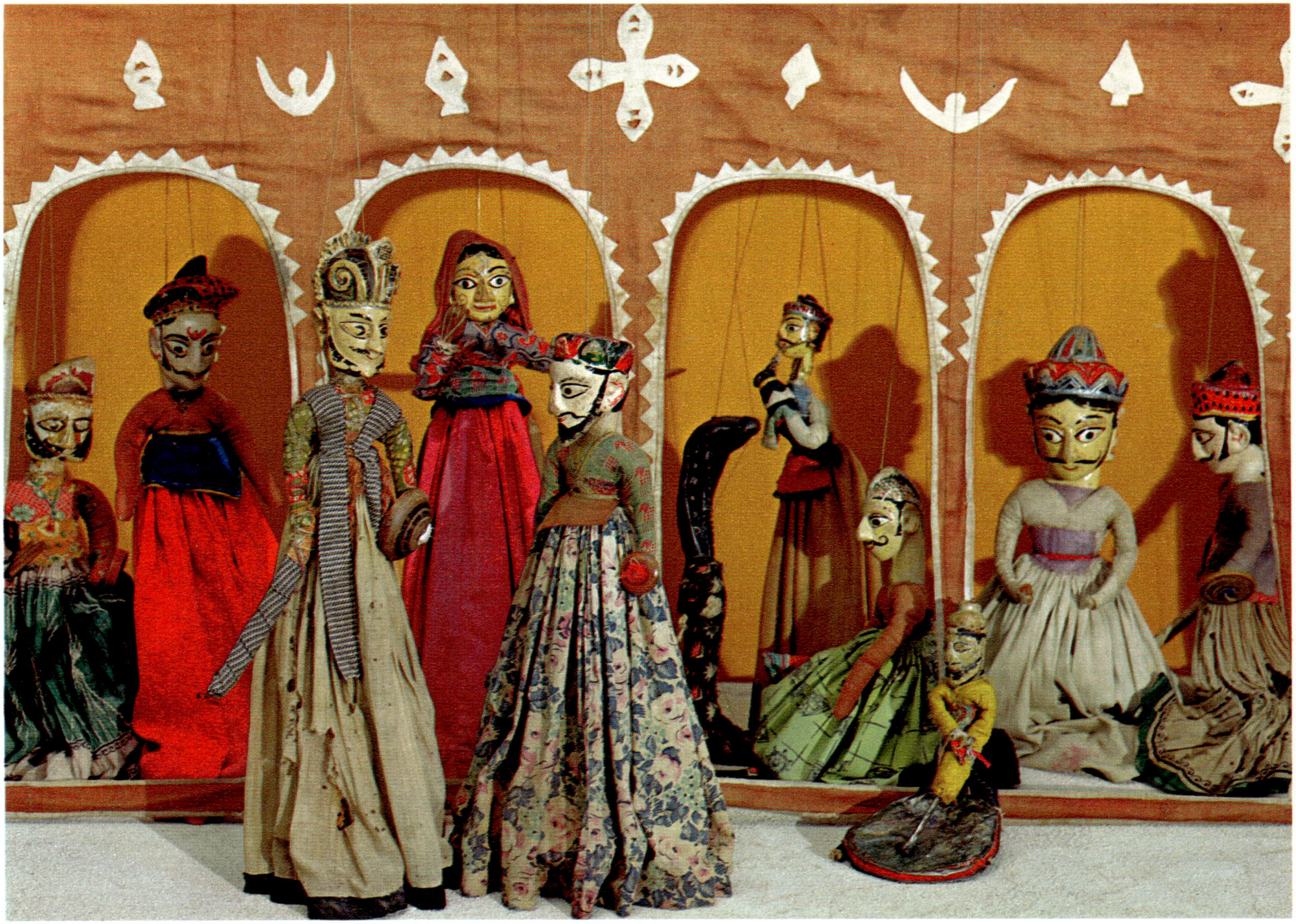

IV/11

**Preßschablone**
Indien, Gujarat, Ahmedabad
Teakholz
H. 72 cm, B. 55 cm, T. 8,5 cm

Zu Beginn der sechziger Jahre sah A. Bühler im Calico-Museum of Textiles in Ahmedabad einige grosse Holzblöcke, die auf der einen Seite ein reliefartig geschnitztes Muster, auf der andern in die Hohlräume des Musters führende Kanäle aufwiesen. Er vermutete, es handle sich um Preßschablonen für die Musterung von Stoffen. Zwei der Blöcke durfte er unserem Museum als Geschenk überbringen, die übrigen blieben im Calico-Museum.
Einige Jahre später wurden in zwei alten Häusern der gleichen Stadt weitere solche Blöcke gefunden. Sie hatten dort als Dekkenschmuck gedient. Einige konnten wiederum vom Calico-Museum erworben werden. Eine von Bühler und Fischer durchgeführte Untersuchung ergab, dass die Blöcke wahrscheinlich zur Herstellung von Reservemustern auf Seidenstoff verwendet worden waren. Zwischen die geschnitzten Seiten von je zwei aufeinander passenden Blökken klemmte man den Stoff ein, und durch die Löcher führte man von aussen Farblösung zu. Die Farbe breitete sich in den, vielleicht mit Filztampons gefüllten, Hohlräumen aus und färbte die exponierten Stoffpartien, während die zwischen den Reliefstegen eingeklemmten Partien ungefärbt blieben. Nachforschungen über die Geschichte der Häuser, in denen die Blöcke gefunden worden waren, und deren einstige Bewohner sowie Vergleiche mit Mustern aus China und Japan, Zentralasien, dem Kaukasus, Ägypten und Europa machten auch wahrscheinlich, dass das Preßschablonieren, das in China schon um die Zeitenwende bekannt gewesen sein mag, vielleicht vom 12. Jahrhundert an oder etwas später in Ahmedabad gepflegt und auch für Exportstoffe angewandt worden war.
Schenkung des Calico-Museum of Textiles, Ahmedabad, 1964,
Inv.-Nr. IIa 2844.
Lit.: Bühler 1965,
Bühler/Fischer 1974, 1976.

**Pochoir à presser en bois**
Inde, Gujarat, Ahmedabad
bois de teck
haut. 72 cm, larg. 55 cm, profond. 8,5 cm

Au début des années 60, A. Bühler vit au Calico-Museum of Textiles à Ahmedabad, toute une série de grands blocs de bois dont une surface était sculptée en relief tandis que l'autre montrait des canaux traversant le bloc dans toute son épaisseur jusqu'aux parties concaves des motifs sculptés. Bühler présuma être en présence de pochoirs à presser utilisés pour la décoration textile. Le Calico-Museum lui en donna deux exemplaires pour le musée, les autres restèrent sur place. Quelques années plus tard on découvrit dans deux anciennes maisons de la même ville des blocs du même genre. On s'en était servi pour orner le plafond. Une partie fut à nouveau acquise par le Calico-Museum. Au terme d'une recherche effectuée sur ce matériel, Bühler et Fischer conclurent qu'il s'agissait de blocs-pochoirs utilisés pour l'application sur étoffes de soie de motifs réservés. Ainsi le tissu était pressé entre deux blocs identiques, les canaux des faces arrières permettant d'introduire la teinture. Celle-ci se répandait dans les parties concaves éventuellement pourvues de tampons en feutre, en coloriant les endroits accessibles, tandis que le tissu préservé par les moulures du relief restait vierge. L'historique des deux maisons dans lesquelles on avait trouvé les blocs, ainsi que la comparaison des motifs avec d'autres provenant de Chine, du Japon, d'Asie centrale, du Caucase, d'Egypte et d'Europe permirent de conclure à l'existence de ce procédé à Ahmedabad à partir du XIIe siècle ou peu après. On s'en serait alors aussi servi pour décorer des étoffes d'exportation.
Don du Calico-Museum of Textiles, Ahmedabad, 1964,
No d'inv. IIa 2844. Bibl.: Bühler 1965,
Bühler/Fischer 1974, 1976.

**Printing Block for Clamp-Resist Pyeing**
India, Gujarat, Ahmedabad
teak
h. 72 cm, w. 55 cm, d. 8.5 cm

At the beginning of the 1960's A. Bühler saw several large wooden blocks at the Calico-Museum of Textiles in Ahmedabad, which had a relief-like carved design on one side and ducts leading into the hollows of the design on the other. He suspected them to be printing blocks for patterning material. He was able to bring two of the blocks back to our museum as a gift, the rest remaining at the Calico-Museum. Several years later further blocks of this kind were discovered in two old houses in the same town. They had served as ceiling ornaments there. The Calico-Museum was once again able to acquire some of them. An examination by Bühler and Fischer showed that the blocks had probably been used to produce resist patterns on silk fabric. The fabric was clamped between the carved sides of two matching blocks, and the dyeing solution was introduced into the holes from outside. The dye then spread through the hollow areas, which may have been filled with felt tampons, and coloured the exposed parts of the material while the sections clamped between the raised areas remained undyed. Studies done on the history of the houses in which the blocks were found and on their former inhabitants, as well as comparisons with patterns from China and Japan, Central Asia, the Caucasus, Egypt and Europe have made it seem likely that this technique, which may already have been known in China at the turn of the Christian era, began to be cultivated in Ahmedabad and to be used for export fabrics in the 12th century or somewhat later.
Gift of the Calico-Museum of Textiles, Ahmedabad, 1964,
Inv. No. IIa 2844.
Bibl.: Bühler 1965,
Bühler/Fischer 1974, 1976.

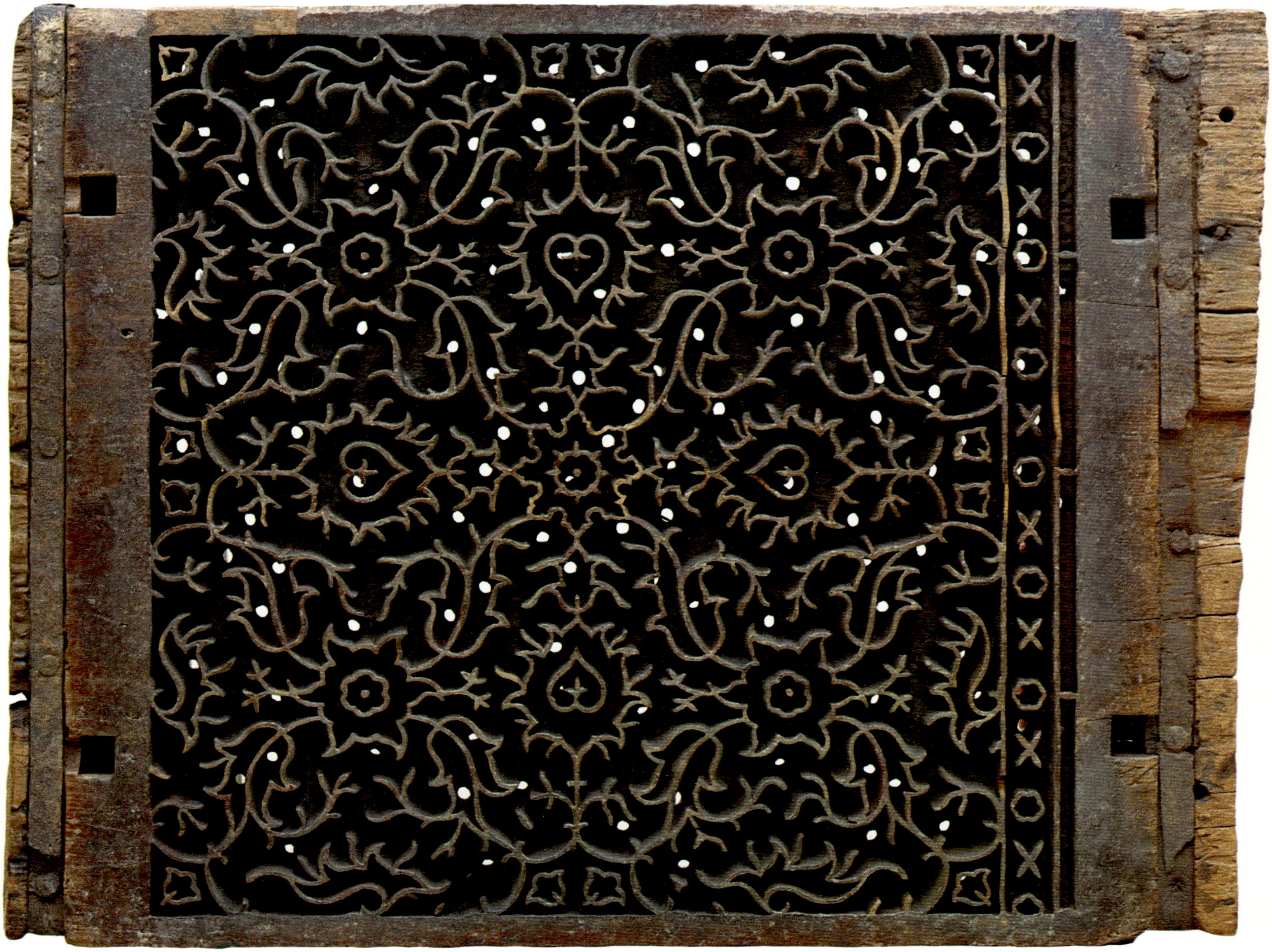

IV/12

**Elefant**
Indien, Gujarat, Zentral-Kutch
Ton, gebrannt und bemalt
L. 23 cm, B. 18 cm, H. 22 cm

An vielen Orten in Indien und den benachbarten Ländern stellen die Töpfer nicht nur Haushaltgerät, sondern auch allerlei Figuren wie Pferde, Elefanten, Stiere, Menschen und Götter her. Manche dieser Figuren werden nur an der Luft getrocknet und dann bemalt, andere brennt man zu Terrakotten. Viele solche Figuren werden von den hinduistischen Töpferfamilien für lokale Stammes- oder Landbevölkerungen hergestellt, die sie als Votivgaben an die Götter verwenden. Dem südindischen Gott Aiyanar zum Beispiel werden bis zu drei Meter hohe tönerne Pferde und auch andere Tiere geweiht. Sie zieren oft in grosser Zahl die Tempelhöfe. Auch die bekannten Pferde, Elefanten und Tiger von Bankura in Westbengalen, die bei uns schon in Warenhäusern aufgetaucht sind, hatten ursprünglich religiösen Zwecken gedient. Ähnliche Figuren kennt man auch aus Gujarat und Madhya Pradesh. Sie werden noch weitgehend für die Angehörigen des Bhil-Stammes hergestellt, die sie den Göttern, Geistern oder Ahnen im Verlauf eines Festes opfern. Unser Museum besitzt eine grösstenteils von E. Fischer zusammengestellte, mehr als vierhundert Stück umfassende Sammlung solcher Objekte.
Manche Tonfiguren dienen auch als Kinderspielzeug oder werden zu schmückendem oder auch erbaulichem Zweck aufgestellt. In Nasik im Staat Maharashtra zum Beispiel werden kleine Stiere, Pferde mit Reitern und ähnliche Figuren an einem bestimmten Fest in den vor den Tempeln errichteten Buden verkauft. Zu dieser Art von Figuren gehört der abgebildete, aus Kutch stammende Elefant mit den unternehmungslustig gestellten Ohren.
Sammlung E. Fischer 1971,
Inv.-Nr. IIa 5305.
Lit.: Bussabarger/Robins 1968, Fischer 1972.

**Eléphant**
Inde, Gujarat, Kutch central
terre cuite peinte
long. 23 cm, larg. 18 cm, haut. 22 cm

Dans beaucoup de régions de l'Inde et des pays voisins, les potiers ne se contentent pas de produire des ustensiles ménagers, mais ils confectionnent également des figures de tous genres telles que des chevaux, des éléphants, des taureaux, des hommes et des divinités. Certaines de ces figures sont uniquement séchées à l'air puis peintes, alors que d'autres sont cuites.
Parmi ces objets, beaucoup sont produits par des familles de potiers hindous à l'intention des communautés locales qui les utilisent comme dons votifs. Ainsi dans le sud de l'Inde, on dédie à la divinité Aiyanar des chevaux mesurant parfois trois mètres, ou d'autres animaux encore. Ils ornent parfois les enceintes des temples en grand nombre. Apparaissant ici et là dans nos grands magasins, les fameux chevaux, éléphants et tigres de Bankura (Bengale occidental) avaient à l'origine également une fonction religieuse. D'un genre analogue, les figures produites dans les Etats du Gujarat et de Madhya Pradesh sont en grande majorité destinées aux membres des tribus Bhil qui les offrent aux divinités, aux démons ou à leurs ancêtres lors de festivités. Notre musée en possède une collection de plus de quatre cents pièces, constituée en grande partie par E. Fischer.
Parmi ces objets en argile, beaucoup servent de jouet aux enfants, mais on les garde aussi dans un but purement décoratif ou édifiant. Dans la localité de Nasik située dans l'Etat de Maharashtra, on vend des petits taureaux, des chevaux avec ou sans cavaliers et autres, dans les échoppes érigées devant les temples lors d'une cérémonie déterminée. Notre éléphant de Kutch aux oreilles entreprenantes fait partie de cette catégorie.
Collection E. Fischer 1971,
No d'inv. IIa 5305.
Bibl.: Bussabarger/Robins 1968, Fischer 1972.

**Elephant**
India, Gujarat, Central Kutch
fired and painted clay
1.23 cm, w. 18 cm, h. 22 cm

In many parts of India and neighbouring countries potters make not only household vessels but all kinds of figures like horses, elephants, bulls, people and gods. Some of these figures are simply air-dried and then painted, others are fired into terracottas. Many of these figures are produced by Hindu potter-families for local tribes or rural populations, who use them as votive offerings for the gods. Up to three-metre-high clay horses and other animals are, for instance, dedicated to the South Indian god Aiyanar. A large number of them are often found decorating temple courtyards. The familiar horses, elephants and tigers from Bankura in West Bengal, which have already appeared in our department stores, originally served religious purposes, too. Similar figures are known from Gujarat and Madhya Pradesh. They are still largely made for members of the Bhil tribe, who offer them to the gods, spirits or ancestors in the course of a festival. Our museum possesses a collection of more than four hundred objects of this type, most of which was assembled by E. Fischer.
Some clay figures are also used as children's toys or are put up either for decorative or edifying purposes. In Nasik in the state of Maharashtra, for instance, small bulls, horses with riders and similar figures are sold at a particular festival in booths set up in front of the temples. The elephant shown here, with fanning ears, is from Kutch and belongs to this category of statuary.
E. Fischer Collection 1971,
Inv. No. IIa 5305.
Bibl.: Bussabarger/Robins 1968, Fischer 1972.

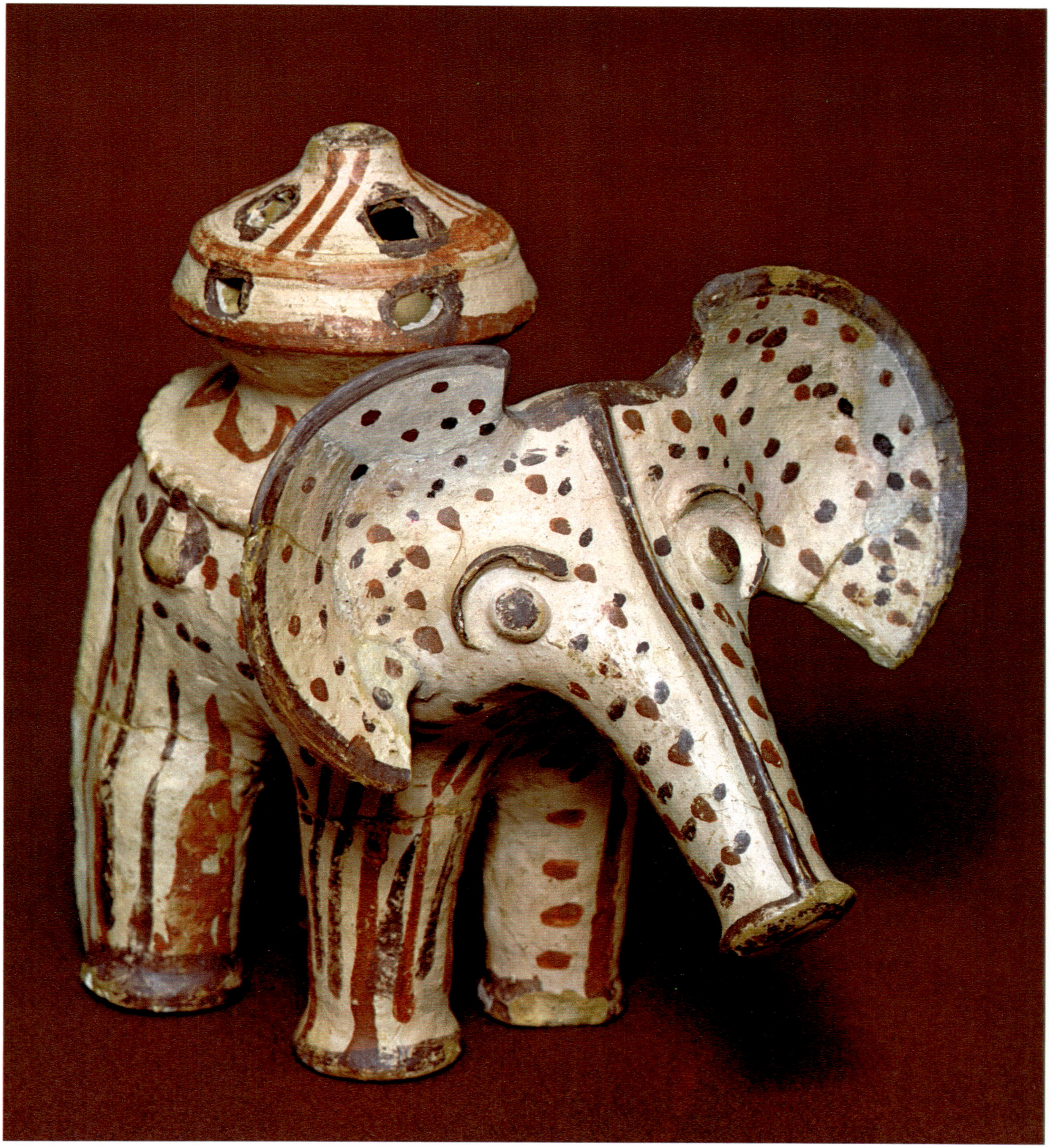

IV/13

**Wedda-Eingeborene**
Östliches Sri Lanka
Gipsmodelle nach Fotografien und Messdaten
Höhe des Mannes 155 cm
Höhe der Frau 145 cm

Von ihren Reisen nach Sri Lanka in den Jahren 1883 bis 1886, 1890, 1901 und 1907 brachten die Basler Forscher Paul und Fritz Sarasin ausser zoologischem und anthropologischem Material auch eine Sammlung nach Hause, die ungefähr den ganzen materiellen Besitz einer im Hügelland lebenden Wedda-Familie illustriert. Sie enthält unter anderem den Pfeilbogen, die Pfeile und die Axt des Mannes, den Grabstock der Frau, einen als Schale benützten Schildkrötenpanzer, eine Kürbisflasche, einige nach singhalesischem Vorbild hergestellte Töpfe, einen Feuerbohrer, Rindenstoff, eine Baumrinde, die als Sitzunterlage diente, und eiserne Zeremonialpfeile. Das Eisengerät hatten die Wedda aber nicht selber hergestellt, sondern bei singhalesischen Schmieden gegen Wachs, Honig oder Trockenfleisch eingetauscht. Ein solcher Tausch hatte früher stets nachts stattgefunden: Der Wedda hatte seine Tauschware und ein Muster des gewünschten Gegenstandes vor dem Haus des Schmiedes niedergelegt und in der folgenden Nacht, ohne mit dem Schmied gesprochen zu haben, das Begehrte abgeholt.
Auch zur Sammlung gehörende, aus Quarz bestehende Klingen und Abschläge aus Sedimenten einstiger Wohnhöhlen schrieben die Forscher, sicher zu Recht, den Vorfahren der heutigen Wedda zu. Unser Bild zeigt einen Wedda-Jäger und eine Frau mit Kind, die der Bildhauer F. Meinecke aus Freiburg im Breisgau um 1908, nach Fotografien und Messdaten der Sarasin, aus Gips geschaffen hatte. Die Modelle geben die Körpereigenschaften der Wedda, wie kleine Statur, zarter Bau, schlanke Glieder, breite Nase, welliges Haar und dunkle Hautfarbe, sehr gut wieder. Auch die Kleidung, Schamlappen oder umgebundene Zweige, entspricht den Beobachtungen der Forscher, und in den Händen hält der Mann die originalen Waffen.
Lit.: P. und F. Sarasin 1887/93, P. Sarasin 1909.

**Indigènes Vedda**
Sri Lanka orientale
modèles en plâtre établis d'après des photos et indications des mesures
hauteur de l'homme 155 cm
hauteur de la femme 145 cm

Au cours de leurs nombreux voyages à Sri Lanka dans les années 1883 à 1886, 1890, 1901 et 1907, les chercheurs bâlois Paul et Fritz Sarasin rapportèrent outre un important matériel zoologique et anthropologique, l'inventaire presque complet des biens matériels d'une famille vedda des régions montagneuses. Cette collection comprenait entre autres l'arc, les flèches et la hache de l'homme, le bâton à creuser de la femme, la carapace d'une tortue ayant fait fonction de récipient, une gourde en calebasse, quelques poteries de modèle cingalais, une baguette à faire du feu, de l'étoffe en liber d'écorce, puis de l'écorce non travaillée ayant servi de siège, et enfin des flèches cérémonielles en fer. Les objets en métal n'avaient pas été fabriqués par les Vedda eux-mêmes, mais troqués chez les forgerons cingalais contre de la cire, du miel ou de la viande séchée. Autrefois un tel troc était toujours nocturne: les Vedda venaient déposer leurs marchandises et un modèle de ce qu'ils désiraient devant la demeure du forgeron, puis, la nuit suivante, ils venaient reprendre ce qu'ils avaient demandé, sans jamais lui adresser la parole.
Faisant également partie de la collection, toute une série de lames et d'éclats en quartz provenant de sédiments d'anciennes cavernes, sont eux aussi attribués, avec raison sans doute, aux ancêtres des Vedda par les chercheurs bâlois.
Notre photo montre un chasseur ainsi qu'une femme et un enfant vedda. Ils ont été confectionnés en plâtre par le sculpteur F. Meinecke de Fribourg-en-Brisgau autour de 1908, d'après les photographies et les données fournies par les cousins Sarasin. Les trois mannequins redonnent parfaitement les caractéristiques des Vedda: leurs stature petite révélant une constitution délicate, les membres minces, le nez large, la chevelure ondulée ainsi que la couleur sombre de leur peau. Les vêtements, un pagne ou des branches, correspondent à la description des chercheurs; le chasseur tient entre ses mains les armes d'origine.
Bibl.: P. et F. Sarasin 1887/93, P. Sarasin 1909.

**Wedda Tribals**
eastern Sri Lanka
plaster models based on photographs and measurements
weight of the man 155 cm
height of the woman 145 cm

Apart from zoological and anthropological material, Basle Scholars Paul and Fritz Sarasin brought home from their trips to Sri Lanka in the years 1883 to 1886, 1890, 1901 and 1907 a collection which illustrates approximately all of the material possessions of a Wedda family living in the highlands. It contains, among other things, the man's bow, arrows and axe, the woman's digging stick, a tortoise shell used as a bowl, a gourd bottle, several pots made according to Singhalese models, a fire-making drill, bark cloth, bark which served as seats and ceremonial iron arrows. But the Weddas had not made the iron implements themselves, they had acquired them from Singhalese smiths, trading them against wax, honey or dried meat. This kind of trade would always take place at night: the Wedda placed bartering goods and a model of the object he desired in front of the smith's house and, without having spoken to the artisan, collected the articles he desired the following night.
The scholars, undoubtedly justifiably, ascribed quartz blades and flakes from the sediments of caves which had once been inhabited to the ancestors of the present-day Wedda. These finds, too, belong to the collection. Our picture shows a hunter and a woman with child, which Fr. Meinecke, a sculptor from Freiburg im Breisgau, made in plaster in 1908, according to the Sarasins' photographs and measurements. The models render the Wedda's physical characteristics – their small stature, delicate build, slender limbs, broad nose, wavy hair and dark skin – very faithfully. The clothing – a loin-cloth and tied on twigs – also corresponds to the Sarasins' observations. The man is holding genuine weapons in his hands.
Bib.: P. and F. Sarasin 1887/93, P. Sarasin 1909.

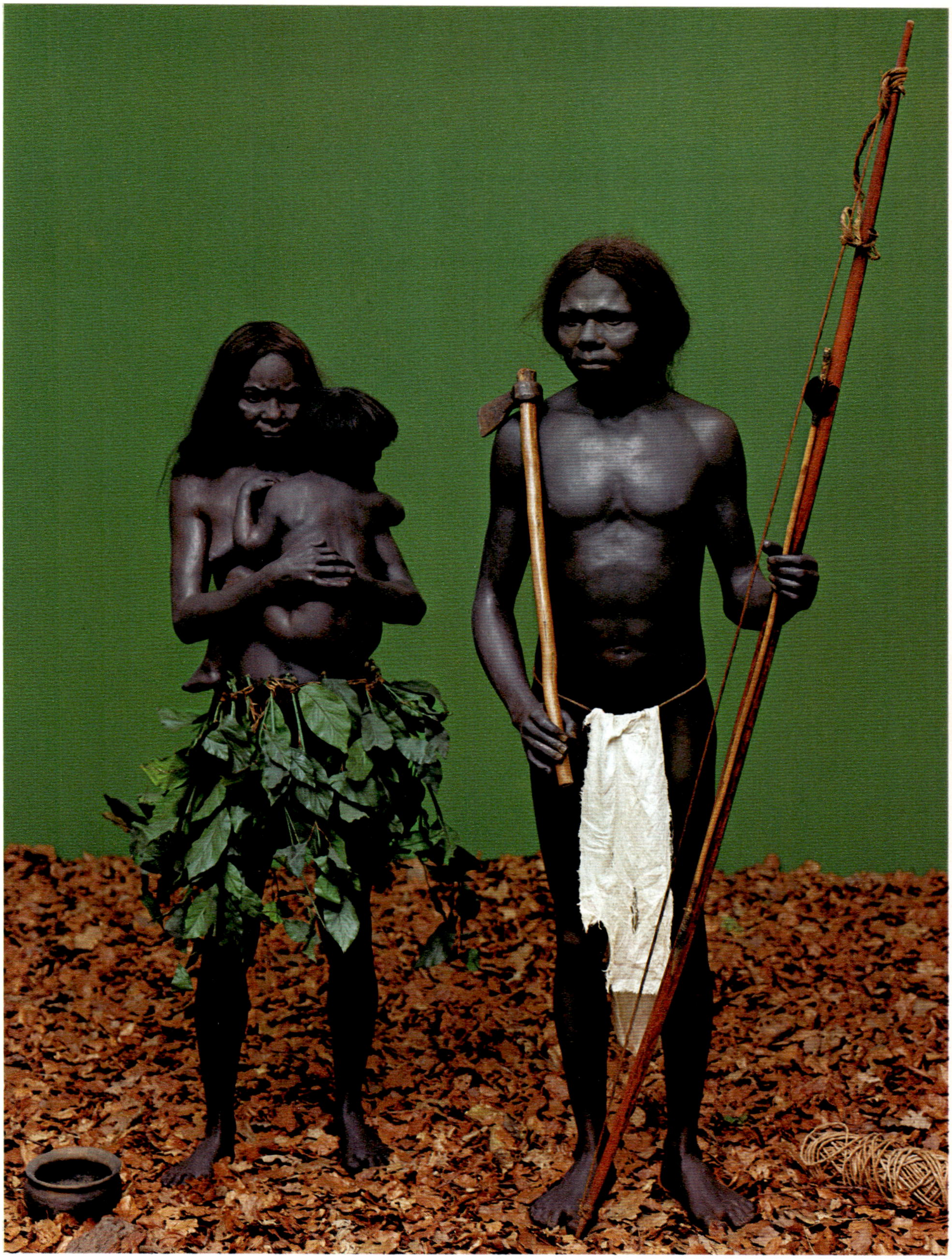

**Maske des Maha-kola-sanni-Dämonen**
Sri Lanka
Holz
H. 125 cm

Wer Sri Lanka besucht, sieht in den Souvenirläden der Touristenzentren hölzerne Masken in grosser Zahl. Es handelt sich dabei um mehr oder weniger getreue Nachbildungen von Gesichtsmasken, die, heute allerdings meist in folkloristischem Rahmen, zu Theateraufführungen und kultischen Zeremonien verwendet werden.
Das Museum verfügt über eine siebenundfünfzig Stück umfassende Sammlung ceylonesischer Masken, die vor fünfzig bis hundert Jahren hergestellt worden sind. Mit Ausnahme von zwei besonders seltenen Exemplaren aus Affenfell sind sie aus weichem Holz geschnitzt und bemalt. Ausser Theatermasken, die zur Aufführung von Legenden und Schwänken dienten, und einigen von Kindern zum Spielen getragenen Schnitzwerken gibt es darunter auch Dämonenmasken für Geisterbeschwörungen und Krankenheilungen; denn obschon der Buddhismus in Sri Lanka tief verwurzelt ist, hat sich im Volk doch auch der Glaube an Geister und Dämonen bis in die neuere Zeit hinein gehalten. Die hier abgebildete Maske stellt den Maha-kola-Sanniya dar, den Herrn der ceylonesischen Krankheitsdämonen. In der auf seinem Haupt stehenden grausigen Gestalt erkennt man ihn als Menschenfresser. Seine achtzehn Begleiter, sechzehn dämonisch aussehende und zwei schöngesichtige, bringen Cholera, Fieber, Wahnsinn und andere Leiden über die Menschen.
Ob eine so grosse, schwere Maske tatsächlich getragen oder bloss zur Schau gestellt worden war, wissen wir leider nicht, denn heute findet man entsprechende Stücke nur noch in einigen Museen.
Sammlung Umlauff 1928,
Inv.-Nr. IIa 556.
Lit.: Lucas 1958, Rütimeyer 1917.

**Masque du démon Maha-kola-sanni**
Sri Lanka
bois
haut. 125 cm

Dans les magasins d'articles-souvenirs des centres touristiques on trouve une foule de masques en bois. Il s'agit d'imitations plus ou moins fidèles de masques tels qu'ils apparaissent au cours de représentations théâtrales et rituelles et dont le caractère, il est vrai, est aujourd'hui presque purement folklorique.
Notre musée dispose d'une collection de cinquante-sept masques qui ont tous été faits il y a cinquante à cents ans. A l'exception de deux pièces particulièrement rares, confectionnées en peau de singe, ces masques ont tous été sculptés dans un bois tendre, puis peints. Outre les masques utilisés lors de représentations théâtrales humoristiques ou dont le sujet repose sur des récits traditionnels, on distingue les masques portés par les enfants pour jouer, puis ceux destinés à conjurer les mauvais esprits et à guérir, car bien que le bouddhisme soit profondément enraciné à Sri Lanka, la croyance aux esprits et démons est également restée vivace parmi la population. Le masque reproduit incarne le Maha-kola-Sanniya, le souverain des démons ceylanais de la maladie. En sa qualité d'ogre, on le représente surmonté d'un personnage terrifiant. Les sujets qui l'entourent, dont seize ont un aspect démoniaque et deux un visage avenant, répandent le choléra, la fièvre, la démence et autres souffrances parmi les hommes.
Quant à savoir si un masque de cette dimension et de ce poids a réellement été porté ou s'il a simplement été exposé, nous ne sommes pas en mesure de le dire. Actuellement on ne trouve plus que quelques pièces similaires dans l'un ou l'autre musée.
Collection Umlauff 1928,
No d'inv. IIa 556.
Bibl.: Lucas 1958, Rütimeyer 1917.

**Mask of the Maha-kola-sanni Demon**
Sri Lanka
wood
h. 125 cm

Whoever visits Sri Lanka will see a great many wooden masks in the souvenir shops of the tourist centres. They are more or less faithful copies of face masks which are used for theatrical productions and cultic ceremonies, though usually within a folkloristic framework today.
The museum has a collection of fifty-seven Ceylonese masks, which were produced between fifty and a hundred years ago. With the exception of two particularly rare specimens made of monkey skin, they are all carved from soft wood and painted. Apart from theatrical masks, which were used for performances of legends and farces, and several carvings used by children at play, there are also demon masks for exorcizing spirits and healing illnesses; for although Buddhism is deeply rooted in Sri Lanka, the belief in spirits and demons has survived into modern times among the people. The mask pictured here represents Maha-kola-Sanniya, ruler of the Ceylonese demons of disease. One recognizes the ghastly figure standing on his head as a man-eater. His eighteen companions, sixteen of demonic appearance and two beautiful ones, bring cholera, fever, madness and other afflictions on man.
We do not know whether so large and heavy a mask was actually worn or simply displayed, for a few museums are the only places where pieces of this kind can still be found today.
Collection Umlauff 1928,
Inv. No. IIa 556.
Bibl.: Lucas 1958, Rütimeyer 1917.

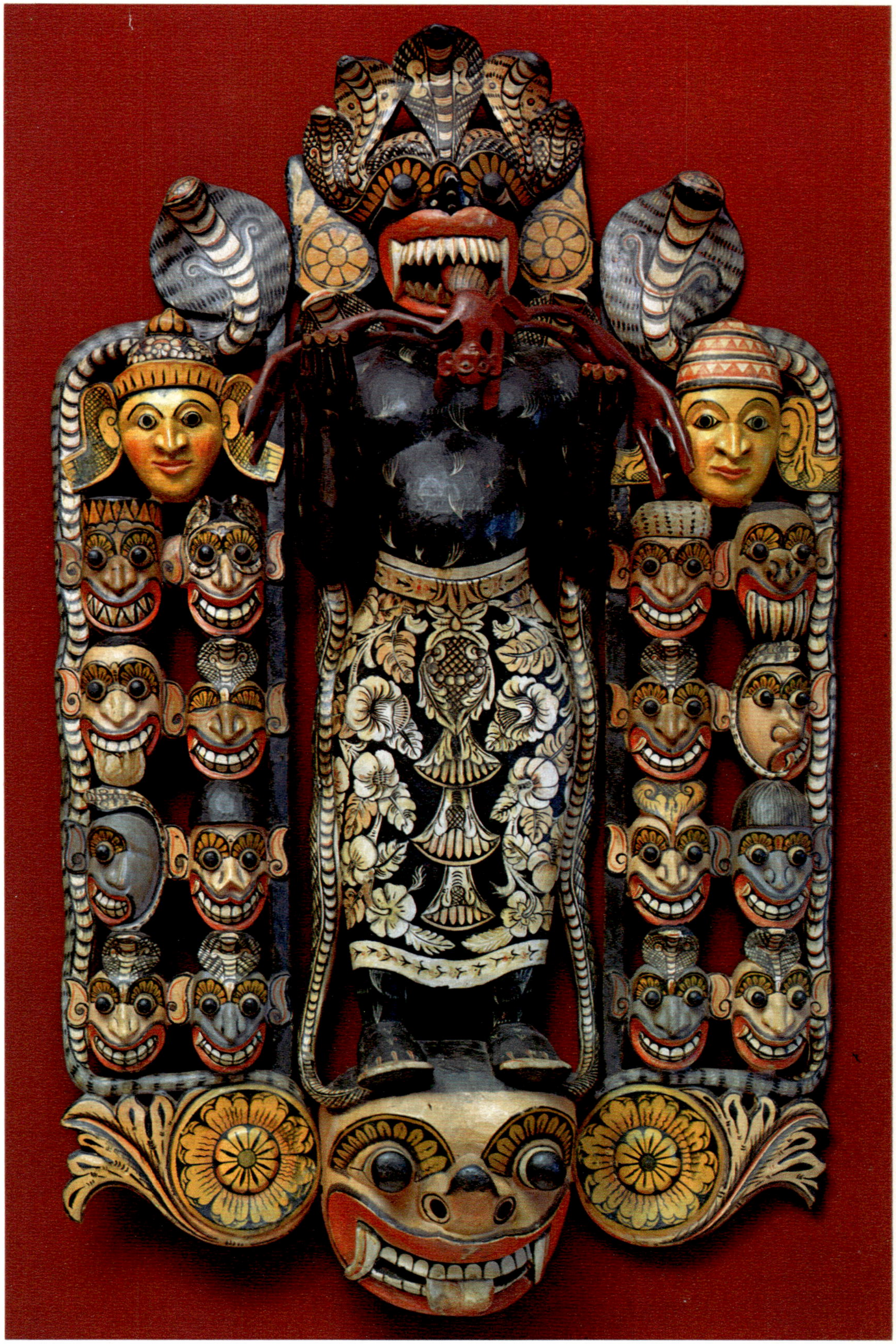

IV/15

Marie-Louise Nabholz-Kartaschoff

# Textilien

## Textiles

## Textiles

## Vorbemerkung

Das Museum für Völkerkunde besitzt heute die grösste Sammlung aussereuropäischer Textilien in der Schweiz. Die Bedeutung seiner Schätze wird weit über unser Land hinaus von der Fachwelt anerkannt. Die umfangreichen Bestände sind aus Mangel an Ausstellungsräumlichkeiten grösstenteils in Depots gelagert, werden jedoch zahlreichen interessierten Forschern, Textilfachleuten und Sammlern wie auch Schulen und Fachgruppen aus dem In- und Ausland im möglichen Rahmen stets zugänglich gemacht. In thematischen Wechselausstellungen konnten grössere Gruppen von Textilien in den letzten Jahren auch einem weiteren Besucherkreis vorgestellt werden.

## Entstehung der Sammlung

Mit wenigen Ausnahmen gelangten Textilien bis ins erste Viertel unseres Jahrhunderts nur vereinzelt oder im Rahmen grösserer ethnographischer Sammlungen und meist eher durch Zufall in den Besitz des Museums. Entstehung und systematischen Aufbau dieser einzigartigen Kollektion verdankt das Museum der langjährigen Tätigkeit seines früheren Leiters und heute weit bekannten Textilforschers Alfred Bühler. Bereits bei seiner Sammel- und Forschungsreise nach den ostindonesischen Inseln Timor, Rote und Flores im Jahre 1935 widmete er sich im Rahmen ergologisch-technologischer Untersuchungen textilen Fragen; 1949 brachte er von seiner Expedition nach Sumba und Bali reiches Material aus dem Bereich des Textilhandwerks zurück (Bühler 1937, 1943, 1951). Seit den vierziger Jahren hat er systematisch eine vergleichende Sammlung aufgebaut. Er dokumentierte und erforschte textile Techniken und begann später, Objekte und Forschungsergebnisse der Öffentlichkeit in Publikationen und Ausstellungen näherzubringen. Sein besonderes Interesse für Textilien hatte der St. Galler Textilfachmann Fritz Iklé-Huber (1877–1946) geweckt, ein leidenschaftlicher Sammler und einzigartiger Kenner textiler Verfahren. Dieser hatte sich während Jahrzehnten besonders mit primären textilen Techniken, d.h. sehr einfachen Methoden der Stoffherstellung, befasst. Sein umfangreiches Material wurde 1946 nach seinem Tode dem Museum übereignet. Es bildete den Grundstock für die vergleichende Textiliensammlung und führte zu den ersten Forschungsarbeiten auf dem Gebiet der Textilsystematik (Oppenheim 1942, Bühler-Oppenheim 1948).
Die Erarbeitung einer Systematik sämtlicher textilen Verfahren wie auch der Aufbau einer breit angelegten vergleichenden Sammlung beruhen letztlich auf der Grundidee, das Material für ethnologische Forschung nach technologischen Kriterien zu verarbeiten. Es gilt,

das Objekt von der technischen Seite, d.h. vom Material und vom genau bekannten Herstellungsverfahren, her zu untersuchen, mit dem Fernziel, aus diesen vergleichenden Analysen Erkenntnisse für die kulturhistorischen Aspekte der Textilforschung zu gewinnen. Aus diesem Grund beschränkt man sich in der Sammeltätigkeit nicht nur auf das fertige Endprodukt, sondern legt auch Gewicht auf die Dokumentation des Herstellungsvorganges durch detailliertes Bildmaterial in Form von Zeichnungen, Fotos und Filmen, durch Rohstoffproben, Geräte und Arbeitsgänge in Form von Halbfertigprodukten, die die verschiedenen Herstellungsphasen eines Textils belegen. Ebenso wird grosser Wert darauf gelegt, ein textiles Thema durch breit angelegtes Vergleichsmaterial zu dokumentieren und nicht nur kostbare Einzelstücke zu bewahren. In diesem Sinne ist auch der folgende Bildteil zu verstehen, der eine Auswahl von fünfzehn Beispielen aus der Stoffsammlung darstellt. Neben wertvollen, einmaligen Zeugnissen (z.B. Tafeln 8, 11, 13) erscheinen auch Textilien, die jeweils für eine grosse Gruppe von Vergleichsbeispielen stehen (z.B. Tafeln 5, 6, 10).

## Überblick über die heutige Sammlung

Ende 1977 umfasste die Sammlung rund 15 500 Textilien im engeren Sinne, d.h. Gewebe, Kleidungsstücke und textile Accessoires. Hinzu kommt eine mindestens ebenso hohe Zahl von Textilien im weiteren Sinne, d.h. Rindenbaststoffe, Filzstoffe, Maschenstoffe, Geflechte und Kettenstoffe, die technisch gesehen Vorstufen zur Weberei darstellen. In dieser Schätzung nicht berücksichtigt sind die zahlreichen Rohstoffproben und angefangenen Arbeiten sowie Textilgeräte, die von einfachsten Hilfsmitteln zur Garnherstellung bis zu kompliziertesten Webgeräten reichen. Auf die verschiedenen Gebiete der Welt verteilen sich die Bestände an Textilien im engeren Sinne grob geschätzt wie folgt:

Vorderer Orient, Persien und Zentralasien: 1000
Indien, Afghanistan und Pakistan: 2000
Südostasiatisches Festland (Thailand, Laos, Burma, Kambodscha, Vietnam usw.): 1000
China und Japan: 3000
Südostasiatischer Archipel (Indonesien, Philippinen, Formosa): 2500
Nord- und Westafrika: 2500
Ägypten, koptische und islamische Textilien: 1200
Nord-, Mittel- und Südamerika: 1500
Arktische Völker: 200
Sammlung Iklé-Huber (vgl. S. 2): 600

Sachbereiche

Aufbauend auf der Sammlung Iklé-Huber sind all die Jahre hindurch mehrere textile Sachbereiche besonders eingehend dokumentiert worden (Bühler/Seiler/Boser/Nabholz 1972):

Fadenbildung

Proben von pflanzlichen, tierischen und auch mineralischen Materialien zeigen, aus welch unendlich breitem Angebot Menschen in den verschiedensten Gebieten der Welt ihre Rohstoffe für die Herstellung von Textilien gewählt haben. Die Beispiele für Fadenbildung reichen von kaum verarbeiteten Stengeln, Blattstreifen, verknüpften Pflanzenfasern bis hin zu gesponnenem, gezwirntem oder sogar verziertem Garn. Geräte für die Bearbeitung des Ausgangsmaterials, wie etwa Wollkarden oder Zupfbogen zum Lockern von Baumwolle, und für die Garnherstellung, wie etwa Spindeln, Spulen und Weifen, vermitteln zusammen mit Fotodokumenten ein lebendiges Bild der verschiedensten Bearbeitungsmethoden (vgl. Foto 1).

Primäre textile Techniken

Zahlenmässig wohl den grössten Teil der Sammlung machen Maschenstoffe und Geflechte aus allen Erdteilen aus. Sie sind Zeugnisse für *primäre textile Techniken,* d.h. Verfahren, für die man gar keine oder nur denkbar einfache Hilfsmittel benötigt. Vom technologischen Gesichtspunkt aus gehen diese Formen der Stoffbildung der Weberei, die viel komplizierterer Geräte mit mechanischer Fachbildung bedarf, voraus. Das bedeutet aber nicht unbedingt, dass sie im Einzelfall historisch älter sind als die Weberei.

Maschenstoffe

Maschenstoffe werden aus einem fortlaufenden, endlichen oder endlosen Faden in Maschenformen gearbeitet. Ihre variationsreichen Herstellungsverfahren sind weit verbreitet und eignen sich vor allem für flexible Stoffe in Form von Netzen, Taschen, Säcken, Hängematten (vgl. Foto 2) und Kleidungsstücken. In der Sammlung sind besonders Maschenstoff-Verfahren in den Kulturräumen Süd- und Mittelamerika (Seiler 1971) sowie Ozeanien hervorragend belegt.

Halbgeflechte und Geflechte

Halbgeflechte und Geflechte entstehen durch Fixieren von zwei oder mehr Fadensystemen. Beim Halbflechten werden passive Elemente mit Hilfe aktiver Elemente durch Binden, Wickeln und andere Methoden fixiert, während man für Geflechte abwechselnd mit beiden Fadensystemen arbeitet. Als Flechtelemente dienen die verschiedensten, meist pflanzlichen Materialien, vom steifen Stengel oder Rohr über flexible Ruten und Blattstreifen bis hin zu dünnem Fasermaterial oder schmalen Flechtbändern für sehr feine Arbeiten. Aus den umfassenden Beständen aus allen Teilen der Welt ragt die Sammlung indonesischer Flechtereien hervor, die neben einfachsten

Gebrauchsobjekten, wie Matten oder Körbe, reich verzierte und auch dreidimensionale Flechtarbeiten mit figürlichem Schmuck umfasst (Müller 1967).

### Höhere textile Techniken

#### Kettenstoffe

Zu den *höheren textilen Techniken* gehört die Gruppe der Kettenstoff-Verfahren, die eine technische Übergangsform zur Weberei darstellt. Für die Herstellung von Kettenstoffen wird ein Fadensystem, die Kette, auf primitiven Rahmen aufgespannt und ohne mechanische Fachbildung mit Einträgen fixiert. In der Sammlung sind diese Methoden durch Textilien verschiedenster Herkunft vertreten. Als Beispiele seien Bänder aus Ozeanien, Indonesien und Südamerika, kunstvolle koptische (vgl. Tafel 1) und altperuanische Wirkereien und Sprangarbeiten aus dem asiatischen und amerikanischen Bereich genannt. Die fertigen Erzeugnisse ergänzt eine Reihe von meist einfachen Hilfsgeräten mit angefangenen Arbeiten.

#### Weberei

Die Dokumentation des weitläufigen und komplizierten Gebiets der Weberei bildet im Rahmen der Textiliensammlung einen bedeutenden Schwerpunkt. Tausende von einfach gemusterten und verzierten Geweben belegen die mannigfaltigen Formen der Weberei auf dem asiatischen Festland (vgl. Tafel 7), in Indonesien, Afrika und Amerika. Vor allem aber dokumentieren Werkzeuge und anderes Zubehör für Vorbereitungsarbeiten und verschiedenste Formen von Webgeräten die technischen Aspekte dieses textilen Bereichs (vgl. Foto 3). Nur einige wenige Beispiele können hier erwähnt werden: Webgitter und Brettchenwebgeräte für die Herstellung von Bändern, horizontale oder schräge Litzenstabgeräte mit Rückengürtel aus Indonesien, Japan, dem südostasiatischen Festland und Amerika, Trittwebstühle und vertikale Webgeräte aus West- und Nordafrika oder besonders interessante Typen wie z. B. der Hanftrittwebstuhl der nordthailändischen Miao (vgl. Tafel 9) oder das Litzenschaft-Webgerät aus dem indischen Gujarat für *patola*-Weberei (vgl. Tafel 6).

#### Stoffverzierung

Die reichsten Bestände besitzt das Museum für Völkerkunde jedoch auf dem mannigfaltigen Gebiet der Stoffverzierung. Unzählige Arbeitsproben und fertige Textilien belegen die verschiedensten Techniken und Formen. Die für den Bildteil ausgewählten Beispiele vermögen die Vielfalt der technischen Verfahren und formalen Gestaltung nur anzudeuten. Grundsätzlich lassen sich zwei verschiedene Gruppen von Methoden unterscheiden: das Anbringen fester Materialien wie Stickerei (vgl. Tafeln 3, 4, 8, 11, 13) oder Applikation (vgl. Tafeln 11, 13) einerseits und das Anbringen flüssiger Materialien wie Malerei oder Druck (vgl. Tafel 2) andererseits. Die zweite Gruppe umfasst auch die variationsreichen Reservemusterungs-Techniken (vgl. Foto 4 und Tafeln 5, 6, 9, 10, 12–15). Dabei wird das flüssige Verzierungsmaterial nicht direkt auf den Stoffgrund aufgetragen, sondern indirekt, indem man bestimmte Stellen des Stoffes oder des noch unverwobenen Garns vor der Färbung schützt, so dass am Schluss das ungefärbte, reservierte Muster ausgespart auf dem gefärbten Grund erscheint. Durch ein- oder mehrmaliges Reservieren und Färben können auf diese Weise vielfältige und komplizierte Muster entstehen. Die wichtigsten und auch kulturhistorisch interessantesten Verfahren sind Batik, Plangi und Ikat (Bühler 1943, 1946, 1972), die in der Sammlung durch Tausende von Beispielen aus dem 18. bis 20. Jahrhundert und auch durch archäologische Funde belegt sind.

Tracht

Besonders hervorzuheben ist schliesslich die Tatsache, dass viele der erwähnten Textilien einzelne Kleidungsstücke oder Bestandteile ganzer Trachten sind, deren systematisches Sammeln und Erforschen ebenfalls gepflegt wird.

Forschungen der ‹Basler Schule›

Aufbauend auf grundlegenden Arbeiten zur Textilsystematik und ersten Untersuchungen in einzelnen regionalen Gebieten und Sachbereichen (Bühler-Oppenheim 1948, Bühler 1943) sind von Museumsmitarbeitern bzw. dem Museum nahestehenden Ethnologen in den letzten zwei Jahrzehnten eine Reihe von Forschungsprojekten durchgeführt worden. Diese Textilforscher der ‹Basler Schule›, die letztlich auf die Lehrtätigkeit von Alfred Bühler an der Universität Basel zurückgeht, stellen in ihren Arbeiten technologische Kriterien in den Vordergrund, wenn sie auch in einigen Fällen weit darüber hinausgehen. Ihre wichtigsten Publikationen sind im Literaturverzeichnis zusammengestellt.
Zum Teil handelt es sich bei diesen Untersuchungen um sorgfältige Analysen von Museumsmaterial, das in einen weiteren kulturhistorischen Kontext gestellt wird. In diesen Rahmen gehören z. B. Arbeiten über primäre Textiltechniken in Ozeanien (Oppenheim 1942) und Ost-Indonesien (Müller 1967), Ikat in Europa (Nabholz 1969), Maschenstoffe in Süd- und Mittelamerika (Seiler 1971), Textilien in Westafrika (Boser 1969, 1972) oder Musterung von Stoffen mit Hilfe von Preßschablonen (Bühler/Fischer 1974).
Die Bedeutung ausführlicher Dokumentation an Ort und Stelle als Basis für wissenschaftliche Untersuchungen und ebensosehr auch für

Ausstellungen kann nicht genügend hervorgehoben werden. Dank der Unterstützung durch das Museum für Völkerkunde und teilweise durch den Schweizerischen Nationalfonds zur Förderung der wissenschaftlichen Forschung konnten in den letzten Jahren mehrere Feldforschungsprojekte durchgeführt werden (vgl. Fotos 1–4). Nur die wichtigsten Arbeiten, die in einzelnen Fällen noch nicht abgeschlossen sind, können hier kurz erwähnt werden: *patola*-Gewebe in Indien (Bühler/Ramseyer 1975, Bühler/Fischer, in Vorbereitung), *geringsing*-Zeremonialtücher in Bali (Bühler/Ramseyer 1975, Ramseyer, in Vorbereitung), Ikat-Technik in Syrien (Moser 1974), Geschichte der traditionellen Weberei und Färberei in Westafrika (Boser 1975, Gardi 1976), Ikat-Weberei in Orissa, Indien (Nabholz/Eschler, in Vorbereitung).

## Ausstellungen

Mit dem allmählichen Ausbau der Textiliensammlung im Verlauf der letzten Jahrzehnte wuchs der Wunsch, die umfangreichen Bestände und die Forschungsergebnisse nicht nur in beschränktem Rahmen der Fachwelt, sondern auch einem breiten Besucherpublikum in geeigneter Form zugänglich zu machen. Aus Mangel an geeigneten Möglichkeiten im Museum selber fanden die ersten Textilausstellungen in Zusammenarbeit mit dem Gewerbemuseum in den dortigen Räumen statt: ‹Batik und Ikat› (1924), ‹Flechtarbeiten› (1925), ‹Primäre textile Techniken› (1935), ‹Indonesische Gewebe› (1947).

Nachdem in den fünfziger Jahren im Hinblick auf vermehrte Öffentlichkeitsarbeit Teile der permanenten Ausstellung im Museum für Völkerkunde in Wechselausstellungsräume umgewandelt worden waren, konnten auch dort einzelne textile Themen in das vielseitige Ausstellungsprogramm aufgenommen werden: ‹Primitive Stoffmusterungen› (1953), ‹Stickerei und Applikation› (1960/61), ‹Japanische Reservemusterungs-Verfahren› im Rahmen der Ausstellung ‹Formosa–Japan› (1962).

Der eigentliche Durchbruch erfolgte jedoch erst 1967 mit der Eröffnung eines grossen, vorwiegend für Textilien reservierten Schauraums. Als Einführung wurde gleichzeitig eine kleine permanente Übersicht über die wichtigsten Textiltechniken mit didaktischen Modellen, Fotos, originalen Stoffen und Geräten eingerichtet, die im wesentlichen auf der bereits erwähnten und in der Zwischenzeit neu überarbeiteten Systematik der textilen Techniken (Seiler 1973) beruht. Im Verlauf der letzten zehn Jahre wurden in umfassenden Wechselausstellungen folgende Themen behandelt:

Ikatgewebe aus Indonesien (1967)
Orientalische Stickereien (Boser/Müller 1968)
Plangi (Nabholz 1969)
Batik (Nabholz 1970/71)
Textilhandwerk in Westafrika (Boser 1972/73)
American Patchwork Quilts (Young 1974)
*patola-* und *geringsing* – Zeremonialtücher aus Indien und Indonesien (Bühler/Ramseyer 1975–1977)

Alle diese von einem vielschichtigen und von Jahr zu Jahr anwachsenden Publikum besuchten Textilschauen konnten fast ausschliesslich aus eigenen Beständen zusammengestellt werden. Stets wurde versucht, den Besuchern die ausgestellten Textilien nicht einfach als bewundernswerte kunsthandwerkliche Leistungen, aber letztlich fremdartige und nur schwer verständliche Objekte vorzustellen. Mit Hilfe von Fotos, Zeichnungen, Modellen, Arbeitsgeräten und Texten wurden neben der Herstellung dieser Textilien auch ihre Bedeutung und ihre Rolle in der jeweiligen Kultur ausführlich dargestellt. Es gelang auf diese Weise, im Betrachter besseres Verständnis für ihm unbekannte materielle Zeugnisse und Techniken zu wecken und ihm tieferen Einblick in fremdartige Lebensformen zu gewähren.

In diesem Sinne sind auch die jeweils zum Thema erschienenen Begleitveröffentlichungen konzipiert, die über die Ausstellungen hinaus als Informationsquellen bleibenden Wert behalten sollten. Daneben versuchten die Mitarbeiter des Museums, nach Möglichkeit ihre Kenntnisse durch Führungen, Vorträge und Kurse, auch ausserhalb der eigentlichen Ausstellungsthemen, interessierten Besuchergruppen, Fachleuten, Kindern, Schülern und Studenten zu vermitteln.

## Atelier für Textilrestauration

Textilien sind ganz besonders heikle Objekte, bestehen sie doch aus naturgemäss schnell vergänglichem, pflanzlichem oder tierischem Fasermaterial. Auch handelt es sich dabei meist um Gebrauchsgegenstände, wie etwa Kleidungsstücke, die oft starke Abnützungserscheinungen aufweisen, oder um Funde aus archäologischen Grabungen. Sollen diese wertvollen Zeugnisse für die Zukunft erhalten bleiben, so müssen sie besonders sorgfältig aufbewahrt und konserviert werden. Aus diesem Grund hat man 1971 am Museum für Völkerkunde ein Textil-Atelier eingerichtet, das von zwei ausgebildeten Textil-Restauratorinnen in Halbtagsarbeit betreut wird.

Bisher haben sie grosse Teile der Sammlung koptischer (vgl. Tafel 1), frühislamischer und altperuanischer Textilfragmente sowie fast alle vorhandenen Doppelikat-Tücher aus Indien (vgl. Tafel 6) und Bali kunstgerecht gewaschen und restauriert. Ferner gehören zu ihren Aufgaben die Aufbereitung von Stoffen für Publikationen und Ausstellungen, die Herstellung von textiltechnischen Arbeitsmodellen, die regelmässige Kontrolle der Textildepots und vor allem die aktive Mitarbeit am Aufbau von Textilausstellungen, die ganz besonderer Sorgfalt bedürfen. Im Rahmen der Öffentlichkeitsarbeit fanden ihre Einführungen in verschiedene textile Themen, wie z.B. Brettchenweberei, Flechten von Bändern usw., bei Erwachsenen und Kindern stets grossen Anklang.

Dokumentationsmittel

Objektinventar

Sämtliche Objekte der Textiliensammlung sind einzeln ausführlich inventarisiert und dokumentiert und zusätzlich in einem Sachkatalog nach Technik, Funktion und geographischer Herkunft erfasst.

Bibliothek

Der Beschaffung von Büchern und Zeitschriftenartikeln zu textilkundlichen Fragen als Basis für Forschung und Öffentlichkeitsarbeit wird seit Jahrzehnten besonderes Augenmerk geschenkt. Eine von Alfred Bühler geschenkte und laufend erweiterte Textilhandbibliothek ergänzt die Bestände in der Hauptbibliothek des Museums. Gesamthaft beläuft sich die Zahl der Titel, die in einem dreifachen Katalog nach Autor, Sachbereich und Herkunft erschlossen sind, auf mehrere Tausende.

Bildarchiv

Als weitere Informationsquelle steht das Bildarchiv zur Verfügung. Neben einer nicht genau abschätzbaren grossen Zahl von Schwarzweissbildern im zentralen Fotoarchiv des Museums wurde eine Sammlung von rund 10000 Diapositiven mit Reproduktionen aus Publikationen, Bildern von Museumsobjekten und vor allem Feldaufnahmen von Expeditionen verschiedener Mitarbeiter zu textilen Themen aufgebaut. Leider fehlte es bis heute an Mitteln, um auch nur Teile dieses interessanten Bildmaterials in Form von käuflichen Diapositiv- oder Postkartenserien einem weiteren Publikum zugänglich zu machen.

Filme

Abschliessend bleibt zu erwähnen, dass dem Film als unmittelbarstem und ausführlichstem Dokumentationsmedium für handwerkliche Prozesse und Gebrauch von Textilien im Rahmen von Forschung und Ausstellungstätigkeit besondere Bedeutung zukommt. So entstanden in der ostperuanischen Montaña Filme über Garnherstellung, Netzknüpfen und Flechten bei den Matsigenka (1968 und 1969, Autor: G. Baer), im Sepik-Gebiet von Neuguinea Filme über Tragtaschen in Maschenstofftechnik bei den Kwoma (1972/73, Autor: C. Kaufmann) und über Gewinnung und Färben von Rindenbast- und Palmbaststreifen sowie Knüpfen und Flechten bei den Iatmul (1966, Autoren: M. und G. Schuster). Den Höhepunkt dieser einstweilen noch bescheidenen Produktion stellt ohne Zweifel der dreistündige Farbfilm über *geringsing*-Gewebe in Bali dar, der bis ins letzte Detail die langwierige und komplizierte Herstellung dieser Zeremonialtücher in Doppelikat-Technik (vgl. Foto 4) dokumentiert (1972/73, Autoren: U. und N. Ramseyer, Kamera: P. Horner). Alle diese Filme wurden im Institut für den Wissenschaftlichen Film Göttingen, Encyclopaedia Cinematographica, herausgegeben.

Mensch und Textilien

In unserer westlichen Welt bedeuten heute Textilien kaum mehr als kurzlebige und von der rasch wechselnden Mode geprägte Verbrauchsartikel und Prestigezeichen. Mit wenigen Ausnahmen fehlen uns zu diesen meist industriell gefertigten und damit anonymen, durch Kauf erworbenen Gegenständen über ihren praktischen und ökonomischen Wert hinaus tiefere, persönliche Bindungen.

Verwendung von Textilien

Ganz anderer Art jedoch sind in vielen traditionellen Kulturen ausserhalb der westlichen Zivilisation die Beziehungen von Herstellern und Benützern zu ihren Textilien. Auch dort gehören diese in der Hauptsache zu den täglichen Gebrauchsobjekten, insbesondere wenn sie Bestandteil der Kleidung bilden. Sie erfüllen aber in viel stärkerem Masse als bei uns die Funktion von Abzeichen: sie definieren ihren Träger als Individuum in einer bestimmten Stellung oder Situation oder als Zugehörigen zu einer sozialen oder geographisch-kulturellen Gruppe.

So charakterisierte im alten China bei offiziellen Anlässen ein Drachengewand (vgl. Tafel 11) einen hohen Beamten, so erkennt man eine Frau in Nord-Vietnam an ihrem typischen Batikrock (vgl. Tafel 9) als Angehörige eines Miao-Stammes, eine andere in Persien an ihrem besonders gestickten Schultertuch (vgl. Tafel 3) als Anhängerin der religiösen Gruppe der Zoroastrier. Viel stärker wird auch der schmückende Wert von Textilien empfunden, sei es als Teil der Tracht, sei es als Dekoration von Räumen (vgl. Tafel 2) oder besonderen Gegenständen, wie z.B. Hochzeits- und Opfergaben (vgl. Tafel 8).

Magisch-religiöse Kraft

Vor allem aber spielen Textilien eine wichtige Rolle bei profanen und religiösen Festlichkeiten und Zeremonien. Häufig wird dabei bestimmten Formen eine besondere magisch-religiöse Kraft zugeschrieben, die sich im Zusammenhang mit Riten bei Hochzeiten, Totenfeierlichkeiten, Krankheitsheilungen und Opferhandlungen auf die Beteiligten positiv auswirkt (vgl. Tafeln 6, 8, 10, 14). So widerspiegeln sich in diesen lebendigen Zeugnissen kulturelle Verhaltensweisen, umgesetzt in sichtbare Formen, die über Generationen hinweg für alle Angehörigen einer bestimmten Gruppe vertraute und verständliche Symbole ihrer Zusammengehörigkeit darstellen.

## Tradition und Veränderung

Erkennt man diese enge Beziehung von Mensch zum Objekt, so versteht man auch, warum sich in diesen Textilien so viel schöpferische Kraft ausdrückt und warum in ihre Herstellung oft so unwahrscheinlich viel handwerkliches Können, Geduld und Zeit investiert werden.

In vielen Teilen der Welt ist die Erzeugung traditioneller Textilien als Folge von allgemeinen kulturellen Veränderungen verlorengegangen oder doch zum mindesten vom Untergang bedroht. Um so mehr gehört es heute zu den dringenden Aufgaben eines völkerkundlichen Museums, diese kulturellen Zeugnisse und das Wissen um ihre Herstellung und Bedeutung für die Zukunft zu erhalten.

# Textiles

Le Musée d'Ethnographie de Bâle possède aujourd'hui la collection de textiles extra-européens la plus importante de Suisse dont la renommée est mondiale parmi les spécialistes aussi bien qu'auprès du public. C'est à Alfred Bühler, l'éminent spécialiste de la recherche textile et ancien directeur du musée, que revient le mérite de l'avoir fondée et systématiquement enrichie au cours des ans. Son œuvre aujourd'hui est poursuivie par plusieurs collaborateurs du musée. Le désir de permettre une recherche comparative dans le domaine de l'histoire culturelle impliqua dès le début une intensification de l'aspect technologique visant à établir une documentation la plus complète possible à l'aide de matières premières, d'outils, de spécimens montrant les différentes phases d'un procédé ainsi qu'en général de documents photo- et cinématographiés. A la fin de l'année 1977, le musée disposait environ de 15 500 textiles proprement dits et à peu près de la même quantité de textiles primaires, sans oublier les documents complémentaires que nous venons de citer. Les aspects ‹matières premières et obtention du fil›, ‹techniques primaires›, ‹tissage› et ‹techniques ornementales› sont particulièrement bien documentés (Bühler/Seiler/Boser/Nabholz 1972). D'autre part les nombreux tissus décorés par application de réserves constituent une part essentielle de notre collection.

Parmi les ethnologues de ‹l'école bâloise› concernés par la recherche textile, plusieurs ont entrepris des études importantes au cours d'enquêtes effectuées en Indonésie, en Inde, en Afrique occidentale et en Amérique, mais également sur le matériel du musée. C'est ainsi que l'on vit ces dernières années une activité accrue visant à communiquer au public les résultats de ces enquêtes et à mieux faire connaître la collection textile par des expositions accompagnées d'introductions, de conférences, de cours didactiques, etc. La documentation permanente donnant un aperçu des différentes techniques textiles ainsi que les publications issues à l'occasion des nombreuses expositions temporaires, ont suscité un intérêt accru pour de nombreuses formes de l'artisanat textile en activant par ailleurs la compréhension du public pour des modes de vie différents au notre. Depuis 1971, le musée dispose de deux restauratrices dont la tâche est de conserver nos textiles, de participer à l'élaboration des expositions et d'organiser des cours d'introduction technique. En dehors de la documentation spécifique accompagnant chaque objet, le musée tient à la disposition des chercheurs et du public plusieurs milliers de publications, des archives photographiques et plusieurs films tournés par ses collaborateurs concernant des procédés techniques variés.

# Textiles

The Basle Museum of Ethnography has the largest collection of non-European textiles in Switzerland, a collection that has won the recognition and admiration of both the general public and scholars all over the world. It owes its creation and systematic development to its former director, the well-known textile scholar Alfred Bühler. Today the work begun by him is being carried on by several members of the museum staff. The collection is built up on comparative cultural-historical research and based on the idea that textiles should be thoroughly documented on the technical side, which means collecting specimens of raw materials, equipment, examples of processes and corresponding illustrative material as well. At the end of 1977 the inventory included approximately 15,500 textiles in the restricted sense plus at least as many primary textiles. In addition there are innumerable specimens of fabrics, unfinished pieces and equipment. The fields of 'raw materials and yarn production', 'primary textile techniques', 'weaving' and 'decoration of fabrics' are particularly well documented (Bühler/Seiler/Boser/Nabholz 1972). One of the centres of interest is the large assemblage of resist-patterned textiles.

Various textile experts of the so-called 'Basle school' have carried out major studies in museums as well as doing field research in Indonesia, India, West Africa and the Americas. The desire to make the wealth of collected material accessible to the public has led to great activity in the sphere of exhibitions, with guided tours, lectures, courses, etc. Since 1967 a permanent survey of textile techniques with accompanying publications and very informative temporary exhibitions have awakened understanding in an ever-growing number of museum-goers for unfamiliar forms of the textile craft and ways of life. Since 1971 two textile conservators have been engaged in the work of preserving textiles, helping to arrange exhibitions and organizing introductions to textile techniques. Apart from documentation pertaining to individual objects, the museum has at its disposal several thousand books and articles, comprehensive photo archives and films on methods of textile production made by several members of the museum's staff as a basis for textile research and work in the public interest.

| | **Zeichnungen zu den Farbtafeln** | **Dessins se référant aux planches en couleur** | **Drawings to the colour plates** |
|---|---|---|---|
| 1 | Schematische Darstellung einer koptischen Kindertunika (Inv.-Nr. III 11938, vgl. Tafel 1). | Schéma d'une tunique copte pour enfants (No d'inv. III 11938). Partie ornementale: tapisserie (cf. pl. 1). | Diagram of a Coptic child's tunic (Inv. No. III 11938, cf. Plate 1). |
| 2 | Holzdruckblock für *qalamkār*-Stoffe. Persien, Isfahan (Inv.-Nr. IIe 2009, vgl. Tafel 2). | Bloc à imprimer en bois utilisé pour les étoffes *qalamkār*. Perse, Isfahan (No d'inv. IIe 2009, cf. pl. 2). | Wooden printing block for *qalamkār* fabrics. Persia, Isfahan (Inv. No. IIe 2009, cf. Plate 2). |
| 3 | Stickstiche auf einem persischen Frauentuch (vgl. Tafel 3). Links: Stiel- und Schrägstich; rechts: Chevronwinkelstich und Viereckstich. | Points exécutés sur une broderie persane réservée aus femmes (cf. pl. 3). A gauche: point de tige et point diagonal; à droite: point de chevron. | Stitches used in embroidering a Persian woman's cloth (cf. Plate 3). Left: stem stitch and diagonal stitch; right: chevron stitch and square stitch. |
| 4 | Rückenansicht eines Tekke-Turkmenen-Umhangs. Tafel 4 zeigt die Partie zwischen den Schulterblättern. | Dos d'une cape tekké-turkmène. Le détail de la pl. 4 montre la partie située entre les omoplates. | Back view of a Tekke-Turcoman robe. Plate 4 shows the section between the shoulder blades. |
| 5 | Schema *plangi*-Technik (vgl. Tafel 5). Links: köpfchenförmig abgebundene Stoffpartie; rechts: fertiger Stoff. | Schéma illustrant la technique du *plangi* (cf. pl. 5). A gauche: les ligatures avant la teinture; à droite: le tissu terminé. | Diagram of *plangi* technique (cf. Plate 5). Left: section of fabric pulled up and wrapped; right: finished fabric. |
| 6 | Kashmir-Shawl-Weber (vgl. Tafel 7). Nach einer Zeichnung aus einem Manuskript über Handel und Handwerk in Kashmir, Mitte 19. Jahrhundert (Irwin 1973, Abb. 3). | Tisserand du Cachemire (cf. pl. 7), selon un dessin tiré d'un manuscrit traitant du commerce et de l'artisanat au Cachemire au milieu du XIXe siècle (Irwin 1973, ill. 3). | Kashmir shawl weaver (cf. Plate 7). After a drawing from a manuscript on trade and handicrafts in Kashmir, mid-19th century (Irwin 1973, Ill. 3). |
| 7 | Stickstiche auf einem indischen *Chamba rumal* (vgl. Tafel 8). Links: Kettenstich; rechts: verdeckende Spannstiche. | Points appliqués sur une broderie indienne (cf. pl. 8). A gauche: point de chaînette; à droite: point tendu. | Stitches used in embroidering an Indian *Chamba rumal* (cf. Plate 8). Left: chain stitch; right: alternate running stitches. |
| 8 | Frau und Mädchen der H'moong Nijua (‹Blauen Miao›) in Nord-Thailand mit gebatikten Röcken (vgl. Tafel 9). | Femme et jeune fille des H'moong Nijua (‹Méos bleus›) dans le nord de la Thaïlande, portant des jupes batikées (cf. pl. 9). | Woman and girl of the H'moong Nijua ('Blue Miao') in northern Thailand with batik skirts (cf. Plate 9). |
| 9 | Rückenansicht eines chinesischen Drachengewands (vgl. Tafel 11). Die doppelte Ärmelform entspricht nicht dem traditionellen chinesischen Schnitt. | Dos d'une robe à dragons chinoise (cf. pl. 11). Les doubles manches ne correspondent pas au modèle traditionnel. | Back view of a Chinese dragon robe (cf. Plate 11). The double sleeve does not correspond to the traditional Chinese style. |
| 10 | Schema *mokume shibori*-Technik (vgl. Tafel 12). Vor dem Blaufärben wurde der doppelt gelegte Stoff in halbkreisförmigen Linien mit Vorstichen durchnäht und auf den Fäden dicht zusammengezogen. | Schéma illustrant le procédé *mokume shibori* (cf. pl. 12). Avant la teinture au bleu, on pliait le tissu en deux et apportait des coutures semi-circulaires au point devant à l'aide desquelles on fronçait le tissu. | Diagram of the *mokume shibori* technique (cf. Plate 12). Before blue dyeing, the fabric was folded over once, then stitched through with running stitches forming semi-circular lines and finally drawn together by the threads. |
| 11 | Japanischer Kimono der frühen Edo-Zeit (nach Minnich 1963, Abb. 82). Das auf Tafel 13 abgebildete Fragment stammt von einem ähnlichen Stück. | Kimono japonais datant du début de la période d'Edo (selon Minnich 1963, ill. 82). Le fragment reproduit à la pl. 13 provient d'une pièce analogue. | Japanese kimono from the early Edo period (after Minnich, Fig. 82). The fragment shown in Plate 13 is from a similar piece. |
| 12 | Schema Kettikat (vgl. Tafel 14). Links: gebündeltes und mit Fadenumwicklungen reserviertes Kettgarn; Mitte: Bündel nach der Färbung; rechts: fertig gemustertes Garn vor dem Weben. | Schéma illustrant l'application d'ikat sur la chaîne (cf. pl. 14). A gauche: les fils de chaîne regroupés en faisceaux et ligaturés; au milieu: les faisceaux après la teinture; à droite: les fils de chaîne prêts à être tissés montrant les motifs définitifs. | Diagram of warp ikat (cf. Plate 14). Left: warp yarn bundled and wrapped with thread; centre: bundles after dyeing; right: patterned yarn before weaving. |
| 13 | Javanische Zeichengeräte aus Kupferblech und Bambus zum Auftragen von Wachs für Batik *(tjanting)* mit einem bzw. drei Ausgüssen für einfache und mehrfache Linien; beim oberen *tjanting* fehlt der Bambusgriff (Inv.-Nrn. IIc 15169 und 14983). | Plumes-réservoir javanaises en cuivre et en bambou *(tjanting)* utilisées pour l'application de la cire lors du batik, à un et à trois becs, pour une ligne simple ou triple. Le *tjanting* du haut n'a plus son manche en bambou (Nos d'inv. IIc 15169 et 14983). | Javanese drawing instruments *(tjanting)* made of sheet copper and bamboo and used to apply wax for batik, with one and three spouts respectively for single and multiple lines. The handle is missing on the upper *tjanting* (Inv. Nos. IIc 15169 and 14983). |

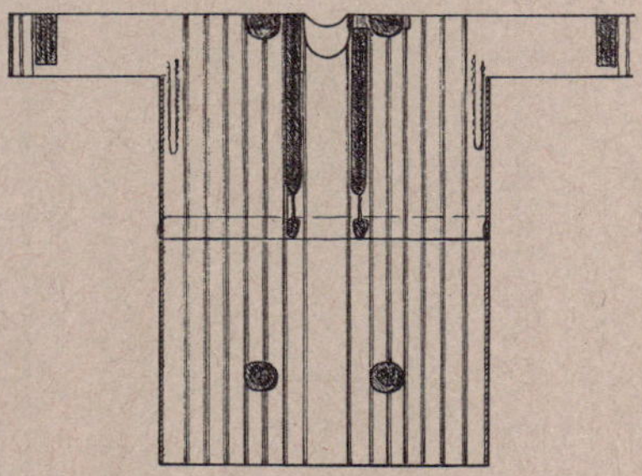
1

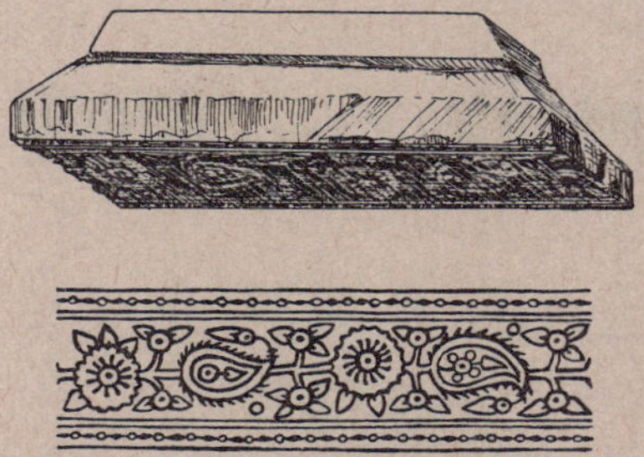
2

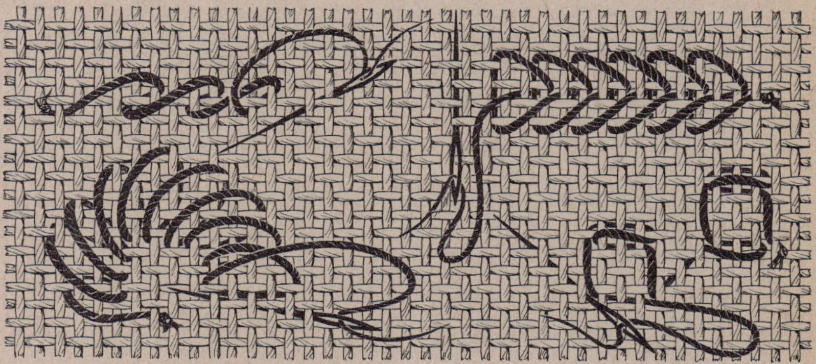
3

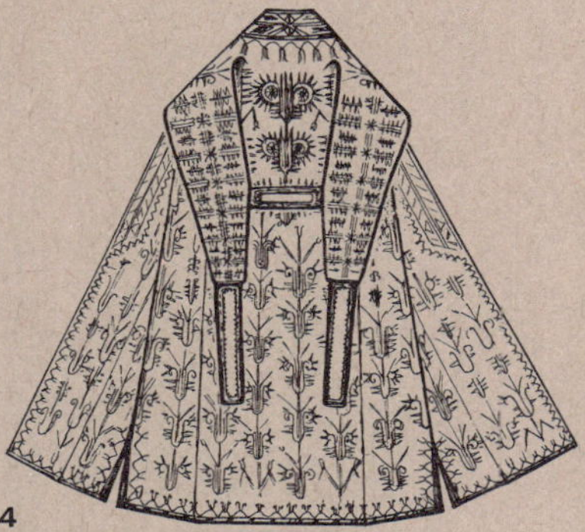
4

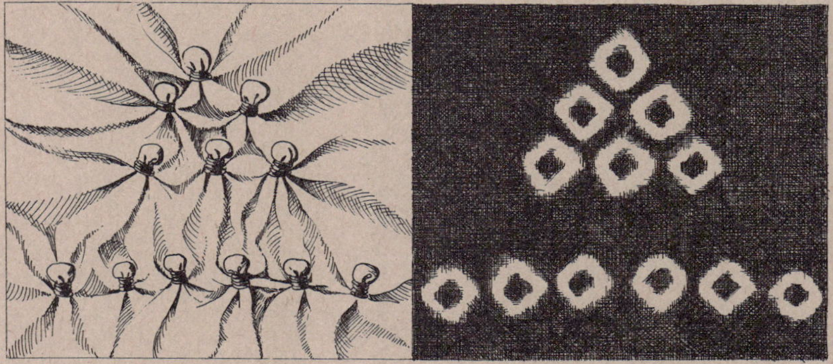
5

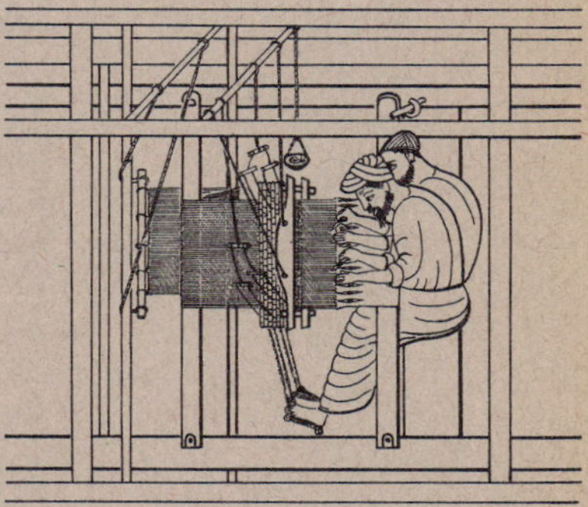
6

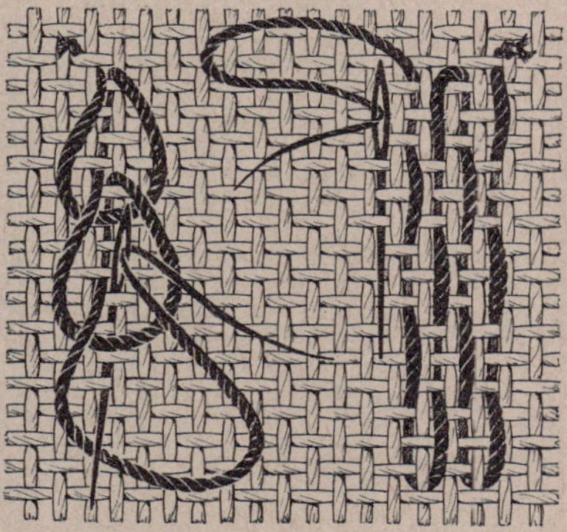
7

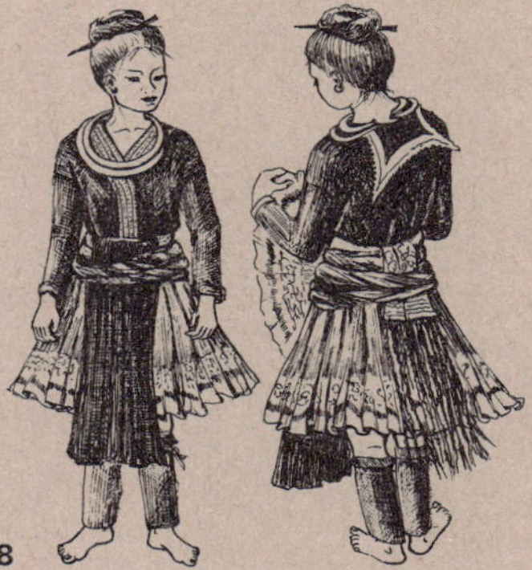
8

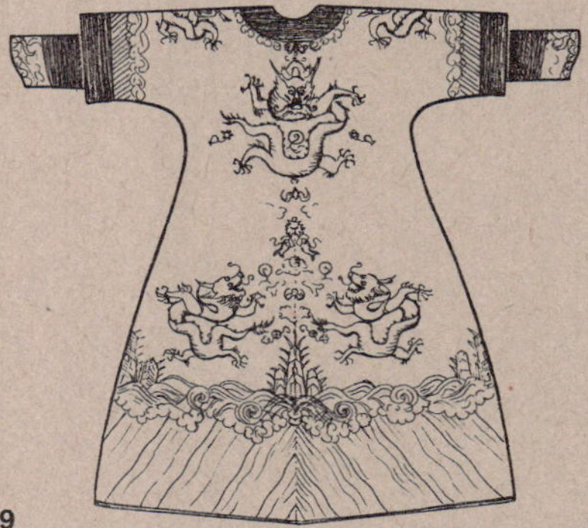
9

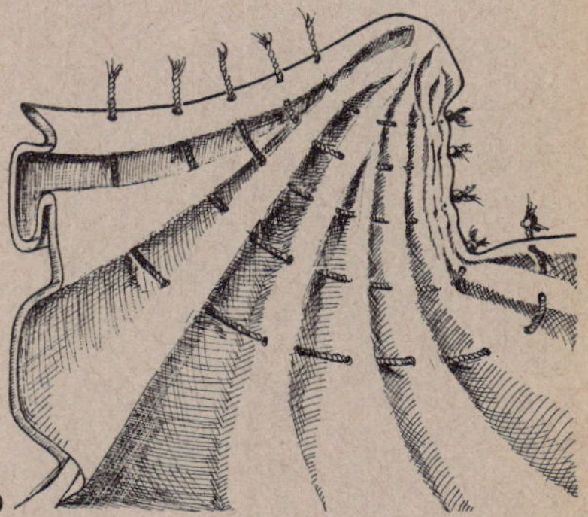
10

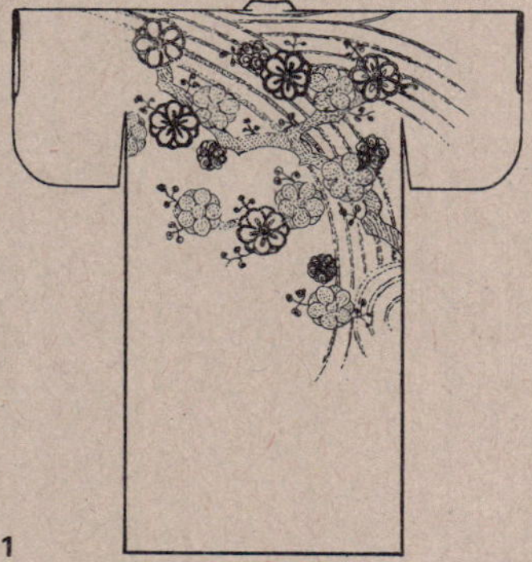
11

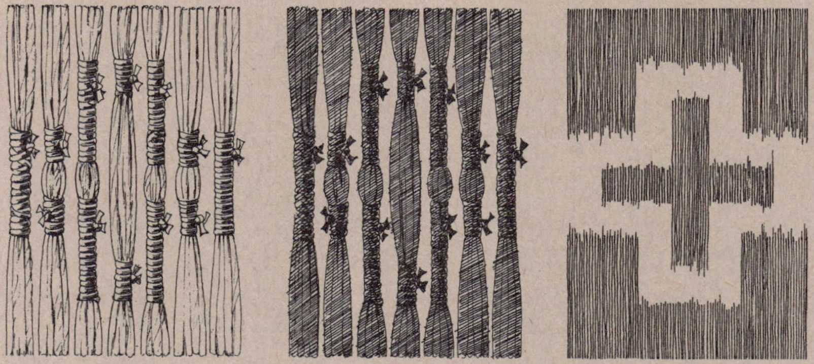
12

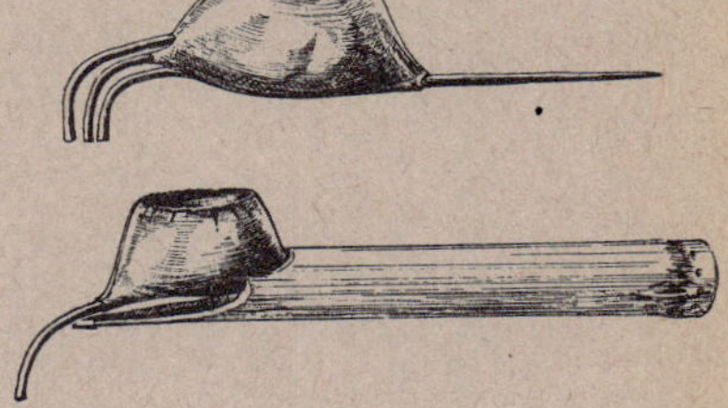
13

## Textiles Handwerk

Mit diesen Fotos sei jener unbekannten Menschen gedacht, die mit ästhetischem Empfinden, generationenlanger Erfahrung, handwerklichem Geschick und unendlicher Geduld die anschliessend abgebildeten Textilien geschaffen haben. Gleichzeitig stellen diese Aufnahmen die wesentlichen Sachbereiche der Sammlung sowie einige neuere Feldforschungsprojekte von Museumsmitarbeitern vor, die dank der Unterstützung des Schweizerischen Nationalfonds durchgeführt werden konnten.

1 Auf einem Ziegenfell sitzende Peul-Frau (Niafounké, Nigerbogen, Mali) beim Spinnen mit Hilfe einer Standspindel (vgl. S. 216). Im Vordergrund Korb mit gekrempelter Baumwolle und gesponnenem Fadenmaterial. Fotografiert im Verlauf einer umfassenden Untersuchung über traditionelles Textilhandwerk in Westafrika (R. Boser und B. Gardi 1973–1975).

2 Junge Yagua-Frau (oberer Rio Atacuari, Loreto, Peru) beim Herstellen einer Maschenstoff-Hängematte aus Chambira-Palmfasern (*Astrocaryum* sp.). Die Maschen werden mit fortlaufendem Faden durch Einhängen mit Überspringen von vier Reihen gebildet (vgl. S. 216). Die Aufnahme entstand bei einer Feldforschung in Nordwest-Amazonien (A. Seiler 1976/77).

3 Kosta-Weber im Dorf Barpali (Orissa, Indien). Die Kostas stellen auf einfachen Grubenwebstühlen (vgl. S. 217) Männertücher aus feiner handgesponnener Wildseide her, die bei Festlichkeiten über der Schulter getragen werden. Im Zusammenhang mit einem grossen Projekt über indische Textilien wurde das Weberhandwerk in Orissa untersucht (M. L. Nabholz und E. Eschler 1975).

4 Herstellung eines *geringsing*-Gewebes. In Doppelikat-Technik (vgl. S. 218 und Tafel 6) gefärbtes Kettgarn wird dem Muster entsprechend geordnet. Aufgenommen bei Studien zur Kultur des ostbalinesischen Dorfes Tenganan Pageringsingan, in deren Zentrum auch die Erforschung von Herstellung und Gebrauch dieser Zeremonialtücher stand (U. und N. Ramseyer, Foto B. Waldis 1972/73).

## Artisanat textile

Avec ces photos nous tenons à exprimer notre admiration pour tous les artisans restés anonymes qui, avec l'aide d'une expérience vieille de plusieurs générations et d'un profond sens artistique s'accompagnant d'une grande habileté ainsi que d'une patience illimitée, ont créé les tissus reproduits dans ce livre. Avec ces images nous voulons d'autre part présenter les principaux domaines de notre collection tout en évoquant quelques missions de recherche entreprises par des collaborateurs du musée grâce au Fond national suisse de la recherche scientifique.

1 Jeune femme peul (Niafounké, boucle du Niger, Mali) assise sur une peau de chèvre en train de filer du coton selon une technique nommée ‹à fuseau appuyé› (cf. p. 216). Au premier plan, un panier contenant du coton cardé et du fil déjà filé. Photo prise au cours d'une mission en Afrique occidentale consacrée à l'étude de l'artisanat textile traditionnel (R. Boser et B. Gardi, 1973–1975).

2 Jeune femme yagua (cours supérieur du Rio Atacuari, Loreto, Pérou) en train de confectionner un hamac en fibres de palmier (chambira, *Astrocaryum* sp.) Les mailles le constituant s'obtiennent en travaillant avec un fil continu (cf. p. 216). La photo reproduite a été prise au cours d'une mission de A. Seiler-Baldinger dans le nord-ouest de l'Amazonie, en 1976/77.

3 Tisserand kosta du village de Barpali (Orissa, Inde). Sur de simples métiers à fosse (cf. p. 217), les Kosta tissent des étoffes en soie sauvage filée main que les hommes portent sur l'épaule à l'occasion de festivités. Les tisserands d'Orissa ont fait l'objet d'une enquête dans le cadre d'un projet plus vaste consacré aux textiles indiens (mission M. L. Nabholz et E. Eschler 1975).

4 Confection d'un tissu *geringsing* en double ikat (cf. p. 218 et pl. 6). Après avoir été teinte la chaîne est disposée en fonction des motifs. Cette photo a été prise dans le cadre d'une mission consacrée à l'étude de l'ancienne culture indonésienne dans le village de Tenganan Pageringsingan comportant entre autres la fabrication et l'utilisation de ces tissus rituels (mission U. et N. Ramseyer, photo B. Waldis 1972/73).

## Textile Craft

These photographs are dedicated to the people who, with aesthetic sensitivity, generations of experience, manual skill and infinite patience, produced the textiles pictured below. They also serve as an introduction to the most important parts of the collection as well as to some of the more recent field research projects members of the museum staff have been able to carry out thanks to the support of the Swiss National Science Foundation.

1 Peul woman (Niafounké, Niger Bend, Mali) sitting on a goat-skin, spinning with the help of a standing spindle (cf. p. 216). In the foreground a basket containing carded cotton and spun thread. Photographed during a comprehensive study of West Africa's traditional textile craft (R. Boser and B. Gardi 1973–1975).

2 Young Yagua woman (upper Rio Atacuari, Loreto, Peru) making a meshwork hammock out of Chambira-palm fibres (*Astrocaryum* sp.). The meshes are formed by linking one continuous thread, overtaking four rows (cf. p. 216). The photograph was taken during field-work in the Northwest Amazon (A. Seiler 1976/77).

3 Kosta weaver in the village of Barpali (Orissa, India). The Kostas use simple pit looms (cf. p. 217) to produce men's cloths of fine, hand-spun, wild silk, which are worn over the shoulder on festive occasions. The weaver's craft in Orissa was studied in connection with a major project on Indian textiles (M. L. Nabholz and E. Eschler 1975).

4 Production of a *geringsing* fabric. Warp thread dyed using double ikat technique (cf. p. 218 and Plate 6) is arranged according to a pattern. Photographed during studies of the culture of the East Balinese village of Tenganan Pageringsingan, one of the main topics of study being the production and use of these ceremonial cloths (U. and N. Ramseyer, photograph B. Waldis 1972/73).

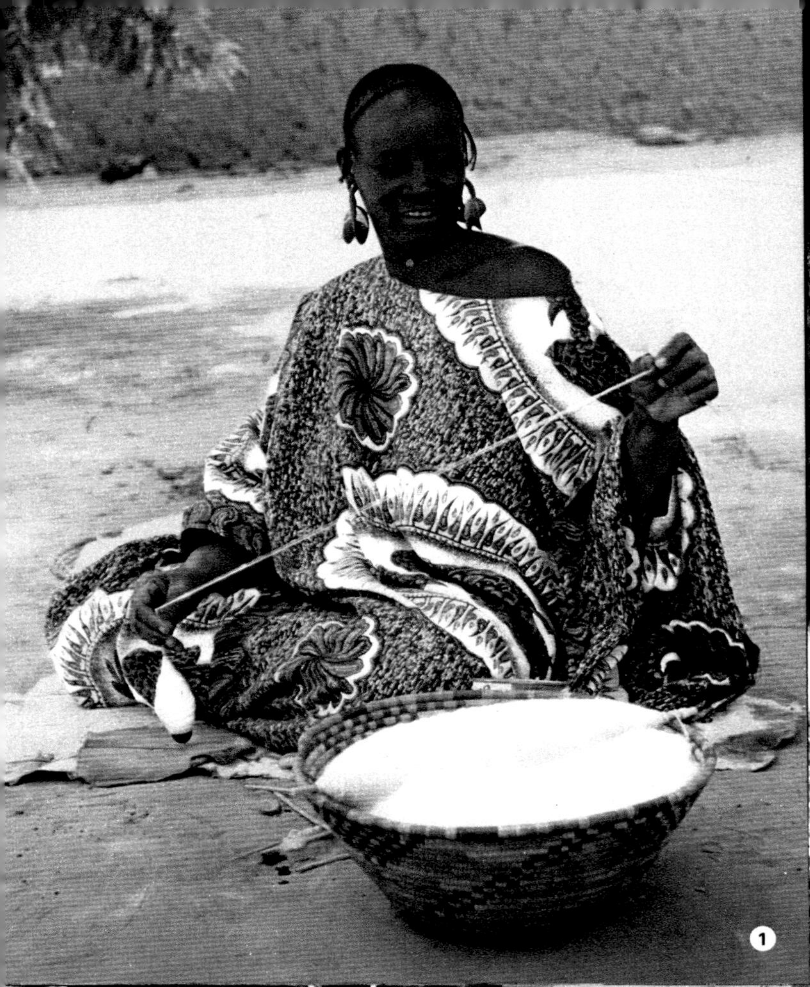

1

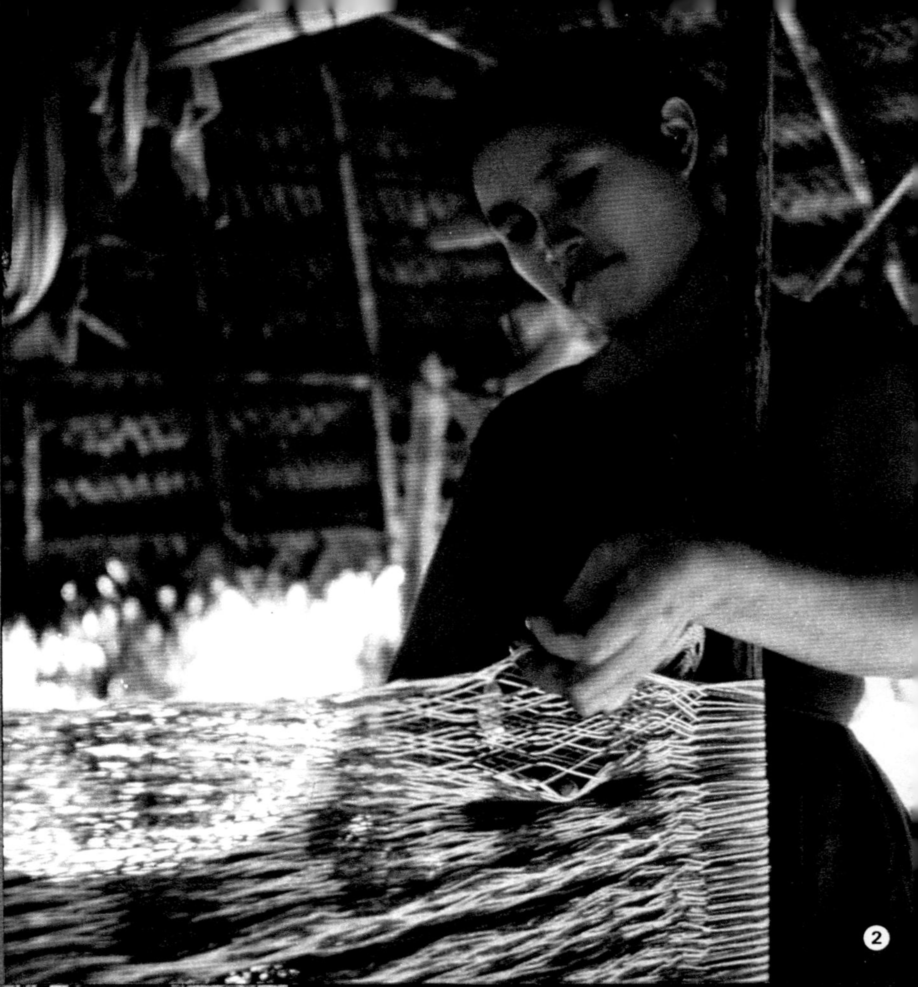

2

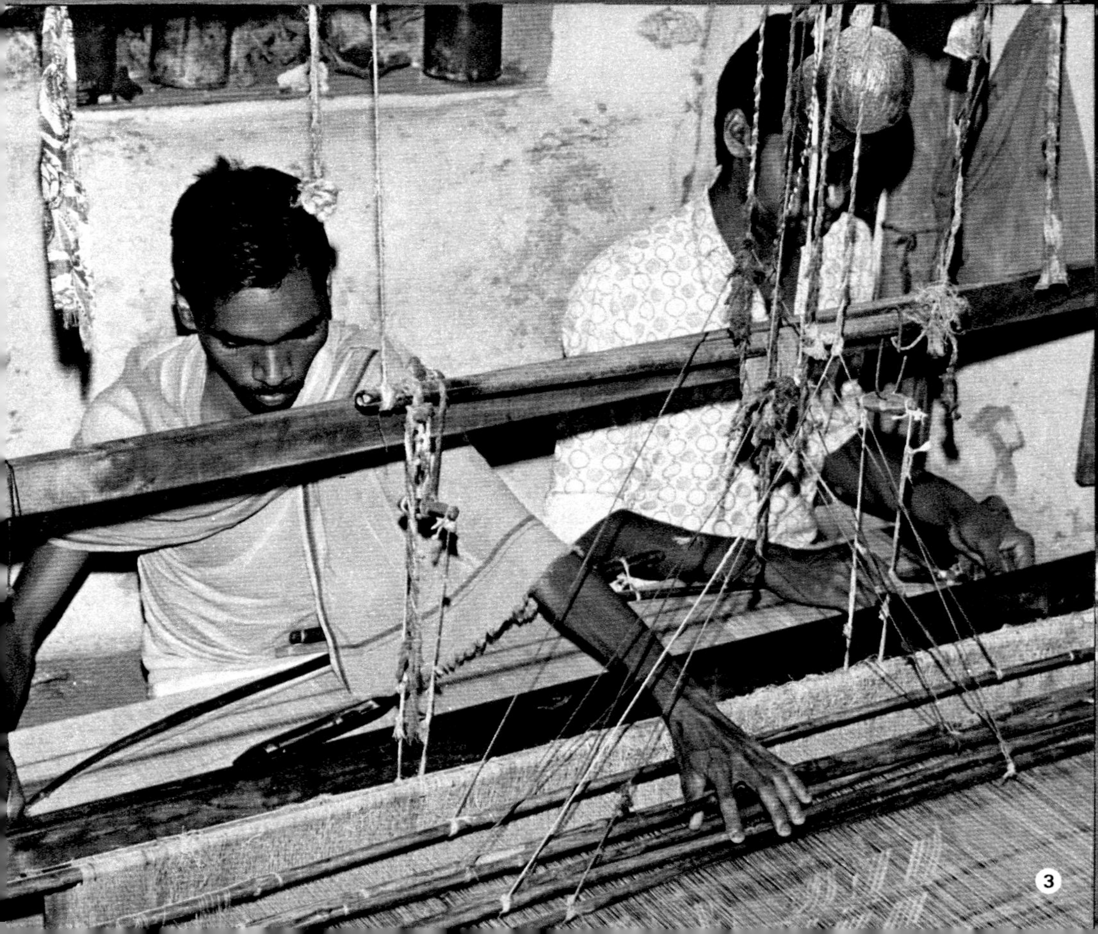

3

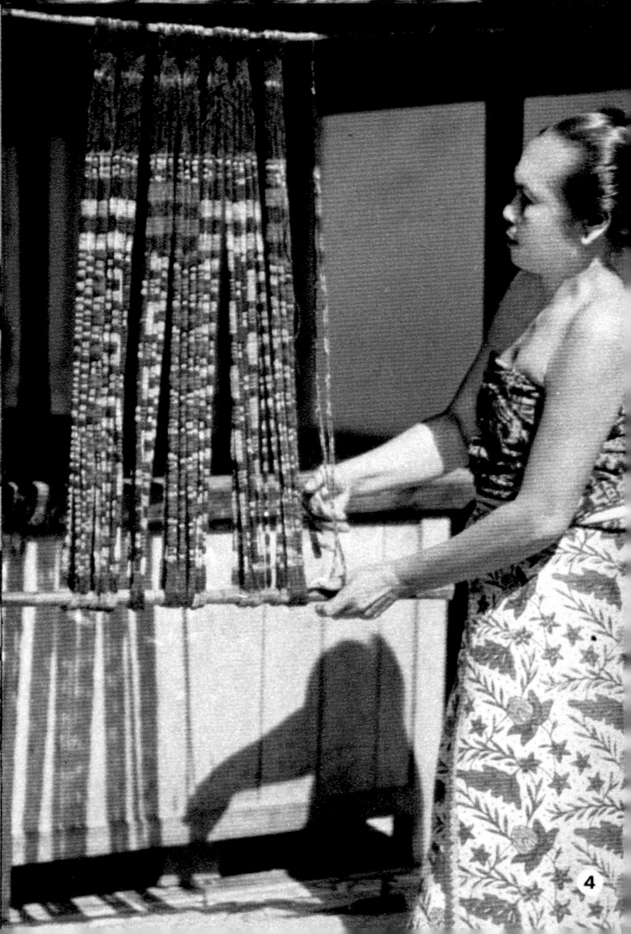

4

**Ärmelborte einer Tunika**
Ägypten, koptisch
6.–7. Jahrhundert n. Chr.
Wolle und Leinen, Wirkerei
L. 26 cm, B. 18 cm
gewirkte Partien: L. 24 cm, B. je 4 cm

Nur in wenigen Gebieten der Welt und nur unter besonders günstigen Umständen haben sich Textilien aus früher Zeit erhalten. Zu diesen archäologischen Belegen gehören Grabfunde aus Ägypten (4.–12. Jh.), die Sammlern und Fachleuten unter dem Begriff ‹koptische› Gewebe bekannt sind. Da man die Toten in ihrer zu Lebzeiten getragenen Kleidung bestattete, liefern sie ein lebendiges Zeugnis von Tracht und Textilhandwerk Ägyptens und der umliegenden Gebiete im römischen Reich der nachchristlichen Jahrhunderte. Die meisten Wirkereien zierten einst als Hals- und Ärmelborten oder als Besatzstücke die leinenen oder wollenen Tuniken, die damals von Männern und Frauen getragen wurden (vgl. Zeichnung 1). Trotz umfangreichen Forschungen ist immer noch wenig über ihre genaue Herkunft und zeitliche Einordnung gewiss, denn meist stammen diese Stücke aus Raubgrabungen, und oft schnitten geschäftstüchtige Händler Musterpartien aus den Kleidungsstücken heraus. Aus stilistischen Gründen (Körper- und insbesondere Augenformen) darf diese doppelte Ärmelborte ins 6. oder 7. Jahrhundert datiert werden. Die Musterbänder sind mit hellem Leinengarn und dunkelbraunviolettem Wollgarn in das feine Wollgewebe eingewirkt worden. Dargestellt ist eine Jagdszene: den Schild in der Hand, eilen zwischen Efeuranken Jünglinge daher mit wehenden Mänteln, die über der Brust mit einer Fibel befestigt sind. Rechts unten kämpft ein nackter Jüngling gegen einen grimmigen Löwen; in der Mitte sind Hunde eingefügt. Dieses Bild gehört in den Kreis dionysisch-bacchantischer Szenen mit tänzerisch bewegten Figuren und Tieren, wie sie bis ins 12. Jahrhundert Tuniken schmückten.
Legat C. L. Burckhardt-Reinhart 1967,
Inv.-Nr. III 17051.
Lit.: Du Bourguet 1964, Peter 1976.

**Bordure d'une manche de tunique**
Egypte, copte, VIe–VIIe siècle apr. J.-C.
laine et lin, travail de tapisserie
long. 26 cm, larg. 18 cm
parties en tapisserie:
long. 24 cm, larg. 4 cm chacune

Rares sont les régions dans lesquelles des textiles archéologiques se sont conservés jusqu'à nos jours, grâce à des conditions particulièrement favorables. Les tissus coptes, tels que les nomment collectionneurs et spécialistes, en font partie. Ils proviennent de sépultures découvertes en Egypte datant du IVe au XIIe siècle. Grâce à la coutume qui voulait que l'on enterra les morts dans les vêtements qu'ils avaient portés de leur vivant, ces tissus constituent un témoignage éloquent quant à l'artisanat textile et les costumes portés en Egypte et dans les régions avoisinantes à l'époque de l'Empire romain des premiers siècles de notre ère. La plupart de ces tissus en travail de tapisserie ornaient autrefois les tuniques en laine et en lin des hommes et des femmes, que ce soit à l'encolure, en bordure de manche ou en tant qu'empiècement décoratif (cf. dessin 1). Bien que des recherches extensives aient été effectuées, les informations concernant la date et l'origine exacte de ces pièces restent incertaines, une grande partie d'entre elles provenant en effet de tombes pillées. Par ailleurs les vêtements étaient souvent découpés par d'habiles marchands qui désiraient récupérer les parties décorées uniquement. Certaines caractéristiques stylistiques (formes du corps et des yeux particulièrement) permettent de situer cette double bordure de manche au VIe ou au VIIe siècle. Les bandes ornementales en lin clair et en laine brun foncé, presque violette, ont été intégrées dans un fin tissu de laine. Les motifs représentent une scène de chasse: trois jeunes gens, tenant dans la main un bouclier et portant sur leurs épaules une cape déployée retenue par une épingle sur la poitrine, courent parmi le lierre grimpant. A droite, en bas, un jeune homme se bat contre un lion féroce, tandis qu'au milieu des chiens s'ébattent gaiement. Cette image appartient à la catégorie des scènes dionysiaques et bachiques comprenant des personnages animés par la danse ainsi que des animaux, telles qu'elles ornaient les tuniques jusqu'au XIIe siècle.
Donation C. L. Burckhardt-Reinhart 1967,
No d'inv. III 17051.
Bibl.: Du Bourguet 1964, Peter 1976.

**Sleeve Border of a Tunic**
Egypt, Coptic, A.D. 6th–7th centuries
wool and linen, tapestry work
l. 26 cm, w. 18 cm
sections in tapestry technique:
l. 24 cm, w. 4 cm each

Early textiles have survived in very few regions of the world and only under extremely favourable conditions. Among these archaeological specimens are the relics found in 4th to 12th century Egyptian tombs and known to collectors and specialists as 'Coptic' fabrics. As the dead were buried in clothing they had worn during their lifetimes, they provide a vivid picture of both the manner of dress and the textile craft of Egypt and the surrounding areas of the post-Christian Roman Empire. Most of the tapestries were once used as trimmings or borders at the neck and sleeves of the linen or wool tunics worn by both men and women (cf. Fig. 1). In spite of intensive research, there is still very little definite knowledge regarding their exact place and date of origin as these pieces usually come from plundered graves, and merchants intent on business would often cut patterned sections out of the garments. Stylistic reasons (shapes of bodies, especially of eyes) allow this double sleeve border to be dated back to the 6th or 7th century. The patterned bands were worked into the fine wool fabric according to the tapestry technique with light linen yarn and dark brownish-violet wool yarn. A hunting scene is depicted here: youths, shield in hand and wearing flowing cloaks fastened across the chest with a brooch, are running among ivy tendrils. At the bottom right a naked youth is fighting with a ferocious lion; in the middle dogs can also be seen. This picture belongs to the category of Dionysian-Bacchantic scenes with dance-like figures and animals, which embellished tunics up to the 12th century.
Bequest C. L. Burckhardt-Reinhart 1967,
Inv. No. III 17051.
Bibl.: Du Bourguet 1964, Peter 1976.

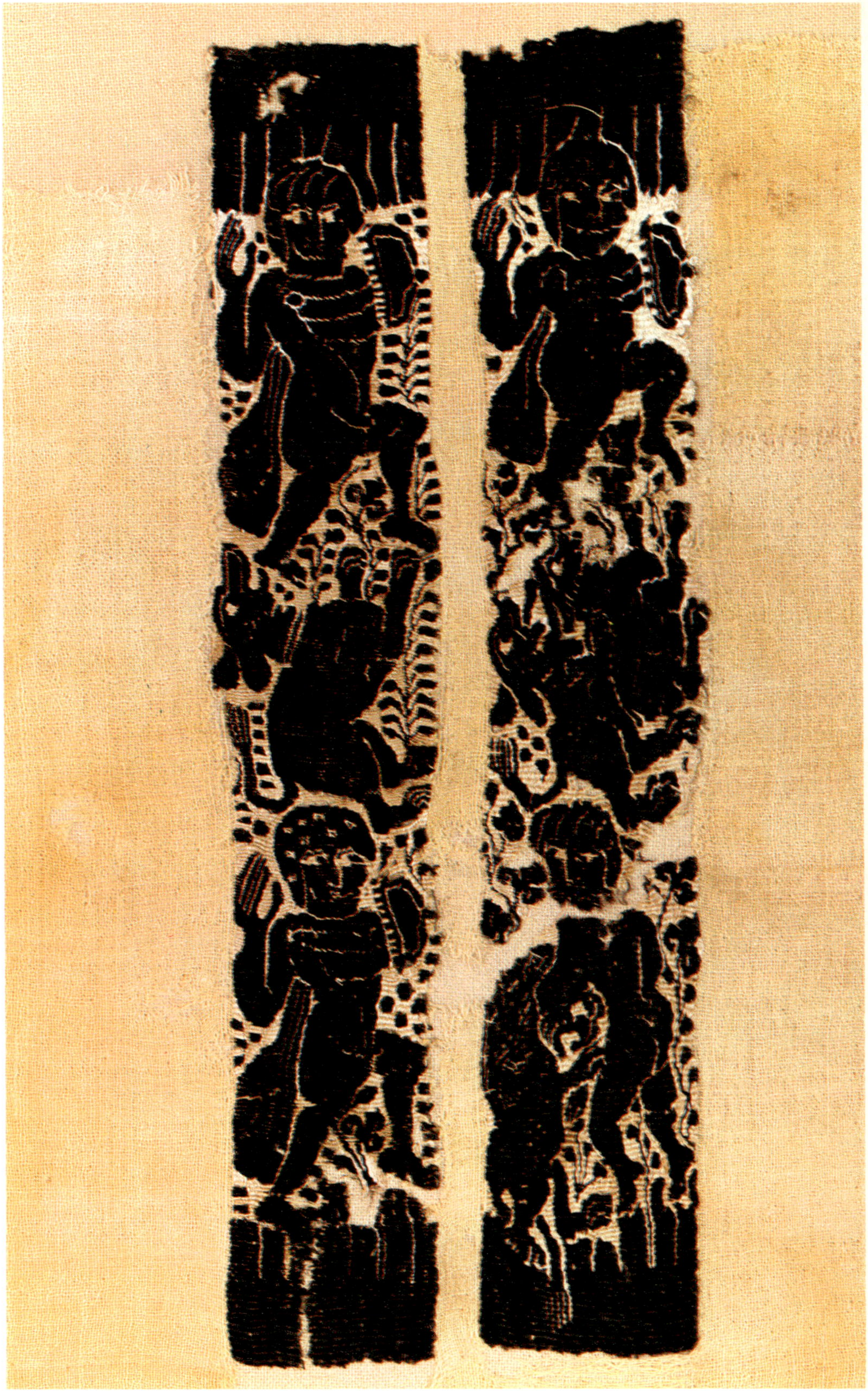

V/1

**_Qalamkār_-Behang**
Persien, Isfahan, um 1900
Baumwolle, Beizenreservierung, Batik
Direktdruck und Bemalung
L. 200 cm, B. 118 cm

Seit Jahrhunderten ist die persische Stadt Isfahan ein Zentrum blühenden Handwerks. Zu ihren schönsten textilen Erzeugnissen gehören die baumwollenen *qalamkār*-Drucke, die Verwendung als Wand- und Zeltschmuck, Tür- und Nischenvorhänge, Decken, Speisetücher wie auch als Kleider- und Futterstoffe fanden. Es erscheinen vorwiegend Blumen- und Rankenmuster, Palmettenformen, Zypressen, die aus schuppenförmig aufgebauten Hügeln oder Vasen emporwachsen, und Tiere. Wie hier sind diese Motive oft in eine architektonische Komposition mit Gebetsnische *(mihrab)*, kleinen Kuppeln und Arkadenreihen eingefügt und erwecken im Betrachter die Vorstellung eines Paradieses. Der Name *qalamkār* ist auch an der indischen Koromandel-Küste, von wo die technischen Verfahren teilweise nach Persien übertragen wurden, gebräuchlich und bedeutet ‹Federarbeit› (*qalam* = Feder, *kār* = Arbeit). In der Tat sind indische *qalamkār*-Stoffe häufig bemalt, persische hingegen fast ausschliesslich bedruckt. Selten und um so wertvoller sind Beispiele wie dieser kostbare Behang, der bedruckt, stellenweise aber auch bemalt ist. Der Musterungsprozess, eine Kombination von Beizenreservierung, batikartiger Technik, Druck und Bemalung, war ausserordentlich kompliziert und wurde von mehreren spezialisierten Handwerkern ausgeführt. Mit Holzdruckblöcken (vgl. Zeichnung 2) oder von Hand einer Vorzeichnung folgend, wurden verschiedene Beizen aufgetragen. Je nach Art der verwendeten Beize ergaben sich an diesen Stellen im darauffolgenden Krappbad rote, violette und schwarze Farbtöne, während die unbehandelten Partien weiss blieben. Feine blaue Adern im weissen Grund zeigen, dass dieser Stoff für die anschliessende Indigofärbung an allen nicht blauen Stellen mit Wachs abgedeckt war. Gelb schliesslich wurde direkt eingedruckt bzw. eingemalt.
Ankauf S. Motamed 1955, Inv.-Nr. IIe 1755.
Lit.: Bühler 1972, Landolt 1978.

**Tenture _qalamkār_**
Perse, Isfahan, 1900 env.
coton, procédé par application de mordants, batik, impression directe et peinture partielle des couleurs
long. 200 cm, larg. 118 cm

Depuis des siècles la ville persane de Isfahan est un centre artisanal florissant. Les imprimés *qalamkār* en coton qui servaient autrefois de tentures ornant murs et tentes, mais aussi de rideaux de portes et de niches, de couvertures, de nappes, de doublures et pour l'habillement, comptent parmi les plus beaux ouvrages de la production textile de cet endroit. Les éléments décoratifs sont composés de motifs floraux et végétaux avant tout, par exemple de palmettes et de cyprès émergeant de vases ou de collines ‹en écailles›, ainsi que d'animaux. Comme c'est le cas pour la pièce reproduite, ces motifs sont souvent intégrés dans une composition architecturale comprenant une niche à prières *(mihrab)*, plusieurs petites coupoles et des rangées d'arcades suggérant à celui qui les contemple la vision d'un paradis. Le nom de *qalamkār* est également utilisé sur la côte de Coromandel, en Inde, une région dont les procédés techniques s'implantèrent d'ailleurs partiellement en Perse; il signifie ‹ouvrage à la plume› (*qalam* = plume, *kār* = travail). En effet, les étoffes *qalamkār* indiennes sont souvent peintes, tandis que les pièces persanes sont presque exclusivement imprimées. Les étoffes imprimées aussi bien que peintes comme celles-ci sont fort rares et d'autant plus précieuses. L'exécution de la décoration comprenant successivement l'utilisation de mordants, le procédé du batik, l'impression directe et enfin la peinture d'une partie des couleurs, était extrêmement compliquée et de ce fait répartie entre plusieurs artisans spécialisés. On appliquait à l'aide de blocs à imprimer en bois (cf. dessin 2) ou à la main des mordants variés. Selon le genre du mordant utilisé, on obtenait après le garançage une teinte rouge, violette ou noire, tandis que les parties non traitées restaient blanches. De fines nervures bleues sur fond blanc indiquent qu'à l'exception des parties prévues à être teintes en bleu, toutes les autres avaient été recouvertes de cire avant la teinture à l'indigo. Le jaune, enfin, était soit imprimé directement, soit peint à la main.
Achat S. Motamed 1955, No d'inv. IIe 1755.
Bibl.: Bühler 1972, Landolt 1978.

**_Qalamkār_ Hanging**
Persia, Isfahan, about 1900
cotton, mordant resist, batik
direct printing and painting
l. 200 cm, w. 118 cm

For centuries the Persian city of Isfahan has been a flourishing handicrafts centre. Numbering among its most beautiful textile products are the cotton *qalamkār* prints, which were used to decorate walls and tents, as curtains for doors and niches, as bedspreads, dining-cloths and as material for clothing and linings as well. The motifs appearing most frequently are flowers and creepers, palmettes, cypresses growing out of imbricately constructed hills or vases and animals. As in our example, these motifs are often set in an architectonic composition with prayer niche *(mihrab)*, small domes and rows of arcades, and call up a vision of paradise in the viewer. The word *qalamkār* is also used on the Indian Coromandel Coast, from where some of the techniques were transferred to Persia; it means 'pen work' (*qalam* = pen, *kār* = work). And in fact Indian *qalamkār* textiles are often painted, whereas Persian ones are almost exclusively printed. Pieces like this precious hanging, which is printed but has painted areas, are very rare, making them all the more valuable. The patterning process, a combination of mordant resist technique, a batik-like procedure, printing and painting was extremely complicated and had to be done by several specialized craftsmen. Various mordants were applied with wooden printing blocks (cf. Fig. 2) or by hand, following a sketch. Depending on what type of mordant was used, these areas became red, violet and brown in the subsequent madder bath, while the untreated parts remained white. Delicate blue veins on the white ground show that for the subsequent indigo dyeing all parts of this fabric that were not meant to be blue were covered with wax. Yellow was either printed or painted on.
Purchase S. Motamed 1955,
Inv. No. IIe 1755.
Bibl.: Bühler 1972, Landolt 1978.

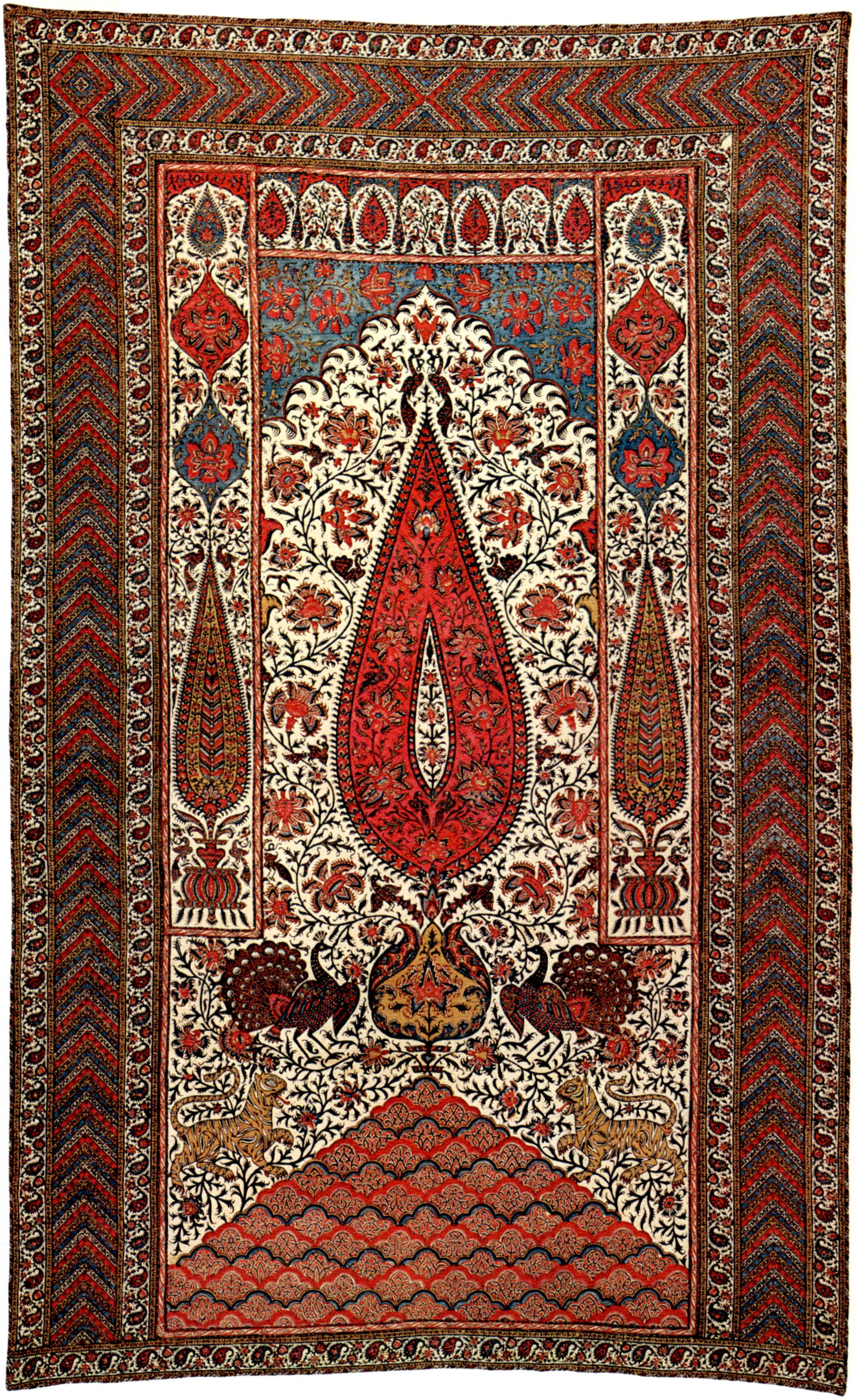

V/2

**Zoroastrier-Stickerei**
Persien, Yazd, erste Hälfte 20. Jahrhundert
Wildseide, Stickerei
(Stiche vgl. Zeichnung 3)
L. 284 cm, B. 89 cm
Ausschnitt: H. 86 cm, B. 82,5 cm

Zoroastrier sind Anhänger der altpersischen Zarathustra-Religion, die noch heute in Persien und Indien eigenständige Bevölkerungsgruppen bilden. Sie leben in Teheran, Yazd und Kirman, in Bombay und den angrenzenden Gebieten. Als Schulter- oder Kopftücher gehören solche Stickereien zur traditionellen Frauentracht, und auch Röcke werden ähnlich verziert. Der Stickereigrund ist meist aus Wildseide gewoben. Typisch für ihre Textilien sind auch die mit eingezwirnten bunten Seidenfäden sorgfältig ausgearbeiteten Endpartien und die stellenweise farbig umwickelten Kettfransen. Zwei kleine Rosetten flankierten die für den Bildausschnitt gewählte zentrale Rosette, die mit einem Band aus Blüten und Fischen und einem Kreis aus Pfauenpaaren, Palmetten und Scheibenformen mit Blüten umgeben ist. Die freien Flächen füllen kleine Streumuster: Blumen, Palmetten, Bäumchen, Pfauen und Vögel. An beiden Enden schliessen Reihen von Blumen, Palmetten, Pfauen und ein Zickzackband an. Die einzelnen Motive sind mit grosser Phantasie und Lebendigkeit frei ausgeführt: jeder Pfau, jede Blüte erscheint in Farbgebung und Innenzeichnung wieder völlig neu gestaltet. Das symmetrische Ordnungsprinzip und die Rosetten charakterisieren auch andere zoroastrische Textilien, wie z. B. mit Hilfe von Abbindverfahren gemusterte Frauentücher (Bühler 1972, III, Abb. 385–389). In einer mündlichen Mitteilung deutete Schuyler Cammann, ein Spezialist für asiatische Kunst, die zentrale Rosette als Himmelstor, aus dem metaphysisches Sonnenlicht herausströmt, die Pfauenpaare als himmlische Sonnenvögel. Nach zoroastrischer Vorstellung ist so das Tuch als Abbild des himmlischen Lichtes in der dunklen irdischen Welt zu verstehen.
Ankauf G. Winterberg 1976,
Inv.-Nr. IIe 2418. Lit.: Bühler 1972.

**Broderie zoroastrienne**
Perse, Yazd, première moitié du XXe siècle
soie sauvage, broderie
(pour les points cf. dessin 3)
long. 284 cm, larg. 89 cm
détail: haut. 86 cm, larg. 82,5 cm

Les Zoroastriens font partie des adeptes de l'ancienne religion persane de Zarathoustra. Aujourd'hui encore, ils forment leurs propres communautés en Perse et en Inde. On les retrouve à Téhéran, Yazd et Kirman, à Bombay et son arrière-pays. Ce genre de broderies orne les foulards et les fichus accompagnant le costume féminin traditionnel; les robes sont décorées de manière analogue. Le tissu de fond est normalement en soie sauvage. Les textiles zoroastriens sont entre autres caractérisés par leurs bordures dans lesquelles on a soigneusement inséré en les entrecroisant deux fils de soie multicolores, ainsi que par des ligatures de couleur entourant par endroits les franges de la chaîne. La rosace centrale reproduite est flanquée par deux rosaces plus petites; elle est bordée d'un ruban circulaire composé de fleurs et de petits poissons alternés; la corolle de motifs qui l'entoure comprend plusieurs paires de paons, des palmettes ainsi qu'un motif en forme de disque orné d'une fleur. Les espaces ont été décorés de motifs plus petits, librement disposés: fleurs, palmettes, arbrisseaux, paons et oiseaux. Aux deux bouts, nous apercevons plusieurs rangées de fleurs, de palmettes, de paons et un ruban en zigzag. L'exécution de chaque motif témoigne d'une grande imagination créative s'épanouissant sans contrainte: chaque paon et chaque fleur varie dans sa composition et se présente sous des coloris toujours nouveaux. La disposition symétrique et les rosaces se retrouvent également dans d'autres textiles zoroastriens, par exemple dans certains tissus réservés aux femmes que l'on a décorés en y appliquant des réserves par ligatures (Bühler 1972, III, ill. 385–389). D'après l'éminent spécialiste d'art asiatique, Schuyler Cammann, la rosace centrale représenterait la porte céleste et le rayonnement solaire métaphysique qui s'en dégage, tandis que les paons disposés par paires seraient alors les oiseaux célestes du soleil. Selon la conception zoroastrienne, cette étoffe représente la lumière céleste éclairant les ténèbres de ce monde.
Achat G. Winterberg 1976,
No d'inv. IIe 2418. Bibl.: Bühler 1972.

**Zoroastrian Embroidery**
Persia, Yazd
first half of the 20th century
wild silk, embroidery
(stitches cf. Fig. 3), l. 284 cm, w. 89 cm
detail: h. 86 cm, w. 82.5 cm

Zoroastrians are followers of an ancient Persian religion, who can still be found forming self-contained communities in India and Persia today. They live in Teheran, Yazd and Kirman, in Bombay and adjacent regions. Embroideries of this kind are worn by women as shoulder or head cloths; skirts are decorated in a similar way. The background for the embroidery is usually woven from wild silk. Carefully worked end sections with twined borders of colourful silk yarn and warp fringes wrapped here and there are also typical of their textiles. The central rosette selected for our detail is flanked by two smaller rosettes and is surrounded by a band composed of blossoms and fish, and a circle made up of pairs of peacocks, palmettes and discs with blossoms. Open spaces are strewn with small patterns: flowers, palmettes, small trees, peacocks and birds. Rows of flowers, palmettes, peacocks and a rickrack form borders at either end. Each motif has been executed with great imagination and vitality: the colouring and design of each peacock and blossom seems to have been created anew. The symmetrical principle of order and the rosettes characterize other Zoroastrian textiles as well, e.g. women's cloths patterned using tie-dyed resist techniques (Bühler 1972, III, Ill. 385–389). In a personal communication, Schuyler Cammann, an authority on Asian art, interpreted the central rosette as a celestial gate with metaphysical sunlight streaming out through it, and the pairs of peacocks as celestial sunbirds. According to Zoroastrian beliefs, the cloth can be understood as an image of divine light in the dark world of man.
Purchase G. Winterberg 1976,
Inv. No IIe 2418. Bibl.: Bühler 1972.

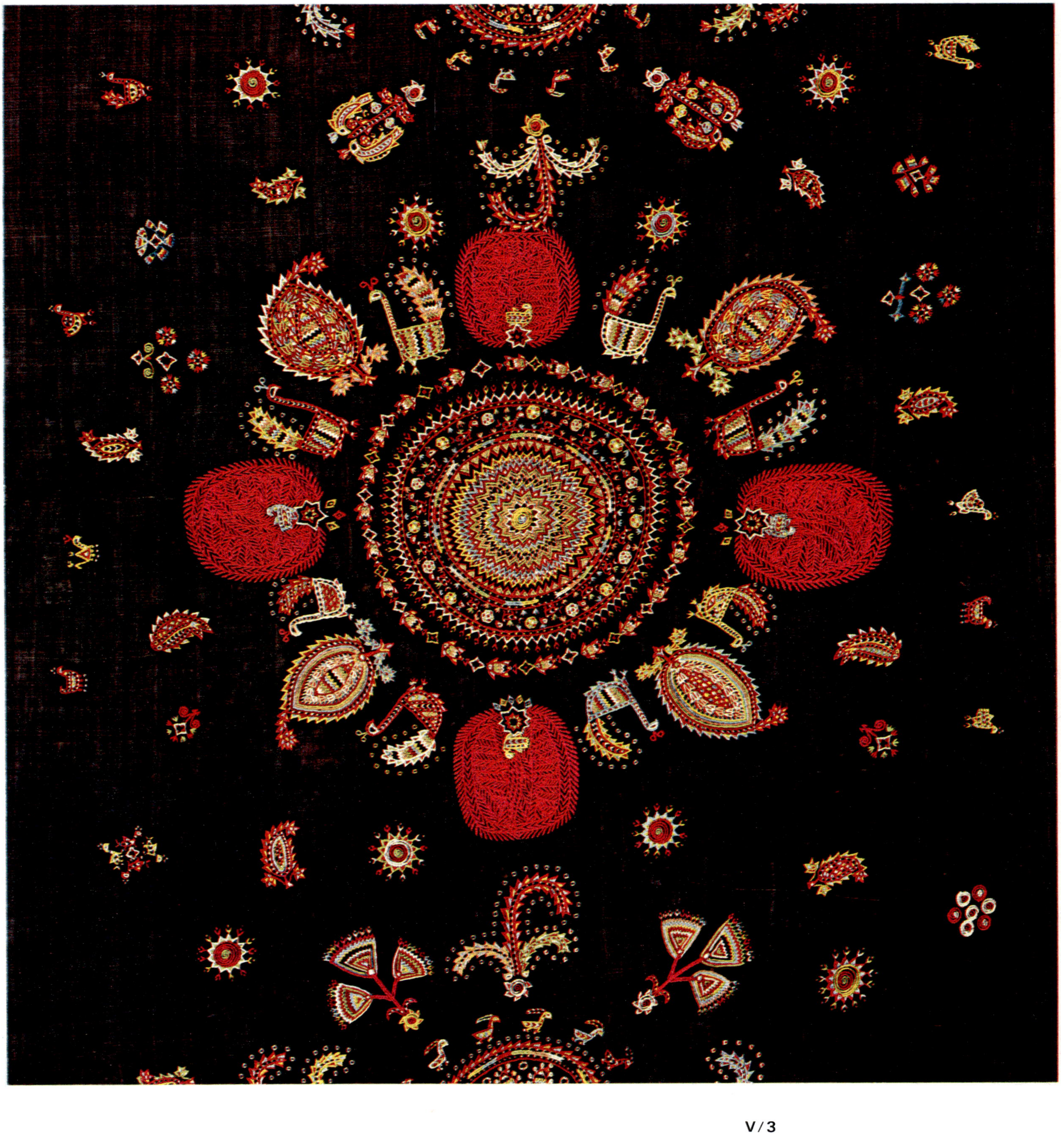

V/3

**Umhang einer Turkmenen-Frau**
Afghanistan oder Turkmenistan
Beginn 20. Jahrhundert
Wildseide, Stickerei
Länge des Umhangs 118 cm
Ausschnitt: H. 34,5 cm, B. 28,5 cm

Von den Tekke-Turkmenen stammt dieser in Kabul erworbene, reich bestickte Frauenumhang *(parandji)*. Die Heimat dieses mächtigen Turkmenen-Stammes liegt in der Umgebung der Städte Ashkhabad und Mary (Merw) in der heutigen Sowjetrepublik Turkmenistan. Ende des 19. Jahrhunderts und in den dreissiger Jahren flohen viele Turkmenen nach Nord-Persien und Nord-Afghanistan. Sie sind zum Teil bis heute halbnomadische Viehzüchter geblieben; ihre Frauen sind berühmt für ihre Teppiche und andere geknüpfte Erzeugnisse, die unter dem Namen *‹Buchara›* – diese Stadt in West-Turkestan war nicht Herstellungsort, sondern einer der grossen Handelsplätze für Teppiche – bekannt sind. Der Bildausschnitt zeigt die Rückenpartie zwischen den Schulterblättern, begrenzt durch die hinten herunterhängenden Pseudoärmel. Die merkwürdige Form dieses Kleidungsstückes (vgl. Zeichnung 4) ist so zu erklären: Mit seinen engen, unten zugenähten Ärmeln wurde es über der hohen Kopfbedeckung und den Schultern getragen. Als strenge sunnitische Moslems verdeckten die Tekke-Frauen ihr Antlitz mit einem Gesichtsschleier aus Pferdehaar. Ähnliche Umhänge sind auch von den Frauen der Göklen und Yomut, anderer Turkmenen-Stämme, bekannt. Hier ist stumpfblaues Wildseidegewebe über und über bestickt. Das Hauptmotiv der Rückenpartie *(Üc Qiyaq)* mit seinen mit Spitzen besetzten Doppelspiralen wiederholt sich in vereinfachter Form über die ganze Fläche. Über die Bedeutung dieses Motivs, das an Tulpenblüten, aber auch an Tierköpfe mit gewundenen Hörnern oder an Doppelvögel erinnert, ist leider nichts bekannt. Die Ärmel sind verziert mit quer und senkrecht angeordneten Balkenformen mit Spitzen, die in ähnlicher Form auch auf geknüpften Erzeugnissen der Tekke-Turkmenen erscheinen.
Schenkung A. Engler 1946,
Inv.-Nr. IIa 1127. Lit.: Andrews 1971.

**Cape d'une femme turkmène**
Afghanistan ou Turkménistan
début du XXe siècle
soie sauvage, broderie
long. (cape) 118 cm
détail: haut. 34,5 cm, larg. 28,5 cm

Cette cape de femme *(parandji)* richement brodée acquise à Kaboul provient des Tekké-Turkmènes. La patrie de cette puissante tribu turkmène se trouve dans les environs des villes de Ashkhabad et Mary (Merw), dans l'actuel Turkménistan soviétique. Vers la fin du XIXe siècle et dans les années trente, un grand nombre de Turkmènes s'enfuirent vers le nord de la Perse et les régions septentrionales de l'Afghanistan où une partie d'entre eux subsiste encore aujourd'hui d'un nomadisme pastoral partiel. Les femmes sont réputées pour leurs tapis et autres produits à points noués que l'on connaît sous le nom de ‹Buchara› – une ville dans l'ouest du Turkestan étant un centre commercial important de la vente du tapis sans en être le lieu d'origine. Le détail reproduit montre une partie du dos entre les deux omoplates, encadrée par une paire de fausses manches qui pendent à l'arrière. La forme peu courante de ce genre de cape s'explique par la manière dont elle était portée (cf. dessin 4): les fausses manches dont les extrémités avaient été fermées étaient reliées entre elles par une bride transversale; le tout recouvrait une haute coiffure. Les Tekké étant des musulmans sunnites orthodoxes très fervents, les femmes étaient tenues de se couvrir le visage avec un voile en crin de cheval. On connaît des capes d'un genre analogue chez les femmes Göklen et Yomout, deux tribus turkmènes également. La pièce reproduite montre un fond bleu éteint en soie sauvage que l'on a presque entièrement recouvert de broderie. Le motif principal dans le haut du dos *(Üc Qiyaq)* présente une double spirale entourée de pointes; il se répète sous une forme simplifiée sur toute la cape. Malheureusement on ne connaît pas la signification de ce motif qui évoque soit une tulipe soit une tête d'animal cornu ou alors une paire d'oiseaux. Les fausses manches sont décorées de poutrelles verticales et horizontales pourvues de pointes elles aussi. Parmi les textiles à points noués des Tekké-Turkmènes, certains présentent un motif analogue.
Don A. Engler 1946,
No d'inv. IIa 1127. Bibl.: Andrews 1971.

**Turcoman Woman's Robe**
Afghanistan or Turkmenistan
early 20th century
wild silk, embroidery
length of robe 118 cm
detail: h. 34.5 cm, w. 28.5 cm

This elaborately embroidered woman's robe *(parandji)* is a Tekke-Turcoman piece and was acquired in Kabul. The home of this mighty Turcoman tribe is in the vicinity of the towns of Ashkhabad and Mary (Merw) in what is today the Turkmen Soviet Socialist Republic. At the end of the 19th century and in the 1930's many Turcomen fled to northern Persia and northern Afghanistan. Some of them have remained semi-nomadic cattle breeders up to the present day. Turcoman women are famous for their rugs and other knotted pile articles, which are known as 'Buchara', for the town in western Turkestan that was an important rug trading (and not production) centre. Our detail shows the back of the robe between the shoulder blades with pseudo-sleeves hanging down on either side. The garment has a peculiar shape (cf. Fig. 4) which can be explained in the following way: with its narrow sleeves sewn together at the bottom, it was worn over a woman's high headdress and shoulders. Being strict Sunnite Moslems, the Tekke women used to cover their faces with horse-hair veils. Similar robes are still worn by the women of two other Turcoman tribes, the Göklen and the Yomut. Here we have a dull blue, wild silk fabric that is embroidered all over. The main motif of the back *(Üc Qiyaq)*, a double spiral surrounded by wedge-shaped beams, is repeated in simplified form all over the back area. Unfortunately nothing is known about the significance of this motif, which suggests both tulip blossoms and animal heads with winding horns or a double bird. The sleeves are decorated with horizontally and vertically arranged bars with wedge-shaped beams, which appear in similar form on knotted pile Tekke-Turcoman goods.
Gift A. Engler 1946, Inv. No. IIa 1127.
Bibl.: Andrews 1971.

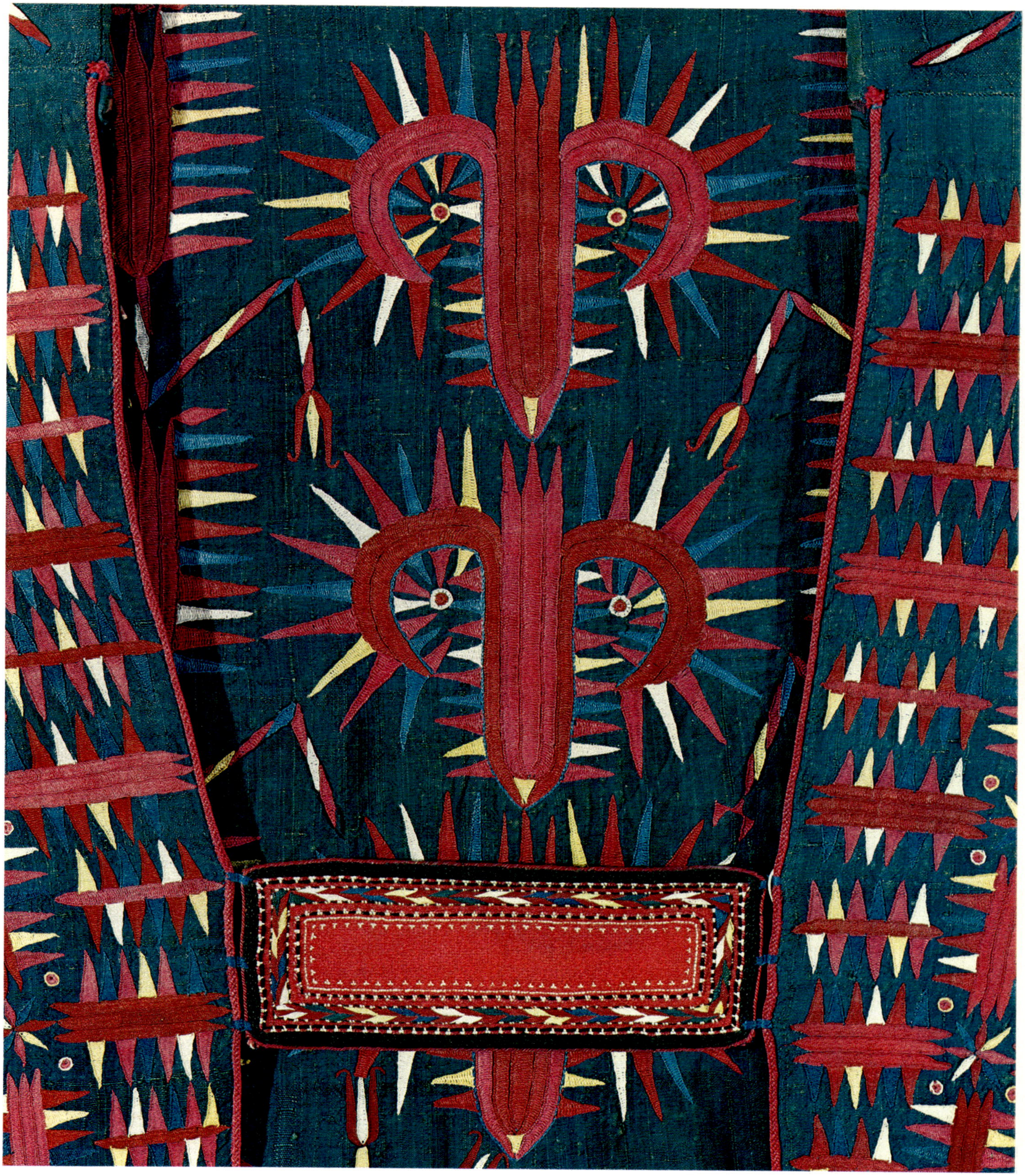

V/4

### *Bandhana*-Seidentuch

Indien, Gujarat, Kutch, erste Hälfte 20. Jahrhundert, Seide, Abbindreserve-Verfahren *(bandhana)*, L. 192 cm, B. 168 cm zwei Bahnen zusammengenäht
Ausschnitt: H. 109 cm, B. 102 cm

Farbenfrohe Seidentücher dieser Art werden im nordwestindischen Staat Gujarat von Frauen höherer Schichten bei Festlichkeiten und besonders bei Hochzeiten als Überwürfe über Kopf und Schultern *(odhani)* getragen. Ihre feinen, komplizierten Motive aus winzigen Tupfen sind im *bandhana*-Verfahren gemustert, einer altertümlichen Reserve-Technik, die auch unter der Bezeichnung *plangi* oder *pelangi* bekannt ist (vgl. Tafel 13). Für die verschiedenen Färbungen bindet man dabei einzelne Stoffpartien mit Faden köpfchenförmig ab, um sie vor dem Eindringen der Farben zu schützen (vgl. Zeichnung 5). In Indien ist diese Technik sehr alt; dies belegen schriftliche Zeugnisse und die figürlichen Wandmalereien in den Höhlentempeln von Ajanta (6.–7. Jh.), auf denen Kleidung und Schmuck naturgetreu dargestellt sind. Bis heute ist sie in Indien lebendig geblieben. In Saurashtra und Kutch, den bekanntesten *bandhana*-Zentren Gujarats, liegt die Herstellung von solchen Textilien aus Baumwolle, Kunstseide und nur noch in seltenen Fällen aus Seide in den Händen von *khatri*-Gruppen, die sich traditionellerweise auch mit dem Färben und Bedrucken von Stoffen beschäftigen. Mit der zeitraubenden Arbeit des Abbindens befassen sich vor allem Frauen und Mädchen. Einer mit Rötel *(geru)* aufgedruckten Vorzeichnung folgend, binden sie die kleinen Tupfen *(bindhi)* ab und reservieren nach jeder Färbung neue Stellen. Bei diesem *odhani* bedeckte man in einem letzten Arbeitsgang sämtliche roten Stellen, ätzte die rote Farbe vom Grund des Mittelfeldes weg und färbte grün. Solche Methoden wurden erst Ende des letzten Jahrhunderts mit der Verwendung chemischer Substanzen möglich.
Ankauf A. Bühler 1974, Inv.-Nr. IIa 5959.
Lit.: Bühler/Fischer/Nabholz in Vorbereitung, Nabholz 1969.

### Etoffe de soie *bandhana*

Inde, Gujarat, Kutch, première moitié du XXe siècle, soie, procédé *bandhana* par application de réserves ligaturées long. 192 cm, larg. 168 cm, deux lés
détail: haut. 109 cm, larg. 102 cm

Au Gujarat, ces étoffes de couleur vive en soie sont portées par les femmes de couches sociales élevées à l'occasion de festivités et plus particulièrement lors de mariages; elles servent de couvre-tête *(odhani)* et enveloppent la tête et les épaules. Les motifs compliqués composés d'une foule de petites taches d'une grande finesse, sont exécutés selon le procédé *bandhana*, une ancienne technique de réserve connue également sous le nom indonésien de *plangi* ou *pelangi* (cf. pl. 13). Avant d'effectuer les différentes teintures, on applique partiellement des ligatures dans le tissu, obtenant ainsi toute une série de petites têtes; ces ligatures empêchent par la suite le colorant de pénétrer dans le tissu (cf. dessin 5). En Inde, cette technique est très ancienne; des documents écrits en témoignent ainsi que les cavernes du temple d'Ajanta (VIe–VIIe siècle) dont les fresques illustrent de manière précise les coutumes vestimentaires et la forme des parures de l'époque. En Inde, cette technique s'est maintenue jusqu'à nos jours. A Saurashtra et Kutch, les centres du Gujarat les plus renommés pour leur artisanat *bandhana*, la production de telles étoffes en coton, en soie artificielle et aujourd'hui plus rarement en soie est dans les mains de certains groupes *khatri* qui par ailleurs se sont spécialisés dans la teinture et l'impression des étoffes depuis longtemps. L'application des ligatures, un travail exigeant beaucoup de temps, est avant tout effectuée par les femmes et les jeunes filles. Elles s'y prennent en suivant les lignes d'un modèle en craie rouge *(geru)* imprimé préalablement et ligaturent les petites taches *(bindhi)* en réservant des parties différentes à chaque nouvelle teinture. En ce qui concerne l'*odhani* reproduit ici, on a, dans un dernier temps, recouvert toutes les parties rouges, puis on a traité le fond rouge du carré central avec des rongeants pour le teindre en vert par la suite. Cette nouvelle méthode fut introduite à la fin du siècle dernier, avec l'apparition des substances chimiques.
Achat A. Bühler 1974, No d'inv. IIa 5959.
Bibl.: Bühler/Fischer/Nabholz en préparation, Nabholz 1969.

### *Bandhana* Silk Cloth

India, Gujarat, Kutch, first half of the 20th century, silk, tie-and-dye resist technique *(bandhana)*, l. 192 cm, w. 168 cm two widths sewn together
detail: h. 109 cm, w. 102 cm

In the northwest Indian state of Gujarat, women of the upper social classes wear colourful silk cloths of this kind over their heads and shoulders as wraps (*odhani*) on festive occasions, especially at weddings. The *bandhana* method, a very old resist dyeing technique also known as *plangi* or *pelangi* (cf. Plate 13), is used to produce their delicate, complicated motifs composed of dots. For the various dyeing processes, single portions of the fabric are pulled up into bunched elevations and wrapped in order to protect them from the action of the dye (cf. Fig. 5). Both written documents and murals in the cave temples of Ajanta (6th–7th centuries), with figures whose clothing and jewelry are realistically depicted, testify to the fact that India has known this technique for many hundreds of years. And the technique has retained its vitality up to the present day. In Saurashtra and Kutch, Gujarat's best-known *bandhana* centres, textiles of this kind are produced from cotton, artificial silk and, only in rare cases today, silk by the *khatri* groups, who have traditionally dyed and printed fabrics as well. Women and girls generally do the time-consuming work of wrapping the resists. Following a pattern printed on the fabric with ruddle (*geru*), they tie off small dots (*bindhi*), reserving new areas after each dyeing. For this *odhani,* the last phase was to cover all the red areas, discharge the red from the background of the centre field and then dye the cloth green. This kind of method only became possible at the end of the 19th century with the use of chemicals.
Purchase A. Bühler 1974, Inv. No. IIa 5959.
Bibl.: Bühler/Fischer/Nabholz in preparation, Nabholz 1969.

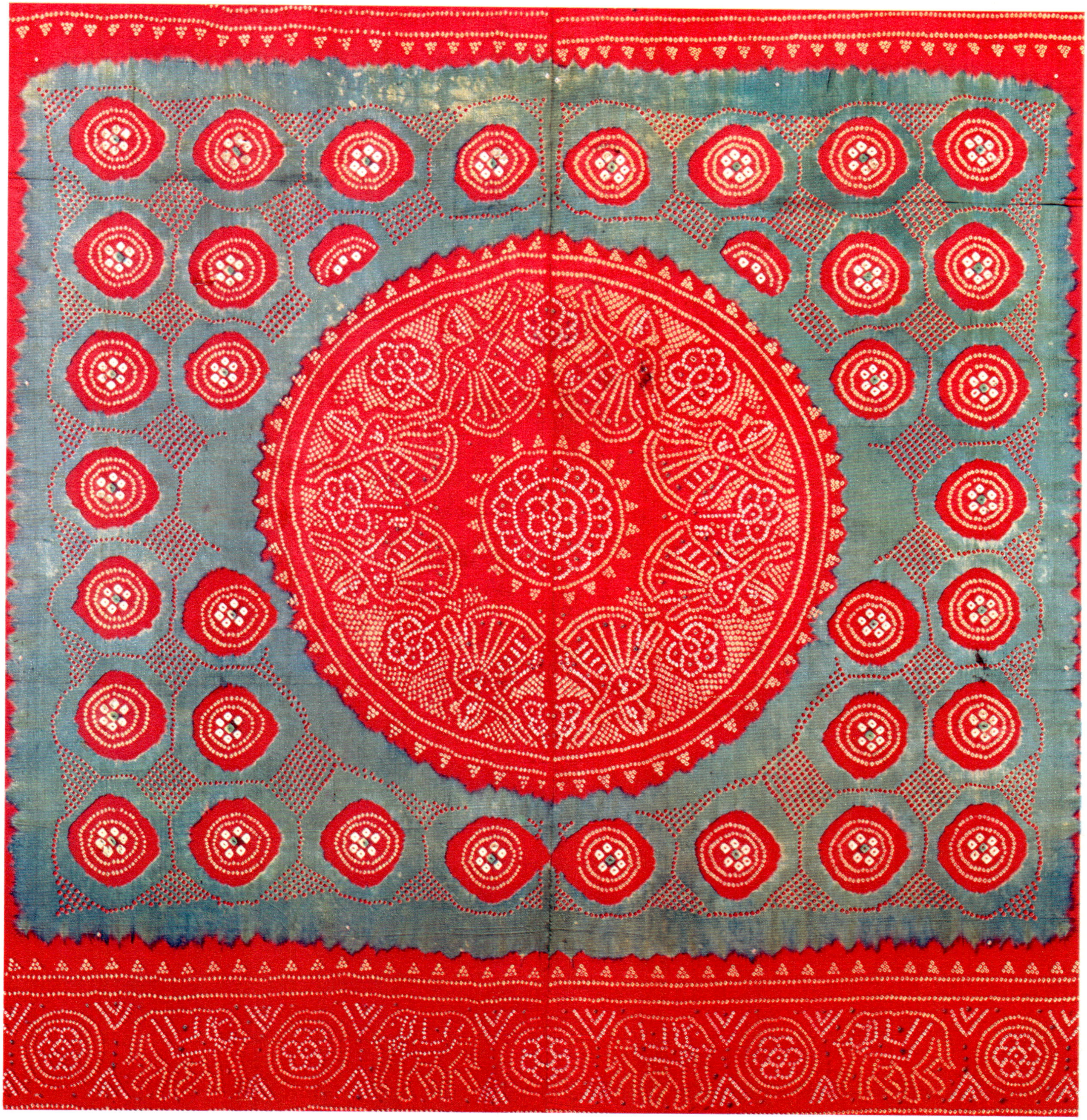

V/5

**Zeremonialtuch – *patolu***
Indien, Gujarat, erste Hälfte
20. Jahrhundert, exportiert nach
Indonesien, Bali, Seide, Doppelikat-Technik, L. 416 cm, B. 105 cm
Ausschnitt: H. 30,5 cm, B. 59 cm

Seidene Patolen aus Gujarat gehören zu den kostbarsten Erzeugnissen altertümlichen Textilhandwerks. Ihre Herstellung in Doppelikat-Technik ist unendlich kompliziert und zeitraubend. Vor dem Weben wird das ungefärbte Garn dem Muster entsprechend sorgfältig gebündelt, in mehreren Arbeitsgängen stellenweise mit Fadenumwicklungen reserviert und gefärbt. Die Musterung erscheint dann bereits auf dem noch unverwobenen Garn. Dieses mit dem indonesischen Ausdruck *ikat* bezeichnete Verfahren kann auf der Kette (vgl. Tafel 14), dem Eintrag oder aber auf beiden Fadensystemen (Doppelikat) angewendet werden, die sich dann wie hier zusammen zu einer klaren Musterung vereinigen. Die einst in Gujarat weit verbreitete Patolen-Weberei üben heute nur noch zwei Familien in der Stadt Patan aus. In Indien, vor allem in Gujarat, benützen verschiedene Bevölkerungsgruppen Patolen bei Hochzeiten und anderen Festlichkeiten und verwenden sie auch zu religiösen Zwecken. Grosse Mengen von Patolen wurden aber auch seit dem ausgehenden Mittelalter bis vor dem Zweiten Weltkrieg aus Gujarat nach Indonesien exportiert, wo sie sich als Kultobjekte und Zeremonialkleidung grösster Wertschätzung erfreuten. In zwei Reihen grosser Felder erscheinen auf der abgebildeten Patole Tiger, die von einem Mann mit Schwert bekämpft werden, Vögel und grosse Elefanten, auf denen ein Herr mit seinem Diener und ein Führer mit einem Elefantenhaken reiten. Dieses Motiv gilt als typisch für Exportpatolen, die für Indonesien bestimmt waren. Dort soll man bei religiösen Feiern Tempel und Kultfiguren mit Patolen geschmückt haben. In Bali fanden sie unter anderem auch als magisches Heilmittel gegen psychische Krankheiten Verwendung.
Ankauf U. und N. Ramseyer 1973,
Inv.-Nr. IIc 17021.
Lit.: Bühler/Ramseyer 1975,
Bühler/Fischer in Vorbereitung.

**Etoffe de cérémonie *patolu***
Inde, Gujarat, pièce d'exportation
acquise à Bali, première moitié
du XXe siècle, soie, double ikat
long. 416 cm, larg. 105 cm
détail: haut. 30,5 cm, larg. 59 cm

Les patoles en soie du Gujarat constituent une spécialité exceptionnelle de l'artisanat textile traditionnel. La fabrication de ces tissus selon la technique du double ikat est extrêmement compliquée et exige beaucoup de temps. Au cours d'un procédé précédant le tissage, les fils de soie sont disposés et regroupés en de minces écheveaux par rapport aux motifs voulus; puis, au cours de plusieurs phases consécutives, on y appose partiellement des ligatures en coton constituant les réserves. Après les différentes teintures on obtient ainsi des fils portant déjà l'ensemble des motifs avant d'avoir été tissés. Cette méthode que l'on désigne par *ikat*, une expression indonésienne, est généralement appliquée soit sur la chaîne (cf. pl. 14), soit sur la trame seulement; cependant dans le cas exceptionnel du double ikat, elle inclut les deux systèmes dont les motifs coordonnés et ajustés définitivement lors du tissage, forment alors un dessin net et précis, comme c'est le cas pour la pièce reproduite. Aujourd'hui il n'y a plus que deux familles résidant dans la ville de Patan qui exercent cet artisanat autrefois très répandu dans le Gujarat. En Inde et avant tout au Gujarat, les patoles sont utilisées par plusieurs groupes ethniques. On s'en sert à l'occasion de mariages et autres festivités. Depuis la fin du Moyen Age et jusqu'à la Seconde Guerre mondiale, on a toujours exporté les patoles du Gujarat vers l'Indonésie et cela en grandes quantités; elles y étaient très appréciées en tant qu'objet rituel et vêtement de cérémonie. Notre étoffe présente deux rangées de grands rectangles contenant un tigre attaqué par un homme muni d'une épée, des oiseaux ainsi qu'un grand éléphant monté par un homme d'un rang sans doute élevé, accompagné de son serviteur et d'un aide guidant l'éléphant avec un crochet. Ce motif caractérise les patoles d'exportation destinées à l'Indonésie. On s'en serait servi pour orner certains sanctuaires dans les temples ainsi que des statues cultuelles. A Bali, elles entraient en quantités infimes dans la composition d'une substance magique destinée à guérir les troubles psychiques.
Achat U. et N. Ramseyer 1973,
No d'inv. IIc 17021.
Bibl.: Bühler/Ramseyer 1975,
Bühler/Fischer en préparation.

**Ceremonial Cloth, *patolu***
India, Gujarat, first half of the
20th century, exported to Indonesia, Bali
silk, double ikat technique
l. 416 cm, w. 105 cm
detail: h. 30.5 cm, w. 59 cm

Silk patola from Gujarat are among the most precious textiles done in ancient techniques. The double ikat technique used in producing them is infinitely complicated and time-consuming. Before being woven, the undyed yarn is carefully bundled according to the desired pattern; then certain portions of it are reserved by wrapping with thread and the yarn is dyed, the wrapping and dyeing process occurring several times. The pattern thus already appears on the unwoven yarn. This procedure, designated by the Indonesian term *ikat,* can be applied to the warp (cf. Plate 14), the weft or both systems of threads (double ikat), which then merge to form a clear pattern, as in our example. Today patola weaving, once a widespread profession in Gujarat, is only done by two families in the town of Patan. In India, above all in Gujarat, various groups of the population use patola at weddings and other festivities, also employing them for religious purposes. From the end of the Middle Ages till just before World War II, Gujarat also exported a great many patola to Indonesia, where they were held in high esteem as ritual objects and ceremonial clothing. The patolu shown here has two rows of large squares on which tigers being attacked by a man with a sword, birds and large elephants being ridden by a master with his servant and a driver with an elephant hook are depicted. This motif is considered typical of patola intended for export to Indonesia. There temples and cultic figures may have been decked out with patola during religious festivals. In Bali, they were also used as a magical cure for mental illness.
Purchase U. and N. Ramseyer 1973,
Inv. No. IIc 17021.
Bibl.: Bühler/Ramseyer 1975,
Bühler/Fischer in preparation.

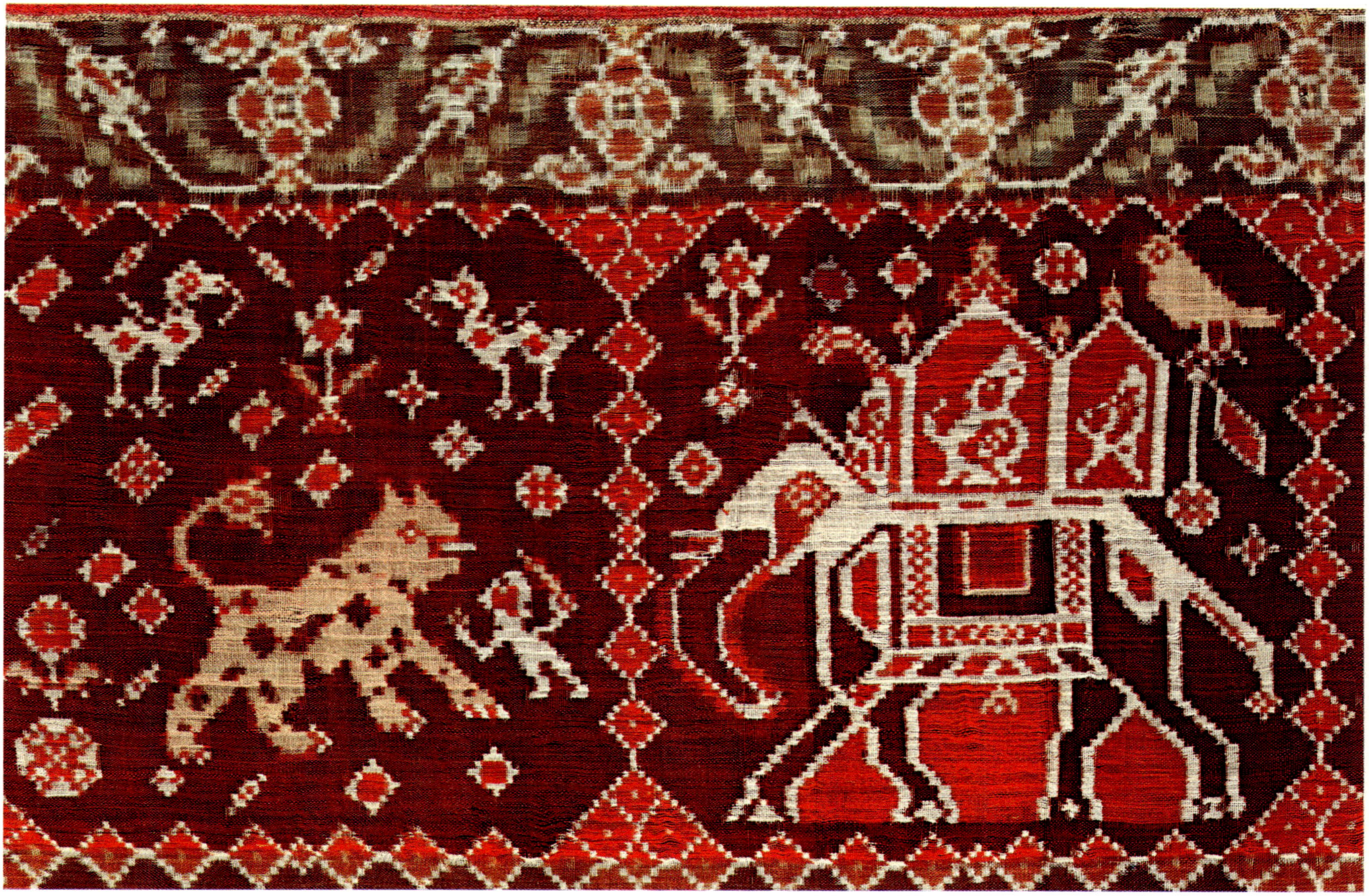

V/6

**Kashmir-Shawl**
Indien, Kashmir, zweite Hälfte
19. Jahrhundert, Wolle, Wirkerei
in Köperbindung und Stickerei
L. 204 cm, B. 91 cm
Ausschnitt: H. 24,5 cm, B. 23 cm

Sei es als Flügel- oder Sofadecke, sei es als Schultertuch, in Europa gehörten bunte Kashmir-Shawls seit Ende des 18. Jahrhunderts zur Inneneinrichtung und Frauenkleidung aristokratischer und gehobener bürgerlicher Kreise. Die Tradition dieser Textilien ist jedoch viel älter, war doch Kashmir, dieses abgeschlossene Bergtal in der nordwestindischen Himalaya-Region, bereits im 16. Jahrhundert berühmt für seine feinen Wollshawls, die in Indien und Persien von Männern gefaltet über der Schulter oder als Gürtel getragen wurden. Unter europäischem Einfluss entwickelten sich die frühen Formen mit zartfarbigen Blumenmustern auf einfarbigem Grund zu immer üppigeren und für den europäischen Geschmack orientalischeren Formen, auf denen das noch heute als Kashmir-Muster bekannte *buta*-Motiv dominierte. Exportrestriktionen und Massenproduktion von Kashmir-Shawl-Imitationen in England und Frankreich führten Ende des 19. Jahrhunderts in Kashmir zum völligen Zusammenbruch dieses einst blühenden Handwerks. Echte Kashmir-Shawls bestehen aus feinster Bergziegenwolle. Die allerbeste Qualität stammt von wilden Ziegen und soll so fein sein, dass sich ein Shawl durch einen Fingerring ziehen lässt. Auf einem einfachen Schaftwebstuhl (vgl. Zeichnung 6) wurden die Einträge von Hand mit unzähligen Spülchen – für reiche Muster 400 bis 1500 Stück – eingewirkt. Die komplizierte Herstellung, z. B. das Färben, das Entwerfen und Umsetzen der Muster in einen Weberbrief, das Ausarbeiten usw., war Sache verschiedener Spezialisten. Als im 19. Jahrhundert immer reichere Muster gefragt waren, begann man auch, die Shawls zu sticken oder in Teilstükken zu weben. Beim abgebildeten Shawl wurden die gewobenen Einzelpartien beinahe unsichtbar zusammengenäht und die Musterkonturen mit Stielstich umstickt, so dass beide Seiten fast gleich sorgfältig gearbeitet erschienen.
Ankauf A. Bühler 1976, Inv.-Nr. IIa 6583.
Lit.: Irwin 1973, Pauly/Corrie 1975.

**Châle du Cachemire**
Inde, Cachemire, seconde moitié
du XIXe siècle, laine, travail de tapisserie
en sergé, contours de motifs rebrodés
long. 204 cm, larg. 91 cm
détail: haut. 24,5 cm, larg. 23 cm

A partir de la fin du XVIIIe siècle, le châle multicolore du Cachemire apparaissait fréquemment en Europe dans les milieux bourgeois et ceux de l'aristocratie; on s'en servait pour recouvrir les pianos à queue et les canapés, mais aussi en tant que châle porté par les dames. Cependant la tradition de ces tissus est beaucoup plus ancienne; en effet le Cachemire, une haute vallée de l'Himalaya, était réputé dès le XVIe siècle pour ses étoffes de laine d'une grande finesse que les hommes en Inde et en Perse portaient repliées sur une épaule ou autour de la taille. Sous la pression du marché européen, la décoration initiale comparativement sobre qui consistait alors en motifs floraux de couleur délicate sur fond unicolore, prit une forme de plus en plus chargée et, selon le goût européen, de plus en plus orientale, dans laquelle dominait le motif *buta*, un motif caractéristique du Cachemire encore aujourd'hui. Certaines restrictions d'exportation ainsi que l'apparition en masses d'imitations produites en Angleterre et en France conduisirent à l'effondrement total de cet artisanat jadis prospère vers la fin du XIXe siècle. Les véritables châles du Cachemire sont en laine très fine en provenance de chèvres montagnardes. La qualité la meilleure est cependant fournie par des chèvres sauvages. Sa finesse est telle qu'un châle entier peut passer à travers une bague. Sur un simple métier à marches (cf. dessin 6) on introduisait les fils de la trame à l'aide d'une multitude de petites bobines, utilisant de 400 à 1500 bobines selon la complexité des motifs. Les différentes phases du procédé, par exemple la teinture, la création et la transposition des motifs sur un patron ainsi que le finissage, étaient réparties entre plusieurs spécialistes. Lorsque au XIXe siècle l'ornementation devint de plus en plus riche et complexe, on commença également à broder ou à tisser les châles en parties séparées. Le châle que nous reproduisons consiste en plusieurs éléments tissés séparément et assemblés après coup. Les contours des motifs ont été brodés au point de tige de manière à rendre invisibles les coutures de l'assemblage; la pièce présente deux faces presque semblables.
Achat A. Bühler 1976, No d'inv. IIa 6583.
Bibl.: Irwin 1973, Pauly/Corrie 1975.

**Kashmir Shawl**
India, Kashmir
latter half of the 19th century
wool, twill tapestry and embroidery
l. 204 cm, w. 91 cm
detail: h. 24.5 cm, w. 23 cm

Whether used as cloths to cover a piano or sofa or as wraps to be worn round the shoulders, from the end of the 18th century on, colourful Kashmir shawls were a fixture in aristocratic and upper middle class circles, both in interior decoration and women's fashions. But the tradition of these textiles is far older. In the 16th century, Kashmir, an isolated mountain valley in the northwestern Himalayas, was already famous for its delicate woollen shawls, which men in India and Persia wore folded over one shoulder or as a belt. Under European influence the early types with their delicately coloured floral patterns on a monochrome ground developed into more and more opulent, by European standards oriental forms with the *buta* motif, still known as the Kashmir pattern today, dominant among them. Export restrictions and the mass production of Kashmir shawl imitations in England and France led to the total collapse of this once flourishing handicraft in Kashmir at the end of the 19th century. Genuine Kashmir shawls are made of the finest mountain goats' wool. The highest quality wool comes from wild goats and is supposed to be so fine that a shawl made from it can be drawn through a finger ring. The coloured wefts were woven in by hand in tapestry technique on simple shaft looms (cf. Fig. 6); innumerable bobbins – 400 to 1500 – were used for elaborate patterns. Various specialists took part in the complicated production process, e.g. the dyeing, designing, translation of patterns into a coded pattern-guide and actual completion of the shawls. In the 19th century, when there was a demand for more and more elaborate patterns, the shawls began to be embroidered or woven in parts. In the shawl pictured here, the single woven portions have been sewn together in such a way as to make the seams almost invisible; and the outlines of the patterns have been embroidered in stem stitch so that both sides seem to have been done with virtually equal care.
Purchase A. Bühler 1976, Inv. No. IIa 6583.
Bibl.: Irwin 1973, Pauly/Corrie 1975.

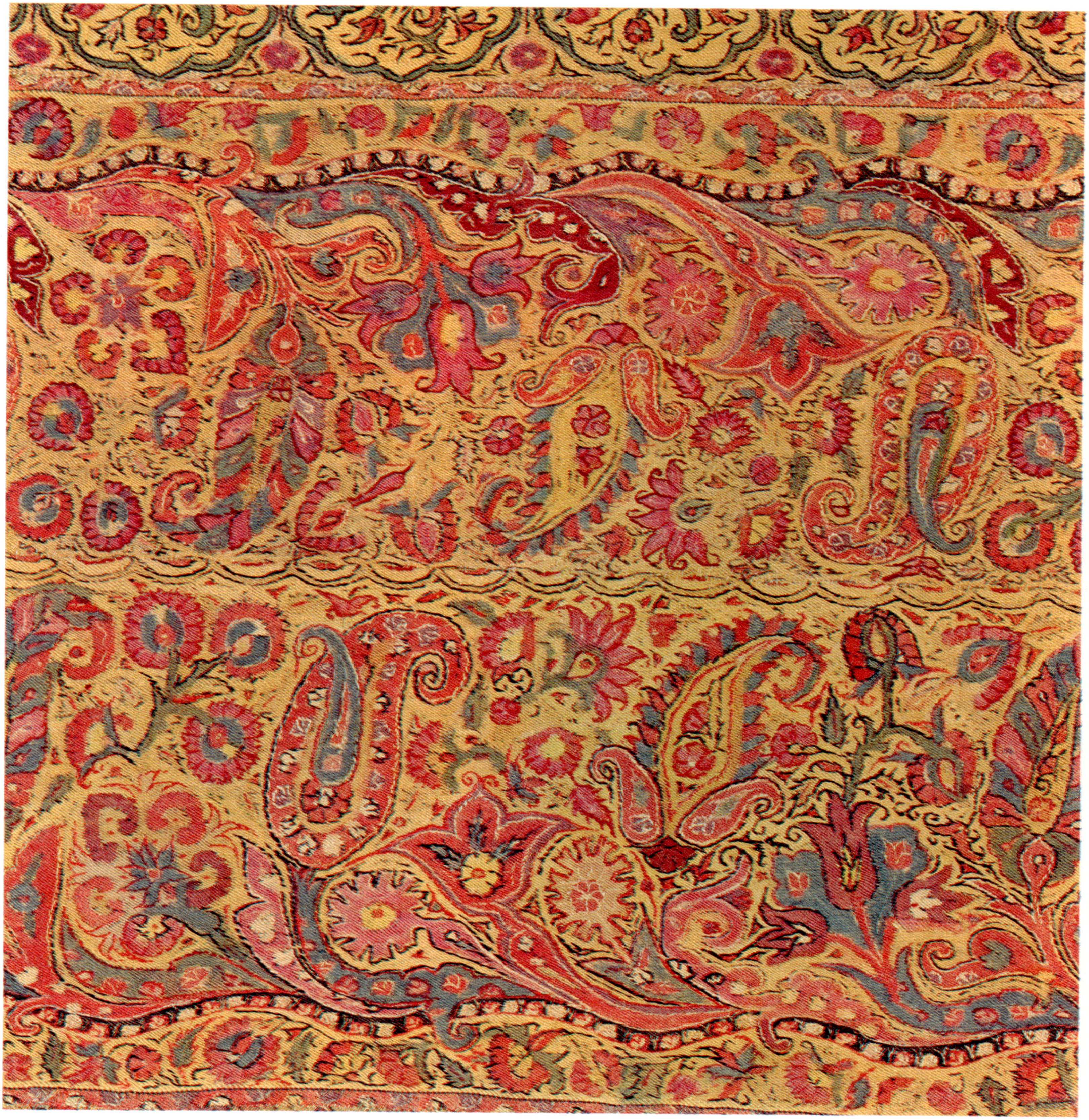

V/7

**Besticktes Tuch – *Chamba rumal***
Indien, Himachal Pradesh, Chamba
19. Jahrhundert
Baumwolle, Stickerei
(Stiche vgl. Zeichnung 7)
H. 72 cm, B. 68,5 cm

Die kleinen, bestickten *Chamba rumals* mit ihren reizvollen figürlichen Szenen sind das Werk von Frauen aus Chamba im westlichen Himalaya-Gebiet. Als Decktücher für Opfer- und Hochzeitsgaben spielten sie eine wichtige Rolle in der Brautaussteuer und im Hochzeitszeremoniell. Es sind volkstümliche Abwandlungen oder, wie hier, direkte Umsetzungen von Miniatur- und Wandmalereien. Unverkennbar ist der Einfluss von Miniaturmalern aus Basohli und Kangra, Regionen, mit denen Chamba seit dem 17. Jahrhundert in engem Kontakt stand. Dargestellt wurden mit Vorliebe mythologische Szenen, vor allem Geschichten des Gottes Krishna, die auch im Zentrum der indischen Liebesdichtkunst stehen. Auch hier erscheint in einem kleinen Pavillon Krishna, eine Lotosblüte in der Hand, zusammen mit seiner Geliebten Radha. Das Paar ist umgeben von Begleitern und Gespielinnen; die einen ergötzen sich beim Schaukeln oder beim beliebten *chopat*-Spiel, die anderen füttern Pfauen, eine Antilope oder Gazelle und einen Vogel. Dienerinnen fächeln ihnen kühle Luft zu und tragen Früchte und Süssigkeiten herbei. Die heitere, poetische Szene spielt sich in einem Garten unter phantasievoll gestalteten Bäumen ab. Der Stickgrund besteht aus feiner Baumwolle *(mal-mal)*; das Stickmaterial ist lockere Flockseide. In den Blumenranken der Rahmenbordüre lassen sich die feinen Holzkohlestriche der Vorzeichnung erkennen, die sich die Frauen für besonders schöne Stücke oft von Malern ausführen liessen. Die mit Ketten- und Spannstichen bis ins feinste Detail sorgfältig und liebevoll gestickten Muster erscheinen auf Bild- und Kehrseite beinahe identisch. Die seit dem 18. Jahrhundert lebendige Tradition so feiner, klassischer *Chamba rumals* ist verlorengegangen, und seit Beginn unseres Jahrhunderts wurden nur noch gröbere, volkstümliche Formen gestickt.
Schenkung T. A. Schinzel 1977,
Inv.-Nr. IIa 6900.
Lit.: Bhattacharyya 1962, 1968.

**Etoffe brodée – *Chamba rumal***
Inde, Himachal Pradesh, Chamba,
XIXe siècle
coton, broderie (pour les points
cf. dessin 7)
haut. 72 cm, larg. 68,5 cm

Les petits *Chamba rumal* brodés montrant de ravissantes scènes figuratives sont l'œuvre des femmes de Chamba, une localité située dans la région occidentale de l'Himalaya. En tant que napperon destiné à recouvrir les offrandes et les cadeaux de mariage, ces tissus prenaient une place importante dans le trousseau de la jeune mariée ainsi qu'au cours de la cérémonie elle-même. Il s'agit d'une forme popularisée ou alors, comme c'est le cas pour la pièce reproduite, de transpositions pures et simples de peintures murales et de miniatures. L'influence des miniaturistes de Basohli et de Kangra, deux régions avec lesquelles Chamba entretenait des contacts étroits dès le XVIIe siècle, est évidente. Les sujets de prédilection sont tirés de scènes mythologiques et plus particulièrement de certains épisodes relatant les exploits du dieu Krishna, un thème central de la poésie érotique hindoue. Ainsi nous voyons dans un petit pavillon Krishna tenant une fleur de lotus, et sa compagne Radha. Le couple est entouré d'une suite nombreuse: parmi les suivantes, quelques-unes se divertissent en escarpolette, tandis que d'autres se distraient en jouant un jeu populaire, le *chopat*. D'autres encore donnent à manger aux animaux, des paons, une antilope (ou une gazelle) et un oiseau. Les servantes agitent des éventails et apportent fruits et sucreries. Cette scène gaie et poétique se déroule dans un jardin ombragé par plusieurs arbres de fantaisie. Le fond du tissu est en fin coton *(mal-mal)*; les broderies sont en soie floche. Dans les bordures composées de motifs floraux on aperçoit les traces d'un dessin au charbon de bois; en effet, lorsqu'il s'agissait de réussir une pièce particulièrement belle, on faisait préalablement exécuter le dessin par un peintre. Les motifs, soigneusement brodés jusque dans les moindres détails au point de chaînette et au point tendu, apparaissent de manière presque identique sur le côté droit et sur l'envers de la pièce. Malheureusement, la tradition des *Chamba rumal* classiques, très répandue dès le XVIIIe siècle, s'est perdue au début de ce siècle pour faire place à des broderies moins fines, d'un genre plus rustique.
Don T. A. Schinzel 1977, No d'inv. IIa 6900.
Bibl.: Bhattacharyya 1962, 1968.

**Embroidered Cloth – *Chamba rumal***
India, Himachal Pradesh, Chamba
19th century
cotton, embroidery (stitches cf. Fig. 7)
h. 72 cm, w. 68.5 cm

The small, embroidered *Chamba rumals,* with their charming figural scenes, were produced by women from Chamba in the western Himalayas. As cloth coverings for offerings and wedding gifts, they played an important part in the bridal dowry and wedding ceremony. They are popular modifications of or, as we have here, direct translations of miniatures and murals into a different medium. The influence of miniaturists from Basohli and Kangra, regions Chamba had been in close contact with since the 17th century, is unmistakable. There was a particular fondness for depicting mythological scenes, especially stories of the god Krishna, which are also central to the Indian art of love poetry. Here, too, we have Krishna with a lotus blossom in his hand in a small pavilion with his mistress Radha. The couple is surrounded by attendants and playmates; some of them are swinging on swings or playing the popular game of *chopat;* others are feeding peacocks, an antelope or gazelle and a bird. Servant girls are fanning them and bringing fruits and sweets. This serene, poetic scene is set in a garden under imaginatively conceived trees. The fabric embroidered on is made of very fine cotton *(mal-mal)*; the embroidery thread is floss silk. In the tendrils of the floral border we can recognize the fine charcoal lines of the preliminary pattern sketch, which women often had painters make when the piece was to be a particularly beautiful one. With regard to the pattern, carefully and lovingly embroidered in chain and running stitches, the two sides of the fabric look practically the same. The tradition of the delicate, classical *Chamba rumal,* dating back to the 18th century, has died out, and since the beginning of the 20th century only coarser, more popular versions have been embroidered.
Gift T. A. Schinzel 1977, Inv. No. IIa 6900.
Bibl.: Bhattacharyya 1962, 1968.

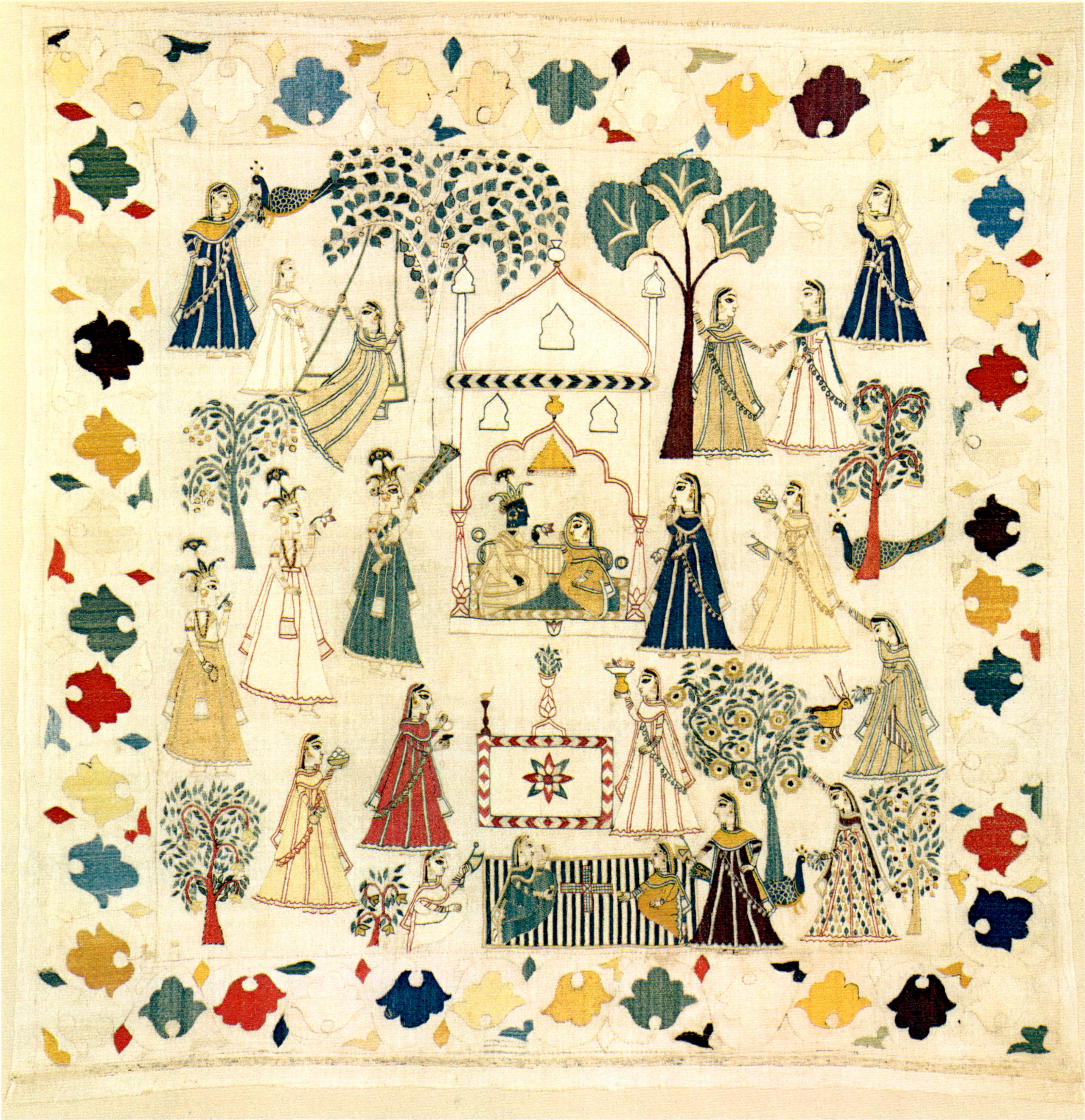

V/8

**Miao-Batikrock**
Nord-Vietnam, Provinz Hagiang
Beginn 20. Jahrhundert
Hanf und Leinen, Batik und Stickerei
L. 64 cm
untere Rockweite 684 cm

Weite, plissierte Glockenröcke gehören zur traditionellen Mädchen- und Frauentracht verschiedener Miao-Stämme, die in den Berggebieten Nord-Thailands, Burmas, Nord-Vietnams und südchinesischer Provinzen, wie z. B. Kweichow und Yünnan, wohnen. Durch ihre traditionelle Kleidung unterscheiden sich die einzelnen Miao-Stämme stark voneinander. So tragen die Hwa-Miao (‹Blumige Miao›) in Nord-Vietnam zu Batikröcken eine weisse Jacke mit farbigen Stickereien und Stoffapplikationen, die H'moong Nijua (‹Blaue Miao›) in Nord-Thailand jedoch eine dunkelblaue Bluse mit matrosenartigem Kragen (vgl. Zeichnung 8). Der abgebildete Rock einer Hwa-Miao-Frau aus Dong-Van, einem Dorf nördlich von Hanoi direkt an der chinesischen Grenze, ist zusammengenäht aus drei querlaufenden Streifen aus Hanf- und Baumwollstoff. Der Mittelteil wurde von Miao-Frauen in einem technisch primitiven, in der Ornamentik aber äusserst raffinierten Batik-Verfahren hergestellt. Für das Auftragen flüssigen Bienenwachses auf die Stellen, die nicht blau gefärbt werden sollen, benützt man in Nord-Vietnam nur ein einfaches Bambusstäbchen, während man sich in Nord-Thailand dafür eigentlicher Batikfedern mit Lamellen aus Metallblech bedient. Die Blaufärbung erfolgt mit indigohaltigen Pflanzen. Die geometrischen Muster – Kreuze, Sechsecke, Rauten, stilisierte Blütenformen – sind von unglaublicher Vielfalt: hier ist der Streifen in 21 Felder aufgeteilt, in denen sich nicht ein einziges Muster wiederholt. Dies zeugt von der künstlerischen Begabung und Phantasie dieser Frauen, die im traditionell festgelegten Rahmen immer wieder neue Varianten erfinden.
Von Miao-Frauen in Nord-Thailand erfuhr Bühler (1972, 66) so bildhafte Musterbezeichnungen wie ‹Hahnenkammblume›, ‹Ziegenaugenband› oder ‹Silbergeldblume mit Muscheln›.
Ankauf C. Schuster 1952, Inv.-Nr. IIb 1676.
Lit.: Bühler 1972, Steinmann 1949.

**Jupe en batik des Méos**
Nord Viêt-nam, province Hagiang
début du XXe siècle
chanvre et lin, batik et broderie
long. 64 cm
ampleur max. 684 cm

La jupe plissée d'une grande ampleur fait partie du costume traditionnel des femmes et des jeunes filles de plusieurs tribus de Méos vivant dans les régions montagneuses du nord de la Thaïlande, de la Birmanie, du Nord Viêt-nam et dans certaines provinces méridionales de la Chine, par exemple Kweichow et Yun-nan. Le costume traditionnel permettant de distinguer entre elles les tribus Méo diffère considérablement. Ainsi les Hwa-Méos (‹Méos à fleurs›) vivant dans la région du Nord Viêt-nam portent au-dessus de leur jupe en batik une jaquette blanche avec des broderies en couleur et des applications de tissu, tandis que les H'moong Nijua (‹Méos bleus›) du nord de la Thaïlande portent une blouse croisée sur le devant avec un ‹col marin› dans le dos (cf. dessin 8). La jupe reproduite ici a appartenu à une femme Hwa-Méo du village de Dông-Van, un village situé au nord de Hanoï, près de la frontière chinoise. Elle consiste en trois bandes juxtaposées en coton et en chanvre. L'ornementation de la partie centrale représente une des spécialités des femmes Méo qui savent composer un batik extrêmement raffiné avec les moyens techniques les plus simples. Pour l'application de la cire liquide sur les parties destinées à rester blanches, on utilise dans le Nord Viêt-nam un simple bâtonnet en bambou, tandis qu'en Thaïlande on se sert d'un genre de plume à batik pourvue de lamettes de métal. Le bleu est obtenu par une teinture à base d'indigo. Les motifs géométriques – des croix, des hexagones, des losanges et des fleurs stylisées – sont d'une extraordinaire diversité: la bande reproduite ici comporte 21 cases dont les motifs ne se répètent pas une seule fois. Indéniablement les femmes Méo possèdent un sens artistique profond s'accompagnant d'une créativité leur permettant d'inventer des variations toujours nouvelles, tout en restant dans le cadre traditionnel. Au cours d'un séjour dans le nord de la Thaïlande (1972, 66), Bühler nota des noms métaphoriques de motifs tels que ‹fleur de crête de coq›, ‹ruban de yeux de chèvres› ou encore ‹fleur de pièce d'argent avec coquillage›.
Achat C. Schuster 1952, No d'inv. IIb 1676.
Bibl.: Bühler 1972, Steinmann 1949.

**Miao Batik Skirt**
North Vietnam, Hagiang Province
early 20th century
hemp and linen, batik and embroidery
l. 64 cm
circumference at hem of skirt 684 cm

Full, pleated skirts are part of the traditional costume of the girls and women of various Miao tribes living in the mountainous regions of northern Thailand, North Vietnam and southern Chinese provinces like Kweichow and Yünnan. The traditional clothing of the various Miao tribes differs greatly. Thus the Hwa-Miao ('Flowery Miao') of North Vietnam wear white jackets with polychrome embroidery and cloth appliqué with their batik skirts, but the H'moong Nijua ('Blue Miao') of northern Thailand wear dark blue blouses with sailor-like collars (cf. Fig. 8). The skirt pictured here, that of a Hwa-Miao woman from Dong-Van, a village to the north of Hanoi on the Chinese border, is composed of three horizontal strips made of hemp and cotton cloth sewn together. The middle panel was produced by Miao women using a batik technique which, though technically primitive, results in very ingenious designs. In North Vietnam a simple bamboo stick is used to apply liquid beeswax to the areas that are not to be dyed blue, whereas proper, metal-tipped waxing pens are used in northern Thailand. Indigo plants are employed for blue-dyeing. There is an amazing variety of geometrical designs – crosses, hexagons, diamonds, stylized blossoms: here the panel is divided into 21 fields, yet no pattern appears more than once. This testifies to the artistic talent and imagination of these women, who manage again and again to create new variants within a traditionally defined framework. Bühler (1972, 66) learnt such picturesque pattern designations as 'cocks-comb flower', 'goat's-eye band' or 'silver coin flower with shells' from Miao women in northern Thailand.
Purchase C. Schuster 1952,
Inv. No. IIb 1676.
Bibl.: Bühler 1972, Steinmann 1949.

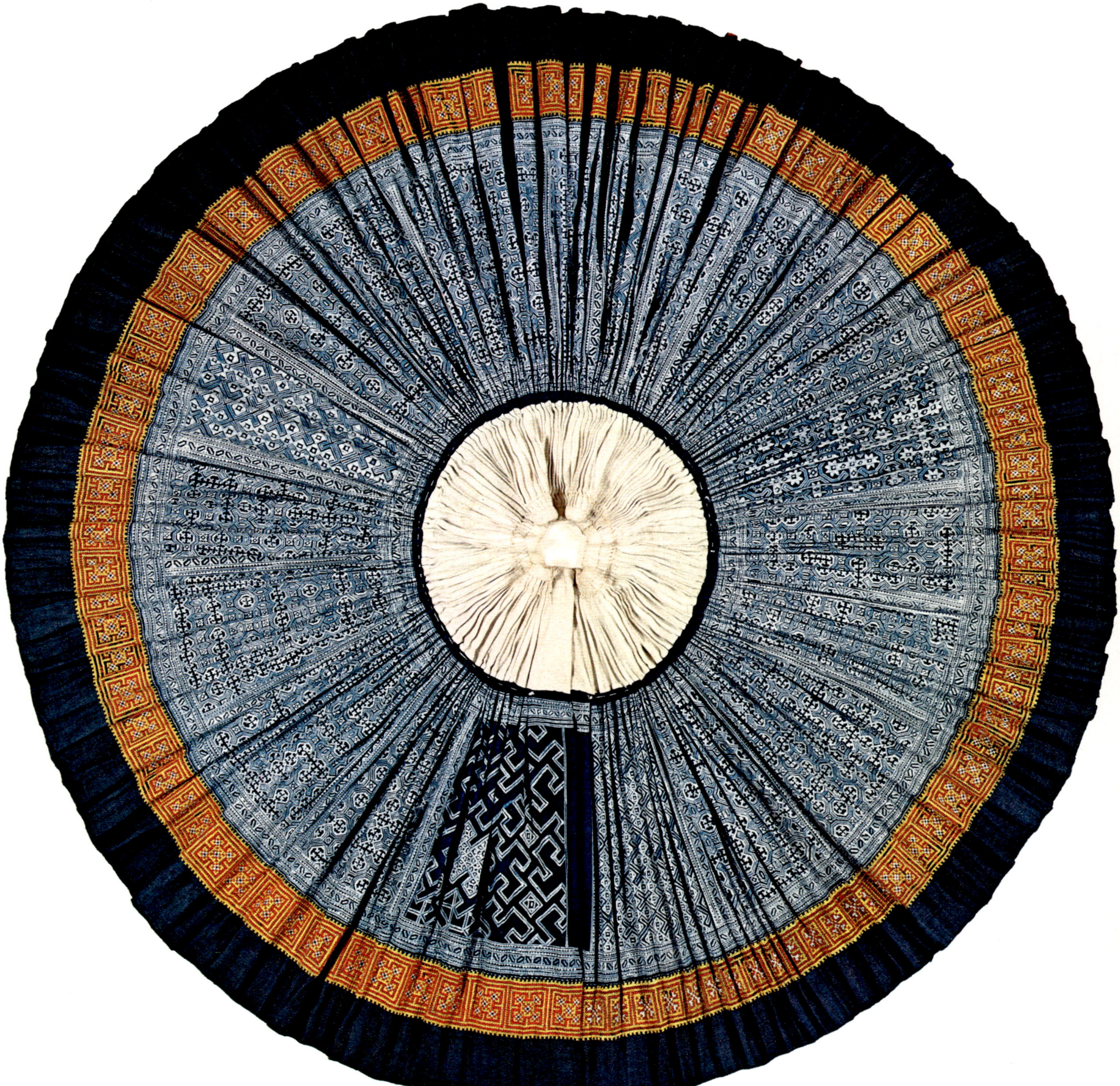

V/9

**Leinenstoff mit Glückssymbolen**
China, 20. Jahrhundert
Leinen, Schablonenreserve-Technik
L. 200 cm, B. 160 cm
Ausschnitt: H. 38,5 cm, B. 36 cm

Noch kaum bekannte Baumwoll- und Leinengewebe mit rustikal anmutenden Motiven gelangten aus den verschiedensten Teilen Chinas in die Sammlung ostasiatischer Textilien. Sie wurden und werden zum Teil bis heute von dörflichen Handwerkern in einer batikartigen Technik gemustert. Durch Schablonen aus steifem, geöltem Papier oder aus Zelluloid, aus denen die weissen Musterpartien herausgeschnitten wurden, strichen diese eine kleisterartige Reservemasse aus Kalk, Sojabohnenmehl *(dou-fu)* und anderen Ingredienzien auf den noch ungefärbten Stoff. Nun erfolgte ein Färbbad mit Indigo. Nach dem Entfernen der Abdeckmasse erschienen die blau gefärbten Muster auf dem zuvor abgedeckten weissen Grund. Die Motive auf diesen Stoffen – Tiere, Früchte und Pflanzen – sprechen für die des Schreibens oft unkundigen Benützer eine lebendige, symbolgeladene Bildsprache. Langes Leben wünschen auf dem abgebildeten Ausschnitt der mandschurische Kranich mit einem lebenspendenden Pilz im Schnabel, der gefleckte Hirsch, das Schriftzeichen *shou*. Kinderreichtum bringen die Melonen mit ihren vielen Samen, Glück spendet die Fledermaus. Bambus, der sich im Winter unter der Schneelast niederlegt und im Frühling wieder aufrichtet, steht als Symbol des Muts, Pflaumenblüten spielen auf den Frühling und damit die Jugend an. Besonders reizvoll ist der listige Affe *wu hou tzu*, der im paradiesischen Garten der Götter den Unsterblichkeit bringenden Pfirsich stahl. Diese Stoffe sollen Glück bringen und Schutz gewähren. Aus diesem Grund nähte man aus ihnen häufig Bettdecken, die der Braut als Hochzeitsgeschenk überreicht wurden, oder Kleidungsstücke für Kleinkinder. Das abgebildete Beispiel stammt aus der Umgebung von Peking oder möglicherweise aus den südöstlichen Provinzen Chekiang oder Kiangsi.
Schenkung E. Wyder-Thurneysen 1967,
Inv.-Nr. IId 6736a. Lit.: Chai Fei 1956.

**Etoffe de lin**
**avec symboles porte-bonheur**
Chine, XXe siècle
lin, technique de réserve à l'aide de pochoirs
long. 200 cm, larg. 160 cm
détail: haut. 38,5 cm, larg. 36 cm

Parmis la grande variété de tissus d'origine chinoise qui peu à peu sont venus enrichir notre collection de textiles d'Extrême-Orient, nous trouvons toute une série d'étoffes encore peu connues, en coton et en lin, montrant des motifs d'un aspect plutôt rustique. Aujourd'hui encore les étoffes de ce genre sont fabriquées par un artisanat villageois qui utilise une technique de réserve en se servant de pochoirs en papier huilé ou en celluloïd dans lesquels on a découpé les parties destinées à rester blanches. Une pâte de réserve contenant entre autres de la farine de soja *(dou-fu)* et de la chaux est appliquée à travers les trous du pochoir sur l'étoffe encore vierge, formant ainsi les réserves. On trempe ensuite la pièce de tissu dans un bain de teinture à l'indigo. Une fois la pâte sèche, on la détache en frottant, obtenant alors des motifs bleus sur fond blanc. Les motifs, des animaux, des fruits et des plantes, parlent un langage imagé, chargé de symboles, dont la signification est claire à tous ceux qui les voient, qu'ils soient analphabètes ou non. Le héron mandchou tenant dans son bec un champignon porteur de vie, souhaite longue vie, de même que le cerf tacheté et le signe *shou*. Les deux melons remplis de pépins présagent beaucoup d'enfants, tandis que la chauve-souris est synonyme de bonheur. Des branches de bambou ployant sous le poids de la neige hivernale pour se redresser au printemps, symbolisent le courage; les fleurs de prunier évoquent le printemps aussi bien que la jeunesse. Un motif charmant représente *wu hou tzu*, le singe malin, qui déroba jadis dans les jardins célestes la pêche d'immortalité. Ces étoffes accordent protection et bonheur à celui qui les utilise. Ainsi on s'en servait pour coudre des couvertures de lit que l'on offrait à la mariée à l'occasion du mariage ainsi que des vêtements d'enfants. L'étoffe reproduite nous arrive de la région de Pékin, peut-être de la province du Chekiang, dans le sud-est, ou éventuellement de celle du Kiangsi.
Don E. Wyder-Thurneysen 1967,
No d'inv. IId 6736a.
Bibl.: Chai Fei 1956.

**Linen Fabric with Auspicious Symbols**
China, 20th century
linen, stencil resist technique
l. 200 cm, w. 160 cm
detail: h. 38.5 cm, w. 36 cm

The East Asian textile collection has acquired thus far almost unknown cotton and linen fabrics with rustic motifs from diverse regions of China. They were, and in some cases still are, patterned by village craftsmen employing a batik-like technique. A thick resist paste made of chalk, soya curd (*dou-fu*) and other ingredients was spread onto the as yet undyed fabric through the cut out, white pattern areas of stencils made of stiff, oiled paper or celluloid. Now the cloth was steeped in an indigo dye bath. When the paste resist was removed, the patterns, which had now been dyed blue, appeared on the previously covered white ground. To their often illiterate users, the motifs found on these fabrics – animals, fruit and plants – speak a vivid, symbol-laden picture language. In the detail shown here, the Manchurian crane with a life-giving mushroom in his beak, the spotted stag and the written character *shou* wish a long life. The melon with its many seeds promotes fertility and the bat prosperity. Bamboo, which sinks under the burden of winter snow and rises again in spring, stands for courage, plum blossoms allude to spring and thus youth. The cunning monkey *wu hou tzu*, who stole the peach of immortality from the paradise garden of the gods, is particularly attractive. These fabrics are supposed to bring luck and afford protection. For this reason they were often made into blankets and given to brides as wedding gifts or made into infants' apparel. The piece shown here comes from the Peking area or possibly the southeastern provinces of Chekiang or Kiangsi.
Gift E. Wyder-Thurneysen 1967,
Inv. No. IId 6736a. Bibl.: Chai Fei 1956.

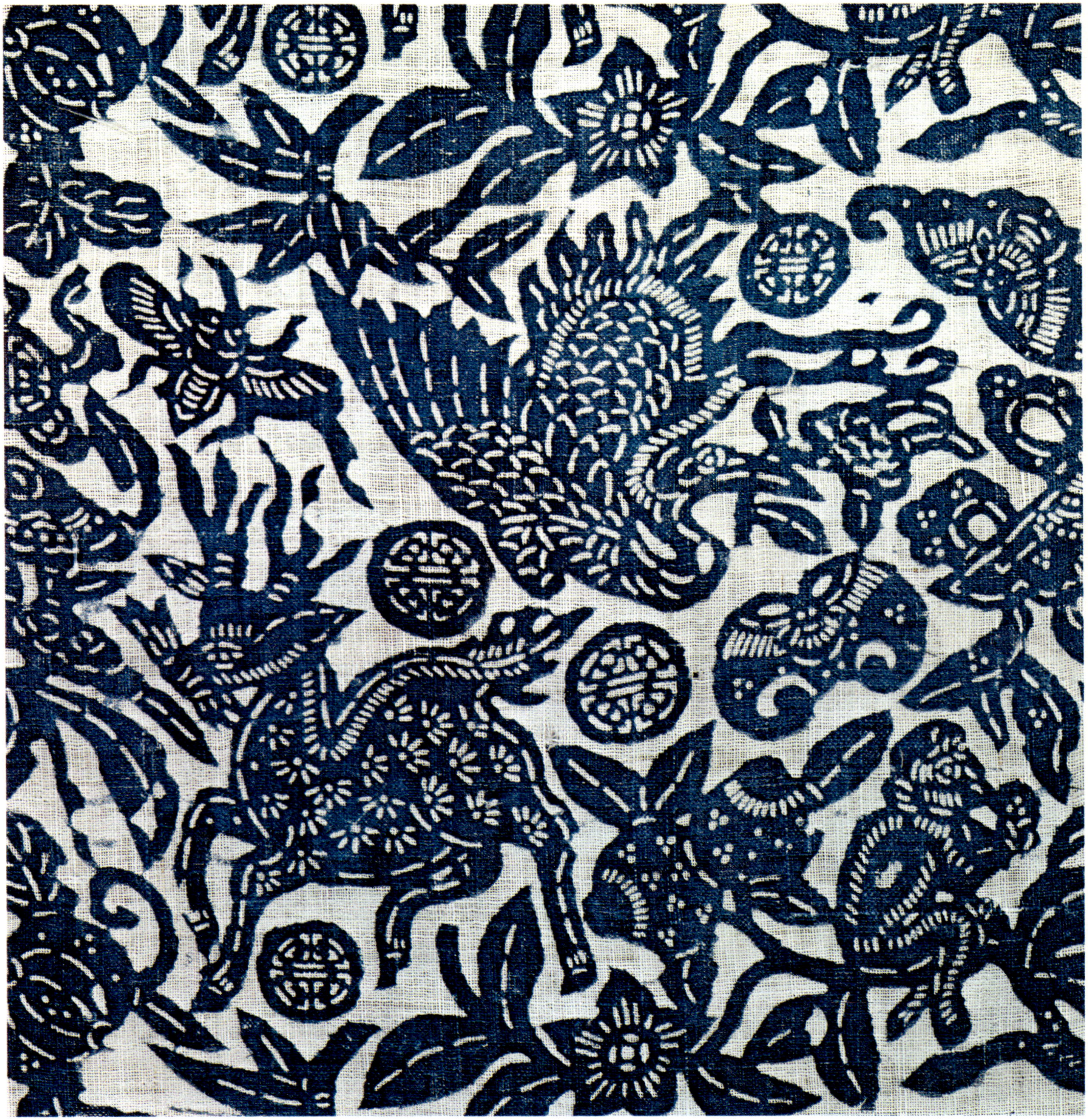

V/10

**Drachengewand**
China, um 1850
Seide, Stickerei und Goldfaden-Applikation
Länge des Mantels 149 cm
Ausschnitt Rückenteil:
H. 72 cm, B. 68 cm

Der Drache – Sohn des Himmels, Sinnbild der schöpferischen Kraft, Beherrscher des Universums und damit Symbol des Kaisers – ziert als Hauptmotiv neunmal die reich bestickten Drachengewänder (*chi-fu* = Glücksgewand). Im alten China wurden sie seit der T'ang-Zeit (7.–10. Jh.) bis zum Sturz der Ch'ing-Dynastie (1911) von der kaiserlichen Familie und hohen Beamten zu halbformellen Anlässen getragen und auch als wertvolle Geschenke überreicht. In der unteren Rückenpartie des weiten Mantels aus blauer Seide (vgl. Zeichnung 9) winden zwei fünfklauige Drachen *(lung)* ihre Schuppenleiber aus kunstvoll aufgenähten Gold- und eingestickten Seidenfäden; ihre gehörnten Köpfe sind einer flammenden Perle – oft als ihre Lebensessenz gedeutet – zugewendet. Sie fliegen durch den Himmelsraum in Wolken, zwischen denen buddhistische Glückssymbole erscheinen: hier im Ausschnitt Fisch, Lotusblüte und das Rad des Gesetzes. Wie in China abstrakte Begriffe bildhaft ausgedrückt wurden, zeigen die fünf roten Fledermäuse: das Zeichen für ‹Rot› bedeutet auch ‹gross›, ‹weit›, dasjenige für ‹Fledermaus› auch ‹Glück›. So sollen sie dem Träger Gesundheit, Reichtum, langes Leben, eine hohe Stellung und einen sanften Tod bringen. Der gewählte Ausschnitt stellt das gesamte Universum dar: über den schrägen, regenbogenfarbenen Streifen der Tiefwasserzone sprüht feine Wassergischt. Aus den Meereswogen erhebt sich eine Felsgruppe als Weltachse in den Himmelsraum. In den Fluten versteckt finden sich die Acht Kostbarkeiten *(pa pao)*: Szepter, Perlen und Korallen am oberen Wellenrand, darunter Bildrolle, viereckiger und runder Frauenhaarschmuck aus Gold *(shang)*, Goldbarren und Rhinozeroshorn.
Legat A. Krayer-Förster 1915,
Inv.-Nr. IId 1049. Lit.: Cammann 1952, Böttger 1975.

**Robe à dragons**
Chine, 1850 env.
soie, broderie et applications de fil guipé or, long. (robe entière) 149 cm
détail, partie du dos:
haut. 72 cm, larg. 68 cm

Le dragon, fils du ciel incarnant la puissance créatrice, est également le maître de l'univers et en tant que tel le symbole de l'empereur. Ce motif se répète neuf fois sur les robes à dragons richement brodées (*chi-fu* = vêtement porte-bonheur) qui dans la Chine ancienne, plus précisément à partir de la période T'ang (VIIe–Xe siècle) et jusqu'à la chute de la dynastie Ch'ing (en 1911), étaient le privilège des membres de la famille impériale ainsi que des hauts dignitaires. Portées à l'occasion de festivités mi-officielles, elles servaient également de don précieux. Dans le dos de cet ample manteau en soie bleue, nous apercevons, dans la partie inférieure, deux dragons à cinq griffes *(lung)* dont les écailles sont composées de fils d'or appliqués et de broderie en soie. Ils semblent se tortiller à la poursuite d'une perle enflammée qui contient, selon une interprétation répandue, leur essence de vie. Ils flottent dans l'espace céleste parsemé de nuages et de symboles de bonheur bouddhiques, entre autres le poisson, le lotus et la roue de la loi. Les cinq chauves-souris rouges illustrent parfaitement la coutume chinoise de traduire une notion abstraite par une image figurative: l'équivalent de ‹rouge› signifie également ‹grand›, tandis que la chauve-souris signifie également ‹bonheur›. Ces symboles sont sensés conférer santé, richesse, longue vie, un rang important et une mort douce à celui qui les porte. Le détail choisi représente l'univers dans son ensemble: les raies diagonales couleur arc-en-ciel représentent les profondeurs de l'océan à la surface duquel danse l'écume des vagues. Une montagne rocheuse en émerge, formant l'axe vertical du monde. L'océan recèle les huit objets précieux *(pa pao)*: le sceptre, les perles et les coraux, le rouleau d'images, la parure en or carrée et circulaire *(shang)* ornant la coiffure féminine, les barres d'or et la corne de rhinocéros.
Donation A. Krayer-Förster 1915,
No d'inv. IId 1049.
Bibl.: Cammann 1952, Böttger 1975.

**Dragon Robe**
China, about 1850
silk, embroidery and couched gold thread
length of robe 149 cm
detail from back:
h. 72 cm, w. 68 cm

The dragon – son of heaven, symbol of creative power, ruler of the universe and thus symbol of the emperor – is the main motif, found nine times, on elaborately embroidered dragon robes (*chi-fu* = good fortune robe). In the China of the T'ang period (7th–10th centuries) up to the overthrow of the Ch'ing dynasty (1911), they were worn by the imperial family and high-ranking officials on semi-official occasions and were also used as precious gifts. Two five-clawed dragons *(lung)*, skilfully made out of couched gold threads and embroidered silk threads, coil along the lower back of this wide, blue silk robe (cf. Fig. 9), their horned heads facing a flaming pearl which is often interpreted as the essence of their lives. They fly through the heavens in clouds between which Buddhist symbols of good luck appear: in this detail, fish, lotus blossom and the wheel of the law. The way abstract concepts were translated into pictures in China is shown by the five red bats: the character for 'red' also means 'great', 'wide', the one for 'bat' also means 'luck'. They are thus meant to bring the wearer health, wealth, a long life, a high position and a gentle death. The detail chosen here depicts the whole universe: there is a fine spray over the slanted, rainbow-coloured stripes of the deep water. A group of rocks rising out of the billowing sea ascends to the heavens as the axis of the world. The eight treasures *(pa pao)* are hidden in the waves: scepter, pearls and corals at the upper edge of the wave; below, a scroll, rectangular and round ornaments of gold for women's hair *(shang)*, ingots of gold and rhinoceros horn.
Bequest A. Krayer-Förster 1915,
Inv. No. IId 1049. Bibl.: Cammann 1952, Böttger 1975.

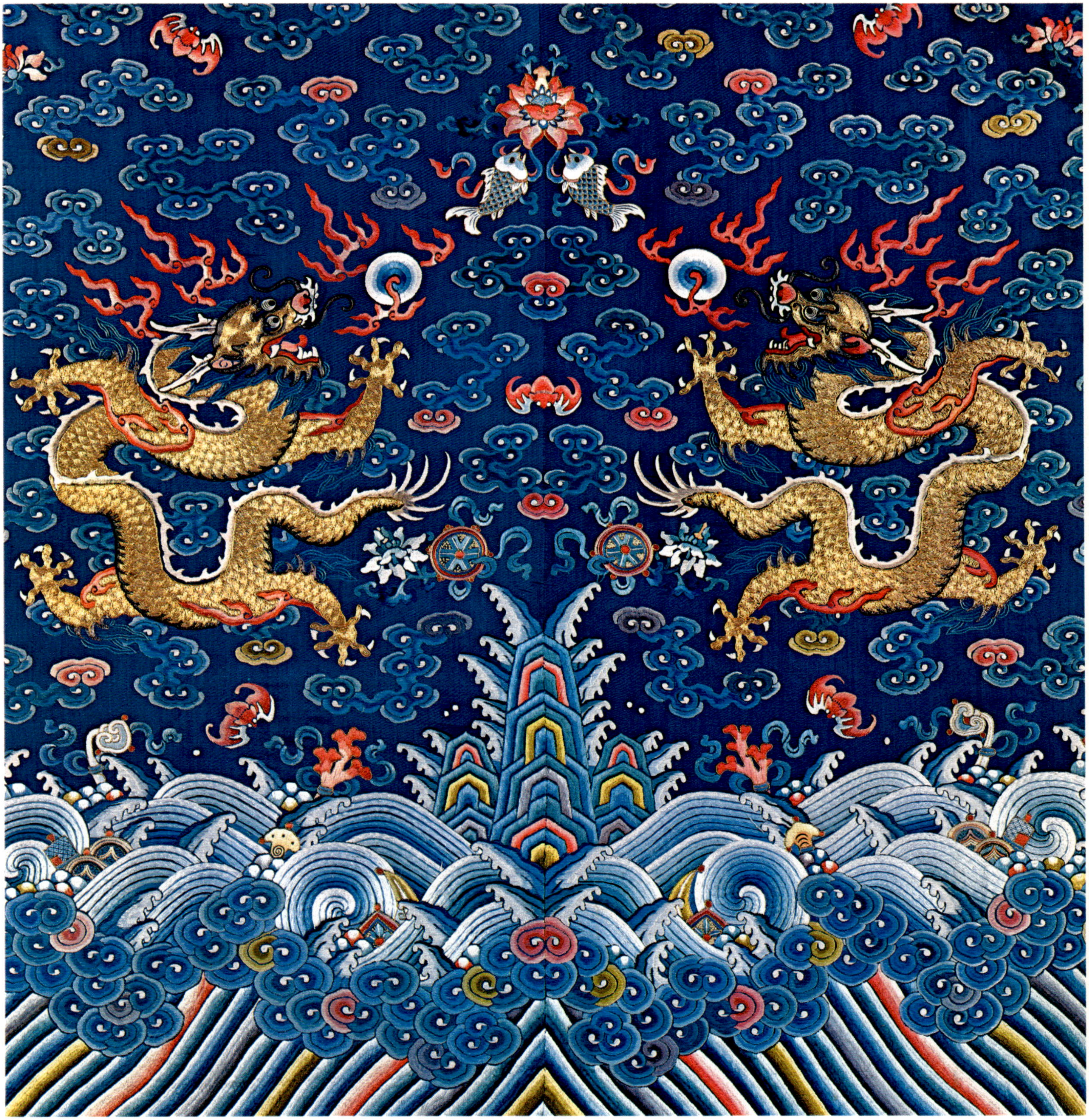

V/11

***Mokume shibori*-Gewebe**
Japan, Distrikt Owari, Narumi
um 1950
Baumwolle, Nähreserve-Technik
L. 31,5 cm, B. 36 cm
Ausschnitt: H. 30 cm, B. 28,5 cm

Für die kreisförmigen Muster dieses indigoblau gefärbten Baumwollstoffes wurde die Technik *mokume shibori* (*mokume* = Holzfasern, *shibori* = allgemeine Bezeichnung für Abbind-, Näh- und Faltreserven) angewendet (vgl. Tafel 13). Das Motiv heisst *karamatsu*, was ‹chinesische› oder einfach ‹fremdländische Föhre› bedeutet. Jeweils entlang den dunkeln Scheitelstrichen der Kreisflächen faltete man den Stoff in zwei Lagen, durchnähte ihn mit einfachen Vorstichen in halbkreisförmigen, konzentrischen Linien und zog ihn auf diesen Fäden dicht in Fältchen zusammen (vgl. Zeichnung 10). So konnte die blaue Farbe nicht ins Innere der zusammengepressten Stellen eindringen, und es entstand eine Musterung, die in der Tat an Holzstrukturen erinnert. Seit vielen Jahrhunderten wurden in Japan Gewebe auf diese Weise verziert. Das älteste bekannte Beispiel, ein Seidenstofffragment mit sehr ähnlichen Kreisformen (Kitamura o. J., Tafel 7), stammt aus der Kamakura-Periode (1185–1333). *Shibori*-Verfahren waren schon in der Nara-Periode (7.–8. Jh.) bekannt, erfuhren aber ihre höchste Entwicklung in der Edo-Zeit (1615–1867). Von Kyoto aus, wo vor allem kunstvolle Seidenstoffe für die Oberschicht gemustert wurden, verbreiteten sich diese Techniken im 18. Jahrhundert in ländliche Gebiete, so auch nach Narumi im Distrikt Owari. Bis heute ist dies ein Zentrum der Herstellung reservegemusterter Baumwollstoffe geblieben. Kleinhandwerker und Bauernfamilien, die auf diese Weise ihr karges Einkommen durch zusätzlichen Verdienst in den Abendstunden und den landwirtschaftlich weniger intensiven Jahreszeiten verbessern, üben dort diese Arbeit aus. Oft sind Familien seit Generationen auf bestimmte Musterungsverfahren spezialisiert, so dass ein Stoff bis zu seiner Vollendung durch viele Hände geht.
Ankauf J. Langewis 1956, Inv.-Nr. IId 4827.
Lit.: Bühler 1963, Kitamura o. J.

**Tissu *mokume shibori***
Japon, district Owari, Narumi, 1950 env.
coton, technique dite de réserve cousue
long. 31,5 cm, larg. 36 cm
détail: haut. 30 cm, larg. 28,5 cm

Les motifs circulaires de ce tissu en coton teint en bleu indigo ont été obtenus par le procédé *mokume shibori* (*mokume* = fibres de bois, *shibori* = expression générale pour réserves obtenues soit par application de ligatures, par plis cousus ou alors par plissements; cf. pl. 13). Le motif représenté est désigné par *karamatsu*, ce qui signifie ‹pin chinois› ou simplement ‹pin étranger›. Pour obtenir le disque prévu, on a d'abord plié l'étoffe le long des raies sombres traversant le motif de part en part; puis, à partir de cette raie, on a cousu plusieurs demi-cercles concentriques au point devant, en piquant à travers les deux couches de l'étoffe pliée; en tirant sur les fils introduits et en fronçant l'étoffe, on a ensuite formé un plissé bien serré (cf. dessin 10) empêchant la teinture bleue de pénétrer dans les parties protégées par les plis. Le motif ainsi obtenu évoque effectivement la structure de certains bois. Cette technique que l'on connaît au Japon depuis des siècles, est utilisée pour l'ensemble de la décoration d'un tissu aussi bien que pour une partie des motifs seulement. L'exemple le plus ancien que l'on connaisse, un fragment de tissu en soie orné de motifs circulaires presque semblables (Kitamura, sans date, pl. 7), date de la période Kamakura (1185–1333). La technique du *shibori* était déjà connue pendant la période Nara (VIIe–VIIIe siècle); cependant elle atteint son apogée au cours de la période d'Edo (1615–1867). A partir du XVIIIe siècle et venant de Kyoto où l'on s'en servait avant tout pour orner artistiquement des étoffes de soie destinées à l'aristocratie, les techniques dites de réserve se répandirent peu à peu dans les régions rurales, atteignant également Narumi, dans le district Owari. Cet endroit est devenu un centre de la décoration textile à l'aide de réserves. Elle y est exercée par un artisanat individuel aussi bien que par des familles paysannes qui améliorent ainsi leurs revenus en travaillant le soir et pendant les saisons calmes du cycle agraire. Certaines familles se sont spécialisées dans l'un ou l'autre procédé de décoration au cours de plusieurs générations, et une étoffe passe donc d'ordinaire par beaucoup de mains avant d'être achevée.
Achat J. Langewis 1956, No d'inv. IId 4827.
Bibl.: Bühler 1963, Kitamura, sans date.

***Mokume shibori* Fabric**
Japan, District of Owari, Narumi
about 1950
cotton, stitch resist technique
l. 31.5 cm, w. 36 cm
detail: h. 30 cm, w. 28.5 cm

The *mokume shibori* technique (*mokume* = wood fibres, *shibori* = general term for tie, stitch and fold resist methods; cf. Plate 13) was employed for the circular patterns on this indigo-blue dyed cotton fabric. The motif is called *karamatsu*, which means 'Chinese' or simply 'foreign fir tree'. The fabric was folded over along the dark centre lines of the circular areas, the two layers were stitched through using simple running stitches in semi-circular, concentric lines and then the material was shirred by pulling the threads (cf. Fig. 10). This kept the blue dye from penetrating the areas that were bunched together, and a pattern reminiscent of the grain of wood resulted. Fabrics have been decorated in this way in Japan for centuries. The oldest known example, a fragment of silk fabric with very similar circular shapes (Kitamura, no date, Plate 7) dates back to the Kamakura period (1185–1333). *Shibori* techniques were already known during the Nara period (7th–8th centuries), but reached the peak of their development during the Edo period (1615–1867). In the 18th century these techniques spread from Kyoto, where above all artistic silk fabrics for members of the upper social classes were patterned, to rural areas, thus reaching Narumi in the District of Owari, as well. The latter has remained a centre of resist-patterned cotton fabrics up to the present day. This kind of work is often done by small craftsmen and peasant families working in the evening or in the agriculturally less demanding seasons of the year in order to supplement their meagre incomes. Frequently families have specialized in certain patterning techniques for generations, so that a fabric has to pass through many hands before it is finished.
Purchase J. Langewis 1956,
Inv. No. IId 4827.
Bibl.: Bühler 1963, Kitamura, no date.

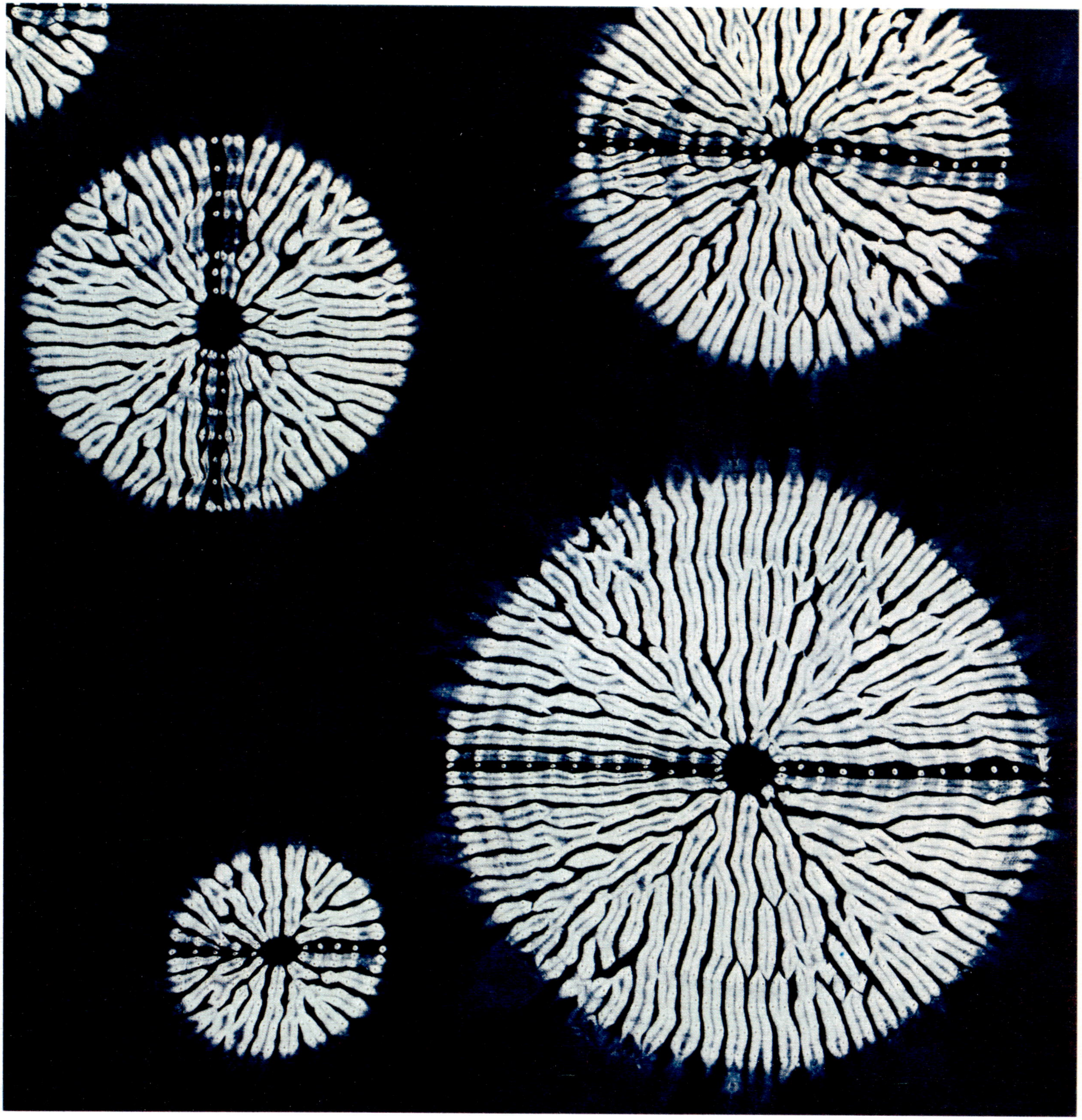

V/12

**Rückenteil eines Kimonos**
Japan, Kyoto, frühe Edo-Periode
erste Hälfte 17. Jahrhundert
Baumwolle, Abbindreserve-Verfahren
Stickerei und Goldfaden-Applikation
L. 31,5 cm, B. 36 cm

Von einem Kimono aus leichtem, kühlem Hanfgewebe stammt eines der schönsten Stücke der Sammlung reservegemusterter Textilien aus Japan, die nicht nur ländliche handwerkliche Traditionen (vgl. Tafel 12), sondern auch künstlerisches Schaffen für höhere Schichten belegt. Die friedliche Edo-Periode (1615–1867) bedeutete für Japan eine Blütezeit eigenständiger Textilkultur. In freier graphischer Gestaltung wurden die verschiedensten Techniken kombiniert, um so hervorragende Bildmuster, wie diesen über weichen Wasserwellen schwebenden Pflaumenblütenzweig, beliebtes Symbol des Frühlings, zu erschaffen (vgl. Zeichnung 11). Einer Vorzeichnung folgend, wurden erst mit Faden alle jenen Stellen abgebunden, die ungefärbt bleiben sollten. Dies geschah mit Hilfe eingelegter Holzscheibchen für die nachträglich überstickten Blüten oder als winzige Köpfchen für die rautenförmigen Elemente, die wie ein Tupfenraster *(kanoko)* einzelne Blüten, Zweige und Wasserlinien bilden. Dieses *te kanoko shibori*-Verfahren ist vergleichbar mit den indonesischen *plangi*- und den indischen *bandhana*-Techniken (vgl. Tafel 5). In Japan lässt es sich zurückverfolgen bis ins 7. und 8. Jahrhundert, erreichte aber seine kunstvollste Ausgestaltung in der Edo-Periode. Nachdem auf diesem Stoff einzelne Blüten braun gefärbt und abgedeckt worden waren, tauchte man ihn in blaue Farbe, reservierte die blau gewünschten Stellen und färbte schliesslich mit Schwarz. Erst dann ergänzten andere Handwerksspezialisten durch Stickerei mit zartfarbigem Seidengarn und Applikation von Goldfäden die weissen Blüten und die kleinen Knospenformen.
Ankauf K. und A. Bühler 1964,
Inv.-Nr. IId 6576. Lit.: Bühler 1963, Kitamura o. J., Minnich 1963, Nabholz 1969.

**Partie du dos d'un Kimono**
Japon, Kyoto, début de la période d'Edo
première moitié du XVIIe siècle
chanvre, technique de réserves ligaturées
broderie et applications de fil guipé or
long. 31,5 cm, larg. 36 cm

Ce morceau de tissu frais et léger en chanvre a jadis fait partie du dos d'un kimono. Il s'agit d'une des plus belles pièces de notre collection de tissus japonais décorés selon la technique dite de réserve, collection qui ne comprend d'ailleurs non seulement des tissus témoignant d'un artisanat rural traditionnel (cf. pl. 12) mais encore d'une grande activité artistique exercée autrefois au service de l'aristocratie. L'ère de prospérité et de paix qui caractérisa la période d'Edo (1615–1867) vit l'éclosion de l'art textile japonais autochtone. On combinait alors les techniques les plus variées pour composer des tableaux délicats d'une conception graphique très libre, tel celui-ci montrant au-dessus d'un cours d'eau doucement ondulé une branche de prunier en fleur, le symbole du printemps par excellence (cf. dessin 11). En ce qui concerne l'exécution, on suivait les lignes d'un dessin apposé précédemment, en ligaturant avec du fil toutes les parties destinées à être protégées de la teinture; pour les pétales de fleurs relativement grands que l'on rebrodait par la suite, on utilisait des petits disques, tandis que pour la multitude d'éléments rhombiformes qui constituent la grille de petites taches *(kanoko)* composant une partie des fleurs, ainsi que les branches et les lignes de l'eau, on apposait les ligatures de manière à former de minuscules petites têtes dans le tissu. Ce procédé *te kanoko shibori* est comparable à la technique indonésienne du *plangi* ainsi qu'à celle de l'Inde, le *bandhana* (cf. pl. 5); au Japon elle remonte au VIIe–VIIIe siècle environ; cependant elle n'atteindra cette forme élaborée, résultat d'un perfectionnement constant, qu'au cours de la période d'Edo. Quant à l'étoffe reproduite, on a teint une partie des fleurs en brun en les recouvrant par la suite afin de les protéger de la teinture bleue; puis on a apposé des ligatures à tous les endroits que l'on désirait protéger de l'ultime teinture noire. C'est alors qu'un nouveau spécialiste a rebrodé le contour des fleurs restées blanches, en utilisant des fils de soie aux nuances délicates, tout en appliquant des fils guipé or pour les bourgeons.
Achat K. et A. Bühler 1964,
No d'inv. IId 6576. Bibl.: Bühler 1963, Kitamura, sans date, Minnich 1963, Nabholz 1969.

**Back of a Kimono**
Japan, Kyoto, early Edo period
first half of the 17th century
cotton, tie-and-dye resist technique
embroidery and couched gold thread
l. 31.5 cm, w. 36 cm

A portion of a kimono made of light, cool hemp is one of the most beautiful pieces in the collection of resist patterned Japanese textiles, a collection containing evidence not only of a tradition of rural craftsmanship but also of artistic work for the upper social classes. During the peaceful Edo period (1615–1867) an independent textile culture flourished in Japan. Exercising great artistic freedom, extremely diverse techniques were combined to create magnificent picture motifs like this one – a branch with plum blossoms, a popular symbol of spring, floating above gentle waves (cf. Fig. 11). First all those parts which were to remain undyed were wrapped with thread according to a sketch drawn on the cloth: the blossoms which were to be embroidered over later were wrapped around large discs; the diamond-shaped elements which, like a screen of dots, formed single blossoms, twigs and lines representing water, were wrapped as tiny bunched elevations. This *te kanoko shibori* technique is comparable to the Indonesian *plangi* and Indian *bandhana* techniques (cf. Plate 5). Although it can be traced back to the 7th–8th centuries in Japan, it reached its artistic peak during the Edo period. After single blossoms had been dyed brown and wrapped, the fabric shown here was dipped into blue dye; subsequently the areas that were to remain blue were wrapped and then the fabric was finally dyed black. It was only then that specialists in other fields completed the white blossoms and small buds by embroidering silk threads in pastel colours and couching gold threads.
Purchase K. and A. Bühler 1964,
Inv. No. IId 6576. Bibl.: Bühler 1963, Kitamura, no date, Minnich 1963, Nabholz 1969.

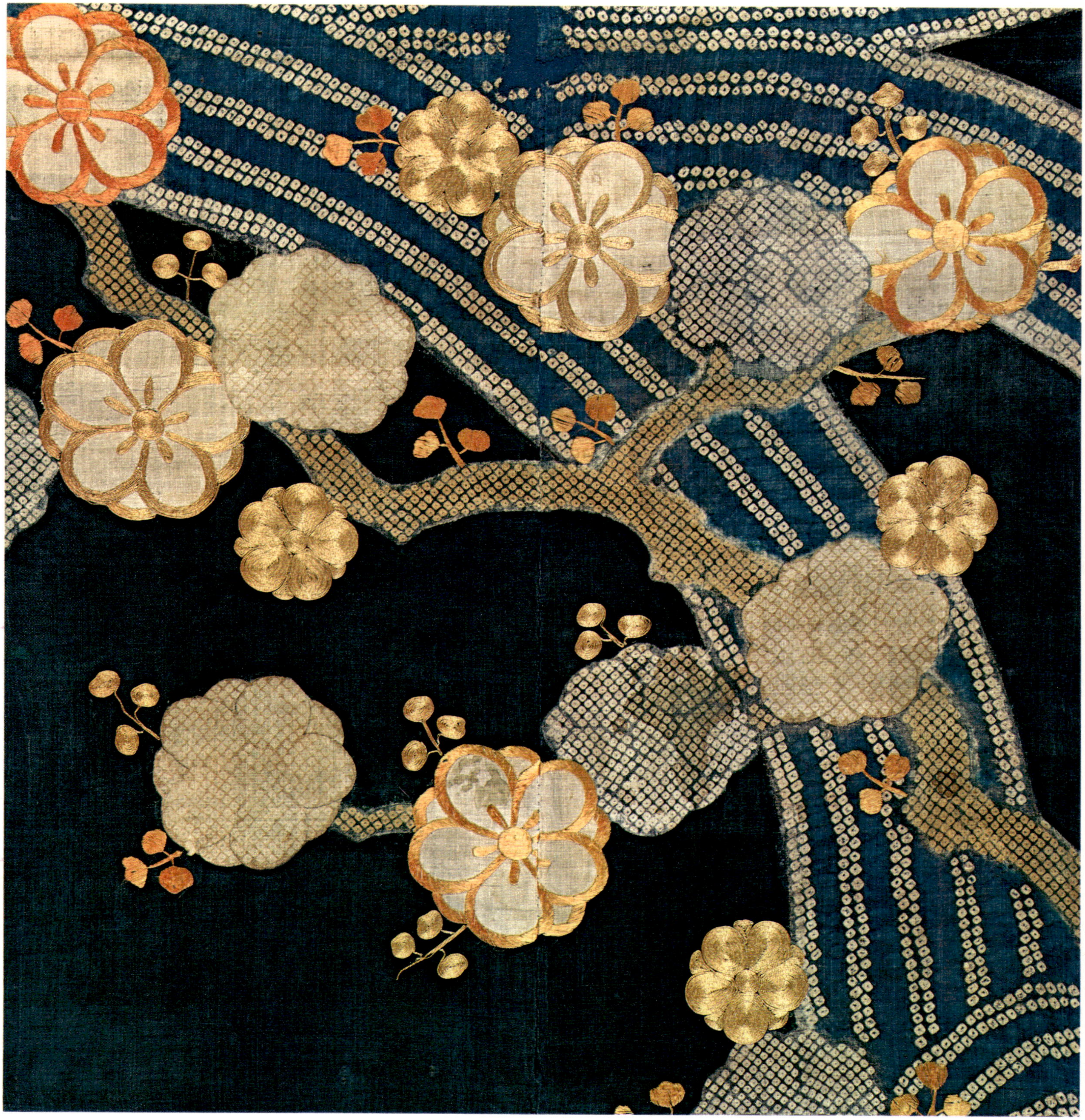

V/13

**Zeremonialtuch**
West-Sulawesi (West-Celebes)
Toradja-Länder, Distrikt Galumpang
Beginn 20. Jahrhundert
Baumwolle, Kettikat
L. 180 cm, B. 141 cm

In Indonesien sind die bereits früher erwähnten Ikat-Verfahren (vgl. Tafel 6) weit verbreitet. Als eindrückliches Beispiel aus der umfassenden Sammlung indonesischer Gewebe ist hier ein Totentuch *(kain sekumandi)* der Toradja abgebildet. Zwei Reihen länglicher Dreiecke, das für viele indonesische Textilien charakteristische *tumpal*-Muster, begrenzen das aus zwei Teilen zusammengenähte Baumwolltuch. Dazwischen wiederholen sich in vier senkrechten Bahnen ineinandergreifende Muster aus Rauten, Kreuzen, Haken und Spiralen. Viele Forscher sehen in diesem geometrischen Muster Menschenfiguren, die bis zur Unkenntlichkeit stilisiert wurden; sie deuten diese als Abbilder verstorbener Ahnen. Anthropomorphe Figuren finden sich auch auf Kettikat-Geweben aus anderen Gebieten Indonesiens. Die altertümliche Ornamentik der Toradja-Tücher erinnert aber auch an Verzierungen auf Bambusobjekten aus Neuguinea. Über das südliche Toradja-Gebiet mit den Ikat-Herstellungszentren Galumpang und Rongkong hinaus spielten diese *kain sekumandi* auch in angrenzenden Gebieten eine bedeutende Rolle im kultisch-religiösen Leben ihrer Bewohner. Im Totenkult dienten sie zum Einwickeln des Leichnams und als Sargdecke und wurden am Begräbnisplatz aufgehängt oder aufgestapelt. Ihre magische Kraft soll sich bei der Geburt positiv ausgewirkt haben, musste doch in der Nähe der gebärenden Frau ein solches Tuch liegen. Ihre Herstellung lag ausschliesslich in Händen der Frauen. Vor dem Weben wurde die Kette im Ikat-Verfahren gemustert, d. h. in zwei Arbeitsgängen dem Muster entsprechend in Bündeln stellenweise mit Fadenmaterial satt umwickelt und dann mit *menkudu (Morinda citrifolia)* und Indigo gefärbt (vgl. Zeichnung 12).
Ankauf Wohnbedarf Zürich (ehemals Sammlung F. Weber) 1944, Inv.-Nr. IIc 7621.
Lit.: Bühler 1943, Gerlings 1952, Langewis/Wagner 1964.

**Etoffe de cérémonie**
Sulawési (Célèbes), région ouest
territoire Toradja, district de Galumpang
début du XXe siècle
coton, ikat sur chaîne
long. 180 cm, larg. 141 cm

En Indonésie, la technique de l'ikat que nous avons déjà mentionnée précédemment (cf. pl. 6) est très répandue. L'exemple reproduit fait partie de notre collection par ailleurs très complète de tissus indonésiens. Il s'agit d'une étoffe funéraire *(kain sekumandi)* toradja en coton. Elle est bordée aux deux bouts par une rangée de *tumpal*, un motif triangulaire typiquement indonésien. L'espace entre les deux bordures est rempli par des motifs répétés disposés de manière continue, en quatre larges bandes verticales identiques: losanges, croix, crochets et spirales. Un grand nombre de spécialistes voient dans ce dessin géométrique des personnages stylisés qu'ils interprètent comme étant des portraits d'ancêtres. Des figures anthropomorphes très stylisées en ikat de chaîne se retrouvent d'ailleurs dans de nombreuses régions d'Indonésie. Cependant l'ornementation des tissus toradja évoque également certains motifs ornant des objets en bambou de la Nouvelle-Guinée. En dehors des centres de fabrication d'ikat tels que Galumpang et Rongkong, les *kain sekumandi* jouaient un rôle important dans le domaine socio-rituel chez les habitants des régions avoisinantes. Dans le cadre du culte des morts, ces étoffes servaient de suaire enveloppant le corps du défunt, mais aussi de linceul recouvrant le cercueil; par ailleurs elles étaient suspendues ou empilées sur les lieux de la cérémonie funéraire. Cependant les propriétés magiques des *kain sekumandi* intervenaient également à l'occasion de naissances; on déposait alors une telle étoffe à proximité de la mère lors de l'accouchement. Leur fabrication était exclusivement réservée aux femmes. Avant d'être tissée, la chaîne était ikatée, c'est-à-dire qu'on l'ourdissait en regroupant les fils dans des écheveaux, conformément aux motifs voulus; au cours de deux procédés consécutifs on en ligaturait certaines parties (avec du fil) avant de les teindre au *menkudu (Morinda citrifolia)* et à l'indigo (cf. dessin 12).
Achat Wohnbedarf Zurich (anciennement collection F. Weber) 1949, No d'inv. IIc 7621.
Bibl.: Bühler 1943, Gerlings 1952, Langewis/Wagner 1964.

**Ceremonial Cloth**
West Sulawesi (West Celebes)
Toradja territories, District of Galumpang
early 20th century
cotton, warp ikat
l. 180 cm, w. 141 cm

The ikat techniques which have already been mentioned (cf. Plate 6) are very widespread in Indonesia. This Toradja shroud *(kain sekumandi)* is an impressive piece from the comprehensive collection of Indonesian textiles. A row of elongated triangles – the *tumpal* motif characteristic of many Indonesian fabrics – is located at either end of the cotton cloth made of two halves sewn together. Between the rows of triangles there are four vertical ranks of repeating, interlocking patterns composed of diamonds, crosses, hooks and spirals. Many specialists see this geometrical design as human figures stylized beyond recognition and interpret them as images of ancestors. Anthropomorphic figures can be found on warp ikat fabrics from other parts of Indonesia, too. But the archaic ornamentation of Toradja cloths is also reminiscent of the decoration of bamboo objects from New Guinea. These *kain sekumandi* played an important part in the ritual life of the inhabitants not only of the southern Toradja territories with its centres of ikat production Galumpang and Rongkong but also in surrounding areas. As a part of the death cult they were used to wrap corpses in or to cover coffins and they were also hung or piled up at the burial ground. Their magical powers were thought to have a positive effect on birth, and thus women had to have a cloth of this kind lying near them during childbirth. They were produced exclusively by women. Before being woven, the warp was patterned according to the ikat technique, i.e. it was bundled and certain portions were wrapped tightly with thread before both the *menkudu (Morinda citrifolia)* and indigo dyeings (cf. Fig. 12).
Purchase Wohnbedarf Zürich (formerly Collection F. Weber) 1944, Inv. No. IIc 7621.
Bibl.: Bühler 1943, Gerlings 1952, Langewis/Wagner 1964.

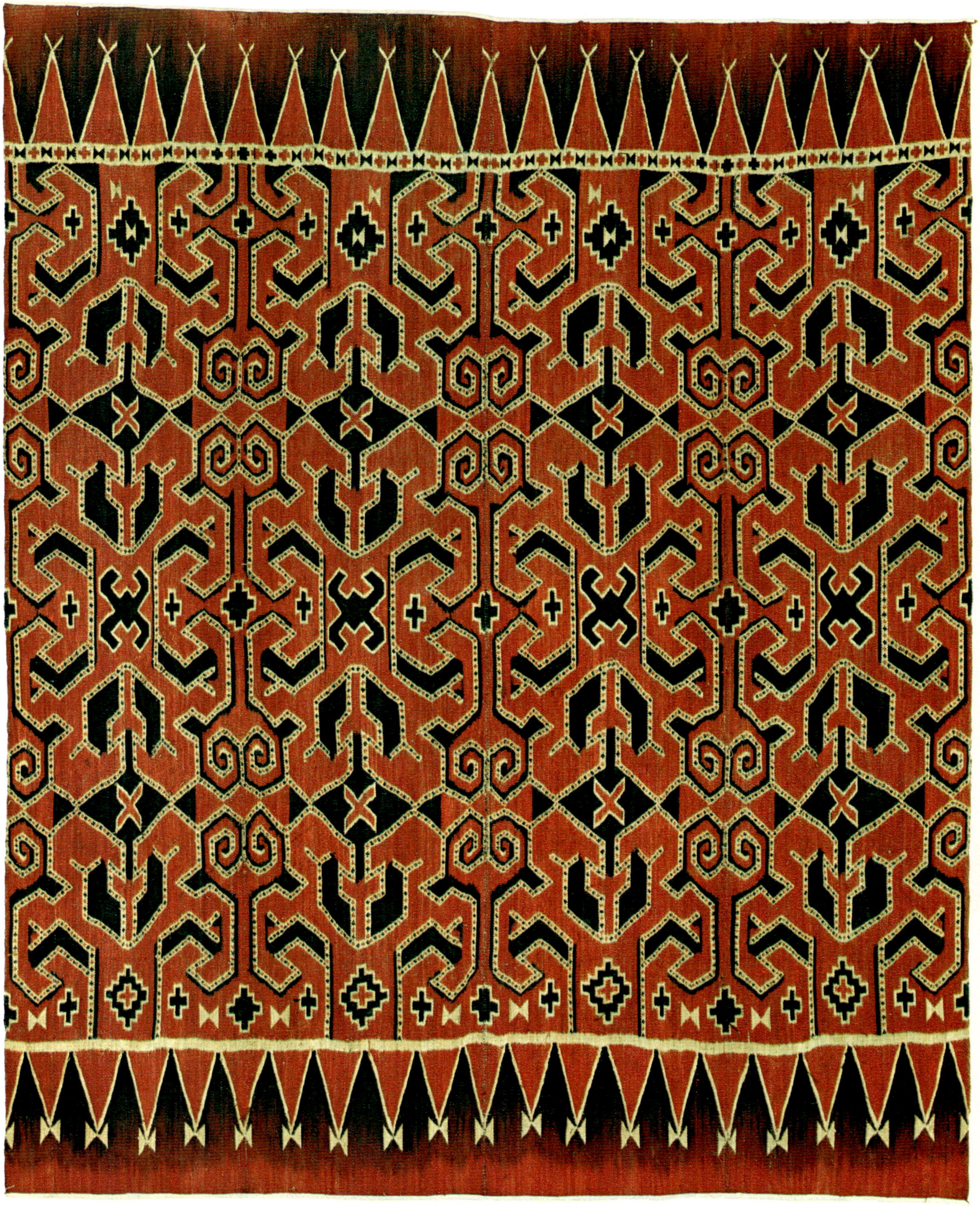

V/14

**Batik-Sarong**
Java, Nordküste, um 1900
Baumwolle, Hand-Batik
L. 207 cm, B. 106 cm

Zum Inbegriff javanischer Kultur gehören neben Musik und Schattenspiel Batikstoffe. Auch in vielen Gebieten Asiens (vgl. Tafel 9) bekannt, hat sich die Batik-Technik in Java ohne Zweifel zu höchster Blüte entfaltet und geht bis ins 16. Jahrhundert, möglicherweise noch weiter zurück. Das flüssige, als Reserve dienende Wachs wird dort mit einem speziellen Zeichengerät (*tjanting,* vgl. Zeichnung 13) oder – erst seit dem 19. Jahrhundert und nur für billigere Stoffe – mit Kupferstempeln aufgetragen. Zwischen den verschiedenen Färbungen mit pflanzlichen Farbstoffen (Indigo für Blau, *menkudu* aus der Wurzelrinde von *Morinda citrifolia* für Rot, *soga* für Braun, *curcuma* oder Gelbholz für Gelb) muss Wachs dem Muster entsprechend an gewissen Stellen abgekratzt oder neu aufgetragen werden. Batikgewebe aus den zentraljavanischen Fürstenländern sind in zurückhaltenden Braun- und Blautönen gehalten. Dass dieser Sarong, ein schlauchförmig zusammengenähtes Lendentuch für Frauen und Männer, von der Nordküste stammt, zeigen neben seiner Form die bunten fröhlichen Farben und einzelne, stark chinesisch beeinflusste Motive wie etwa der Phönix mit seinem langen wellenförmigen Federschwanz. Im Bild wird nur die eine Hälfte des Sarongs sichtbar: rechts die *kapala* (Kopf), vorne in der Mitte getragen, mit dreieckigen *tumpal*-Motiven und begrenzt von schmalen Borten mit Phönix- und Blumenmustern, links ein Teil des *badan* (Körper); dort erscheinen Quadrate mit lebendigen Tierdarstellungen, Blumenmotiven und Stoffmustern. Ursprünglich soll dieses Muster aus patchworkartig zusammengesetzten Stoffen heilkräftig und glückbringend gewirkt haben, geht es doch auf Gewänder hindu-buddhistischer Mönche zurück, die sich entsprechend der Vorschrift nach Einfachheit in Fetzen kleideten.
Ankauf W. Rothpletz 1968,
Inv.-Nr. IIc 16079.
Lit.: Jasper/Pirngadie 1916, Nabholz 1970, Langewis/Wagner 1964.

**Sarong en batik**
Java, côte nord, 1900 env.
coton, batik ‹écrit›
long. 207 cm, larg. 106 cm

Le batik sur coton est avec la musique et le théâtre de jeux d'ombres un des éléments essentiels de la culture javanaise. Bien qu'on exerce le batik dans beaucoup de pays d'Asie, c'est indéniablement à Java où il apparaît à partir du XVIe siècle et peut-être même avant, que cette technique a trouvé son plus haut perfectionnement. La cire liquide utilisée pour former les réserves y est appliquée à l'aide d'une sorte de plume à réservoir (*tjanting,* cf. dessin 13). Cependant, depuis le XIXe siècle, on l'appose également à l'aide de blocs en cuivre pour produire des étoffes moins coûteuses. Entre les différentes teintures végétales consécutives (l'indigo pour le bleu, le *menkudu (Morinda citrifolia)* pour le rouge, le *soga* pour le brun, le *curcuma* ou bois jaune pour le jaune) on est obligé d'enlever ou alors d'appliquer partiellement de nouvelles couches de cire selon les motifs à exécuter.
Les couleurs des batik en provenance des royaumes du centre javanais sont le brun et le bleu tempéré, tandis que les couleurs vives de la pièce reproduite ainsi que sa forme indiquent qu'il s'agit d'un tissu de la côte nord. Par ailleurs la disposition et le caractère chinois de certains motifs, par exemple le phénix déployant une longue queue à plumes ondulées, apportent un indice supplémentaire quant à l'origine de ce sarong – une étoffe rectangulaire dont on a assemblé les deux bouts de manière à former un fourreau. Notre photo reproduit une moitié du sarong seulement: à droite la partie *kapala* (la tête) que l'on porte au milieu, sur le devant, un rectangle vertical composé de deux rangées de *tumpal* triangulaires bordés de deux larges rubans contenant plusieurs phénix ainsi que des motifs floraux; la partie *badan* (le corps), à gauche, est composée de rectangles contenant des animaux, des fleurs et des motifs de tissus. On attribuait autrefois des propriétés salutaires et propitiatoires aux motifs constituant le *badan*, un assemblage d'étoffes aux motifs variés, analogue à un patchwork. Il remonte en effet aux prescriptions d'humilité des moines bouddhistes leur enjoignant de se vêtir de lambeaux.
Achat W. Rothpletz 1968,
No d'inv. IIc 16079.
Bibl.: Jasper/Pirngadie 1916, Nabholz 1970, Langewis/Wagner 1964.

**Batik Sarong**
Java, northern coast, about 1900
cotton, hand-drawn batik
l. 207 cm, w. 106 cm

Apart from music and shadow plays, batik fabrics are among the most typical representatives of Javanese culture. The batik technique, known in many parts of Asia (cf. Plate 9), unquestionably reached its prime in Java, where it dates back to the 16th century or even earlier. There the liquid wax serving as a resist is applied with a special waxing pen (*tjanting,* cf. Fig. 13) or – as has been the case since the 19th century for cheaper fabrics – with copper stamps. Between the various dyeings with plant dyes (indigo for blue, *menkudu* from the root bark of the *Morinda citrifolia* for red, *soga* for brown, *curcuma* or yellow-wood for yellow), the wax must be scraped off or re-applied at certain spots, according to the pattern. Batik fabrics from the central Javanese principalities are in subdued shades of brown and blue. That this sarong, a loincloth sewn together into a tube and used by men and women, comes from the northern coast can be seen not only by its shape but also by the gay, bright colours and single motifs showing a strong Chinese influence, like the phoenix with its long, wavy tail-feathers. Only one half of the sarong can be seen in the picture: at the right, the *kapala* (head), worn at the centre front, with triangular tumpal motifs and delimited by narrow borders with phoenix and floral motifs; at the left, part of the *badan* (body), which has squares with vivid representations of animals, floral and textile motifs in them. Originally this patchwork-like pattern was thought to have healing powers and bring good luck, going back as it does to the robes of Hindu-Buddhist monks who, in accordance with the prescription to dress simply, wore rags.
Purchase W. Rothpletz 1968,
Inv. No. IIc 16079.
Bibl.: Jasper/Pirngadie 1916, Nabholz 1970, Langewis/Wagner 1964.

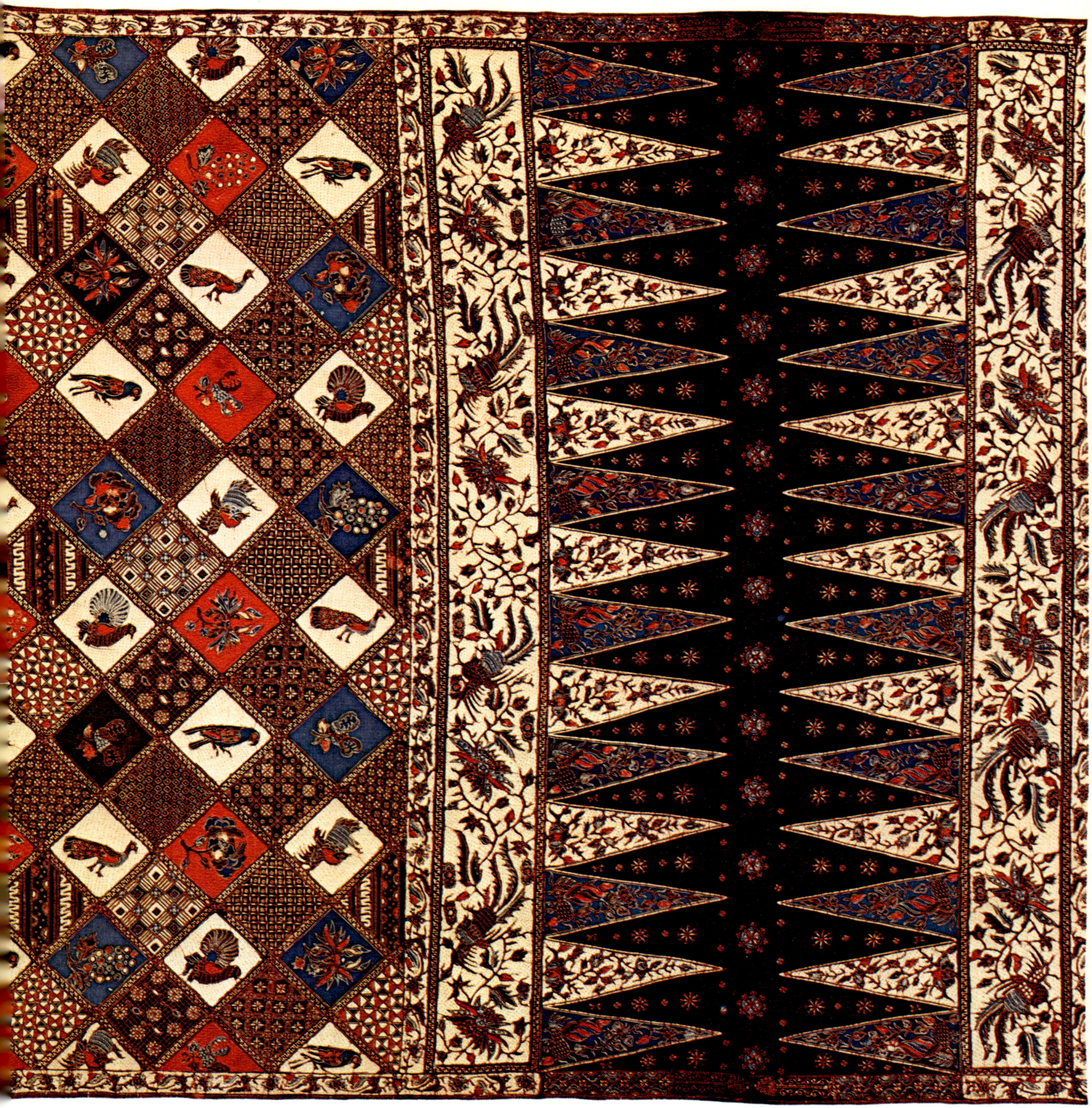

V/15

Renée Boser-Sarivaxévanis

# Afrika

Afrique

Africa

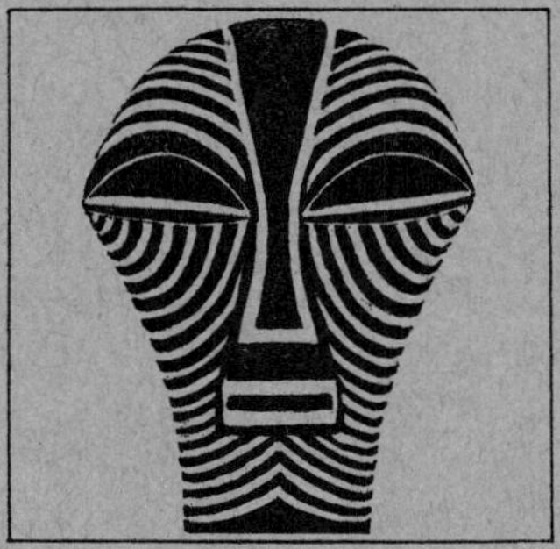

Morgendämmerung des Lebens

Anfangs trat das Leben im Wasser auf, eroberte dann aber auch Erde und Lüfte. Es wurde Reptil, Vogel und Säugetier im Laufe von Millionen von Jahren. Es wurde zum Affen und dann, vor zehn Millionen Jahren, zum Menschenaffen.

Eines Tages verliess ein graziler, fortgeschrittener und entwicklungsfähiger Anthropoide den Wald, stellte sich aufrecht und begann leichten Fusses auf der Suche nach immer vielfältigerer Nahrung in den Savannen herumzuziehen. Seine gänzlich frei gewordenen Hände wurden die ausführenden Verlängerungen seines Gehirns, dessen Volumen und Komplexität ständig zunahm. Er war ein Hominide geworden, ein Sammler und Jäger, ein Wesen also, das im Begriffe war, sich zum Menschen hin zu entwickeln. Dies geschah vor drei Millionen Jahren in einer den grossen ostafrikanischen Seen nahe gelegenen Region. Der afrikanische Kontinent hat die Geburt des ersten Vorfahren des Menschen erlebt.

Der Mensch

*Homo erectus, homo habilis, homo faber:* Aufrecht gehender Mensch, geschickter Mensch, handwerklich tätiger Mensch – Namen, die bereits den Hominiden verliehen wurden, die mit Bestimmtheit bereits *socii* (in Gesellschaft lebend) waren.

*Homo ridens, homo lacrimans, homo sapiens, homo demens:* Lachender Mensch, weinender Mensch, Mensch der Erkenntnis, Mensch des Wahnsinns – Mensch, der alle, teilweise schon bei den Anthropoiden vorhandenen Merkmale der Hominiden trug und dem seine Entwicklung neben der Erkenntnis die Unvernunft brachte …

*Homo sapiens-sapiens,* letzter Ausdruck der Entwicklung des Lebens, der aus der sog. ‹Logik des Lebenden›, jener Logik, die stets Versuchen und Ertasten bleibt, zu Erfolg oder Irrtum führt, hervorgegangen ist.

Der *sapiens* führte als erster die dauerhafte und solidarische Kernfamilie ein, die aus den Eltern und aus deren Kindern besteht. Dies scheint selbstverständlich, ist es aber nur vordergründig. In Wirklichkeit war es ein entscheidender und folgenreicher Schritt.

Diese Institution, der andere, nicht minder wichtige folgten, führte Schritt für Schritt zur Bildung der menschlichen Gesellschaft.

Durch Sprache und Lehrtätigkeit wurde ausnahmslos jede Gesellschaft fähig, die langsam zunehmenden Kenntnisse über Generationen hinweg weiter zu vermitteln. Jede einzelne menschliche Gesellschaft, sei es in Polarzonen oder äquatorialen Gegenden, in Savannen, Wäldern, Bergen oder Ebenen, gelangte so zur Kultur – zu den differenziertesten Kulturen.

## Glaubensvorstellungen und Religionen

Der in den ersten archaischen Gesellschaften lebende Mensch empfand seine Zugehörigkeit zur belebten und unbelebten Natur sicher schon sehr früh. Er erkannte seine Abhängigkeit von Pflanzen, Tieren und Mineralien: Bewusst empfing er die Gnaden von Himmel und Erde oder fürchtete sich vor deren plötzlichem Zorn. Allmählich drang auch das Wissen von Sein und Nichtsein, von Leben und Tod in ihn, und er erfuhr die erschütternde Existenzangst.

Wer sind wir, woher kommen wir, wohin gehen wir? Es gibt keine Menschen und keine Gesellschaft, die, von diesen Fragen bedrängt, nicht versucht hätten, mit einer globalen Wahrheit zu antworten, mit einer Antwort, die die Naturphänomene, das Leben und den Tod sowie die Welt als Ganzes verständlich macht und sie rechtfertigt.

Auf diese Fragen wurde eine einzige, weltweite Antwort gegeben, eine Antwort allerdings mit tausend Facetten, in denen sich das Konzept vom Übernatürlichen spiegelt.

Wen stört es, dass die Götter und die die Welt durchdringenden Mächte so verschieden in Erscheinung treten? Wer will sich darüber aufhalten, dass die verschiedenen Glaubensvorstellungen und Religionen, diese Mächte, Geister und vielgesichtigen Götter in Kategorien gezwängt und dem Animismus, dem Polytheismus oder dem Monotheismus zugerechnet werden?

Alle Glaubensvorstellungen, alle Religionen weisen, wie ihre Entwicklung in Zeit und Raum auch verlaufen sei, einen gemeinsamen Ausgangspunkt auf: Die Seele und den Geist des Menschen. Alle streben nach einem einzigen Ziel: Den Menschen in die Welt zu integrieren. Jede Gesellschaft hat ihren eigenen Weg, abhängig von den ihr zur Verfügung stehenden Mitteln und Verhältnissen, erfolgreich gefunden.

Auf die gestellten Fragen wurden Antworten gegeben, die wie ein Netzwerk ein Gesamtbild ergeben, in dem jedem Phänomen ein bestimmter Platz zugewiesen wird und wo alle Wesen und Dinge eingeordnet sind. Der Mensch kann sich dadurch als Individuum und als Mitglied einer Gesellschaft, als Materie und Geist, als unteilbares Ergebnis von Natur und Kultur vollumfänglich in bezug zur Welt definieren und so seine aus der Erkenntnis rührende Existenzangst, zu der ihn seine eigene Entwicklung führte, beruhigen und überwinden.

Aber hinter den verschiedenen Glaubensvorstellungen des Menschen – selbst hinter den historischen Religionen und unserer modernen Gesellschaft – taucht, wie aus einem dunklen, undurchsichtigen

Grund allgegenwärtig die geheimnisvolle Welt der Magie auf, die tief in den Jahrtausenden wurzelt.

Kunst

Die Erscheinung der Kunst, selbst auch ein universelles Phänomen, fällt zeitlich mit der zweiten Geburt des Menschen, nämlich mit dem Aufkommen des *sapiens-sapiens,* zusammen.
Skulpturen und Malereien, deren erste auf 30000 oder 25000 Jahre vor unserer Zeitrechnung zurückdatiert werden können, liegen magische Vorstellungen, Glauben an übernatürliche Kräfte sowie Leben und Tod berührende Phänomene zugrunde.
Die Venus von Willendorf und zahlreiche ähnliche Steinstatuetten ohne Gesichtszüge, aber mit überbetonten weiblichen Körpermerkmalen, wurden in etlichen Regionen Europas gefunden. Diese Figuren stellten bestimmt keine realistischen Porträts, sondern wahrscheinlich mit Riten verbundene Fruchtbarkeitssymbole dar.
Die Felsmalereien an den Innenwänden der paläolithischen Höhlen Europas zeigen u.a. von Pfeilen durchbohrte Tiere sowie als ‹Magier› *(sorciers)* oder ‹Herren der Tiere› interpretierte Gestalten und halb menschliche, halb tierische Figuren. Diese Darstellungen scheinen von Riten und bereits der Mythenwelt entstammenden Zeremonien, von Magie und vom Glauben an übernatürliche Kräfte zu zeugen.
Die Bestattungsweise des Neandertalers – des ersten *sapiens* – ist in diesem Zusammenhang aufschlussreich: Die Toten wurden in fötaler Haltung begraben, ihre Knochen mit Ockerfarbe bestrichen und die Gräber, wie die grosse Menge darin gefundener Pollen beweist, mit Blumen aufgefüllt. All dies zeigt deutlich, dass der Tod bei diesem *sapiens* schon geistige Bedeutung erlangt hatte und mit Vorstellungen vom Übernatürlichen verbunden war.
Nach dem Erscheinen des *sapiens-sapiens* kennt die Kunst ohne Zweifel weder Alter noch Grenzen.
Die Felsmalereien aus dem europäischen Paleolithikum, die Terrakotta- und Bronzeköpfe Nigerias aus dem 12.–14. Jahrhundert und die Ahnenstatuetten der Baluba-Hemba von gestern (19.–20. Jh.) stehen – um nur diese Beispiele zu nennen – in ihrer schöpferischen Essenz den klassischen Marmorstatuen Griechenlands in keiner Weise nach.
Im Verlaufe der Zeit jedoch erfuhr die Kunstempfindung dadurch eine weitgreifende Veränderung, dass sich besonders in der westlichen Welt der Entfremdungsprozess zwischen ‹lebender› Kunst und Gesellschaft beschleunigt hat. Ständig abnehmende gemeinsam und

gesellschaftlich tief erlebte geistige Welt- und Wertvorstellungen haben in zunehmendem Masse die Kunst, deren Inhalt und Funktion Sache des Individuums oder einer Minderheit bleibt, in einen Elfenbeinturm eingesperrt.
Für die meisten von uns ist darstellende Kunst nur noch ein Schatten ihrer selbst, und unser Kunsterlebnis beschränkt sich heute weitgehend auf ein ästhetisches Gefühl und/oder historisches Interesse. Abgestumpft und als stumme Betrachter stehen wir dieser Kunst gegenüber, da uns ihre vom geistigen und sozialen Kontext abgesonderte Bedeutung fremd bleibt. Die emotionale Kraft der darstellenden Kunst können wir jedoch bei jenen präindustriellen Völkern ansatzweise nachempfinden, wo sie noch – wie durch ein Wunder – ihr ursprünglicheres Wesen hat erhalten können.

Primäre Kunst

Kunst! Ihren ersten materiellen Ausdruck fand sie, wie wir oben sahen, beim *sapiens-sapiens*. Bedeutet dies aber, dass ihre allererste uns übermittelte Offenbarung auch ihren allerersten Aspekt bildete?
Schon beim ersten *sapiens* muss der Leib des Menschen selbst Träger der Kunst gewesen sein, mit dem er zwei immaterielle Elemente verkörperte: Bewegung und Rhythmus fanden sich zu einer untrennbaren Einheit in der rein menschlichen Schöpfung des Tanzes zusammen.
Wir können annehmen, dass der Neandertaler den Tanz bereits mit Malereien und Körperverzierungen bereichert hat. Ohne Zweifel entwickelten sich von diesem Moment an alle mit dem Tanz verbundenen Künste, zu denen Kleidung, Schmuck, Masken und Musikinstrumente gehören.
Tanz, gewaltiges Ausdrucksmittel des Menschen, Ausdruck einer Kunst, die man ‹primäre Kunst› nennen möchte. Primäre Kunst ist sowohl Ausdruck des Wohlbefindens und der Lebensfreude als auch gemeinsames, soziales Erlebnis dieser Freude. Primäre Kunst ist aber in ihrer wichtigsten Funktion eine intensive geistige Tätigkeit, durch die sich das Übernatürliche zähmen lässt. Sie inszeniert, als Teil von Riten und Kulten, in dramatischer Weise die in den Mythen überlieferten Konzepte vom Natürlichen und Übernatürlichen. Sie löst die Aktion aus, durch welche die Vereinigung des Natürlichen und Übernatürlichen stattfindet – durch welche Mensch und Gottheit in Verbindung treten. Sie ist das Instrument *par excellence*, mit dem der Mensch die Widersprüche und die seiner Natur innewohnende Zersplitterung überwinden kann. Sie ist einer der direktesten Wege, die zum tiefen und unmittelbaren Zusammenhalt der Gesellschaft

führen. Sie öffnet die Türe zur Transzendenz, wo der Mensch über seine irdischen Grenzen hinausschreitet und so seine Zugehörigkeit zum Sein als allumfassendes Prinzip erfährt.

## Der Schwarze Kontinent

Da ein zusammenhängendes Bild Afrikas aufgrund seiner enormen Vielfalt an geographischen Gebieten, an Völkern, Zivilisationen und Kulturen nicht in wenigen Linien entworfen werden kann, stellt das Nachfolgende nur einen kleinen Ausschnitt von Ereignissen und besonderen Eigenheiten des Schwarzen Kontinents dar.
Wie wir zuvor erwähnten, erblickten die Vorfahren des Menschen das Licht der Welt in Afrika, in diesem bloss einen Vogelflug von Europa entfernten und nur durch den dünnen Faden der Suez-Landbrücke mit Asien verbundenen Kontinent. Die Menschwerdung dieses aufrecht gehenden Wesens verlief langsam: Drei Millionen Jahre waren zur Vollendung des *sapiens* nötig, dieses letzten Sprosses des sich zum Menschen verzweigenden Baumes.
Während Millionen von Jahren bevölkerten Hominide, die noch sehr grobe und einfache Werkzeuge benutzten, den afrikanischen Kontinent. Im Verlauf der Zeiten bewohnten *sapiens* neandertalischen Typs weite Regionen, darunter Nordafrika, wo sie ihre bereits verfeinerten Steinwerkzeuge liegen liessen, bevor sie auf geheimnisvolle Weise verschwanden.
Dies geschah etwa 7000 Jahre v. Chr., zu einer Zeit also, in der die Sahara ihre höchste Feuchtigkeit aufwies: Flusspferde, Krokodile, Elefanten, Nashörner, Giraffen und andere Tiere belebten die baumbewachsenen Grassavannen; Flüsse und Bäche ergossen sich in grosse Seen, die heute weitgehend ausgetrocknet sind. Ein Jahrtausend später trat ein *sapiens-sapiens* in Erscheinung und eröffnete das Zeitalter des Sahara-Neolithikums, der letzten Steinzeit. Diese Epoche kannte sehr differenzierte Waffen und Werkzeuge, wahre Kleinode mit sorgfältig geschliffenen Oberflächen. Das Neolithikum war eine Periode grundlegender Erfindungen – im Nahen und Mittleren Osten kann man geradezu von einer Explosion reden –, die eine rasante Entwicklung auslösten. Aber die blühende Sahara begann nicht mehr aufzuhaltende klimatische Änderungen zu spüren, die sie später in eine Wüste verwandelten. Dieses Naturereignis schnitt allmählich den Schwarzen Kontinent von der Welt ab und hemmte seine historische Entwicklung beträchtlich.
Lange kannten wir die Sahara nur von den Werkzeugen her, die die Menschen dort zurückliessen – bis zu dem Tag, an dem sich durch die Entdeckung von Felsgravierungen und -malereien ein reich

bebildertes Buch, Seite um Seite, vor unseren staunenden Augen öffnete: In bewegten Jagdszenen verfolgen die Menschen beflügelten Laufes das springende Wild, rituelle und erotische Szenen wechseln ab. Weisse und schwarze Menschen, Männer und Frauen, nackt oder mit bemaltem Körper, bekleidet mit langen Tierfellen, mit Lendentüchern, Faserschmuck, grossen wallenden Gewändern, eleganten Überwürfen, sowie Masken, maskierte Gestalten, schwebende menschliche Figuren mit gesichtslosen, runden Köpfen und symbolische Zeichnungen bedecken die Wände. Vor unserem Blick breitet sich ein irdisches Paradies aus, in dem sich Büffel, Elefanten, Giraffen, Nashörner, Strausse, Antilopen und Hyänen tummeln. Herrliche Bilder, von Meisterhand in einem meistens naturalistischen Stil geschaffen, sprühend vor Leben und Bewegung – Darstellungen, deren genaue Datierung umstritten ist, die aber aus verschiedenen Perioden zwischen dem sechsten bis etwa zur Hälfte des ersten Jahrtausends vor unserer Zeitrechnung stammen. Die auf diesen Felswänden wiedergegebenen Masken und Tänze fanden mit Bestimmtheit ihre Nachfolger in der Kunst des späteren und heutigen Afrikas.

Die Kulturen des Sahara-Neolithikums wurden also von schwarzen und weissen Menschen geschaffen, die bereits vielfältige Beziehungen untereinander gepflegt haben müssen und die teilweise als direkte Vorfahren einiger zeitgenössischer Völker Afrikas identifiziert werden können. Doch die klimatischen Verhältnisse verschlechterten sich zusehends im Verlauf der Jahrtausende: Das Wasser der Seen und Flüsse versiegte, Sanddünen frassen sich in die Savannen hinein und verjagten Tier und Mensch ins Gebirge, das ein bisschen mehr Frische und Feuchtigkeit behalten hatte. Trotzdem wurden später beinahe alle Völker der Sahara gezwungen, auf der Suche nach einer gastfreundlicheren Umwelt nach Norden oder Süden auszuwandern. Die uns heute bekannte Wüste breitete sich schon im ersten Jahrtausend vor unserer Zeitrechnung aus, trennte Schwarzafrika von der Alten Welt und verlieh diesem nur noch auf sich selbst gestellten Kontinent einen marginalen Charakter, während Asien und Europa in ihrer privilegierten Lage ihre Entdeckungen aktiv austauschen konnten und so eine beschleunigte Entwicklung erfuhren. Verschiedene Einflüsse aber, die die ungeheure Barriere der Wüste zu überwinden vermochten, durchbrachen hie und da die Isolation der schwarzen Welt. Die afrikanischen Völker griffen diese Einflüsse auf und verarbeiteten sie mit ihrer ursprünglichen Dynamik zu eigenen, ihrem Wesen nach afrikanischen Schöpfungen.

Mit der Einführung des Kamels zu Beginn unserer Zeitrechnung und dessen Benützung durch die Libyco-Berber, den weissen Nomaden der Sahara, wurden die Beziehungen zur Aussenwelt hergestellt und blieben nicht mehr dem Zufall überlassen. Die am Rande der Wüste lebenden Negergesellschaften des westlichen Sudans, die wahrscheinlich einer Mischung aus einheimischen und alten Sahara-Völkern entstammten, wurden sozial und politisch zunehmend komplexer: Sie organisierten sich hierarchisch und bildeten zentralisierte Staaten, die ihre Macht auf das vom Süden kommende Gold gründeten und dieses gegen mittelmeerländische Produkte auf ihren Märkten, den Knotenpunkten des ganzen Nord-Süd-Verkehrs, verhandelten.

Dem ersten von den Soninke gegründeten sudanesischen Königreich von Ghana (5. Jh. ?) folgte dasjenige von Mali (13. Jh.). Im Verlauf einer bewegten Geschichte wurden zahlreiche andere Staaten gebildet bis hin zur kolonialen Eroberung im 19. Jahrhundert.

Die Ankunft der Araber (schon im 7. Jh.) brachte den Islam und führte zu einer Beschleunigung der historischen Prozesse: Der Handel mit Gütern, zu denen jetzt auch Sklaven zählten, blühte auf und trug zur rascheren Verbreitung der Gedanken und Ideen bei. In den arabischen Geographen und Gelehrten fand der Westsudan seine ersten Chronisten.

Im Südosten des Guineagolfes entstanden u.A. (zwischen dem 12. und 18. Jh.) die Königreiche der Yoruba, denen bald das Benin- und später das Ashanti- und das Fon-Reich folgten.

Die Bantu sprechenden Völker hatten schon seit langem die Regionen zwischen dem Niger und dem Ubangui verlassen (Nigeria–Kamerun), um langsam nach Osten, dem subtropischen Afrika und dem Süden des Kontinents zu wandern. Diese Migrationen waren hie und da mit der Gründung von Reichen verbunden, wie demjenigen von Zaire etwa.

Das nordöstliche Afrika stand bereits in der Antike unter den vielfältigen Einflüssen Ägyptens und Asiens.

Im 15. Jahrhundert landeten die portugiesischen Caravellen, bald gefolgt von den Schiffen anderer europäischer Nationen, an den Küsten des Kontinents, und so trat das Abendland in Handelsbeziehungen mit den Einheimischen. Afrika war nun der Welt erschlossen.

## Die Wanderung der Götter

Der von Natur aus ethnozentrische Mensch neigt dazu, die Werte anderer Kulturen an seinen eigenen Normen zu messen. Auch wenn

ethnische Selbstbezogenheit zum selbstverständlichen Verhalten der verschiedenen menschlichen Gesellschaften gehört, gibt es einen Bereich, wo diese grosse Toleranz an den Tag legen, ja geradezu eine positiv zu nennende Haltung den ihnen fremden Glaubensvorstellungen gegenüber einnehmen.
Von der Antike bis hin zu heutigen Tagen, bei historischen ebenso wie bei schriftlosen Völkern, wanderten die Glaubensvorstellungen, die Götter und die magischen Praktiken mit grosser Leichtigkeit von Volk zu Volk. Häufig und problemlos fand die Aufnahme einer fremden Gottheit in die einheimische Götterwelt statt. Von jeder neuen Gottheit konnte man ja eine zusätzliche, heilbringende Beziehung zwischen dem Menschen und dem in vielfältiger Form erscheinenden Übernatürlichen erwarten.
So wurde beispielsweise ein dem ägyptischen und kyrenischen Gott Ammon geweihtes Heiligtum in Delphi verehrt. Die mazedonischen Könige opferten den barbarischen Göttern aus dem Norden, bevor sie gegen dieselben Barbaren in den Kampf zogen. Die Hindu-Götter gesellten sich in Indonesien zu den lokalen Gottheiten.
Auf ihren Entdeckungszügen aber bewiesen die westlichen Völker eine ungeheure religiöse Intoleranz, unter der Afrika ganz besonders zu leiden hatte.

## Die Welt der Fetische

Man schrieb das Jahr 1482, als die Portugiesen erstmals mit den Kongo, einem beim unteren Kongo-Fluss lebenden Volk von Zaire, in Verbindung traten. 1890 standen sie in engem Kontakt zu deren Königreich und bekehrten König und Untertanen auf der Stelle zum Christentum. Der Herrscher und sein Volk waren von den ausländischen Caravellen, den mächtigen Waffen, den Kleidern und von der sonstigen Pracht höchst beeindruckt und überzeugt, dass der Gott der Neuankömmlinge eine ausserordentlich mächtige Gottheit sein müsse, deren Aufnahme sich nur zu ihren Gunsten auswirken könne.
Mit der Bekehrung zum Christentum begann auf lodernden Scheiterhaufen die Vernichtung von Tausenden von ‹Fetischen›, ‹Idolen› und ‹abscheulichen Teufelswerken›.
Wenige Jahre danach setzte der Sklavenhandel ein. Immer zahlreicher kamen die Europäer: Verketzerung und Verachtung der ‹Fetische› nahm ihren Lauf über Jahrhunderte und quer durch Afrika. Zusammen mit den ‹Fetischen› wurden alle geistigen Werte, die von einem so grossen Reichtum der Seele zeugten und den Glaubensvorstellungen sowie den Religionen zugrunde lagen, in die Hölle verbannt.

Viel später – viel zu spät – entdeckte die westliche Welt den ästhetischen Wert all dieser verhöhnten und verachteten Objekte. Mit fieberhafter Eile begann man diese Gegenstände zu sammeln, ohne sich Zeit zu nehmen, ohne sich die Mühe zu geben, etwas über deren geistigen Hintergrund zu erfahren. Ebensowenig erfragte man deren Bedeutung oder erkundigte sich über deren Funktion und Identität: Heute betrachten uns diese ihres Wesens beraubten Werke mit wenigen Ausnahmen stumm und mit leeren Augen.

Trotz den schon früher gemachten Arbeiten und den heutigen Anstrengungen der Forscher beginnen wir erst langsam, den Reichtum der religiösen Konzepte Schwarzafrikas und die Vielfalt der Beziehungen zu entdecken, die der Mensch mit den Göttern und Geistern unterhält, mit den Vermittlern also zwischen Mensch und höchstem Gott.

Die Anschauungen der Afrikaner, die sich mit dem Übernatürlichen befassen, sind Ausdruck einer religiösen Philosophie mit spezifischen Eigenschaften. Man kann sagen, dass der Afrikaner tief mystisch ist. Trotzdem führt ihn sein Mystizismus nicht zu passiver Kontemplation des Göttlichen, sondern zu einer dynamischen Beziehung, die in Ritus und Kult, aber auch im Alltag gelebt wird. Der schwarze Mensch lebt tatsächlich in engem Kontakt mit seinen Göttern.

«Der Himmel ist das ‹grosse Dorf›, ... ein ständiger Austausch zwischen oben und unten findet statt; Himmel und Erde sind jederzeit durch unsichtbare, aber als sehr real empfundene Kanäle verbunden.» Doch «... der Afrikaner hat das Bedürfnis, die Welt unter Kontrolle zu haben. Gott und Himmel entweichen diesem Willen zur Macht nicht, (und der Mensch) hat die feste Absicht, sie zu bewachen. Er zwingt sie, in ihn einzutreten; er befiehlt ihnen ... Er fordert ihr Kommen und sie kommen; er verlangt ihr Gehen und sie gehen. Sogar in seiner Existenzangst ist der schwarze Mensch weder Spielzeug noch Strohhalm in den Händen der Mächte, die ihm entwischen könnten ... er ist Schiedsrichter seines eigenen Spiels ... Hier liegt die Essenz seiner Geistigkeit» (Zahan 1970: 238f.).

Neben anderen Mitteln zur Kontrolle des Übernatürlichen schafft der Afrikaner materielle Werke, in denen diese immateriellen Mächte in jenem Moment gefangen werden können, in dem er sie ruft, um mit ihnen in Verbindung zu treten. In solchen Werken mit dynamischer Funktion begegnen sich das Bewusste und das Unbewusste, diese zwei extremen Pole des menschlichen Geistes, ohne deren Vereinigung das Kunstwerk, das eine Suche nach der «verlorenen Gnade» ist, gar nicht entstehen kann (nach G. Bateson, 1977: 157f.).

## Schlussbetrachtungen

Die während so langer Zeit mit ihren Göttern in ihrem Kontinent eingeschlossenen Negervölker Afrikas haben Meisterwerke geschaffen, die zu den Kunstschätzen der Welt zählen. Diese Schöpfungen, die alle Kunstgattungen umfassen – ausser der Monumentalkunst –, erfüllen alle möglichen Funktionen, unter denen aber doch die religiösen dominieren. Die in Dörfern und an Königshöfen gestalteten Werke, in Stein gehauen, aus Holz und Elfenbein geschnitzt, aus Ton geformt, gefangen in Bronze, Eisen und Gold, bedeckt mit Perlen, Samen, Häuten, Federn und verschiedensten Materialien, haben eine besondere, machtvolle Ausstrahlung.

Obwohl alle Völker der Erde Kunst geschaffen haben, ist die primäre Kunst ein Bereich, in welchem die *négritude* alle Grenzen gesprengt hat: Die primäre Kunst des Tanzes hat auf dem Schwarzen Kontinent ihren tiefsten, unmittelbarsten und lebendigsten Ausdruck gefunden. Wer die Masken, die Männer und Frauen während Ritualen und Kulten hat tanzen sehen, wer die Rhythmen des Tam-tam gehört hat, die von jedem Muskel, jeder Faser des menschlichen Körpers aufgenommen werden, wer durch diese Zeremonien, diese transzendierenden Geschehen hindurch den tiefen Frieden gespürt hat, der beginnt nachzudenken ... nachzusinnen – nicht so sehr über ein für immer verlorenes Paradies, sondern viel mehr darüber, wie *wir* die Harmonie wiederfinden können, die Harmonie zwischen Leib, Seele und Geist, zwischen Individuum und Gesellschaft, zwischen Mensch und Welt.

Eine Kette von Ursachen und Wirkungen fesselt den ganzen Planeten: Die wirtschaftlichen Interessen unseres Systems und dessen Machtgelüste töten weltweit jede Ethik. Die zerstückelte Wissenschaft dient ihnen und ist unfähig, ihre Ziele und Auswirkungen zu überdenken. Die Individuen kapseln sich ein, und die Menschen verelenden in ihrer tiefen Einsamkeit. Ohnmächtig stehen sie ihrem Leben und ihrer Zukunft gegenüber. Die Götter sterben, da die Handlungen der Menschen nicht mehr mit ihren Glaubensbekenntnissen übereinstimmen. Auch die Kunst sucht verzweifelt sich selber.

Die Kunst ist eine ununterbrochene Projektion der menschlichen Seele durch alle Zeiten, die fassbare Spur seiner Begegnung mit dem Schicksal, meinte André Malraux.

Ein beträchtlicher Teil der zeitgenössischen Kunst trägt prophetische Züge und ist gewiss Kunst, auch wenn sie von den meisten nicht verstanden wird. Sie ist Kunst in dem Sinne, dass sie teils bewusst, teils unbewusst unser Los widerspiegelt: Geköpfte Puppen, auf eine Wand geklebte Plastikabfälle, Stelen aus Gips und Jutesäcken, die

entfernt und unheimlich an Begräbnisdenkmäler erinnern, Bilder mit hingeschleuderten Farbstrukturen, blutleere, abgemagerte, unter grellen Spots liegende menschliche Figuren im Bikini und schwarzen Brillen, ein mitten in einer Wüste verlassenes Holzwägelchen. Diese endlose Litanei einer Phantomwelt schreit das Elend unserer Gegenwart heraus und klagt es an. Diese Kunst legt bloss, was der Mensch, dieser Fremdling, diese Waise, dieser Seefahrer ohne Kompass, dessen Schiff leck ist, zu werden im Begriffe ist. Diese Kunst reflektiert den Fehlschlag und die Zersplitterung des menschlichen Geistes.
«Es sind die Menschen, die den Göttern ihre Macht verleihen», sagen die Kalabari, ein Stamm im Südosten Nigerias (siehe VI, Nr. 10). Die Götter durchdringen die Welt, meinen die Schwarzen – die traditionelle afrikanische Philosophie aber ist überzeugt, dass letztlich der Mensch Herr seines eigenen Schicksals ist. «Auch wenn Dich Athene unterstützt, baue auf Dich selbst», sagten die alten Griechen.
Obwohl Gott in den religiösen Institutionen des Abendlandes und im individuellen Glauben noch existiert, ist er ohnmächtig: Er kann die Zivilisationskrise der heutigen Welt-Gesellschaft nicht überwinden helfen.
Welchem Gott könnten wir so viel Macht verleihen, dass er unsere rasenden Pferde noch aufhalten könnte?
Die Antwort kann nur gesucht werden im Innersten des menschlichen Bewusstseins, das das Ausmass der Unvernunft des *homo demens,* zu der seine menschliche Natur ihn geführt hat, zu ermessen vermag, einem Bewusstsein, das fähig wird, alle unsere heutigen Handlungs- und Lebensweisen zu überdenken und neu zu gestalten.
Nur wenn die Menschen sich von ihren überkommenen Denkschemata lösen und politische Entscheidungen im neuen Bewusstsein, das die globalen Zusammenhänge erkennt, treffen, wird es noch eine Erde für ihre Nachkommen geben. Nur so können sie beweisen, dass sie trotz des Wahnsinns, der Teil ihrer Natur ist, fähig sind, einen höheren Stand der Erkenntnis zu erlangen, der sie zu wahren *sapiens-sapiens* macht.
Die ‹Logik des Lebenden› hat erfolgreich die Insekten hervorgebracht. Sie hat sich aber beim Dinosaurier geirrt – wie sie sich auch beim *sapiens-sapiens* geirrt haben könnte, einer Spezies, die nicht einmal 50 000 Jahre alt ist und die ohne weiteres verschwinden könnte, wie seit der Entstehung des Lebens so viele andere im Laufe von zweieinhalb Milliarden Jahren.

# Afrique

Il y a quelque trois millions d'années, l'Afrique de l'Est fut témoin de la naissance du premier ancêtre de l'homme: un bipède se détacha du rameau des grands singes pour s'engager sur la voie d'une nouvelle espèce promise à une destinée exceptionnelle.

Tout au plus cinquante mille ans avant notre ère, le descendant de celui-ci finit par aboutir à l'*homo sapiens-sapiens:* l'homme de la connaissance mais aussi de la déraison; un être sujet à l'angoisse existentielle; un produit indisociable de la nature et de la culture qui conquit toute la planète Terre en suivant les mystérieux sentiers de sa créativité, de ses folies et de ses rêves.

Six mille ans av. J.-C. et sur une période allant presque jusqu'à notre ère, des *sapiens-sapiens,* aussi bien Noirs que Blancs, se mirent à graver et à peindre sur les rochers du Sahara des tableaux fabuleux contant leur vie de chasseurs et de pasteurs; leur existence matérielle et spirituelle ponctuée de rituels magiques et religieux, de masques, de danses et de symboles. Mais le Sahara autrefois verdoyant, était condamné à être graduellement rongé par les sables brûlants. Au cours du premier millénaire avant notre ère presque tous les hommes furent contraints d'émigrer sous des cieux plus cléments. Plusieurs peuples contemporains de l'Afrique noire comptent certainement parmi leurs ascendants des ancêtres ayant fait partie de ces anciennes populations sahariennes.

Les fonctions de l'art sont diverses. Sa fonction fondamentale néanmoins fut – et est encore parmi maintes sociétés préindustrielles – étroitement liée aux concepts issus de l'angoisse existentielle de l'homme. L'art se situe en effet par excellence à la charnière du naturel et du surnaturel; il est le médiateur entre l'être humain et la divinité; il est véhicule de transcendance permettant de parvenir à l'unité du corps et de l'esprit; du conscient et de l'inconscient. L'art, rêverie incarnée de l'homme, n'a ni âge ni frontières: sous tous les cieux et de tous temps l'homme créa des chefs-d'œuvre.

Le génie créateur de l'Afrique noire a puissament contribué à l'enrichissement du trésor artistique que nous a légué l'humanité à travers l'espace et le temps. L'art africain revêt une infinité de formes et assume toutes sortes de fonctions parmi lesquelles, toutefois, celle à caractère religieux et mystique prédomine. C'est sans doute au cœur de l'Afrique noire ancestrale que l'art primaire de la danse et, par excellence, l'art des masques dansants a trouvé son expression la plus riche, la plus dynamique, la plus immédiatement transcendante.

# Africa

Some three million years ago, East Africa witnessed the birth of man's first ancestor: an upright being left its nearest relatives – the anthropoid apes – to begin his long journey towards a new species whose destiny and fate was to be distinctive.

50,000 B.C. at the earliest, its descendant became a *homo sapiens-sapiens:* a man of knowledge but also of unreason; a being subject to existential anxiety; a child of both nature and culture, which conquered the whole earth following the mysterious paths of its creativity, dreams and follies.

From 6000 B.C. nearly to our own era, black and white *sapiens-sapiens* engraved and painted wonderful pictures on Saharan rocks, which told the vivid story of their hunting and pastoral life and described their material and spiritual existence punctuated by religious and magical masked dances, symbols and rituals. But for climatic reasons the once green Sahara was condemned to being gradually swallowed up by burning sands. During the first millenium B.C. nearly all the people had to retreat and migrate to more hospitable regions. Contemporary peoples of Black Africa doubtless number members of these ancient Saharan populations among their ancestors.

Art has numerous functions. Nevertheless, its primeval and fundamental one was – and for many pre-industrial peoples still is – intimately related to concepts issuing from man's existential anxiety. Art is a link between the natural and supernatural world; it is a mediator between man and the divine; it is a transcendental vehicle moving towards the unity of body and spirit, of the conscious and unconscious. An incarnation and mirror of the human psyche, art has neither age nor frontiers; at almost all times and places man has created masterpieces of art.

The creative genius of Black Africa has contributed greatly to enriching the store of the world's art treasures, which were transmitted to us as a legacy through space and time. African art assumes all sorts of forms and functions, but those of a mystical religious character predominate. There is no doubt that it is in the heart of ancestral Africa that the primeval art of dancing and especially the art of the dancing mask found its most varied, dynamic and immediate transcendental expression.

Die Ziffern zur Übersichtskarte ‹Afrika› beziehen sich auf die Farbtafeln 1–15.

Les chiffres de la carte géographique ‹Afrique› se rapportent aux planches-couleur 1–15.

The numbers on the map of 'Africa' refer to colour plates 1–15.

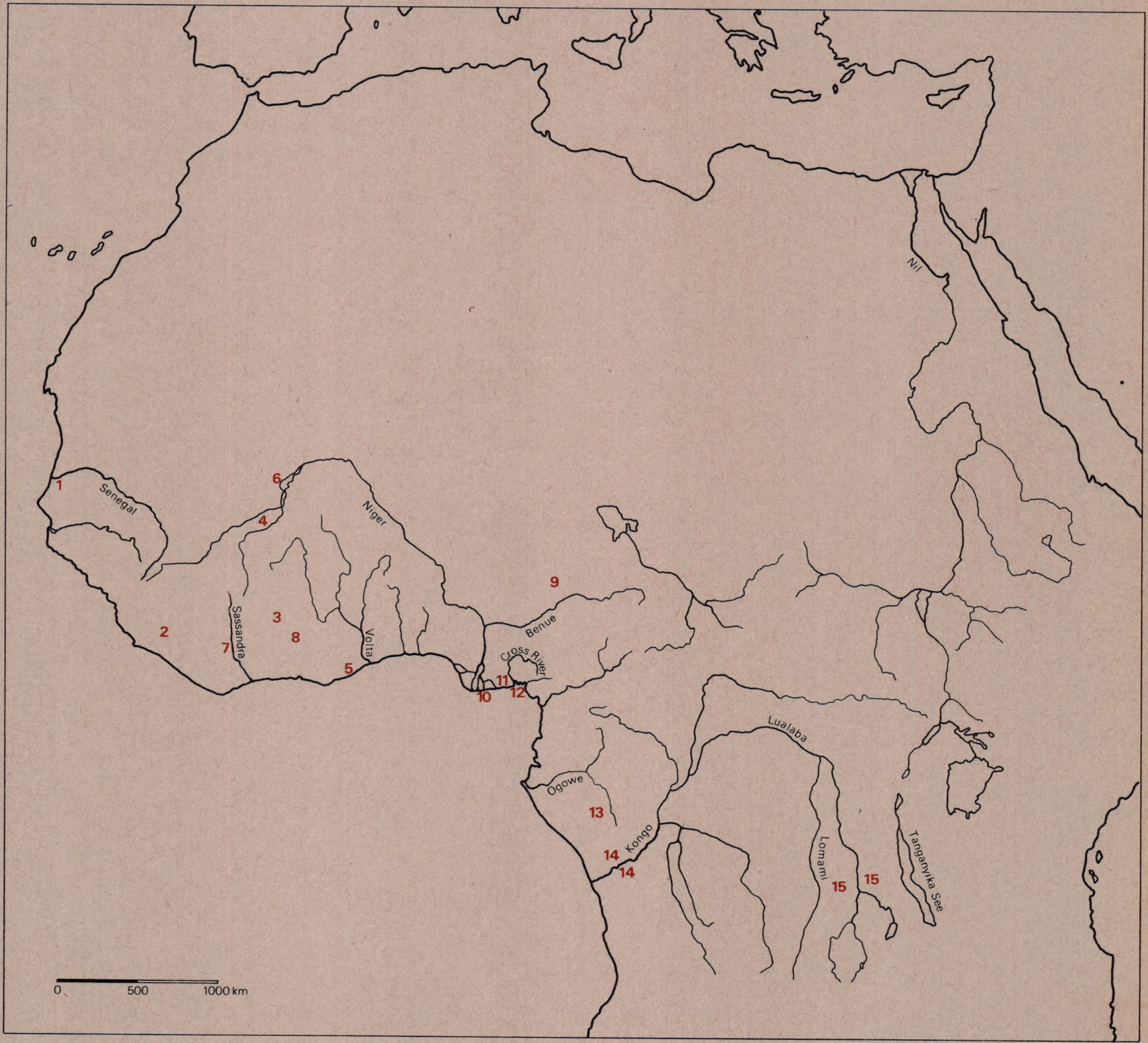

**Bilder aus Nigeria**

Haussa, Kano, Nord-Nigeria
Färberei: Plattform mit zylinderförmigen, zementierten Gruben. In ihnen wird das Indigobad zubereitet, das zum Färben der Baumwollstoffe dient. Nach der Arbeit werden sie mit einem aus Schilf geflochtenen Kegel zugedeckt. Eine Spezialität der Haussa war es immer schon, Stoffe und grosse Gewänder mit Hilfe mehrerer Indigobäder dunkelblau einzufärben. Solche Produkte waren sehr gefragt und wurden früher bis nach Nordafrika exportiert (Foto B. Gardi).

Nigeria
Dorf zwischen Mokwa und Kontagora (Foto R. Boser).

Yoruba, Ilorin, Nigeria
Markt von Ilorin (Foto R. Boser).

Djebba, Nigeria
Nupe-Frau mit Kind (Foto J. Boser).

Kano, Nord-Nigeria
Herausgeputztes und geschminktes Haussa-Mädchen. Die Haussa-Mädchen erfreuen sich einer grossen Freiheit bis zum Alter von ungefähr vierzehn Jahren. Danach werden sie verheiratet und bleiben anschliessend in der Regel ans Haus gebunden – ein Brauch, der sonst im westafrikanischen Kontext äusserst selten ist und selbst in den islamisierten Regionen Westafrikas kaum praktiziert wird (Foto J. Boser).

Iseyin, Süd-Nigeria
Yoruba-Färberei beim Abtropfen eines frisch gefärbten Baumwolltuches. Das Yorubaland ist berühmt für seine mit Reserve-Techniken dekorierten und mit Indigo gefärbten Baumwollstoffe. Im Gegensatz zu den Haussa ist die Färberei bei den Yoruba eine Kunst, die von Frauen ausgeübt wird (Foto B. Gardi).

**Images du Nigeria**

Haoussa, Kano, Nord-Nigeria
Atelier de teinture: plateforme comportant des cuves cylindriques à parois cimentées dans lesquelles sont préparés les bains d'indigo destinés à la teinture des étoffes de coton. Une fois le travail terminé, ces cuves sont recouvertes avec des couvercles coniques en osier tressé. Les étoffes et les grandes robes bleu-noir teintes à l'indigo au moyen de plusieurs bains de teinture consécutifs, étaient et sont encore une grande spécialité des Haoussa. Très recherchées, elles étaient autrefois exportées jusqu'en Afrique du Nord (photo B. Gardi).

Nigeria
Village entre Mokwa et Kontagora (photo R. Boser).

Yorouba, Ilorin, Nigeria
Marché d'Ilorin (photo R. Boser).

Djebba, Nigeria
Femme nupe et son enfant (photo J. Boser).

Kano, Nord-Nigeria
Fillette haoussa parée et maquillée. Jusqu'à quatorze ans environ les fillettes haoussa sont très libres dans leurs allées et venues. Passé cet âge – qui est celui du mariage – la femme est, pour la plupart du temps, confinée à la maison. Même dans les régions islamisées cette coutume ne se rencontre que très rarement en Afrique occidentale (photo J. Boser).

Iseyin, Sud-Nigeria
Teinturière yorouba en train d'égoutter un tissu de coton teint à l'indigo. Le pays Yorouba est renommé pour ses tissus à dessin réservé teints à l'indigo. A l'encontre des Haoussa, la teinture chez les Yorouba est un art reservé aux femmes (photo B. Gardi).

**Pictures of Nigeria**

Hausa, Kano, northern Nigeria 1
Dye-works: platform with cylindrical, cement-coated pits. The indigo bath used to dye cotton fabrics is prepared in them. When work is over they are covered with a cone of plaited reeds. Dyeing fabrics and voluminous robes dark blue with the help of several indigo baths has always been a Hausa speciality. Products of this kind were once in great demand and used to be exported to as far away as North Africa (photograph B. Gardi).

Nigeria 2
A village between Mokwa and Kontagora (photograph R. Boser).

Yoruba, Ilorin, Nigeria 3
At the Ilorin market (photograph R. Boser).

Djebba, Nigeria 4
Nupe woman with child (photograph J. Boser).

Kano, northern Nigeria 5
A Hausa girl dressed up and made up. Hausa girls have a great deal of freedom until they are about fourteen years old. Then they are married off and are, as a rule, subsequently tied to the house – a custom that is otherwise very rare in the West African context, even in Moslem regions (photograph J. Boser).

Iseyin, southern Nigeria 6
A Yoruba woman draining a freshly dyed cotton cloth. The Yoruba country is famous for its resist-patterned and indigo-dyed cotton fabrics. In contrast to Hausa usage, Yoruba dyeing is an art practised by women (photograph B. Gardi).

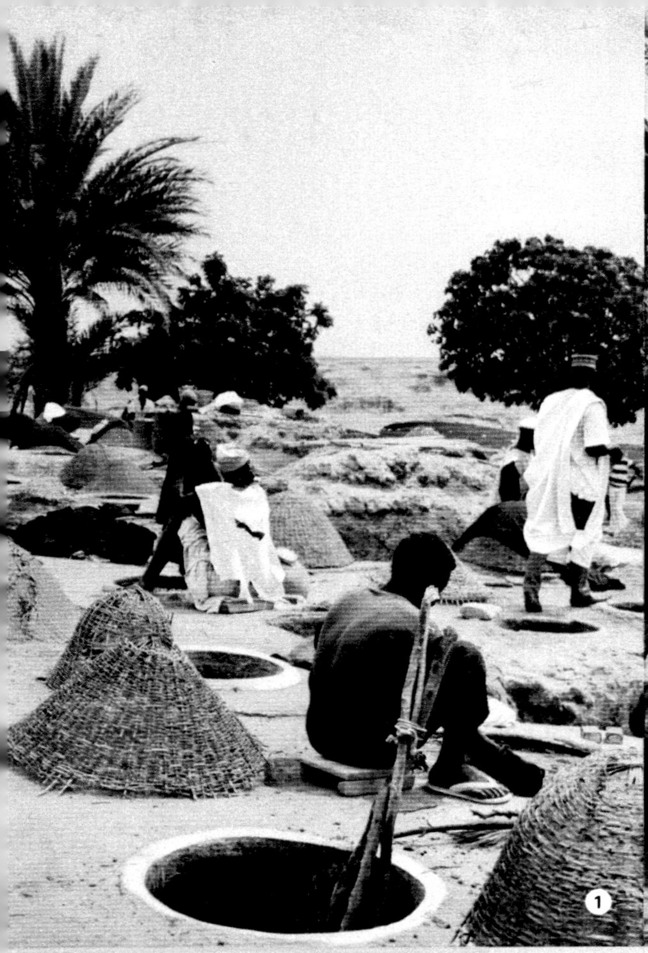
1
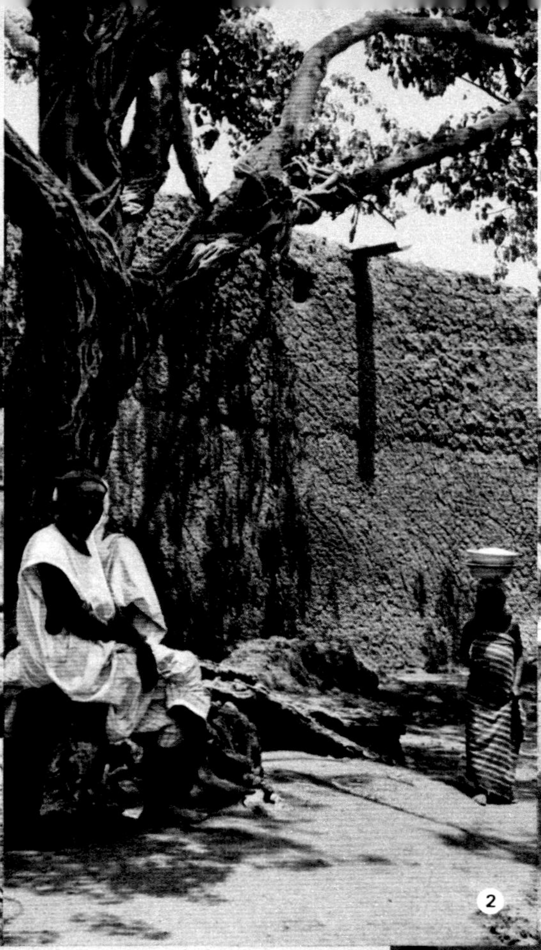
2
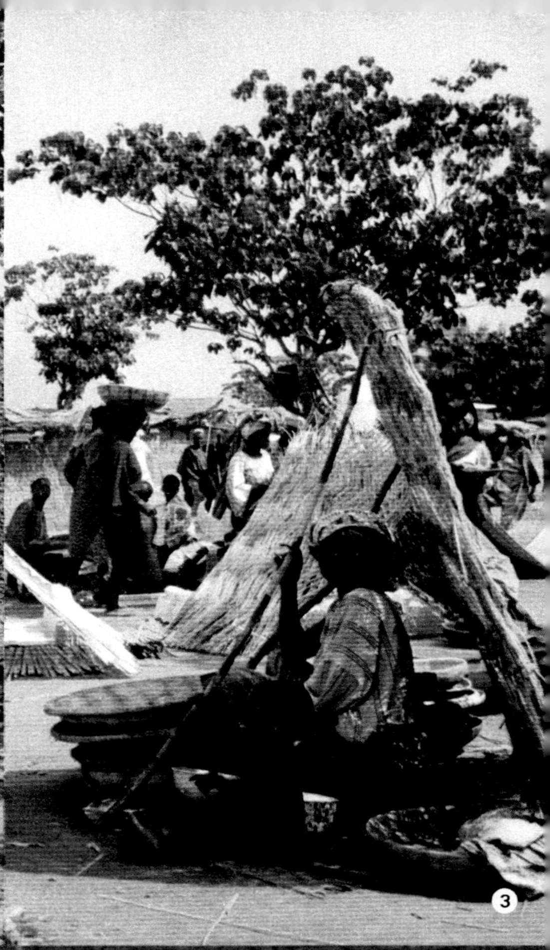
3
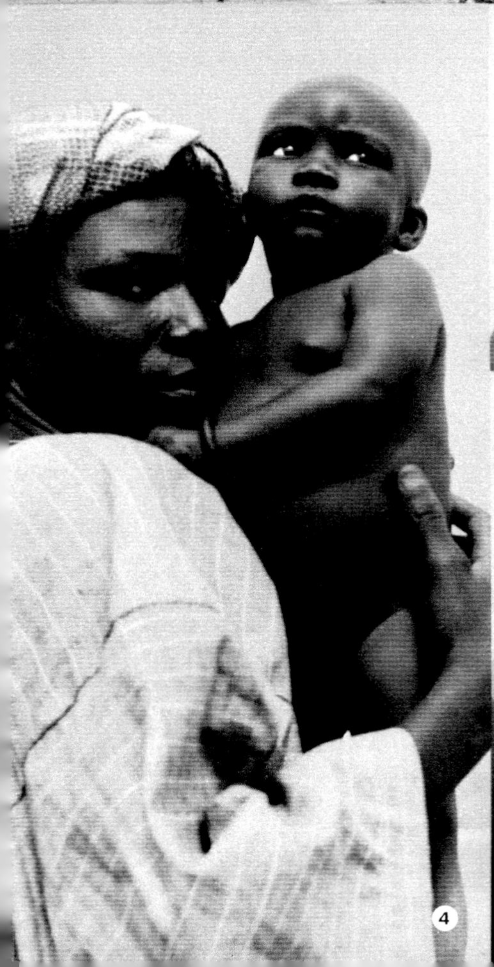
4
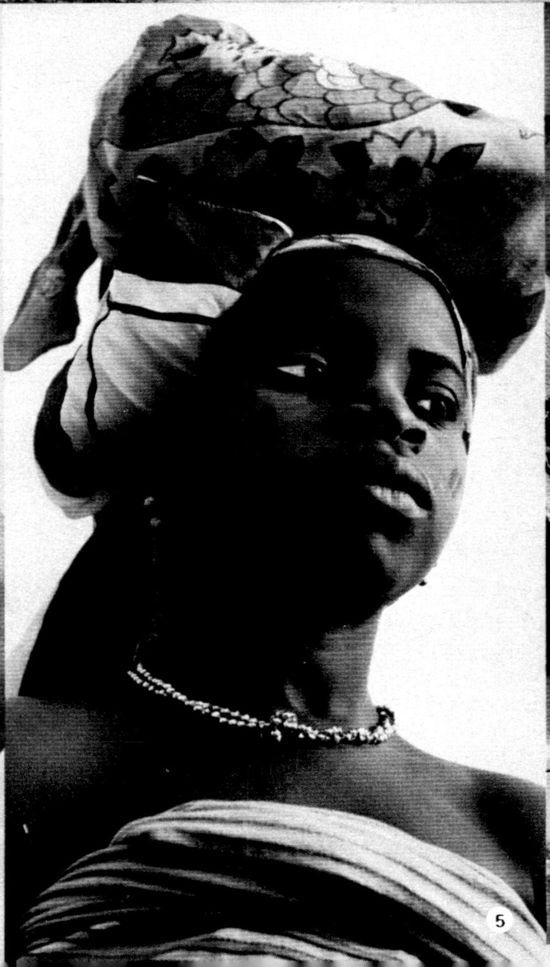
5
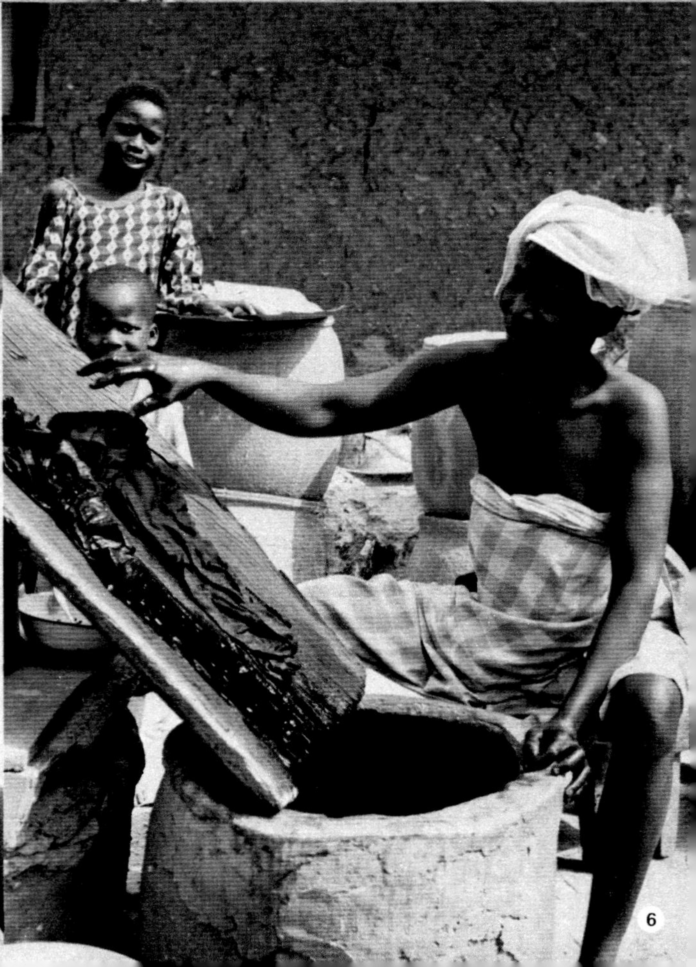
6

**Männerkleid**
(Rückseite) Wolof, Gandiol, Senegal
zusammengenähte Baumwollbänder
Reservemuster: Zopfreserven
Färbung: Indigo, Kolanuss
Maschinenstickerei

Das sudanesische Volk der Wolof bewohnt vorwiegend den Westen Senegals, ein zum weiten Atlantik hin geöffnetes Savannengebiet. Einige Wolofgruppen haben sich an den Ufern des Senegalflusses niedergelassen, der, von Einbäumen gefurcht und von Wasservögeln belebt, die Nordgrenzen des Landes nachzeichnet.
Die Wolof-Frauen des Flussgebietes geniessen den ganz besonderen Ruf, zu den begabtesten Färberinnen Westafrikas zu zählen. Mit Techniken, die als «Reservemusterung» bezeichnet werden, schmücken sie die mit Indigo oder Kolanuss gefärbten Baumwollgewebe mit prächtigen Mustern, die von einer althergebrachten Kunst und höchster Raffiniertheit zeugen. Wunderbar sind diese Männer und Frauen in ihren grossen, wallenden Kleidern anzusehen, in diesen Gewändern, die wie exotische Blumen leuchten.
Die für die Herstellung solcher Tücher zur Anwendung kommende Kunstfertigkeit ist hauptsächlich einer afrikanischen Entwicklung zuzuschreiben: Man darf annehmen, dass die Kenntnis der Indigofärberei das sagenumwobene Königreich Ghana, das vom sudanesischen Soninke-Volk zwischen dem oberen Flusslauf und dem Nigerbogen gegründet wurde, gegen das 10. oder 11. Jahrhundert erreichte. Beim Massenauszug der Soninke nach dem Untergang ihres Reiches (1076) fand ein Teil dieses Volkes am linken Flussufer seine Zufluchtsstätte. Wahrscheinlich vermittelten zu jener Zeit und an jenem Ort die Soninke-Frauen den Wolof-Frauen ihre Kunst, die sie zuvor in Ghana entwickelt hatten. Diese mit Reserven gemusterten Stoffe, einst ausschliesslich Werk der Soninke- und Wolof-Frauen, werden heute von verschiedenen Handwerkergemeinschaften in Senegal hergestellt, erreichen jedoch nicht mehr ihre ursprüngliche Qualität.
Das abgebildete Gewand besteht aus zwei verschiedenen Arten von Bändern: Die einen sind ganz mit Indigo gefärbt, die anderen weisen ein durch enges Verzöpfeln dreier Baumwollbänder entstandenes, einmaliges Reservemuster auf.
Sammlung R. Boser und B. Gardi (1973–1975), Inv.-Nr. III 20345.
Lit.: Boser-Sarivaxévanis 1969, 1972 (1), 1972(2), 1977.

**Robe d'homme**
(vue de dos) Ouolof, Gandiol, Sénégal
tissu de coton, bandes assemblées
dessin réservé: par tressage de bandes
teinture: indigo, noix de kola
broderies (encolure, poitrine, dos)

Le peuple soudanais des Ouolof occupe surtout l'ouest du Sénégal, région de savanes s'ouvrant sur le grand large atlantique. Quelques groupes ouolof sont installés sur le Fleuve; ce fleuve Sénégal qui dessine les frontières nord du pays sous les sillons de ses pirogues et l'animation de ses oiseaux aquatiques.
Les femmes ouolof du Fleuve ont acquis une renommée tout particulière: elles comptent parmi les plus grandes teinturières de l'Afrique de l'Ouest. Au moyen de techniques dites ‹à dessin réservé›, elles ornementent les tissus de coton teints à l'indigo – ou à la noix de kola – avec des dessins splendides qui témoignent d'un art traditionnel ancien et raffiné. Il est une merveille de voir ces femmes et ces hommes vêtus de grandes robes flottantes brillant au soleil comme des grandes fleurs exotiques et conférant aux corps élancés une dimension sculpturale.
L'art présidant à la manufacture de ces tissus est essentiellement dû à un développement africain. On peut évaluer que c'est vers le Xe–XIe siècle que la connaissance de la teinture à l'indigo atteignit le fabuleux royaume de Ghana fondé par le peuple soudanais des Soninké entre le haut cours du Fleuve et la boucle du Niger. Lors de l'exode des Soninké, conséquence de la chute du royaume (1076), un groupe de ce peuple trouva refuge sur la rive gauche du Sénégal. C'est sans doute à cette époque et en cette région que les teinturières soninké partagèrent avec les femmes ouolof l'art qu'elles avaient développé au Ghana. Ces tissus à dessin réservé, autrefois œuvre exclusive des teinturières ouolof et soninké, sont aussi manufacturés de nos jours par diverses coopératives artisanales du Sénégal. Largement commercialisés, ils ne peuvent atteindre la variété et la qualité des produits originaux de la région fluviale.
La robe ci-contre est composée de deux sortes de bandes: les unes sont teintes en pièce à l'indigo; les autres sont décorées au moyen d'un dessin réservé unique au monde: par tressage serré de trois bandes de coton.
Collection R. Boser et B. Gardi (1973–1975), No d'inv. III 20345.
Bibl.: Boser-Sarivaxévanis 1969, 1972 (1), 1972 (2), 1977.

**Man's Robe**
(back) Wolof, Gandiol, Senegal
strips of cotton sewn together
patterns: resist dyeing by braiding
dyes: indigo, kola nut
machine embroidery (neck, front, back)

The Wolof, a Sudanese people, live principally in the western part of Senegal, a savanna region that opens onto the Atlantic. Some Wolof groups settled on the banks of the Senegal River, bustling with canoes and waterfowl, which marks the northern boundaries of the country.
The Wolof women of the river area number among the most talented dyers of West Africa. Using so-called 'resist' techniques, they create beautiful patterns on their indigo or kola nut dyed cotton textiles, fabrics which offer evidence of a higly developed, traditional art. It is wonderful to see these men and women, clad in flowing robes as brilliant as exotic flowers and adding a sculptural dimension to their bodies.
The skill manifested in the production of such cloth is essentially due to an African development. It may be assumed that the technique of indigo dyeing – coming from the north – reached the legendary kingdom of Ghana, which was founded by the Sudanese Soninke people between the upper course of the Senegal River and the Niger Bend, around the 10th or 11th century. During the mass exodus of the Soninke following the fall of their empire (1076), a part of the population found refuge on the left bank of the Senegal. It was probably at this time and place that the Soninke women transmitted to the Wolof women the art they had already developed in Ghana.
These resist patterned fabrics, once the exclusive domain of Soninke and Wolof women, are made in various Senegalese craftsmen's communities today. As they are largely produced commercially, they cannot attain the variety and quality of the original pieces made in the river area.
The robe pictured here is composed of two different kinds of strips: one type is indigo dyed, the other has a resist pattern found nowhere else in the world and achieved by the tight plaiting of three cotton strips.
Collection R. Boser and B. Gardi (1973–1975), Inv. No. III 20345.
Bibl.: Boser-Sarivaxévanis 1969, 1972 (1), 1972 (2), 1977.

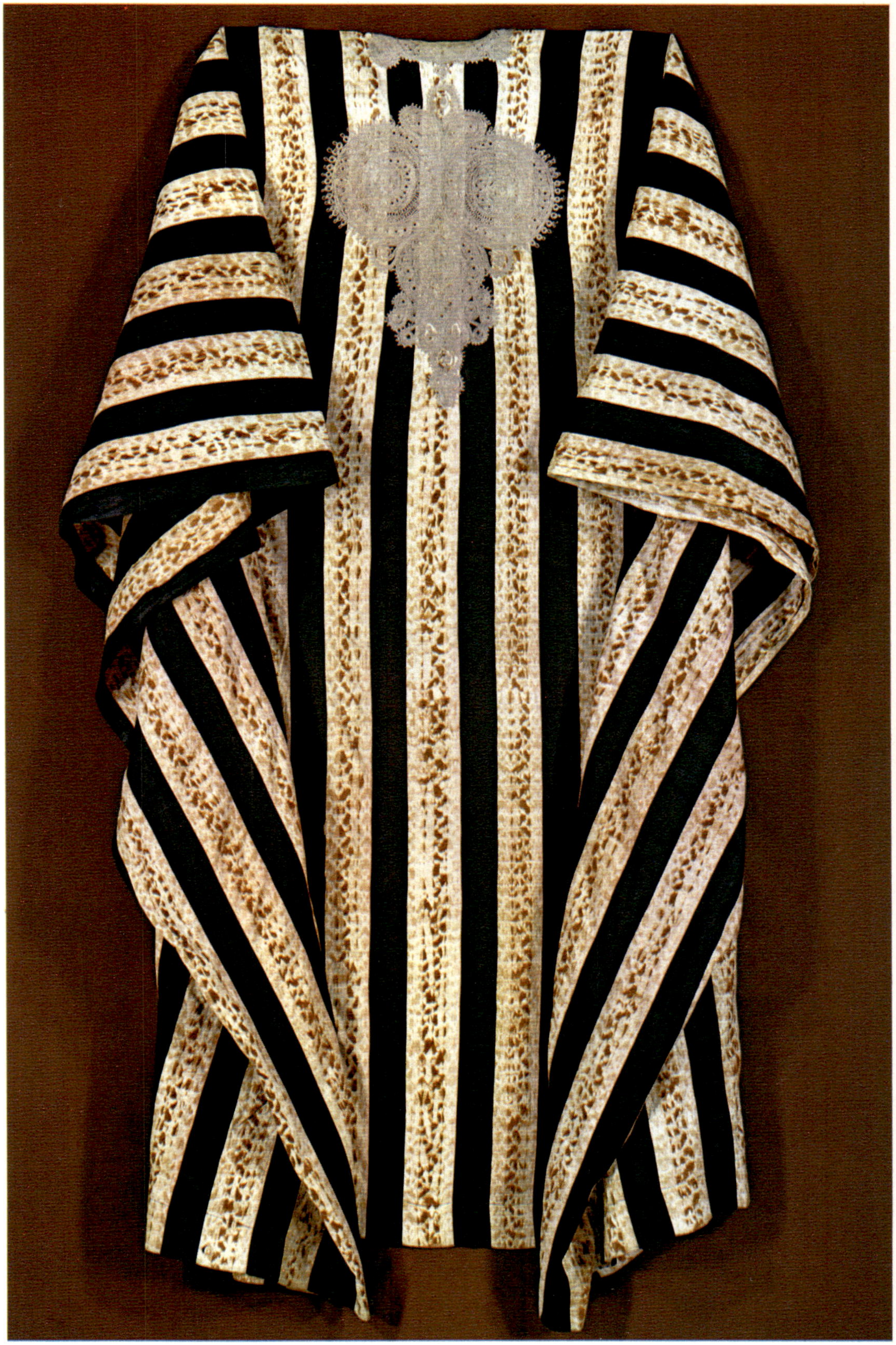

VI/1

**Kopf eines Würdenträgers**
Bullom-Sherbo, Sierra Leone
Mahen Yafe, ‹Geist des Häuptlings›
Speckstein
H. 18 cm

Den Flussläufen entlang, im Busch oder beim Anbau ihrer Felder fanden die Einwohner von Sierra Leone und Guinea – besonders in den Gebieten der Mende und der Kissi – eine Menge von Steinstatuetten. Sie wussten nichts von deren Ursprung, erkannten aber in ihnen Sitze von Geistern, Gottheiten oder Ahnen. Die Leute nannten sie *Nomoli* (Mende) oder *Pomdo* (Kissi) und stellten sie auf ihre Felder als Beschützer der Ernte oder auf ihre Altäre als vermittelnde Ahnen in Wahrsagungsriten. Wer schuf diese an Würdenträger oder mythische Wesen gemahnenden Statuetten? Wann entstanden diese an Ahnen oder Krieger erinnernden Figuren? Woher kamen diese zylinderförmigen oder differenziert gestalteten Körper mit diesen kugligen, durchstochenen oder eingeschnittenen Augen und mit den schweren Lidern, die einen tief verinnerlichten Blick zu verbergen scheinen?
Diese Bildnisse sollen ursprünglich Werke einer Hofkunst sein, die vor dem 15. Jahrhundert bei den Bullom-Sherbro – einem der ältesten Völker von Sierra Leone – und bei den mit den Bullom verwandten Kissi aus Guinea blühte. Nach dem Sturz des Bullomreiches (16. Jh.) und der Invasion sudanesischer Völker, die sich zwischen den Bullom und den Kissi ansiedelten, erfuhr diese Kunst abweichende Entwicklungen, zerfiel und geriet ganz in Vergessenheit. Ihren Merkmalen nach gehörten die *Nomoli* und die *Pomtan* (Plural von *Pomdo)* verschiedenen Stilperioden an, wobei mehrere Parallelen sowohl zwischen ihnen und der plastischen Kunst des alten Nigeria als auch den sog. afroportugiesischen Elfenbeinschnitzereien des 15.–16. Jahrhunderts gezogen wurden.
Die abgebildete Statuette mit aristokratischen Zügen soll das Werk der Sherbro-Bullom sein und könnte – je nach Autor – aus dem 15. oder aus dem 16.–18. Jahrhundert stammen. Dieser Typ von *Nomoli,* den die Mende ‹Mahen Yafe› (Geist des Häuptlings) nennen und der anlässlich von Wahrsagungsriten verwendet wird, stellte vermutlich bei den Sherbro-Bullom einen Würdenträger dar.
Ankauf Crisinel 1901, Inv.-Nr. III 1365.
Lit.: Dittmer 1967,
Tagliaferi/Hammacher 1974.

**Tête de dignitaire**
Bullom-Sherbro, Sierra Leone
Mahen Yafe, ‹l'esprit du chef›
pierre taillée (stéatite)
haut. 18 cm

Tout au long des rivières, dans la brousse ou encore en cultivant leurs champs, les indigènes du Sierra Leone et de Guinée trouvaient – surtout en pays mendé et kissi – des quantités de statuettes de pierre. Quoique n'ayant aucune souvenance de l'origine de ces figurines, ils reconnurent en elles des supports d'esprits, de divinités ou d'ancêtres. Ils les nommèrent *nomoli* (Mendé) ou *pomdo* (Kissi) et les installèrent dans leurs champs en tant que protecteurs des récoltes ou sur leurs autels en tant qu'ancêtres intervenant dans les rites de divination. Quand et par qui furent créées ces statuettes rappelant des dignitaires, des êtres mythiques, des ancêtres, des guerriers? D'où venaient leurs styles comportant des formes naturalistes ou géométrisantes; des corps tubulaires ou à volumes différenciés; des yeux tantôt globuleux, tantôt percés ou incisés; des lourdes paupières baissées sur un regard profondément intériorisé?
Ces effigies auraient été à l'origine un art de cour apparu avant le XVe siècle chez les Bullom-Sherbro – l'un des peuples les plus anciens du Sierra Leone – et les Kissi de Guinée, affiliés aux Bullom. Après la chute du royaume bullom (XVIe siècle) et l'invasion de peuples soudanais, s'interposant entre les Bullom et les Kissi, cet art suivit des développements divergents, tomba en décadence et, finalement, dans l'oubli de ses origines.
D'après leurs caractéristiques, les *nomoli* et les *pomtan* (pluriel de *pomdo*) appartiennent à des périodes stylistiques diverses et plusieurs parallèles ont été tirés entre ceux-ci, les arts plastiques du Nigeria ancien et les ivoires dits ‹afro-portugais› du XVe–XVIe siècle.
La pièce ci-contre à traits aristocratiques a sans doute été l'œuvre des Sherbro-Bullom et pourrait être datée – selon les auteurs – du XVe ou du XVIe–XVIIIe siècle. Ce type de *nomoli,* appelé par les Mendé ‹Mahen Yafe› (l'esprit du chef) et utilisé lors de rituels divinatoires, représentait probablement chez les Sherbro-Bullom un ancêtre royal ou un dignitaire.
Achat Crisinel 1901, No d'inv. III 1365.
Bibl.: Dittmer 1967,
Tagliaferi/Hammacher 1974.

**Head of a Dignitary**
Bullom-Sherbro, Sierra Leone
Mahen Yafe, 'spirit of the chief'
soapstone
h. 18 cm

The inhabitants of Sierra Leone and Guinea – especially of the Mende and Kissi countries – found a great many stone statuettes along the rivers, in the bush and in the fields they were cultivating. They knew nothing of the statuettes' origins, but acknowledged them to be receptacles of spirits, deities or ancestors. The people called them *Nomoli* (Mende) or *Pomdo* (Kissi) and put them up in their fields to protect their crops or on their altars as mediating ancestors in divination rites. When and by whom were these figurines, reminiscent of dignitaries, mythical beings, ancestors or warriors, produced? Where did their styles, including naturalistic or geometrical forms, cylindrical or much more sophisticated bodies, come from? What is the source of these sculptures, with their perforated, incised or bulging goggle-eyes, their heavy eyelids cast down with an intensely introverted look, their ornamented bodies and faces?
These stones figures are thought to have already originated before the 15th century as products of a courtly art that flourished among the Bullom-Sherbro – one of the oldest peoples of Sierra Leone – and the Guinean Kissi, who are related to the Bullom. After the overthrow of the Bullom kingdom (16th century) and the invasion of Sudanese peoples, who settled between the Bullom and the Kissi, this art first experienced divergent development, then gradually became decadent and finally fell into oblivion.
Judging by their characteristics, the *Nomoli* and *Pomtan* (plural of *Pomdo*) are products of different stylistic periods. Many parallels between them and the sculptural art of ancient Nigeria or the so-called 'Afro-Portuguese' ivory carvings of the 15th–16th centuries can be drawn.
The statuette with aristocratic features pictured here is most likely an early Sherbro-Bullom work. This type of *Nomoli,* which the Mende call 'Mahen Yafe' (spirit of the chief) and which they use during divination rites, probably portrayed a Sherbro-Bullom dignitary.
Purchase Crisinel 1901, Inv. No. III 1365.
Bibl.: Dittmer 1967,
Tagliaferi/Hammacher 1974.

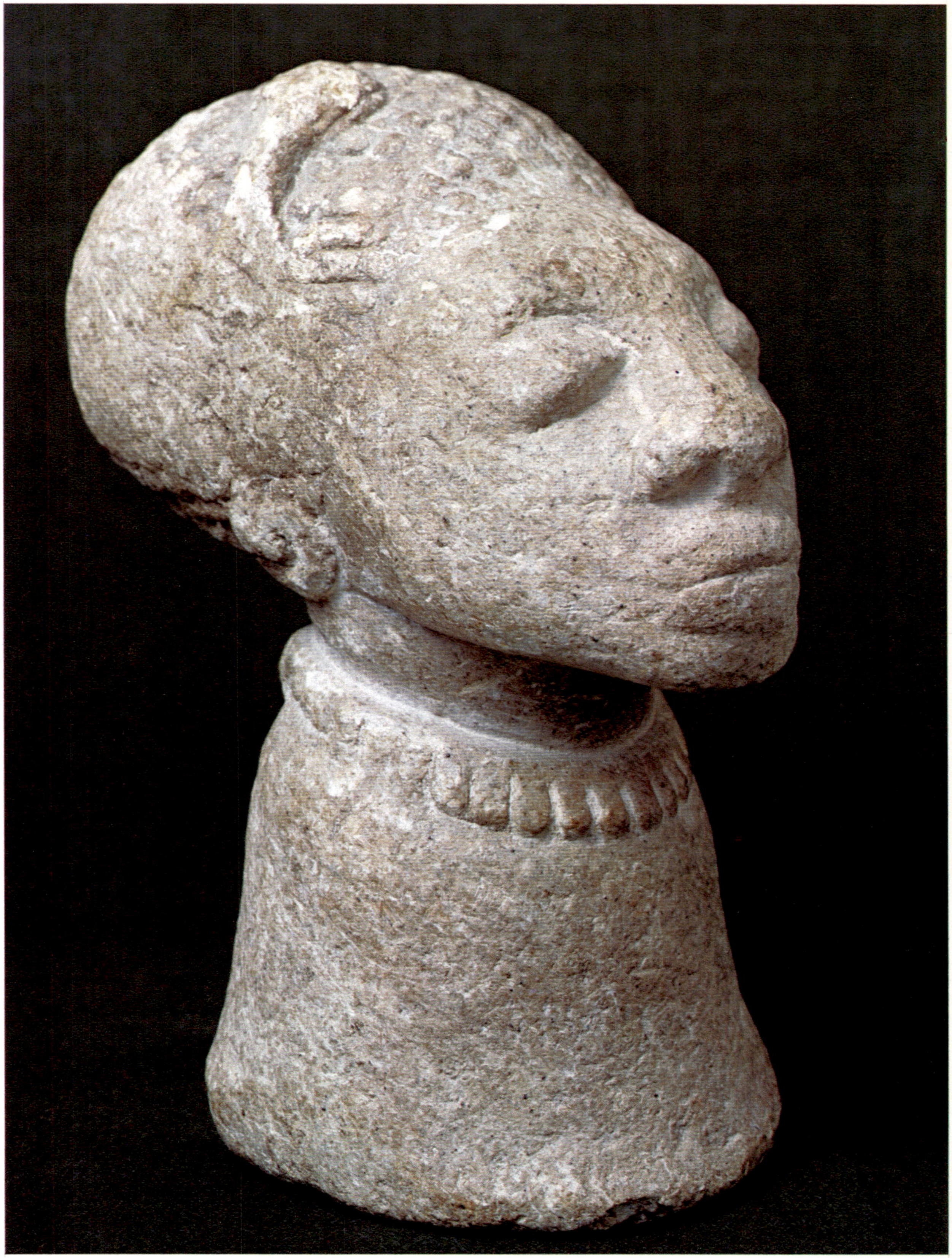

VI/2

**Tanzstatuette**
Senufo, Elfenbeinküste
schweres Holz
dunkle, glänzende Patina
H. 67 cm

Die Senufodörfer im Norden der Elfenbeinküste liegen zerstreut in von einzelnen Baumgruppen und einigen Flussläufen unterbrochenen Grassavannen. Umgeben von Yams-, Hirse- und Reisfeldern, von Mais- und Baumwollpflanzungen widerspiegeln die Gemeinschaften das Bild eines eng mit der Erde verbundenen Volkes, das kaum zu Handel und Krieg neigt. Gemäss der Senufo-Kosmogonie ist die Welt die Schöpfung zweier höchster Gottheiten: Von *Kolotyolo,* dem männlichen Prinzip, und *Katyeleo,* dem weiblichen Prinzip. Die eine Gottheit schuf auf Erden die Pflanzen, die Tiere und das erste menschliche Paar. Die andere führte dieses Paar und seine Nachkommen auf den Weg der kulturellen und technischen Entwicklung. Während *Kolotyolo* für die Senufo nur eine entfernte Gestalt des Himmels darstellt, befindet sich *Katyeleo* im Zentrum ihrer Kulthandlungen, ihrer Riten und ihrer religiösen Philosophie. Sie ist die Urmutter, die grosse weibliche Ahnengestalt, Vermittlerin in Agrarkulten und zentrale Figur der Initiationsgesellschaften. Sie ist die Kraft und die Macht, durch die sich die Geschehnisse der Urzeit wiederholen und die die Erschaffung der Welt vergegenwärtigt.
Bei den *Fodonon,* einer Senufogruppe des Korhogo-Bezirks, drückt sich dieses hoch angesehene Prinzip in der – selten so ausgeprägten – äusserst wichtigen Rolle aus, die die Frauen in den Wahrsagungs- und Initiationsgesellschaften spielen. Gewisse von der weiblichen Geheimgesellschaft *Tyekpa* durchgeführte Zeremonien bieten ein ästhetisch hochstehendes Schauspiel: Bei rituellen, von virtuosen Trommlerinnen geleiteten Tänzen tragen die Teilnehmerinnen auf ihren Köpfen Statuen, die meist weibliche, auf Schemeln sitzende Figuren darstellen, deren Beine die vorderen zwei Stützen des Stuhls ersetzen.
Das abgebildete Stück gehört einer den Tanzstatuen der *Tyekpa* ähnlichen Art an. Es stellt mit grosser Wahrscheinlichkeit *Katyeleo,* die Urmutter, dar. Der den Senufo heilige Vogel Calao, ein Symbol der Fruchtbarkeit, bildet ihre stilisierte Kopftracht.
Ankauf M. Sylla 1955,
Inv.-Nr. III 14167.
Lit.: Glaze 1975, Holas 1966.

**Statue de danse**
Sénoufo, Côte d'Ivoire
bois lourd
patine foncée, luisante
haut. 67 cm

Les villages sénoufo du nord de la Côte d'Ivoire sont dispersés dans des savanes herbeuses ponctuées par des bouquets d'arbres et traversées par quelques cours d'eau. Entourés de champs d'ignames, de mil, de riz, de maïs, de coton, ils reflètent l'image d'un peuple profondément attaché à sa terre et peu porté au commerce et à la guerre. Selon la cosmogonie sénoufo, le monde est l'œuvre de deux divinités suprêmes: *Kolotyolo,* le principe mâle, et *Katyeleo,* le principe femelle. L'un créa sur terre les plantes, les animaux et le premier couple humain; l'autre guida ce couple et ses descendants sur la voie de l'évolution culturelle et technique. Toutefois, tandis que le dieu mâle n'est pour les Sénoufo qu'une lointaine figure céleste, *Katyeleo* se situe au centre de tous leurs cultes, leurs rites et leur philosophie religieuse. Elle est la Mère Ancienne, la femme ancêtre par excellence; la médiatrice dans les cultes agraires; la figure centrale des sociétés initiatiques; la puissance à travers laquelle le monde des origines se recrée, s'incarne et s'actualise dans le présent.
Chez les *Fodonon,* fraction sénoufo du cercle de Korhogo, ce prestigieux principe féminin se traduit et se reflète également – fait très rare – dans les rôles extrêmement importants tenus par les femmes dans les sociétés de divination et d'initiation. Certaines cérémonies menées par la *Tyekpa,* société secrète de femmes, offrent même un spectacle hautement esthétique presque sans parallèle en Afrique. En effet, au cours de danses rituelles orchestrées par des femmes tambourinaires virtuoses, les officiantes dansent en portant sur leur tête des statues – pour la plupart féminines – assises sur des tabourets dont les pieds de devant sont remplacés par ceux de l'effigie humaine.
La pièce ci-contre est d'un type similaire à celui des statues de dance *Tyekpa.* Elle représente très probablement *Katyeleo,* la Mère Ancienne. Sa coiffure est une stylisation de l'oiseau sacré des Sénoufo, le calao, symbole de fécondité.
Achat M. Sylla 1955,
No d'inv. III 14167.
Bibl.: Glaze 1975, Holas 1966.

**Dance Statuette**
Senufo, Ivory Coast
heavy wood
dark, shiny patina
h. 67cm

The Senufo villages of the northern Ivory Coast lie scattered through savanna country marked by clusters of trees and traversed by a few rivers. Surrounded by yam, millet, rice, corn and cotton fields, they convey the picture of a people deeply attached to the soil and caring little for trade or war. According to Senufo cosmogony, the world was created by two supreme deities: *Kolotyolo,* the male principle, and *Katyeleo,* the female principle. The former created the plants, animals and primordial man and woman on earth. The latter guided this couple and their descendants along the path of technical and cultural evolution. Whereas the Senufo consider the male god to be a remote being in the sky, *Katyeleo* is the focus of their rites, rituals and religious philosophy. She is the Ancient Mother, the great female ancestral figure, mediator in the agrarian cults and central figure of the initiation societies. She is the force and power through which the events of the creation of the world repeat themselves and become incarnate in the present.
For the *Fodonon,* a Senufo group of the Korhogo district, this highly revered principle is also reflected in the important role women play in the divination and initiation societies – a rare phenomenon in West Africa. Certain ceremonies conducted by the women's secret society *Tyekpa* offer a show of high aesthetic quality: during ritual dances led by highly skilled women drummers, the officiants carry statues on their heads, most of which represent seated female figures whose legs replace the two front supports of the stools they are sitting on.
The piece pictured here belongs to a category of dance statues similar to those of the Tyekpa. In all probability it represents *Katyeleo,* the Ancient Mother. Her stylized head-dress is formed by the Calao, a bird sacred to the Senufo and a symbol of fertility.
Purchase M. Sylla 1955,
Inv. No. III 14167.
Bibl.: Glaze 1975, Holas 1966.

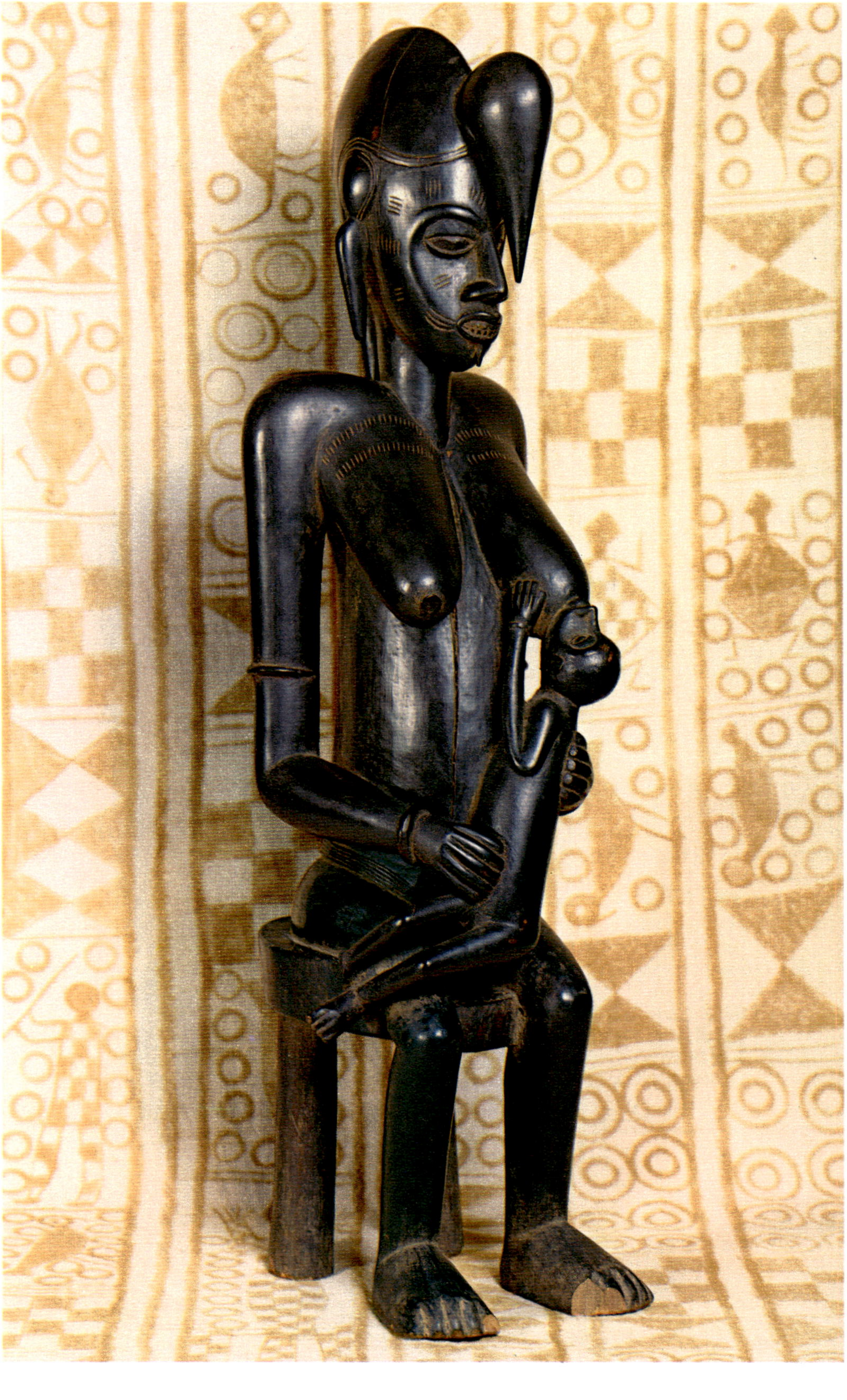

VI/3

**Zwillingsstatuetten**
Bamana (Bambara), Mali
leichtes Holz, patiniert
Metallaugen
H. 64 cm

Zwillinge sind in einer Bambara-Familie in Mali, diesem Land der weiten, von den Nigerarmen umfassten Savannen, geboren worden. Sogleich eilt ein Bote durch das Dorf. Ohne Worte, aber seine beiden Zeigefinger emporstreckend, verkündet er die frohe Botschaft. Der glückliche Vater, dem man die Hände hinter den Rücken gebunden hat, kniet vor der Türe seines Hauses nieder: Möge dieses von den Göttern gewährte Geschenk seine Familie und seinen Herd segnen! Von überall her kommen die Verwandten und Freunde mit Gaben. Wenige Tage danach werden die Zwillinge für die Taufzeremonie an einen Flusslauf gebracht: Man wäscht sie, schneidet ihnen die Haare, die dann dem Gott *Faro* ins Wasser geworfen werden, und gibt den Neugeborenen einen Zwillingen vorbehaltenen Namen. Der Tag endet mit einem Fest, an dem alle Leute singen und Hirsebier trinken.
Sollte je ein Zwilling sterben, so muss sein *Nyama* (Lebenskraft) unbedingt einen materiellen Sitz finden, der ihm das Verbleiben beim noch lebenden Kind ermöglicht, denn Zwillinge sind unzertrennlich. Diesen Sitz bildet ein *Flanitokele,* eine Statuette, die das gleiche Geschlecht wie der Verstorbene hat. Der Dorfschmied hat sie geschnitzt, und die Mutter pflegt sie, als handle es sich um ein lebendes Kind. Heiratet der am Leben gebliebene Zwilling, so wird eine dem Verstorbenen gegengeschlechtliche Statuette geschnitzt und dem *Flanitokele* beigegeben: Diese stellt dann deren Gatten oder dessen Gattin dar. All dies spiegelt nur wenige der zahlreichen mit der Geburt von Zwillingen verbundenen Bräuche wider. Die brauchmässigen Handlungen, die von einem besonderen Kult begleitet werden, beruhen auf einer den Bambara und den Maninka in Mali gemeinsamen Glaubensgrundlage. Beide Völker betrachten Zwillinge als ausserordentliche Wesen und als Ausdruck göttlicher Gnade. Wahrscheinlich schnitzten Ostbambara, bei denen man weibliche *Flanitokele* mit diademartigem Kopfaufsatz fand, die beiden abgebildeten Statuetten (ein *Flanitokele* mit Gatte oder Gattin).
Ankauf E. Loppé 1909,
Inv.-Nr. III 2809, 2808.
Lit.: Imperato 1975.

**Statuettes de jumeaux**
Bamana (Bambara), Mali
bois léger, patiné
yeux en métal
haut. 64 cm

Des jumeaux sont nés dans une famille bambara du Mali, ce pays de grandes savanes encerclées par les bras du Niger. Aussitôt un messager parcourt le village. Sans paroles, mais brandissant ses deux index, il annonce la joyeuse nouvelle. L'heureux père, les mains attachées derrière le dos, met un genou à terre et prie devant la porte de sa maison: puisse ce don accordé par les dieux bénir sa famille et son foyer! De partout les parents et les amis arrivent avec des cadeaux. Quelques jours après, les jumeaux sont amenés près d'un cours d'eau pour la cérémonie du baptême: on les lave; on leur coupe les cheveux (jettés à l'eau en offrande au dieu *Faro*) puis on leur donne un nom parmi ceux réservés aux jumeaux. La journée se termine par une fête où tout le monde chante et danse en buvant de la bière de mil.
S'il arrive à l'un des jumeaux de mourir, son *nyama* (force vitale) doit absolument trouver un support matériel qui lui permettra de rester auprès de l'enfant vivant car les jumeaux sont inséparables. Ce support est un *flanitokele,* une statuette du même sexe que le défunt, sculptée par le forgeron du village et soignée par la mère comme s'il s'agissait d'un enfant vivant. Au moment où le jumeau en vie se marie, une statuette de sexe opposé à celui du défunt est sculptée et posée auprès du *flanitokele:* elle représente son époux (ou son épouse). Tout ceci ne reflète que quelques-unes des nombreuses coutumes attachées à la naissance de jumeaux. Ces usages – auxquels s'ajoute un culte particulier – reposent sur un fond de croyances communes aux Bambara et aux Maninka du Mali. Ces deux peuples considèrent, en effet, que les jumeaux sont des êtres extraordinaires, expression de faveurs divines accordées par *Gla,* le dieu suprême, et *Faro,* le dieu des eaux.
Les deux statuettes du musée (un *flanitokele* et son époux ou son épouse) ont probablement été sculptées chez les Bambara de l'est chez lesquels on a pu relever des *flanitokele* féminins à la tête surmontée d'une coiffure-diadème.
Achat E. Loppé 1909,
Nos d'inv. III 2809, 2808.
Bibl.: Imperato 1975.

**Statuettes of Twins**
Bamana (Bambara), Mali
light wood, patinated
metal eyes
h. 64 cm

Twins have been born to a Bambara family in Mali, a savanna landscape lying within the arms of the Niger River. Immediately a messenger hurries through the village. Wordlessly, but with both index fingers raised, he announces the joyful news. The happy father, whose hands have been tied behind his back, kneels before the door to his house: may this divine gift bring his family and home blessings! Relatives and friends come from all over bearing gifts. A few days later the twins are taken to a river for a baptismal ceremony: they are washed, their hair is cut and thrown into the water to the god *Faro*, and they are given names reserved only for twins. The day ends in a feast at which everyone sings and drinks millet beer.
Should one of the twins die, his *Nyama* (life force) has to find a material receptacle that allows it to stay with the surviving child, for twins are inseparable. This receptacle is provided by a *Flanitokele,* a statuette of the same sex as the deceased twin, which is carved by the village smith and cared for by the mother as if it were a living child. When the surviving twin marries, a figurine of the opposite sex of the deceased twin is carved and placed with the *Flanitokele* to represent its husband or wife. These are only some of the numerous customs connected with the birth of twins. Such practices – which are also accompanied by a special ritual – are based on beliefs shared by the Bambara and Maninka of Mali. Both of these peoples consider twins to be extraordinary beings and an expression of divine grace granted by the highest god *Gla* and the water god *Faro.*
The two statuettes pictured here (a *Flanitokele* with husband or wife) were probably carved by eastern Bambara, since female *Flanitokele* with diadem-like head-dresses have been found in this Bambara group.
Purchase E. Loppé 1909,
Inv. Nos. III 2809, 2808.
Bibl.: Imperato 1975.

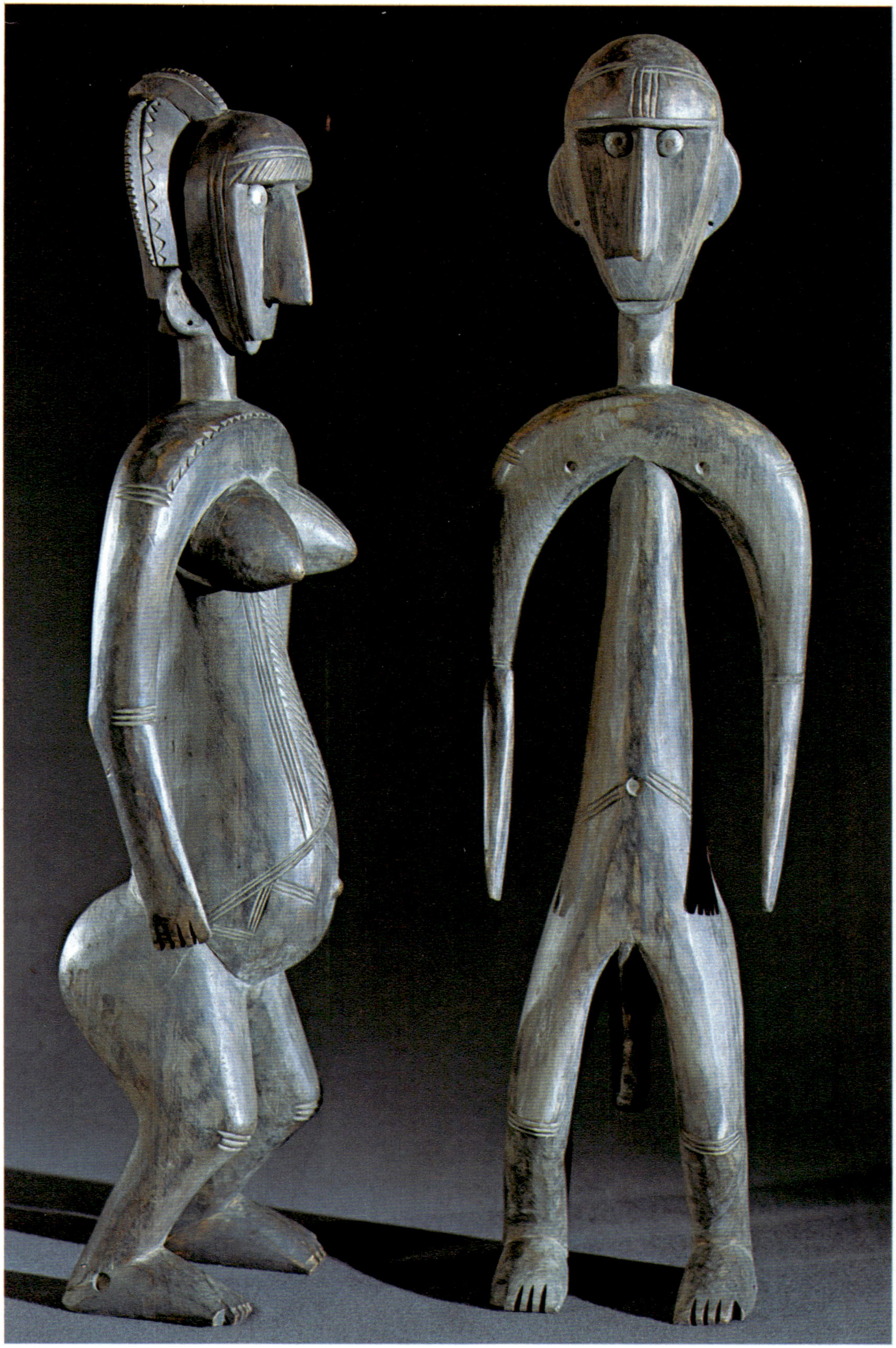

VI/4

**Gedenk- und Grabfigur**
Fanti (Akan), Akuamkurom
Gomoa-Region, Süd-Ghana
Ton, grauschwarz, Fragment
H. 16 cm

Die Südhälfte des heutigen Ghana, ein Waldland, das sich bis zum Guineagolf ausbreitet, wurde nach und nach durch die unter sich verwandten Völker der Akan erobert (11.–15. Jh.). Diese gründeten dort zahlreiche Königreiche, von denen das Ashanti-Reich zu höchstem Ruhm gelangte und das ganze Land dominierte. Bereits im 17. Jahrhundert berichteten manche Reisende über besondere Bräuche bei den Akan: Anlässlich der Beisetzung von Königen oder hohen Würdenträgern legte man dem Verstorbenen Gegenstände ins Grab, die ihm zuvor gehört hatten. Man stellte nicht nur mit Getränken und Speisen gefüllte Gefässe auf sein Grab, sondern auch ganze Reihen bemalter Tonfiguren, die Gedenkporträts des Verstorbenen, der Mitglieder seines Gefolges und seiner Diener darstellten.
Fotografien aus dem letzten Jahrhundert zeugen von dieser ununterbrochenen Grabfigurentradition: Massenweise auf den Boden des Waldes gestellte Keramikfiguren und -köpfe betrachten uns im Halbdunkel mit offenen Augen, die die Zeit zum Stillstand zu bringen scheinen.
Tönerne Grabfiguren der Akan erreichten Europa um die Jahrhundertwende: mit Statuetten verzierte Töpfe, einzelne Figuren und Köpfe mit ausgearbeitetem Aufsatz, mit Tiaren und Diademen – Schöpfungen, die zu den eindrücklichsten Kunstwerken Afrikas zählen.
Hier ist beizufügen, dass Archäologen solche Terrakotten entdeckten und dass die Tradition der mit Ton modellierten Gedenkgaben noch in mehreren Regionen Süd-Ghanas fast bis heute weiterlebte.
Noch lange ist die Geschichte dieser zahlreichen und stilistisch vielfältigen Tonfiguren nicht erhellt, besonders weil ihr Ursprung viel weiter als die Gründung des Ashanti-Reiches (Anfang 18. Jh.) zurückliegt. Das abgebildete Stück stammt aus einer königlichen Grabstätte und soll das Werk der Fanti sein, eines Akan-Volkes, das an den Küsten Ghanas wohnt.
Sammlung Missionar Lädrach,
Schenkung L. Rütimeyer 1909,
Inv.-Nr. III 2993.
Lit.: Cole/Ross 1977, Sieber 1973.

**Figurine funéraire commémorative**
Fanti (Akan), Akuamkurom
région de Gomoa, Sud-Ghana
céramique gris-noir, fragment
haut. 16 cm

Pays de forêts atteignant la côte du golfe de Guinée, la moitié sud de l'actuel Ghana fut progressivement envahie (XIe–XVe siècle) par un groupe de peuples apparentés, les Akan. Ceux-ci y fondèrent de nombreux royaumes dont le plus fabuleux, celui des Ashanti, s'imposa à tout le pays.
Dès le XVIIe siècle, nombre d'anciens voyageurs relevèrent chez les Akan des coutumes particulières. Lors de funérailles de rois ou de hauts dignitaires, on ensevelissait le défunt avec des objets de sa possession et on déposait sur sa tombe non seulement des récipients pleins de boissons et de nourriture mais aussi toute une armée de figurines en céramique peinte représentant des ‹portraits› commémoratifs du défunt, des membres de sa suite et de ses serviteurs.
Des photos datant du siècle dernier témoignent de la production ininterrompue de ces effigies tombales: posées en masse par terre dans des sous-bois, des figurines et des têtes nous contemplent de leurs yeux ouverts dans la pénombre en donnant l'impression d'avoir saisi et arrêté le temps.
Vers le tournant du siècle des céramiques funéraires akan atteignirent l'Europe: des poteries ornées de statuettes, des figures isolées et des têtes. Certaines de ces têtes à coiffures élaborées, à tiares et à diadèmes, comptent parmi les plus impressionnantes œuvres d'art que l'Afrique ait produit.
A cela il est à ajouter que les archéologues ont mis à jour nombre de ces terracottas figuratives funéraires et que la tradition des offrandes commémoratives modelées dans la glaise survécut encore longtemps en plusieurs région du Sud-Ghana.
L'histoire de ces céramiques – d'une grande richesse et variété de styles – est loin encore d'être élucidée surtout en ce qui concerne leur origine remontant à une époque très antérieure à la fondation du royaume ashanti (début du XVIIIe siècle).
La pièce ci-contre provenant d'un site funéraire royal, aurait été l'œuvre des Fanti, un peuple akan en bordure du golfe de Guinée.
Collection missionnaire Lädrach,
Don L. Rütimeyer 1909,
No d'inv. III 2993.
Bibl.: Cole/Ross 1977, Sieber 1973.

**Commemorative and Funerary Figure**
Fanti (Akan), Akuamkurom
Gomoa region, southern Ghana
clay, greyish-black, fragment
h. 16 cm

The southern half of Ghana, a forest region that stretches to the Guinea Gulf, was successively penetrated by several Akan peoples (11th–15th centuries). They founded numerous states there, the most famous being the Ashanti kingdom, which dominated nearly the whole country. In the early 17th century, travellers already witnessed special Akan funerary customs: upon the death of a king or high-ranking official, his body was buried with some of his former possessions. Not only vessels containing food and drink were placed on the grave, but also a great many small, painted, clay figures – commemorative portraits of the deceased, members of his retinue and his servants.
Photographs from the 19th century provide proof of this unbroken tradition of funerary offerings: in the twilight of the undergrowth, masses of such figures and heads look at us with eyes that seem to have brought time to a stop.
Akan grave effigies reached Europe around the turn of the century: pots ornamented with statuettes, single figures and heads with elaborate head-dresses, with tiaras and diadems, creations which number among Africa's most impressive works of art.
It should be added that terracottas of this kind have also been discovered by archaeologists and that in various parts of southern Ghana the tradition of producing commemorative funerary offerings modelled in clay survived almost into the present day.
Our knowledge of the history of this large number of stylistically diverse clay figures is still fragmentary, especially in respect to their origins long preceding the final domination of the Ashanti kingdom (early 18th century).
The piece pictured here comes from a royal graveyard and was most likely done by the Fanti, an Akan people that lives along the Ghanaian coasts.
Collection Missionary Lädrach,
gift L. Rütimeyer 1909,
Inv. No. III 2993.
Bibl.: Cole/Ross 1977, Sieber 1973.

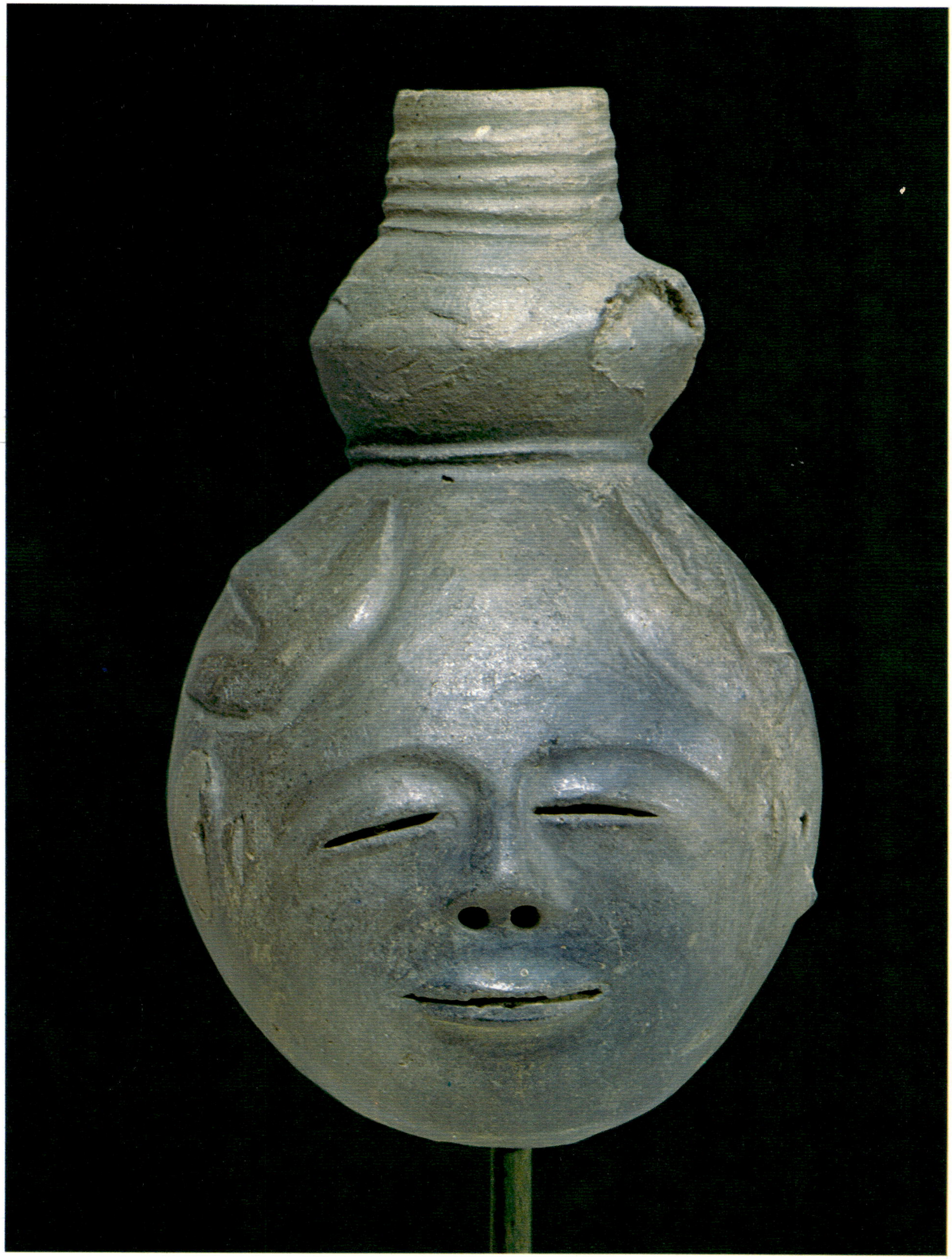

VI/5

**Gewobene Decke**
Fulani, Yuvaru, Nigerbogen, Mali
Wolle, Punktemusterung aus Baumwolle broschiert und gewirkt
B. 126 cm (6 Bahnen à 21 cm), L. 256 cm
Ausschnitt: B. 73 cm, L. 102 cm

Die Silhouette der langsam mit ihren Herden ziehenden Fulani bewegt sich vor fast allen Himmeln Afrikas. Der Ursprung dieses weissrassigen Volkes bleibt im Dunkeln verborgen, doch wissen wir, dass deren Vorfahren ihre Rinder- und Schafherden in der feuchten und grasigen Sahara des Neolithikums weideten und dass wir ihnen eine reiche Anzahl ausserordentlich schöner Felsmalereien verdanken. Unaufhaltsam verwandelte sich jedoch die von schwarzen und weissen Völkern bewohnte Sahara in eine endlose Wüste aus Sand und Felsen. Mit dem Schwinden der Fauna und der Flora mussten sich die meisten Menschen zurückziehen, und so kam es, dass die Fulani-Hirten in die Regionen des Senegal-Oberlaufes und des Nigerbogens gelangten.
Von da aus setzten sie ihre langsamen Wanderungen fort und verwoben ihre Geschichte als Hirten und Reichsgründer aufs engste mit derjenigen der Einheimischen. Die Fulani woben aber auch im wörtlichen Sinn: Im 8. Jahrhundert kannte Westafrika die Weberei noch nicht. Bei ihrer Ankunft besassen Fulanigruppen Wollschafe (übrigens die einzigen Wollschafe Westafrikas) und einen, trotz seiner scheinbaren Einfachheit, hoch entwickelten Trittwebstuhl. Sie liessen sich an den Ufern des Senegal und des Niger nieder, von wo aus dann eine umwälzende handwerkliche Entwicklung einsetzte. Seit dem Erscheinen der Baumwolle im 10. Jahrhundert übernahmen die Schwarzen dann den Fulaniwebstuhl und brachten die Baumwollstoffe zu einzigartiger Vollendung.
Von den Fulani stammt das abgebildete Stück, ein *Kaasa* aus feiner Wolle. Abgesehen von der Musterung, die eine spätere Entwicklung darstellt, entspricht dieser Stoff den ersten Fulanigeweben und dem Vorläufer der afrikanischen Bandtücher. Ohne Unterbruch seit etwa 1200 Jahren im subsaharischen Afrika hergestellt und mit den ptolemäischen Wollgeweben Ägyptens verwandt (ebenfalls *Kaasa* nach einem griechischen Wort genannt), verweist dieser Stoff auf noch entferntere Länder.
Sammlung R. Boser und B. Gardi (1973–1975), Inv.-Nr. III 20468.
Lit.: Boser 1972 (1), 1972 (2), 1977, Gardi 1976.

**Couverture tissée**
Peul, Youvarou, Boucle du Niger, Mali
laine, dessin en pointillé blanc: coton
décor par broché et tapisserie
larg. 126 cm (6 lés à 21 cm); long. 256 cm
détail: larg. 73 cm, long. 102 cm

Les silhouettes des Peul cheminant lentement avec leurs troupeaux se dessinent presque sous tous les ciels de l'Afrique de l'Ouest. L'origine de ce peuple de race blanche demeure obscure mais nous savons que ses ancêtres faisaient paître leurs troupeaux de bœufs et de moutons dans le Sahara humide et vert du néolithique et que nous leur sommes redevables de nombre de fresques rupestres d'une très grande beauté. Ce Sahara, parcouru par des peuples aussi bien noirs que blancs, se transformait néanmoins progressivement en un infini désert de rochers et de sables. Avec la disparition de la faune et de la flore, la plupart des hommes durent se retirer et c'est ainsi que, vers le VIIIe siècle, les pasteurs peul firent leur apparition dans les régions du Haut-Sénégal et de la boucle du Niger.
De là ils poursuivirent leurs lentes migrations en tissant étroitement leur histoire – de pasteurs mais aussi de fondateurs d'empires – avec celle des peuples autochtones.
Mais les Peul tissèrent également sur un tout autre plan: au VIIIe siècle l'Afrique de l'Ouest ne connaissait pas encore le tissage. A leur arrivée, des groupes de Peul possédant des moutons à laine – les seuls moutons à laine de tout l'ouest du continent noir – et un métier à tisser à lisses et pédales hautement perfectionné malgré son apparente simplicité, s'installèrent sur les rives du Sénégal et du Niger. Ce fut là le point de départ d'une épopée artisanale sans précédent. En effet, dès l'apparition du coton (Xe siècle), les peuples noirs adoptèrent le métier à tisser des Peul et conférèrent aux étoffes de coton de grandes lettres de noblesse.
La pièce ci-contre est une *kaasa* peul en fine laine. Si l'on fait abstraction du décor – résultat d'une évolution – cette étoffe incarne le tissu primordial des Peul et l'ancêtre des pagnes africains. Manufacturé sans interruption depuis quelque 1200 années en Afrique subsaharienne, il est apparenté à des tissus de laine de l'Egypte ptolémaïque (nommés également *kaasa* d'après un terme grec) originaires de pays non africains.
Collection R. Boser et B. Gardi (1973–1975), No d'inv. III 20468.
Bibl.: Boser 1972 (1), 1972 (2), 1977, Gardi 1976.

**Woven Blanket**
Fulani, Yuvaru, Niger Bend, Mali
wool, white dots: cotton
patterns in brocade and tapestry
w. 126 cm (six 21-cm strips), l. 256 cm
detail: w. 73 cm, l. 102 cm

The silhouettes of the Fulani moving slowly across the horizon with their herds can be seen in almost all parts of West Africa. The origins of this Caucasian people are as yet unknown, but we do know that their ancestors grazed their cattle and sheep in the humid, grassy Sahara of the Neolithic age and that they left a large number of beautiful rock paintings. But little by little the Sahara, with its black and white populations, was transformed into an endless desert of sand and rocks. As the flora and fauna disappeared, most of the people were forced to leave, which is the way that the Fulani pastoralists came to the regions around the Upper Senegal River and the Niger Bend in about the 8th century.
From there they continued their migrations, intimately interweaving their history as cowherds and founders of empires with that of the autochthonous negro populations.
The Fulani also did a completely different type of weaving: in the 8th century, the art of weaving was not yet known in West Africa. Some Fulani groups arrived south of the Sahara with wool-sheep (still the only ones found in West Africa) and a highly developed, though seemingly simple, treadle loom. They settled on the banks of the Senegal and Niger Rivers, where they started a handicraft tradition which was to conquer nearly the whole of West Africa. And as soon as cotton appeared on the scene (10th century), negro peoples adopted the Fulani loom to produce cotton fabrics bearing the stamp of an original African creation.
The textile pictured here is a Fulani cloth, a *kaasa* made of fine wool. Apart from the patterning, which represents a later development, this kind of cloth corresponds to the oldest Fulani textiles, forerunners of the narrow, African strip-cloths. Fabrics like this have been produced in sub-Saharan Africa uninterruptedly for about 1200 years and are related to Egyptian Ptolemaic woollen textiles (also called *kaasa*, after a Greek word), but they go back to non-African countries and even earlier times.
Collection R. Boser and B. Gardi (1973–1975), Inv. No. III 20468.
Bibl.: Boser 1972 (1), 1972 (2), 1977, Gardi 1976.

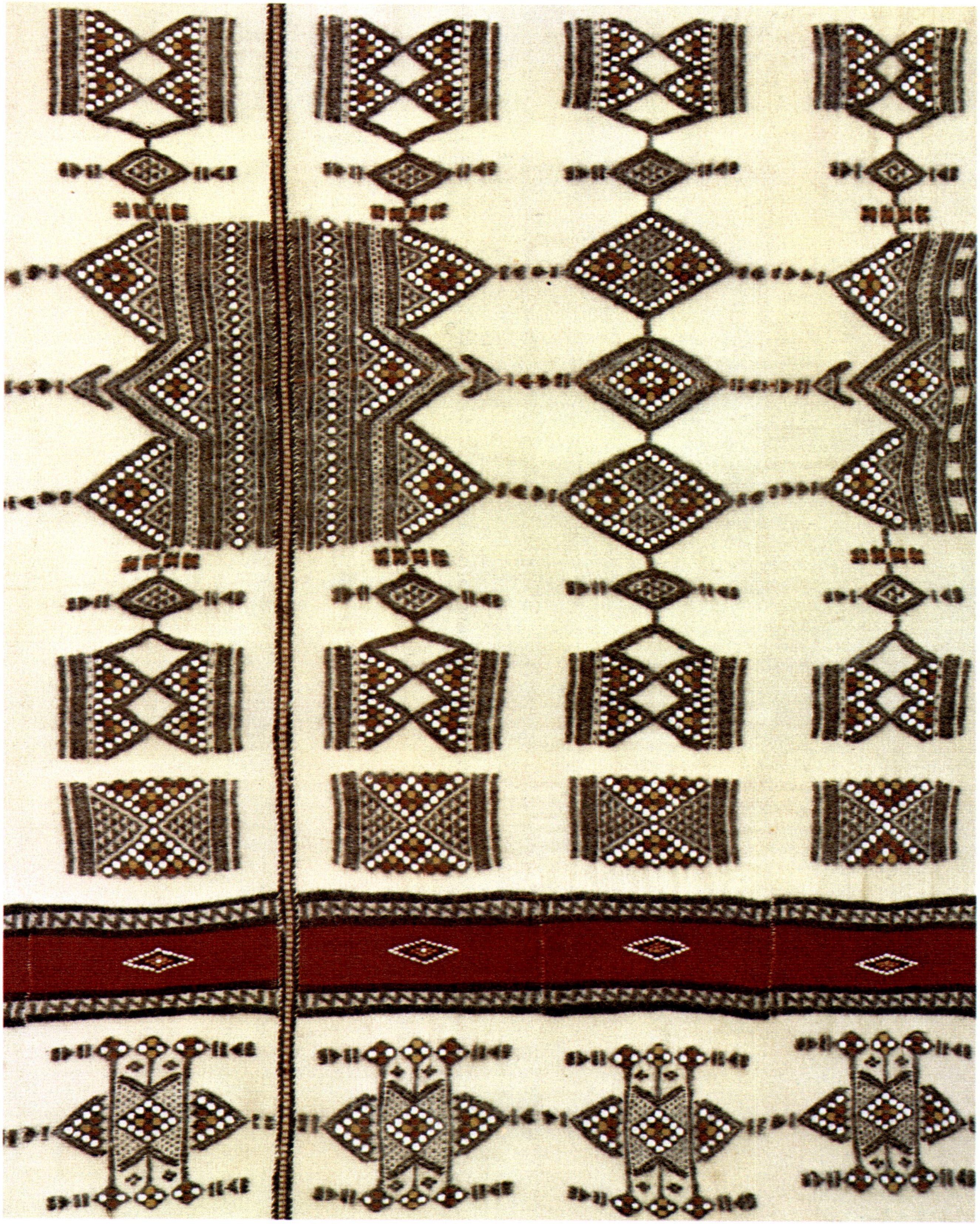

VI/6

**Tanz- und Trauermaske**
Wobe, Man-Gebiet, Elfenbeinküste
bemaltes Holz (schwarz, weiss, gelblich)
Metall, Affenhaar, Stoff, Holz
H. 36 cm

Der Schöpfergott *Kela* bewohnte den Himmel zusammen mit den *Tingnon,* den aus ihm selbst hervorgegangenen, reinen Geistern. *Zede,* das pflanzlich-tierische Prinzip sowie das Prinzip der Fruchtbarkeit, war der Geist der Erde. Eines Tages beschloss der himmlische Gott, die *Tingnon* auf die Erde zu entsenden. Zu diesem Zweck teilte er sie in ‹Familien› ein und sprach jeder eine geistige Einheit zu. Da nun das Leben auf Erden einen Körper aus Fleisch und Blut braucht, wählte *Kela* irdische Tiere aus und schenkte jeder ‹Familie› eines davon. Damit kam eine Verbindung oder Allianz (*Gbâ* oder Totem) zwischen Himmel und Erde zustande, und die *Tingnon* stiegen als erste Menschen in die Berge und Wälder der Man-Region hinunter. Unmittelbar danach musste diese langohrige Menschenrasse *Zede* bekämpfen, der, die Allianz brechend, sie ins reine Tiersein zu zwingen versuchte. Daraufhin entsandte *Kela* göttliche Funken auf Erden, und zwar in Form von kleinen, schönen roten Männern, den *Kosri.* Diese gaben den *Tingnon* Gesetze, die ihnen die Organisation ihrer Gesellschaft gestatteten und so den Widerstand gegen *Zede* ermöglichten. Nach einer gewissen Zeit begannen die Kinder der in der neuen Ordnung lebenden *Tingnon* merkwürdigerweise ihren Eltern immer weniger zu gleichen: Sie verloren ihre langen Ohren, wurden zu richtigen Menschen und fingen an die Erde zu bebauen. So entstanden die *Wobe,* die bis auf den heutigen Tag unter dem Schutz der Masken weiterleben: Denn jedesmal, wenn ein *Kosri* den *Tingnon* ein Gesetz gab, wurde dieses durch eine dem Spender ähnliche Maske symbolisiert. Mit der Hilfe dieser Gesetzesmasken und deren Wirkung innerhalb der Gesellschaft konnten die Menschen ihre Tiernatur kontrollieren und gleichzeitig ihre himmlische Essenz bewahren.
Die abgebildete Maske, der *Tronkpoho,* erscheint und tanzt beim Ableben einer hochstehenden Persönlichkeit. Bei unnatürlichen Todesfällen bekämpft er die dafür verantwortlichen Zauberkräfte, hinter denen sich stets *Zede* verbirgt.
Ankauf L. Diallo, Inv.-Nr. 21215.
Lit.: Girard 1967.
Persönliche Mitteilungen L. Diallo.

**Masque funéraire de danse**
Ouobé, région de Man, Côte d'Ivoire
bois peint (noir, blanc, jaunâtre)
métal, poils de singe, tissu, bois
haut. 36 cm

*Kéla,* le Dieu créateur, occupait le ciel avec les *Tingnon,* purs esprits émanant de luimême. *Zédé,* principe végétal, animal et fécondateur, était le génie de la terre. Le dieu céleste prit un jour la décision d'envoyer les *Tingnon* sur terre. Pour ce faire, il les groupa en ‹familles› et donna à chacune d'elles une unité spirituelle. Puis, étant donné que la vie sur terre exige un corps de chair et de sang, *Kéla* choisit des animaux terrestres et fit don à chacune de ces ‹familles› d'un animal déterminé. La nature animale participa ainsi au principe spirituel céleste et les *Tingnon* aux principes terrestres. Bref, une alliance (le *gbâ* ou totem) fut établie entre le ciel et la terre et les *Tingnon* descendirent dans les montagnes et les forêts de la région de Man, en Côte d'Ivoire. Cette première race d'hommes (à longues oreilles) dut, presque tout de suite, y combattre *Zédé* qui, rompant l'alliance, s'efforçait de les attirer dans la pure animalité. *Kéla* dépêcha sur terre des étincelles divines sous forme de beaux petits hommes rouges: les *Kosri.* Ceux-ci donnèrent aux *Tingnon* des lois qui leur permirent de s'organiser en société et, par-là, de résister à *Zédé.* Après quelque temps, phénomène étrange, les enfants des *Tingnon* socialisés commencèrent à ne plus ressembler à leurs parents: ils perdirent leurs longues oreilles et devinrent tout à fait des hommes. Ne pouvant plus se contenter de miel, de gibier et de cueillette, ils se mirent à cultiver la terre et devinrent les *Ouobé* dont la vie continua jusqu'à ce jour sous la protection des Masques, gardiens de la destinée humaine. En effet, chaque fois qu'un *Kosri* donnait une loi aux *Tingnon,* celle-ci était symbolisée par un masque fait à l'image du donateur et c'est grâce à ces Lois-Masques et à leur activité au sein de la société que les hommes purent contrôler leur nature animale tout en sauvegardant leur ascendance céleste.
Le masque ci-contre, le *Tronkpoho,* apparaît et danse lors du décès d'une personne importante. Au cas d'une mort non naturelle, il combat la sorcellerie qui l'a provoquée – sorcellerie relevant de la nature de *Zédé.*
Achat L. Diallo, No d'inv. 21215.
Bibl.: Girard 1967.
Communication personnelle L. Diallo.

**Funerary and Dancing Mask**
Wobe, Man region, Ivory Coast
painted wood (black, white, yellowish)
metal, monkey hair, cloth, wood
h. 36 cm

The creator-god *Kela* lived in the sky with the *Tingnon,* pure spirits that had issued from his divine essence. *Zede,* the fecundity principle of animals and plants, was the genius-spirit of the earth. One day the sky deity decided to send the *Tingnon* to earth. For this purpose he divided them into 'families' and bestowed a spiritual unity on each. As life on earth requires a body of flesh and blood, *Kela* picked out terrestrial animals and gave each 'family' a particular animal. Thus the animal world was able to participate in the divine spiritual principle and the *Tingnon* in the earthly animal one. In short, an alliance (*gbâ* or totem) was established between sky and earth, and the *Tingnon* came down to the mountains and forests of the Man region as the first human beings. But soon this long-eared race of men had to fight against *Zede,* who had broken the alliance by trying to draw the *Tingnon* towards sheer animality. Coming to their aid, *Kela* then sent divine sparks to earth in the form of small, attractive, red men, the *Kosri.* The *Kosri* gave the *Tingnon* laws that allowed them to organize themselves into a society, thus enabling them to resist *Zede.* After some time the *Tingnon* children, who lived according to the new order, began to resemble their parents less and less: they lost their long ears and became true men. As they were no longer content with honey, game and gathered food, they began to cultivate the earth. And thus the Wobe, who to this day still live under the protection of the Masks, guardians of their human destiny, came into being. These masks are very important indeed: every time a *Kosri* gave a *Tingnon* a law, the latter was symbolized by a mask resembling the donor. Thanks to the functions these Law-Masks assumed in society, men were able to control their animal natures and at the same time preserve their divine ascendancy.
The mask shown here, the *Tronkpoho,* appears and dances when a high-ranking person dies. In cases of unnatural death it fights the sorcery related to the nature of *Zede,* through which these misfortunes were provoked.
Purchase L. Diallo, Inv. No. 21215.
Bibl.: Girard 1967.
Personal communication L. Diallo.

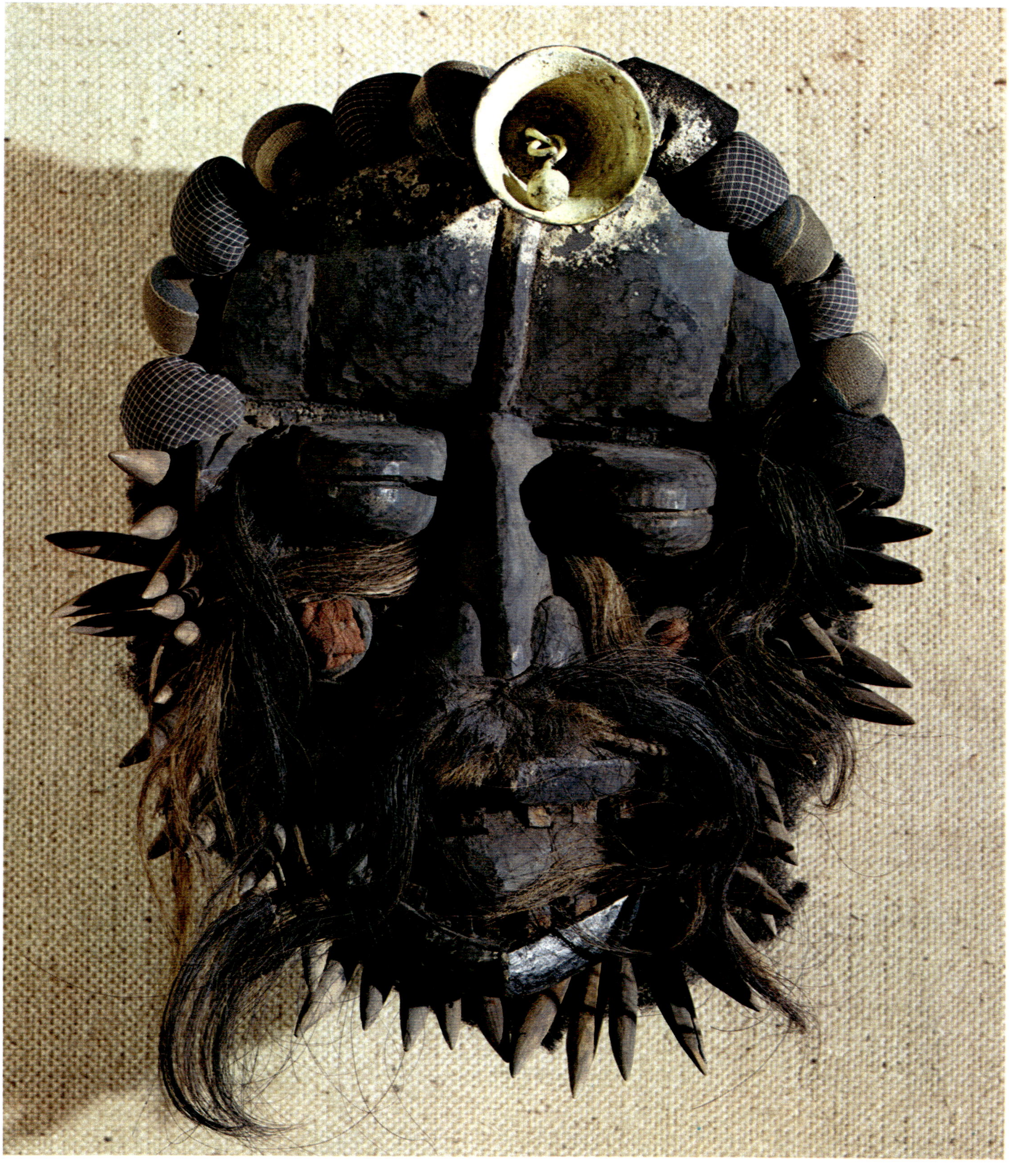

VI/7

**Männertuch**
Dyula, Goitafla, Elfenbeinküste
mit Indigo gefärbte Baumwolle
Reservemusterung *(Ikat)*
B. 167 cm, L. 237 cm
Ausschnitt: B. 94 cm, L. 120 cm

Im Südosten von Korhogo verlässt eine Piste die Nationalstrasse und schlängelt sich durch die mit Bäumen bewachsene Savanne – ein Feldweg, der nirgends hinzuführen scheint. Endlich aber gelangt man nach Kong, einer kleinen, friedlichen Ortschaft, die um ihre beiden Moscheen herum vor sich hindöst.
Hie und da hört man das Geklapper der im Freien unter einem schattigen Baum arbeitenden Weber. Etwas weiter taucht ein Färber seine Baumwolltücher in ein Indigobad. Wer sich den Maisfeldern am Rande des Dorfes nähert, entdeckt mit Staunen überall zerstreute, mit einheimischem Zement verkleidete, zylinderförmige Gruben, die halb mit Erde aufgefüllt und von der Vegetation überwuchert worden sind. Wo ist das Kong von damals? Das Kong, in dem einst Handel und Handwerk blühten; Kong, wo Weber alle Gassen belebten; Kong mit seinen Hunderten von Indigo-Färbgruben; Kong, das seine berühmten Stoffe nach der Elfenbeinküste, nach Mali und Ghana (Goldküste), nach Obervolta exportierte …? Kong, wurde 1895 vom Manding-Häuptling Samori zerstört.
Vermutlich im 16. Jahrhundert erreichten hauptsächlich aus Mali stammende Mande den Norden der Elfenbeinküste und gründeten dort Kong, eine der geschäftigsten Niederlassungen der Dyula-Ethnie. Diese Stadt wurde – neben anderen – zum Produktionszentrum der Flammentücher. Ihre äusserst komplizierte *Ikat*-Musterung – eine Reserve-Technik asiatischen Ursprungs – ist in Afrika nur höchst selten zu finden. Eigentlich taucht sie nur in Süd-Nigeria sowie bei der Dyula-Ethnie auf, von welcher sie auch auf das Baule-Volk der Elfenbeinküste überging. Das Erscheinen dieser Technik in Afrika hat eine sehr schwer zu entziffernde Geschichte. Die dazu vorhandenen Hypothesen bedürfen noch weiterer Abklärungen.
Das abgebildete Tuch gehört zu den Ikatstoffen, die noch von alten Webern und Färbern der in dieser Technik spezialisierten Dyula hergestellt wurden.
Sammlung R. Boser und B. Gardi (1973–1975), Inv.-Nr. III 20232.
Lit.: Boser-Sarivaxévanis 1969, 1977, Person 1969.

**Pagne d'homme**
Dyoula, Goïtafla, Côte d'Ivoire
coton teint à l'indigo
teinture à dessin réservé *(ikat)*
larg. 167 cm, long. 237 cm
détail: larg. 94 cm, long. 120 cm

Au sud-est de Korhogo, en quittant la route nationale, une piste serpente à travers la savane arborée – un chemin de campagne qui ne semble mener nulle part. On finit pourtant par arriver à Kong, petite localité paisible somnolant autour de ses deux mosquées grisâtres. Kong! Ici et là, en plein air sous l'ombre d'un arbre, un vieux tisserand fait claquer son métier à tisser; là-bas un teinturier trempe ses écheveaux de coton dans un bain d'indigo. Celui qui s'approche des champs de maïs, à la périphérie du village, constate avec étonnement que ceux-ci sont truffés de fosses cylindriques revêtues de ciment indigène, à moitié remplies de terre et envahies par la végétation. Où est le Kong d'autrefois? Kong qui bruissait d'une activité commerciale et artisanale intense; Kong donc chaque ruelle était une ruche de tisserands; Kong aux centaines de fosses à teinture remplies de bains d'indigo; Kong qui faisait sécher au soleil ses milliers de tissus tissés et teints; Kong qui exportait ses étoffes renommées en Côte d'Ivoire, au Mali, au Ghana (Côte de l'Or), en Haute-Volta; Kong, ville fourmillante … détruite en 1895 par le chef manding Samori!
Vers le XVIe siècle (?), des émigrants d'origine surtout mandé (Mali) atteignirent le nord de la Côte d'Ivoire et y fondèrent Kong, l'un des établissements les plus industrieux de l'ethnie des Dyoula. Cette ville fut – entre autres – le centre de fabrication de tissus flammés obtenus au moyen d'une technique extrêmement complexe de teinture à dessin réservé que nous appelons *ikat;* technique d'origine asiatique et rarissime en Afrique. En fait elle ne se rencontre qu'au Sud-Nigeria et chez l'ethnie des Dyoula – qui la transmit au peuple ivoirien des Baoulé. L'apparition de cette technique en Afrique est une ‹histoire› très difficile à démêler. Les hypothèses existantes ont besoin de … mûrir.
Le tissu ci-contre représente un type rare d'étoffe ikatée manufacturé encore par les vieux tisserands et teinturiers dyoula spécialisés dans cette technique.
Collection R. Boser et B. Gardi (1973–1975), No d'inv. III 20232.
Bibl.: Boser-Sarivaxévanis 1969, 1977, Person 1969.

**Man's Cloth**
Dyula, Goitafla, Ivory Coast
cotton dyed with indigo
resist patterning *(ikat)*
w. 167 cm, l. 237 cm
detail: w. 94 cm, l. 120 cm

To the southeast of Korhogo a track leaves the main road and winds through the wooded savanna – a path that does not seem to lead anywhere. But finally one reaches Kong, a small, peaceful, sleepy village towered over by two grey mosques. Kong! Here and there an old weaver is working outdoors in the shade of a tree. A bit further on a dyer is dipping his cotton cloths in an indigo bath. On approaching the corn fields at the edge of the village, one is amazed to discover cylindrical pits lined with local cement, half-filled with earth and overgrown by vegetation scattered everywhere. Where is the Kong of the past? The Kong where trade and handicrafts flourished; Kong, where there was as much activity as in a beehive, where weavers worked industriously in every lane; Kong, with its hundreds of indigo-dyeing pits; Kong, which exported its famous fabrics to Mali and Ghana (Gold Coast), or to Upper Volta? Kong, a city throbbing with life, was destroyed by the Manding chieftain Samori in 1895.
It was probably in the 16th century that Mande people, mostly from Mali, reached the northern Ivory Coast and founded Kong, one of the busiest settlements of the Dyula ethnic group. The city became, among other things, the production centre of 'flamed' cloth, obtained through an extremely complex resist dye technique called *ikat.* This dyeing method is of Asiatic origin and occurs very rarely in Africa. In fact it is found only in southern Nigeria and in the Dyula ethnic group, through whom it was transmitted to the Baule population of Ivory Coast. It is difficult to trace the history of the technique's appeareance in Africa. Existing hypotheses demand further investigation.
The cloth pictured here is an ikat fabric of a type still produced by old Dyula weavers and dyers who are specialized in this technique.
Collection R. Boser and B. Gardi (1973–1975), Inv. No. III 20232.
Bibl.: Boser-Sarivaxévanis 1969, 1977, Person 1969.

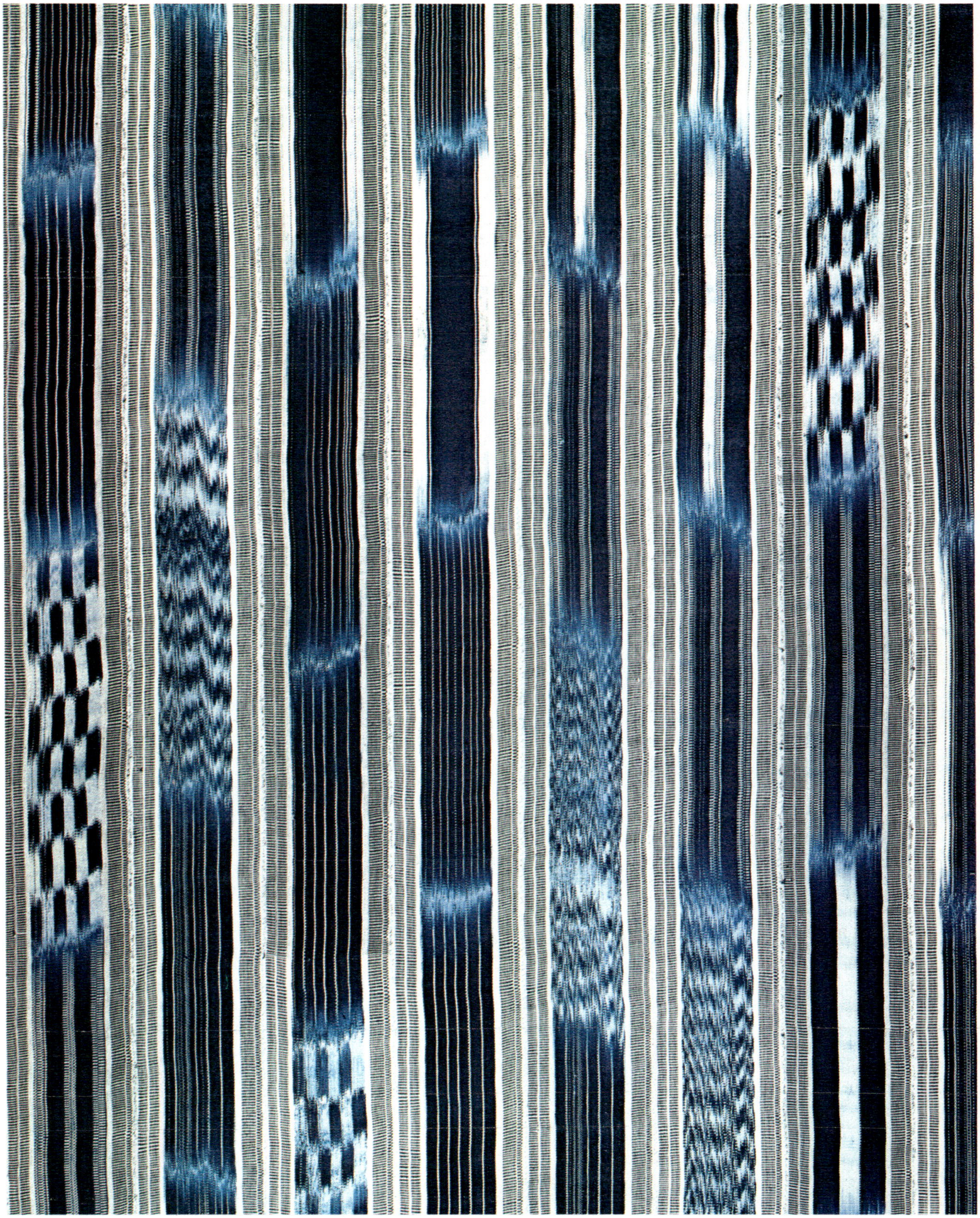

VI/8

**Ahnenfigur**
Montol, Murchison-Gebirge, Nigeria
mit rötlicher Farbe überstrichenes Holz
H. 62 cm

Gelangt man ins klimatisch anregende Gebiet des nigerianischen Hochplateaus, so meint man, in eine andere Welt zu treten, wo die Zeit langsamer als anderswo verfliesst. Vor den Augen des Wanderers ziehen flüchtige Bilder vorbei: Ebenen übersät mit grossen Felsen und glatten Monolithen; Gebirgsstöcke, deren wechselnde Schattenbilder sich gegen den Himmel abheben; grosse Laufvögel und Vögel, die blau, schwarz, weiss oder smaragdgrün hervorblitzen; im Busch wandernde Affenherden, ein auf einem Fels dösender Leopard; mit farbensprühenden Blumen übersäte Bäume und *Dum*-Palmen mit zweifachem Wipfel; kleine Hirsefelder, Euphorbienhecken, die die Siedlungen umgeben und zuweilen drei Meter hoch wachsen; an die schroffen Felsabhänge angeschmiegte Dörfer mit runden Hütten und Speichern, die Teil des Gesteins zu sein scheinen; Männer- und Frauengestalten, kahlgeschoren und mit Lendengürteln aus Leder, Fasern oder frischen Blättern, die gemächlich vor sich hingehen – dies sind Eindrücke dieses Hochlandes, in dem kleine zerstreute Stämme wohnen, die eine altertümliche Lebensweise beibehalten haben und einer alt-sudanesischen Schicht angehören.
Im Gegensatz zur islamisierten Welt Nord-Nigerias, die die figurative, plastische Kunst verdrängt hat, findet man bei einer grossen Anzahl dieser Stammesüberbleibsel Holzskulpturen und Masken, die im Zusammenhang mit Glaubensvorstellungen (Ahnenkult, Geisterkult, Agrar- und Initiationsriten usw.) hergestellt werden. Leider wissen wir sehr wenig über diese Werke, die durch ihre Beschränkung auf das Wesentliche unmittelbar beeindrucken.
Das abgebildete Stück, meisterhafte Verkörperung einer in sich geballten Kraft, soll einen heilbringenden Ahnen darstellen. Wahrscheinlich war es beim Volk der Montol in Gebrauch, doch sein Ursprung bleibt sehr ungewiss, da Austausch oder Übernahme sowohl materieller als auch geistiger Güter dazu geführt haben, dass Statuetten ähnlicher Art bei verschiedenen Stämmen verwendet werden.
Schenkung H. Vischer 1905,
Inv.-Nr. III 2144.
Lit.: Sieber 1961, Fagg/Plass 1964.

**Statuette d'ancêtre**
Montol, Monts-Murchison, Nigeria
bois enduit de couleur rougeâtre
haut. 62 cm

Quand on pénètre dans le haut plateau nigerian au climat vivifiant, on a l'impression d'entrer dans un monde à part où le temps s'écoule plus lentement qu'ailleurs. Plaines parsemées de gros rochers et de monolithes lisses; massifs montagneux profilant contre le ciel leurs silhouettes changeantes; grands oiseaux marcheurs; oiseaux volant en des éclairs bleus, noirs, blancs, émeraude; groupes de singes déambulant dans la brousse; un léopard paressant parfois sur un rocher; arbres couverts de fleurs éclatantes; colonnades de palmiers *doum* à têtes jumellées; petits champs de mil; haies d'euphorbes entourant les villages et atteignant quelques fois trois mètres de hauteur; villages blottis dans les escarpements des rochers avec leurs cases et greniers cylindriques se confondant presque avec la pierre; silhouettes d'hommes et de femmes cheminant, la tête rasée, portant un cache-sexe de cuir, de fibres, de feuilles fraîches: image furtives de ce haut pays où vivent des débris de petites tribus appartenant à une très ancienne souche soudanaise ayant conservé son mode de vie ancestral.
A l'encontre des peuples islamisés du Nord-Nigeria qui ne connaissent plus d'œuvres plastiques figuratives, nombre de ces tribus paléonégritiques produisent en relation avec leurs croyances et leurs institutions (culte des ancêtres et des esprits, rites agraires, sociétés secrètes d'initiation, etc.) des masques et des sculptures sur bois. Malheureusement nous ne sommes que très peu renseignés sur ces œuvres qui, saisissant l'essentiel, s'imposent par leur dépouillement même.
La pièce ci-contre, incarnation magistrale d'une puissance concentrée sur elle-même, représenterait une figurine d'ancêtre à fonctions curatives. Elle aurait été en usage chez le petit peuple des Montol, mais son origine demeure très imprécise. Etant donné que des figurines de style similaire sont, en effet, en usage chez plusieurs tribus différentes – phénomène de circulation, d'adoption, d'échange de biens culturels, aussi bien matériels que spirituels – ce n'est qu'une recherche sur le terrain qui pourrait nous en apprendre plus à son égard.
Don H. Vischer 1905,
No d'inv. III 2144.
Bibl.: Sieber 1961, Fagg/Plass 1964.

**Figure of an Ancestor**
Montol, Murchison Mountains, Nigeria
reddish paint on wood
h. 62 cm

Upon reaching the climatically stimulating region of the Nigerian high plateau one seems to be entering another world, a world where time moves more slowly. Fleeting images are recorded by the traveller: plains scattered with large rocks and smooth monoliths; massifs silhouetted against the sky; large birds walking and other birds flying in glittering blue, black, white or emerald green; herds of monkeys wandering through the bush; a leopard dozing on a rock, trees brilliant with coloured flowers; rows of twin-topped *doum* palm-trees; small millet fields; villages surrounded by Euphorbia hedges growing as high as three metres; villages with round huts and granaries, nestling among the steep, rocky slopes, seeming to be part of them; men and women with shaven heads and loin-cloths of leather, fibre or fresh leaves, walking at a leisurely pace – these are one's impressions of the highlands, inhabited by small, scattered tribes which belong to an ancient Sudanese racial stratum and have retained an archaic way of life.
In contrast to the Moslem world of northern Nigeria, where figural, sculptural art has disappeared, wood sculptures and masks connected with religious beliefs (ancestor and spirit worship, agricultural and initiation rites, etc.) are produced by a large number of these tiny tribes. Unfortunately we know very little about these works, made so impressive by concentration on essentials.
The piece shown here, a masterful embodiment of concentrated energy, in all likelihood depicts an ancestor with curative functions. It was probably used by the Montol people, but its actual origin remains uncertain. The fact that both material and spiritual elements were exchanged or taken over caused similar types of statues to be used by different tribes. Only through further research could the source of this imposing figure be located.
Gift H. Vischer 1905,
Inv. No. III 2144.
Bibl.: Sieber 1961, Fagg/Plass 1964.

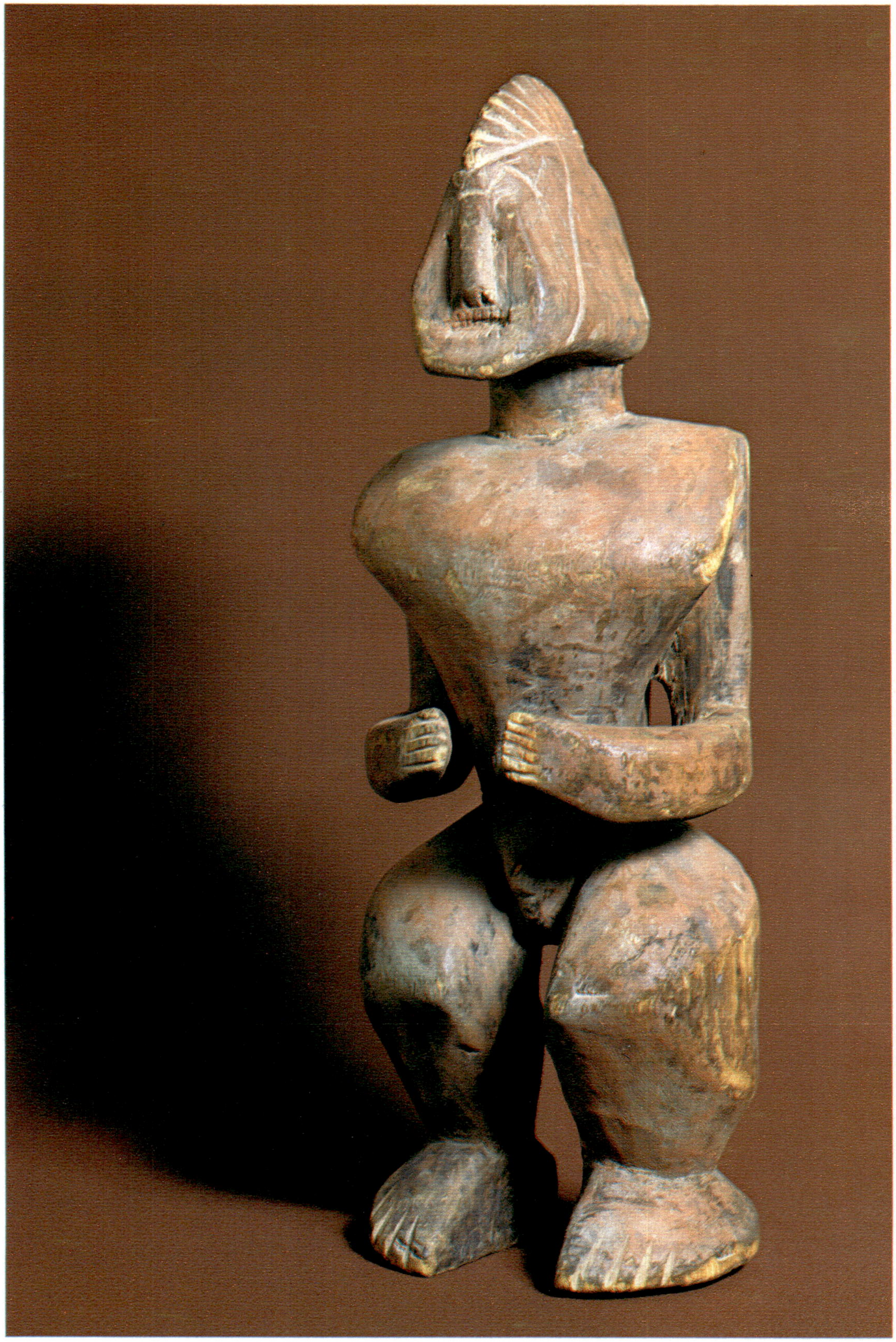

VI/9

**Statue,**
**Sitz einer Ahnenseele**
Kalabari, Nigerdelta, Nigeria
schweres Holz, grünliche Farbresten
verwitterter Zustand
H. 112 cm, Durchmesser 36–38 cm

Im Südosten Nigerias verzweigt sich der Niger in Tausende kleiner Flüsse, die sich durch den dichten Urwald zum Ozean hinschlängeln. Im Osten des Deltas wohnt ein Fischervolk, die Kalabari, deren Dörfer kaum über die Wasseroberfläche und das üppige Grün der Wasserpflanzen hinausragen. Die religiöse Welt der Kalabari beinhaltet neben einem Schöpfergott und einer auf das Dorf bezogenen mikrokosmischen Version desselben eine Vielzahl verschiedenster Geister: Ein jedem Lebewesen zugeteilter Schutzgeist, der es leitet, sozusagen wie ein ‹Steuermann sein Boot führt*›; die Wassergeister, Eigentümer der physischen Umwelt, die den Menschen Nahrung liefert; Geister von Helden, die, nachdem sie dem Dorf verschiedene Techniken beigebracht haben, in die Erde oder in den Himmel verschwanden, und schliesslich Ahnengeister, Beschützer der sozialen Ordnung und der traditionellen Werte. Obwohl die Geister des Wassers, der Helden und der Ahnen sich zum Wohle des Dorfes gegenseitig unterstützen, kann es vorkommen, dass sie dem Menschen durch ihre widersprüchlichen Handlungen Schaden zufügen. Darum ist man bemüht, die Geister unter Kontrolle zu halten. Ein Geist jedoch ist, einer leichten Brise gleich, einmal da, einmal dort und deshalb schwer zu fassen. ‹Es sind die Menschen, die den Göttern ihre Macht verleihen*›, sagen die Kalabari und spielen damit auf die mehrfachen Möglichkeiten an, über die der Mensch verfügt, um Geister zu beeinflussen. So ist z. B. ein Geist sozusagen gezwungen, auf entsprechene Anrufungen hin in einer eigens für ihn geschaffenen Skulptur Wohnsitz zu nehmen, wobei die durch die Anrufung hergestellte Verbindung im Rahmen eines äusserst dramatischen Rituals zustande kommt.
Das abgebildete Stück, beeindruckend in seiner Massigkeit, diente wahrscheinlich einer besonders wichtigen Ahnenseele als Wohnsitz. Die selbst für die Kalabari einzigartige Figur vereint Kalabaristilelemente mit solchen, die auf Yoruba und Edo (Benin) zurückzuführen sind (verschlungene Ziermotive auf Brust, Rücken, Armen usw.).
Ankauf L. Doumbia 1976,
Inv.-Nr. III 19535. Lit.: Horton 1965*.

**Statue,**
**support d'un esprit d'ancêtre**
Kalabari, Delta du Niger, Nigeria
bois lourd, restes verdâtres de peinture
soumis aux intempéries
haut. 112 cm, diamètre 36–38 cm

Dans le sud-est du Nigeria, le Niger se démembre en des myriades de rivières et de fleuves serpentant vers l'océan à travers l'épaisse forêt vierge. Les Kalabari, peuple de pêcheurs, occupent l'est du delta dans des villages émergeant à peine des eaux et de la dense végétation aquatique. L'univers religieux des Kalabari comprend, outre un dieu créateur et une version microcosmique de celui-ci à l'échelon du village, une multitude d'esprits de toute sorte: esprits-guides attribués individuellement à chaque être vivant et orientant celui-ci ‹comme un timonier contrôle son canot›*; esprits des eaux, propriétaires du milieu physique fournissant aux hommes leur subsistance; esprits de héros disparus dans la terre ou dans le ciel après avoir apporté au village diverses techniques; enfin, esprits d'ancêtres, gardiens de l'ordre social et des valeurs traditionnelles. Les esprits des eaux, des héros et des ancêtres, quoique collaborant entre eux pour le bien du village, peuvent néanmoins s'opposer les uns aux autres par des actes contradictoires et créer ainsi des ennuis aux hommes. Il faut donc pouvoir les contrôler. Mais un esprit est comme la brise, tantôt ici, tantôt là, difficile à localiser. ‹C'est les hommes qui rendent les dieux importants›*, disent les Kalabari, entendant par là que l'homme n'est pas dépourvu de moyens d'action envers les esprits-dieux. En créant, en effet, une sculpture, il oblige pour ainsi dire l'esprit d'y élire domicile au moment où un appel lui est lancé; appel qui établit la communication au cours d'un rituel hautement dramatique.
La pièce ci-contre, imposante par sa massivité, a probablement servi de réceptacle à un esprit d'ancêtre tout particulièrement puissant. Unique en son genre, elle allie un style kalabari inédit à des traits yorouba et edo (Nigeria du Sud-Ouest). En effet, les dessins en entrelacs sont des éléments largement utilisés par ces deux peuples où ils représentent, entre autres, des insignes divins et royaux. Ceci – joint à d'autres données – confirmerait l'existence de relations entre les Kalabari et les Edo du royaume de Bénin.
Achat L. Doumbia 1976,
No d'inv. III 19535. Bibl.: Horton 1965*.

**Statue,**
**Receptacle of the Spirit of an Ancestor**
Kalabari, Niger Delta, Nigeria
heavy wood, remnants of greenish paint
weathered condition
h. 112 cm, diameter 36–38 cm

In southeastern Nigeria the Niger branches off into thousands of small rivers that wind their way through the thick rain forest to the ocean. A tribe of fishermen, the Kalabari, lives to the east of the delta, their villages barely rising above the level of the water and the lush green of the aquatic plants. Apart from a creator-god and a microcosmic version of him on a village scale, the religious world of the Kalabari contains a large number of different spirits. For each living thing there is a guardian spirit guiding it through life as a 'steersman controls his canoe'*: water spirits own the physical environment, which provides man with food; spirits of heroes, who, having taught the village various techniques, disappeared into the earth or went to heaven; and, finally, spirits of ancestors, protectors of the social order and traditional values. Although the spirits of the waters, of heroes and of ancestors lend each other mutual support for the benefit of the village, they can carry out contradictory actions that may be harmful to man. That is why they have to be kept under control. But a spirit is like a gentle breeze – now here, now there, and thus very hard to catch hold of. 'It is men who make the gods important'*, say the Kalabari, alluding to the various possibilities man has of influencing the spirits. Thus after the appropriate invocations a spirit is, so to speak, forced to make its home in a sculpture created especially for it, communication being established by the invocation which takes place in the course of a highly dramatic ritual.
The impressively massive piece pictured here probably served as receptacle for a particularly important ancestral spirit. The figure is unique even for the Kalabari, uniting elements of Kalabari style with features that can be traced back to Yoruba and Edo (Benin). The various interlaced ornaments on the chest, back, arms, etc. are also used as divine or royal insignia among the peoples mentioned above and, along with other collected data, are an indication of relations between the Kalabari and the Benin kingdom.
Purchase L. Doumbia 1976.
Inv. No. III 19535. Bibl.: Horton 1965*.

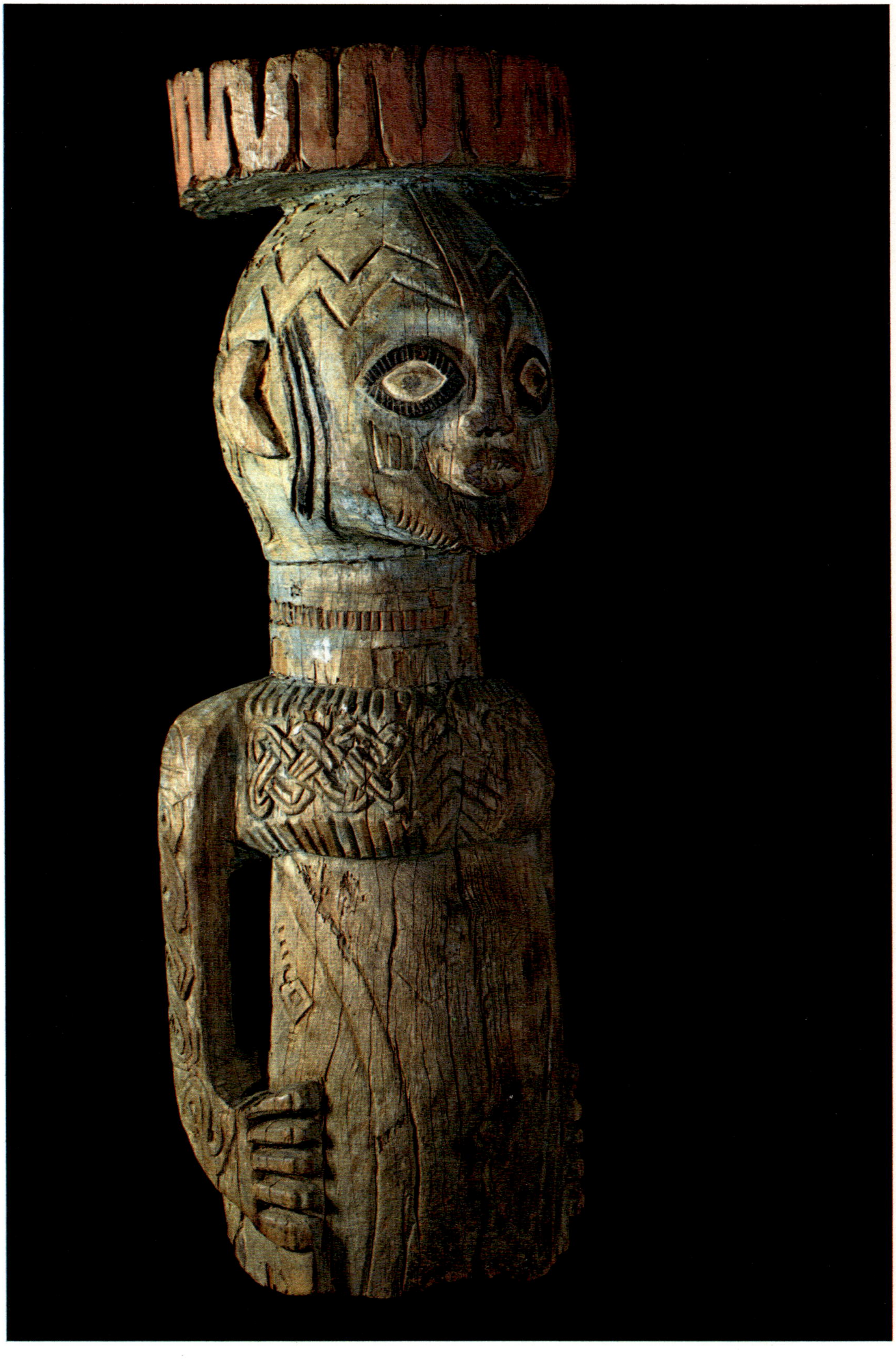

VI/10

**Ahnenstatue**
Ibibio, Klan der Oron
Süd-Nigeria, Kalabar-Region
verwittertes Holz
H. 113 cm

Im Südosten Nigerias, zwischen dem Cross-Fluss und dem Nigerdelta, bebaut das Volk der Ibibio in den Lichtungen des Tropenwaldes seine Yams- und Maniok-Felder, erntet die Früchte der Ölpalmen und verschafft sich so seine pflanzliche Grundnahrung. Keine zentrale politische Macht überlagert ihre weitgehend unabhängigen Dörfer. Die Autorität ruht bei den sozialen Institutionen und in den Händen der Ältesten jedes Geschlechts. Diese geniessen ein grosses Prestige, um so mehr als sie die Aufgabe haben, über die Ahnenstatuen und die ihnen geschuldeten Opfer zu wachen. Die Ibibio glauben an einen höchsten Gott, der aber so weit von den Menschen entfernt ist, dass sie sich an Natur- und vor allem an Ahnengeister wenden, deren Kult im Zentrum ihres religiösen und sozialen Lebens steht. So ist es auch kein Zufall, dass die *Ekpo*-Gesellschaft, deren Name sich auf verstorbene Ahnen bezieht, die wichtigste und mächtigste Geheimgesellschaft bildet. Durch die Vermittlung der *Ekpo* wird die Sicherheit jedes Dorfes garantiert, und nur die Mitglieder dieser Gesellschaft können zur Zeit der Yamsernte die auf die Erde zurückkehrenden Ahnen verkörpern. Zu diesem Anlass finden jährlich höchst wichtige Zeremonien statt.
Gewisse Ibibio-Stämme gehören zu den hervorragendsten Holzschnitzern. Die *Oron*, ein Ibibio-Klan, sind ganz besonders für ihre *Ekpu* genannten Ahnenstatuetten berühmt, deren einmaliger Stil geprägt ist durch vertikal aufgereihte, kontrastierende und sich ergänzende Volumen. Kennzeichen von Prestige, Männlichkeit und Macht (Hut, brustlanger Bart, in den Händen gehaltene, krumme Stäbe) unterstreichen die Bedeutung, die den Vorfahren zukommt. Gewisse Statuen dieser Art sollen 200 Jahre alt sein und zählen zu den ältesten Holzskulpturen Nigerias überhaupt.
Tausch A. Speyer 1971,
Inv.-Nr. III 18555.
Lit.: Forde/Jones 1967, Fagg/Plass 1964.

**Statue d'ancêtre**
Ibibio, clan des Oron
Sud-Nigeria, région de Calabar
bois soumis aux intempéries
haut. 113 cm

Dans le Nigeria du Sud-Est, entre le Cross River et le delta du Niger, le peuple des Ibibio cultive dans les clairières de la forêt tropicale les ignames, le manioc et le palmier à huile, éléments de base de sa nourriture végétale. Aucune organisation politique centrale ne coiffe ses villages largements indépendants. L'autorité repose sur les institutions sociales et sur les anciens de chaque lignée. Ceux-ci jouissent d'un très grand prestige moral d'autant plus qu'ils sont chargés de la garde des statues des ancêtres et des sacrifices qui leur sont dûs. Les Ibibio croient à un dieu suprême, mais celui-ci est tellement distant des hommes, que ceux-ci s'adressent aux esprits de la nature et, par-dessus tout, aux ancêtres dont le culte constitue l'épicentre de leur vie religieuse et sociale. Ainsi, ce n'est pas par hasard que la société *Ekpo* – dont le nom se réfère aux ancêtres défunts – est la plus importante et le plus puissante de leurs sociétés secrètes. C'est, en effet, par l'intermédiaire de la *Ekpo* que la sécurité de chaque village est assurée et c'est encore uniquement les membres de cette société qui personnifient les ancêtres revenant sur terre à l'époque de la récolte des ignames – donnant lieu aux cérémonies annuelles les plus importantes.
Certaines tribus ibibio excellent dans la sculpture sur bois. Les *Oron*, un clan des Ibibio du sud, sont tout particulièrement renommés pour leurs *Ekpu*, statues d'ancêtres d'un style absolument unique, caractérisé par des volumes géométrisants contrastés et complémentaires s'alignant sur un axe vertical. Des attributs de prestige, de virilité et de pouvoir (chapeau, longue barbe se prolongeant sur la poitrine, bâtons recourbés tenus dans les mains) soulignent l'importance et le respect conférés aux ancêtres. Certaines de ces statues sont considérées avoir quelque 200 années d'âge. Elles constituent les plus anciennes sculptures sur bois du Nigeria.
Echange A. Speyer 1971,
No d'inv. III 18555.
Bibl. Forde/Jones 1967, Fagg/Plass 1964.

**Statue of an Ancestor**
Ibibio, Oron clan
Southern Nigeria, Kalabar region
weathered wood
h. 113 cm

In southeastern Nigeria, between the Cross River and the Niger Delta, the Ibibio people cultivate yam and manioc fields in the clearings of the tropical rain forest and harvest the fruit of the oil palms, thus providing themselves with their basic vegetable diet. There is no central, political power controlling their largely independent villages. Authority rests in the social institutions and is exercised by the lineage elders. These elders enjoy great prestige, all the more because they have the task of watching over the statues of the ancestors and the sacrifices owed to them. The Ibibio believe in a supreme god; but he is so remote from mankind that people prefer to turn to the spirits of nature and especially to those of their ancestors, the worship of whom constitutes the focal point of their religious and social life. It is thus no coincidence that the *Ekpo* society, whose name refers to deceased ancestors, is the most important and powerful secret association. Through its mediation the safety of every village is guaranteed – and only members of this society can embody the ancestors who return to earth on the occasion of the yam harvest, a period during which the most important ceremonies of the year are carried out.
Certain Ibibio tribes are outstanding wood carvers. The *Oron*, an Ibibio clan living in the south, are famous for their *Ekpu*, statues of ancestors, whose unique style is characterized by contrasting and complementary geometrical figures aligned on a vertical axis. Symbols of prestige, virility and power (hat, long beard reaching the chest, bent staff held in each hand) underline the significance of and respect due to these forefathers. Certain of these statues are thought to be 200 years old and number among the oldest Nigerian wood sculptures.
Exchange A. Speyer 1971,
Inv. No. III 18555.
Bibl.: Forde/Jones 1967, Fagg/Plass 1964.

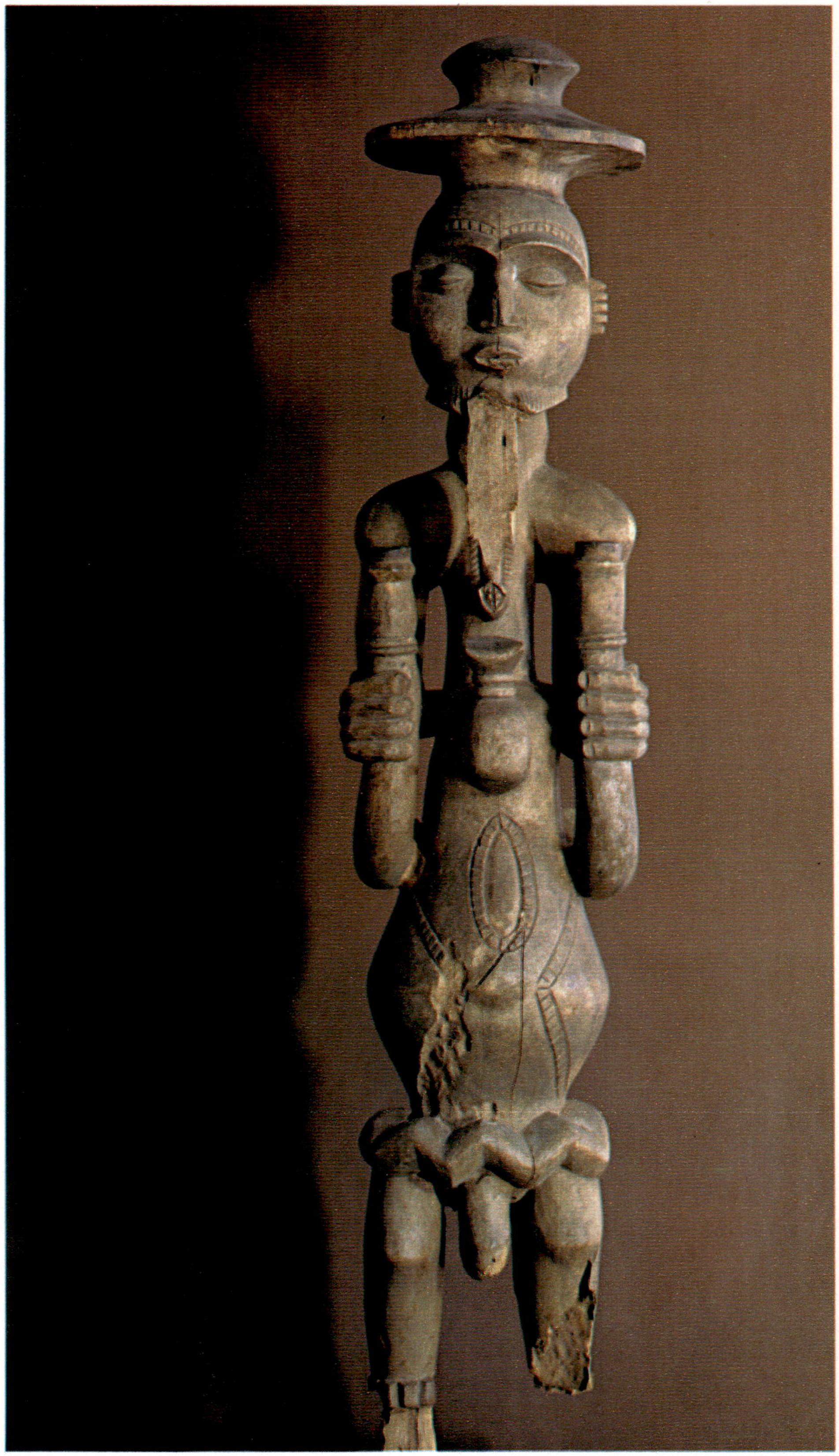

VI/11

**Helmartiger Kopfaufsatz**
Duala-Abo, Süd-Kamerun
geschnitztes und bemaltes Holz
restauriert; Farben: Weiss, Rot, Schwarz
Helmaufbau: stilisierter Vogel
H. 74 cm

Im Osten des Kamerun-Gebirges, das sich jäh auf 4000 Meter emporhebt, ergiesst sich der Wuri-Fluss in einer zangenförmigen Trichtermündung ins Meer. In dieser Region haben sich zahlreiche kleine Bantu-Stämme niedergelassen. Einer dieser Stämme, die Duala, bewohnt die im oberen Teil der Mündung liegenden Inseln sowie beide Seiten des Flusses. Das ehemals vorwiegend von Fischfang lebende Volk unterhielt schon sehr früh Beziehungen zu den Portugiesen (17. Jh.) und wandte sich, ausgehend von seiner Rolle als Vermittler zwischen Eingeborenen und Weissen, auch sehr aktiv dem Handel zu.
Die religiöse Welt der Duala, ihre Glaubensvorstellungen und die diese symbolisierenden plastischen Werke erfuhren bereits im 19. Jahrhundert einen sich beschleunigenden Zersetzungsprozess. Von ihren sehr schlecht dokumentierten Schnitzwerken kennen wir im wesentlichen eine kleine Anzahl von Helmen, Masken und reichverzierten Bootsbugen. Jeder dieser farbenprächtigen und durchbrochenen Buge gibt das Bild einer Kette wieder, in der sich verschiedene Gestalten (Menschen, Tieren usw.) aneinanderreihen. An den Bugenden stehen sich ein Vogel und eine Schlange gegenüber.
Im Gewimmel sich krümmender Linien und Spiralen vermengen sich die der einheimischen Mythologie entspringenden Motive mit Elementen europäischer Herkunft. Obwohl wir über keine genaueren Angaben verfügen, können wir annehmen, dass diese Themen – zumindest teilweise – mit den Wassergeistern in Verbindung gebracht werden können, mit einem Glauben also, den viele Küstenvölker dieser Region (Nigeria, Kamerun) teilen.
Das abgebildete Stück weist einerseits stilistische Ähnlichkeiten mit den oben beschriebenen Bootsbugen auf: Die Spiralen seines Oberteils, die rhombenförmigen Ornamente und die Farbkomposition finden sich in den Motiven der Duala-Buge wieder. Andererseits verrät es Stileinflüsse des Pangwe-Volkes (Fang), das den Gabun, aber auch Teile Süd-Kameruns bewohnt.
Sammlung Späthe,
Geschenk L. Frobenius 1897,
Inv.-Nr. III 781.
Lit.: Ardener 1956, Frobenius 1897.

**Casque à cimier**
Douala-Abo, Sud-Cameroun
bois sculpté et peint, restauré
couleurs: blanc, noir, rouge
Superstructure: oiseau stylisé
haut. 74 cm

A l'est du Mont-Cameroun qui soudain lance vers le ciel sa masse de plus de 4000 mètres, le fleuve Wuri se déverse dans la mer à travers un grand estuaire en forme de tenaille. C'est en cette région que sont installées nombre de petites tribus bantou. L'une de celles-ci, les Douala, occupent les îles logées dans la gorge supérieure de l'estuaire ainsi que les deux rives adjacentes du fleuve. Ce peuple de pêcheurs, entré en relation étroite avec les Portugais (XVIIe siècle), fut aussi très actif commerçant en tant qu'intermédiaire entre les indigènes et les blancs.
Le monde religieux des Douala, leurs croyances et les œuvres plastiques qui les symbolisent subirent une désintégration accélérée dès le XIXe siècle. Leur sculpture sur bois – très mal documentée – est surtout représentée par un petit nombre de casques, de masques et de proues de pirogues richement ornementées. Chacune de ces dernières est un somptueux tableau sculptural ajouré et coloré représentant en une chaîne continue des personnages divers – dont des figures féminines ‹royales› portant des casques à cimier – et des animaux de toute sorte. A l'extrémité de la proue une scène revient constamment: l'affrontement d'un oiseau et d'un grand serpent ondulant.
Dans un foisonnement de lignes courbes et de spirales, les motifs relevant d'une mythologie indigène s'intègrent à des éléments d'inspiration européenne. Quoique les données fassent défaut, nous pouvons présumer que ces thèmes peuvent être mis en relation – en partie tout au moins – avec les esprits des eaux pénétrant les croyances de tous les peuples côtiers de la région allant du Sud-Nigeria au Sud-Cameroun.
La pièce ci-contre comporte d'une part des éléments intégrés sur les avant de pirogue douala – spirales du cimier, combinaison des couleurs et ornements en forme de rhombes – et trahit d'autre part, des affinités avec le style des Pangwé (Fang), peuple à cheval entre le Sud-Cameroun et le Gabon.
Les données se référant aux sculptures de toute cette région sont malheureusement minimes sinon inexistantes.
Collection Späthe, don L. Frobenius 1897,
No d'inv. III 781.
Bibl.: Ardener 1956, Frobenius 1897.

**Helmet-Like Head-Dress**
Duala-Abo, southern Cameroon
carved and painted wood
restored; colours: white, red, black
crest of helmet: stylized bird
h. 74 cm

To the east of the Cameroon Mountains, which suddenly rise steeply to 4000 metres, the Wuri River flows through a funnel-shaped estuary into the sea. Many small Bantu tribes have settled in this region. One of them, the Duala, live on the islands in the upper part of the estuary and on both sides of the river. At one time fishing was the main occupation of this people. But they established relations with the Portuguese very early (17th century) and, serving as mediators between the local population and the whites, became very active traders, as well.
The religious world of the Duala and the sculptures symbolizing their beliefs underwent an ever-quickening decline as early as the 19th century. What we know of their very badly documented carvings is basically represented by a small number of helmets, masks and elaborately ornamented bows of boats. Each of these bows is a colourful piece carved in openwork and depicting a chain of various animal and human figures (occasionally a 'queen' with a helmet-like head-dress or, at the end of each bow, a bird confronting an undulating snake).
In an abundance of curved lines and spirals, motifs arising from local mythology merge with elements of European origin. Though there is no information on the subject, we may assume that these themes can – at least partially – be linked to water spirits, a belief shared by many of the coastal peoples of this region (Nigeria, Cameroon).
The piece pictured here contains elements which are integrated in the boat bows described above (the spirals in the upper section, the rhomb-shaped ornaments and the colour combination) and also reveals stylistic similarities to the works of the Pangwe people (Fang), who live in Gabun and in parts of southern Cameroon. Information on these sculptures is either extremely sparse or lacking altogether.
Collection Späthe, gift L. Frobenius 1897,
Inv. No. III 781.
Bibl.: Ardener 1956, Frobenius 1897.

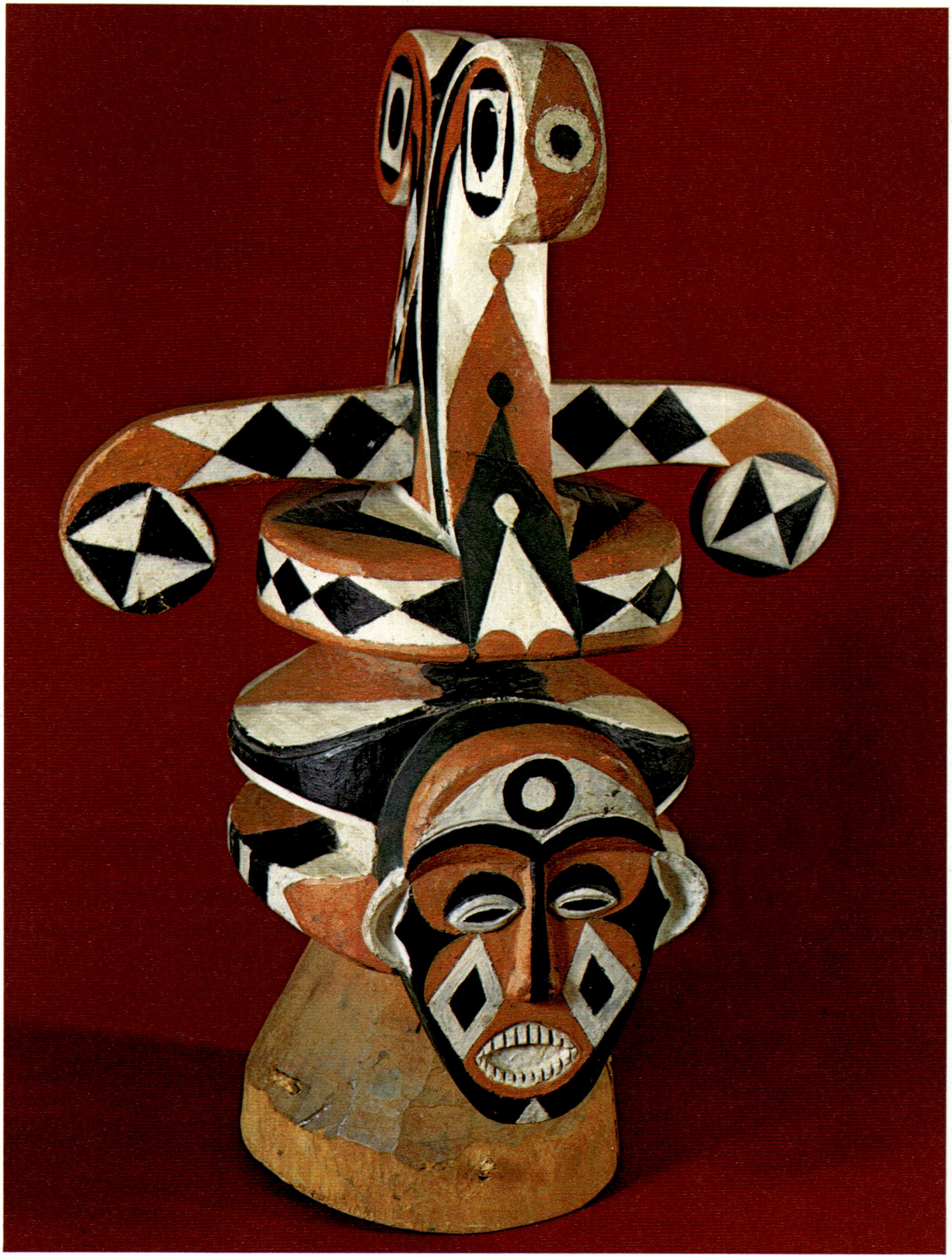

VI/12

**Weibliche Ahnenmaske**
Vermutlich Bapunu
Region des Ogowe-Flusses, Süd-Gabun
bemaltes Holz (weiss, schwarz)
patinierte Stirne
H. 28 cm

Die Ruhe des äquatorialen Waldes von Gabun, von Pygmäengruppen durchstreift, wurde von mehreren Völkerwanderungen unterbrochen. Zahlreiche Bantu-Stämme kamen von Norden her und siedelten sich zwischen dem 14. und dem 15. Jahrhundert an. Die nachfolgenden Wanderungen der Pangwe nach Süden warfen die ansässigen Bevölkerungsteile so durcheinander, dass eine kulturelle und sprachliche Zerstückelung daraus erfolgte. Es fällt einem schwer, sich in diesem Völkerchaos zurechtzufinden, besonders auch, weil diese Ethnien kaum untersucht worden sind. Früh schon zogen gewisse bemerkenswerte Skulpturen gabunesischen Ursprungs die Aufmerksamkeit auf sich. Welches Volk stellte diese weiblichen Masken her, zu denen auch das abgebildete Stück gehört? Wer schuf diese weissen Gesichter mit ihren ‹asiatischen› Schlitzaugen und ihren vielfältig aufgebauten Haartrachten? Man erwarb sie vorwiegend am Unterlauf des Ogowe und sprach sie den Pangwe und den Küstenvölkern zu. Ihre Herkunft bleibt jedoch höchst unklar. Den Informationen, die uns Herr Dr. Anchault* freundlicherweise zur Verfügung stellte, entnehmen wir folgendes: «... die den Pongwe zugeschriebenen weissen Masken stammen nie von diesen, sondern vorwiegend von den Punu, Tsangui oder Lombu. Reisende, die verschiedenen Ethnien angehören, begehren sie sehr und bringen sie möglicherweise als Beweisstücke ihrer Reise nach Hause zurück. Oder verwenden sie sie zu Dekorationszwecken? Persönlich habe ich ältere Exemplare von solchen Masken (mindestens 30 Jahre alt) bei den Massango gefunden, die selber ähnliche herstellen ... Die Banzabi-Bavanji schnitzen sogar kleine ‹Bapunu›, die weder Masken noch an einen Kult gebundene Objekte sind.»
Kurz, diese weiblichen Ahnen darstellenden Masken, die bei Totenriten auftreten, scheinen aus dem Gebiet des oberen Ogowe zu stammen. Es wird sich kaum um Werke der Pangwe handeln, zumal sie auch in der Literatur über dieses Volk nicht erwähnt sind.
Sammlung und Geschenk Stalder 1930, Inv.-Nr. III 7020.
Lit.: Baumann/Westermann 1957, Anchault 1969* (persönliche Mitteilung).

**Masque d'ancêtre féminin**
Présumé Bapounou
région du fleuve Ogowé, Sud-Gabon
bois peint (blanc, noir)
front patiné
haut. 28 cm

La quiétude des forêts équatoriales du Gabon, parcourues par quelques groupes de Pygmées, fut bouleversée par de nombreuses migrations de peuples. Quantité de tribus bantoues venant du nord s'installèrent en effet dans le pays entre le XIVe et le XVe siècle. La descente ultérieure vers le sud des Pangwé bouscula tellement les populations déjà en place, qu'il en résulta un morcellement culturel et linguistique extrême. Il est bien difficile de se retrouver dans ce chaos d'autant plus que tous ces peuples n'ont été que très peu étudiés. Certaines sculptures très remarquables en provenance du Gabon avaient, anciennement déjà, attiré l'attention. Quel peuple manufacturait ces masques féminins – tel la pièce ci-contre – à visage blanc; aux yeux ‹asiatiques› étirés et aux belles coiffures élaborées? Ayant été recueillis pour la plupart dans le Bas-Ogowé, on les attribua aux Pangwé et à des peuples côtiers (Balumbo, Eshira, etc.). Leur origine demeura toutefois très confuse d'autant plus que les informations s'y référant demeuraient très vagues. Les données ci-après aimablement fournies par le Dr Anchault*, nous ont apporté quelques précisions bienvenues sur ce thème: «... les masques blancs dits Pongwé ... ne le sont jamais. Ils sont essentiellement des Pounou, Tsangui ou Lombou. Ces objets sont très prisés des voyageurs d'ethnie différente qu'ils rapportent chez eux comme témoin de voyage? Ou comme objet de décoration? J'en ai personnellement trouvé des vieux (30 ans sûrement) chez les Massango qui font des masques assez proches, chez les Banzabi, chez les Bavouvi. Les Banzabi-Bavanji sculptent même des petits ‹Bapounou› ... ce ne sont pas des masques ... ce sont des objets d'esthétique et non cultuels».
En bref, les masques en question – figures féminines d'ancêtres utilisés lors de rites funéraires – seraient originaires de l'intérieur des terres (Haut-Ogowé). Ils ne sont pas Pangwé – tout comme le confirme leur ‹absence› dans les travaux effectués sur les Pangwé.
Collection et don Stalder 1930, No d'inv. III 7020.
Bibl.: Baumann/Westermann 1957, Anchault 1969* (communication personnelle).

**Mask of a Female Ancestor**
Possibly Bapunu
Ogowe River region, southern Gabun
painted wood (white, black)
patinated forehead
h. 28 cm

The tranquillity of Gabun's equatorial forests, through which groups of pygmies roamed, was disturbed by a series of migrations. Waves of Bantu tribes came from the north to settle there between the 14th and 15th centuries. In subsequent migrations to the south the Pangwe overran the already settled local population, bringing about a cultural and linguistic break-up. It is difficult to find one's way in this chaos of peoples, especially as these ethnic groups have hardly been studied. Certain remarkable sculptures of Gabunese provenience attracted attention very early. But what people produced these female masks, among which the piece pictured here figures? Who created these white faces with their slit, 'Asiatic' eyes and many-tiered hairstyles? Most of the masks were acquired around the lower course of the Ogowe, and they were attributed to the Pangwe and the coastal peoples (Balumbo, Eshira, etc.). But their origin remains extremely uncertain, especially as all the information regarding them is very imprecise. The following information, kindly placed at our disposal by Dr. Anchault*, gives us some welcome data on the topic: "... these white masks said to be Pongwe are certainly none of their doing, they are essentially Punu, Tsangui or Lombu. Travellers belonging to different ethnic groups covet them and take them back home. As evidence of their travels? Or do they use them as decorations? I myself have found older specimens of such masks (at least 30 years old) among the Massango, who produce similar ones themselves ... The Banzabi-Bavanji even carve small 'Bapunu' which are neither masks nor cult-related objects."
In short, these masks depicting female ancestors and used during funerary rites seem to have originated in the interior of the country (around the Upper Ogowe). They should not be attributed to the Pangwe, particularly as they are not mentioned in monographs dealing with this people.
Collection and gift Stalder 1930, Inv. No. III 7020.
Bibl.: Baumann/Westermann 1957, Anchault 1969* (personal communication).

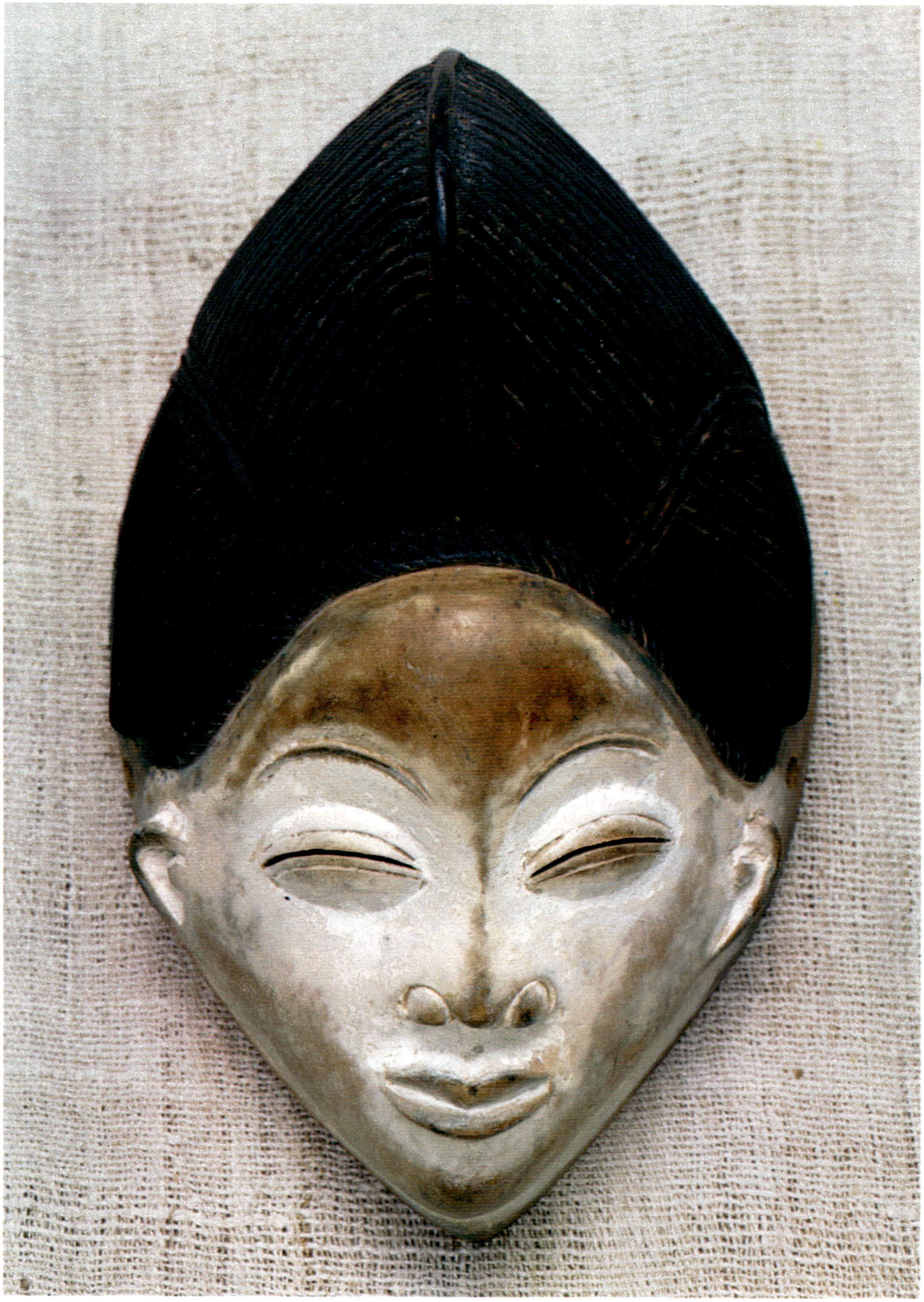

VI / 13

**Bündnisse besiegelnde Statuette**
Kongo, Nieder-Kongo, Zaire
Holz, Harzmasse, verschiedene Werkstoffe
Eisen, Glas
Reliquiarien (auf Kopf und Bauch)
H. 85 cm

Als die Portugiesen im Jahre 1482 die Küsten von Zaire an der Mündung des Kongo-Flusses erreichten, traten sie mit dem Volk der Kongo in Verbindung, deren Reich sich über ein weites Gebiet etwas stromaufwärts erstreckte. Bald nahm dieser Staat enge Beziehungen mit den Neuankömmlingen auf. Der König und eine grosse Anzahl seiner Untertanen wurden zum Christentum bekehrt, derweil ihre ‹Fetische› und ‹Idole›, ‹abscheuliche teuflische Werke›, in Rauch und Flammen aufgingen.
Aber was stellten diese Holzskulpturen genau dar, die einer reichen Schnitzereitradition entstammten? Die von den Portugiesen ‹Idole› genannten Statuetten hatten eine beschützende Funktion und wurden von den Leuten als Talisman getragen. Die ‹Fetische› hingegen bildeten einen Bestandteil der philosophischen und religiösen Weltanschauung. Bei den Kongo teilten sich die Naturgeister hauptsächlich in zwei Kategorien, in die *Wasser-Nkisi* und die *Himmel-Nkisi* (zu denen die *Misch-Nkisi* hinzukamen), in denen die ambivalente und antagonistische Welt von Natur und Kultur ihren Ausdruck fand. Dank diesem System und einer konstruktiven ‹logischen Unlogik›*, gelang es den Kongo, das gefährliche Potential dieser beiden Welten zu neutralisieren und sich des Wohlwollens beider zu versichern. Die *Nkisi* wohnten in natürlichen Gegenständen, konnten aber vom Menschen zu seinem Nutzen in ‹Fetischen› eingefangen werden, um ihm Gesundheit, Erfolg, aber auch Schutz gegen Zauberei usw. zu gewähren.
Der *Konde* ist eine Statuette, die einen *Misch-Nkisi* darstellt. Die Figur ist mit Nägeln und Eisenklingen gespickt und trägt ein oder zwei mächtige Substanzen enthaltende Reliquiarien auf dem Kopf, dem Bauch oder dem Rücken. Glas verschliesst die Kästchen auf dem Bauch und auf dem Rücken und bedeckt auch die Augen. Vor dem *Konde* ‹... legte man Schwüre ab und schloss Bündnisse, nachdem man flache, spitze Eisenstücke in ihn gestossen hatte›*. Das abgebildete Stück ist ein *Konde*, dessen Bauch-Reliquiar geleert wurde.
Sammlung C. Hoppe, Geschenk L. Rütimeyer 1909, Inv.-Nr. III 2807.
Lit.: Balandier 1968, Dupré 1975*, Vansina 1966.

**Statuette de pactes d'alliance**
Kongo, Bas-Congo, Zaïre
bois, masses résineuses, matières diverses
fer, verre
reliquaires (sur la tête et le ventre)
haut. 85 cm

En atteignant les côtes du Zaïre à l'embouchure du fleuve Congo, les Portugais entrèrent en contact avec l'ethnie des Kongo (1482) dont le royaume occupait une vaste région en amont du fleuve. Des rapports étroits furent rapidement établis entre cet état et les nouveaux venus. Le monarque du pays et un grand nombre de ses sujets furent évangélisés tandis que leurs ‹fétiches› et leurs ‹idoles›, œuvres ‹abominables› et ‹diaboliques›, se consummaient sur les bûchers.
Mais que représentaient au juste dans les riches traditions sculpturales des Kongo les catégories de figurines en bois appelées ainsi par les Portugais? Les ‹idoles› étaient simplement des petites statuettes protectrices que les gens portaient comme talisman. Les ‹fétiches› par contre s'inséraient dans tout un concept philosophique et religieux du monde. Les deux catégories principales des esprits de la nature chez les Kongo, les *nkisi d'eau* et les *nkisi de ciel* – auxquels s'ajoutaient des *nkisi mixtes* – s'articulaient en deux systèmes représentant les deux mondes ambivalents et antagonistes de la nature et de la culture. Grâce à ces systèmes et par un ‹illogisme logique›* et constructeur, le Kongo parvenait à neutraliser le potentiel dangereux de ces deux mondes tout en s'assurant de leur bienveillance. Les *nkisi* résidaient dans des objets naturels (p. ex. des coquillages) mais pouvaient être captés par l'homme dans des ‹fétiches› faits à leur intention et destinés à leur assurer santé, succès, fécondité, fertilité et aussi une défense contre la sorcellerie, la violence, etc.
Le *konde* est une statuette représentant un *nkisi mixte.* Figurine truffée de clous et de lames de fer, elle comporte un ou deux reliquaires – aménagés sur le ventre, le dos ou la tête – contenant des substances chargées de puissance. Ceux du dos et du ventre sont obturés avec du verre – recouvrant également les yeux. Devant le *konde* ‹... on échangeait des serments et des pactes d'alliance après y avoir enfoncé des morceaux de fer plat et pointus›*. La pièce ci-contre est un *konde* dont le reliquaire ventral a été vidé.
Collection C. Hoppe, don L. Rütimeyer 1909, No d'inv. III 2807.
Bibl.: Balandier 1968,
Dupré 1975*, Vansina 1966.

**Statuette for Oaths and Pacts**
Kongo, lower Congo, Zaire
wood, resin, various materials
iron, glass
reliquaries (on head and womb)
h. 85 cm

When the Portuguese reached the coast of Zaire at the estuary of the Congo River in 1482, they established contact with the Kongo people, whose empire extended over a large region upstream. Soon close ties were formed between this state and the new arrivals. The king and many of his subjects were converted to Christianity whilst their 'fetishes' and 'idols', 'abominable', 'diabolical' objects, went up in smoke. But what did these wood sculptures, the work of a highly developed tradition, actually represent? The statuettes the Portuguese called 'idols' simply had a protective function and were worn as talismen. The 'fetishes', on the other hand, formed part of a philosophical and religious view of the world. For the Kongo, nature spirits were mainly divided into two categories, the *Water-Nkisi* and the *Sky-Nkisi,* through whom the ambivalent and antagonistic worlds of nature and culture were expressed. Thanks to this system and a constructive, 'logical illogicality'*, the Kongo were able to neutralize the dangerous potential of these two worlds and to ensure the benevolence of both. The *Nkisi* lived in natural objects (like shells), but man could catch them in 'fetishes', where they would be of benefit to him, providing him with health, successs and fecundity as well as with protection against magic, violence, etc.
The *Konde* is a statuette depicting a spirit belonging to a third category of *Nkisi,* the *Mixed-Nkisi.* It is bristling with nails and iron blades; one or two reliquaries on its head, womb or back contain powerful substances. Glass is used to close the boxes on womb and back and to cover the eyes. In front of the *Konde* '... oaths were given and pacts sealed after one had pushed flat, sharp pieces of iron into it'*. The piece pictured here is a *Konde* whose womb reliquary has been emptied.
Collection C. Hoppe, gift L. Rütimeyer 1909, Inv. No. III 2807.
Bibl.: Balandier 1968,
Dupré 1975*, Vansina 1966.

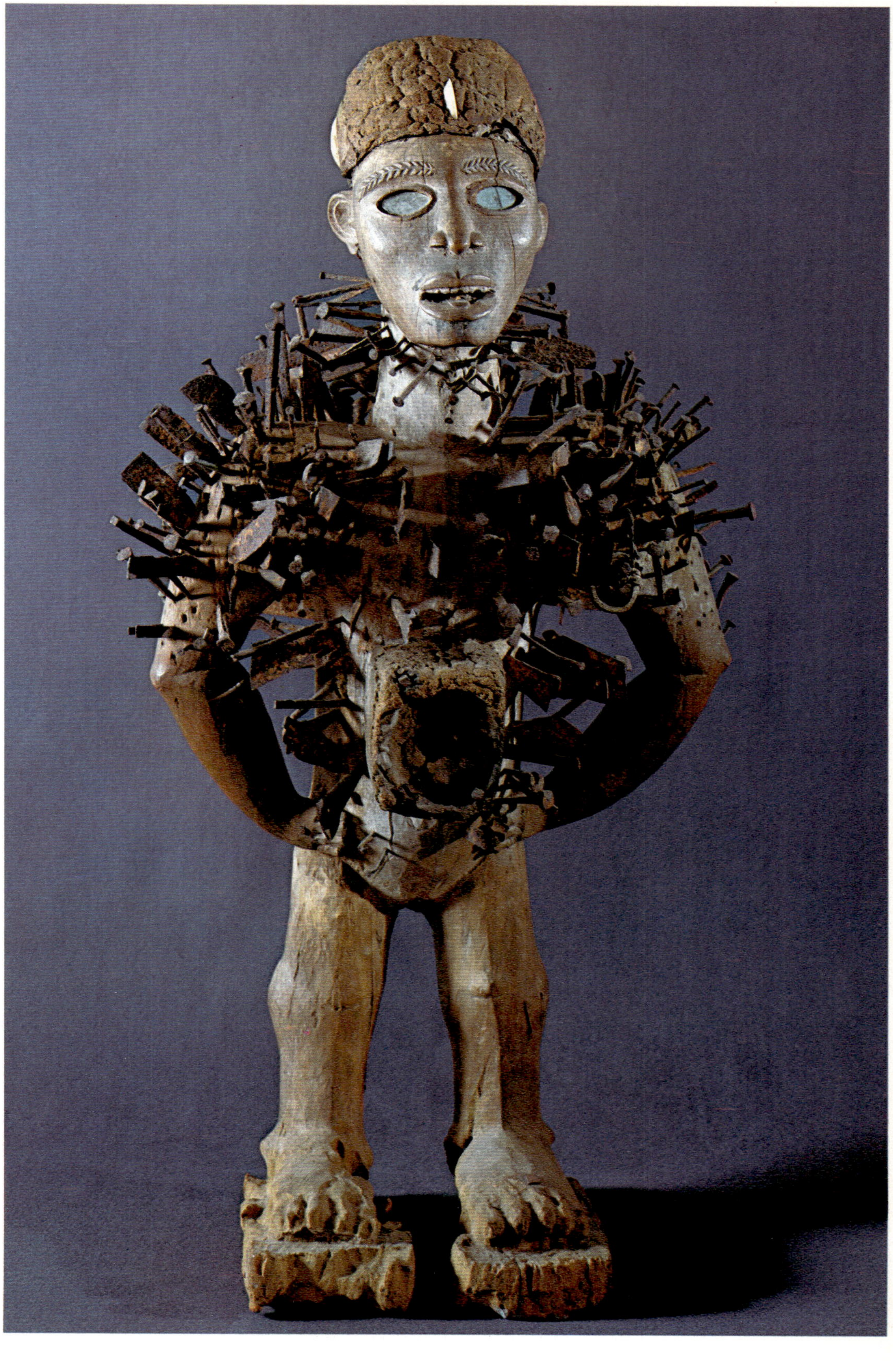

VI/14

**Statuette (Zwitter)**
Luba oder Luba-Hemba, Urua
Südost-Zaire
leichtes Holz mit heller Patina
beschädigte Beine
H. 43 cm

Ehemals bewohnten Pygmäen und Buschmänner den Südosten von Zaire, ein von grossen Flüssen durchschnittenes und im Osten durch die Gewässer des Tanganyika-Sees begrenztes Gebiet. Diese Jäger wurden nach und nach von den mächtigen Wellen aus dem Norden kommender und Bantu sprechender Einwanderer überschwemmt, unter denen die Luba-Völker ganz besonderen Ruhm erlangten: Bereits im 16. Jahrhundert bestanden im Katanga zahlreiche Häuptlingstümer und Königreiche, deren wichtigstes dasjenige des grossen *Kongolo* war. Diesem gelang es, die verschiedenen Hoheitsgebiete in einer Föderation zu vereinigen und so das erste Luba-Reich zu schaffen. In der Folge wurde dieses in ein zweites, sich über riesige Gebiete erstreckendes Reich umgewandelt. Das Luba-Reich bildete einen Schmelztiegel so vieler verschiedener Völker, dass die Vielfalt der Stile der Luba-Plastik nicht verwundert. Das Hemba-Volk, das schon Teil des ersten zentralen Luba-Reiches im Katanga war, teilte mit den Luba einen gemeinsamen Stil. Die Hemba schufen aber als vollkommene Meister Kunstwerke, die zu den berühmtesten Schwarzafrikas zählen: Unter den Schnitzwerken verschiedenster Art nehmen die Darstellungen von männlichen, aber ganz besonders von weiblichen Ahnengestalten einen wichtigen Platz ein, letzteres weil die in der ganzen Region vorherrschenden matrilinearen Institutionen den Frauen – besonders den adligen – eine hohe Stellung in der Gesellschaft verliehen. Bei den dargestellten Ahnen handelt es sich nicht um beliebige Verstorbene, sondern um in hohem Alter verschiedene, hervorragende Persönlichkeiten, deren Ansehen demjenigen des höchsten Gottes, dem ersten Vorfahren, ähnlich ist.
Wir wissen nicht, ob die abgebildete Statuette eine Luba oder Luba-Hemba ist, und es ist auch nichts über ihre Funktion bekannt. Vermutlich handelt es sich um den Sitz eines Natur- oder Ahnengeistes: Angeblich wird ein Geist, dessen Geschlecht man nicht kennt, als Zwitter dargestellt.
Sammlung Vortisch, Ankauf 1928,
Inv.-Nr. III 6725.
Lit.: Vansina 1965.

**Statuette hermaphrodite**
Louba ou Louba-Hemba, Urua
Zaïre du Sud-Est
bois léger à patine claire
jambes endommagées
haut. 43 cm

Le sud-est du Zaïre, coupé par de grands fleuves et bordé à sa droite par les eaux du lac Tanganyika, fut autrefois une région habitée par des Pygmées et des Bochimans qui furent graduellement obligés de faire place à des puissantes vagues d'immigrants de langue bantoue venant du nord. Parmi ceux-ci, le conglomérat de peuples appelés Louba acquit une notoriété tout particulière. Au XVIe siècle il existait déjà dans la région du Katanga un grand nombre de chefferies et de royaumes dont le plus important était celui du grand chef *Kongolo.* Celui-ci réussit à les réunir en une fédération qui constitua le premier empire louba. Par la suite cet état fut réorganisé en un deuxième empire englobant des territoires immenses. Bref, dans le creuset constitué par l'empire louba où l'apport de tant d'autres peuples fut versé, il n'est pas étonnant que les arts plastiques louba relèvent d'une très grande variété de styles. Le peuple Hemba, ayant fait partie du premier empire central des Louba dans le Katanga, possède avec les Louba un style sculptural général commun. Son génie particulier fit néanmoins jaillir de son herminette des chefs-d'œuvre remarquables sculptés avec l'excellence des grands maîtres. Parmi ceux-ci une place de choix est occupée par les représentations d'ancêtres masculins et surtout féminins. Les institutions matrilinéaires, prédominantes en effet dans toute la région, conféraient aux femmes – et surtout aux femmes nobles – une position très élevée dans la société. Notons que les ancêtres représentés n'étaient pas n'importe lesquels: il s'agissait de personnalités décédées anciennement et dignes de figurer à proximité du dieu suprême, premier ancêtre des hommes.
Nous ne savons pas si la pièce ci-contre est une louba ou une louba-hemba et nous n'en connaissons également pas la fonction. Il s'agit peut-être du réceptacle d'un esprit d'ancêtre ou de la nature. Il est dit en effet que, quand on ne connaissait pas le sexe d'un esprit, on le représentait en tant qu'hermaphrodite.
Collection Vortisch, achat 1928,
No d'inv. III 6725.
Bibl.: Vansina 1965.

**Statuette (Hermaphrodite)**
Luba or Luba-Hemba, Urua
southeastern Zaire
light wood with light patina
damaged legs
h. 43 cm

At one time pygmies and bushmen inhabited southeastern Zaire, a region traversed by large rivers and bordered on the east by Lake Tanganyika. These hunting and collecting peoples were gradually overrun by great waves of Bantu-speaking migrants from the north. Among them the conglomerate of the Luba peoples achieved particular fame: in 16th century Katanga there were already numerous chieftainships and kingdoms, the most important of which was that of the great *Kongolo.* He was able to unite them all in a federation, thus creating the first Luba empire, which subsequently developed into a second, more extensive one. The Luba empire has been a melting pot of so many different peoples that the stylistic variety of Luba sculpture is not surprising. The Hemba people, which were already part of the first Luba empire in Katanga, shared a sculptural style with the Luba. Thanks to their exceptional craftsmanship, however, they created works of art which number among Africa's most famous. Representations of ancestors occupy an important place in their rich carving tradition – especially those of female ones, because the matrilinear institutions predominant in the whole region give the women (particularly aristocratic ones) a high position in society. It should be mentioned that the ancestors depicted are not picked at random; they are outstanding personalities who died at a very old age and who may be brought into line with the supreme god, the first forefather.
We do not know whether the statuette pictured here is Luba or Luba-Hemba, nor is anything known about its function. It may have been a receptacle for a nature or ancestral spirit. According to certain sources, a spirit whose sex is not known is represented as a hermaphrodite.
Collection Vortisch, purchase 1928,
Inv. No. III 6725.
Bibl.: Vansina 1965.

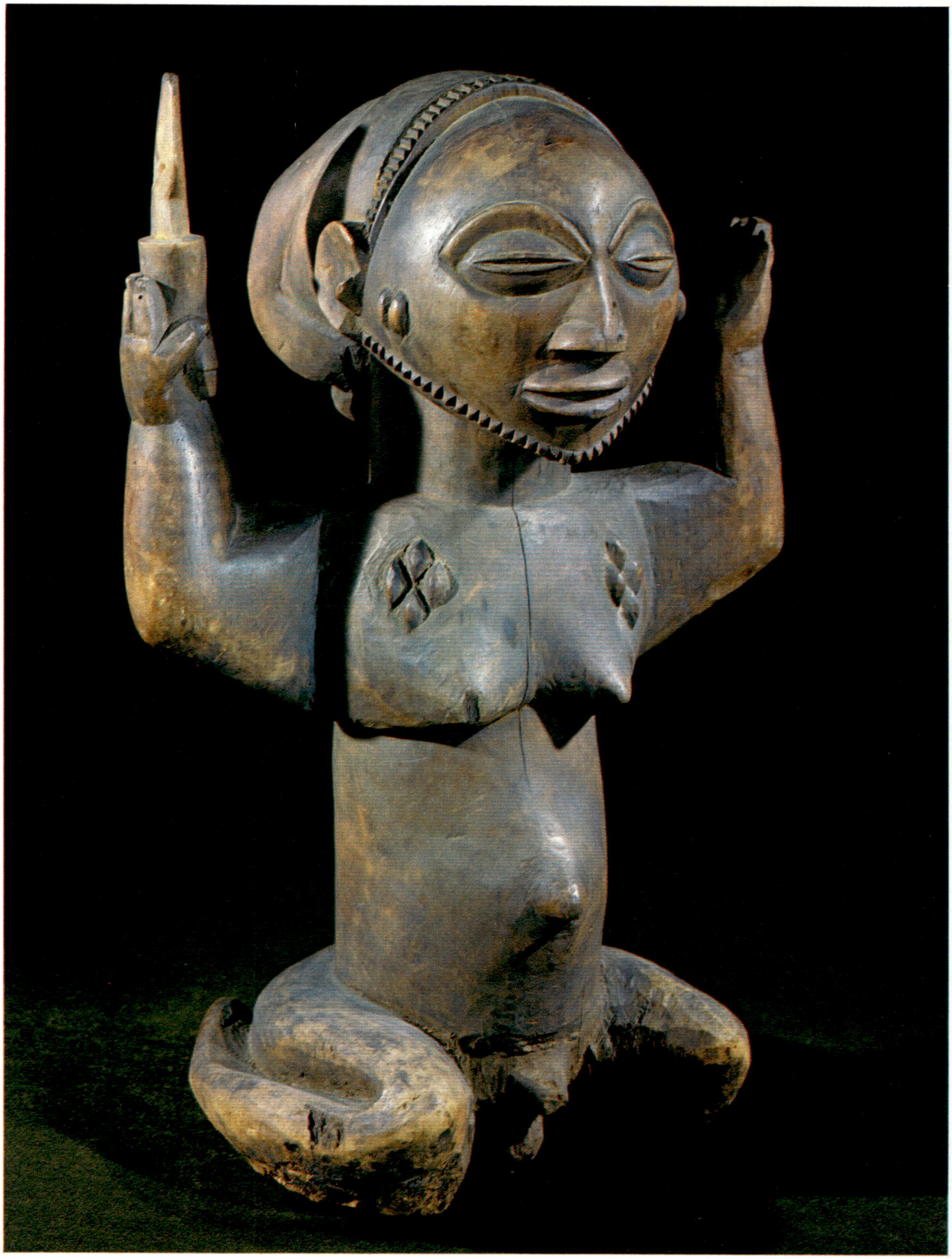

VI/15

Theo Gantner

# Volkskunde

## Traditions populaires

## Folklife

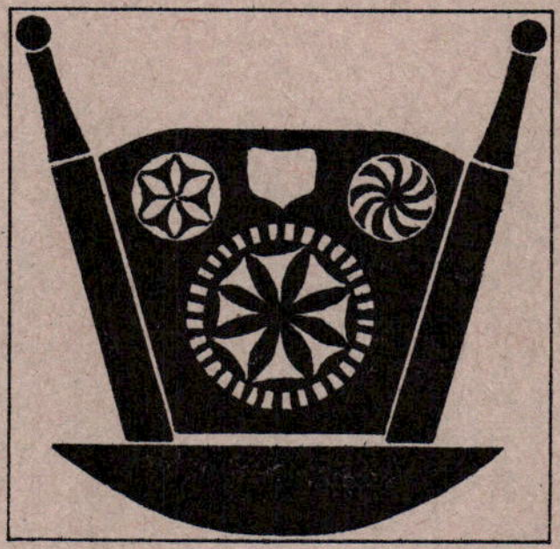

Das Sammelkonzept

Im Jahre 1910 schrieb der Gründer des Museums für Volkskunde, Eduard Hoffmann-Krayer (1864–1936), einen Aufsatz mit dem Titel: ‹Ideen über ein Museum für primitive Ergologie›. Als Professor für Germanistik in Basel hatte er über dieses Thema anlässlich eines Philologenkongresses in Graz gesprochen. Er berichtete darin von seinen damals neuartigen Bemühungen, nicht nur sprachliche Güter und Verhaltensweisen zur Erforschung des Volkes heranzuziehen, sondern auch ‹Sachen›. Ausgewählte Objekte aus verschiedenen europäischen Gegenden sollten dem Museumsbesucher einerseits ‹einen Begriff geben vom bewussten und unbewussten Ringen des Menschen nach höheren Daseinsformen›, anderseits sollte durch Realien der wissenschaftlichen Forschung eine zusätzliche Quelle erschlossen werden.

Die Anlage einer derartigen Sammlung ergab sich folgerichtig aus der wissenschaftsgeschichtlichen Entwicklung. Seit über hundert Jahren wurden in verschiedenen Ländern Volkslieder, Märchen und Sagen, also ‹Volkspoesie›, gesammelt, interpretiert und nach ihren Motiven geordnet. Den tatsächlichen oder vermeintlichen ‹Überresten› aus einer früheren Kulturepoche galt das Hauptinteresse. In ähnlicher Weise sollten nun auch altartige Sachgüter der Ur-Ethnographie oder der primitiven Ergologie in den Dienst der Wissenschaft gestellt werden. Aus der Vielzahl der mit grossem Aufwand gesammelten Relikte aus früheren Zeiten sah man mosaikartig ein Gesamtbild einer alten Kultur nördlich der Alpen entstehen.

Sachgüter, Realien

In den Jahren vor dem Ersten Weltkrieg stellte Hoffmann-Krayer fest, dass in seiner Zeit der Gedanke der Völkerverknüpfung und der Völkerverständigung wach geworden sei; das sah er auch in den zahlreichen internationalen Kongressen verschiedenster Wissenschaften bestätigt. Man wollte nicht nur lokale Fossilienforschung betreiben, sondern über alle Grenzen hinweg vergleichen und vor allem nicht nur das Vergangene, sondern auch das Lebende und alle seine bewegenden Kräfte beobachten.

Regionale und nationale Sammlungen

Mit diesen Zielen wies der Begründer der schweizerischen Volkskunde weit über den damals fast ausschliesslich national begrenzten Wissenschaftsbetrieb hinaus. Im erwähnten Vortrag behandelte er die wissenschaftliche Situation der jungen Volkskunde und die Probleme der sogenannten ‹geistigen› oder ‹innern› Kultur, der er die ‹materielle›, ‹äussere› Kultur gegenüberstellte. Hoffmann-Krayer begründete neue Prinzipien des Sammelns und Präsentierens von Objekten, denn die damals tätigen ‹historischen Museen› waren lokal- oder nationalgeschichtlich ausgerichtet, dienten der Selbstdarstellung und konnten deshalb die Idee einer vergleichenden und grenzüberschreitenden Präsentation nicht erfüllen. Der Autor ergänzte 1926 seine Vorstellungen in dem programmatischen Aufsatz ‹Über Museen für vergleichende Volkskunde›. Die dort formulierten Gedanken und Ziele haben an Aktualität nichts eingebüsst. Ohne auf Hoffmann-Krayer Bezug zu nehmen, wurde die Diskussion über jene Vorstellungen in diesem Jahrzehnt wieder aufgenommen. Inzwischen waren in der UdSSR und später in Ländern mit ähnlichen gesellschaftlichen Verfassungen auf marxistischer Grundlage die Sachgüter viel stärker in die Forschungsprogramme einbezogen worden als in der europäisch-amerikanischen Wissenschaftstradition. Erneut ist die gegenseitige Kenntnisnahme von Forschungsergebnissen auf internationalen Kongressen und durch Übersetzungen in die Wege geleitet worden. Vermehrt wird dem ‹Studium der materiellen Kultur› auch hierzulande in Lehr- und Forschungsanstalten Aufmerksamkeit geschenkt und mit neuen Methoden ‹Sachforschung›, ‹Realienkunde› oder ‹Ergologie› betrieben. Die bisher spärlichen Kontakte über Sprach- und Systemgrenzen hinweg werden ausgebaut und die Terminologien zur besseren Verständigung einander angepasst.

Vergleichende Volkskunde

Sachforschung, Realienkunde

Dass Objekte aus einer Sammlung für Volkskunde reproduziert werden, ist nichts Neues. Dennoch soll die Tatsache, dass einige wenige Einzelobjekte aus einer Sammlung von über 50000 Nummern mit allem derzeit möglichen technischen Aufwand im Bild zur Schau gestellt werden, zum Anlass genommen werden, einige Überlegungen über den Sinn einer Sammlung zur ‹materiellen Kultur› anzustellen.

Auch diese Überlegungen gehen vom Aufsatz Hoffmann-Krayers aus. Mit den Vorschlägen und Ideen, auf welchen Gebieten und nach welchen Prinzipien gesammelt werden sollte, betrat der Autor theoretisch und praktisch Neuland. Nicht das lokalhistorisch bedeutende und künstlerisch gestaltete Objekt sollte in die Sammlung aufgenommen werden, sondern dasjenige, das in typischer Weise räumliche und zeitliche Zusammenhänge der Kultur zu erhellen vermag. Nicht an den Wunderkammern und Kuriositätenkabinetten sollte man sich orientieren, sondern an den materiell sichtbaren Spuren menschlicher Geistesbeschäftigung, nicht am Werk des Künstlers oder Kunsthandwerkers, sondern am Werkzeug und Gerät der Alltagskultur, möglichst aus der vorindustriellen agrarischen Umwelt. Dem Museumsgründer schwebten von Anfang an zwei grundsätzlich verschiedene, sich ergänzende Arten der Präsentation

Räumliche und zeitliche Zusammenhänge

vor. Ein Objekt sollte sowohl in der ‹geographisch-stammheitlichen› Zusammenstellung als auch in der ‹sachlich-vergleichenden› Reihe oder Gruppe vorhanden sein. In der neuen Terminologie, die von der Linguistik beeinflusst ist, spricht man von einer synchronisch-raumanalytischen Darstellung mit regionalen Varianten, in Gegenüberstellung zur diachronisch-zeitanalytischen Präsentation mit historischen Veränderungen. In der Form eines Raumquerschnittes können z. B. Methoden der Nahrungsgewinnung, Ess- und Trinkgewohnheiten, Kleidung und Wohnung verschiedener Regionen miteinander verglichen werden; in einem Zeitlängsschnitt können dieselben Themen in ihrer historischen Entwicklung vorgeführt werden. Als die volkskundlich angemessene und bevorzugte Veranschaulichung galt für Hoffmann-Krayer die sachlich-vergleichende, diachronisch geordnete Reihe. In beiden Fällen aber sollte ein Einzelobjekt nur durch seinen Zusammenhang mit dem gesellschaftlichen Leben, durch seine spezifische Aussagefähigkeit, durch die Vergleichsintensität seinen Platz in der Sammlung beanspruchen und rechtfertigen können. Nie war beabsichtigt, möglichst alles aus allen Zeiten und aus allen Regionen Europas in möglichst allen Varianten zu sammeln. Die Grundlage bildete für ihn das gleichzeitig Typische und Vergleichbare. Eine negative Bestimmung mag das Sammelprinzip verdeutlichen: Es war nicht beabsichtigt, Kuhglocken in Schottland, Männerröcke in Sizilien, Eselskarren in Polen, Ostereier in den Niederlanden, Holzschuhe in Portugal, Fischereigeräte in den Alpen, Alphörner im Rheinland und Keramik in Paris zu sammeln.

Raumquerschnitt
Zeitlängsschnitt

Gleichzeitig typisch und vergleichbar

Das kulturelle Gut einer Region aber ist erst durch einen Vergleich mit einer anderen Region als übereinstimmend oder regionaltypisch zu erkennen. In den zwanziger Jahren wurde der Plan zur kartographischen Darstellung von Daten über kulturelle Güter gefasst. In den folgenden Jahrzehnten haben dann Sprachwissenschafter mit Sprach- und Sachatlanten wegweisende Instrumente der Kulturanalyse geschaffen; von ihren Erfahrungen konnte die Volkskunde profitieren. Es entstanden berühmte kommentierte volkskundliche Atlanten, die in übersichtlichen Schaubildern komplizierte Verhältnisse für alte und neue wissenschaftliche Fragen zugänglich machten. Die weiträumigen Übersichten zum Vorhandensein oder Fehlen kultureller Güter aller Art waren ihrerseits wieder Grundlage für vielfältige Interpretationen über den Sinn eines bestimmten Verhaltens, über die Verbreitung und Wirkung von Neuerungen, über die Bedingungen des kulturellen Wandels überhaupt.

Volkskundliche Atlanten

Sprachliche Güter und ‹Realien› eignen sich für das Studium solcher

Fragen besonders gut. Das schriftlich festgehaltene Erzählgut etwa und das originale Objekt der ‹materiellen Kultur› können besonders genau in die Lebensumstände gestellt werden. Letztlich aber ist die anscheinend so hilfreiche Zweiteilung der Kultur in einen geistigen und einen materiellen Bereich ohne wissenschaftliche Bedeutung. Alles, was von Menschen nach ihren Bedürfnissen geschaffen worden ist, ist immer auch eine geistige Schöpfung. Eine Schere ist ebenso ein Produkt geistiger Tätigkeit wie ein Lied, ein Märchen, eine technische Zeichnung oder ein Lexikon. Allenfalls könnte man die Kultur in Güter, die aus Material verfertigt sind, und in Handlungen einteilen. Ob aber ein kulturelles Gut aus Material gefertigt, durch Wort, Bild oder Zahl fixierbar ist oder nicht, mag Folgen für die organisatorisch-administrative Form der Sammeltätigkeit und Aufbewahrung haben, ist aber für die Erforschung unerheblich. Arbeitslieder werden im Volkslied-Institut, Ernte-Sagen in der Bibliothek, Erbschaftsinventare im Gemeindearchiv, Sicheln im Museum aufbewahrt; erst aus der systematischen Aufarbeitung in allen diesen Institutionen, aus dem bewerteten Gewicht aller dieser Quellen, vermögen die miteinander verbundenen Kenntnisse neue Einsichten über einen Lebenszusammenhang zu gewährleisten.

‹Geistige› und ‹materielle› Kultur

Hoffmann-Krayer nannte als Ziel der Forschung, Erkenntnisse ‹von den grossen Gesetzen und Bewegungen› im Leben der Menschen zu erlangen. Zu dieser Zielsetzung sind zwei Anmerkungen nötig. Für die Kulturwissenschaften hat sich seither der Begriff von der Regelhaftigkeit gegenüber dem von den Naturwissenschaften übernommenen Begriff von der Gesetzmässigkeit als angemessener erwiesen. Die Freiheit individueller Abweichungen vom traditionellen Verhalten kann mit dem Begriff ‹Regel› berücksichtigt werden, während ein ‹Gesetz› vorausschaubare Abläufe ohne Ausnahme postuliert. Die zweite Bemerkung betrifft die für Hoffmann-Krayer selbstverständliche Voraussetzung, dass ein kulturelles Gut und insbesondere ein Museumsobjekt als Dokument und Quelle einen Bezug zum Menschen aufweisen müsse. Es ist auffallend, wie heute in immer neuen Formulierungen in der wissenschaftlichen Literatur die Beschäftigung mit Objekten gerechtfertigt wird: Nicht die Sache, das Objekt, die Ware, das aus Material verfertigte Gut sei wichtig, sondern der dazugehörende handelnde Mensch; das inventarisierte Objekt sei Teil des Gesellschaftslebens; es gehe um die Darstellung des soziokulturellen Systems, um regional und sozial determinierte Inhalte der Kultur, um die soziale Wirklichkeit, um die soziale Seite des Objektes als eines Integrations- oder Segregationsfaktors, um soziale Ver-

Regelhaftes Verhalten

mittlung mit Hilfe von Objekten, um soziale Kommunikation mit dem Objekt als Zeichenträger, um die Zuordnung der ‹materiellen Kulturgüter› und Handlungen zum Lebensrhythmus.

Wie schwierig eine solch selbstverständliche und anspruchsvolle Zielsetzung ist, wird am Vorhaben deutlich, eine zufällige städtisch-administrative Struktur zur Grundlage einer wissenschaftlichen Museumspublikation zu machen und mit einer Anzahl Bilder ein eigenständig gewachsenes Sammlungsprinzip vorstellen zu wollen. Die Schwierigkeiten entstehen dadurch, dass ein Kulturgut, das wegen seiner Zuordnung zu einem Lebenszusammenhang in eine Sammlungsgruppe gehört, hier als isoliertes Einzelobjekt präsentiert wird.

Der Lebenszusammenhang

Gerade weil ein Kulturgut einen genau bestimmbaren Standort in Raum, Zeit und sozialem Gefüge besitzt, kann es dem Betrachter wenig Ermessensspielraum für eigene Interpretationen offenhalten. Diese Art der Präsentation widerspricht volkskundlicher Museumsarbeit. Der mögliche Ausweg, auch im Bilde die vergleichende Ausstellungstechnik zu imitieren und durch eine Vielzahl von Objekten einen typologischen Zusammenhang anzudeuten, soll dem Betrachter wenigstens den relativen wissenschaftlichen Wert eines abgebildeten Einzelobjektes bewusstmachen. Von volkskundlicher Seite sei der Hinweis nicht unterlassen, dass man sich mit dem schönen Abbild einer zusehends sich verstärkenden Neigung zur ‹Bildkultur› auch im wissenschaftlichen Betrieb anschliesst und sich der Gefahr aussetzt, dass vordergründige Erbauung an Illustrationen von der Forschungspraxis wegführen und die soziale Wirklichkeit der Realien verschleiern kann.

Einzelobjekt und Vergleichsgruppe

Die Reproduktion eines Einzelobjektes lässt sich dann rechtfertigen, wenn bewusst auf Kosten der Genauigkeit eine modellartige Verallgemeinerung angestrebt wird, wenn also das Objekt in seiner Zeichenhaftigkeit für ganze Verhaltensabläufe und soziale Systeme vorgestellt werden soll. Letztlich sollte der Besucher eines volkskundlichen Museums oder der Betrachter eines Bildes seine eigene Erfahrung mit dem vorgeführten Zeichen messen können und somit den mit dem Zeichen vermittelten Inhalt lesen können. Dadurch sollte der eigene Standort im entsprechenden sozialen Raum und in der sozialen Zeit ebenso innewerden wie die Umweltbedingungen, aus denen das zeichenhafte Objekt isoliert worden ist. Die Gefahr ist indessen gross, dass die Präsentation eines Einzelobjektes den Vermittler zu zunehmender Verallgemeinerung zwingt, so dass der differenzierte soziale Hintergrund des Modellobjektes sich auf einige Trivialitäten beschränken muss.

Kultureller Wandel

Die heutige Zuwendung zu den kulturellen Gütern des Alltags geschieht nicht mehr in der selbstbewussten und gewissen Zuversicht wie zur Zeit Hoffmann-Krayers, der ‹die allmähliche Entwicklung der Ergologie bei den Völkern Europas aus primitiven Formen in die vollkommeneren› darzustellen beabsichtigte. Diese zu evolutionistisch gedachten Abläufe sind nicht zuletzt auch durch politisch-kriegerische Ereignisse und durch kaum absehbare Schädigungen der Umwelt in Frage gestellt worden. Aber auch durch neue Studien grundlegender Lebenskomplexe, etwa über Ernährung und Wohnung, wurden grosszügige und bestechend einfache Gedanken- und Erklärungsmodelle abgelöst von Einsichten in äusserst differenzierte soziokulturelle Zusammenhänge selbst in kleinen Räumen des ‹einfachen Landvolkes› der heutigen Zeit. Man wagt nicht mehr von ‹den grossen Gesetzen und Bewegungen› zu sprechen, sondern studiert zeitlich und räumlich bedingte Regelhaftigkeiten im Volksleben mit dem Ziel, jene geistigen und materiellen Bedingungen genauer nennen zu können, die einen kulturellen Wandel befördern, hemmen oder verhindern könnten. Die Absicht, aus volkskundlichen Forschungsergebnissen Nutzen für eine praktische Anwendung zu gewinnen oder gar die Richtung eines Wandels voraussagen zu können, ist selten geworden. Als Beobachter kann man sich immerhin fragen, ob nicht andere wissenschaftliche Bemühungen heute von der ähnlichen Zuversicht wie damals die Volkskunde getragen sind. Die vielfache Hinwendung zum ‹ländlichen Raum›, insbesondere zum alpinen Gebiet, ist unübersehbar.

‹Bäuerlich und primitiv›

Das Attribut ‹bäuerlich› oder ‹primitiv›, das Hoffmann-Krayer 1910 allen von ihm gesammelten Objekten hinzuzudenken empfahl, ist wohl kein Auswahlkriterium zur Erweiterung volkskundlicher Sammlungen mehr, erscheint aber mit veränderten Ausdrücken in manchen Bestrebungen heutiger Kulturtechniker, die den ländlichen Raum zu gestalten trachten und mit Hilfe von ‹Gesetzmässigkeiten› aus europäischen ländlichen Gebieten die Entwicklung in anderen Kontinenten voranzutreiben beabsichtigen. ‹Bäuerlich› und ‹primitiv› waren für den Museumsgründer viel weniger räumliche oder gruppenspezifische Auswahlkriterien als vielmehr kulturhistorische Qualitäten, mit denen die von Anfang an als uferlos erscheinende Material- und Objektfülle begrenzt werden sollte. Aus diesem Grunde schloss Hoffmann-Krayer zuerst ‹Erzeugnisse des eigentlichen, höheren Kunstgewerbes oder gar des internationalen Industriebetriebes› aus. Die kulturelle Zeichenhaftigkeit vieler Objekte dieser Herkunft wurde aber selbstverständlich bald auch von ihm erkannt. In den Beständen aus den dreissiger Jahren befinden sich denn auch zahlreiche Objekte der Massenproduktion aus verschiedenen Sachbereichen, mit denen die Wandlungsabläufe und Wirkungszusammenhänge in industrialisierten Gesellschaften belegt werden können. Man denke etwa an den Bereich des populären Wandschmuckes, der ohne die Erzeugnisse der ‹Bilderfabriken› nicht hinreichend erfasst werden könnte.

Herkunft und Sinn

Der volkskundliche Beitrag zur Erkenntnis ‹von den grossen Gesetzen und Bewegungen› im Leben der Menschen, das Ziel musealer Arbeit, umfasst auch Aussagen über Sinn und Herkunft eines bestimmten Verhaltens oder einer Objektgestalt. Fragen nach Sinn und Herkunft des eigenen oder fremden Verhaltens werden häufig an Institutionen der Volkskunde gestellt, auch durch Besucher von Ausstellungen. Nicht immer vermag die zurzeit zur Verfügung stehende Antwort zu befriedigen, weil die Erwartungen selber kulturellen Prägungen und oft auch wissenschaftlich beeinflussten Moden zu folgen scheinen. Im allgemeinen hat heute eine monokausale Brauch-Etymologie aus einer parawissenschaftlichen Vergangenheit die grösseren Chancen, geglaubt zu werden als ein sorgfältig abgewogener Erklärungstext, der ein Objekt in vielfältige Bezüge zu stellen versucht. Merkwürdig ist, dass oft eine einzige aus wenigen Deutungsantworten den grössten Teil der Fragenden hinreichend zu befriedigen vermag: Ein Objekt oder ein Verhalten ist deshalb so, weil die dazugehörenden Menschen eine andere Sprache sprechen, einer anderen Rasse oder Religion angehören, in einem anderen Klima oder unter anderen Wirtschaftsverhältnissen leben. In einigen Sonderfällen mag es angezeigt sein, aus Korrelationen derartiger Merkmale auf gemeinsame Verhaltensursachen zu schliessen. Gerade durch die volkskundliche Erfahrung mit ‹Kulturgrenzen› wird man vor voreiligen Schlüssen warnen müssen, wenngleich z. B. die den Atlanten beigegebenen Sprach- und Konfessionskarten verkürzte Sinn-Interpretationen immer wieder begünstigen oder vorwegnehmen. Keine der Generalerklärungen war derart erfolgreich wie die Deutungskonstruktion von der ‹kultisch-rituellen Bedeutung innerhalb eines alten heidnischen Fruchtbarkeits- und Dämonenglaubens›, und keine Antwort vermochte seit Jahrzehnten den Fortgang der wissenschaftlichen Forschung derart unangefochten zu überleben. Ein Beispiel aus der Umgebung Hoffmann-Krayers sei angeführt:

Sprache, Rasse, Religion
Klima, Wirtschaft

Im Jahre 1919 wies ‹Des Volksboten Schweizerkalender› aus Basel auf die volkskundliche Sammlung an der Augustinergasse hin. Weil der Vorsteher des Museums ein Freund des Volksboten sei, dürfe der Kalendermann den Lesern ‹ein paar interessante, verwunderliche und zum Teil auch beschämende Dinge› bildlich vor Augen führen.

‹Schadenabwehr›, ein Beispiel

Die Abbildung zeigte ‹ein paar Gegenstände ..., wie sie heute noch, nicht etwa in Zentralafrika, sondern bei unserem Volk im abergläubischen Gebrauch stehen›. Gewisse heidnische Unterströmungen seien noch in der Seele mancher Volksschichten tief verborgen. Die gelehrten Männer hätten wohl daran getan, diese Objekte im Museum zu sammeln; sie seien nicht allein vom wissenschaftlichen Standpunkt aus interessant, sondern sie sollten auch den wahren Christen dankbar darüber stimmen, dass er für sein äusseres Wohlergehen solcher Mittelchen nicht bedürfe. Die Abbildung zeigte einen Ausschnitt aus der damals bestehenden Dauerausstellung, mit der Hoffmann-Krayer beispielhaft ganz verschiedenartige Objekte zu einer Reihe über ‹Schadenabwehr› vereinigt hatte, einen Kuhschädel vom Stallfirst, eine Hufeisengruppe, eine Vernagelung, Pferdeamulette, einen Krug mit einem gebannten Geist, Ritzzeichen auf einem Wetzsteinfass. Was aber für den Wissenschafter und seine

Andersartiges Denken

Präsentation Objekte waren, um ein andersartiges Denken zu veranschaulichen, ein Denken in ‹primitiven› Kausalitäten, waren für den Kalendermann Zeugen der ‹Finsternis, welche die moderne Aufklärung bisher nicht beseitigt hat›.

Hier wird deutlich, dass in die Ausstellungsgruppe ‹Schadenabwehr› eigene Sinnzusammenhänge hineingedeutet worden sind, die weder dem Sammlungsprinzip noch dem Vermittlungskonzept entsprochen haben.

Vor derartigen Missdeutungen ist keine volkskundliche Ausstellung gefeit. Viele der bis heute anzutreffenden Vorurteile sind im genannten Kalenderartikel vereinigt. Auf den Hintergrund eines einleuchtenden evolutionären Ablaufes im Biologischen wird mit wenigen Signalwörtern das Bild einer parallelen Entwicklung im Kulturellen projiziert: Auf der höchsten kulturellen Stufe stehen selbstbewusste weisse europäische Christen, den Lesern ‹Des Volksboten Schweizerkalender› ähnlich, denen die in der Kultur zurückgebliebenen primitiven schwarzen afrikanischen ‹Heiden› entgegengestellt werden; räumliche Distanz zu Afrika wird mit zeitlicher Ferne in der eigenen

Aberglaube, ein Vorurteil

Geschichte gleichgesetzt; ‹heidnische Unterströmungen› aus früheren Zeiten sind verantwortlich für die Zeichen der Finsternis auf dem Lande bei uns, sichtbar geworden eben in den ‹Mittelchen›, deren der wahre Christ in der aufgeklärten Stadt für sein Wohlergehen nicht bedarf. Diese vorurteilsvolle Einstellung, ein Verhalten anderer abwertend als ‹abergläubisch› oder ‹heidnisch› zu betrachten, ist nicht frei von ‹kolonialistischer Arroganz› und hat eine bemerkenswerte Kontinuität aufzuweisen.

Denktraditionen

Die spezifisch volkskundliche Darstellungspraxis wird am Beispiel über ‹Schadenabwehr› besonders deutlich. Die Einsicht und Belehrung, die mit Hilfe von originalen Objekten, mit dem schwarzen Ochsenschädel, mit Hufeisen und mit einem Geisterkrug vermittelt wird, strebt weder bestätigende Erbauung durch ästhetische Reize noch Geschmacksbildung an; die Schau wertet auch nicht in moralischer oder theologischer Weise zwischen richtigem oder falschem Verhalten. Die Objekte zeugen von Erfahrungswirklichkeiten, welche Mitmenschen der eigenen Kultur erleben und lassen somit vergleichend in Denktraditionen und Verhaltensabläufe der ordnenden Daseinssicherung einblicken. Jeder ist mehr oder weniger eingebunden in das Ordnungsgefüge der jeweiligen Zeit. Eine zeitgemässe volkskundliche Sammlung wird deshalb die Objektgruppe ‹Schadenabwehr, Heilssuche und Heilsvermittlung› nicht für abgeschlossen halten, sondern die neuen materiellen Zeugnisse dieser Denk- und Verhaltensstrukturen aus städtischen und ländlichen Bereichen ebenfalls dokumentieren.

Das ‹schöne› Objekt

Eine weitere verbreitete Missdeutung volkskundlicher Darstellungspraxis sei angeführt. Ein schwarzer Ochsenschädel, ein Hufeisen, ein Geisterkrug oder ein Ex voto aus Holz sind nicht ‹schöne› Objekte. Nicht die ästhetische Qualität ist Voraussetzung für ein Objekt einer volkskundlichen Sammlung, sondern die dokumentarische Qualität einer Erfahrungswirklichkeit. Diese dokumentarische Qualität aber kann in einen Widerspruch zur ästhetischen Qualität des Ausstellungsgutes der meisten kunsthistorisch ausgerichteten Museen geraten.

Geschmacksbildung und Selbstdarstellung

Zur Vorstellung der geradlinigen evolutionären Entwicklung im Biologischen gehörte im 19. Jahrhundert auch der Glaube an eine ähnliche, durch hinreichende Erziehung und Ausbildung zu erreichende Verfeinerung im Ästhetischen. Viele Museen verstanden sich deshalb als Institutionen einer umfassenden Kunstpädagogik, und manche von ihnen haben bis heute den gesetzlichen Auftrag, zur ‹Geschmacksbildung› beizutragen. ‹Guter Geschmack› liess sich sehr wohl mit Darstellungen der kulturellen Eigenart im Lokalen, Regionalen und Nationalen verbinden. Dieses Sammlungs- und Ausstellungsprinzip hat sich für viele Museen bewährt. So sammelt z. B. das Schweizerische Landesmuseum nach dem Gründungsbeschluss von 1890 ‹bedeutsame vaterländische Altertümer geschichtlicher und kunstgewerblicher Natur› aus dem Raume der Schweiz. Der Erfolg zeigt, dass für viele Besucher die Verbindung von künstlerischer mit heimatlicher Qualität hinreichende Sinndeutung ist und tatsächlich das jeweilige Selbstverständnis zu heben vermag. Gerade aber aus der Erfahrung mit der eingeengten Sammel- und Darstellungspraxis kunsthistorisch ausgerichteter Museen formulierte Hoffmann-Krayer 1910 und 1926 seinen Plan für eine museale Sammlung mit volkskundlichen Qualitäten. Eine dieser volkskundlichen Qualitäten war für Hoffmann-Krayer selbstverständlich auch die ‹künstlerische Ausgestaltung der Lebensumwelt›. Folgerichtig umfasste das Konzept der volkskundlichen Sammlung von 1910 unter neunzehn Sachkategorien – an sechzehnter Stelle – auch ‹Volkskunst›.

Volkskunstmuseen und Volkskunde

Einige Volkskundemuseen haben bewusst oder unbewusst ausschliesslich Objekte der ‹Volkskunst› in die Sammlung aufgenommen. Nicht zufällig war dieses Sammelprinzip dann erfolgreich, wenn das Museum in einer Region tätig war, deren Menschen traditionell grossen Wert auf die künstlerische Form der Lebensumwelt gelegt haben. In der Folge wurden aber vielfach die wenigen volkskundlichen Sammlungen, nicht immer zu ihrem Vorteil, mit Volkskunstmuseen verwechselt. Heute allerdings dürfte die Erkenntnis verbreitet sein, dass es in Europa eigentliche Volkskunst-Regionen gibt, die von Gegenden umgeben sein können, die ihre Eigenständigkeit mit anderen Mitteln, z. B. mit ausgeprägten Spiel- oder Erzähltraditionen darstellen.

‹Volkskunst›

Die Einschätzung der ‹Volkskunst› seit der Jahrhundertwende ist inzwischen selbst zum Gegenstand volkskundlicher Untersuchungen geworden. Die in eigentlichen Wellenbewegungen sich vollziehende Würdigung der ‹Volkskunst› gibt zudem einen symptomatisch erscheinenden Einblick in die Verwendung des Begriffes ‹Kitsch›. Zunächst tritt ‹Kitsch› zeitlich immer dann vermehrt auf, wenn im Zuge des kunstpädagogischen Wandels die Ansichten über den ‹guten Geschmack› gewechselt haben. Wie die Anhänger eines unrichtigen Glaubens als ‹abergläubisch› bezeichnet wurden, wird in gesellschaftlich analoger Weise das Empfinden von ästhetischen Abweichlern als ‹kitschig› gewertet. Häufig stand die ‹Volkskunst› selber in Gefahr, mit den tatsächlichen oder vermeintlichen Misserfolgen der Kunsterziehung verwechselt zu werden. Eine volkskundliche Ausstellung über den Wandschmuck vermag allerdings aufzuzeigen, dass akademisch-ästhetische Wertvorstellungen, die in belehrender Weise der Bevölkerung vermittelt wurden, von untergeordneter Bedeutung geblieben sind. Begeisterte Anerkennung kam aber der von jeder sozialen Zuordnung losgelösten ‹Volkskunst› dann zu, wenn im Gegensatz zu den vermuteten entwicklungsgeschichtlichen Tendenzen in ihr ein Ausdruck des Natürlichen, Spontanen, Noch-nicht-Verdorbenen erahnt werden konnte.

Die oft heftig geführte Diskussion über die angebliche Sonderstellung der ‹Volkskunst› zeigt, dass der kulturpolitisch zweifellos bedeutende Begriff nicht vor Missbrauch geschützt werden kann. Ihr Standort im wissenschaftlichen Gefüge einer volkskundlichen Sammlung hat sich seit der Jahrhundertwende nicht verändert. Im baslerischen Museum für Volkskunde sind selbstverständlich auch Objekte aus verschiedenen Volkskunst-Regionen Europas vertreten. Das Ausstellungsthema ‹Volkskunst› kann mit diesen Objekten wie ein anderes Thema ebenfalls in ‹geographisch-stammheitlicher› Zusammenstellung oder in ‹sachlich-vergleichenden› Reihen veranschaulicht werden.

Ein demokratisches Konzept

Das Sammelkonzept Hoffmann-Krayers zeugt von grossem Respekt vor jeder alltäglich erbrachten Leistung und begegnet jedem Kulturgut des Alltags mit Achtung. Ein derartiges im besten Sinne demokratisches Konzept setzt Toleranz voraus auf seiten der Institution und auf seiten der Ausstellungsbesucher. Das Schweizerische Museum für Volkskunde, wie der vom Bundesrat und Regierungsrat 1944 verliehene und für die Stadt verpflichtende Titel der volkskundlichen Sammlung heisst, kann dann der Forschung und dem Besucher am besten dienen, wenn die Qualität des Sammelgutes weiterhin an seiner Eignung zu Vergleichszwecken und an der Aussage-Intensität gemessen wird.

# Traditions populaires

En 1910, Eduard Hoffmann-Krayer (1864–1936), fondateur du Musée Suisse des Arts et Traditions populaires, prévoyait dix-neuf catégories pour constituer la nouvelle collection folklorique européenne: l'habitation, l'agriculture et l'élevage, la production laitière, l'outil artisanal, la construction d'embarcations et la pêche, la chasse, les véhicules, les instruments de transport, l'industrie simple, le vêtement et le costume, l'inventaire ménager, les pains d'épices et autres, les objets rituels, le jeu, les instruments de musique et à bruit, l'art populaire, les relations avec l'Etat, la religion et, finalement, tous les modes de représentation. Après avoir été remaniée partiellement et élargie grâce à l'introduction de nouvelles catégories, cette conception de la collection garde sa valeur fondamentale encore aujourd'hui.

Conformément à l'évolution de la recherche folklorique, les collections se concentrèrent tout d'abord sur les biens culturels linguistiques pour passer ensuite aux témoins matériels. Puis, dans un troisième temps, on entreprit une recherche systématique de l'inventaire culturel de la vie quotidienne, s'appuyant sur les données fournies par les archives, les bibliothèques et les musées. Dans son ensemble, ce matériel permet de présenter une multitude de sujets folkloriques sous deux aspects différents: l'un localement comparatif (synchronique) et l'autre chronologiquement comparatif (diachronique). A l'époque de Hoffmann-Krayer, les ‹Musées historiques› n'avaient pas la possibilité d'étendre leurs activités au-delà des frontières locales ou nationales, étant par ailleurs tenus d'évaluer les collections selon des critères artistiques, de maîtrise artisanale ou patriotiques. C'est ainsi que, conformément à la nouvelle conception comparative, il fallut construire de fond en comble une nouvelle collection spécifique. La collection folklorique européenne, comprenant aujourd'hui plus de 50000 pièces, porte le nom de ‹Musée Suisse des Arts et Traditions populaires› depuis 1944. Issus de celui-ci, le Musée Juif de Suisse à Bâle et le Musée du Jouet à Riehen ont repris chacun une partie de la collection.

# Folklife

In 1910, Eduard Hoffmann-Krayer (1864–1936), founder of the Swiss Museum for European Folklife, enumerated nineteen fields to be included in a new collection related to European folklife: home, agriculture and cattle-breeding, dairy farming, tools, ship-building and fishing, hunting, transport vehicles, carrying devices, simple industry, clothing and costumes, household effects, baked goods, objects connected with customs, toy, music and noise instruments, folk art, relation to the state, religion, illustrations. After several regroupings, new categories could be introduced into the basic concept behind the collection, which has proven itself successful.

In accordance with the history of the field, the collection of cultural manifestations of a linguistic nature was followed by the collection of material objects. Further information, acquired from archives, libraries, specialized institutes and museums, was made available, enabling a systematic investigation of everyday culture. With the help of this material numerous topics relating to folklife can be presented in exhibitions of two different kinds: in geographic comparison (synchronistically) and historical comparison (diachronically). As 'historical museums' restricted their activities to local or national boundaries and had to judge the objects in their collections according to artistic, craftsmanly or patriotic quality in Hoffmann-Krayer's day, the novel comparative concept made necessary the independent compilation of objects for the collection. The European folklife collection, which since 1944 has borne the name 'Swiss Museum for European Folklife', contains more than 50,000 pieces today. The collections of certain fields have been turned into special museums of their own, like the Jewish Museum of Switzerland in Basle and the Toy Museum in Riehen near Basle.

Die Ziffern zur Übersichtskarte ‹Volkskunde› beziehen sich auf die Farbtafeln 1–15.

Les chiffres de la carte ‹Volkskunde› correspondent aux planches-couleur 1–15.

The numbers on the survey map 'Folklife' refer to colour plates 1–15.

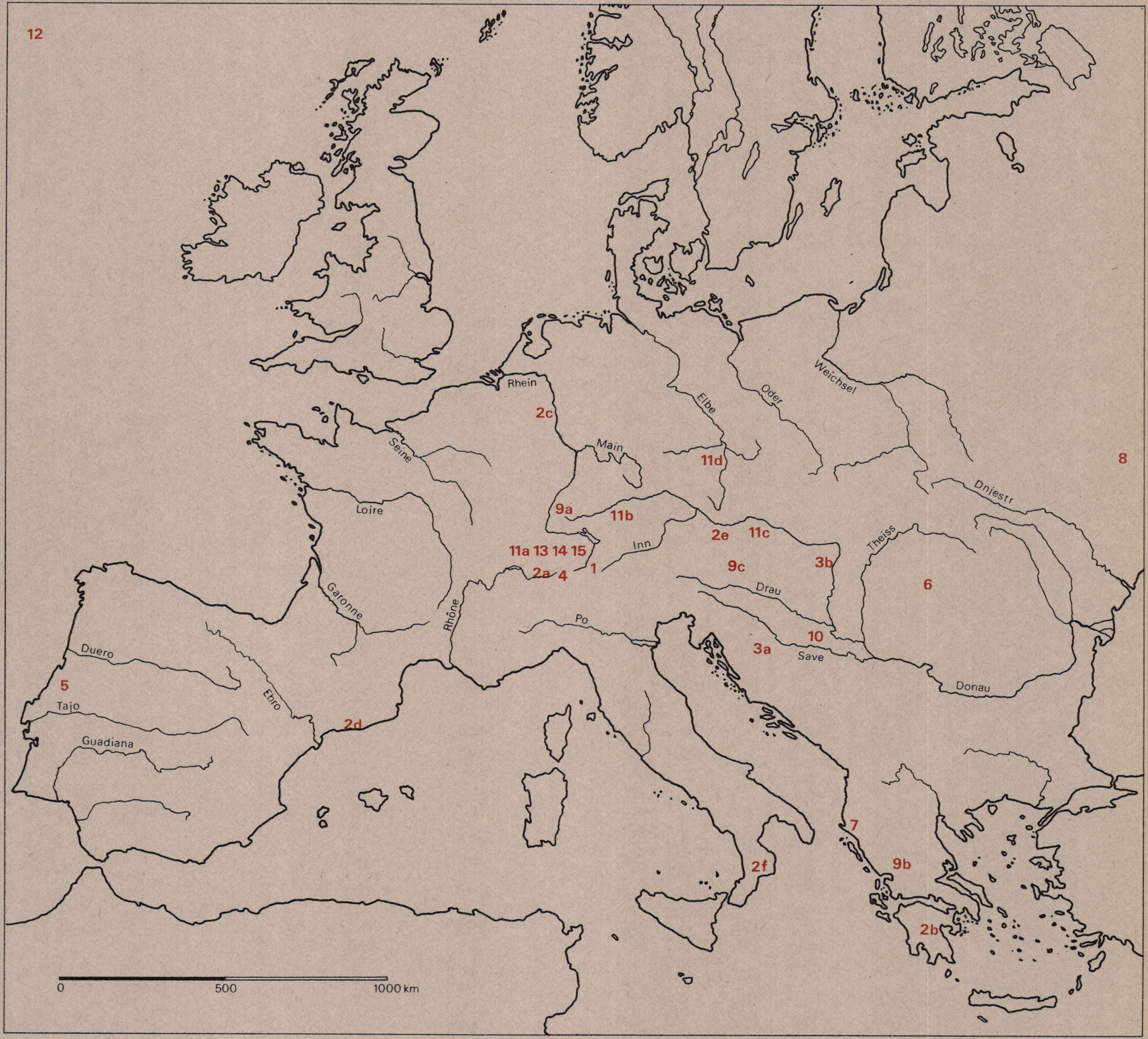

| Kulturdenkmäler des Alltags | Monuments culturels du quotidien | Cultural Monuments of Everyday Life | |
|---|---|---|---|
| Der Korbmacher, Walenstadt SG, 1966. Foto Walter Wachter, Schaan FL. | Le vannier, Walenstadt SG, 1966. Photo Walter Wachter, Schaan FL. | The basket-maker, Walenstadt SG, 1966. Photograph Walter Wachter, Schaan FL. | 1 |
| Die Herstellung einer Holzschachtel für Vacherinkäse, Vallée de Joux, VD, 1970. Foto Yves Yersin, Pully VD. | Confection d'une boîte à vacherin, Vallée de Joux, VD, 1970. Photo Yves Yersin, Pully VD. | Making a wooden box for vacherin cheese, Vallée de Joux, VD, 1970. Photograph Yves Yersin, Pully VD. | 2 |
| Der dekorierte Giltsteinofen, Oberwallis, 1970. Foto Yves Yersin, Pully VD. | Poêle décoré en pierre ollaire (Giltstein), Haut-Valais, 1970. Photo Yves Yersin, Pully VD. | Decorated serpentine ('soapstone') stove, Oberwallis, 1970. Photograph Yves Yersin, Pully VD. | 3 |
| Der Bürstenmacher, Basel, 1972. Foto Errol Siegfried, Basel. | Le brossier, Bâle, 1972. Photo Errol Siegfried, Bâle. | The brush-maker, Basle, 1972. Photograph Errol Siegfried, Basle. | 4 |
| Die gewundene Säule des Drechslers, Werdenberg SG, 1967. Foto Walter Wachter, Schaan FL. | L'ouvrage du tourneur, Werdenberg SG, 1967. Photo Walter Wachter, Schaan FL. | The twisted column of a turner, Werdenberg SG, 1967. Photograph Walter Wachter, Schaan FL. | 5 |
| Der Stempelschmied, Sutz BE, 1973. Foto Marcel Fluri, Biel BE. | Le forgeron travaillant un fer à brûler, Sutz BE, 1973. Photo Marcel Fluri, Bienne BE. | The stamp-smith, Sutz BE, 1973. Photograph Marcel Fluri, Biel BE. | 6 |
| Der Störschuhmacher, Lötschental, VS, 1970. Foto Erling Mandelmann, Pully VD. | Le cordonnier ambulant, Lötschental, VS, 1970. Photo Erling Mandelmann, Pully VD. | The travelling shoemaker, Lötschental, VS, 1970. Photograph Erling Mandelmann, Pully VD. | 7 |
| Der Geschirrflicker (‹Beckibüetzer›), Napfgebiet, LU, 1972. Foto Walter Wachter, Schaan FL. | L'artisan ambulant (réparation d'un plat en terre cuite), ‹Beckibüetzer›, Napfgebiet, LU, 1972. Photo Walter Wachter, Schaan FL. | The crockery mender ('Beckibüetzer'), Napf region, LU, 1972. Photograph Walter Wachter, Schaan FL. | 8 |
| Die Aufnahmen stammen aus den Textheften zu volkskundlichen Filmen der Reihe ‹Altes Handwerk›, herausgegeben von der Schweizerischen Gesellschaft für Volkskunde unter der Leitung von Paul Hugger. | Les photos ont été extraites de publications accompagnant les films folkloriques de la série ‹Altes Handwerk› (anciens artisanats), édités par la Société Suisse des Traditions populaires, sous la direction de Paul Hugger. | The photographs are from the text leaflets accompanying films on folklife from the series 'Altes Handwerk', published by the Swiss Society for Folklife Study under the supervision of Paul Hugger. | |

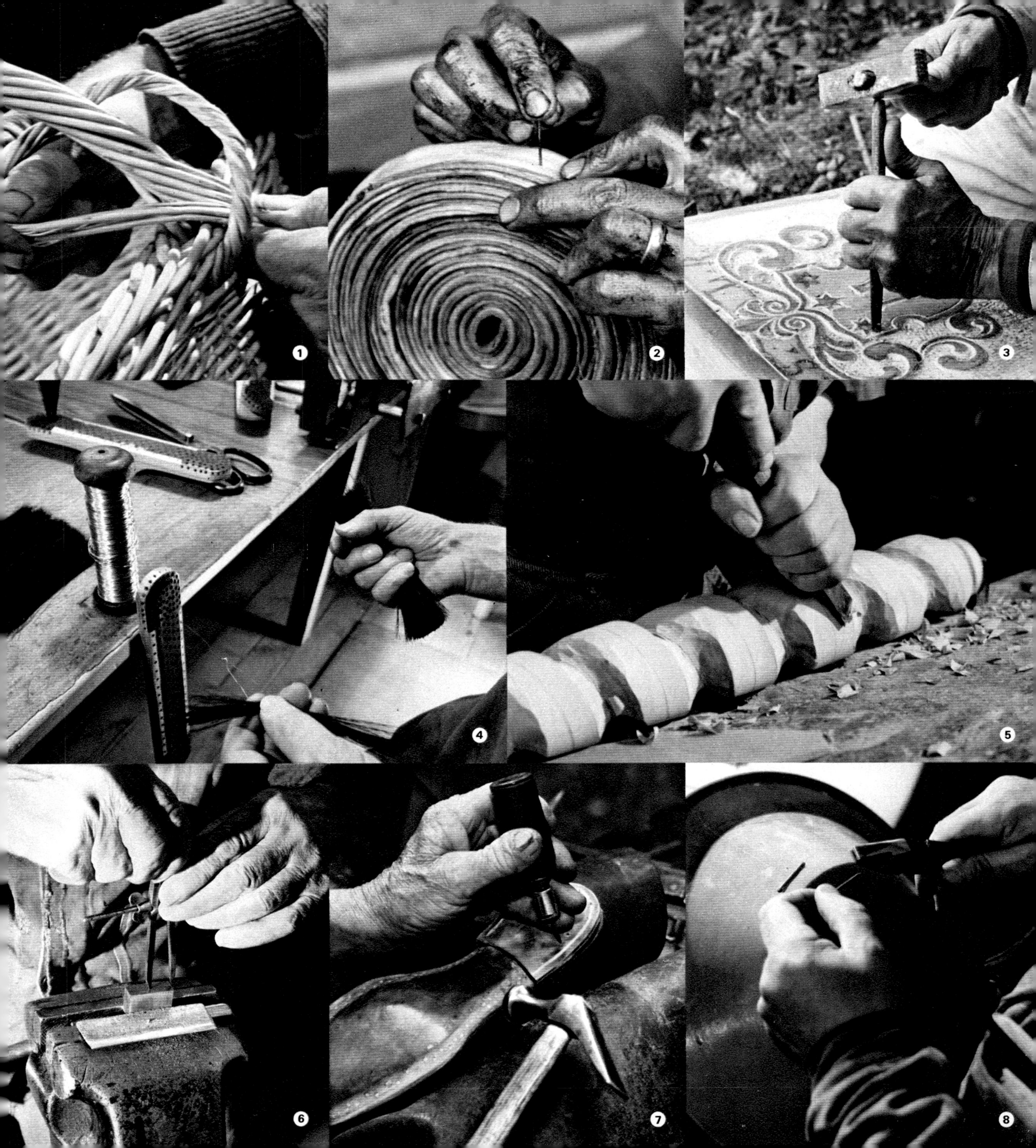
1
2
3
4
5
6
7
8

**Spielzeug**
Schweiz, Monstein GR
um 1930, Holz
L. 38 cm, B. 25 cm

Das heute geschätzte ‹Alte Spielzeug› stammt aus gewerblicher oder industrieller Produktion zumeist des 19. und 20. Jahrhunderts. Diesem für den Verkauf hergestellten Spielzeug wird oft das sogenannte ‹Naturspielzeug› gegenübergestellt, das auch als ‹primitives› oder ‹alpines› Spielzeug bezeichnet wird. Einerseits meint man darin eine historisch überwundene Primitivform einer früheren kulturellen Entwicklungsstufe zu sehen, anderseits werden aus den gleichen Gründen gerade diese Spielzeugformen als zur Kreativität anregend und kindgemäss angepriesen.
Solche ‹ursprünglichen› Spielgegenstände gab es tatsächlich zu allen Zeiten, und es ist nicht einzusehen, warum es sie auch in Zukunft nicht mehr geben sollte: Tannenzapfen, Knochen, Zweige, Rindenstücke, Wurzeln, Beeren, Früchte und Steine gehören zu dem je nach Jahreszeit in oft unbeschränkter Menge vorhandenen Grundmaterial, das zu Stadt und Land von Kindern mit aller Selbstverständlichkeit zum Spielen verwendet wird.
Aus diesen natürlichen Grundmaterialien wurden in einzelnen Gebieten der Alpen regionaltypische Sonderformen gestaltet, etwa die vierbeinigen Astkühe im Wallis oder die zweibeinigen Beinkühe im Appenzellerland. ‹Astkühe› heissen die Rinder, Ziegen, Schafe und Pferde deshalb, weil die Astansätze unabgeschnitten als Beine oder Hörner am Holzstück bleiben. Und selbst dann, wenn die Tiere nicht aus Knochen bestehen, heissen sie ‹Beinkühe›. Manche Spielherde besteht gleichzeitig aus Wirbelknochentieren und Astkühen.
Kennzeichnend für diese Art von Spielsachen ist, dass kaum Einzeltiere vorkommen. Astkühe bilden Herden und stellen das Abbild des Familienbesitzes dar. In der Regel werden die Beinkühe nicht von den Kindern selbst, sondern unter Mithilfe von Erwachsenen angefertigt.
Der aus Kistenbrettern verfertigte Stall aus Monstein bei Davos diente zugleich als Behälter zur Aufbewahrung der zwei Pferde, vier Ziegen, des Hundes und der achtundzwanzig Rinder.
Inv.-Nr. VI 43563.
Lit.: Rütimeyer 1924, 163ff.

**Jouet**
Suisse, Monstein GR
bois, 1930 env.
long. 38 cm, larg. 25 cm

Apprécié de nos jours, le ‹jouet ancien› est un article de fabrication artisanale ou industrielle datant généralement du XIXe et XXe siècle. Article de vente, on y oppose souvent le jouet dit ‹primitif› ou ‹alpin› que l'on attribue alors à une époque antérieure n'ayant pas suivi l'évolution historique. En même temps, et précisément pour les mêmes raisons, on apprécie ce jouet, le considérant comme bien adapté à l'enfant dont il stimulerait la créativité.
Cette forme ‹primitive› du jouet a effectivement existé de tous temps et il n'y a aucune raison pour qu'il n'en soit pas de même à l'avenir. Pives, os, branches, morceaux d'écorce, racines, baies, fruits et cailloux, constituent, au gré des saisons, les matériaux inépuisables dont les enfants des villes et des campagnes se servent naturellement pour jouer.
A partir de ces matières de base livrées par la nature, on a développé dans certaines régions alpines des formes régionales spécifiques, au Valais par exemple les vaches à branches, à quatre pattes, ou, dans l'Appenzellois, les vaches à deux pattes. Le nom de ‹vaches à branches›, appliqué sans distinction aux bovins, chèvres, moutons et chevaux, se rapporte à la forme du façonnement en une pièce, les moignons des branches formant alors les pattes ou les cornes. Les animaux gardent d'ailleurs le nom de ‹vache en os› indépendamment du matériel utilisé. Bon nombre de troupeaux sont en même temps composés d'animaux en vertèbres et de vaches à branches.
Une caractéristique de ce genre est la présentation des animaux par groupes, l'animal individuel formant l'exception. Les vaches à branches apparaissent en troupeau et représentent les biens de la famille. Les vaches en os ne sont normalement pas l'œuvre des enfants eux-mêmes, mais elles sont confectionnées avec l'aide des adultes.
L'étable en planchettes de caisse provenant de Monstein, près de Davos, servait en même temps de boîte de rangement à deux chevaux, quatre chèvres, au chiens et à vingt-huit bovins.
No d'inv. VI 43563.
Bibl.: Rütimeyer 1924, 163ss.

**Toys**
Switzerland, Monstein GR
wood, about 1930
l. 38 cm, w. 25 cm

The 'old toys' that enjoy such popularity today were produced either by individual craftsmen or by industries, mostly in the 19th and 20th centuries. These toys, which were made to be sold, are often confronted with so-called 'natural' toys, which are also termed 'primitive' or 'Alpine' toys. On the one hand, these natural toys are seen as an antiquated, primitive form of an earlier pattern of cultural development, on the other hand, precisely these forms of toys are, for the same reasons, praised as inciting to creativity and being adequate to a child's mentality.
These 'original' playthings have always existed; and there is no reason for them not to exist in future: pine cones, bones, twigs, pieces of bark, roots, berries, fruits and stones number among the basic materials which, depending on the season, can be found in unlimited amounts and are taken for granted as toys by children from the city and the country.
Characteristic forms were given to these basic materials in various regions of the Alps, for instance, the four-legged bough cows in the Wallis or the two-legged bone-cows in the Appenzellerland. 'Bough cows' are cows, goats, sheep and horses whose legs and horns are formed by the roots of branches, which are not cut off. And even if the animals are not made of bones, they are called bone cows. Many a toy herd is composed of animals made of vertebrae and bough cows.
What is typical of this kind of toy is that one animal is hardly ever found alone. Bough cows are found in herds and are a reflection of the family's possessions. As a rule, children do not make these bough cows by themselves but with the help of adults.
The stable from Monstein near Davos is made of boards from a crate and also serves as a container for the two horses, four goats, dog and twenty-eight cows.
Inv. No. VI 43563.
Bibl.: Rütimeyer 1924, 163ff.

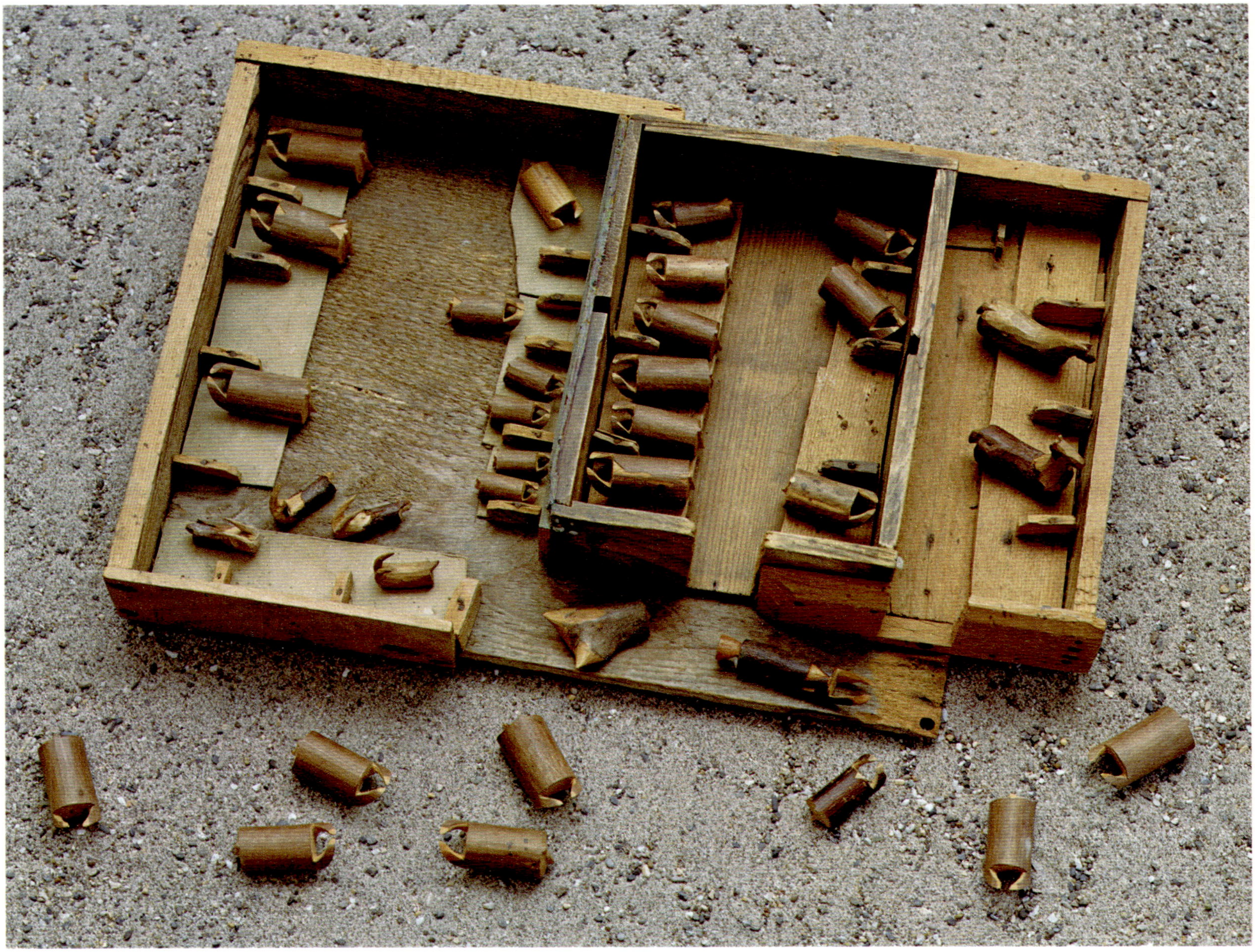

VII/1

**Gebildgebäck**
Schweiz, Griechenland, Deutschland
Spanien, Österreich, Italien
entstanden zwischen 1906 und 1965
L. 14–34 cm

Gebildbrote werden in kleiner Anzahl mit den Händen geformt, im Gegensatz zu äusserlich ähnlichen Gebäcken, die mit Hilfe von Modeln ihre Form erhalten. In gewissem Sinne könnte man diese Gebäckformen zum ‹primitiven› Spielzeug zählen, werden doch vielfach solche Menschen- und Tiergestalten von Kindern und Erwachsenen aus Teigresten in spielerischer Weise hergestellt. Es gibt allerdings Unterschiede zum Spielen mit ‹Naturspielzeug›. Fast alle Gebildgebäcke werden zu bestimmten Festterminen hergestellt und bei traditionellen Anlässen gegessen.
Weit verbreitet ist in der Vorweihnachtszeit in vielen Regionen Mitteleuropas ein Gebäck, das eine menschliche Figur darstellt. In neuerer Zeit werden derartige ‹Männer› in grossen Mengen zum ungefähr richtigen Termin, z.B. auf den Nikolaustag (6. Dezember), auf den Markt gebracht. Mit dem Mittel eines Festgebäcks wird zu Stadt und Land dazu beigetragen, den Zeitablauf in traditionell anmutender Weise zu gliedern.
In der älteren Literatur wurden die gebakkenen Figuren vielfach in Zusammenhänge mit sakralen Tier- und Menschenopfern gestellt. Und selbstverständlich gab es unter den Gebildgebäcken nicht wenige, deren Formen man nur als ‹Fruchtbarkeitssymbole› meinte deuten zu können. Auch diese tiefgründigen Geistesbeschäftigungen gehören wohl zum spielerischen menschlichen Verhalten. Gebildgebäcke werden deshalb auch weiterhin Arbeitsmaterial für Populärmythologen bleiben.
Links: Weihnachtsgebäck, Schweiz, Bürchen VS, um 1960, Inv.-Nr. VI 29776.
Obere Reihe: ‹Elggenmänner›, Elgg ZH, 1906, Inv.-Nr. VI 594/5.
Weihnachtsgebäck, Griechenland, Peloponnes, 1954, Inv.-Nr. VI 23183.
‹Weckmann›, um Martini (11. November), Deutschland, Köln, 1957, Inv.-Nr. VI 23710.
Untere Reihe: Frühstücksgebäck für Kinder, Spanien, Barcelona, 1955, Inv.-Nr. VI 21401.
‹Krampus›, Vorweihnachtszeit, Oberösterreich, 1965, Inv.-Nr. VI 31900.
Rechts: Weihnachtsgebäck, Italien, Kalabrien, 1958, Inv.-Nr. VI 24111.
Lit.: Gebildbrote, in:
Wörterbuch der Volkskunde 1974, 257.

**Pains en pâte modelée**
Suisse, Grèce, Allemagne, Espagne
Autriche, Italie
entre 1906 et 1965
long. 14–34 cm

Les pains en pâte modelée sont confectionnés par petit nombre et à la main, par opposition aux pains d'épices et autres, d'un aspect analogue, que l'on forme au moule. Dans un certain sens on peut ranger le genre modelé parmi les jouets ‹primitifs›, les figures anthropomorphes et zoomorphes étant souvent fabriquées dans un but divertissant par les adultes et les enfants utilisant des restes de pâte.
Parfois confectionnée en grandes quantités une figure humaine en pâte modelée apparaît fréquemment dans beaucoup de régions d'Europe centrale avant les fêtes de Noël, par exemple le six décembre, jour de la St-Nicolas. Ainsi la simple apparition d'un pain de fête contribue à ponctuer le temps qui passe d'une manière presque traditionnelle.
Dans les publications plus anciennes, ces figures en pâte prêtaient à spéculation et on les associait souvent à d'anciens sacrifices animaux et humains. Bien entendu les pains modelés dans lesquels on croyait voir uniquement un ‹symbole de fécondité›, étaient assez nombreux. Ces profondes reflexions s'expliquent sans doute également par le goût du jeu propre au comportement humain. Les pains modelés continueront donc d'être l'objet d'interprétations multiples de la part de mythologues vulgarisateurs.
A gauche: Pain de Noël, Suisse, Bürchen VS, 1960 env., No d'inv. VI 29776.
Rangée supérieure: ‹Elggenmänner›, jour de la St-Nicolas, Suisse, Elgg ZH, 1906, Nos d'inv. VI 594, VI 595.
Pain de Noël, Grèce, Péloponèse, 1954, No d'inv. VI 23183.
‹Weckmann›, autour de la St-Martin (11 novembre), Allemagne, Cologne, 1957, No d'inv. VI 23710.
Rangée inférieure: Brioche de petit-déjeuner pour enfants, Espagne, Barcelone, 1955, No d'inv. 21401.
‹Krampus›, avant les fêtes de Noël, Haute-Autriche, 1965, No d'inv. VI 31900
A droite: Pain de Noël, Italie, Calabre, 1958, No d'inv. VI 24111.
Bibl.: Gebildbrote, dans:
Wörterbuch der Volkskunde 1974, 257.

**Modelled Confectionery**
Switzerland, Greece, Germany, Spain
Austria, Italy
made between 1906 and 1965
l. 14–34 cm

Modelled loaves of bread are shaped by hand in small numbers as opposed to confectionery which looks similar but is made with the help of moulds. These baked goods could in a sense be numbered among the 'primitive' toys, as children and adults often produce such human and animal figures for fun out of leftover dough. There are, of course, differences between this kind of play and play with 'natural toys'. Nearly all modelled baked goods are produced in fixed sizes and eaten on traditional occasions.
A type of biscuit portraying a human figure is found in many parts of Central Europe during the pre-Christmas season. In more recent times masses of these 'men' have been made by bakeries to be sold in traditional shapes at approximately the right time, e.g. St. Nicholas's Day (6 December). In town and country festive confectionery makes a contribution to the charming, traditional way of dividing up the year.
In the older literature baked figures were often seen in speculative connections to former sacred animal and human sacrifices. And of course there were modelled baked goods whose forms were thought to be interpretable as 'fertility symbols'. These profound intellectual exercises, too, are probably a part of man's playful behaviour. Modelled baked goods will thus continue to provide popular mythologists with material to interpret in many different ways.
Left: Christmas confectionery, Switzerland, Bürchen VS, about 1960, Inv. No. VI 29 776.
Top row: 'Elggenmänner', St. Nicholas' Day, Switzerland, Elgg ZH, 1906, Inv. No. VI 594, VI 595.
Christmas confectionery, Greece, Peloponnes, 1954, Inv. No. VI 23183.
'Weckmann', around Martini (11 November), Germany, Cologne, 1957, Inv. No. VI 23 710.
Bottom row: Breakfast confectionery for children, Spain, Barcelona, 1955, Inv. No. VI 21401.
'Krampus', pre-Christmas season, Upper Austria, 1965, Inv. No. VI 31 900.
Right: Christmas confectionery, Italy, Calabria, 1958, Inv. No. VI 24111.
Bibl.: 'Gebildbrote', in:
Wörterbuch der Volkskunde 1974, 257.

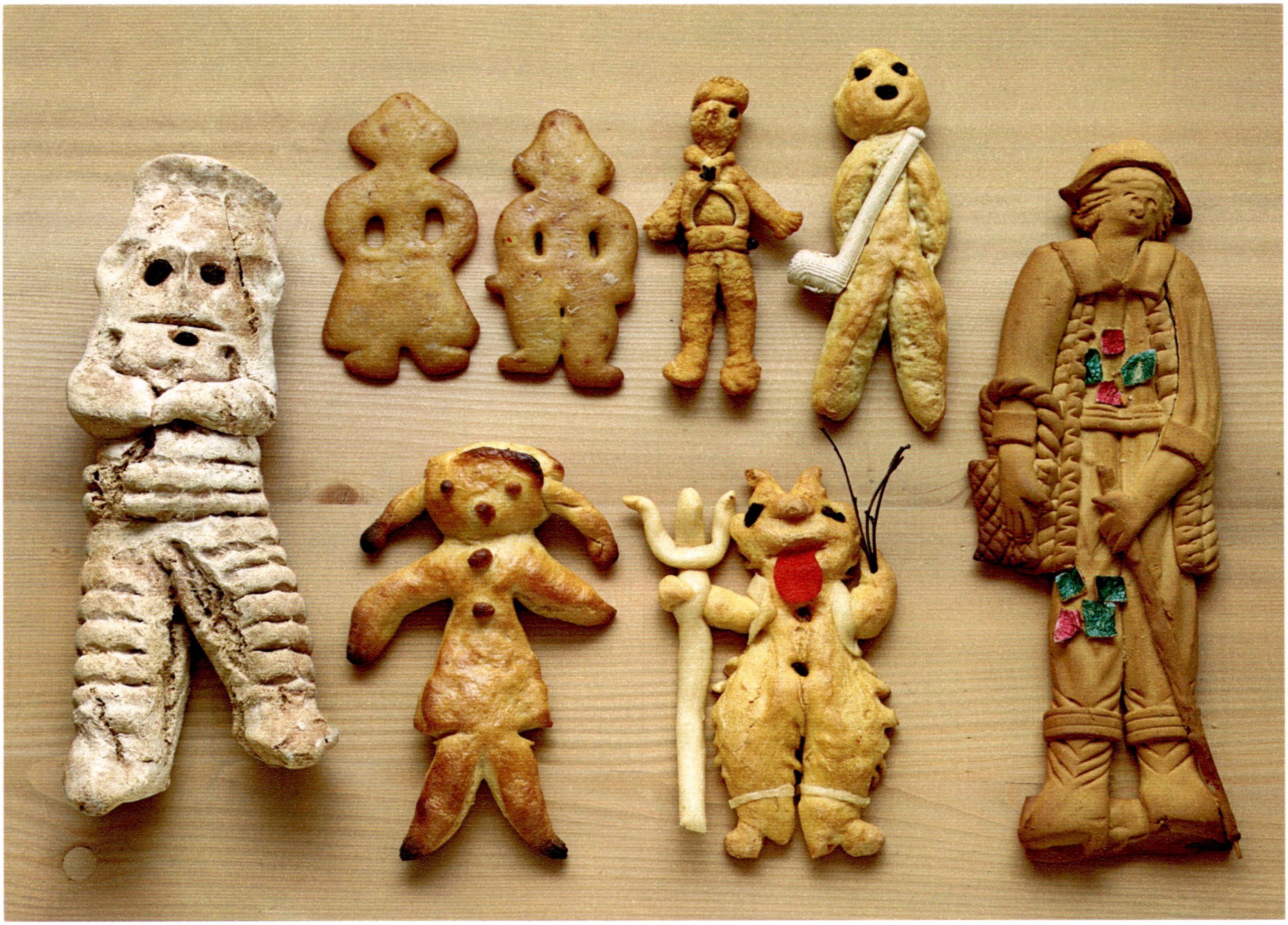

VII/2

**Tesseln, ‹Holzurkunden›**
Schweiz, Albinen VS, datiert 1818
Schweiz, Visperterminen VS, um 1900
Schweiz, Disentis GR, um 1940
H. 15–27 cm

‹Es gibt wohl keine in der Gegenwart verwendeten Rechtsinstitute, die ein so hohes Alter haben wie die Holzurkunden› (Hans Fehr, in: HBLS, Bd. 4, 283f.). Ebenso wie ‹Naturspielzeug› oder ‹Gebildgebäck› sind die verschiedenartigen Tesseln oder Holzurkunden in der ersten Zeit der Sammeltätigkeit, um 1900, ins Museum gelangt. In den grossen Akademischen Sammlungen sollten die spezifisch volkskundlichen Objekte über das Leben der Bevölkerung im Alltag Auskunft geben. Mit typischen Gegenständen sollte das differenzierte Brauch- und Rechtssystem sichtbar gemacht werden können. Dazu eigneten sich ausser den archivalischen Zeugnissen der alten Rechtsschriften vor allem die Rechtsaltertümer, also ‹Kerbhölzer› oder Tesseln. Einige davon hatten den Charakter von Urkunden, andere galten soviel wie Wertpapiere, wieder andere dienten der Buchführung.
*Wasserrechte* waren an Grundstücke und Familien gebunden, konnten gehandelt und vererbt werden. Umfang und Familienzugehörigkeit wurden durch Kerben oder Brandmale festgehalten, zusammen mit dem Hauszeichen. Der Wasservogt konnte anhand der zusammenpassenden Zeichen die Anrechte verteilen und den Wasserverbrauch überprüfen.
*Kehrtesseln* oder Pflichthölzer regelten mit einfachen Methoden den periodischen Gebrauch des gemeinsamen Backhauses.
Mit den *abgeschnittenen markierten Schafsohren* musste sich der Schäfer im Herbst zu St. Michael (29. September) dem Besitzer gegenüber ausweisen: Die verfallenen oder sonst zugrundegegangenen Tiere mussten nicht mehr gesucht werden; der Schäfer war entlastet, seine Abrechnung über die Stückzahl der Herde stimmte.
Wassertesseln, 47 Stück am Stab,
Inv.-Nr. VI 6570.
Backhaustesseln, aus einem Bund von 112 Stück, Inv.-Nr. VI 277.
Ziegenohren, an einer Schnur gefasst,
Inv.-Nr. VI 16098.
Auf einer Hoftüre mit schmiedeisernen Beschlägen,
Inv.-Nr. VI 16213.
Lit.: Gmür 1917.

**‹Documents› en bois, bois de décomptes**
Suisse, Albinen VS, portant la date de 1818
Suisse, Visperterminen VS, 1900 env.
Suisse, Disentis GR, 1940 env.
haut. 15–27 cm

‹Parmi les institutions juridiques en usage actuellement, les titres et documents en bois sont sans doute les plus anciens› (Hans Fehr, dans: HBLS, vol., 283s.). De même que les ‹jouets naturels› et les ‹pains en pâte modelée›, les documents en bois et bois de décomptes de toutes sortes firent leur entrée au Musée à l'époque des premières collections, c'est-à-dire autour de 1900. Faisant partie des grandes collections universitaires, les objets spécifiquement folkloriques étaient destinés à renseigner sur la vie quotidienne des populations. On entendait visualiser les divers systèmes coutumiers à l'aide d'objets typiques. Outre des écrits juridiques tirés des archives, les documents anciens relatifs au droit, soit les bois à entailles et les bois de décomptes s'y prêtèrent le mieux. Une partie de ces bois faisait office de document; d'autres représentaient des titres de valeur ou encore tenaient lieu de comptabilité.
*Le droit des eaux* était rattaché à la propriété foncière et à la famille. Il pouvait être vendu et cédé par héritage. L'appartenance à une famille et le nombre de ses membres étaient retenus à l'aide d'entailles ou de marques brûlées auxquelles on ajoutait l'emblème de la maison. Le bailli des eaux pouvait ainsi octroyer les droits équitablement et surveiller la quantité d'eau employée.
Les *bois de droits et de redevances* représentaient un moyen facile de régler par exemple l'utilisation périodique du fournil commun.
A la St-Michel (29 septembre), en automne, le berger déclarait les pertes de bétail aux propriétaires respectifs en apportant les *oreilles coupées et marquées* des moutons: on évitait ainsi une recherche inutile des bêtes mortes, tout en déchargeant le berger dont le décompte des pièces de bétail ramenées était alors exact.
Bois de décompte des eaux,
47 pièces attachées à un bâton,
No d'inv. VI 6570.
Bois de droit d'utilisation du fournil,
tiré d'un nombre de 112 pièces,
No d'inv. VI 227.
Oreilles de chèvres montées
sur une lanière, No d'inv. VI 16098.
Sur porte de fermage avec applications
en fer forgé, No d'inv. VI 16213.
Bibl.: Gmür 1917.

**Notched Sticks, 'Wooden Documents'**
Switzerland, Albinen VS, dated 1818
Switzerland, Visperterminen VS, about 1900
Switzerland, Disentis GR, about 1940
h. 15–27 cm

'There are probably no legal institutions used today that are as old as wooden documents' (Hans Fehr, in: HBLS, Vol. 4, 283f.). Like 'natural toys' or 'modelled confectionery', notched sticks or wooden documents of all different kinds were acquired by the Museum during the first period of collecting activity around 1900. In the large academic collections, objects specifically relating to folklife were supposed to provide information on the everyday life of the population. Typical objects were meant to illustrate the sophisticated system of custom and law. Apart from archived evidence of old legal documents, legal antiquities, in other words 'notched sticks', were suitable for this. Some of them had the character of documents, others served as a kind of legal tender and others yet were used for book-keeping.
*Water rights* were bound to estates and families, but could be bought and sold or bequeathed. Extent and family membership were recorded by notches or burnt marks together with the house mark. The water bailiff could distribute rights and check the amount of water used on the basis of matching signs.
*Notched sticks* that were passed around settled the periodic use of the common baking house in a simple way. In autumn, on St.-Michael's Day (29 September), the shepherd had to settle his accounts with the animals' owner using *cut-off and marked sheep's ears:* animals that had died accidentally or otherwise did not have to be looked for; the shepherd was free of responsibility, his account of the size of the herd was correct.
Water sticks, 47 on a rod,
Inv. No. VI 6570.
Baking house sticks, from a bunch of 112,
Inv. No. VI 277.
Goats' ears strung together,
Inv. No. VI 16098.
On a farm door with wrought iron fittings,
Inv. No. VI 16213.
Bibl.: Gmür 1917.

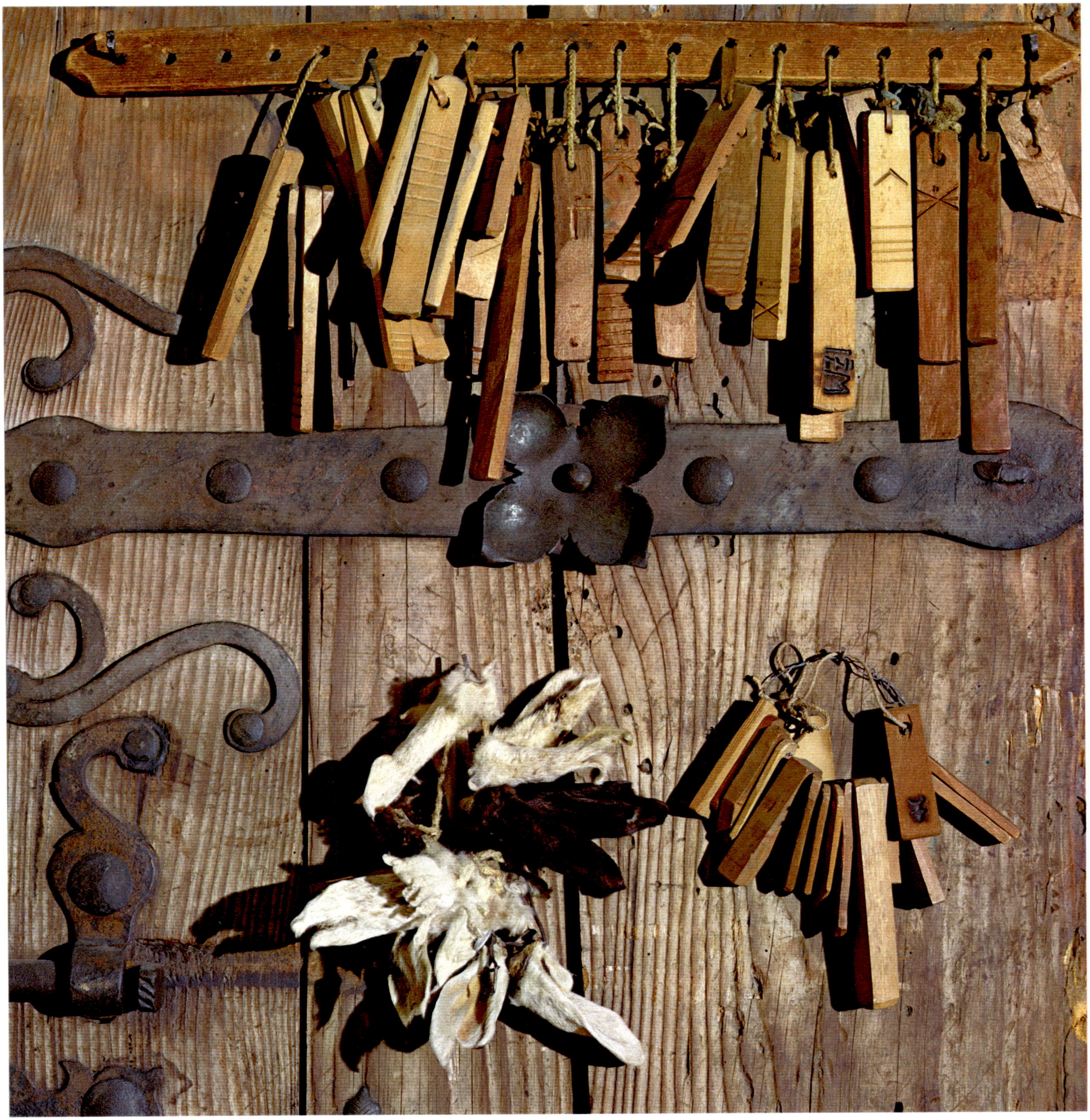

VII/3

**Verzierte Kürbisflaschen**
Jugoslawien, Kroatien
datiert 1908
Ungarn, Umgebung von Budapest
um 1950
H. 22 und 26 cm

Geschnitzte, geritzte und eingebrannte Gebrauchsgegenstände aus Naturmaterialien wie Holz, Rinde, Bein, Horn und Kürbisschalen sind Ausdrucksmittel für ein weitverbreitetes Schmuck- und Repräsentationsbedürfnis. Regionale Besonderheiten, aber auch altersmässige oder berufsgebundene Spezialitäten bei den Verzierungen machen aus den Gebrauchsobjekten kennzeichnende Merkmale für die soziale Lage ihrer Besitzer.
Die geritzten Kürbisflaschen sind typisch für Pannonien, die Gegend südlich des Donaubogens, und gehören zu den Objekten der Hirtenkultur. Mehr als Angehörigen anderer Berufe wird dem Hirten zugestanden, nicht nur ein Vertreter einer spezialisierten Tätigkeit, sondern Träger einer eigenständigen Lebensform zu sein. Geschnitzte und gekerbte Holz- und Knochengegenstände (Hirtenstäbe, Kunkelstäbe, Rockennadeln, Löffel, Trinkgefässe) werden von Hirten als kunstvolle Freundschafts- und Liebesgaben hergestellt und verschenkt. Neben den auffallend einfachen alltäglichen Ausrüstungsgütern verwenden Hirten vielfach spezielle prunkvolle Paradestücke. Zu den wertvollen Minnegaben, die anlässlich von festlichen Zusammenkünften überreicht werden, gehören in der südosteuropäischen Hirtenkultur die beiden verzierten Kalebassen.
Geritzte und bemalte Blumen
und geometrische Muster,
‹Marta Nikolic Rodo, iz. G. 1908›,
Inv.-Nr. VI 22162. Ungarisch
‹Kabak› genannt, hergestellt
von Antal Kapoli, geritzte und bemalte
Blumenornamente und figürliche
Zeichnungen: Soldat, Frau, zwei rauchende Jäger,
Inv.-Nr. VI 21781. Auf einem zur Tracht
getragenen bedruckten Schultertuch,
Inv.-Nr. VI 38454.
Lit.: Wildhaber 1966.

**Gourde ornementée en écorce de citrouille**
Yougoslavie, Croatie
portant la date de 1908
Hongrie, région de Budapest, 1950 env.
haut. 22 et 26 cm

Sculptés, gravés ou pyrographiés les objets utilitaires confectionnés dans des matériaux primaires tels que le bois, l'écorce, l'os, la corne et l'écorce de citrouille sont l'expression d'un besoin répandu d'ornementer et de représenter. Les particularités régionales, mais encore les éléments spécifiques de l'ornement inhérents à la profession ou à l'âge et le rang de son propriétaire font de l'objet utilitaire une marque indicative de son statut social.
Typiques de la région pannonienne située au sud de la boucle du Danube, les gourdes en écorce de citrouille gravée font partie de la production artistique pastorale. Le métier de berger est considéré non seulement comme une activité spécifique mais, plus que toute autre profession, comme un mode de vie propre. Sculptant ou gravant des objets en bois ou en os (bâtons de berger, quenouilles, cuillers et récipients à boire) dans le but de réaliser un ouvrage artistique, le berger en fera un ‹don d'amour› ou un cadeau d'amitié. A côté d'objets quotidiens, d'une simplicité évidente, il se servira donc souvent de pièces d'apparat richement ornementées. Dans les régions du sud-est de l'Europe, les calebasses décorées du genre de celles que nous reproduisons font partie des ‹dons d'amour› de valeur offerts à l'occasion de festivités réunissant les bergers.
Gourde ornée de motifs géométriques,
portant l'inscription ‹Marta Nikolic Rodo,
iz. G. 1908›, No d'inv. VI 22162.
Gourde ‹kabak› (en hongrois)
ornementée par Antal Kapoli avec
des motifs floraux gravés et peints
ainsi que des dessins figuratifs:
un soldat, une femme et deux chasseurs
en train de fumer, No d'inv. VI 21781.
Les deux gourdes sont posées sur un fichu
imprimé faisant partie du costume
No d'inv. VI 38454.
Bibl.: Wildhaber 1966.

**Decorated Calabash Bottles**
Yugoslavia, Croatia
dated 1908
Hungary, vicinity of Budapest, about 1950
h. 22 and 26 cm

Objects of daily use made of natural materials like wook, bark, bone, horn and calabash shells and decorated by carving, etching and burning are means of expressing a widespread need for ornamentation and representation. Regional particularities, but also characteristics pertaining to age or profession in the decorations, make objects of daily use into symbols of their owner's social position.
Etched calabash bottles are typical of Pannonia, the region to the south of the Danube Bend, and are objects belonging to the shepherd culture. The shepherd more than practitioners of other professions is conceded to be not only the representative of a specialized activity but also of a way of life. Carved and scored objects made of wood and bones (shepherds' staffs, distaffs, pins for attaching wool to distaffs, spoons, drinking vessels) are duced and given away by shepherds as skilfully-made tokens of friendship and love. Apart from their strikingly simple everyday equipment, shepherds often use special, elaborate pieces as indications of status. The two ornamented calabashes pictured here belong to the valuable tokens of love which are presented in the southeastern European shepherd culture in the course of festivities.
Etched and painted flowers
and geometrical designs,
'Marta Nikolic Rodo, iz. G. 1908',
Inv. No. VI 22 162. Etched and painted
floral ornaments and figural drawings,
called 'Kabak' in Hungarian,
produced by Antal Kapoli, soldier,
woman, two smoking hunters,
Inv. No. VI 21 781.
On one, the printed shawl worn
with the local costume,
Inv. No. VI 38454.
Bibl.: Wildhaber 1966.

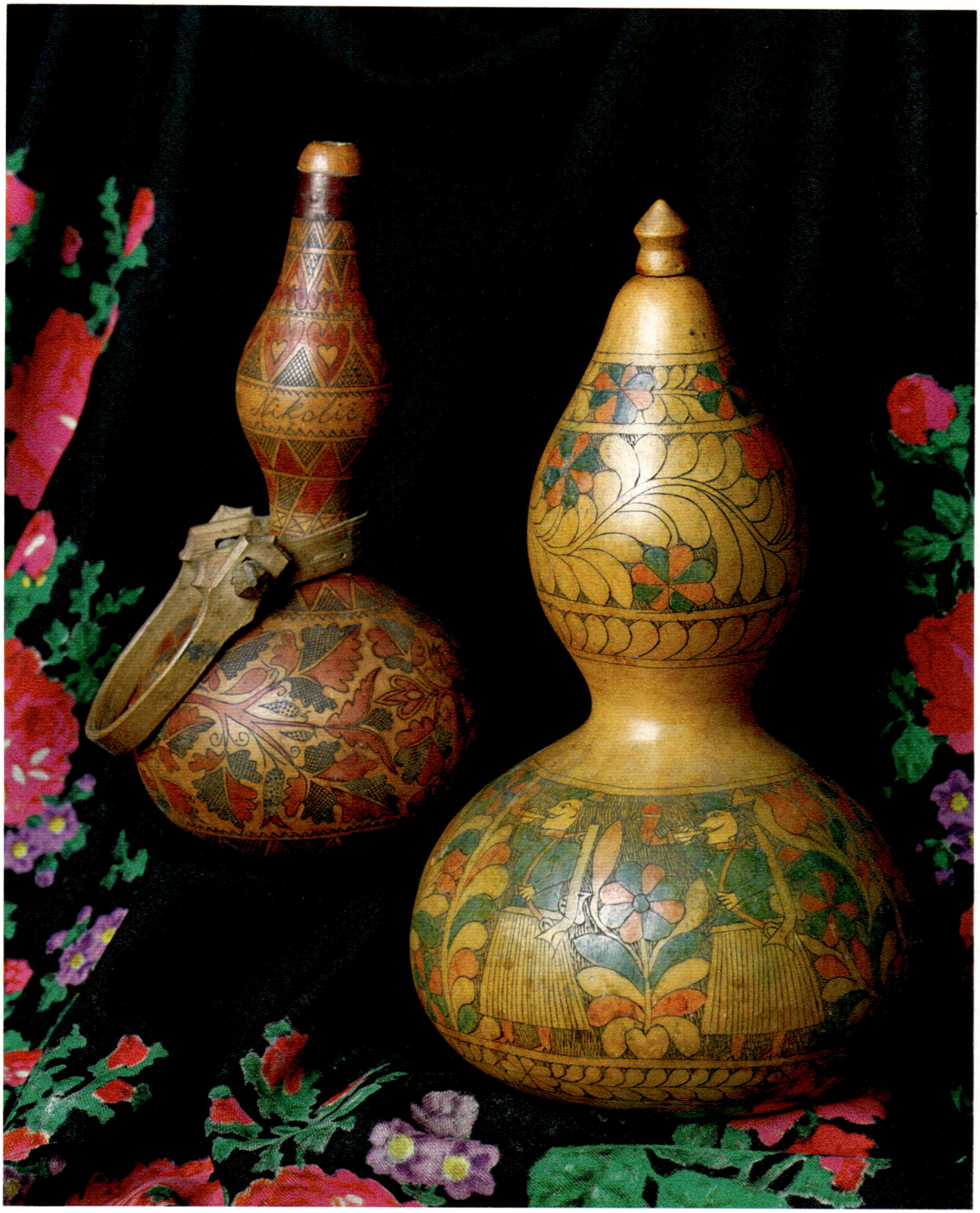


VII/4

**Joch**
Portugal, Minho, Alijo
datiert 1926
Holz, durchbrochen, geschnitzt
L. 110 cm, H. 57,5 cm

Das portugiesische Joch gehört zur Zugausrüstung eines primitiven Ochsenkarrens, der das oft einzige Mittel für den Güter- und Personentransport im armen agrarischen Norden des Landes bildet. Die archaische Wagenkonstruktion steht in einem Kontrast zum reichgeschnitzten Jochaufsatz. Aus einer schmalen Holzbrücke von etwa einem Meter Breite ragt wie eine Verlängerung die klobige Deichsel heraus; die beiden schweren beschlagenen Vollräder drehen sich quietschend samt der hölzernen Achse in den beiden ebenfalls hölzernen Fanggabeln der Brücke. Die Frage, warum diese urtümliche Wagenform nicht verbessert wurde, obwohl die dazu notwendigen gestalterischen Fähigkeiten beim Joch zum Ausdruck kommen, konnte bisher nicht hinreichend beantwortet werden.
Zum armseligen Wagen und zum schweren Joch gehören zwei Ochsen, die oft einzige substantielle Habe der vom Bodenbesitzer abhängigen Landarbeiter. Persönlichkeit und eigenes tatsächliches Können gelangen über das Mittel der selbstverfertigten Jochschnitzereien zur Darstellung. Auch das im Alltag gebrauchte Doppeljoch, das der Form nach gleich ist, weist Schnitzereien auf, allerdings sind diese nicht so üppig wie die des abgebildeten Paradestückes für festliche Anlässe.
Verkleinerte portugiesische Ochsenjoche gibt es heute samt den primitiven Wagen als Souvenirs zu kaufen, ähnlich wie die kleinen bemalten sizilianischen Eselskarren, deren grossformatiges Vorbild allerdings älter ist und auf eine bewusste Schöpfung für eine Ausstellung im Jahre 1881 zurückgeht. Auf die Bedeutung des Souvenirs als Abbild kultureller Eigenarten sei in diesem Zusammenhang hingewiesen.
Typ eines Widerrist-Zuggeschirrs
von der Form eines Bogenjoches
mit der Variante eines hohen
unbemalten Jochaufsatzes,
Inv.-Nr. VI 10434.
Lit.: Veiga de Oliveira 1969.

**Joug**
Portugal, Minho, Alijo
portant la date de 1926
bois sculpté et ajouré
long. 110 cm, haut. 57,5 cm

Le joug portugais fait partie de l'attelage du char primitif à bœufs constituant souvent l'unique moyen de transporter des personnes et des marchandises dans la pauvre région agraire du nord du pays. Richement sculpté, le joug contraste avec la construction archaïque du char composé d'un pont de bois étroit d'environ un mètre de largeur dont dépasse le lourd timon. Les deux roues pleines, massives, renforcées de bandages, tournent en grinçant, en même temps que l'essieu en bois dans les deux arceaux de support, également en bois, du pont. La question de savoir pourquoi la construction archaïque de ce char n'a pas été améliorée, bien que l'on disposât des moyens et capacités nécessaires, ainsi que semble le prouver l'attelage, n'a pas été élucidée de manière concluante jusqu'à présent.
Le char rudimentaire et le joug pesant sont tirés par deux bœufs étant souvent l'unique bien substantiel de l'ouvrier agricole vivant dans la dépendance du propriétaire terrien. La personnalité et le savoir de l'ouvrier s'expriment par la qualité du joug qu'il confectionne lui-même. D'une forme analogue, le double joug destiné à l'usage quotidien porte également une décoration sculptée mais d'un genre plus simple et moins somptueux que celui de la pièce d'apparat reproduite, destinée, elle, à servir lors de festivités.
Aujourd'hui, joug et char à bœufs sont produits en miniature pour la vente aux touristes, un peu à la manière des petits chars siciliens polychromes tirés par un âne et dont l'original, plus ancien, fut créé en l'an 1881 à l'occasion d'une exposition. A ce propos il faut mentionner la signification que prend l'objet-souvenir en illustrant le caractère propre de chaque culture.
Attelage à traction jugulaire
avec joug à planche en forme d'arc,
No d'inv. VI 10434.
Bibl.: Veiga de Oliveira 1969.

**Yoke**
Portugal, Minho, Alijo
dated 1926
wood, openwork, carved
l. 110 cm, h. 57.5 cm

This Portuguese yoke belongs to the harness of a primitive ox-cart, which is often the only means of transporting goods and people in the poor, agrarian north of the country. The archaic construction of the cart offers a strong contrast to the richly carved yoke ornament. The bulky shaft projects like an extension from a narrow wooden flat about one metre in length; the two heavily studded solid disk wheels turn creakily together with the wooden axle in the two likewise wooden hinges of the flat. The question of why this primitive form of cart has not been improved although the necessary technical ability is expressed in the yoke has not received a satisfactory answer as yet.
Two oxen, which are frequently the only substantial possessions of the farm worker dependent on the landowner, belong to the humble cart and heavy yoke. Personality and real personal skill are represented by means of the yoke-carvings done by their owners. The double yoke, which is used every day and is the same in shape, also has carvings, but not such elaborate ones as on the piece shown here, which is used on festive occasions.
Miniature Portuguese ox-yokes can be bought as souvenirs today, together with the primitive cart, like the small, painted, Sicilian donkey-carts, whose full-size model is, however, older and was created especially for an exhibition in 1881. The significance of the souvenir as a reflection of cultural characteristics should be noted in this connection.
Wither harness in the form
of a bow-shaped yoke with the variant of a
high, unpainted yoke ornament,
Inv. No. VI 10434.
Bibl.: Veiga de Oliveira 1969.

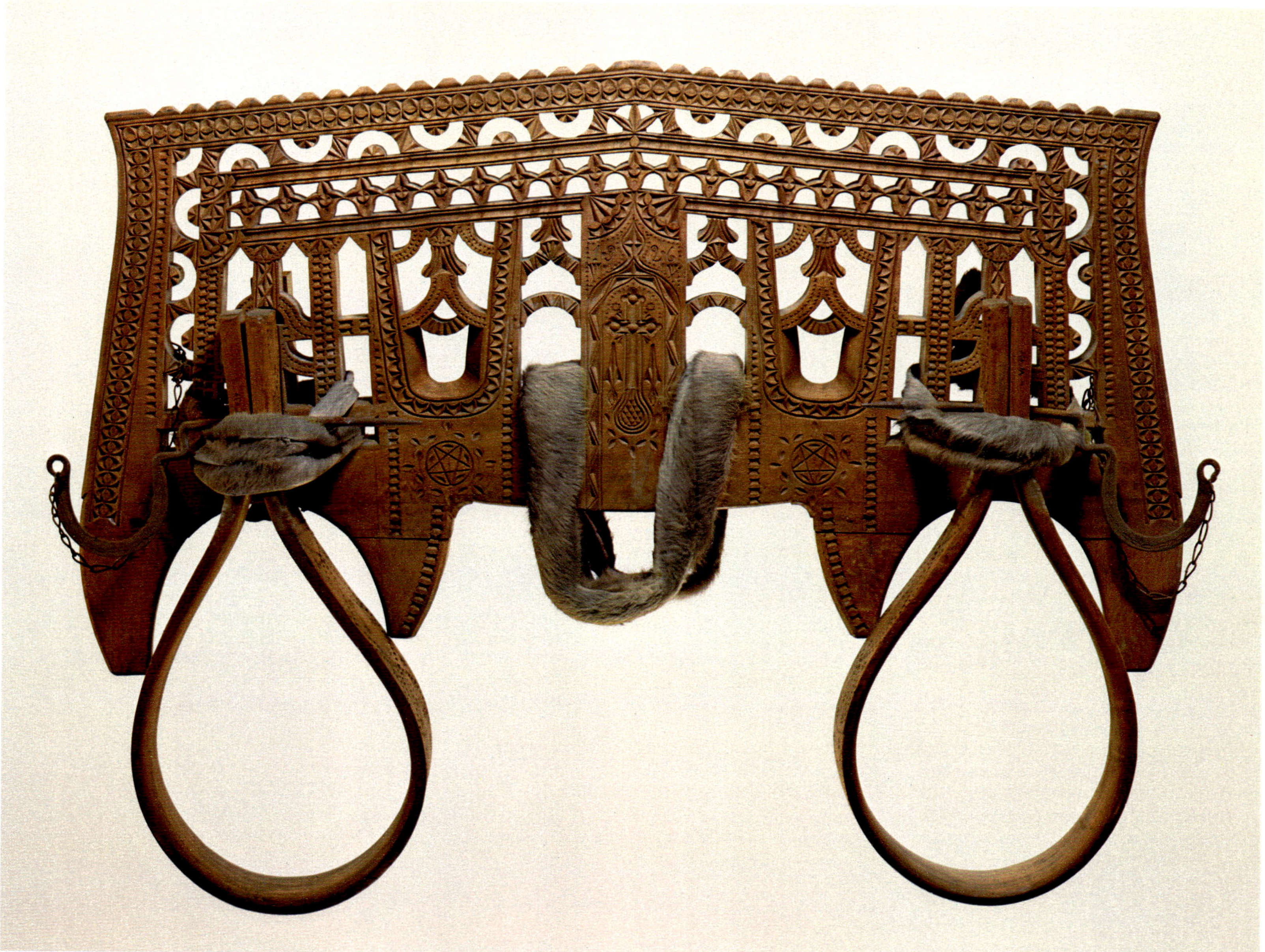

VII/5

**Ledermantel, ‹Kirchenpelz›**
Rumänien, Siebenbürgen, Slimnic (Stolzenburg) bei Sibiu (Hermannstadt)
Schafleder mit gestickten Ornamenten datiert 1911, und den Initialen I und H
L. ca. 111 cm

Die Kürschnerarbeiten haben diesseits und jenseits der Karpaten einen kunsthandwerklich anerkannt hohen Stand erreicht. Nach Schnitt und Stickereimustern der Lederwesten und -mäntel unterscheiden sich ethnische Gruppen, Regionen und selbst Dörfer vielfältig voneinander.
Der Kirchenmantel aus Slimnic (Stolzenburg) wird von verheirateten Männern sonntags während des Kirchgangs offen umgehängt über der ortstypischen Tracht getragen. Jedes Glied der Kirchgemeinde lutherischen Bekenntnisses – Pfarrersfrau, Aufsichtsrat, Männer, Frauen, Unverheiratete, Konfirmanden, Schüler und Kinder – besitzt einen festen Platz in der Kirche, der nach einer genauen Regel eingenommen und verlassen wird.
Die Siebenbürger Sachsen, seit etwa 700 Jahren im Land, sprechen einen deutschen Dialekt (Siebenbürgerisch-Sächsisch), halten seit der Reformation die Gottesdienste in hochdeutscher Sprache und gehören in Rumänien zu den ‹mitwohnenden Nationalitäten›. Ihre Zahl nimmt ab. Der zur familiären Erbmasse gehörende Kirchenpelz, ehemals äusseres Sinnbild für einen hablichen Bauern mit eigenem Boden, kann zu den würdevollen Relikten einer vielhundertjährigen Kultur mit eigener Brauch- und Rechtsstruktur, eigenem Schrifttum und eigener Architektur gezählt werden. Rumänische, ungarische und siebenbürgerisch-sächsische Kulturelemente scheinen sich in den veränderten gesellschaftlichen Verhältnissen zusehends stärker zu vermischen.
Wollfaden- und Lederstickereien, schwarzer Fellbesatz am Kragen,
Inv.-Nr. VI 45479.
Lit.: Treiber-Netoliczka 1968.

**Manteau en peau, ‹fourrure pour l'église›**
Roumanie, Transylvanie, Slimnic (Stolzenburg) près de Sibiu (Hermannstadt)
peau de mouton rehaussée de broderies portant la date de 1911
et les initiales I et H, long. 111 cm env.

Des deux côtés des Carpates, la pelleterie a atteint un niveau artisanal de haute réputation. Coupe et broderies des vestes et manteaux se distinguent par une grande diversité due aux différents groupes ethniques et confessionnelles et allant jusqu'à présenter plusieurs variantes par village. Porté ouvert, par dessus le costume local, le manteau d'église de Slimnic (Stolzenburg) est revêtu par les hommes mariés pour aller à l'église le dimanche. Les membres d'une paroisse de confession luthérienne – femme de pasteur, conseiller de paroisse, homme, femme, célibataire, catéchumène, élève et enfant – ont, dans l'église, leur place déterminée qu'ils occupent et quittent selon des règles précises. Etablis dans le pays depuis près de 700 ans, les Saxons de Transylvanie parlent un dialecte germanique (le saxon-transylvanien); depuis la Réformation ils tiennent leur culte en haut allemand et forment en Roumanie une des ‹nationalités cohabitantes›. Leur nombre décroit. Jadis une marque de prestige du paysan-propriétaire aisé, le manteau d'église – pièce d'héritage – fait partie des survivances d'une culture vieille de plusieurs siècles avec ses propres lois et coutumes et disposant, par ailleurs, d'une écriture et d'une architecture spécifiques. Dû au changement social de ces dernières décennies, le processus de fusion entre éléments culturels roumains, hongrois et transylvaniens semble visiblement s'accélérer.
Broderies en laine et en cuir, empiècement de fourrure noire au col,
No d'inv. VI 45479.
Bibl.: Treiber-Netoliczka 1968.

**Leather Coat, 'Church Fur'**
Rumania, Transylvania, Slimnic (Stolzenburg) near Sibiu (Hermannstadt)
sheepskin with embroidered ornaments dated 1911, with the initials I and H
l. ca. 111 cm

On both sides of the Carpathian Mountains the work done by furriers has reached a standard generally considered to be very high. Ethnic groups, regions and even villages can often be distinguished from one another by the cut and embroidered patterns of leather and sleeveless jackets.
The church coat from Slimnic (Stolzenburg) is worn open over the regional costume by married men on their way to church on Sundays. Every member of the Lutheran congregation – the pastor's wife, supervisory board, men, women, unmarried people, young people about to be confirmed, pupils and children – has a fixed seat in the church, which is taken and left according to precise rules.
The Transylvanian Saxons, who have been in the country for approximately 700 years, speak a German dialect (Transylvanian Saxon) but have held their religious services in High German since the Reformation; they belong to the 'co-existing nationalities' of Rumania. Their number is decreasing.
The church furs, family heirlooms which used to be an outward symbol of a peasant who owned his own land, can be numbered among the worthy relics of a culture many centuries old, with its own legal system and customs, its own literature and architecture. Rumanian, Hungarian and Transylvanian-Saxon cultural elements seem to be mingling more and more as a result of changing social conditions.
Wool thread and leather embroidery, black fur trimming at the collar,
Inv. No. VI 45479.
Bibl.: Treiber-Netoliczka 1968.

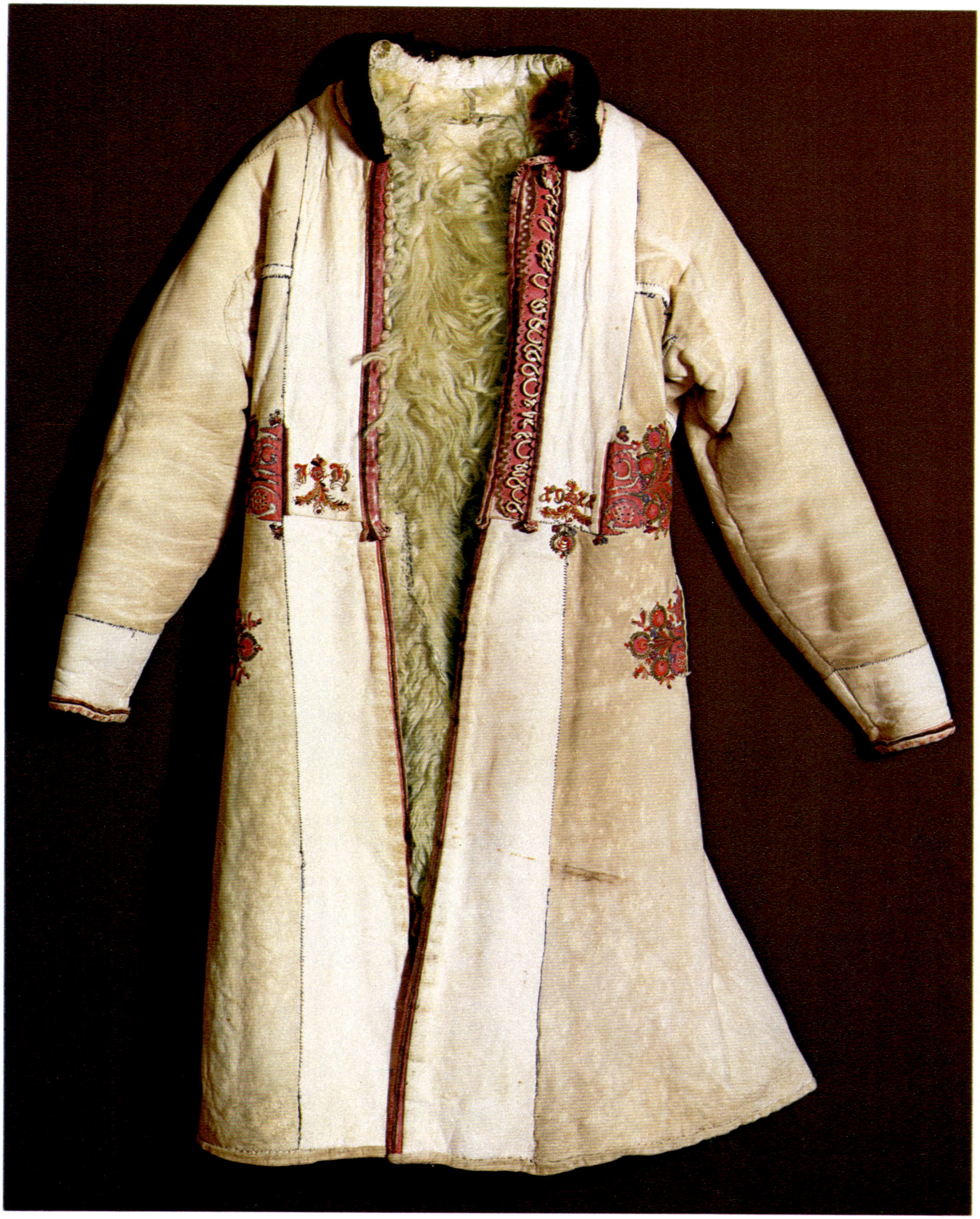

VII/6

**Schmuck**
Albanien, Zadrimë, Buskati, um 1970
versilberte und vergoldete Filigranarbeiten mit Schmucksteinen, Glasperlen und Münzen
Durchmesser der Brustmedaille 8,5 cm

Zum vollständigen Trachtenschmuck einer verheirateten Frau gehören ein diademartiges Stirnband, Ohrgehänge, Ringe an jedem Finger und mehrere Ketten als Brustschmuck. An einer Umhängekette wird üblicherweise eine dreieckige Blechdose mitgetragen, in dem Gebetzettel aufbewahrt werden können. An zwei oder drei weiteren Ketten werden zahlreiche symmetrisch angeordnete und mit Filigranarbeiten gefasste Münzen vorgezeigt. Am traditionellen Festschmuck der Frau lässt sich mühelos die Höhe des materiellen Familienbesitzes ablesen. Der Schmuck ist sowohl Ausdruck für die Wertschätzung der Frau durch den Mann als auch Selbstdarstellung der skipetarischen Familie.
Derartig reicher Schmuck in einer sonst materiell eher bescheidenen Umgebung stammt aus den Werkstätten örtlicher Schmuckhandwerker auf dem Lande oder von Silber- und Goldschmieden aus der Stadt. Die enge Zusammenarbeit und gegenseitige Abhängigkeit von Kunsthandwerkern und Bauern ist ein wichtiger kulturbildender Faktor in einer wandlungsfähigen agrarischen Gesellschaft. Eine vorwiegend sozialkritische Geschichtsdarstellung lässt heute als Ursache für die Entstehung von regionaltypischem Trachtenschmuck ausschliesslich die Profitgier des städtischen Handwerks gelten. Eine differenzierte volkskundliche Betrachtung sollte zumindest mitberücksichtigen, dass Repräsentationsbedürfnis und der Wunsch, familiäres Gut in Form von Schmuck zu sichern, weitverbreitete Erscheinungen in ganz unterschiedlichen kulturellen Ausformungen und Zusammenhängen sind.
Ohrringe, zwei Brustschmuckketten, zwei Fingerringe, getragen von einer Frau der katholischen Minderheit.
Inv.-Nr. VI 37062 a–n.

**Parures**
Albanie, Zadrimë, Buskati, 1970 env.
ouvrage en filigrane, plaqué argent et or rehaussé de pierres précieuses de perles en verre et de pièces de monnaie
diamètre du médaillon pectoral 8,5 cm

L'ensemble des parures accompagnant le costume d'une femme mariée comprend un bandeau en diadème, porté sur le front, des pendants d'oreilles, une bague pour chaque doigt et plusieurs chaînes à pendentifs portées sur la poitrine. Fixée à une d'entre elles, une boîte triangulaire en métal contenant des billets de prières. Suspendues à deux ou trois chaînes, de nombreuses pièces de monnaie rehaussées d'ornements en filigrane et dont la répartition est symétrique. On déduira sans peine l'ordre de grandeur des biens familiaux à la parure de cérémonie de la femme. Le bijou est en même temps l'expression de l'estime que le mari porte à sa femme et la représentation personnelle de la famille skipétanienne.
Parures d'une grande richesse dans une région plutôt pauvre, les bijoux peuvent être l'œuvre d'un artisanat local rural ou celle d'un atelier d'orfèvrerie citadin. L'étroite collaboration et l'interdépendance de l'artisanat et de la paysannerie constitue un facteur déterminant dans l'évolution culturelle d'une société agraire en voie de changement. L'interprétation de l'histoire en termes sociaux se borne à expliquer l'origine de la parure régionale par l'appétit du gain des orfèvres citadins. Mais une appréciation plus différenciée respectant les données folkloriques devrait pour le moins prendre en considération que le besoin des êtres de représenter et de sauvegarder les biens familiaux sous forme de bijoux sont des phénomènes très répandus dans bon nombre de cultures dont les structures diffèrent considérablement.
Boucles d'oreilles, deux chaînes pectorales avec pendentifs, deux bagues. Eléments d'une parure portée par une femme de la minorité catholique,
No d'inv. VI 37062 a–n.

**Jewelry**
Albania, Zadrimë, Buskat, about 1970
silver-plated and gold-plated filigree with semi-precious stones, glass beads and coins
diameter of the medal 8.5 cm

A diadem-like headband, ear-rings, rings on every finger and several necklaces belong to the complete set of jewelry worn by a married woman in regional costume. Usually a triangular tin box in which slips of paper with prayers on them can be stored is worn on a necklace. Numerous symmetrically arranged coins in filigree settings are worn on two or three further necklaces. The amount of material possessions a family has can easily be determined by the traditional festive jewelry of the wife. This jewelry is both an expression of the husband's appreciation of his wife and a way for the Shgipetar family to display itself.
This ornate jewelry in an environment otherwise modest with regard to material possessions, comes from the workshops of local jewelry-craftsmen in the country or from silversmiths and goldsmiths from town. The close cooperation among and mutual dependence of artisans and peasants is an important cultural factor in an agrarian society open to change. Today a predominantly socio-critical view of history attributes the origins of this characteristic jewelry as part of the regional costume exclusively to the greed of urban craftsmen. But a discerning examination should also consider that the need to display oneself and the desire to secure family possessions in the shape of jewelry are widespread phenomena found in extremely varied cultural forms and contexts.
Ear-rings, two necklaces, two rings, worn by a woman from the Catholic minority,
Inv. No. VI 37062 a–n.

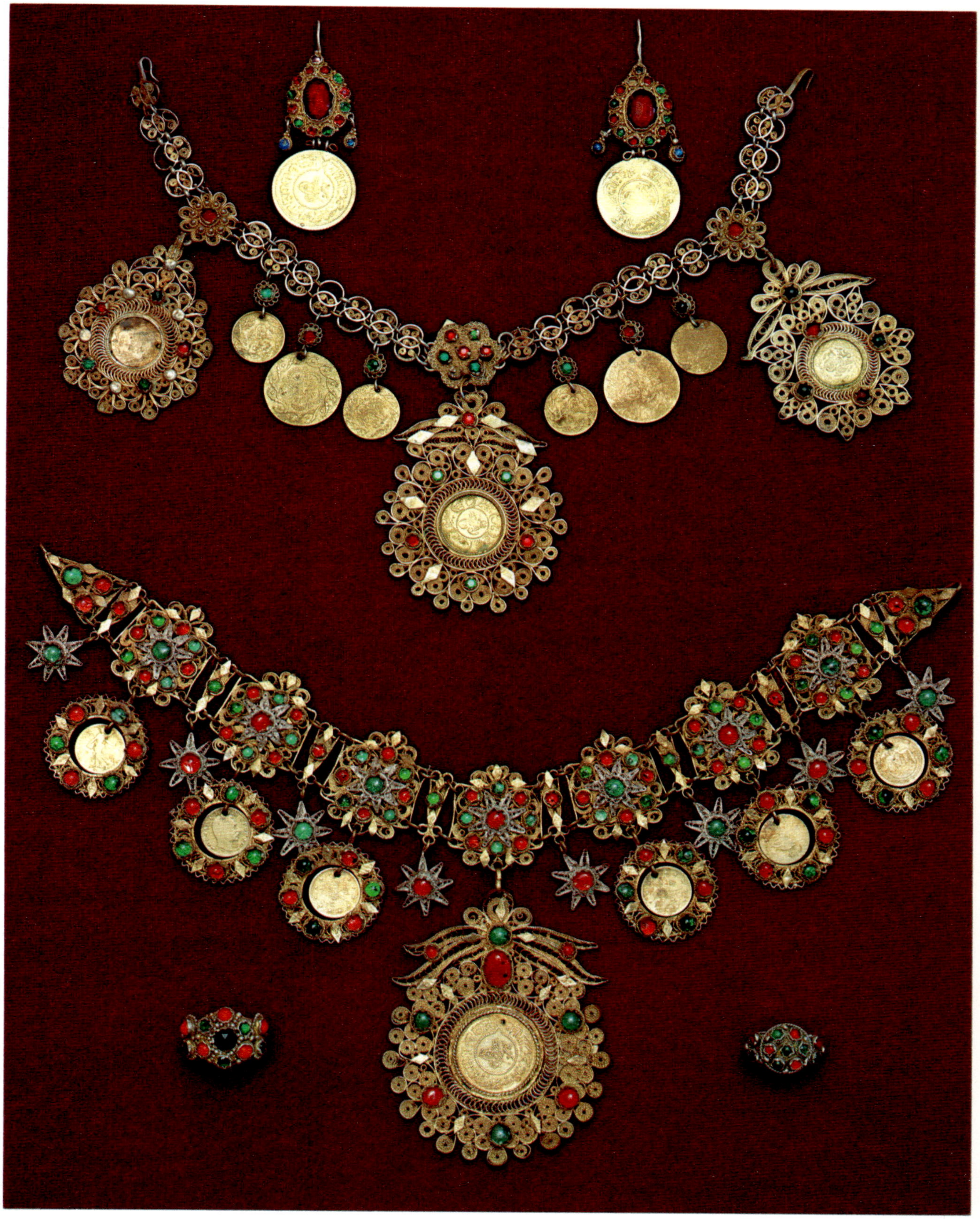

VII/7

**Teppich**
UdSSR, Ukraine, südöstlich von Kiew
mit Wollfaden auf Leinenkette
gewirkte Blumenmuster
entstanden Mitte 19. Jahrhundert
L. 248 cm, B. 197 cm

Weberei und Töpferei gehören zu den frühesten Handwerken, deren Erzeugnisse bewusst des ästhetischen Reizes wegen mit Dekorationen versehen worden sind. Bis ins 20. Jahrhundert hinein waren die Innenräume ländlicher Behausungen in Osteuropa vorwiegend mit textilem Schmuck und mit dekorativer Keramik ausgestaltet. Kleidungsstücke, Decken, Kissenanzüge und Ikonenschleier wurden in regionaltypischer Art bestickt; in die Bodenteppiche wurden je nach Gebiet geometrische, pflanzliche oder figürliche Dekors gewoben oder gewirkt.
Nicht nur in der Ukraine bestehen enge Zusammenhänge zwischen den Dekortypen von Keramik und Textilien. Viele Grundformen, z. B. der geometrischen Batikverzierungen auf Ostereiern, finden sich auch auf bestickten oder gewirkten Teppichen. Zu den Besonderheiten und Kostbarkeiten gehören in der südöstlichen Ukraine, dem Schwarzen Meer entlang bis in die Walachei die gewirkten Bildteppiche mit Blumenornamenten.
Auf einem einfachen Webgerät werden über die Ketten aus groben ungefärbten Leinenschnüren schräg dazu verlaufende gefärbte Eintragfäden aus Wolle von Hand eingewirkt. Im Mittelfeld, das von einem zweifarbigen Streifen eingerahmt wird, befinden sich acht paarweise angeordnete rosen- und distelähnliche Blumensträusse, jeder frei und neu erfunden, auch wenn die symmetrische Anordnung eine mehr oder weniger gleiche Anzahl von Blättern, Knospen und Blüten erfordert. Ebenso freihändig gewirkt ist die umlaufende Rahmensequenz von kleineren Sträusschen. Mit einer Randborte eines zweifarbigen Zickzackmusters wird das Teppichbild eingerahmt.
Vom schwarzbraunen Grund aus naturfarbener Wolle hebt sich das farbige Blumenmuster ab. Die Wolle zu diesem ist in neun verschiedenen Tönen mit Pflanzenfarben eingefärbt worden. Die Blumen sind derart eingewirkt, dass sie beidseitig gleich ausgeschafft erscheinen.
Schenkung Jules Dreyfus-Brodzky 1912,
Inv.-Nr. VI 4153.

**Tapis**
URSS, Ukraine, sud-est de Kiew
travail de tapisserie en laine
sur chaîne de lin
motifs floraux
long. 248 cm, larg. 197 cm

Le tissage et la poterie font partie des premiers artisanats dont les produits ont été décorés sciemment dans un but esthétique. Les céramiques et textiles décoratifs constituaient l'élément prédominant dans les habitations rurales d'Europe orientale jusqu'à notre siècle. Vêtements, couvertures, housses et voiles d'icônes étaient brodés de motifs régionaux spécifiques; les tapis étaient l'objet de décorations géométriques végétales ou figuratives réalisées par tissage ou par travail de tapisserie.
Ce n'est pas seulement en Ukraine qu'il existe un rapport étroit entre types de décoration textiles d'une part et céramiques d'autre part. Beaucoup d'éléments de base, par exemple les motifs géométriques batikés ornant les œufs de Pâques, se retrouvent également sur les tapis brodés ou en travail de tapisserie. Entrant dans cette dernière catégorie, les tapis à motifs floraux en travail de tapisserie constituent une spécialité précieuse dans les régions du sud-est ukrainien, le long de la mer Noire et jusqu'en Valachie.
Après avoir ourdi, sur un simple métier, une chaîne en gros lin couleur nature, on y introduit à la main et de manière oblique par rapport à la chaîne, plusieurs fils de trame en laines de couleurs variées, sur un parcours correspondant aux motifs. La partie centrale, encadrée par deux rubans de couleurs différentes, présente, par paires, huit bouquets de roses d'œillets et de carduacées, dont chacun est une création individuelle. On a toutefois respecté une certaine symétrie dans la disposition et le nombre des feuilles, des bourgeons et des fleurs. La bordure entourant la partie centrale comprend des bouquets de fleurs plus petits, eux aussi librement composés. Le tout est entouré d'un double ruban de triangles inversés de deux couleurs.
Le fond brun-noir en laine naturelle met en valeur les couleurs des motifs floraux dont la laine a été teinte en neuf nuances à l'aide de colorants végétaux. Le travail de tapisserie a été exécuté de manière à présenter des fleurs identiques sur le devant et sur l'envers de la pièce.
Don Jules Dreyfus-Brodzky 1912,
No d'inv. VI 4153

**Tapestry**
USSR, Ukraine, southeast of Kiev
floral design woven in tapestry technique
with wool thread on hemp warp
made in the mid-19th century
l. 248 cm, w. 197 cm

Weaving and pottery are among the earliest crafts whose products were consciously decorated with a view to aesthetic attractiveness. As long as into the 20th century the interiors of rural homes in Eastern Europe were decorated predominantly with ornamental textiles and ceramics. Clothing, blankets, tablecloths, pillow-cases and veils for icons were embroidered in a typical, regional way; depending on the area, rugs were woven normally or in tapestry technique with geometrical, floral or figural designs.
Close links between designs found on ceramics and textiles do not exist only in the Ukraine. Many basic forms, e.g. the geometrical batik decorations on Easter eggs, can also be found on embroidered or tapestry woven rugs. Tapestries with floral ornaments number among the specialities and most precious objects of the southeastern Ukraine along the Black Sea up to Wallachia.
On a simple loom dyed weft threads made of wool are woven diagonally by hand over warps made of coarse, undyed linen cord. In the centre field, which is framed by a two-coloured stripe, there are eight pairs of rose- and thistle-like bouquets of flowers, each one an original and new design, even though the symmetry requires a more or less equal number of leaves, blossoms and buds. The sequence of smaller bouquets running around the frame is designed with as much freedom. The picture on the tapestry is framed by a border of two-coloured rick-racks.
The colourful floral pattern is highlighted against the blackish-brown ground of undyed wool. The wool in our tapestry has been dyed in nine different shades with plant dyes. The flowers are so carefully woven in that they seem to be equally finished on both sides.
Gift Jules Dreyfus-Brodzky 1912,
Inv. No. VI 4153.

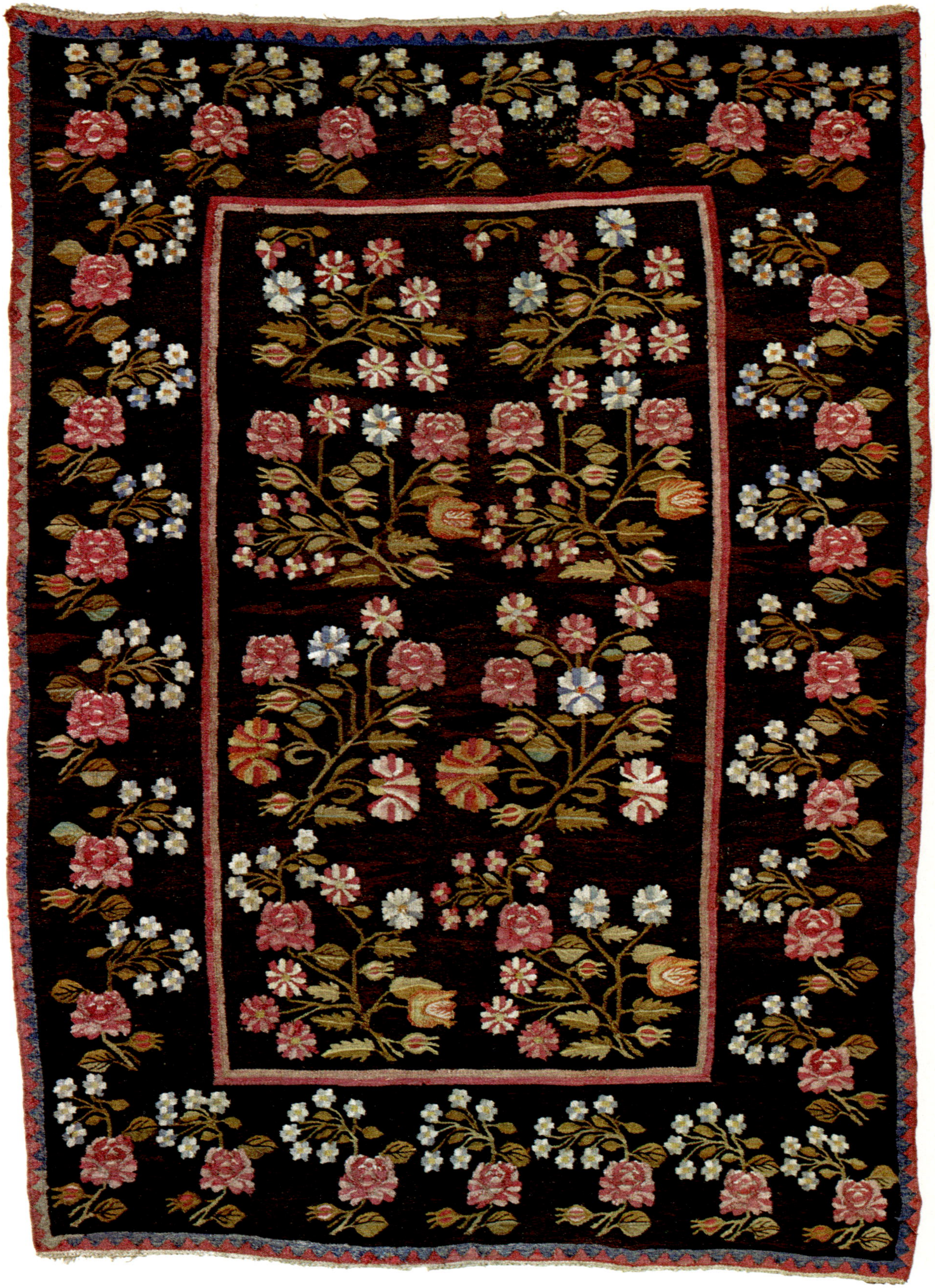

VII/8

**Hirtenstäbe**
Deutschland, Griechenland, Österreich
Ungarn
entstanden zwischen 1880 und 1970
Hakenlänge zwischen 10,5 und 21 cm

Zum Einfangen eines Schafes benötigt der Hirte einen Haken, mit dem er das fliehende Tier über dem Fussgelenk eines Hinterbeines ergreifen kann. Dieser Haken dient dem Hirten zugleich als Wanderstab oder gar als einfache Waffe. Der Hirtenstab steht hier für zahlreiche andere Werkzeuge und Geräte aus dem alltäglichen Gebrauch. Diese ‹Kulturdenkmäler des Alltags› haben sich in ihren Grundtypen seit Jahrhunderten bewährt. Sie stellen effektvolle und zweckmässige Endstufen früherer kultureller Errungenschaften dar, die keiner grundlegenden Veränderung mehr bedürfen. Derartige Grundtypen von Werkzeugen und Geräten gehören zu den unabdingbaren materiellen Voraussetzungen eines jeden ‹Fortschrittes› in der technischen Entwicklung.
In vielen Teilen Mitteleuropas verwendet der Hirte eine Kombination von Haken und Schaufel, die Schäferschippe. Bei hölzernen Hirtenstäben kann der Haken geschnitzt, figürlich gestaltet, mit Kerbornamenten oder gar mit einer Pfeife versehen sein. Besonders aufwendig verzierte Hirtenstäbe dienen als Paradezeichen oder Zeremonialstöcke bei festlichen Hirtenanlässen.
Als Kennzeichen des Hirten gehört der Krummstab zu den ikonographischen Attributen religiöser und profaner Darstellungen. Das zweckmässige Arbeitsgerät des Schafhirten wurde zum Würde- und Hoheitszeichen der Seelenhirten, der Äbte, Bischöfe und Patriarchen.
Von links nach rechts: Deutschland, Baden-Württemberg, Osterburken, Inv.-Nr. VI 20618.
Griechenland, Peloponnes, Patras, Inv.-Nr. VI 5338.
Griechenland, Mazedonien, Kasteria (mit Pfeife), Inv.-Nr. VI 31272.
Österreich, Burgenland (datiert: 1848 und 1907),
Inv.-Nr. VI 35195.
Ungarn, Umgebung von Sopron, Inv.-Nr. VI 38574.
Griechenland, Thessalien, Trikkala, Inv.-Nr. VI 31273.
Ungarn, Békés, Dévaránya, Inv.-Nr. VI 22444.
Lit./ Gantner, Denkmalschutz 1975; Riedl 1962; Wildhaber 1966.

**Houlettes**
Allemagne, Grèce, Autriche
Hongrie
entre 1880 et 1970
grandeur des crochets 10,5 à 21 cm

Pour retenir les brebis qui s'éloigneraient du troupeau, les bergers doivent se servir d'un crochet. Celui-ci est généralement monté sur un bâton faisant également office de canne et parfois même d'arme rudimentaire.
D'une simplicité extrême, cet accessoire indispensable représente la forme primaire par excellence d'un instrument de travail. En l'occurrence, la houlette est un exemple typique, parmi d'autres, de nombreux outils et instruments utilitaires quotidiens. Dans leur forme première, ces ‹monuments culturels du quotidien› ont fait leurs preuves depuis des siècles. Produits d'une époque antérieure, ils ont actuellement atteint leur forme définitive, adéquate et effective, ne nécessitant plus aucune modification. L'outil et l'instrument primaire sont une condition matérielle sine qua non à tout ‹progrès› technique.
Dans beaucoup de régions d'Europe centrale, le crochet est complété par une pelle, la bêche de berger. Lorsqu'il s'agit de houlettes en bois, le crochet est parfois sculpté en ronde-bosse ou gravé; il arrive même qu'il soit muni d'un sifflet. Les houlettes dont les décorations sont très élaborées servent généralement d'insignes lors de défilés, ou de pièces d'apparat lors de festivités pastorales.
En tant que symbole du berger, la houlette fait partie des attributs iconographiques des illustrations religieuses et profanes. L'instrument de travail du berger est devenu le symbole de dignité et de souveraineté des pasteurs, abbés, évêques et patriarches.
De gauche à droite: Allemagne, Baden-Württemberg, Osterburken, No d'inv. VI 20618.
Grèce, Péloponèse, Patras, No d'inv. VI 5338.
Grèce, Macédoine, Kasteria (avec sifflet), No d'inv. VI 31272.
Autriche, Burgenland (daté: 1848 et 1907), No d'inv. VI 35195.
Hongrie, région de Sopron, No d'inv. VI 38574.
Grèce, Thessalie, Trikkala, No d'inv. VI 31273.
Hongrie, Békés, Dévaránya, No d'inv VI 22444.
Bibl.: Gantner, Denkmalschutz 1975; Riedl 1962; Wildhaber 1966.

**Shepherds' Staffs**
Germany, Greece, Austria
Hungary
made between 1880 and 1970
length of hooks between 10.5 and 21 cm

To catch a fleeing sheep the shepherd needs a hook to encircle the ankle of one of the sheep's hind legs. This hook is usually attached to a long stick, which also serves the shepherd as a walking stick or even as a simple weapon.
This implement, indispensable to the shepherd, represents an extremely simple basic form of tool. Here the shepherd's staff stands for numerous other tools from everyday life. These 'cultural monuments of daily life' have proved reliable in their basic forms for centuries. They represent effective and functional final stages of earlier cultural acquisitions which require no basic changes. These kinds of basic types of tools and implements belong to the unalterable prerequisites needed for any progress to be made in technical development.
In many parts of Central Europe shepherds use a combination of hook and shovel, the shepherd's shovel. Wooden shepherds' staffs can have hooks that are carved, designed to look like a person, ornamented by notching or can even have a pipe attached. Particularly elaborately ornamented shepherds' staffs serve as symbols of status or ceremonial poles at shepherds' festivities.
The bent staff as a mark of the shepherd belongs to the iconographic attributes of religious and profane portrayals. The functional shepherd's tool has become the symbol of dignity and rank of spiritual shepherds, of abbots, bishops and patriarchs.
From left to right: Germany, Baden-Württemberg, Osterburken, Inv. No. VI 20618.
Greece, Peloponnes, Patras, Inv. No. VI 5338. Greece, Macedonia, Kasteria (with pipe), Inv. No. 31 272.
Austria, Burgenland (dated: 1848 and 1907), Inv. No. VI 35 195.
Hungary, vicinity of Sopron, Inv. No. VI 38 574.
Greece, Thessaly, Trikkala, Inv. No. VI 31 273.
Hungary, Békés, Dévaránya, Inv. No. VI 22 444.
Bibl.: Gantner, Denkmalschutz 1975; Riedl 1962; Wildhaber 1966.

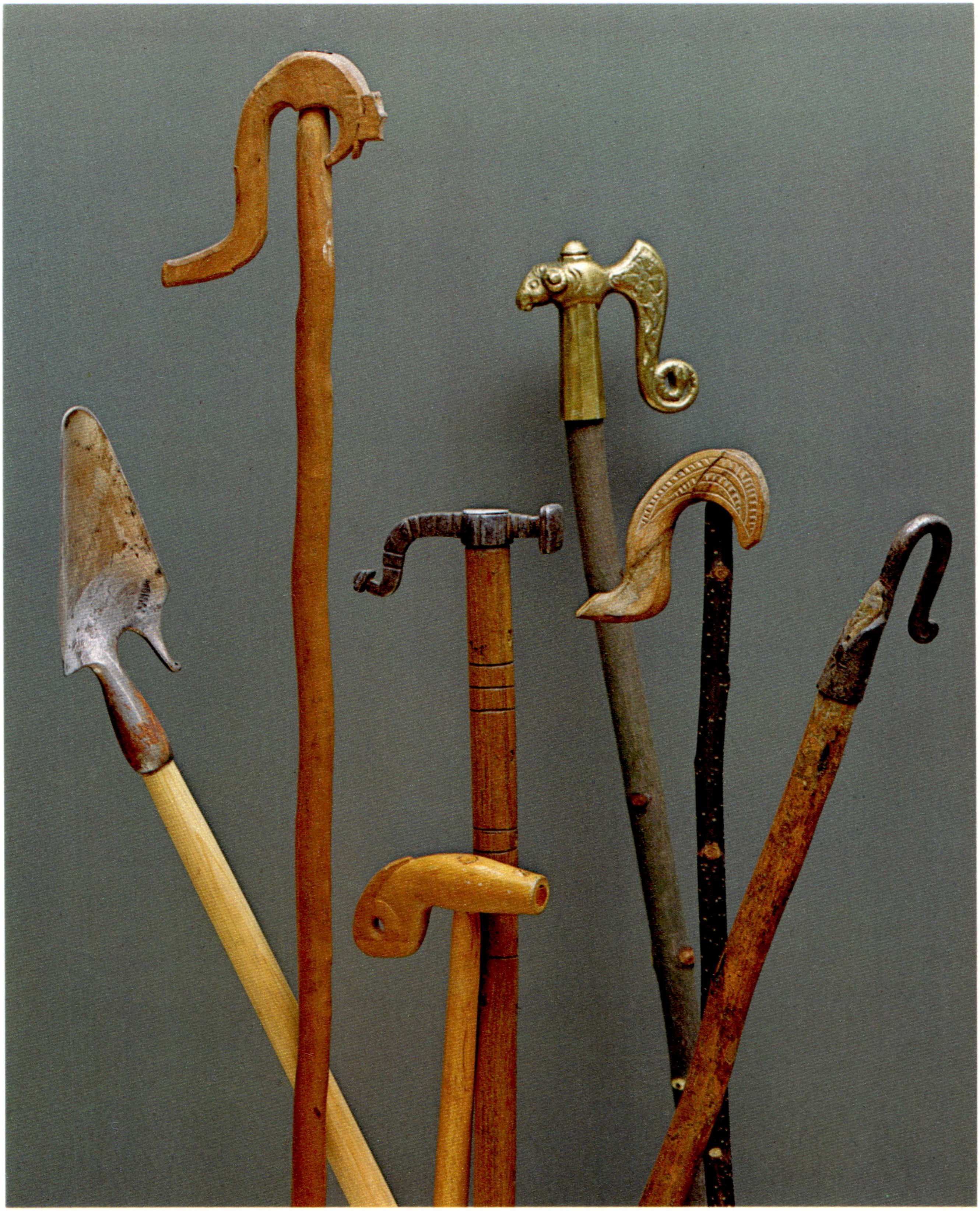

VII/9

**Hinterglasmalerei**
Jugoslawien, Kroatien, Baranja
Umgebung von Beli Manastir
Ikone der orthodoxen Kirche, um 1870
H. 62 cm, B. 47 cm

Ein Bild mit religiösem Inhalt wird in der orthodoxen Kirche nach der griechischen Bezeichnung ‹Ikone› (Bild) genannt. Im Kirchenraum trennt die Ikonenwand das Schiff vom Altarraum. Mit den farbig reproduzierten Abbildern von gemalten Kirchen-Ikonen gelangt gleichsam ein Stück Heil ins Haus. Die Hinterglas-Ikonen werden am Ehrenplatz der Stube aufgehängt und mit speziellen gestickten Tuchschleiern verziert. Oft brennt eine Kerze oder ein Öllicht im heiligen Winkel des Raumes.
Die Hinterglasmalerei ist seit der Mitte des 18. Jahrhunderts zur wichtigsten gewerblich betriebenen Reproduktionstechnik für kleinformatige Wandschmuckbilder zumeist religiösen Inhalts geworden. Im Verlaufe von etwa 150 Jahren reproduzierten einige wenige Familienbetriebe ein paar Dutzend Sujets in vielen Millionen Exemplaren. Die Zeit dieses zerbrechlichen Wandschmuckes war um 1900 vorbei, als fabrikähnliche lithographische Werkstätten grossformatige Öldruckbilder zu noch billigeren Preisen anbieten konnten.
Jedes Herstellungszentrum zeichnete sich durch eigenständige Bildtypen aus, die sich nach Inhalt und formaler Gestaltung unterscheiden. Dass die Technik der Hinterglasmalerei auch in die streng geregelte Tradition orthodoxer Bildmalerei einzudringen vermochte, ist eine bemerkenswerte Erscheinung. Hinterglasmalereien mit Themen aus dem ostkirchlichen Bildbestand wurden in Siebenbürgen und in der jugoslawischen Baranja hergestellt. Besser bekannt sind allerdings die volkstümlichen Hinterglasbilder der westlichen Herstellungsregionen, also z. B. Böhmen, Oberösterreich, Oberbayern, Schwarzwald, Vogesen, Schlesien, Slowenien und Spanien.
Zwei in der orthodoxen Bildtradition
weit verbreitete Heilige,
der hl. Johannes der Täufer
und der hl. Nikolaus, Hinterglas-Ikonen
im Originalrahmen, Inv.-Nr. VI 35180.
Lit.: Ritz 1972; Gantner, Wandschmuck 1977.

**Peinture sous-verre**
Yougoslavie, Croatie, Baranja
région de Beli Manastir
icône de l'Eglise orthodoxe, 1870 env.
haut. 62 cm, larg. 47 cm

Au sein de l'Eglise orthodoxe on donne le nom grec d'‹icône› (image, tableau) aux peintures dont le sujet est religieux. Dans les sanctuaires, l'iconostase sépare la nef et l'abside. Les copies des peintures d'église exécutées sous-verre apportent en quelque sorte un peu de salut dans les foyers. Recouvertes de voiles brodés spécifiques, les icônes sous-verre sont suspendues à la place d'honneur dans la chambre de séjour. On laisse souvent brûler une bougie dans le coin sacré de la pièce.
Dès la seconde moitié du XVIIIe siècle, la peinture sous-verre est devenue, au niveau artisanal, la principale technique de reproduction d'images décoratives murales de petit format, religieuses pour la plupart. Pendant 150 ans env. quelques entreprises familiales, peu nombreuses, se partagèrent deux ou trois douzaines de thèmes qu'elles reproduisirent à des millions d'exemplaires.
L'époque de cette fragile décoration murale s'acheva autour de 1900 lorsque les grandes manufactures, de dimensions presque industrielles, se mirent à produire des lithographies à des prix plus avantageux.
Chaque centre de peinture sous-verre se distinguait par son type propre d'images, différentes de par leur contenu et leur conception formelle. Le fait que la technique de la peinture sous-verre soit parvenue à s'intégrer à la tradition de la peinture orthodoxe, soumise à des règles très strictes, est un phénomène digne d'attention. Produites en Transylvanie et dans la Baranja yougoslave, les peintures sous-verre traitaient de sujets tirés de l'inventaire iconographique des Eglises orientales. Cependant on connaît généralement mieux les peintures folkloriques en provenance des régions occidentales, par exemple celles de Bohême, de Haute-Autriche, de Haute-Bavière, de la Forêt-Noire, des Vosges, de Silésie, Slovénie et d'Espagne.
St-Jean baptiste et St-Nicolas,
deux saints dont l'image est très répandue dans la tradition iconographique de l'Eglise orthodoxe, icône sous-verre, dans son cadre d'origine, No d'inv. VI 35180.
Bibl.: Ritz 1972; Gantner, Wandschmuck 1977.

**Glass-Painting**
Yugoslavia, Croatia, Baranja
vicinity of Beli Manastir
Eastern Orthodox icons, about 1870
h. 62 cm, w. 47 cm

In the Eastern Orthodox Church, a picture with a religious subject is called an 'icon', after the Greek term meaning picture.
Inside the church the iconostasis separates the sanctuary from the nave. Colourfully reproduced copies of painted church icons bring some salvation into the home with them. Icons painted on glass are hung up in the place of honour in the sitting-room and decorated with special, embroidered cloth veils. Often a candle or an oil-lamp burns in the Holy Corner of the room.
Since the mid-18th century glass-painting has become the most important commercial technique of reproducing small pictures, mostly with religious subjects, to hang on the wall. In the course of about 150 years a very few family businesses reproduced a few dozen subjects in many millions of copies.
The era of these breakable wall decorations drew to a close around 1900, when factory-like lithographic workshops began to offer large oleographs at even lower prices.
Each centre of production is marked by its own types of pictures, which differ as to subjects and formal design. The fact that the technique of glass-painting managed to make its way into the strictly settled tradition of Orthodox painting is a remarkable phenomenon. Glass-paintings with themes from the iconographic stock of the Eastern Church were produced in Transylvania and the Yugoslavian Baranja. But the popular glass-paintings from the western production regions like Bohemia, Upper Austria, Upper Bavaria, the Black Forest, the Vosges, Silesia, Slovenia and Spain are better known.
Two saints found very frequently
in the Orthodox iconographic tradition,
Saint John the Baptist and Saint Nicholas,
painted icons in their original frames,
Inv. No. VI 35 180.
Bibl.: Ritz 1972; Gantner, Wandschmuck 1977.

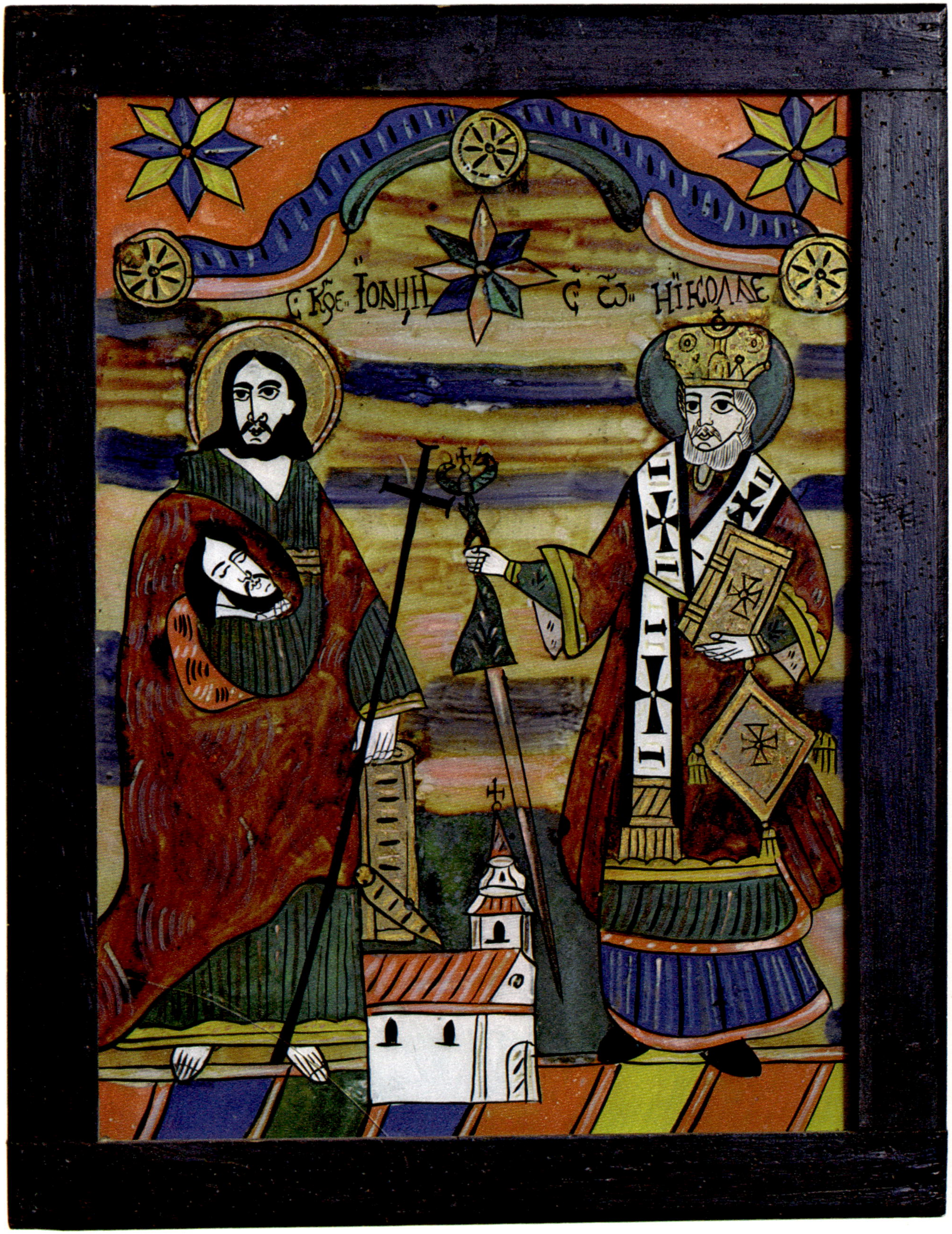

VII/10

**Graphisches Freundschaftsquodlibet**
Schweiz, Deutschland, Österreich
Tschechoslowakei
entstanden und verwendet
zwischen 1780 und 1880
Blattgrössen zwischen 5 und 14 cm Länge

‹Die Freundschaft› wurde in der ersten Hälfte des 19. Jahrhunderts zumindest in städtischen Verhältnissen zu einer weit verbreiteten neuartigen, durch herkömmliches Brauchtum wenig geregelten Form menschlicher Beziehungen. Eine kaum übersehbare Zahl von kleinen kalligraphischen Zetteln und druckgraphischen Billetten zeugt von den neuartigen Bindungen unterschiedlicher Intensität.
Zwar gibt es reichlich Minnegaben aller Art; doch der überwiegende Teil dieser Objekte sind Geschenke aus mehr oder weniger geregelten Verhältnissen von jungen Männern an junge Frauen. In traditioneller Weise sind die Bande zwischen Paten und Taufkindern festgelegt, z. B. durch das Schenken eines Gebäcks oder einer Münze. Zu diesem familiären Schenkbrauchtum kann man auch die handgeschriebenen Neujahrsbriefe zählen. Gesamthaft aber muss auffallen, wie beschränkt die Zahl der traditionellen Schenkbeziehungen ist.
Das graphische Freundschaftsquodlibet gibt typenartig eine Auswahl von Geschenkbiletten wieder.
Kalligraphische Blättchen aus dem Thurgau, Inv.-Nrn. VI 5713 (mit der Zahl 3, die Treue darstellend), VI 15615 (Pergamentschnittbild mit Miniatur von zwei Herzen),
VI 17521 (allegorischer Kassettenspruch),
VI 17530 (Kunkelbrief auf Ostern 1790),
VI 17535 (Neujahrswunsch) und aus Baden-Württemberg, VI 10575 (Glückwunsch mit eingezogenem grünem Seidenband).
Ein Memento-mori-Bild aus Zug, Inv.-Nr. VI 29362, und ein Osterschenkbildchen mit einem Ei, Einsiedeln SZ, Inv.-Nr. VI 29415.
Ein Ziehbild, Inv.-Nr. VI 8023, und eine Lithographie mit dem ‹Vogel-Selbsterkenntnis›, Inv.-Nr. VI 5714, beide aus Augsburg.
Ein Blumenklappbild mit der hl. Agatha, Inv.-Nr. VI 14107, und ein kleines Andachtsbild mit aufgeklebten Prägedruckmedaillen, hl. Michael, Inv.-Nr. VI 12491, beide aus Prag.
Zwei Wiener Kunstbillette ‹Aus Freundschaft› und ‹Freundschaft und Liebe›, Inv.-Nrn. VI 1464, VI 48972.
Lit.: Böhmer 1973.

**Assortiment d'images graphiques offertes en signe d'amitié**
Suisse, Allemagne, Autriche,
Tchécoslovaquie
entre 1780 et 1880
long. des feuillets entre 5 et 14 cm

Devenant une nouvelle forme de contacts humains peu soumis à la coutume traditionnelle, ‹l'amitié› s'est très répandue durant la première moitié du XIXe siècle auprès des populations citadines du moins.
Il n'y avait bien sûr pas que les amoureux à se faire des billets-cadeaux. Mais dans l'ensemble ces présents, résultat de liaisons plus on moins régularisées, étaient données dans le contexte matrimonial, lors de dates précises.
Les liens entre parrain et filleul sont, eux, le fait de la tradition. Ils s'expriment par le biais d'un bisquit ou d'une pièce de monnaie donnés en cadeau. Au nombre des coutumes familiales, on peut également compter les lettres écrites à la main à l'occasion du Nouvel An. Mais, dans l'ensemble, on remarque combien le nombre de relations basées sur l'échange de cadeaux est limité.
La représentation graphique de ces manifestations d'amitié montre des exemples de divers types de billets-cadeaux.
Billets calligraphiés de Thurgovie,
Nos d'inv. VI 5713 (avec le chiffre 3 en analogie au mot ‹treu›, c'est-à-dire fidélité),
VI 15615 (canivet en pergament avec deux cœurs en miniature), VI 17521 (vers allégoriques en compartiments), VI 17530 (‹Kunkelbrief› écrit à l'occasion des fêtes de Pâques 1790), VI 17535 (vœux pour le Nouvel An), provenant du pays de Bade-Wurtemberg, VI 10575 (carte de vœux avec ruban de soie verte)
Image memento mori provenant de Zoug
No d'inv. VI 29362, et image-cadeau avec œuf de Pâques, Einsiedeln SZ,
No d'inv. VI 29415.
Image avec élément amovible,
No d'inv. VI 8023 et lithographie avec ‹oiseau faisant la morale à un enfant›,
No d'inv. VI 5714, tous deux provenant d'Augsburg.
Image pliable dédiée à Ste-Agathe,
No d'inv. VI 14107, et petite image de recueillement avec applications de médaillons en papier gaufré et St-Michel,
No d'inv. VI 12491, tous deux provenant de Prague.
Deux preuves d'amitié d'origine viennoise: ‹Aus Freundschaft› et ‹Freundschaft und Liebe›, Nos d'inv. VI 1464, VI 48972.
Bibl.: Böhmer 1973.

**Friendship Keepsakes**
Switzerland, Germany, Austria
Czechoslovakia
made and used between 1780 and 1880
size of leaves between 5 and 14 cm in length

In the first half of the 19th century 'friendship', at least under urban conditions, became one of the widespread, new forms of human relations hardly regulated by traditional customs. A large number of small calligraphic notes and printed papers to be found in archives, libraries, museums and private bequests are proof of these novel ties of differing intensity.
There are plenty of love tokens of all kinds; but most of them are gifts that were given within a more or less established framework by young men to young ladies.
The ties between godparents and godchildren are fixed in a traditional way, e.g. through a gift of confectionery or a coin. Hand-written New Year's letters, which children had to present to their parents, may also be considered as belonging to this familial tradition of gift giving. But it is striking that, on the whole, the number of gift relationships is so limited.
These friendship keepsakes may serve as a model to present a selection of gift letters.
Calligraphic leaf from Thurgau,
Inv. Nr. VI 5713 (with the number 3, which symbolizes faithfulness), VI 15 615 (parchment cut-out with miniature of two hearts),
VI 17 521 (allegorical syllable puzzle),
VI 17 530 (love letter for Easter 1790),
VI 17 535 (New Year's greetings), and from Baden-Württemberg, VI 10 575 (greeting with green silk ribbon pulled through).
A memento mori picture from Zug,
Inv. No. VI 29 362, and an Easter gift picture with an egg, Einsiedeln SZ,
Inv. No. VI 29415.
A pull-out picture, Inv. No. VI 8023, and a lithograph with the 'Bird of Self-Recognition', Inv. No. VI 5714, both from Augsburg.
A floral fold-up picture with Saint Agatha, Inv. No. VI 14 107, and a small devotional picture with tinsel medals glued on, Saint Michael, Inv. No. VI 12 491, both from Prague.
Two Viennese art notes 'In Friendship' and 'Friendship and Love',
Inv. No. VI 1464, VI 48 972.
Bibl.: Böhmer 1973.

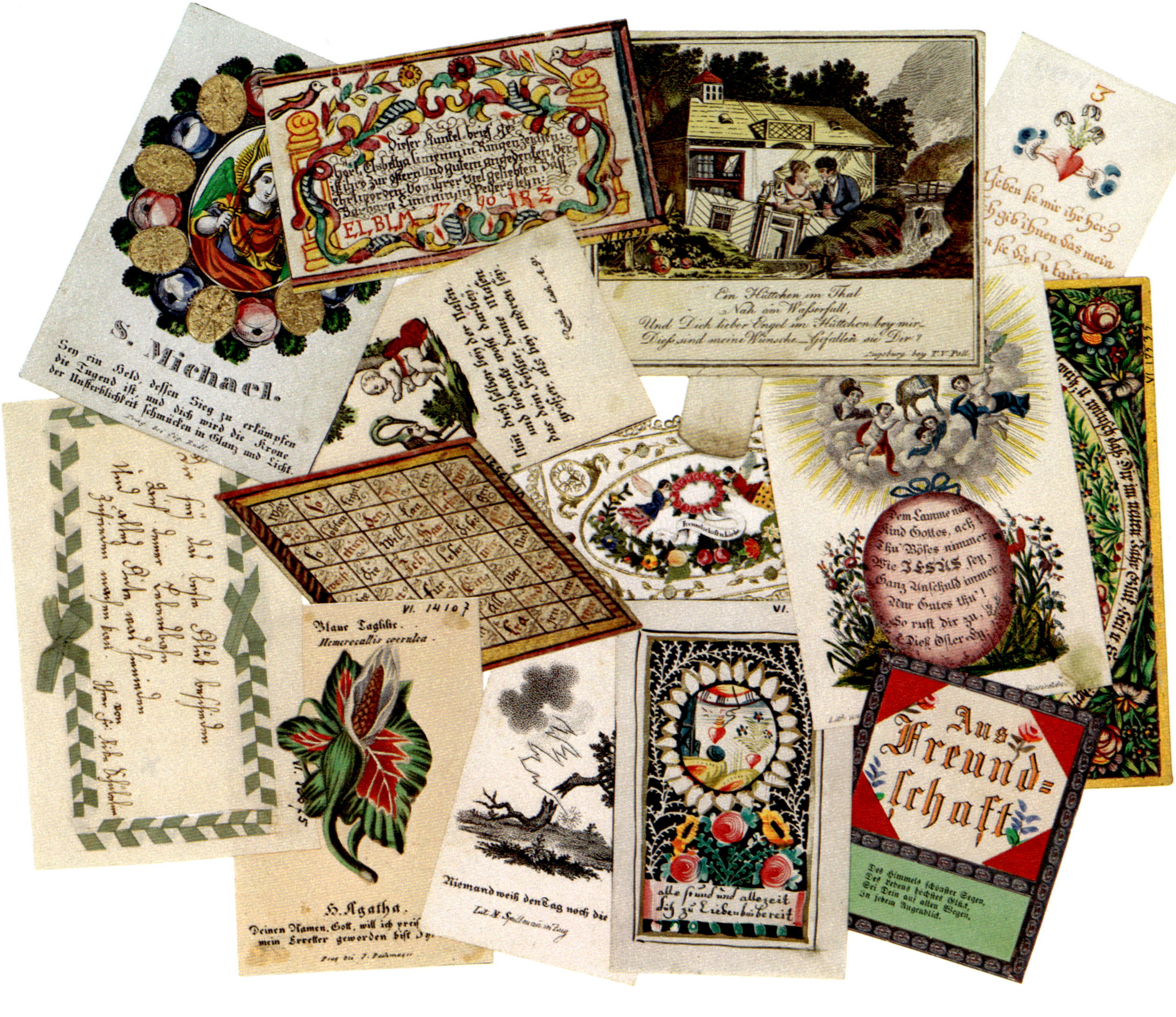
S. Michael.
Sey ein Held, dessen Sieg zu erkämpfen die Tugend ist und dich wird die Krone der Unsterblichkeit schmücken in Glanz und Licht.
Ein Hüttchen im Thal
Nah am Wasserfall,
Und Dich lieber Engel im Hüttchen bey mir-
Dieß sind meine Wünsche_ Gefallen sie Dir?
Dem Lamme nach
Kind Gottes, ach!
Thu' Böses nimmer,
Wie JESUS sey,
Ganz Unschuld immer
Nur Gutes thu'!
So ruft dir zu,
Dieß Osterey.
VI. 14107
Blaue Taglilie.
Hemerocallis coerulea.
H. Agatha.
Niemand weiß den Tag noch die
Aus Freund-schaft
Des Himmels schönster Segen,
Des Lebens höchstes Glück,
Sei Dein auf allen Wegen,
In jedem Augenblick.

**Keramik-Kerzenleuchter**
Mexiko, Metepec, hergestellt 1962
H. 80 cm, B. 66 cm

Die Szene aus dem Paradies mit Adam und Eva auf einem mexikanischen Kerzenleuchter weist auf die in Aussereuropa aufgenommenen abendländischen Kulturelemente hin. Derartige Objekte, die einen Kulturkontakt in eigentlichen Prozessen sichtbar machen können, vermögen oft besser als rein europäische Gegenstände einzelne Probleme von Kontinuität und Wandel im Volksleben zu erklären.
Töpferware, Hafnerkeramik, Irdenware und Bauerngeschirr sind Begriffe für die überaus zahlreichen zerbrechlichen Gebrauchsgüter aus Ton, die als Verbrauchsmaterialien hergestellt, beschafft, ergänzt und ersetzt wurden. Vom Gebrauchsgut unterscheidet sich die durch Formung und Dekoration zur Zierde bestimmte Keramik wie Schmuckteller, Kerzenständer, Vasen, Kammtaschen, Kalenderrahmen, Kruzifixe, Spruchbilder und Tonpfeifen, aber auch allerlei Aufstellfiguren und Spielsachen.
Aufstell- und Zierleuchter mit figürlichen Szenen, z. B. mit den Tieren der Arche, den Personen der Weihnachtsgeschichte oder eben mit Adam und Eva, gehören durchaus zu den Gebrauchsgütern, die in verschiedenen Töpferorten Mexikos hergestellt werden. Der abgebildete Kerzenleuchter aber gehört zur Sorte jener schweren, übergrossen und hypertrophen Beispiele, die bis zu einem Meter hoch sein können. Die vier Kerzenhalter inmitten der reichlich wuchernden Ranken sind mehr eine Attrappe als zum tatsächlichen Gebrauch bestimmt.
Dieses Beispiel aus Keramik steht für viele Objekte, auch aus andern Materialien, deren Bedeutung innerhalb der Volkskultur wenig erforscht ist und mit den Begriffen ‹Folklorismus› oder ‹Souvenir› nicht hinreichend erklärt werden kann: Auf vielen Gebieten volkstümlicher gestalterischer Tätigkeit ist, symptomatisch für kulturell kritische Verhältnisse, ein stilisierendes Überborden einerseits oder eine beinahe wissenschaftlich betriebene Miniaturisierung anderseits festzustellen; das gilt für das Erscheinungsbild der (Fastnachts-)Festlichkeiten ebenso wie für technisches Modellspielzeug, für das Trachtenwesen wie für den Viehschmuck, die Schnitzerei oder die naive Malerei.
Inv.-Nr. IVb 2883. Lit.: Dörner 1968.

**Chandelier en céramique**
Mexique, Metepec, 1962
haut. 80 cm, larg. 66 cm

Conçu sur le thème d'Adam et Eve au Paradis, ce chandelier mexicain témoigne de l'intégration de valeurs occidentales dans une culture autochtone. De tels objets qui illustrent certains processus d'acculturation, expliquent souvent mieux que des objets purement européens les problèmes de continuité et d'évolution propres aux cultures populaires.
Poteries, céramiques, objets en grès et vaisselle paysanne sont représentatifs de la multitude d'objets utilitaires fragiles, d'un usage temporaire, qu'on fabrique, acquiert, complète ou remplace. Se distinguant de la poterie utilitaire, la céramique dont la forme et l'élément décoratif la destinent à une fonction ornementale, comprend des assiettes décoratives, des bougeoirs et chandeliers, des vases, poches à peigne, cadres de calendrier, crucifix, plaques à inscriptions, pipes, mais encore tout un arsenal de figurines et de jouets.
Les chandeliers à scènes figuratives montrant par exemple des animaux de l'Arche, des personnages de l'histoire de Noël ou alors précisément Adam et Eve, peuvent tout aussi bien être rangées dans la catégorie des biens utilitaires. En revanche le chandelier reproduit fait partie de la catégorie des ‹hypertrophiés›, c'est-à-dire des chandeliers d'une grandeur extrême et pouvant atteindre un mètre de hauteur. Perdues au milieu de l'abondante végétation, les quatre embouchures destinées à recevoir les bougies ont sans doute une fonction plus décorative que pratique.
Notre exemple est représentatif d'une catégorie d'objets en tous genres dont la signification est mal connue et pour lesquels la notion ‹d'article folklorique› et ‹d'article souvenir› est insuffisante: Dans de nombreux domaines de l'activité folklorique créatrice on constate d'une part un style débordant et d'autre part une miniaturisation méticuleuse presque scientifique, symptômes de conditions culturelles critiques. Cette évolution peut être observée lors de festivités populaires (carnaval) tout comme dans l'élaboration du jouet à modèle réduit, le costume traditionnel, les parures des animaux domestiques, la sculpture et la peinture naïve.
No d'inv. IVb 2883. Bibl.: Dörner 1968.

**Ceramic Candelabrum**
Mexico, Metepec, made in 1962
h. 80 cm, w. 66 cm

The scene of Adam and Eve in Paradise on a Mexican candelabrum is an indication of European cultural elements assimilated outside Europe. Objects of this kind, which can make the actual processes of cultural contact visible, are often better equipped to explain individual processes of continuity and change in folklife than are purely European objects.
Pottery, ceramics, earthenware and peasant crockery are terms for the many breakable clay objects of daily use, which were made to be used, were acquired, added to and replaced. Ceramics intended to be decorative because of their shape and ornamentation, like decorative plates, candle sticks, vases, comb cases, calendar frames, crucifixes, proverbs in pottery and playing pipes as well as all kinds of figurines and toys can be distinguished from objects of daily use.
Standing candelabra with figural scenes, e.g. with the animals of the ark, the figures from the Christmas story or, as here, Adam and Eve, definitely belong to the functional objects that are made in various of the more than four hundred pottery centres in Mexico. The candelabrum shown here belongs to the heavy, over-sized, hypertrophic examples that can be up to one metre high. The four candle-holders among the luxuriant creepers are there rather as a formality than to be actually used.
This example of ceramics stands for many objects, also ones of other materials, whose meaning within folk culture has not been studied in depth and which cannot be explained sufficiently by the terms 'folklorism' or 'souvenir'. What has been symptomatic of culturally critical conditions in many areas of popular craftsmanship since the beginning of the 20th century is on the one hand stylistic excessiveness and on the other miniaturization done on an almost scientific scale; this holds true for the general aspect of (carnival) festivities as well as for technical model-toys, for costumes as well as for cattle ornaments, for carving or naive painting.
Inv. No. IVb 2883. Bibl.: Dörner 1968.

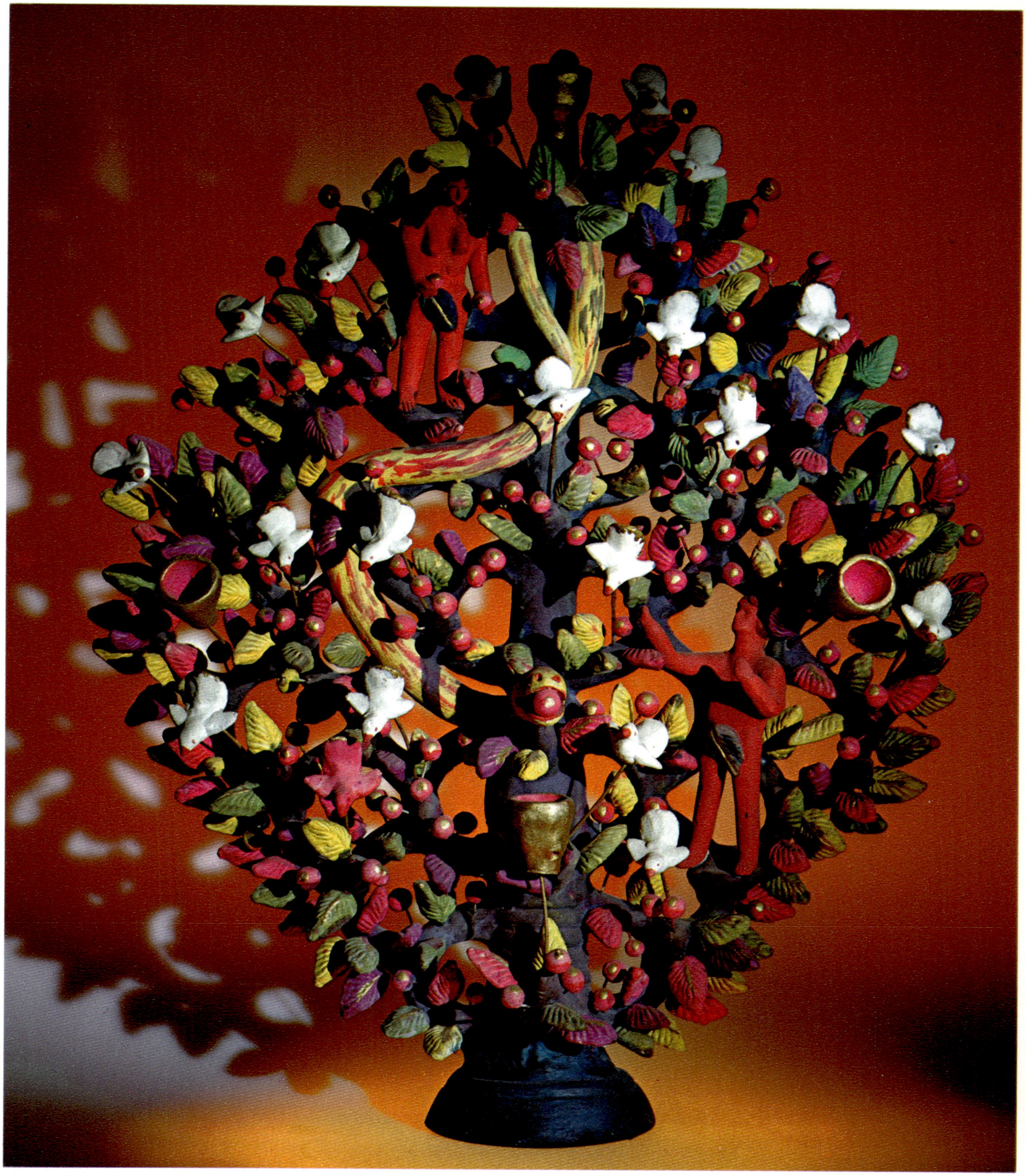

VII/12

**Toten-Andenken**
Schweiz, Hallau SH
datiert 1882
gedruckter Spruch mit aufgeklebten
Prägedruck- und Stanzblumen
H. 36,5 cm, B. 30 cm

Kleidung und Haartracht, Gestik und Mimik, Körperhaltung und Sprechweise, die Intensität der gezeigten Gefühle, Lachen und Weinen sind im allgemeinen durch Brauch und Norm hilfreich für beinahe alle Lebenssituationen geregelt. Als Beispiel für die vielen Objekte, die das normierte Verhaltensgerüst für bestimmte Situationen im Lebenslauf und Jahreslauf festhalten, wurde ein Andenkenbild ausgewählt, das an ein im Alter von wenigen Monaten verstorbenes Kind erinnert.
Dem statistischen Befund einer grossen Kindersterblichkeit, aus dem man eine schicksalsgewohnte Gleichgültigkeit des Verhaltens erwarten könnte, steht die überdurchschnittlich grosse Zahl von Objekten gegenüber, die an verstorbene Kleinkinder erinnern: Wandschränklein mit Versen und Papierblumen und -kränzen, kalligraphisch verzierte Erinnerungsblättchen und -faltschnitte, Votivbilder und Votivgaben, Wandschmuckbilder und Trauerbildchen fürs Gebetbuch, Hochzeitstafeln mit vorbereiteten Rubriken für lebende und verstorbene Nachkommen.
Das Klebebild ist relativ spät, 1882, ausgefüllt worden. Die hohe Zeit dieser Art von Erinnerungscollagen mit vorgedruckten passenden Gedichten für Ereignisse aller Art waren die fünfziger und sechziger Jahre des 19. Jahrhunderts. Die kolorierten Holzschnitte und Lithographien waren damals für diese Zwecke noch teuer, und die Chromolithographie befand sich erst im drucktechnischen Versuchsstadium. Die erforderliche Farbigkeit aber konnte mit arrangierten gestanzten Prägedruckteilchen erreicht werden. Das Kleben besorgten üblicherweise Frauen und Kinder in Heimarbeit. Was hier als Grabstein und Trauerweide erscheint, kann in einem Souveniralbum jener Zeit ein bekränztes Denkmal der Freundschaft sein. Die gleichen Sujets wurden im Handel für mehrere Verwendungszwecke geführt.
Gedrucktes Andenken (C. Studer, Winterthur) an ein verstorbenes Kind, handschriftlicher Eintrag, im Originalrahmen, Inv.-Nr. VI 19266.
Lit.: Gantner, Wandschmuck 1977.

**Tableau commémoratif mortuaire**
Suisse, Hallau SH, 1882
inscription imprimée
avec application de fleurs et feuillages
en papier gaufré
haut. 36,5 cm, larg. 30 cm

Dans presque toutes les situations de son existence, l'individu se réfère à certaines normes coutumières déterminant, par exemple, le costume et la coiffure, le geste et la mimique, le comportement physique et la façon de s'exprimer, l'intensité des émotions à dévoiler et enfin le rire et les pleurs. Parmi les objets rappelant certains événements de l'existence et de l'année, nous avons choisi un tableau commémoratif dédié à un enfant décédé très jeune.
Face au fatalisme indifférent auquel on pourrait s'attendre au vu des statistiques de mortalité enfantine de l'époque, nous trouvons, presque paradoxalement, d'innombrables objets commémorant l'existence d'enfants décédés en bas âge: petits placards muraux décorés de vers, de fleurs et de guirlandes en papier, des billets ornementés de découpages aux ciseaux et de calligraphies, des ex-voto peints ou sous forme d'objets divers, des tableaux décoratifs et images pieuses commémoratives destinées à être conservées dans les livres de prières, et enfin registres de mariage comportant plusieurs rubriques réservées aux descendants vivants ou décédés.
L'inscription du collage que nous reproduisons a été apposée en 1882, à une époque relativement tardive. C'est dans les années 50 et 60 du XIXe siècle que se situe l'apogée du collage commémoratif à vers imprimés relatifs aux événements les plus divers. A cette époque, la gravure et la lithographie étaient encore trop chères pour l'usage qu'on voulait en faire, et la chromolithographie n'en était qu'à ses débuts. On se contentait donc d'obtenir un effet de coloris en assemblant des morceaux de papier gaufré de différentes couleurs. Le collage était habituellement exécuté par les femmes et les enfants, à domicile.
Ce qui nous apparaît être ici un saule pleureur peut très bien avoir été le décor d'une preuve d'amitié ayant figuré dans un album de l'époque. Le commerce offrait alors des modèles semblables pour les fonctions les plus diverses.
Tableau commémoratif (C. Studer, Winterthur) dédié à un enfant décédé, inscription manuscrite, cadre d'origine. No d'inv. VI 19266.
Bibl.: Gantner, Wandschmuck 1977.

**Mourning Art**
Switzerland, Hallau SH
dated 1882
printed saying with tinsel
and punched flowers pasted on
h. 36.5 cm, w. 30 cm

In general, customs and norms regulate clothing and hairstyle, gestures and facial expressions, posture and manner of speaking, the intensity of feelings shown, laughter and tears in a way helpful in almost all situations in life. We have chosen a keepsake picture in memory of a child that died at the age of a few months as an example of the many objects that record the conventional behavioural patterns for certain situations in the course of a life and a year.
Despite the statistical evidence of a high infant mortality rate, which might lead one to expect a certain indifference of behaviour to result from its being taken for granted, there is a more than averagely large number of objects commemorating infants that have died: small wardrobes with verses and paper flowers and paper wreaths, commemorative leaves and paper-foldings decorated with calligraphy, votive pictures and offerings, pictures for the wall and mourning pictures for prayer books, wedding registers with prepared spaces for offspring living and dead. The sum of surviving commemorative signs cannot lead one to the conclusion of a fatalistic emotional unresponsiveness, no matter how much the mortality rate might be able to lead one to this interpretation.
The pasted picture was filled out relatively late, in 1882. The time in which this kind of commemorative collage with pre-printed, suitable poems for occasions of all kinds flourished was the 1850's and 60's. Coloured wood-cuts and lithographs were still expensive for these purposes and chromolithography was only in the experimental stage. But the necessary colourfulness could be achieved by arranging punched-out, bits of tinsel. Women and children working at home usually did the pasting. What looks like a gravestone and weeping willow here could have been a wreathed monument to friendship in the souvenir album of that time. The same subjects were sold for various purposes.
Printed memento (C. Studer, Winterthur) of a deceased child, hand-written inscription, in the original frame, Inv. No. VI 19266.
Bibl.: Gantner, Wandschmuck 1977.

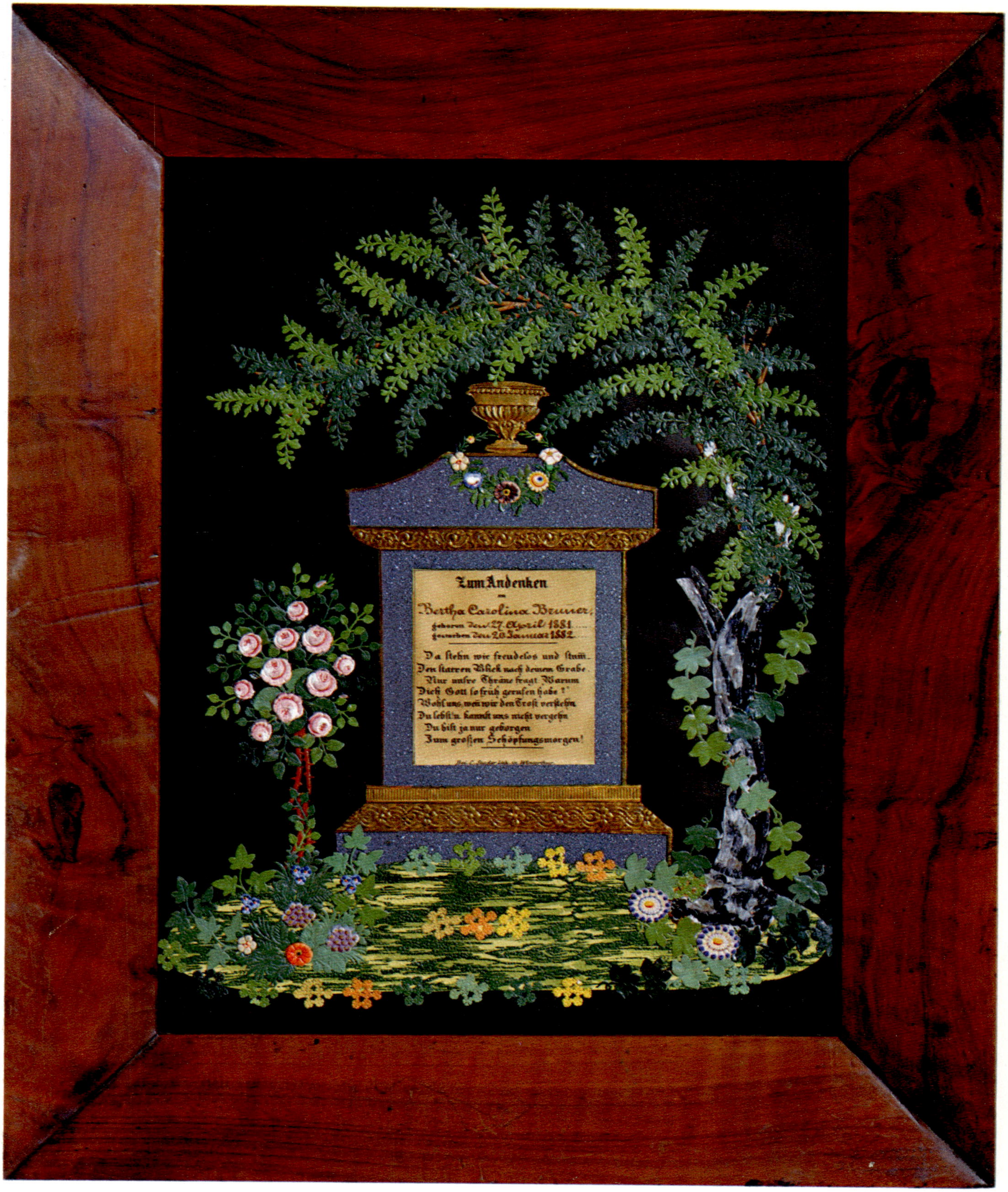
Zum Andenken
Bertha Carolina Brunner,
geboren den 27. April 1881
gestorben den 20. Januar 1882
Da stehn wir freudelos und stumm.
Den starren Blick nach deinem Grabe.
Nur unsre Thräne fragt Warum
Dich Gott so früh gerufen habe?
Wohl uns, wenn wir den Trost verstehn
Du lebst'n. kannst uns nicht vergehn
Du bist ja nur geborgen
Zum grossen Schöpfungsmorgen!

**Wachs als Werkstoff**
Schweiz, Einsiedeln SZ
lesender Eremit in Kästchen
Mitte 19. Jahrhundert
L. 46,5 cm, H. 37 cm, T. 13 cm

Für die Verarbeitung des früher sehr wichtigen Werkstoffes Bienenwachs waren Spezialkenntnisse und technische, meist familiär gehütete Erfahrungen notwendig. Kerzenzieher und Wachsbossierer zählten zu den oft zunftmässig organisierten Berufsleuten. Sie standen in ähnlichen Beziehungen zur volkstümlichen Kultur wie Gold- und Silberschmiede, welche Trachtenschmuck herstellten.
Wachs benötigte man für Kerzen, aber auch in grossen Mengen für Votivfiguren und plastische Kerzendekorationen im Wallfahrtsbrauchtum.
Der eigentliche Wachsbossierer aber zählte zu den bildenden Künstlern und war zumeist in mehreren Sparten des Kunsthandwerks tätig. Für Miniaturporträts und für lebensgrosse Wachsfiguren in Jahrmarktskabinetten, für naturwissenschaftliche Präparate und Modelle verlangte man eine möglichst wirklichkeitsgetreue Nachbildung. Mit dem Werkstoff Wachs konnten insbesondere die Oberflächenstrukturen und die Farbtöne besser als mit andern Materialien nachgeahmt werden.
Neben diesen profanen Werktraditionen existierten bis ins 19. Jahrhundert in einigen Frauenklöstern eigene künstlerische Wachsbildnereien. Die Nonnen schufen in grosser Zahl Gnadenbilder von Wallfahrtsorten, Krippenfiguren und Szenen der Heilsgeschichte für befreundete Konvente, Verwandte und Pilger. Für einige meditative Frömmigkeitsformen waren derartige dreidimensionale Andachtsbilder zudem eine wesentliche Voraussetzung. Als Zeichen des Glaubens und der Frömmigkeit bilden diese Wachsfiguren und Wachsgruppen wichtige materielle Belege für das einst weitverbreitete fromme Brauchtum.
Der lesende Eremit ist eine Arbeit aus der im 18. und 19. Jahrhundert nicht unbedeutenden Bossiertradition im Wallfahrtsort Einsiedeln. Angehörige der Familien Kuriger (Curiger) und Heuberger arbeiteten im Klosterdorf selber, aber auch in Paris, München und Wien, so dass ihre Werke weit herum zerstreut anzutreffen sind.
Inv.-Nr. VI 32672.
Lit.: Büll, 1978, Kriss-Rettenbeck 1963, Pyke 1973.

**La cire, matière première**
Suisse, Einsiedeln SZ
ermite plongé dans sa lecture
tableau-vitrine du milieu du XIXe siècle
larg. 46,5 cm, haut. 37 cm, profond. 13 cm

La manufacture d'objets en cire d'abeille, matière première d'une grande importance, nécessitait de l'expérience et des connaissances techniques spéciales que l'on se transmettait par familles et secrètement de génération en génération. Les ciriers-modeleurs et les fondeurs de cierges et bougies étaient souvent organisés en corporations. Dans le contexte culturel populaire, ils remplissaient à peu près le même rôle que les orfèvres créant les parures du costume.
On avait besoin de cire pour la confection de bougies et de cierges, mais également en quantités importantes pour le modelage de figures d'ex-voto et pour les grands cierges décoratifs et en relief servant lors des pèlerinages.
Le métier de cirier-modeleur, lui, était considéré comme appartenant à la catégorie des créations artistiques, le cirier maîtrisant habituellement plusieurs branches de ce domaine. Les portraits miniatures, les poupées grandeur nature que l'on exposait dans les foires, mais aussi les objets et modèles nécessaires aux sciences naturelles, requéraient une reconstitution d'une grande exactitude.
Outre cet artisanat de tradition profane, on pratiquait jusqu'au XIXe siècle le modelage artistique en cire dans certains couvents de femmes. Les religieuses y composaient un grand nombre de scènes pieuses comprenant des lieux de pèlerinages, les personnages de la crèche et les étapes du calvaire, compositions que l'on destinait à des couvents amis, à des parents ou aux pèlerins. La présence de figures en cire groupées en tableaux de recueillement à trois dimensions était une condition essentielle à certaines formes de la méditation religieuse.
Provenant d'Einsiedeln, lieu de pèlerinage, l'ermite plongé dans sa lecture est un ouvrage du centre traditionnel local ayant acquis une certaine importance au XVIIIe et au XIXe siècle. Les membres des familles Kuriger (Curiger) et Heuberger exerçaient leur métier sur place, mais également à Paris, Munich et Vienne, ce qui explique la dissémination de leurs œuvres.
No d'inv. VI 32672.
Bibl.: Büll 1978, Kriss-Rettenbeck 1963, Pyke 1973.

**Wax as Modelling Material**
Switzerland, Einsiedeln SZ
reading hermit in a box
mid-19th century
l. 46.5 cm, h. 37 cm, d. 13 cm

Special skills and technical experience, usually in the family, were necessary for the treatment of the once very important material beeswax. Wax chandlers and embossers were among the professionals often organized in guilds. Their relationship to popular culture was similar to that of the gold- and silversmiths who made jewelry to be worn with costumes.
Wax was needed for candles, but large amounts were also used for votive statues and plastic candle decorations within the framework of pilgrimage customs. These wax objects were made by the same confectioners who prepared the local pilgrimage confectionery for the pilgrims. Both the baked goods and the votive statues were formed with moulds.
But the actual wax embossers were considered to be artists and were generally active in several fields of artistic crafts. As true a copy as possible was demanded from miniatures and life-sized wax figures found at fairs, from copies of scientific preparations and as models. Wax was better than other materials especially for copying surface structures and shades of colour.
Apart from these traditional profane uses of wax, several convents had artistic wax-modelling workshops up to the 19th century. The nuns created a large number of miraculous images of places of pilgrimage, figures for creches and scenes from the Story of Christ's Life for friendly convents, relatives and pilgrims. The type of three-dimensional devotional statue was also an essential prerequisite for certain forms of piety. These wax figures and groups, as a manifestation of belief and piety, offer important material evidence of a once widespread pious custom.
The reading hermit is a piece from the embossing tradition that was not unimportant in Einsiedeln, to which pilgrimages were made, in the 18th and 19th centuries. Members of the Kuriger (Curiger) and Heuberger families worked in the monastery town itself but also in Paris, Munich and Vienna, so that their works can be found in many different places.
Inv. No. VI 32 672.
Bibl.: Büll 1978, Kriss-Rettenbeck 1963, Pyke 1973.

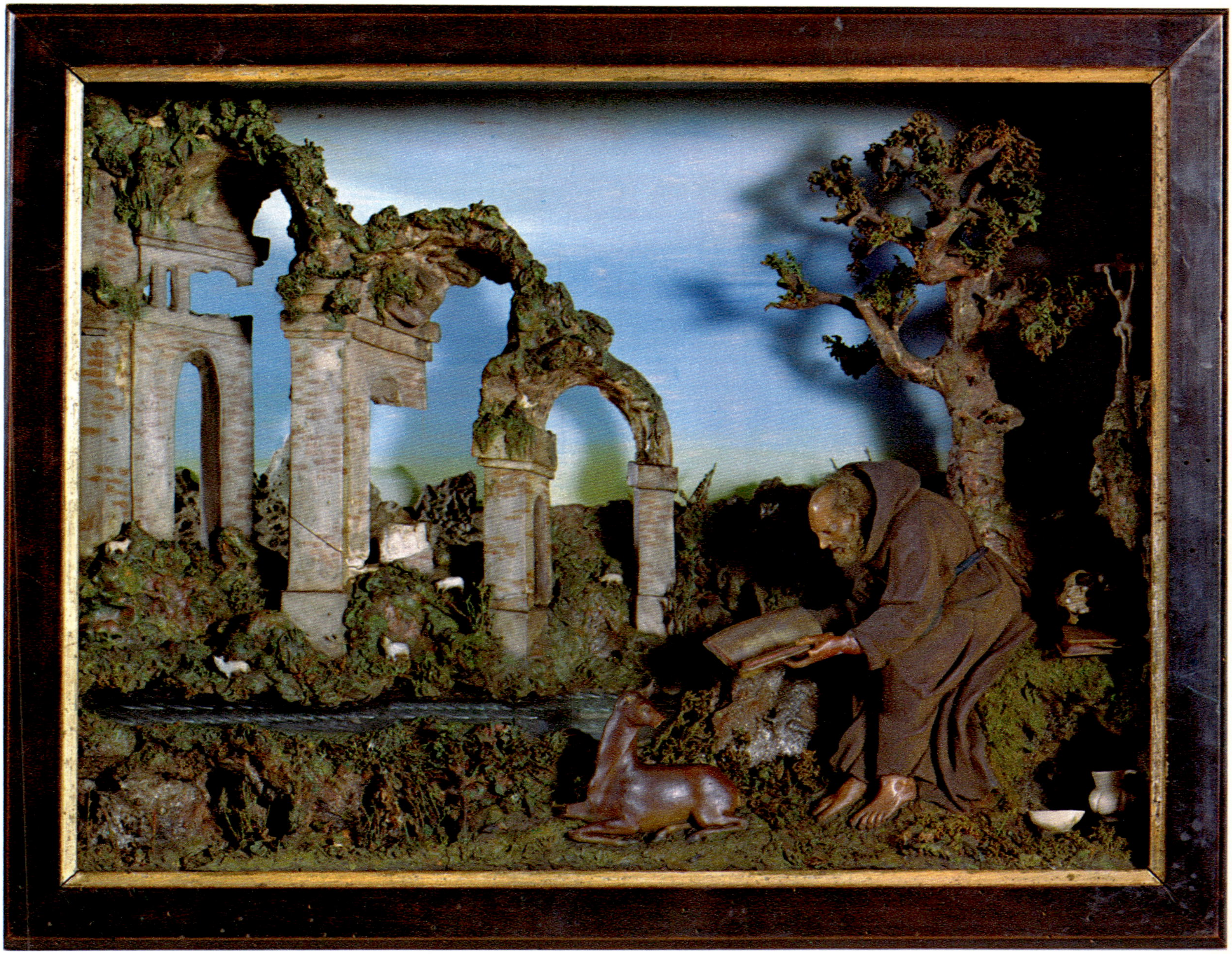

**Windrad**
Schweiz, Oberägeri ZG
Windfahne mit mechanischen Spielfiguren
um 1900
L. 90 cm, H. 45 cm, B. 49 cm

Ein Objekt, das nicht einer gängigen musealen Kategorie zugewiesen werden kann, bildet zunächst ein Ärgernis für die aufs Einordnen geschulten Museumskonservatoren. Das kann zur Folge haben, dass Sammlungen nur in den traditionellen Bereichen, den einmal gefundenen Kategorien gemäss, ausgebaut und ergänzt werden.
Das Windrad wurde vom Begründer der schweizerischen Volkskunde und des Volkskundemuseums, Professor Eduard Hoffmann-Krayer, 1864–1936, im Jahre 1913 aus der Innerschweiz angekauft. Es spricht beispielhaft für die weitsichtige und damals neuartige Konzeption Hoffmann-Krayers, eine Sammlung für Volkskunde nach dem Ziele aufzubauen, ‹die allmähliche Entwicklung der Ergologie bei den Völkern Europas aus primitiven Formen in die vollkommeneren darzustellen›.
In einer derart konzipierten Sammlung sind deshalb auch Objekte anzutreffen, die als Einzelstücke oder gar als Kuriosa von Leuten gestaltet wurden, die nicht einer ‹Tradition› oder einer ‹Mode› verhaftet, die aber in liebenswürdiger Versponnenheit im besten Sinne schöpferisch tätig waren. Ein Stück Schaustellung und Jahrmarkt gehört wohl zu all diesen Kunst- und Wunderdingen, seien es nun Windräder auf dem Dach oder im Garten, Vogelscheuchen oder kunstvolle Mechanismen in Miniaturbergwerken oder Weihnachtskrippen.
Eine Sammlung für Volkskunde versucht, mit Hilfe von Objekten die nach Sitte und Brauch geregelten Verhaltensweisen anschaulich zu machen. Doch auch individuelle, vom Üblichen abweichende Einzelleistungen müssen einen festen Platz in einer Volkskundesammlung haben und gewürdigt werden.
Hergestellt ‹vo de Letterbuebe, 's Präsidente›, Inv.-Nr. VI 5579.

**Girouette**
Suisse, Oberägeri ZG
girouette ornée de figures mécaniques
1900 env.
long. 90 cm, haut. 45 cm, larg. 49 cm

Un objet n'entrant pas dans l'une ou l'autre catégorie courante de l'inventaire des musées sera toujours embarassant pour les conservateurs. C'est ainsi qu'il en résulte parfois des collections se limitant aux domaines traditionnels et que l'on étend ou complète uniquement selon des critères établis.
La girouette que nous reproduisons fut achetée en 1913 en Suisse centrale par le père de la recherche folklorique et fondateur du Musée suisse des arts et traditions populaires, le professeur Eduard Hoffmann-Krayer (1864–1936). Cette acquisition illustre de manière exemplaire la clairvoyance et l'ouverture à toute innovation dont témoignait à l'époque Hoffmann-Krayer qui entendait établir une collection en vue d'‹illustrer le développement ergologique successif des peuples européens à partir de formes primitives et de leur évolution vers des formes plus élaborées›.
Une collection ainsi composée comprendra évidemment aussi des objets d'un genre particulier et même considérés comme des curiosités. Elles sont l'œuvre d'individus qui, en négligeant les exigeances de la mode et des normes traditionnelles, se sont abandonnés à leur inspiration et leur rêverie, faisant preuve d'une authentique créativité. Girouettes faîtières ou de jardin, épouvantails, miniatures de crèches de Noël et d'exploitation minières mécaniques, ces ‹curiosités artistiques› témoignent sans doute d'un certain goût de l'exhibition et du spectacle.
Le but de toute collection folklorique est d'illustrer à l'aide d'objets le comportement général dicté par les normes traditionnelles et la coutume. Une telle collection doit cependant accorder à l'objet issu d'une créativité individuelle et s'écartant de la norme, la place et l'importance qui lui revient.
Confection ‹vo de Letterbuebe, 's Präsidente›,
No d'inv. VI 5579.

**Wind-Wheel**
Switzerland, Oberägeri ZG
wather-vane with mechanical figures
about 1900
l. 90 cm, h. 45 cm, w. 49 cm

The first reaction of museum curators, who are trained to classify, on an object that cannot be categorized along standard museum lines will be annoyance. This can result in collections being developed and added to only in traditional fields, according to already existing categories.
This wind-wheel was acquired from Central Switzerland in 1913 by the founder of the Swiss Museum for European Folklife, Professor Eduard Hoffmann-Krayer (1864–1936). It exemplifies Hoffmann-Krayer's far-sighted and at the time novel idea of a folklife collection built up with the aim of 'presenting the gradual cultural development of the peoples of Europe from primitive to more perfected forms'.
A collection conceived in this way will thus also include objects made as one of a kind or even as curiosities by people not bound by tradition or fashion but who, in charming rapture, were creative in the best sense of the word. A bit of carnival atmosphere probably belongs to all of these artistic, wondrous objects, be they wind-wheels on a roof or in a garden, scarecrows or skilfully finished mechanisms in miniature mines or Christmas creches.
The purpose of a folklife collection is to illustrate with the help of objects behavioural patterns which are regulated according to custom and usage. But individual achievements deviating from the norm must also have a definite place and be duly appreciated in a folklife collection.
Produced 'vo de Letterbuebe, 's Präsidente', Inv. No. VI 5579.

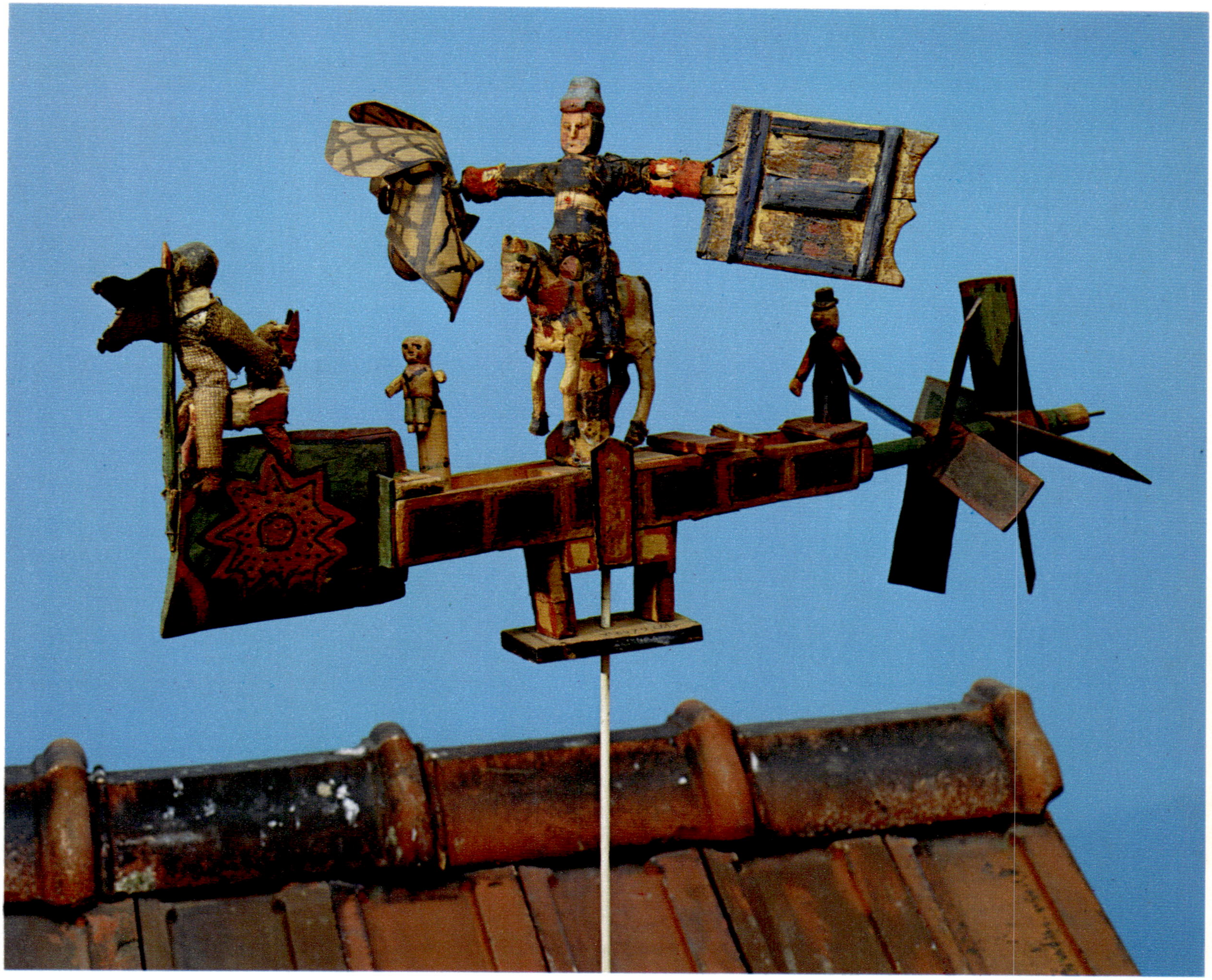

VII/15

# Bibliographie


Indianisches Amerika
L'Amérique indienne
Indian America

Agostino, Pedro: Kwaríp. Mito e Ritual no alto Xingu. São Paulo 1974.

Anders, Ferdinand: Das Pantheon der Maya. Graz 1963.

Baer, Gerhard: Beiträge zur Kenntnis des Xingu-Quellgebietes. München 1960.

– Figuren und Gefässe aus Alt-Mexico. Führer durch das Museum für Völkerkunde und Schweizerische Museum für Volkskunde. Basel 1972.

– Peru – Indianer gestern und heute. Führer durch das Museum für Völkerkunde und Schweizerische Museum für Volkskunde. Basel 1971.

– The Pahotko-Masks of the Piro (Eastern Peru). Bulletin de la Société Suisse des Américanistes *38,* Genf 1974.

Baudot, Georges: Les lettres Précolombiennes. Toulouse 1976.

Bell, Betty: Archaeology of Nayarit, Jalisco and Colima. Handbook of Middle American Indians *11,* Austin 1971.

Bellinger, Louisa, und Bird, Junius: Paracas Fabrics and Nazca Needlework. Washington 1954.

Bolz, Ingeborg: Sammlung Ludwig Altamerika. Ethnologica (N.F.) *7,* Recklinghausen 1975.

Brack-Bernsen, Lis: Die Basler Mayatafeln. Verh. naturf. Ges. Basel *86,* 1977.

Bray, Warwick, und Jones, Julie: El Dorado, The Gold of Ancient Colombia. New York 1974.

Eisleb, Dieter: Westmexikanische Keramik. Veröffentlichung des Museums für Völkerkunde, Berlin (N.F.) *24,* 1971.

– Altperuanische Kulturen *1.* Veröffentlichung des Museums für Völkerkunde, Berlin (N.F.) *31,* 1975.

Farabee, William C.: The Central Caribs. Philadelphia 1924.

Flannery, Kent V.: The early Mesoamerican village. New York 1976.

Garibay, Angel M.: Poesia Nahuatl. Mexico 1964/65.

Griffin, James B. (ed.): Habitats humains antérieurs à l'holocène en Amérique. Nice 1976.

Gross, Daniel R. (ed.): Peoples and Cultures of Native South America. New York 1973.

Haberland, Wolfgang: Die Kunst des Indianischen Amerika. Museum Rietberg, Zürich 1971.

– Das gaben sie uns. Wegweiser zur Völkerkunde *17,* Hamburg 1975.

Holm, Bill, und Reid, William: Form and Freedom. Houston 1975.

Jaulin, Robert (ed.): De l'Ethnocide. Paris 1972.

Kensinger, Kenneth et al.: The Cashinahua of Eastern Peru. Haffenreffer Museum of Anthropology. Boston 1975.

Krause, Fritz: Die Waura-Indianer des Schingú-Quellgebietes, Zentralbrasilien. Mitteilungsblatt der Gesellschaft für Völkerkunde *6,* Leipzig 1935.

Krickeberg, Walter: Ältere Ethnographica aus Nordamerika im Berliner Museum für Völkerkunde. Baessler Archiv (N.F.) *2,* Berlin 1954.

Lanning, Edward P.: Peru before the Incas. Englewood Cliffs 1967.

Lathrap, Donald W.: The Upper Amazon. London 1970.

– Gifts of the Cayman: Some thoughts on the subsistence Basis of Chavin. Variation in Anthropology. Illinois 1973.

Loukotka, Čestmír: Classification of South American Indian Languages. Los Angeles 1968.

Meggers, Betty: Amazonia. Chicago 1971.

– Prehistoric America. Chicago 1972.

Murphy, Robert: Mundurucú Religion. University of California Publications in American Archaeology and Ethnology *49*/1, Berkeley 1958.

– Headhunters Heritage. Berkeley 1960.

Nicholson, Henry B.: Religion in Pre-Hispanic Central Mexico. Handbook of Middle American Indians *10*/1, Austin 1971.

Rauschert, Manfred: Materialien zur geistigen Kultur der ostkaraibischen Indianerstämme. Anthropos *62,* 1967.

Reichel-Dolmatoff, Gerardo: Amazonian Cosmos. Chicago 1971.

– The Shaman and the Jaguar. A study of narcotic drugs among the Indians of Colombia. Philadelphia 1975.

Ribeiro, Darcy und Berta: Arte Plumaria dos indios Kaapor. Rio de Janeiro 1957a.

Ribeiro, Berta: Bases para uma classificação dos adornos plumarios dos indios do Brasil. Archivos do Museu nacional *43,* Rio de Janeiro 1957b.

Schoepf, Daniel: Essai sur la plumasserie des Indiens Kayapo, Wayana et Urubu, Brésil. Bulletin annuel du Musée d'Ethnographie *14,* Genève 1971.

– Historique et situation actuelle des Indiens Wayana-Aparai du Brésil. Bulletin annuel du Musée d'Ethnographie *15,* Genève 1972.

Schultz, Harald: Lendas Waurá. Revista do Museu Paulista *16,* São Paulo 1965/66.

Schultz, Harald, und Chiara, Vilma: Mas lendas Waurá. Journal de la Société des Américanistes *40,* Paris 1971.

Schuster, Meinhard: Dekuana. München 1976.

Seiler-Baldinger, Annemarie: Maschenstoffe in Süd- und Mittelamerika. Basler Beiträge zur Ethnologie *9*, Basel 1971.
– Systematik der Textilen Techniken. Basler Beiträge zur Ethnologie *14*, Basel 1973.
– Territoire et migrations des Indiens Yagua. In: Culture sur brûlis et évolution du milieu forestier en Amazonie du Nord-Ouest. Bulletin de la Société Suisse d'Ethnologie, numéro spécial, Genève 1975.
Seler, Eduard: Die Cedrela-Holzplatten von Tikal im Museum zu Basel. Zeitschrift für Ethnologie *32*, Braunschweig 1900.
– Mythos und Religion der alten Mexikaner. Gesammelte Abhandlungen zur Amerikanischen Sprach- und Altertumskunde *4*, Berlin 1923.
– Einige Kapitel aus dem Geschichtswerk des Fray Bernardino de Sahagun. Stuttgart 1927.
Steward, Julian M. (ed.): Handbook of South American Indians. Bulletin of the Bureau of American Ethnology *143*, Washington 1948.
Vaillant, George C.: The Aztecs of Mexico. Baltimore 1944.
Von den Steinen, Karl: Unter den Naturvölkern Zentral-Brasiliens. Berlin [2]1897.
Von Munk Benton, Gabriele: Mexikanische Lyrik aus frühgeschichtlichen Zeiten. Acta Ethnologica et Linguistica *10*, Wien 1967.
Wagley, Charles: Man in the Amazon. The University Press of Florida, 1974.
Wassén, Henry S.: A Medicine-man's Implements and Plants in a Tiahuanacoid Tomb in Highland Bolivia. Ethnologiska Studier *32*, Göteborg 1972.
Wilbert, Johannes: Survivors of Eldorado. New York 1972.
– Tobacco and Shamanistic Ecstasy among the Warao Indians. In: Furst, Peter T. (ed.): Flesh of the Gods: The Ritual Use of Hallucinogens. New York 1972.
Willey, Gordon R.: An Introduction to American Archaeology. *1*, North and Middle America. Englewood Cliffs 1966. *2*, South America, Englewood Cliffs 1971.
Zerries, Otto: Wild- und Buschgeister in Südamerika. Studien zur Kulturkunde *2*, Wiesbaden 1954.
– Makiritare (Venezuela, Orinoco-Quellgebiet). Flechten einer Schale. Encyclopedia Cinematographica. Göttingen 1974a.
– Die Indianer der Wälder und Savannen. In: Disselhoff und Zerries: Die Erben des Inkareiches und die Indios der Wälder. Berlin 1974b.

## Ozeanien
## L'Océanie
## Oceania

van Baal, J.: Dema. Description and Analysis of Marind-anim Culture (South New Guinea). The Hague 1966.
van Baaren, Th. P.: Korwars and Korwar Style. The Hague 1968.
Bateson, Gregory: Social Structure of the Iatmül People of the Sepik River. Oceania *2*, Hefte 3 und 4, 1932.
– Naven. Stanford [2]1958.
Beier, Ulli, und Maori Kiki, Albert: Hohao. The uneasy survival of an art form in the Papuan Gulf. Melbourne 1970.
Bellwood, Peter: The Prehistory of Oceania. Current Anthropology *16*, Heft 1, 1975.
Berndt, Ronald M. (ed.): Australian Aboriginal Art. New York 1964.
Bodrogi, Tibor: Kapkap in Melanesien. Veröffentlichungen des Museums für Völkerkunde zu Leipzig *11*, 1961.
Brookfield, H. C., und Hart, Doreen: Melanesia. A Geographical Interpretation of an Island World. London 1971.
Bühler, Alfred: Totenfeste in Nord-Neuirland. Verhandlungen der Schweizerischen naturforschenden Gesellschaft. Aarau 1933.
– Ozeanien. In: Bühler, A., Barrow, T., und Mountford, Ch. P.: Ozeanien und Australien. Die Kunst der Südsee. Baden-Baden 1961.
Codrington, R. H.: The Melanesians. Studies in their Anthropology and Folk-lore. Oxford 1891.
Dark, Philip J. C.: Kilenge Life and Art. London 1974.
Fortune, Reo F.: Manus Religion. Memoirs American Philosophical Society *3*, Philadelphia 1935.
Galis, K. W.: De Biak-Noemfoorse prauw. Kultuurpatronen *5–6*, 1963.
Gerbrands, Adrian A.: Wow-ipits. Eight Asmat Woodcarvers of New Guinea. The Hague 1967.
Guiart, Jean: Ozeanien. Die Kunst der Südsee und Australiens. Reihe Universum der Kunst. München 1963.
Handy, E. S. Craighill: Marquesan Legends. Bernice P. Bishop Museum Bulletin *69*, 1930.
Hauser-Schäublin, Brigitta: *mai*-Masken der Iatmul, Papua New Guinea. Ein Beitrag zu Stil, Schnitzvorgang, Auftritt und Funktion dieser Masken. Verh. naturf. Ges. Basel *87/88*, 1978.
Holmes, J. H.: In Primitive New Guinea. London 1924.
Hoogerbrugge, Jacopus: Sentani-meer, mythe en ornament. Kultuurpatronen *9*, 1967.
Howells, William: The Pacific Islanders. London 1973.
Kaufmann, Christian: Das Töpferhandwerk der Kwoma in Nord-Neuguinea. Basler Beiträge zur Ethnologie *12*, 1972.
– Papua Niugini. Ein Inselstaat im Werden. Führer durch das Museum für Völkerkunde und Schweizerische Museum für Volkskunde. Basel 1975.
– Neuguinea, Kwoma – Töpfern und Verzieren eines Zeremonialgefässes. Begleitpublikation zu Film E 2188. Göttingen (im Druck).
Kupka, Karel: Un art à l'état brut. Peintures et sculptures des aborigènes d'Australie. Lausanne 1962.
– Peintres aborigènes d'Australie. Publications de la Société des Océanistes *24*, Paris 1972.
Laufer, Carl: Aus Geschichte und Religion der Sulka. Anthropos *50*, 1955.
Linton, Ralph: Archaeology of the Marquesas Islands. Bernice P. Bishop Museum Bulletin *23*, 1925.
Métais, Elyane: Quelques Symboles de l'Art Primitif. Etude d'une hache ostensoir néo-calédonienne. Cahiers Internationaux de Sociologie *13*, Heft 8, 1953.
Newton, Douglas: Art Styles of the Papuan Gulf. New York 1961.
Paravicini, Eugen: Über Kapkap und kapkapähnlichen Schmuck von den britischen Salomoninseln. Ethnos *3–4*, 1940.
Parkinson, Richard: Dreissig Jahre in der Südsee. Stuttgart 1907.
van Renselaar, H. C.: Asmat Art from Southwest New Guinea. Royal Tropical Institute. Amsterdam 1961.
Sarasin, Fritz: Ethnologie der Neu-Caledonier und Loyalty-Insulaner [sowie Atlas zur Ethnologie ...], 2 Bände. München 1929.
Schmitz, Carl A.: Oceanic Art. Myth, Man and Image in the South Seas. New York 1971.
Schuster, Carl: Kapkaps with human figures from the Solomon Islands. Acta Ethnographica *13*, 1964.
Speiser, Felix: Ethnographische Materialien aus den Neuen Hebriden und den Banks-Inseln. Berlin 1923.
– Jacquinot Bay, Mengen. Feldforschungsnotizen aus Neubritannien, Mai/Juni 1930 (Manuskript).
– Versuch einer Siedlungsgeschichte der Südsee. Denkschriften der Schweizerischen Naturforschenden Gesellschaft *77*, Abh. 1, Zürich 1946.

von den Steinen, Karl: Die Marquesaner und ihre Kunst, 3 Bände. Berlin 1925, 1928.
– Marquesanische Mythen [aus dem Nachlass herausgegeben]. Zeitschrift für Ethnologie *65,* 1933, und *66,* 1934.
Stöhr, Waldemar: Melanesien. Schwarze Inseln der Südsee. Ausstellungskatalog. Köln 1971.
Suggs, Robert C.: The Island Civilizations of Polynesia. New York 1960.
Williams, E.: The Natives of the Purari Delta. Anthropology Report *5,* Port Moresby 1924.
Wirz, Paul: Die Marind-anim von Holländisch-Süd-Neu-Guinea. Abhandlungen aus dem Gebiet der Auslandskunde *10* und *16,* Hamburg 1922, 1925.
– Beitrag zur Ethnologie der Sentanier (Holländisch-Neuguinea). Nova Guinea *16,* 1928.
– Bei liebenswürdigen Wilden in Neuguinea. Stuttgart 1929.
– Beiträge zur Ethnographie des Papua-Golfes, Britisch-Neuguinea. Abhandlungen und Berichte der Museen für Tierkunde und Völkerkunde zu Dresden *19,* Leipzig 1934.

## Indonesien
## L'Indonésie
## Indonesia

Belo, Jane: Bali: Rangda and Barong. Monographs of the American Ethnological Society *16,* 2. Auflage, Seattle, London 1966.
– Bali: Temple Festival. Monographs of the American Ethnological Society *22,* 2. Auflage, Seattle, London 1966.
Bodrogi, Tibor: Kunst in Indonesien. Wien, München 1972.
Boer, D.W.N. de: Het Toba-Batakschen Huis. Mededeelingen van het Bureau voor de Bestuurszaken der Buiten-Gewesten *23,* Batavia 1920.
– Het Niassche Huis. Mededeelingen van het Bureau voor de Bestuurszaken der Buiten-Gewesten *25,* Batavia 1920.
Bühler, Alfred: Materialien zur Kenntnis der Ikattechnik. Internationales Archiv für Ethnographie *43,* Suppl., Leiden 1943.
– I megaliti di Sumba. Le Vie del Mondo *14*/1, 1952.
– Sumba-Expedition des Museums für Völkerkunde und des Naturhistorischen Museums in Basel, 1949. Die ethnographische Sammlung, II. Teil. Verh. naturf. Ges. Basel *64*/1, 1953.
Bühler, Alfred, und Ramseyer-Gygi, Urs und Nicole: patola und gĕringsing – Zeremonialtücher aus Indien und Indonesien. Führer durch das Museum für Völkerkunde und Schweizerische Museum für Volkskunde. Basel 1975.
Covarrubias, Miguel: Island of Bali. London, Toronto, Melbourne, Sidney 1937; Neuauflage: Kuala Lumpur, Singapore, Jakarta 1972.
Drabbe, P.: Het Leven van den Tanémbarees. Ethnografische Studie over het Tanémbareesche Volk. Internationales Archiv für Ethnographie *38,* Suppl., 1940.
Gittinger, Mattiebelle: A study of the ship cloths of South Sumatra. Their design and usage. Columbia University, 1972.
– The ship textiles of South Sumatra: functions and design system. Bijdragen tot de Taal-, Land- en Volkenkunde *1932/2* und 3, 1976.
Heine-Geldern, Robert: Urheimat und früheste Wanderungen der Austronesier. Anthropos *27,* 1932.
– The Archeology and Art of Sumatra. Wiener Beiträge zur Kulturgeschichte und Linguistik *3,* 1935.
– Survivance de motifs de l'ancien art bouddhique de l'Inde dans l'île de Nias. Artibus Asiae *24*/3 und 4, 1961.
Henking, Karl: Timoresische Gefässe und ihre Ornamente. Bern 1956.
Holt, Claire: Art in Indonesia; Continuities and Change. Ithaca, New York 1967.
Hooykaas, C.: Kama and Kala; Materials for the Study of Balinese Shadow Theatre. Amsterdam 1973.
Horsky, R.: Religiöse Holzplastik auf Nias. Annalen des Naturhistorischen Museums in Wien *53*/1, 1942.
Huyser, J.G.: Broenei en Broenei-Bronzen. Den Haag 1929.
Jasper, J.E., und Pirngadie, Mas: De Inlandsche Kunstnijverheid in Nederlandsch-Indië, 5 Bände. 1916–1923.
Kat Angelino, P. de: Het spel van Ni Tjalonarang (een Balische heksendans). Nederlandsch-Indië Oud en Nieuw *6,* 1921/22.
Kats, J.: Het Javaansche Tooneel. 1: Wajang Poerwa. Weltevreden 1923.
Kennedy, Raymond: Bibliography of Indonesian Peoples and Cultures. 2 Bände. New Haven 1955.
Korn, V.E.: De Dorpsrepubliek Tnganan Pageringsingan. Santpoort 1933.
Lebar, Frank M. (Hg.): Ethnic Groups of Insular Southeast Asia, 1: Indonesia, Andaman Islands, and Madagascar. New Haven 1972.
Loeber, J.A.: Timoreesch Snijwerk en Ornament. 's Gravenhage 1903.
Lorm, A.J. de, und Tichelman, G.L.: Beeldende Kunst der Bataks. Leiden 1941.
Marschall, Wolfgang: Metallurgie und frühe Besiedlungsgeschichte Indonesiens. Ethnologica (N.F.) *4,* 1968.
Møller, Ag.: Beitrag zur Beleuchtung des religiösen Lebens der Niasser. Internationales Archiv für Ethnographie *32,* Leiden 1934.
Pink-Wilpert, Clara: Das indonesische Schattentheater. Baden-Baden 1976.
Ramseyer, Urs: Soziale Bezüge des Musizierens in Naturvolkkulturen; ein ethnosoziologischer Ordnungsversuch. Bern, München 1970.
– Kultur und Volkskunst in Bali. Zürich 1977. Englische Ausgabe, Oxford 1977. Französische Ausgabe, Fribourg, Paris 1977.
Rouffaer, G.P.: Ethnographie van de kleine Soenda Eilanden in Beeld. 's Gravenhage 1937.
Schärer, Hans: Die Gottesidee der Ngadju Dajak in Süd-Borneo. Leiden 1946.
– Der Totenkult der Ngadju Dajak in Süd-Borneo. Verhandelingen van het Kon. Instituut voor Taal-, Land- en Volkenkunde, Deel *51*/1 und 2. 's Gravenhage 1966.
Schefold, Reimar: Religiöse Vorstellungen auf Siberut, Mentawai (Indonesien). Anthropos *68*/1 und 2, 1973.
Schmitz, Carl A.: Indonesien. Führer durch das Museum für Völkerkunde und Schweizerische Museum für Volkskunde. Basel 1964.
Schröder, E.E.W.Gs.: Nias. Ethnographische, geographische en historische Aanteekeningen en Studien, 2 Bände. Leiden 1917.
Simbriger, Heinrich: Gong und Gongspiele. Internationales Archiv für Ethnographie *36,* Leiden 1939.
Steinmann, Alfred: Das kultische Schiff in Indonesien. Zürich 1939.
Stöhr, Waldemar: Die altindonesischen Religionen. Leiden, Köln 1976.
– Über einige Kultzeichnungen der Ngadju-Dajak. Ethnologica (N.F.) *4,* Köln 1968.
Tillmann, Georg: De metalen bakken van Zuid-Sumatra en de Dierenvoorstellingen op de Z.G. Kroe-Doeken. Cultureel Indië *1939.*
Van Heekeren, H.R.: The Stone Age of Indonesia. Verhandelingen van het Kon. Instituut voor Taal-, Land- en Volkenkunde *XXI,* 1957.
– The Bronze-Iron Age of Indonesia. Verhandelingen van het Kon. Instituut voor Taal-, Land- en Volkenkunde *XXII,* 1958.
Wagner, Frits A.: Indonesien. Die Kunst eines Inselreiches. Baden-Baden 1959.
Wirz, Paul: Der Totenkult auf Bali. Stuttgart 1928.
Ydema, J.M.: Notes on the Toba-Batak Housemask and other Batak objects, mainly in connection with the lizard. Kultuurpatronen *8,* 1966.

Vorderindien, Himalaya
Subcontinent indien, Himalaya
Indian Subcontinent, Himalaya

Anand, Mulk Raj, und Contractor, Meher: Indian Puppets. Marg Publications. Bombay o.J.
Balasubrahmanyam, S.R.: Early Chola Art. London 1966.
Bedenig, Dieter: ‹Richtig reisen›, Nepal. Köln 1977.
Bhattacharya, B.C.: The Jaina Iconography. Delhi 1939, repr. 1974.
Bramzelius, Abbe W.: Die hinduistische Pantheon Glasmalerei. Internationales Archiv für Ethnographie, Suppl. *14*, Leiden 1937.
Brockhaus Enzyklopädie in zwanzig Bänden. Wiesbaden 1969.
Büchi, E.C.: Rassengeschichte des indopakistanischen Subkontinentes. In: Saller, Karl, ed.: Rassengeschichte der Menschheit. München und Wien 1968.
Bühler, Alfred: Bericht über das Museum für Völkerkunde und Schweizerische Museum für Volkskunde für das Jahr 1964. Verh. naturf. Ges. Basel *76*, 1965.
Bühler, Alfred, und Fischer, Eberhard: Musterung von Stoffen mit Hilfe von Preßschablonen. Basel 1974.
– Clamp Resist Dyeing of Fabrics. Calico Museum of Textiles. Ahmedabad 1976.
Bussabarger, Robert F., und Robins, B.D.: The everyday art of India. New York 1968.
Encyclopaedia Britannica. Chicago, London, Toronto 1960.
Fischer, Eberhard, und Jain, Jyotindra: Kunst und Religion in Indien, 2500 Jahre Jainismus. Bildkatalog. Museum Rietberg, Zürich, und Museum für Völkerkunde, Basel 1974/75.
Fischer, Eberhard, und Shah, Haku: Kunsttraditionen in Nordindien. Bildkatalog. Museum Rietberg, Zürich, und Museum für Völkerkunde, Basel 1972.
Gangoly, O.C.: South Indian Bronzes. Indian Society of Oriental Art. Calcutta 1915.
Gordon, Antoinette K.: Tibetan Religious Art. New York 1952.
Gutersohn, H., et al.: Die Erde. Bern o.J.
Härtel, Herbert: Gandhara. In: 5000 Jahre Kunst in Pakistan, eine Ausstellung des Deutschen Kunstrates, 1962/63.
Harrer, Heinrich: Ladakh. Innsbruck, Frankfurt a.M. 1978.
Harris, George L., et al.: Area Handbook for Nepal, Bhutan and Sikkim. Foreign Area Studies. Washington 1973.
Imber, Walter, und Boesch, Hans: Indien. Bern 1975.
Ingholt, H.: Gandharan Art in Pakistan. New York 1957.
Ions, Veronica: Indian Mythology. London 1967.
Jeanneret, Alain: Schattenspiele. Führer durch das Museum für Völkerkunde und Schweiz. Museum für Volkskunde. Basel 1968.
Kollmann, J., und Rütimeyer, L.: Bericht über die ethnographische Sammlung der Universität Basel. Nach dem Bestand von 1894.
Kramrisch, Stella: Unknown India, Ritual Art in Tribe and Village. Philadelphia Museum of Art, M.H. de Young Memorial Museum, City Art Museum of St. Louis, 1968.
Lauf, Detlef Ingo: Das Erbe Tibets. Bern 1972.
Lucas, Heinz: Ceylon-Masken. Eisenach, Kassel 1958.
Mehta, R.S.: Masterpieces of Indian Bronzes and Metal Sculpture. Bombay 1971.
Nebesky-Wojkowitz, René de: Oracles and Demons of Tibet. London 1956.
Olschak, Blanche Christine: Sikkim. Zürich 1965.
– Mystik und Kunst Alttibets. Bern, Stuttgart 1972.
Risley, H.H.: The Gazetteer of Sikhim. Calcutta 1894.
Sakariya B.: Muhata Nainasi ri khyata. Jodhpur 1964.
Sankalia, Hasmukh D.: The Prehistory and Protohistory of India and Pakistan. Poona 1974.
Sarasin, Paul: Bericht über die Sammlung für Völkerkunde für das Jahr 1908. Verh. naturf. Ges. Basel *20*/1, 1909.
Sarasin, Paul und Fritz: Ergebnisse naturwissenschaftlicher Forschungen auf Ceylon. Wiesbaden 1887–1893.
Seltmann, Friedrich: Schattenspiel in Mysore und Andhra Pradesh. Bijdragen tot de Taal-, Land- en Volkenkunde *127*, 1971.
– Vergleichende Komponenten der Schattenspielformen von Süd-Indien, Malaysia, Thailand, Kambodscha, Bali und Java. Tribus *23*, 1974.
Shah, Umakant P.: Studies in Jaina Art. Jaina Cultural Research Society. Banaras 1955.
Snellgrove, David, und Richardson, Hugh: A Cultural History of Tibet. New York, Washington 1968.
Tessitori, J.P.: A Progress Report. Journals and Proceedings of the Asiatic Society of Bengal (N.S.) *17*, 1916.
Thomas, P.: Hindu Religion, Customs and Manners. Bombay 1960.
Weltreise: Band 7, Pakistan, Indien, Nepal, Ceylon; Band 9, China. München, Basel 1972.
Zusatz
Tafel 12: Printing Block for Clamp-Resist Dyeing.

Textilien
Textiles
Textiles

Andrews, Peter: The Turcoman of Iran. Abbot Hall Art Gallery. Kendal 1971.
Bhattacharyya, A.K.: Chāmba Rumāls in the National Museum, New Delhi. Bulletin de Liaison du CIETA *15*, 1962.
– Chāmba Rumāl. Calcutta 1968.
Boser, Renée, und Müller, Irmgard: Stickerei. Systematik der Stichformen. Führer durch das Museum für Völkerkunde und Schweizerische Museum für Volkskunde. Basel 1968.
Boser-Sarivaxévanis, Renée: Aperçus sur la teinture à l'indigo en Afrique Occidentale. Verh. naturf. Ges. Basel *80*/1, 1969.
– Les tissus de l'Afrique Occidentale. Basler Beiträge zur Ethnologie 13, 1972.
– Textilhandwerk in West-Afrika. Führer durch das Museum für Völkerkunde und Schweizerische Museum für Volkskunde. Basel 1972/73.
– Recherche sur l'histoire des textiles traditionnels tissés et teints de l'Afrique occidentale. Verh. naturf. Ges. Basel *86*/1 und 2, 1977.
Böttger, Walter: Zwei chinesische Prunkgewänder. Abhandlungen und Berichte des Staatlichen Museums für Völkerkunde Dresden *34*, 1975.
Bühler, Alfred: Bericht über die im Jahre 1935 auf Timor, Rote und Flores angelegten ethnographischen Sammlungen. Verh. naturf. Ges. Basel *48*, 1937.
– Materialien zur Kenntnis der Ikattechnik. Internationales Archiv für Ethnographie, Suppl. *43*, 1943.
– Die Reservemusterungen. Acta Tropica *3*, 1946.
– Wissenschaftliche Ergebnisse der Sumba-Expedition des Museums für Völkerkunde und des Naturhistorischen Museums in Basel, 1949. Verh. naturf. Ges. Basel *62*, 1951, und *64*, 1953.
– Shibori und Kasuri. Folk *5*, 1963.
– Ikat Batik Plangi. Basel 1972.
– Hanfverarbeitung und Batik bei den Meau in Nordthailand. Ethnologische Zeitschrift Zürich *I*, 1972.
Bühler, Alfred, und Fischer, Eberhard: Musterung von Stoffen mit Hilfe von Preßschablonen. Basler Beiträge zur Ethnologie *16*, 1974.
– The patola of Gujarat (in Vorbereitung).
Bühler, Alfred, Fischer, Eberhard, und Nabholz, Marie-Louise: Indian Tie-dyed Textiles, Calico Museum of Textiles, Ahmedabad (in Vorbereitung).

Bühler, Alfred, Ramseyer, Urs, und Ramseyer-Gygi, Nicole: patola und gĕringsing. Führer durch das Museum für Völkerkunde und Schweizerische Museum für Volkskunde. Basel 1975.

Bühler, Alfred, Seiler-Baldinger, Annemarie, Boser-Sarivaxévanis, Renée, und Nabholz-Kartaschoff, Marie-Louise: Die Textilsammlung im Museum für Völkerkunde Basel. Schweizerische Arbeitslehrerinnen-Zeitung *55*/7 und 8, 1972.

Bühler-Oppenheim, Kristin und Alfred: Die Textiliensammlung Fritz Iklé-Huber im Museum für Völkerkunde und Schweizerischen Museum für Volkskunde Basel. Denkschriften der Schweizerischen Naturforschenden Gesellschaft *78*, Abh. 2, 1948.

Cammann, Schuyler: China's Dragon Robes. New York 1952.

Chai Fei: Indigo Prints of China. Peking 1956.

Du Bourguet, Pierre: Catalogue des étoffes coptes *1*. Musée National du Louvre. Paris 1964.

Gardi, Bernhard: Die Weberei der Maabube-Peul. Lizentiatsarbeit. Ethnologisches Seminar der Universität Basel (Manuskript). Basel 1976.

Irwin, John: The Kashmir Shawl. Victoria and Albert Museum. London 1973.

Jager Gerlings, J. H.: Sprekende Weefsels. Koninklijk Instituut voor de Tropen Mededeling *99*, Afdeling Culturele en Physische Anthropologie *42*, 1952.

Jasper, J. E., und Pirngadie, Mas: De Inlandsche kunstnijverheid in Nederlandsch-Indië, dl. 3. De batikkunst. Den Haag 1916.

Kitamura, Tetsuro: The History of Shibori in Japan (japanisch-englische Zusammenfassung). Tokyo 1970.

Landolt, Annette und Hermann: Qalamkār-Druck in Isfahan. Verh. naturf. Ges. Basel *87/88*, 1976/77.

Langewis, Laurens, und Wagner, Fritz A.: Decorative Art in Indonesian Textiles. Amsterdam 1964.

Minnich, Helen Benton: Japanese Costume and the Makers of Its Elegant Tradition. Rutland, Tokyo 1963.

Moser, Reinhard-Johannes: Die Ikattechnik in Aleppo. Basler Beiträge zur Ethnologie *15*, 1974.

Nabholz-Kartaschoff, Marie-Louise: Ikatgewebe aus Nord- und Südeuropa. Basler Beiträge zur Ethnologie *6*, 1969.

– Plangi. Führer durch das Museum für Völkerkunde und Schweizerische Museum für Volkskunde. Basel 1969.

– Batik. Führer durch das Museum für Völkerkunde und Schweizerische Museum für Volkskunde. Basel 1970.

– Nabholz-Kartaschoff, Marie-Louise, und Eschler, Elisabeth: Die Ikatweber von Orissa (in Vorbereitung).

Oppenheim, Kristin: Die primären textilen Techniken der Neukaledonier und Loyality-Insulaner. Internationales Archiv für Ethnographie, Suppl. *41*, 1942.

Pauly, Sarah Buie, und Corrie, Rebecca Wells: The Kashmir Shawl. Yale University Art Gallery. New Haven 1975.

Peter, Irmgard: Textilien aus Ägypten. Museum Rietberg. Zürich 1976.

Ramseyer, Urs, und Ramseyer-Gygi, Nicole: Doppelikat in Tĕnganan Pagĕringsingan (Filme E 2416-2419). Institut für den Wissenschaftlichen Film. Göttingen 1978.

Seiler-Baldinger, Annemarie: Maschenstoffe in Süd- und Mittelamerika. Basler Beiträge zur Ethnologie *9*, 1971.

– Systematik der Textilen Techniken. Basler Beiträge zur Ethnologie *14*, 1973.

Steinmann, Alfred: Das Batiken in China. Sinologica *2*/2, 1949.

Young, Donald M. D.: Der amerikanische Patchwork-Quilt. Sandoz Bulletin *35*, 1974.

Zusätze

Tafeln 2–4: Gluck, Jay und Suni: A Survey of Persian Handicraft, Survey of Persian Art. Tehran 1977.

Tafel 8: Aryan, Subhashini: Himachal Embroidery. New Delhi o. J.

Tafel 13, 4. Zeile: Hanf statt Baumwolle, hemp statt cotton.

Tafel 14, 2. Zeile von unten: Jager Gerlings statt Gerlings.

---

Afrika
Afrique
Africa

---

Anchault, Dr.: Mouhaha, Gabon (persönliche Mitteilung). Januar 1969.

Ardener, Edwin: Coastal Bantu of the Cameroons. Ethnographic Survey of Africa, Western Africa *XI*, London 1956.

Balandier, George: Daily Life in the Kingdom of the Kongo from the Sixteenth to the Eighteenth Century. London 1968.

Bateson, Gregory: Vers une écologie de l'esprit *I*, Paris 1977.

Baumann, H., und Westermann, D.: Les peuples et les civilisations de l'Afrique. Paris 1957.

Boser-Sarivaxévanis, Renée: Aperçus sur la teinture à l'indigo en Afrique occidentale. Sonderabdruck Verh. naturf. Ges. Basel *80*/1, Basel 1969.

– Les textiles de l'Afrique occidentale (Thèse). Basler Beiträge zur Ethnologie *13*, Basel 1972. (1)

– Recherche sur l'histoire des textiles traditionnels tissés et teints de l'Afrique occidentale. Sonderabdruck Verh. naturf. Ges. Basel *86*/1 und 2 1975, Basel 1977.

– Textilhandwerk in West-Afrika. Führer durch das Museum für Völkerkunde und Schweizerische Museum für Volkskunde. Basel 1972. (2)

Cole, Herbert M., und Ross, Doran, H.: The Arts of Ghana. Museum of Cultural History Los Angeles (Exhibition Catalogue). Los Angeles 1977.

Crédit Communal de Belgique, Centre Culturel, Exposition Studio 44: Arts Premiers d'Afrique Noire. Bruxelles 1977.

Diallo, L.: Man, Côte d'Ivoire (persönliche Mitteilung). Januar 1977.

Dittmer, Kunz: Bedeutung, Datierung und kulturhistorische Zusammenhänge der ‹prähistorischen› Steinfiguren aus Sierra Leone und Guinée. Baessler-Archiv (N.F.) *XV*, Berlin 1967.

Dupré, Marie-Claude: Le système des forces nkisi chez les Kongo d'après le troisième volume de K. Laman. Africa, J.I.A.I. *45*/1, London 1975.

Fagg, William, und Plass, Margaret: African Sculpture, an Anthology. London 1964.

Forde, Daryll, und Jones, G. I.: The Ibo and Ibibio-speaking peoples of South-Eastern Nigeria. Ethnographic Survey of Africa, Western Africa *III*, London 1967.

Frobenius, L.: Der Kameruner Schiffsschnabel und seine Motive. Nova Acta *LXX*/I, Halle 1897.

Gardi, Bernhard: Die Weberei der Maabube-Peul (Mali, Westafrika). Unveröffentlichte Lizentiatsarbeit. Basel 1976.

Girard, J.: Dynamique de la société ouobé. Mémoires IFAN *78*, Dakar 1967.

Glaze, Anita: Woman Power and Art in a Senufo Village. African Arts *VIII*/3, 1975.

Hirschberg, Walter: Gedanken um einen Spiegelfetisch. Ethnologische Zeitschrift Zürich *I*, Bern 1971.

Holas, B.: Les Sénoufo (y compris les Minianka). Institut International Africain. Paris 1966.

Horton, Robin: Kalabari Sculpture. Federal Department of Antiquities, Nigeria. Apapa 1965.

Hugot, Henri J., und Bruggmann, Maximilian: Les gens du matin. Sahara. Dix mille ans d'art et d'histoire. Paris 1976.

Imperato, Pascal James: Bamana and Maninka Twin Figures. African Arts *VIII*/4, 1975.

Jacob, François: La logique du vivant. Une histoire de l'hérédité. Paris 1969.

Laude, Jean: Les arts de l'Afrique Noire. Paris 1966.
Lhote, Henri: Vers d'autres Tassilis. Nouvelles découvertes au Sahara. Paris 1976.
Maes, J.: Fetischen of tooverbeelden uit Kongo. Annales du Musée du Congo Belge. Ethnographie *VI,* T. II/1, Tervueren 1935.
Mauny, Raymond: Les siècles obscurs de l'Afrique Noire. Paris 1970.
Morin, Edgar: La paradigme perdu: la nature humaine. Paris 1974.
Morin, E., und Piatelli-Palmarini, M.: Le primate et l'homme. Centre Royaumont pour une science de l'homme. Paris 1974.
– Le cerveau humain. Centre Royaumont pour une science de l'homme. Paris 1974.
– Pour une anthropologie fondamentale. Centre Royaumont pour une science de l'homme. Paris 1974.
Neyt, François: La grande statuaire Hemba du Zaïre. Institut Supérieur d'Archéologie et d'Histoire de l'Art. Louvain-la-Neuve 1977. (Zu spät eingetroffen, um berücksichtigt zu werden.)
Person, Yves: Samori. Une révolution Dyula (Thèse). T. I. Paris 1969.
Sieber, Roy: Sculpture of Northern Nigeria. The Museum of Primitive Art, New York. New York 1961.
– Art and History in Ghana. In: Primitive Art and Society. Ed. A. Forge. London, New York 1973.
Tagliaferi, Aldo, und Hammacher, Arno: Fabulous Ancestors. Milano 1974.
Tessmann, Günter: Die Pangwe. Völkerkundliche Monographie eines westafrikanischen Negerstammes, 2 Bände. Berlin, Leipzig 1912.
Vansina, Jan: Introduction à l'ethnographie du Congo *1,* C.R.I.S.P., Bruxelles 1966.
Willet, Frank: African Art. An Introduction. The World of Art Library. History of Art. London 1971.
Zahan, Dominique: Religion, spiritualité et pensée africaines. Paris 1970.

Zusätze

Tafel 7, 3. Zeile von unten: Purchase L. Diallo, 1977. Inv.-Nr. III 21215, statt Purchase L. Diallo, Inv.-Nr. 21215.

Tafel 15, 1. Zeile von unten: Vansina 1966, statt Vansina 1965.

## Volkskunde
## Traditions populaires
## Folklife

Internationale Volkskundliche Bibliographie. International Folklore and Folklife Bibliography. Bibliographie Internationale des Arts et Traditions populaires. (Als ‹Volkskundliche Bibliographie› von Eduard Hoffmann-Krayer zuerst für das Jahr 1917, zuletzt für die Jahre 1973 und 1974 von Rolf W. Brednich und Robert Wildhaber herausgegeben. Bonn 1977.)
Handwörterbuch des Deutschen Aberglaubens. Herausgegeben unter besonderer Mitwirkung von Eduard Hoffmann-Krayer und Mitarbeit zahlreicher Fachgenossen von Hanns Bächtold-Stäubli. 9 Bände und Registerband. Berlin, Leipzig 1927–1942.
Wörterbuch der Deutschen Volkskunde. Begründet von Oswald A. Erich und Richard Beitl. 3. Auflage, neu bearbeitet von Richard Beitl unter Mitarbeit von Klaus Beitl. Kröners Taschenausgabe *127,* Stuttgart 1974.
Atlas der schweizerischen Volkskunde. Atlas de Folklore suisse. (Mit Kommentar.) Erlenbach-Zürich 1962ff.
Historisch-Biographisches Lexikon der Schweiz. 7 Bände und Supplement. Neuenburg 1921–1934.

Böhmer, Günter: Sei glücklich und vergiss mich nicht. Stammbuchblätter und Glückwunschkarten. München 1973.
Büll, Reinhard: Das grosse Buch vom Wachs. Geschichte, Kultur, Technik. München 1978.
Dörner, Gerd: Volkskunst in Mexiko. Frankfurt a. M. 1968.
Gantner, Theo: Denkmalschutz und kulturhistorisches Museum. In: Kulturdenkmäler des Alltags. Ausstellung des Schweizerischen Museums für Volkskunde zum Jahr des Denkmalschutzes 1975. Basel 1975.
– Wandschmuck in einer ‹Sammlung für Volkskunde›. In: Schmücke Dein Heim. Ausstellung 1977/78 des Schweizerischen Museums für Volkskunde zum populären Wandschmuck. Basel 1977.
Gmür, Max: Schweizerische Bauernmarken und Holzurkunden. Abhandlungen zum schweizerischen Recht *77,* Bern 1917.
Gysin, Fritz: Ziele und Aufgaben des Schweizerischen Landesmuseums und sein Verhältnis zur Schweizerischen Volkskunde. Jahresbericht des Schweizerischen Landesmuseums *1938–1943,* Zürich 1944.
Hoffmann-Krayer, Eduard: Ideen über ein Museum für primitive Ergologie. Museumskunde *VI,* Berlin 1910.
– Über Museen für vergleichende Volkskunde. Jahrbuch für historische Volkskunde *2,* Berlin 1926.
Kriss-Rettenbeck, Lenz: Bilder und Zeichen religiösen Volksglaubens. München 1973.
Pyke, Eduard J.: A biographical dictionary of wax modellers. Oxford 1973.
Riedl, Adalbert: Die Hirtenzunft im Burgenland. Ein Beitrag zur Geschichte des Hirtenwesens im burgenländischen Raum. Wissenschaftliche Arbeiten aus dem Burgenland *28,* Eisenstadt 1962.
Ritz, Gislind M.: Hinterglasmalerei. Geschichte, Erscheinung, Technik. München 1972.
Rütimeyer, Leopold: Ur-Ethnographie der Schweiz. Basel 1924.
Tokarev, S. A.: Von einigen Aufgaben der ethnographischen Erforschung der materiellen Kultur. Ethnologia Europea *6,* Göttingen 1973.
Tolksdorf, Ulrich: Strukturalistische Nahrungsforschung. Ethnologia Europea *9,* Göttingen 1976.
Treiber-Netoliczka, Luise: Die Trachtenlandschaften der Siebenbürger Sachsen. Marburg 1968.
Veiga de Oliveira, E., Galhano, F., und Pereira, B.: L'attelage des bœufs en Portugal. Národopisný Věstník Ceskoslovenský *III–IV,* Brno-Prag 1969.
Wiegelmann, Günter: ‹Materielle› und ‹geistige› Volkskultur. Zu den Gliederungsprinzipien der Volkskunde. Ethnologia Europea *4,* Arnhem 1971.
Wildhaber, Robert: Hirtenkulturen in Europa. Führer durch das Museum für Völkerkunde und Schweizerische Museum für Volkskunde. Basel 1966.

# Farbtafeln
# Planches-couleur
# Colour plates

Afrika
Afrique
Africa

VI/1 Männerkleid
Robe d'homme
Man's Robe

VI/2 Kopf eines Würdenträgers
Tête de dignitaire
Head of a Dignitary

VI/3 Tanzstatuette
Statue de danse
Dance Statuette

VI/4 Zwillingsstatuetten
Statuettes de jumeaux
Statuettes of Twins

VI/5 Gedenk- und Grabfigur
Figurine funéraire commémorative
Commemorative and Funerary Figure

VI/6 Gewobene Decke
Couverture tissée
Woven Blanket

VI/7 Tanz- und Trauermaske
Masque funéraire de danse
Funerary and Dancing Mask

VI/8 Männertuch
Pagne d'homme
Man's Cloth

VI/9 Ahnenfigur
Statuette d'ancêtre
Figure of an Ancestor

VI/10 Statue, Sitz einer Ahnenseele
Statue, support d'un esprit d'ancêtre
Statue, Receptacle of the Spirit of an Ancestor

VI/11 Ahnenstatue
Statue d'ancêtre
Statue of an Ancestor

VI/12 Helmartiger Kopfaufsatz
Casque à cimier
Helmet-Like Head-Dress

VI/13 Weibliche Ahnenmaske
Masque d'ancêtre féminin
Mask of a Female Ancestor

VI/14 Bündnisse besiegelnde Statuette
Statuette de pactes d'alliance
Statuette for Oaths and Pacts

VI/15 Statuette (Zwitter)
Statuette hermaphrodite
Statuette (Hermaphrodite)

Volkskunde
Traditions populaires
Folklife

VII/1 Spielzeug
Jouet
Toy

VII/2 Gebildgebäck
Pains en pâte modelée
Modelled Confectionery

VII/3 Tesseln, ‹Holzurkunden›
‹Documents› en bois, bois de décomptes
Notched Sticks, 'Wooden Documents'

VII/4 Verzierte Kürbisflaschen
Gourde ornementée en écorce de citrouille
Decorated Calabash Bottles

VII/5 Joch
Joug
Yoke

VII/6 Ledermantel, ‹Kirchenpelz›
Manteau en peau, ‹fourrure pour l'église›
Leather Coat, 'Church Fur'

VII/7 Schmuck
Parures
Jewelry

VII/8 Teppich
Tapis
Tapestry

VII/9 Hirtenstäbe
Houlettes
Shepherds' Staffs

VII/10 Hinterglasmalerei
Peinture sous-verre
Glass-Painting

VII/11 Graphisches Freundschaftsquodlibet
Assortiment d'images graphiques offertes en signe d'amitié
Friendship Keepsakes

VII/12 Keramik-Kerzenleuchter
Chandelier en céramique
Ceramic Candelabrum

VII/13 Toten-Andenken
Tableau commémoratif mortuaire
Mourning Art

VII/14 Wachs als Werkstoff
La cire, matière première
Wax as Modelling Material

VII/15 Windrad
Girouette
Wind-Wheel

# Alphabetisches Register

# Index alphabétique

# Alphabetic Index